LOS OJOS VACÍOS

colección andanzas

FERNANDO ARAMBURU
LOS OJOS VACÍOS

1.ª edición: noviembre 2000

Diseño de la colección: Guillemot-Navares
Reservados todos los derechos de esta edición para
Tusquets Editores, S.A. - Cesare Cantù, 8 - 08023 Barcelona
ISBN: 84-8310-149-1
Depósito legal: 41.359-2000
Fotocomposición: Foinsa - Passatge Gaiolà, 13-15 - 08013 Barcelona
Impreso sobre papel Offset-F Crudo de Papelera del Leizarán, S.A. - Guipúzcoa
Liberdúplex, S.L. - Constitución, 19 - 08014 Barcelona
Impreso en España

A Jan de Muta, historiador ilustre,
con toda mi profunda gratitud y afecto.
In memóriam

1

Al decir de mi pobre madre, que en paz descanse, mi padre fue uno de tantos extranjeros que en 1916 llegaron a Antíbula con el secreto encargo de matar al rey Carfán III. Hasta la fecha ningún historiador ha conseguido averiguar quién perpetró el atentado. De la pistola de mi padre, que yo sepa, no salió el disparo mortal. Tampoco se conoce a los instigadores del crimen. Algunos expertos en el tema coinciden en atribuir a las ambiciones anexionadoras de nuestros vecinos bladitas la razón del regicidio. Puede que estén en lo cierto, puede que no.

Del desdichado Carfán III se conserva un retrato al óleo en la pinacoteca del Palacio Real, obra inacabada de Rem de Bordín, ujier de vianda y pintor de corte, el último de su oficio que hubo en Antíbula. Resulta difícil imaginar un cuadro más grotesco. Raro será el visitante que parado ante él logre reprimir una sonrisa. En el mismo sitio yo vi un día a un grupo de escolares, custodiado por una maestra benévola, armar un jolgorio de tal magnitud que hizo forzosa la intervención de los guardianes.

Uno pasa buenos ratos cerca del cuadro, escuchando los comentarios picantes, las chanzas y los sarcasmos que el monigote inspira de costumbre al público. Que semejante buñuelo pictórico no haya sido devuelto al sótano del palacio, donde ya estuvo arrumbado durante más de cuatro décadas, o simplemente arrojado a la basura, se debe a la singular circunstancia de que se trata del único retrato que ha quedado para la posteridad del monarca cuya misteriosa y nunca esclarecida muerte significó el final de la dinastía de los Bofrén, reinante en Antíbula desde la proclamación de Palaco I el Nauta a mediados del siglo XV.

La causa de ello hay que buscarla en la índole maniática del rey. Tenía veintiún años cuando fue entronizado en 1914, un día después de las solemnidades religiosas por su padre, Toeto IV, que había fallecido víctima de una larga enfermedad. El joven Carfán, con su recién estrenada corona, que le venía un poco grande, se apresura a promulgar el célebre edicto por el que prohíbe de manera terminante que se le fotografíe. La prohibición atañe también a las técnicas cinematográficas que por aquel entonces, apenas introducidas en Antíbula, ya gozaban de notable aceptación entre los ciudadanos.

Ni en el desempeño de sus funciones ni en cortar los frecuentes escándalos ocasionados por el útero insaciable de su esposa, la reina Ofoenda, puso el rey tanto celo como en asegurarse de que se cumpliera a rajatabla su designio de que no se le fotografiase. El periódico *La Hoja de la Patria*, en una de sus ediciones de febrero de 1915, relata la ejecución de una pena de azotes impuesta a un infractor anónimo. La noticia, publicada sin firma, contiene curiosos pormenores, como este que tengo capricho de transcribir a continuación: «Propinado el séptimo golpe, el estallido de una tormenta obligó a suspender el castigo durante media hora, pese a las protestas de la muchedumbre, que pedía a voces el traslado del condenado a los soportales de la plaza con el objeto de que terminaran de atizarle allí los latigazos».

Existe un documento oficial que atestigua de forma concluyente el origen de la aversión del rey Carfán III a dejarse fotografiar. Me refiero, claro está, al famoso colapso mental que sufrió a los seis años. Palmés Abrín de Sotizo, cronista de palacio por esa época, consigna el hecho en el tomo V de sus *Anales Toéticos*, cuya edición facsímile de 1933, la única a la que tiene por el momento acceso el público profano, puede consultarse en la Biblioteca Central de Antíbula. La versión de Sotizo es prolija y arcaizante, dicho sea esto sin desdoro de su veracidad, comúnmente admitida por los entendidos. El pasaje que tan a menudo citan historiadores y psicoanalistas dice así:

«Acometióle al Príncipe grandísimo despecho debido a que el Rey no le autorizaba a sentarse a su lado sobre uno de los brazos del trono, después que el niño con harta batería de su parte hubiese mostrado antojo de hacerse retratar junto a su padre, y como no cesara en sus lamentaciones ni palabras enojosas, su Real Majestad, perdida la paciencia, dispuso que lo encerrasen en el salón contiguo con orden para el gentilhombre de cámara de sacudir al Príncipe tres bofetadas, a ver si con una ración de violencia lo amansaba. Cumplido lo cual sin demora por el gentilhombre, regresó el niño llorando a lágrima viva y llamando desconsolado a su madre, que no estaba. Ablandóse su Majestad a la vista del llanto de su unigénito, y llevado de su buen corazón y compadecido preguntó al fotógrafo si le podía prestar el Príncipe alguna pequeña ayuda que lo consolase, a lo que aquél contestó que sí, y con ese buen propósito le fue tendido a su Alteza el Príncipe Carfán el artificio con los polvos de magnesio para que lo sostuviera. Tomólo de buen grado el Príncipe, alzándolo junto a la máquina de retratar conforme le habían explicado, que era de la misma manera que si llevara una antorcha, y él así lo hizo y cesó en sus sollozos, con que su Majestad y todos los circunstantes recibieron el descanso que anhelaban. Mas al tiempo que se produjo el fogonazo, quedó el niño, del susto, anonadado y con los ojos reventones y quietos como los de los difuntos, que no los podía cerrar, pálida la tez más que si se la hubieran embadurnado con albarino. De esta guisa pasó el resto de la jornada, en que no hubo modo de hacerle probar los alimentos, sin asearse ni dormir su acostumbrada siesta, y sólo al cabo de dos sangrías que le fueron practicadas esa noche por el doctor Abrigán recobró el habla que había perdido, tras lo cual se escapó corriendo y pasó escondido cuatro días en un aposento de la servidumbre, nutriéndose al parecer de polillas y desperdicios, hasta que fue hallado por casualidad, muy desmedrado y con señales ostensibles de terror en la faz».

De aquel monarca monomaniaco refieren los tratados históricos que durante su corta e infortunada vida no hizo cosa a derechas. Reinó dos años, menos que cualquiera de sus veintiún antecesores, entre los cuales no faltaron los grandes sabios ni los valientes guerreros. Hoy nadie ignora que a Carfán III lo mataron de un tiro en el recto, disparado por no se sabe quién ni por qué. En la historia de Antíbula se le recordará como el hombre en cuyo ataúd recibió sepultura la institución monárquica.

Persona débil, manejable y de flaca inteligencia, su mente sólo disponía de espacio para el pensamiento que lo obsesionaba: perseguir y castigar a cuantos intentaban tomarle una fotografía.

Con no ser éstos ni la mitad de los que él creía, eran muchos debido a las sumas exorbitantes que algunos magnates de entonces ofrecían por medio de pasquines clandestinos a cambio de un retrato del rey. No los arredraba el flagelo ni, desde 1915, el confinamiento en la prisión de la isla de Molu, de horripilante recuerdo para los pocos que lograron salir vivos de aquel infierno.

A lo largo del primer año de reinado de Carfán III menudean las detenciones. Las dependencias policiales rebosan de artilugios fotográficos incautados. Por fin, el 5 de marzo de 1916 se produce la tragedia. A media tarde, un centinela sorprende a un turista francés que trata de introducirse furtivamente en el jardín del Palacio Real, provisto de una diminuta cámara Ticka instalada en un reloj de bolsillo. A las voces de alarma proferidas por el vigilante, acuden soldados de la guardia de corps montados a caballo. Sin mediar aviso abren fuego contra el intruso. Ocho días permanecerá el francés ensartado en las barras de la verja. El monarca abriga el convencimiento de que la exhibición del cadáver intimidará a los tercos que todavía se empeñan en infringir las disposiciones reales. No las protestas del embajador de Francia, sino un pronto autoritario de la reina Ofoenda, irritada por el creciente hedor a carne descompuesta que subía hasta las estancias palaciegas, terminó con el lamentable espectáculo.

El suceso consternó a la opinión pública extranjera. Francia, por boca del general Nivelle, amenazó con tomar represalias tan pronto como sus ejércitos hubieran logrado contener la presión alemana en el frente de Verdún. Más diplomático, el papa Benedicto XV envió a Carfán III una carta suavemente reprobatoria en la que, aparte conceptuarlo de «figura señera del catolicismo» y mandarle la bendición apostólica, le sugería la conveniencia de hacer un gesto de humildad ante sus súbditos.

Por ese tiempo, un crucero de la Home Fleet británica permanece fondeado durante varios días a menos de una milla de la bahía antibulesa. En palacio cunde la inquietud. Una noche Carfán III redacta por consejo de la reina un documento secreto de capitulación en el que, al término de una serie de concesiones propias de un espíritu servil, fija un precio de catorce millones de melios por la conversión de su reino en colonia de la Gran Bretaña. Un propio de confianza parte sin demora con orden de dirigirse a remo al barco británico y entregar el mensaje en persona al capitán. Nunca llegará a su destino. En un callejón cercano al puerto es cosido a navajazos por una banda de facinerosos. Algunos historiadores aventuran la hipótesis de que el homicidio fue obra de revolucionarios colectivistas. Sea como fuere, dos días después las calles de la ciudad amanecieron sembradas de octavillas que reproducían literalmente el ominoso documento. La corona se hunde en el descrédito. De camino a casa de uno de tantos amantes, el cupé de la reina es apedreado por la turba. Corren de boca en boca las letrillas satíricas, los chistes y las afrentas contra la familia real, al tiempo que se multiplican las voces que reclaman sin tapujos el derrocamiento del soberano.

A Carfán III, en marzo de 1916, le quedan cinco meses de vida. Él, por supuesto, no lo sabe. A su alrededor se ha formado una camarilla de nobles y potentados que lo conllevan y le requieren para que adopte una política enderezada a recobrar a toda costa la simpatía del pueblo. Con esa intención, Carfán III se dedica a costear verbenas, concede indultos como quien da las buenas noches, reparte favores, prebendas y títulos nobiliarios, y a menudo, siguiendo las recomendaciones de sus consejeros, sale a pasear en carroza por las calles de Antíbula, si bien lleva el rostro cubierto con un velo negro de tul a fin de precaverse contra los fotógrafos furtivos.

La estrategia populista, lejos de suscitar el efecto deseado, comporta dispendios y una pérdida considerable de prestigio. La idea de que la máxima representación del Estado oculta la cara produce irritación a todo el mundo. La plebe desconoce los rasgos faciales del rey o sólo los ha visto de pasada cuando éste era niño y asistía a las ceremonias oficiales cogido de la mano de su madre o de la de un aya. Más de un vivillo aprovecha esa circunstancia para lucrarse con la venta de retratos apócrifos de Carfán III, sin excepción obras de calidad ínfima que en la mayoría de los casos no guardan similitud ninguna con la fisonomía que pretenden reproducir. A manos del rey llegan varios de esos dibujos. Algunos son tan caricaturescos que incurren en la ofensa. Acuciado por su camarilla (se cuenta que el primer ministro, el marqués de Joano, llegó a agarrarlo por las solapas), el rey accede en julio de 1916 a que un escultor de confianza le cincele un busto de diorita. De su instalación en la plaza de Veuva, así como de la presencia de sus Majestades en la inauguración del monumento, informa puntualmente *La Hoja de la Patria*. Esa misma noche una mano anónima destrozó el busto a martillazos. Repuesto a los pocos días, no tardó en ser destruido nuevamente, así como el pedestal de piedra sobre el que se apoyaba. Parece ser que a raíz de la fechoría trapalearon botas militares por los pasillos de la residencia real. Faltan testimonios que confirmen la sublevación; pero algo poco halagüeño debió de suceder en palacio por aquellas fechas para que de la noche a la mañana Carfán III accediese a que Rem de Bordín le pintara el retrato que hoy se conserva en lo que antaño fuera el salón del trono del Palacio Real.

Veintidós cuadros colocados por orden cronológico cuelgan en las paredes del vasto recinto. Un periodo de más de cuatro siglos de historia antibulesa está cifrado en ellos. Difieren en estilo y dimensiones, pero el tema consiste en todos los casos en la efigie de un rey Bofrén. Los hay de tamaño reducido, como el primero de la serie, en el que puede verse a Palaco I el Nauta de donante diminuto y cabezón, arrodillado a los pies de una Madona sobre fondo de pan de oro; los hay también grandes, de más de dos metros de altura, y uno descomunal, de casi cuatro por cinco, obra atribuida a Pinzo de Cefe, imitador de Tiziano, que muestra al barbudo rey Godelio a lomos de un caballo alazán durante la defensa de Antíbula contra los tercios españoles de Felipe II.

El salón repleto de cuadros, con su techo y bóveda central adornados con artesones, sus consolas dieciochescas guarnecidas de sendos espejos, sus baldosas de mármol rojo veteado en blanco, sus catorce lucernas y el estrado donde se halla el solio de los Bofrén, bajo el dosel sostenido por columnas doradas, está envuelto en una atmósfera de serena magnificencia. Acostumbran los visitantes hablar en voz baja y desplazarse de puntillas por delante de los cuadros, como si temieran importunar a los fantasmas regios o se sintieran encogidos por las dimensiones exageradas y el lujo esplendoroso del lugar.

Rompiendo aquella suntuosidad, en un rincón, está el risible retrato de Carfán III. El prospecto que hasta hace poco se vendía en el vestíbulo del palacio, tilda de «boceto» el cuadro de Rem y justifica así su presencia en el salón del trono: «Cuando en 1958 el Palacio Real fue habilitado para museo, esta obra fue rescatada del depósito y puesta en el sitio que actualmente ocu-

14

pa. De este modo se evitó que quedara incompleta la serie pictórica dedicada a la dinastía de los Bofrén».

Uno o dos años antes que le fuera encargado el cuadro, Rem de Bordín había visitado Italia y conocido personalmente a Filippo Tommaso Marinetti, «la cafeína de Europa». En Roma adquirió una pintura de Balla que la lluvia habría de destruir por completo durante el viaje de regreso a Antíbula. Rem volvió imbuido de los dogmas futuristas, y a escondidas de la aristocracia, a expensas de cuya vanidad se ganaba el sustento, se dio a pintar con frenesí, en el ático de su casa, cuerpos desnudos de metal, naturalezas muertas con herramientas, así como hélices, engranajes, bielas y toda clase de piezas pertenecientes a máquinas reales o imaginarias. «Me venció el futuro», dejó escrito en sus memorias.

Quien se tome la molestia de leerlas (su estilo tosco abunda en expresiones soeces), hallará también esta confesión: «En cuanto le metieron al rey imbécil un tiro en el trasero, mandé a toda aquella gentuza de la corte a la mierda. Dejé a la Ofoenda esparrancada en la cama y el trabajo sin terminar, porque además de que ya me lo habían remunerado, me mataron bien matado al modelo, y por otra parte yo estaba por esas fechas con mucho aborrecimiento de la monarquía».

Dos metros de alto por tres y pico de ancho mide el lienzo. Desde la entrada del salón, a cincuenta o sesenta pasos de distancia, parece intacto, como si el fabricante le acabara de dar el último encolado en su taller. ¿Será el fruto de una broma vanguardista? Puede que transcurra media hora o más antes que unos ojos atentos se dispongan a contemplar con detenimiento el retrato de este o el otro rey Bofrén. En cambio, delante del de Carfán III rara vez falta gente parada que no sale de su asombro, cuchichea y sonríe. El acostumbrado grupito impide advertir desde el umbral un detalle. Y es que, en contra de lo que habíamos creído a primera vista, el cuadro no está completamente en blanco.

Una figura humana de tamaño menor que el natural, pintada al estilo académico, ocupa el centro de la tela. Podemos leer su nombre en la correspondiente placa de mayólica clavada en el listón inferior del marco. Nos hallamos ante la única imagen oficial de Carfán III. Uno la mira y al instante se pregunta qué hace ese rey joven y rollizo sentado en la blancura impoluta del lienzo como si estuviera flotando dentro de una nube, como si lo hubieran lanzado por los aires con un cañón. Hoy se sabe que la cómica postura del rey se debe a que el retrato debía ser ecuestre. Pero no hay caballo, del mismo modo que tampoco hay cielo ni paisaje; tan sólo el rey sobre una cabalgadura inexistente, lo que no impide que el cuerpo aún no pintado del animal le oculte la pierna derecha. La idea de la mutilación se nos impone de inmediato.

Ese hombre, que a la vista de un barco de guerra extranjero cometió la cobardía de poner su reino en venta, deseaba hacerse retratar en actitud triunfal. Así lo revela la vestimenta ostentosa y anacrónica, el cetro en la mano enguantada con el que parece estar dando, más bien al desgaire, una orden de ataque, y sobre todo el gesto estirado, altivo incluso, de su semblante carnoso vuelto hacia el espectador. De la inclinación de su cuerpo hacia el ángulo superior izquierdo deducimos que está obligando a su caballo a hacer una corveta convencional. Calza el rey una bota con espuela y caña larga que le llega hasta el arranque del muslo. Su puntera se apoya en un estribo bosquejado con carboncillo. Lo poco que se ve del calzón está recamado con hilo de oro sobre fondo negro. Cubre el torso del rey una armadura también negra, con una ancha y bruñida hombrera en primer plano, surcada hasta el codal de estrías doradas. El brazo doblado oculta la mano izquierda, la que debería sostener las riendas. Una banda roja de gala, terciada sobre la espalda, desemboca en un lazo pomposo cerca de la cadera, como si la persona del rey hubiera sido envuelta para regalo. Del lazo cuelga un cabo ancho, sin apenas pliegues, rematado en una fimbria de flecos amarillos. Ese pedazo colgante de la banda oculta parcialmente la vaina de la espada, cuya empuñadura barroca es idéntica a la que blande el barbudo rey Godelio en su retrato. Un cotejo a la ligera basta para percatarse de que Rem de Bordín la copió.

Carfán III, a quien vemos de espaldas, se vuelve para mostrar al observador la única imagen suya que legó a la historia. El gesto elegido para perpetuarse es vulgar. Tiene, por añadidura, un aire pretencioso que lo hace extremadamente antipático. Fisonomías como ésa abundan en Antíbula detrás de los mostradores de las panaderías y colmados. Resalta en ella el belfo, que se dijera arrastrado por el peso de la perilla; entre ambos se estira una mosca espesa en demasía, quizá porque, al pintarla, a Rem se le fue la mano. El bigote recto, largo, termina en la linde de la hinchada mejilla, casi a par de la oreja. Su extremo se retuerce y despeina formando una voluta vellosa. La impresión que produce es más de incuria que de virilidad. Admito, con todo, que acaso haya influido en mi juicio la lectura de las memorias de Rem de Bordín, en uno de cuyos capítulos puede leerse lo siguiente: «Me picó en la nariz un tufillo a orines, bien conocido de todos en palacio, y le pedí a la Ofoenda que me escondiese sin demora, porque me parecía que venía su esposo con propósito de entrar en la cámara, como así en efecto sucedió».

Tengo comprobado que para encararse con la mirada oblicua del rey no hay más remedio que situarse cosa de un metro a la izquierda del cuadro. Esa mirada cargada de presunción domina el gesto artificioso. Se adivina en ella el cansancio inevitable de quien lleva horas posando para el pintor en la misma postura y con la misma cara de hastío majestuoso. Los ojos negros están ligeramente entornados, como si no les inspirara estima lo que ven. Somos nosotros por cierto, los visitantes del museo que se han detenido a mirar la obra, lo que ven. De ahí que nos sintamos desdeñados por ese hombre de tez pálida, cabellos lacios y cejas finas que no aportó a las narraciones históricas de Antíbula más dato de interés que el de su muerte violenta. Un sombrerote ladeado, de ala desmedida, corona la testa regia, aquella «despensa inagotable de necedad», como la denominó irrespetuosamente Rem de Bordín en sus escritos.

El 14 de agosto de 1916, poco después de las seis de la tarde, acontece el magnicidio. A causa del calor, Carfán III ha elegido un carruaje descapotable para acudir a su clase diaria de natación en el Club Náutico. Un velo negro oculta como de costumbre su semblante. La escolta, guardias de corps a caballo, ataviada con vistosos uniformes carmesíes, es numerosa y por todo el trayecto hay apostados agentes de seguridad listos para detener al primero que haga ademán de desenfundar una cámara fotográfica. El monarca saluda con parsimonia a los sorprendidos transeúntes. La comitiva enfila el bulevar de las Damas, en aquel tiempo pavimentado de adoquines y desde antiguo una de las calles más transitadas de Antíbula. Hace una hora que el tráfico de carros y de vehículos motorizados ha sido prohibido en esa zona. El bulevar presenta un aspecto tranquilo. Barquilleras y vendedores de pájaros vocean su mercancía en medio de un hervidero de chisteras, parasoles y niños correteantes. Suena en el suelo de piedra la trápala creciente de los caballos que se acercan. De pronto suena otra cosa: una detonación, sí, pero ¿dónde? Y acto seguido el rey se desploma aparatosamente sobre su asiento. La escolta va y viene en un confuso escarceo de monturas, sin saber a ciencia cierta qué ha ocurrido. La muchedumbre permanece inmóvil en las aceras. Nadie corre. Nadie infunde sospecha. El ministro de Gracia y Justicia, barón de Jibia, que acaba de salir de la estafeta de correos, situada a poca distancia, se ofrece a transportar al hospital, en su automóvil, al rey moribundo. La indecisión del capitán de la guardia impide que se actúe a tiempo. Tan sólo cuando la mano tinta en sangre de uno de sus subordinados lo convenza de la gravedad de la situación, dará consentimiento al traslado; pero entretanto se han perdido unos minutos valiosos. El automóvil parte a toda velocidad, con los estribos atestados de guardias. Por el trayecto, Carfán III recobra momentáneamente el sentido.

—Jibia, Jibia —dicen que dicen que dijo.

—No os preocupéis, Majestad. Ya llegamos.

—Me arde el culo.

Son sus últimas palabras. Instantes después, el último rey Bofrén ingresa cadáver en el hospital de la Divina Providencia. Habrá que esperar a que el dictamen del forense desentrañe la causa del fallecimiento. Se sabrá entonces que la bala mortífera ha seguido una trayectoria vertical de abajo arriba. La policía procede de inmediato a comprobarlo. Bajo la sangre que empaña el asiento ocupado por el rey difunto aparece, efectivamente, un agujero de apenas el tamaño de una moneda de cincuenta céntimos. El resto es fácil de suponer. No hubo más que mirar debajo del carruaje para descubrir la boca de la alcantarilla, con su tapa de rejas por entre las que el anónimo autor del crimen había efectuado el verdadero disparo que mató a Carfán III.

Porque aún hubo otro, como es bien sabido. Lo refieren varios cronistas de la época y lo refiere Rem de Bordín en sus memorias con el desparpajo que le caracteriza: «Se emperraba la Ofoenda en que no se había de exponer al muerto en la catedral, pues le daba vergüenza que el pueblo se tomase a burla lo del tiro en el ano; pero el general Vistavino le dijo que no se podía evitar, que era tradición de siglos y que cerrase el pico, porque se estaba cabreando más de la cuenta. Y la Ofoenda erre que erre, que no y que no, que antes muerta. Conque a Vistavino le tomó un arranque colérico, le pegó una patada a la pata de la mesa y, bajando con muy furiosas zancadas a la capilla ardiente, le descerrajó al difunto un tiro a bocajarro entre los ojos, que le dejó la cara como un perro destripado. Mandó después que cuatro soldados depositasen el cadáver a los pies de la Ofoenda y, esto hecho, se encaró a la reina y le dijo: Ya tenéis a vuestro marido decentemente asesinado, ¿os parece que ahora lo podemos mostrar al pueblo? A lo que ella, llorosa y cohibida, respondió que sí».

Aquel pistoletazo, que habría de valerle al general Vistavino el sobrenombre de Matamuertos, impidió que se le hiciera al rey Carfán III una mascarilla mortuoria. Truncó asimismo la última oportunidad de sacarle una fotografía.

2

En la margen derecha del río Intri, a la altura del último meandro antes de llegar a la desembocadura, se encuentra el barrio de Antíbula la Vieja, en una de cuyas calles, la de Mertán el Grande, regentaba mi abuelo Cuiña la hospedería donde yo nací. De entonces acá han transcurrido casi ochenta años. En ese tiempo —sé que pronto moriré, por eso me apresuro a recordar—, el edificio ha conservado su antigua apariencia. Numerosos trabajos de albañilería fueron modificando su interior. Sin embargo, la fachada sigue siendo la misma que yo conocí de niño, con su revoque rosado, su hilera de tres balcones en cada uno de los tres pisos y las ventanitas abuhardilladas del camaranchón. Uno de tantos gobiernos la declaró, allá por los años cincuenta, monumento de interés turístico. Me complace saber que la ley prohíbe retocarla, no digamos demolerla.

La casa, según reza una inscripción en el dintel de la entrada, data de 1702, cuando Antíbula la Vieja era judería. Sobrevivió al terremoto de 1771, que devastó tres cuartas partes de la ciudad; al incendio de 1835 y al feroz ataque de los insurgentes que acabaron con el régimen dictatorial del Matamuertos en el invierno del año 28. En aquella contienda pereció mi abuelo, como espero tener ocasión de contar más adelante. La nueva autoridad confiscó el edificio. Vendido posteriormente en subasta, hoy alberga una academia de idiomas, diversas oficinas, la consulta de un curandero y, en la planta baja, un bazar de juguetes. Mi madre debía haberlo heredado y algún día yo de ella; pero la vida nos negó a los dos esas y otras felicidades. Hasta hace pocos meses, cuando las piernas me lo permitían, yo gustaba de acercarme a diario por allá y, parado en la acera, echar la tarde a perros avivando los recuerdos a la vista de la fachada. A menudo pienso que mi padre también estuvo observando el edificio antes de decidirse a entrar y preguntarle al abuelo Cuiña si le quedaban habitaciones libres. Esa fachada que quizá atrajo su atención durante breves instantes representa el único punto de encuentro entre él y yo. Y por eso, siempre que pude, me llegué a la calle de Mertán el Grande a hacerle compañía a mi padre, en la confianza, probablemente ingenua, de que algo de nosotros perdura en las cosas que miramos. Nadie, ni siquiera mi madre, supo decirme con seguridad su nombre verdadero. Jamás logré descubrir de qué manera murió ni dónde fue enterrado. Las pocas personas que lo trataron en Antíbula murieron hace mucho tiempo. Durante años, para estar a su lado, sólo me quedaba esa fachada; pero desde que los achaques de la senectud me impiden alejarme del asilo, ya no me queda nada.

Mi padre no hablaba nuestro idioma. Se hacía más o menos entender con ayuda de un pequeño diccionario que llevaba consigo a todas partes y que habría de desaparecer con él al poco de su llegada. No sé qué me da que quienes lo mataron le dieron sepultura con el librito, tal vez agujereado por un balazo dentro de algún bolsillo de su atuendo. Me acuerdo bien de que siendo mozo yo abrigaba el sueño de convertirme en enterrador. Por las noches, en la cama, con la luz apagada, me figuraba que levantaba una por una las losas del cementerio del Trirrón a fin de escudriñar dentro de las cajas podridas y los fosos húmedos a la busca de un esqueleto con un libro enganchado en las costillas. Nunca me han dado miedo los muertos. No podría decir lo mismo de los vivos.

El 12 de agosto de 1916, antevíspera del asesinato del rey, mi padre solicitó alojamiento en la hospedería del abuelo Cuiña. Lo estoy viendo con los ojos de mi madre, que lo recordaba parado en el vestíbulo a media mañana de un día de calor, con su elegante traje blanco, su canotier y dos maletas grandes de lona. Aparentaba algo más de treinta años; era delgado y alto, de tez pálida y ademanes nerviosos; usaba lentes con montura de concha y no llevaba anillo de casado. Mi madre reconocía que este último detalle la turbó.

—No es que me prendase enseguida de él, hijo mío, pero al verle las manos creo que tuve una corazonada.

El abuelo le exigió un anticipo, además de la fianza excesiva que solía cobrar a los huéspedes extranjeros. Por esas fechas se hospedaban unos cuantos en la casa, hombres jóvenes y solitarios con más aspecto de haber venido a Antíbula a cumplir una misión que a tomar los tradicionales baños de mar. Mi padre se avino rápidamente a las condiciones de pago impuestas por el abuelo. Conversaban por escrito, sentados los dos a una mesa redonda de caoba, en el centro del vestíbulo. El abuelo escribía en una hoja de papel, mi padre buscaba las palabras en el diccionario y de ese modo hicieron el trato. Sé que mi padre firmó en el libro de registros. El libro se perdió durante el saqueo de la casa en 1928 y con él la oportunidad de averiguar cómo se llamaba el varón que me engendró.

El abuelo Cuiña lo instaló en una habitación del tercer piso, de las más pequeñas e incómodas por cierto de la casa, y encargó a mi madre, que por entonces era una mozuela de dieciséis años y cumplía en la hospedería las funciones de criada, que le indicase el camino y llevase el equipaje. Subiendo las escaleras, no quiso mi futuro padre consentir que la muchacha cargara con tanto peso; conque le tocó en el hombro para que se detuviese y por señas le dio a entender que se proponía dispensarla del trabajo. Ella, al pronto, se sonrojó, a tiempo que hacía un tibio intento por resistirse; pero al fin mi padre, decidido a poner por obra la cortesía, le tomó punto menos que a la fuerza las dos maletas. Hubo entonces entre ellos un intercambio fugaz de miradas y sonrisas, y parece que anduvieron sus bocas a dos dedos de juntarse. Yo no me cansaba nunca de oírselo contar a mi madre, alentado por la esperanza de que le vinieran a las mientes pormenores olvidados en sus relatos anteriores, alguna pequeña novedad, cualquier bagatela trasconejada en un rincón de su memoria.

—Ya le he dicho al hijo miles de veces que al principio no hubo nada. Sólo unas sonrisas en el descansillo del primer piso. Como él iba cargado, yo abrí la puerta de la habitación y le puse la llave en la palma de la mano. Y entonces sí, al cogérmela creo que me acarició un poquitillo, pero vete tú a saber, a lo mejor son sólo figuraciones mías. ¡Engañan tanto los nervios!

—¿Era guapo mi padre?

—Tu padre estaba bien hecho. Digamos que era más hombre que hermoso. Si fueses mujer entenderías.

A menudo yo le rogaba que me lo describiese, que me describiese no sólo sus facciones, sino también sus partes íntimas; que me describiese, por ejemplo, su vientre o sus muslos; que me lo refiriera todo acerca de su cuerpo y de sus ademanes y de su ropa, porque yo sufría mucho de no saber cómo había sido mi padre. Y ella, condescendiente y acaso movida de compasión por mí, siempre se allanaba a mi capricho, aunque a veces le daba pereza contar lo que ya en tantas ocasiones me había contado. Remoloneaba entonces (pobrecilla, con lo mal que lo pasó en aquellos años), pero al final hacía todo lo posible por agradarme, esforzándose en aplacar con ríos de palabras el ansia que me consumía. Por darme gusto se explayaba en minucias que no hacían sino alimentar mi afán por seguir escuchando anécdotas de mi padre. De vez en cuando yo le instaba, al modo de un niño latoso, a que dibujase su cara en un papel.

—¿Para qué he de dibujarlo —replicaba ella afectuosamente—, si con que te coloques delante del espejo ya lo estás viendo?

Con el paso de los años mi semblante fue sustituyendo al de él en las evocaciones de mi madre. Lo comprobé no sin dolor un día en que le vi adornar un dibujo que mostraba a mi padre con un flequillo similar al mío. Con la mayor delicadeza posible le hice ver que había olvidado pintar el bigote.

—¿Qué bigote? Ah, sí, el bigote —dijo aún dudando, y acto seguido garabateó a la ventura, entre nariz y labios, un haz de rayas horizontales que no guardaba ninguna semejanza con la línea de pelos finos de otras veces.

La mañana de su llegada mi padre salió de la casa de huéspedes sin ser visto. No regresó para el almuerzo de mediodía, a pesar de que en el momento de inscribirse había confirmado que ocuparía diariamente un lugar a la mesa. Mi madre sospechaba que, deseoso de abreviar los trámites, él respondió que sí sin saber lo que le estaban preguntando. Los gastos de manutención, que comprendían el desayuno, el almuerzo y la cena, estaban incluidos en el precio del hospedaje. Si un huésped con pensión completa no se presentaba en el comedor a la hora prevista, allá él.

Al sonar la una en la péndola del comedor, la Flapia, la cocinera que el abuelo Cuiña había tomado a su servicio en 1903 a raíz del fallecimiento de su mujer, sirvió la comida. Usaba un carrito con ruedas para transportar las ollas, fuentes y soperas.

Colocados los recipientes y el cucharón encima de la mesa, mascullaba un «que aproveche» con la misma sequedad con que podía haber dicho «ojalá se atraganten ustedes»; se desanudaba en presencia de los comensales el delantal, que acostumbraba colgar en el perchero del vestíbulo, y salía sin perder un segundo a la calle, rumbo a su siguiente trabajo. La Flapia tenía muchas ocupaciones: limpiaba en casas particulares, planchaba, cosía y ocasionalmente ayudaba por las noches en una tahona próxima al Palacio Real. A la hospedería del abuelo Cuiña iba sólo a cocinar. Preparaba la comida, la llevaba a la mesa, que aproveche y adiós. De hacer las compras, encender el fogón, poner la mesa y fregar los cacharros se encargaba mi madre.

Yo, de la Flapia, aunque la conocí de pequeño, me acuerdo bien. Decían que era rica y avara, y que se mataba a trabajar por codicia. A mí las habladurías de la gente me traen sin cuidado. Yo recuerdo a la Flapia por otros asuntos de los que, si conservo la salud, me gustaría escribir con más detalle otro día. La Flapia, según contaba mi madre, había enviudado por la misma época que el abuelo Cuiña. A su marido, un estibador borrachingas que la maltrataba, lo llevaron a penar cinco días en la isla de Molu por causa de no sé qué hurto en un barco mercante y jamás volvió. Lo enterraron en el mar, atado a una piedra.

Semanas después mi abuela falleció de cólera morbo. El abuelo Cuiña se apresuró a buscar una sustituta para la cocina y al parecer para otros menesteres que consuelan a los hombres, y con ese fin contrató a la Flapia. Ya el primer día se enzarzaron en una ruidosa disputa. En realidad se parecían bastante. Los dos eran viudos, cuarentones y malhumorados. Mi madre me contó que, a pesar de sus continuas peleas, con frecuencia se echaban a la cama juntos.

También me contó lo siguiente:

—Poco antes de la una estaban los huéspedes sentados a la mesa del comedor, menos el nuevo. Tu abuelo, como la Flapia ya había dado desde la cocina el grito de que se comía dentro de cinco minutos, me mandó llamar al que faltaba. «Dile», me dijo, «que en esta casa no se sirve comida en las habitaciones; que si no baja, se quedará en ayunas.» Conque subí al tercer piso. Llamé varias veces a la puerta. Nadie me respondió. Yo tenía una llave maestra que valía para todas las cerraduras. No es lo que el hijo piensa. Mi padre tenía otra. Yo necesitaba la llave por las mañanas, cuando hacía las camas y barría las habitaciones. Bueno, pues abrí la puerta de la del extranjero. Me pegó en la nariz un olor a estoraque. Un olor muy rico que me puso el corazón a galopar. Porque tú ya sabes que a mí los hombres, antes que por los ojos, me entran por el olfato. No lo puedo remediar. Un hombre aromado siempre fue mi perdición. Y tu padre, hijo mío, olía divinamente.

Hablaba despacio, como para sí, con una sonrisa lánguida en la boca y la mirada perdida en una imaginaria lejanía.

—Una de sus maletas se veía abierta sobre la colcha. Yo estaba toda llena de temblor cuando empecé a husmear en las pertenencias del extraño. Hurgué un poquito, sin desordenar. Aprendí esas mañas de tu abuelo. Muchas veces me susurraba a la oreja, señalando con disimulo a uno de los huéspedes: «Minta, cuando se vaya ése, sube a echar una ojeada en su armario». Y luego, si yo le traía buenas noticias, me mandaba vigilar la puerta de la calle mientras él entraba de tapadillo en la habitación del que se había ido y salía al poco rato con los bolsillos abultados.

—¿Encontró usted algo valioso en la maleta de mi padre?

Bajando la voz como si tantos años después aún sintiera miedo de comprometerse, respondió:

—Casi no me paré a mirar porque abajo me estaba esperando tu abuelo. Unos segundos de tardanza y no veas la mano de tortas que me sacude, ¡menudo era! Pero...

—Vamos, madre, cuénteme la verdad.

—Pues verá el hijo. A punto de irme, noté una cosa dura debajo de una chaqueta plegada. Qué raro. Al desdoblar la prenda descubrí dos pistolas, una así de grande, negra, y otra pequeña con el mango, o como se llame eso, de plata. Había también varias cajas de munición. Me asusté tanto que salí corriendo. Al abuelo no le menté las armas. Solamente le dije que el huésped no se encontraba en su cuarto. Cuando lo supo, le tomó un grandísimo coraje, pues tenía por norma que todo el mundo dejara la llave encima del mostrador al marcharse. Empezó a despotricar contra los extranjeros, a decir palabrotas en voz alta, hecho un tigre, y luego se lió a discutir con la Flapia delante de los comensales. No sé por qué discutían. Él la amenazaba a ella con despedirla y ella a él con no volver jamás.

26

Mi padre pasó el día en la ciudad, yo imagino que estudiando sobre el terreno las posibilidades de un atentado contra el rey. Faltó a la cena en la casa de huéspedes, que se servía con rigurosa puntualidad a las ocho de la tarde. Ya noche cerrada, hizo sonar la aldaba del portal. Venía acompañado de una mujer repintada, rechoncha y ligera de ropa, que cada dos por tres expelía por la boca un chorro de agudas carcajadas. Mi madre, que tenía su dormitorio en el piso bajo, los espiaba por una rendija de la cortina. Él traía agarrada a la mujer por el hombro, de suerte que, como era bastante más alto que ella, le quedaba suficiente brazo libre para ponerle la mano encima de un pecho. Estaban besándose en la acera cuando el abuelo Cuiña los encaró con ceño adusto.

—Ésta es una casa honrada —les espetó—. Aquí no entran mujeres de la vida.

Mi padre sonreía con expresión bobalicona, sin entender las palabras del hospedero, y mientras se tentaba los bolsillos en busca de su pequeño diccionario, la prójima se acercó cimbreándose a mi abuelo, a quien sin duda conocía, para replicarle con desgarro:

—Vamos, Cuiña, ¿qué te va a ti en esto? El forastero y la aquí nos hemos enamorado, ¿pasa algo?

—Haz tu negocio en la orilla del río. En mi pensión no duermes.

—¿De dónde sacas tú que vengo a dormir? Quince minutos y me largaré.

El abuelo se inflamó de ira.

—Te vas ahora o hago venir a quien tú sabes.

—Cuiña, Cuiñita, ¿quién lo diría? ¡Con lo punto que tú has sido!

La mujer y mi padre se apartaron varios pasos del portal y se pararon bajo la débil luz de una farola, muy cerca de la ventana tras la que mi madre, a oscuras, los espiaba.

—Anda, guapo —susurró, zalamera, la mujer—, dame diez melios por el tiempo perdido y que te zurzan.

En vista de que el otro no la comprendía, frotó las yemas del pulgar y el índice en petición de dinero. Supo él entonces lo que ella le reclamaba, y tan dispendioso como imprudente le tendió la billetera para que se sirviese cobrar sus honorarios, pensando tal vez que serían de poca monta, dado que no habían tenido trato carnal por culpa del hospedero. Le comenzó a sobar los pechos y a besarle y lamerle golosamente la canal, mientras ella, entre risas de gusto fingido, se daba traza para desplumarlo.

—Sentí lástima del pobre hombre —confesaba mi madre—. Y no digamos cuando se quedó solo y llamó un rato largo con la aldaba. Tu abuelo salió a la calle empuñando una badila. Como lo oyes, hijo. Una badila con la que solíamos remover en invierno el carbón de los braseros. Si le zurra con ella, lo mata. Pero se serenó al ver que el huésped no estaba con la mujer, y después de decirle unas cuantas groserías, lo dejó entrar. Callandito salí a escucharlos. Tu abuelo, terne que terne, venga a sermonear que la suya era una casa decente en la que no se admitían putas, ¡menudos gritos pegaba! Con decirle al hijo que ya se oían por las escaleras los murmullos de los otros inquilinos...

—Y mi padre ¿qué hacía?

—Pues qué iba a hacer. Al principio no abrió la boca. Después le vi hojear el diccionario, hasta que encontró lo que buscaba y con mucho acento extranjero y no muy buena pronunciación dijo:

—Hambre.

El abuelo Cuiña le soltó una insolencia:

—¿Tú hambre? Tú a tomar por el culo. Y que no me entere yo de que te vuelves a llevar por ahí la llave de la habitación.

Mi padre ni entendía ni creyó que lo entendían. Conque optó por repetir la solicitud:

—Hambre.

—Llave siempre aquí, ¿comprendes? —rezongó el abuelo Cuiña, señalando airadamente el listón con escarpias que colgaba en la pared.

Aconsejado por la necesidad, mi padre resolvió buscar en el diccionario otra palabra.

—Comer —dijo, y esta vez, según mi madre, se le entendió de maravilla.

—Mañana.

El abuelo Cuiña le arrebató el pequeño libro, pasó unas hojas y con la punta del dedo señaló un lugar de la página para que mi padre leyese lo que allí ponía.

—Ah, mañana, sí, sí. *Bueno* noches.

—Anda a roncar a la cama, putañero —le contestó el abuelo, y ya no hablaron más.

Cerca de la medianoche se hizo el silencio y la oscuridad en la casa. El abuelo Cuiña, atrancada la puerta de la calle, se recogió a su alcoba, que era paredaña con la de mi madre. Tan pronto como lo sintió roncar, ella se dirigió en secreto a la cocina, donde a tientas se proveyó de pan seco, ciruelas y unas ronchas de salchichón de perro. Aunque estuvo a pique de apandar una botella con un resto de vino que había sobrado de la cena, no la quiso coger por temor a que el abuelo Cuiña notase al día siguiente la falta. Subió los manjares al tercer piso, caminando descalza y muy despacio para amortiguar en lo posible los traicioneros crujidos de los peldaños de madera. Hacía calor. Después de unos cuantos golpecitos suaves en la puerta del extranjero, éste abrió y, sonriente, la invitó a pasar. Al verlo en paños menores, mi madre se percató de que ella, a su vez, sólo llevaba puesto su camisón blanco de lino y debajo ninguna lencería.

—Me da un repelús recordar la escena: la vela encendida sobre la mesa, las sábanas revueltas, yo tan cría y él ahí delante con su pecho al aire, fuerte y peludo, ¿comprende el hijo?

—Claro que comprendo, madre. Estaba usted pirrada por él.

—Yo tenía miedo a que el extranjero me arrastrase hasta la cama y abusara de mí. Me avergoncé de mi poca ropa. Pensaba: éste a lo mejor cree que he venido a halconear, a ofrecerme como dicen que se ofrecía la reina Ofoenda a los marineros en las tabernas del puerto. Le deseé las buenas noches, pero no me supo entender.

Comió mi padre con buen apetito el pan y el salchichón, dándole entre bocado y bocado un tiento a una botella de vino aloque, ya descorchada, que había sacado del armario ropero y de la que no quiso mi madre beber, aunque él insistía. Despachó después las ciruelas, cuyos huesos escupía en el cuenco de la mano. Sentada ella en una silla y él en el borde de la cama, trataron de entablar diálogo. Mi madre se señaló a sí misma con el dedo y dijo:

—Minta.

Mi padre hizo un gesto de asombro, repitió como para sí la palabra y se quedó callado. Evidentemente no había comprendido.

—Yo Minta, ¿y tú?

—Minta, sí, sí —asentía él sacudiendo la cabeza de modo maquinal.

Tomó a todo esto de encima de la mesilla su pequeño diccionario de cubiertas de cartulina, rozadas por el continuo manoseo, y se lo entregó a la muchacha con el ostensible propósito de que ella buscase la página donde figurara aquello que decía.

—Tarea harto difícil, madre, ya que usted por aquella época aún no sabía leer.

—Por eso, como me quemaba el sonrojo, me apresuré a rechazar el libro y seguí con lo mío: yo Minta, ¿y tú? Aburrido de no entenderme, empezó él a pasar las hojas del libro y se paró en una.

—Denominación —tartamudeó como un escolar en los inicios de su aprendizaje.

—Fue entonces cuando yo le contesté: Minta. Y muy contentos de habernos por fin entendido, nos echamos los dos a reír de buena gana. Después de la risa, me vino una calma de ensueño, igual que si me hubiera atiborrado de láudano. Ni nervios ni vergüenza. Me parecía estar flotando a un palmo del suelo. Hasta acepté un trago de la botella, aunque a mí no me gusta el vino. Bebí tan sólo por chupar donde él había chupado. Tampoco quise seguir cruzada de brazos para taparme los pechos que, se me hace a mí, se notaban más de la cuenta debajo del camisón.

—Usted, Minta, ¿y él?

—Ay, no me venga el hijo con esa cantinela. Aunque me retuerzan los sesos igual que a un trapo mojado, nunca me acordaré de cómo se llamaba. Boteri, Biruti, Bartino o algo por el estilo. Aquella primera noche me lo dijo, pero lo he olvidado. O ni siquiera lo he olvidado, porque ¿cómo va a olvidar una lo que nunca ha sabido? Ni una sola vez en los cinco días que estuvo alojado en la hospedería necesité llamar por su nombre al que habría de ser tu padre.

—Madre, respóndame con sinceridad. ¿Soy fruto del abuso?

Durante años no obtuve de ella otra contestación que la promesa de que algún día, cuando hubiese alcanzado yo la madurez, me revelaría, sin más tapujos que a los que obliga el pudor, los pormenores que concurrieron en mi engendramiento. Llegó ese día al fin. Me suplicó, con un brillo de lágrimas en los ojos, que no le pagase su franqueza con reproches, puesto que ya no se podía enmendar lo pasado, y dijo:

—Pues bien, ya que el hijo se empeña en saberlo, le diré que no es fruto de la violencia ni de las malas artes. El hijo nació de la pasión de una chicuela ofuscada. Tu padre se aprovechó de mí no más de lo que la naturaleza tiene previsto que los hombres se aprovechen de las mujeres. Y yo, la verdad, aunque sufrí, me alegro de haberte parido, porque te quiero mucho y porque eres lo único valioso que me queda en la vida. Te pido, eso sí, que me escuches en silencio, como cuando lees esos libros que te roban el sueño por las noches y a los que ninguna culpa puedes dar porque a fin de cuentas los libros son de papel y no oyen.

Los ojos enrojecidos, la expresión mustia, exhaló un suspiro, no sé si de resignación, de cansancio, de pena o de todas esas cosas a la vez, y prosiguió:

—Había terminado de comerse las ciruelas y con ayuda del diccionario empezó a soltarme requiebros.

—Minta belleza —dijo.

—No daba pie con bola en achaque de gramática, pero yo bien que le entendía. Así estuvo durante un rato, pasando páginas y leyendo.

—Minta piernas.

—Y usted, ¿qué hacía?

—Pues ¿qué iba a hacer yo? Sentadita en la silla, me partía de risa. Pero luego...

—¿Qué le pasa, madre? ¿Por qué se calla?

Confesó que no se atrevía a referirme intimidades de alcoba por temor a que yo la tomase por lo que no era, y aun hizo ademán de levantarse de la mesa, como que daba por terminada la conversación. Le juré, casi llorando, que nunca se me había ocurrido pensar nada malo de ella, y al cabo recibió de mí tanta batería para que no me dejase en la ignorancia de los asuntos relativos a mi padre, por muy secretos o bochornosos que éstos fueran, que, dirigiéndome una mirada compasiva, se acomodó nuevamente en el asiento y reanudó su relato.

—Cópula —leyó él de pronto.

—Tal como lo cuento, hijo. Cópula. ¿Quién, aunque nunca haya pisado una escuela, no sabe lo que significa esa palabra? Al oírla me quedé de piedra, con la carne como para afilar cuchillos. Lancé una mirada hacia la puerta y a continuación otra hacia la cama con las cobijas revueltas. ¿Qué hago? ¿Salgo corriendo? ¿Me tiro en sus brazos? El extranjero notó mi turbación. Creyendo entonces que no había leído la palabra adecuada o que había leído una que yo no entendía, buscó otra en la misma página y en el mismo sitio donde había encontrado la anterior.

—Coito.

—Y para que no hubiera confusión formó una o con los dedos y por el agujero metía y sacaba el índice de la otra mano. El vientre se me puso tenso. De pronto me vino una especie de cosquilleo y de quemazón y de qué sé yo qué por todo el cuerpo, que pensé me hacía aguas allí mismo.

La primera vez que lo contó estuve en un tris de soltar la carcajada.

—Ay, Minta, Minta, decía yo para mi coleto, ¡el sueño que pasarás mañana si no le dejas a este hombre que tenga cuanto antes su disfrute! ¡Con la de trabajo que te espera! El pan para el desayuno, arreglar las habitaciones, barrer la escalera... A todo esto, decidida a echarme en la cama con él, me indicó por señas su intención de leerme otra cosa. Con el diccionario abierto se acercó a la mesilla. Sacó del cajón un fajo de billetes de cinco melios.

—Coito ¿cuánto? —dijo, al par que tendía el dinero a la muchacha.

A mi madre casi se le sale el corazón por la boca, primero del susto y después de la rabia y decepción que le había causado el innoble ofrecimiento del extranjero. En un arranque de coraje se levantó de la silla y, sin mediar palabra, abandonó raudamente la habitación. Sin embargo, a los pocos pasos por el pasillo a oscuras, se detuvo a consecuencia de una suerte de frenesí y de vértigo muy fuerte que le cortaba el aliento.

—Di entonces media vuelta y, tan desalada como me había escapado del hombre, volví a él. Sin decir esta boca es mía, llorando sin lágrimas, me agarré bien agarrada al respaldo de la silla, la falda del camisón levantada hasta los hombros, y esperé abierta de piernas a que viniera.

—¿Le aceptaste el dinero?

—Cinco melios. Me daba más, pero me pareció un robo. Los días siguientes tuve menos vergüenza y le cogí diez.

3

Un tiro en el ano del último rey Bofrén terminó con siglos de régimen monárquico en Antíbula. Al referirse al suceso, los relatos históricos modernos suelen evitar los detalles crudos, por más que nadie, ni siquiera los niños en edad escolar, ignora de qué modo falleció el infortunado Carfán III.

Hubo una época, no obstante, en que la irreverencia y el sarcasmo fueron moneda corriente en nuestro país, permitidos, cuando no fomentados, con fines propagandísticos por el gobierno del dictador Vistavino. Se intenta así mancillar la recién abolida monarquía, de paso que se reviste de impopularidad la idea de su restauración, defendida por una minúscula minoría. Menudean por entonces las representaciones teatrales, las operetas y espectáculos de variedades que ridiculizan la figura del último soberano antibulés. De las incontables letrillas burlescas que se compusieron para hacer mofa del rey muerto, alguna obtuvo los honores de la posteridad. A mí me viene a la memoria ésta que, según me han dicho, todavía cantan las comparsas cuando hay regocijos públicos en la ciudad:

Lo mejor para el culito,
la rabadilla y el lomo
si pican las almorranas,
supositorio de plomo.
Está escrito en los anales
de Carfán, segundo tomo.

Ay, ay, ay,
cuánto duele,
cúanto pica
y qué mal huele.

El 15 de agosto de 1916, un día después del regicidio, el cadáver del monarca fue expuesto en el transepto de la catedral de la Santa Justicia, dentro de un ataúd negro forrado de raso cárdeno y cubierto con una tapa de vidrio que permitía observar a la luz de los hachones el rostro desfigurado del difunto. Lo custodian alabarderos vestidos con uniforme de luto, casco con airón negro y guantes del mismo color. En torno a la caja se apilan las guirnaldas funerarias. Delante, sobre un cojinete de terciopelo, descansan la diadema, el cetro y el sable de Carfán III. El pueblo se dirige en silenciosa y reverente procesión a despedirse de su joven rey. Muchas personas llegan movidas del deseo de verle por primera vez la cara. El cuadro que se ofrece a sus ojos conmueve incluso a los que, en opinión del cronista de *La Hoja de la Patria*, «sólo habían acudido al sagrado recinto con el frívolo propósito de saciar la curiosidad».

Mientras tanto, en los salones, descansillos y corredores del Palacio Real está en juego el porvenir político de Antíbula. El rey, que carecía de descendientes, ha muerto sin nombrar a un sucesor. La reina Ofoenda reclama para sí la regencia. Pretende, en pugna con los prelados del reino, asumir tareas de gobierno en tanto dura la gestación del hijo que afirma albergar en su vientre. Los pocos que no se desdeñan de escucharla desconfían en voz alta de que sus entrañas lujuriosas hayan sido fecundadas con esperma real. Testimonios de la servidumbre (alentados y, según cuentan, recompensados generosamente por los pretendientes al trono) aseguran que iba para un año que la infiel consorte no compartía el lecho conyugal con su marido.

La situación se embarulla a medida que transcurre el día. Al atardecer son seis los seudoprimos y los medio tíos del rey muerto que se disputan la corona. La desavenencia degenera en una trifulca de aristócratas. Vuelan los puños. Sangre de excelentísimas narices gotea sobre las lujosas alfombras. A primera hora de la noche, los ministros, encabezados por el marqués de Joano, continúan reunidos en el salón de embajadores, considerando los pros y los contras de constituirse en consejo de regencia. Un grupo de próceres y banqueros debate en la cámara contigua. Hay quien pronuncia abiertamente la palabra prohibida: república. Se percibe una tensión en el aire y parece como si ciertas vibraciones sordas, que algunos creen percibir en los momentos de trascendencia histórica, sacudieran los tabiques. Todo el palacio bulle de intrigantes, correveidiles de librea, cortesanos y nobles que protestan, esgrimen ejecutorias y piden a gritos que sean atendidas sus reclamaciones.

Tan sólo en las caballerizas de palacio reina la tranquilidad. A las nueve de la noche, el general Balzadón Vistavino, ajeno a las discordias palaciegas, comparte el rancho con los oficiales y una tropa más numerosa que de costumbre, detalle éste en el que no parece haberse fijado la gente encopetada que pulula de modo tumultuoso dentro de la mansión real. Las raciones son inusualmente abundantes: un cuarto de perro asado en cada plato, patatas a discreción y caracoles fritos. No falta el vino ni el sorbete de postre con copichuela de licor. De vez en cuando el general se coloca el monóculo y echa un vistazo a su reloj de bolsillo. Ya va quedando menos para la medianoche, hora en que su proyectado pronunciamiento le granjeará el poder absoluto, que conservará por espacio de doce años. Los carceleros de la isla de Molu están sobre aviso. En algún momento de la madrugada (cito al propagandista del nuevo régimen, el poeta retórico Molibio) un barco de la armada «les hará entrega de un copioso cargamento de carroña aristocrática». Hoy se sabe que los treinta o cuarenta prisioneros que fueron hacinados en la sentina de la nave perecieron durante la travesía nocturna a manos de la soldadesca, en el curso de una saturnal de sadismo tras la que no pocos historiadores barruntan una decisión secreta del dictador. La marea arrastrará en los días ulteriores hasta la playa de Antíbula los cuerpos mutilados de algunos de ellos, así como cabezas sueltas, con las cuencas de los ojos vacías, y un sinnúmero de huesos, pedazos de carne putrefacta y miembros cercenados, mordidos por las alimañas marinas. A mi abuelo Cuiña le apareció por aquel entonces una sortija de oro dentro de una sepia.

Entre las víctimas no se hallaba ningún noble o cortesano de los que, hartos de las vergonzosas escenas promovidas por sus iguales, tuvieron la prudencia de abandonar el Palacio Real antes de las doce de aquella noche aciaga. Cierto que a algunos de ellos la retirada a sus hogares no les sirvió sino para prolongar la vida unas pocas horas. Les cupo, sin embargo, el consuelo de recibir una muerte rápida, coronada con los honores de un entierro convencional.

La reina Ofoenda (a quien Jan de Muta dedica un largo capítulo en su monumental *Crepúsculo monárquico*, de 1931) fue una de esas personas que abandonó el palacio minutos antes que comenzase la sublevación. ¿Adónde fue, qué hizo, con quién estuvo? Su precipitada marcha abre una serie de incógnitas que nadie ha logrado resolver hasta ahora. Corre desalada, los chapines en una mano, en la otra un cabo de la basquiña, y aunque un velo negro le cubre el rostro, a su paso por la cocina no hay sollastre ni despensero que no la reconozca. Para la servidumbre de palacio, las escapatorias nocturnas de la reina Ofoenda no representan ninguna novedad. Esa noche, en cambio, sorprende a los que la ven marcharse el que no la preceda con el cofrecillo de los afeites el anciano cochero que la suele conducir a las casas, los parques y los tugurios en que esta mujer ávida de placer sensual acostumbra encontrarse con sus amantes. Lo cierto es que su rastro se pierde poco antes de las doce campanadas en la cocina del Palacio Real, donde a pesar de la hora intempestiva se sigue trabajando a destajo. Con el hacha de tajar perro en la mano, con un costal de harina al hombro o arrastrando una espuerta de carbón, algunos se apartan para dejar vía libre a la augusta señora, que no tiene tiempo ni voluntad de corresponder a sus reverencias. Por una puerta que hay junto a la leñera saldrá al jardín, envuelto a esas horas en la suave oscuridad de una noche de luna. A partir de ese instante ya no hay testimonios que aclaren el misterioso infortunio que pronto habría de abatirse sobre la reina Ofoenda.

Al principio cundió el rumor de que los centinelas de palacio la habían entregado al general Vistavino, quien, con las ganas que tenía de perderla de vista, se supone que no habría vacilado en ordenar que la ajusticiaran. Esa y otras conjeturas similares, debidas a la imaginación popular, se vinieron abajo en el año 29, cuando fueron publicadas las remembranzas póstumas de Rem de Bordín, la última persona que conversó en privado con la reina Ofoenda. El pasaje en que el pintor refiere el diálogo, con la habitual ordinariez y falta de gusto literario que tanto afea su estilo, es de un valor histórico innegable. De ahí que su reproducción completa, salvo que se cruce por medio la sensibilidad mojigata de algún autor puritano, sea punto menos que obligada en los relatos biográficos dedicados a aquella pobre joven que hubo de pagar muy caro su casamiento con el último rey Bofrén. Dice así textualmente:

«Serían, si mal no recuerdo, las once y media de la noche cuando irrumpió la Ofoenda en mi aposento, y lívida de excitación, de histeria o de lo que fuera que en aquellos momentos le tenía sorbido su poco seso, con el resuello ronco como si acabara de zafarse del abrazo de algún estrangulador, enristró hacia mí soltándose por el camino los lazos del escote. Nada me apetecía menos que fornicar, pues estaba yo a la sazón ocupadísimo redactando un memorial con vistas a presentarlo sin demora a quienquiera que fuese nombrado sucesor del fallecido rey imbécil, el cual me había otorgado los cargos y privilegios que me convenía conservar. En esto llegó la descocada a mi vera, y estampándome en la cara las teticas, empezó a restregarlas contra mi boca a fin de que yo no pudiera hablar ni decirle que unas muy urgentes obligaciones me impedían atenderla. Al fin, como pude, se lo dije; mas ella no hizo caso de mis palabras, sino que con ansia fogosa me tomó la cabeza entre sus brazos y me picoteó el cogote, la coronilla y la frente de besos. Si no la derribé de un mamporro con el candelabro fue porque de pronto vi que tenía los ojos arrasados en lágrimas y que estaba como ida, la mirada fija y vidriosa, pensé que quizá a causa de la emoción que le debía de haber producido el asesinato de su esposo. Le toqué la frente y, en efecto, le ardía. Ella entendió el gesto conforme a sus propósitos venéreos, y aun se sacó un suspiro desde lo hondo de su descompasada lascivia, convencida de que yo me daba a partido. Sin más ni más se arrodilló a mis pies, toda una reina de veinte abriles, quién lo dijera, y comenzó a desabotonarme escapada los calzones y a suplicarme en tono lastimero: Rem, por lo que más quieras, hazme un hijo. Rem, amor, hazme un hijo esta noche, que, si no, me niegan la regencia, a mí, a la viuda del rey. Y diciendo esto me tendió un collar de brillantes, pieza de valor que años atrás le había regalado su suegro con no sé qué motivo ni me importa. A la vista de la joya, me concomió la tentación de ceder a sus ruegos. Conque acepté la dádiva y, a cambio, le permití enseñorearse de mi hombría, con tan mala fortuna para su interés y pretensiones que como me la manosease con más vehemencia que debiera y, por terminar de someterme a su ley,

37

le arrease un lametón de mucho fuste en la mismísima punta del placer, se me saltó de sopetón un chorrillo de manteca contra su cara. Miróme airada, me reputó de hombre para poco, la muy..., y me arreó un sopapo. Te doy la razón, le dije, pero el collar no. Al borde de perder los nervios, me espetó una palabra impropia de su rango, al par que trataba de golpearme nuevamente, cosa que no le consentí porque a veces me cansa sobremanera que no me traten como merezco. Rem, me dijo mordiendo las palabras, en cuanto me alce con la regencia te mando a Molu. Salió del aposento hecha un basilisco. Ni me despidió ni la despedí. Al poco rato, desde la ventana, la vi correr sobre el césped del jardín trasero del palacio y alcanzar la calle por el portillo reservado a los criados. Los centinelas le hicieron la reverencia de rigor. No los miró, iba muy tiesa y rauda, rumbo al desenlace de su desventura».

Al despuntar el alba, su cadáver apareció varado en una de las mejanas arenosas que la bajamar suele dejar al descubierto en el cauce del río Intri. Mi madre, que lo vio cuando atravesaba el puente del Santo Jancio cargada con el pan para el desayuno de los huéspedes, recuerda que la reina Ofoenda tenía puesto un vestido largo, sucio de légamo, por el que bullían a sus anchas los cangrejos.

—Yo me acuerdo de que estaba tendida boca abajo. La gente del puente no podía imaginar quién era la muerta. A lo lejos venía despidiendo humo una barca de la guardia de seguridad. Yo a gusto me hubiera quedado a mirar cómo retiraban a la pobrecita, pero no lo hice porque tu abuelo me habría saltado los dientes de un revés si hubiese llegado tarde con la cesta del pan.

—¿Y cuándo se enteró usted de que era la reina quien se había ahogado?

—Por la tarde. Se lo contaba un huésped a otro en el pasillo del segundo piso. Tu abuelo, que subía por las escaleras, metió baza. Les echaba la culpa a los extranjeros.

Jamás se logró averiguar si la reina Ofoenda sufrió aquella noche un accidente, si se suicidó como insinúa Jan de Muta en su *Crepúsculo monárquico* o si unas manos criminales la arrojaron a las aguas del río Intri. El general Vistavino sustentaba en público esta última versión, en la que se basaba para justificar su toma del poder. En cumplimiento de sus órdenes se celebraron unas exequias fastuosas en honor de la «reina mártir», como le gustaba llamarla en sus grandilocuentes alocuciones. Dispuso que se añadieran a los cinco días de luto nacional por la muerte del rey, otros cinco por la de la reina, lapso durante el cual fueron terminantemente prohibidos los espectáculos públicos, las vestimentas abigarradas y las risas en la calle. Propaló, además, desde las páginas de *La Hoja de la Patria*, la presunción de que «elementos alevosos, contrarios a la paz y el orden, han acabado con la vida de nuestros monarcas, dejando a la patria huérfana de guías, razón por la cual, y con el beneplácito de Dios, no me queda más remedio que cargar sobre mis espaldas el peso de la gobernación». Sus escritos y proclamas acababan con la consabida promesa de que no descansaría hasta tanto haber escardado de la sociedad la mala hierba. En la práctica su retórica ampulosa se tradujo en una represión feroz. A fin de incentivar las delaciones, el general Vistavino el Matamuertos anunció que se recompensaría con cuantiosas sumas de dinero a todo aquel que proporcionara información conducente al esclarecimiento del doble asesinato. En menos de tres días, sus temidos guardias de seguridad limpiaron Antíbula de opositores políticos, personajes leales a la monarquía y sospechosos de cualquier especie. Entre los innumerables detenidos se hallaba un extranjero sin nombre ni conocimientos en nuestra lengua, mi padre.

—Ya era noche cerrada —solía contar mi madre—. Oí desde la cama que aporreaban la puerta. No hacía ni cinco minutos que el abuelo Cuiña la había atrancado. Pom, pom, pom. Parecían golpes de mazo. Los daban poco a poco, pero ¡cómo retumbaban! Yo me arrebujé con las sábanas, muerta de miedo.

—¡Cuiña, abre a la justicia o te echamos la casa abajo!

—En la calle ardían unos cuantos faroles. El resplandor atravesaba la cortina y formaba figuras en las paredes de mi dormitorio. Me acuerdo también del calor. La noche era un horno. Añádale el hijo el tembleque de las luces en las paredes y los gritos en la calle, y entenderá que su madre tuviera el alma en un hilo. Por fin tu abuelo quitó la tranca. Luego escuché que les susurraba a los guardias el número de habitación de tu padre.

—Está en la dieciocho.

—Tú y tú, adentro —tronó una voz imperiosa.

—En el tercer piso, no hay pérdida —agregó el abuelo Cuiña—. El número está clavado en el cuarterón de la puerta.

—Yo, callandito, me acerqué a la ventana a mirar por una rendija a los de fuera. Algunos guardias habían entrado corriendo en la casa. Subían por la escalera trapaleando como caballos. El corazón me dio un vuelco, porque imagínese el hijo que hubieran venido a prender al extranjero media hora más tarde. De seguro me habrían pillado en sus brazos.

—Y entonces, madre, dice usted que se lo llevaron.

—Lo sacaron a golpes, con las manos atadas a la espalda. Debajo de la chaqueta llevaba puesto el camisón de dormir. Ni siquiera le permitieron vestirse decentemente. Sangraba como un perro en el matadero cuando lo echaron dentro de un carro en el que se amontonaban otros presos. Nunca supe más de él. Tu abuelo contó al día siguiente en el comedor que el extranjero de la dieciocho había asesinado al rey con alguna de las pistolas que guardaba en la maleta. Yo sé que esto no podía ser verdad, por más que entre sus pertenencias le encontraran, aparte las armas, un dibujo de Antíbula con rayas y flechas que por lo visto indicaban el camino que solía seguir el rey en su carruaje. Aun así me consta que él no lo mató.

—Y usted, ¿cómo está tan segura de ello?

—Da la casualidad —sonreía— de que la tarde en que dispararon contra el rey Carfán, tu padre y yo estábamos juntos en la hospedería. Procreando a un niño que con los años se ha vuelto un hombre preguntón. ¿A quién iba yo a contárselo y para qué? Una mozuela no debe airear ciertas cosas.

4

En el proceso de un año, valiéndome de mi condición de bibliotecario, frecuenté varias veces por semana los polvorientos cuartos y dependencias del Archivo Nacional, vedados rigurosamente al público. Esto era por 1942, poco antes de que el ejército bladita, con la más que probable complicidad del gobierno nacionalsocialista alemán, invadiera nuestro país. En legajos comidos de polilla busqué con afanosa perseverancia algún documento que testimoniase la estadía fugaz de mi padre en Antíbula. Me alentaba la esperanza de averiguar su nombre y, de paso, cualquier dato que esclareciese la suerte que le tocó correr tras su detención en la hospedería del abuelo Cuiña el 16 de agosto de 1916. Fiaba mi empeño en la meticulosidad burocrática que impuso el general Vistavino a su régimen.

La fortuna no me acompañó. Me cabe, eso sí, el consuelo de haberla perseguido con el suficiente tesón como para no tener que atormentarme ahora con reproches. Meses más tarde la tentativa habría sido de todo punto imposible. El 5 de mayo de 1943, artilleros bladitas apostaron una batería de cañones frente al Archivo Nacional y en cuestión de media hora redujeron el edificio a polvo y piedras con todos sus tesoros documentales.

En los sótanos del Archivo di, al cabo de larga búsqueda, con el registro de ejecuciones consumadas durante la dictadura de Balzadón Vistavino, el tirano que al firmar las sentencias de muerte gustaba de añadir de su puño y letra, junto a la rúbrica, «por amor de Dios». La lista abarcaba obra de trescientos pliegos repletos de nombres escritos con letra no siempre legible. Tras los nombres se consignaba entre paréntesis alguna seña particular del condenado (su edad, su oficio, su filiación política) y se especificaba de manera sucinta el motivo del ajusticiamiento. A causa de la humedad, algunas hojas habían comenzado a criar moho.

41

Desgraciadamente, en la triste nómina no entraban los muchos extranjeros que, detenidos por la guardia de seguridad entre 1916 y 1928, desaparecieron de la faz de la tierra sin dejar rastro. Por el historiador Jan de Muta, con quien coincidía a menudo en la sala de lectura del Archivo Nacional, supe que una orden secreta del dictador impedía procesar a los detenidos de origen extranjero. Ni tan siquiera estaba permitido tomar razón de su prendimiento. Simplemente eran liquidados en el acto o confinados en la isla de Molu, lo que para el caso venía a ser lo mismo.

—Hacerlos desaparecer —afirmaba Jan de Muta— era el mejor modo de evitar conflictos internacionales. Después de tantos años aún viene gente de fuera a preguntar por ellos. Les mueve la ilusa esperanza de hallarlos vivos en alguna mazmorra subterránea, o por lo menos de averiguar dónde fueron enterrados.

Le revelé que no otro designio me impulsaba a pasar mis horas libres en el Archivo Nacional. Jan de Muta, que, además del erudito preclaro que todos conocemos, era un hombre sobremanera respetuoso, hizo un gesto de asentimiento, como que me comprendía, sin ocultar no obstante por completo la indiferencia que mis palabras le habían producido. Supuse que su dedicación al estudio de los acontecimientos más destacados de la historia reciente de Antíbula no se podía compadecer con la crónica modesta de la detención de un extranjero en una hospedería. Pero advertí que me había equivocado cuando acto seguido, al referir algunos pormenores concernientes a mi padre, conté que le habían descubierto dos pistolas y un extraño mapa. Jan de Muta dio entonces un respingo y, con súbito interés por el caso, propuso que nos llegáramos a una cafetería de la calle de Rosilente, frontera del edificio del Archivo Nacional, con el fin de proseguir allá más cómodamente la conversación.

Reanudado minutos más tarde el relato en la terraza de la cafetería, Jan de Muta me escuchaba con interés que por momentos parecía derivar hacia el asombro, fruncido el entrecejo a la manera de quien anda a vueltas con alguna cavilación, de suerte que, sacando un pequeño cuaderno de un bolsillo de su chaqueta, se puso a tomar nota de mis palabras.

Su expresión cambió de golpe cuando supo que a mi padre no se le podía achacar el asesinato de Carfán III.

—Veamos si he comprendido bien —me dijo, reprimiendo,

creo yo, una carcajada enteramente inconciliable con sus modales exquisitos—. La tarde del 14 de agosto de 1916 su padre de usted no se hallaba escondido en la cloaca del bulevar de las Damas, sino, dicho sin el menor ánimo de ofender, disfrutando de una unión consensual con la madre de usted en la casa de huéspedes donde él se alojaba.

—No hay la menor duda de ello.

Jan de Muta suspiró visiblemente aliviado, al tiempo que, sonriente, guardaba en el bolsillo su cuaderno de anotaciones.

—Le confieso que por un instante me ha hecho usted sentir escalofríos. De haberse confirmado que fue su padre quien disparó contra el último Bofrén en salva sea la parte, los nueve años que invertí en la elaboración de mi *Crepúsculo monárquico* habrían sido en vano. El surgimiento de un dato de tamaña importancia me obligaría a reescribir diez o doce capítulos de la obra, tarea para la cual, hoy por hoy, me faltan fuerzas, ganas y tiempo. Joven, pega usted unos sustos de espanto.

Días después, a mi llegada al Archivo Nacional el conserje me hizo señas para que me acercara a su garita. Me refirió que por la mañana el profesor De Muta había dejado un mensaje a mi nombre. Me lo entregó y lo leí. Tras un cordial saludo, el célebre historiador me invitaba a echarle sin demora un vistazo al anaquel 188, balda cuarta, de la sección de actas policiales, en el tercer piso. Por azar había encontrado un documento que juzgaba del máximo interés para mí. El corazón me dio un vuelco, persuadido de que con la ayuda de aquel hombre eximio estaba yo a punto de alcanzar el término de mis desvelos. A toda pastilla subí las escaleras de madera, profanando el grave silencio de los sucesivos recintos con el ruido escandaloso de mis pisadas. Como una fiera famélica caí sobre la hoja amarillenta, fechada en 1930, que Jan de Muta había dejado a la vista sobre los legajos polvorientos del anaquel mencionado en su nota. Escrito a máquina, podía leerse, perdido entre otras informaciones, el siguiente párrafo:

«Braes Cuiña, cincuenta y ocho años, confidente de la guardia de seguridad, pereció el 29 de diciembre de 1928 habiendo opuesto resistencia a las fuerzas revolucionarias que procedían al registro de su casa. Conforme a la nueva ley militar, sus restos mortales fueron inhumados en una fosa anónima».

Ese día comprendí que no sólo por ocultar una mancha en el honor de la familia, como yo había creído hasta entonces, sino también, y acaso antes que nada, por evitar el repudio de sus valedores y correligionarios (hombres todos ellos apegados a la moral tradicional que nutría de savia ideológica al régimen del Matamuertos), el abuelo Cuiña había dispuesto que mi madre pariera secretamente en el camaranchón de la hospedería y me tuviese allí encerrado por espacio de siete años, el tiempo que le costó a la Flapia enterarse de que había un niño escondido en el edificio.

Al camaranchón se accedía desde el extremo del pasillo de la tercera planta, por una escalera de peldaños de tabla sin contrahuella. Le faltaba tan poco para ser vertical que por fuerza debía uno ayudarse de las manos para subirla. Bajo el peso de los pies, la vieja madera emitía unos crujidos que a mí se me antojaban avisos de mal agüero. La escalera remataba en una puerta gruesa de goznes rechinantes, provista de una colanilla roñosa que, aunque pequeña, bastaba y sobraba para convertir el camaranchón en un calabozo.

Éste, al contrario de la lóbrega escalera, era espacioso y claro, no muy limpio, pero bien ventilado. Constaba de un único recinto de tamaño equivalente al de todas las habitaciones de cualesquiera de los pisos inferiores juntas. Tenía el suelo de tablas carcomidas y llenas de agujeros por los que entraban y salían a su antojo los ratones, mis primeros amigos de la infancia. En no pocos lugares el tillado se hundía a la menor presión del pie. Yo deduzco que nunca fue cambiado desde la construcción de la casa en 1702. Cada tres o cuatro metros un grueso travesaño unía las dos vertientes del techo, ensamblados con una larguísima viga maestra que a su vez descansaba sobre maderos.

El camaranchón carecía de luz eléctrica. De día recibía la claridad de fuera, que entraba por una claraboya y por sendas hileras de ventanitas que había a los costados. Las unas daban a la calle de Mertán el Grande y era muy poco lo que se alcanzaba a ver por ellas: la pared del edificio frontero y una franja estrecha de calzada. Desde las otras, por el contrario, se podía contemplar un vasto panorama de fachadas y tejados, además del Palacio Real con sus jardines de perenne verdor a orillas del río Intri, y, en las tardes despejadas, las puestas rojas de sol tras las colinas del horizonte.

Otra cosa, me acuerdo, se podía observar por las ventanitas de este lado, que yo entonces, debido a mi corta edad, no estaba en condiciones de entender. La repetida escena despertaba en mí, sin embargo, deleitable curiosidad. Y era que a menudo, dentro de un huerto tapiado, en la margen del río, solía reunirse gente, la cual, desde mi apartado observatorio, no abultaría más que un dedo de mi mano infantil. Había una pared pardusca ante la que solían colocarse de pie unos hombres. Enfrente había otros vestidos con ropa gris. Sonaba de pronto un ruido grande que llegaba a mis oídos deshecho en ecos. Para entonces los de la pared habían caído al suelo y se quedaban allí tirados tanto tiempo como tardasen en llegar dos hombres de azul que venían a recogerlos con un carro. Yo se lo contaba a mi madre cuando subía a colgar la ropa o a traerme de comer; pero ella nunca se quería asomar ni me explicaba qué hacía aquella gente en el huerto junto al río, hasta que harta de la batería con que yo a cada paso la importunaba, por fin un día se resignó a revelarme la verdad.

—Los del uniforme gris —me dijo— son soldados que fusilan a los otros.

Me maravilló que ella supiera de qué color era la ropa de aquellos hombres sin tan siquiera acercarse a la ventana a observarlos. Asombrado, resolví imitar su actitud impasible y en adelante perdí todo interés por aquella escena del huerto que no llegaría a comprender hasta pasados unos cuantos años.

Dentro del camaranchón, en la zona próxima a la puerta, había una muchedumbre de trastos inútiles, hacinados de modo que ocuparan el menor espacio posible. Recuerdo varios muebles viejos, entre ellos el desvencijado guardarropa donde mataron al abuelo Cuiña en 1928. Recuerdo asimismo media docena o más de bañeras en desuso, encajadas una dentro de otra hasta formar una torre que llegaba casi hasta el techo. Alrededor se amontonaban toda clase de cachivaches polvorientos y roñosos. A poca distancia había un gran número de costales de harina, junto a una tinaja de por los menos treinta litros de aceite, y aun puede que me quede corto. Por encima, colgados de unos ganchos que estaban clavados en la viga, se alineaban los cuartos de perro puestos a acecinar. Al cabo de los años, me basta con cerrar los ojos y hacer un leve esfuezo de concentración para percibir aquel olor penetrante de la carne salada, tan característico de mi niñez.

Hacia el centro del camaranchón se hallaba el tendedero donde mi madre colgaba la ropa lavada, de la cual se desprendían gotas con las que de chavalillo me gustaba mojarme, colocándome debajo, e incluso saciar la sed, goloso de su sabor agrio a lejía. Allá junto estaba mi rinconcito cercado de tablones, a fin de que yo no me escapase gateando. Dentro tenía mi colchón de paja, que se llevaba la mitad del sitio, un lebrillo para las aguas menores y una caja mugrienta de madera, cubierta de aserrín, para mis otros menesteres. El abuelo Cuiña me la enseñó a usar muy pronto a puro de bofetadas y de restregarme alguna que otra vez mis propias heces por la cara.

Jamás, durante los siete años de mi reclusión, tuve un juguete, ni un compañero de juegos, ni unos malos lapiceros de colores con que entretenerme. Tuve, sí, mucho frío, en invierno sobre todo, cuando las sábanas heladas del tendedero se volvían pétreas al tacto y cuando de los sobradillos colgaban largos y puntiagudos carámbanos que eran como colmillos de hielo que les hubieran salido a las ventanas. Al decir de mi madre, nunca, mientras viví encerrado, contraje enfermedades, ni siquiera las ordinarias de la edad infantil, como el sarampión o la varicela, que me fueron contagiadas al poco de ser rescatado por la Flapia de mi prisión. Fui flaco y pálido, pero desenvuelto, correoso y nada llorón, y aunque pasaba mucho tiempo solo, no tenía noción ninguna de la soledad, de la melancolía ni del tedio.

Conocí, por supuesto, algunos padecimientos. El frío, como ya he mencionado, y a veces, cuando sus muchas obligaciones impedían a mi madre cuidarme, el hambre. Sufrí una mala dentición, según me enteré más tarde, por cuanto aquel tormento físico precedió a los albores de mi memoria. Sea como fuere, mis dientes no atinaron a alinearse y, hasta que no los tuve postizos, me afearon grandemente, en particular los incisivos solapados. Sufrí también a causa de las pulgas y las chinches, las cuales tenían su paraíso terrenal en el colchón de paja donde yo dormía, y en mí a un tiempo la gloria, Jauja y Eldorado.

Recuerdo bien la inquietud que entonces me producían los relámpagos, especialmente por la noche, cuando en medio del incesante repiqueteo de la lluvia en el tejado, los repentinos fulgores iluminaban los objetos a mi alrededor, dándoles por un instante una apariencia feroz que en las horas de calma y claridad no tenían, como si a consecuencia de la descarga eléctrica hubiesen cobrado de repente vida de alimañas. Los truenos retumbaban a continuación con espantosa violencia. Yo me acurrucaba en un rincón de mi parcela cercada y me cubría con el colchón, convencido de que de un momento a otro el techo con sus gruesas vigas se desplomaría sobre mí. Según mi madre, también me amilanaba la vista del arco iris desplegado por encima de la ciudad, pero yo esto, por más que exprimo la memoria, no logro recordarlo.

A quien no he olvidado es al hombre que cada no sé cuánto tiempo subía al camaranchón, descargaba un nuevo trasto, cortaba unas tajadas de cecina, trasegaba aceite de la tinaja a una alcuza o se echaba al hombro un costal de harina y me golpeaba. Decía:

—Acércate, canijo, que me han venido ganas de cruzarte esa cara de bastardo que tienes.

Yo acudía a su lado temblando, bajaba la vista y me resignaba a las tortas que se le antojase sacudirme. A veces usaba conmigo de grandísima crueldad.

—Bastardo, te regalo un azucarillo si me aguantas un mojicón sin llorar.

A este punto, para confitarme, me mostraba la dulce y blanca piedrecilla en la palma de su mano. Yo asentía a sus malas intenciones, más por intimidado que por goloso.

—Está bien, levanta el hocico.

Aferrándome un brazo, me golpeaba con el puño en la cara, ni tan fuerte que me saltase un ojo ni tan blando que no diera casi siempre conmigo en el suelo, aunque por el dolor se me hacía que me mataba. Así y todo, apretados los dientes, yo retenía las lágrimas.

—Ya veo que estás hecho un hombre, aunque un hombre tonto —decía, fingiendo tener la mano lastimada.

Tras lo cual se echaba a reír ruidosamente y se marchaba sin haberme entregado la prometida recompensa.

Incomprensiblemente, mi madre, que no recibía mejor trato de él, lo disculpaba:

—Hijo, has de saber que el abuelo Cuiña es un hombre que trabaja sin parar. ¿Por qué no pruebas a quererlo? Entonces verías que se vuelve bueno contigo.

Un tarde, sin embargo, por los tiempos en que ya se me permitía andar por la casa, entró corriendo mi madre en el cuarto del lavadero, donde yo, por aligerarla de trabajo, estaba enjabonando ropa, y como viniese muy alterada y a punto de llorar, le pregunté qué le ocurría y ella me contestó:

—El abuelo Cuiña es malo.

Me levantó a continuación en brazos, y metiéndome a toda prisa en el baúl de la ropa sucia, me pidió que mirase muy atentamente y en silencio lo que en breves instantes iba a suceder y que no lo olvidara nunca. Bajó sin más explicaciones la tapa, que yo mantuve ligeramente alzada con el fin de que quedase una rendija para ver. A todo esto, llegó al cuarto el abuelo Cuiña.

—No te escapes, pindonga —dijo con mucho enojo—. Lo que has dado a otros, también puedes dármelo a mí.

—Padre, padre —imploraba mi madre—, no me haga daño.

Fui a continuación testigo de un episodio cuyo significado escapaba a mi infantil entendimiento. El abuelo Cuiña agarró a mi madre por la cola de caballo, que era negra y larga hasta el arranque de la espalda. Con la mano libre le sacudió una sonora bofetada, cosa que no me sorprendió, pues de sobra sabía yo que el abuelo era de suyo aficionado a maltratar. Así agarrada como la tenía, la volteó sin miramientos, poniéndola de cara al lavadero, hasta cuyo borde la arrastró a viva fuerza. Allá, su cuerpo de hombre ocultó por completo el menudo y delgado de mi madre. Yo lo veía a él por detrás, sin riesgo de que me descubriese. De repente se le bajaron los pantalones hasta los tobillos. Al descubierto quedaron sus nalgas pilosas. Poco después el abuelo gruñía extrañamente. Mi madre callaba. Pasado un rato, él se subió y abrochó los pantalones, y al tiempo que salía al corredor, ya fuera del alcance de mi vista, le oí decir:

—Te machaco los sesos como hables con alguien de esto.

Apenas se hubo marchado, abrió mi madre la tapa del baúl y me preguntó si había visto lo que acababa de ocurrir. Impresionado por su rostro demudado y por su respiración anhelante, me apresuré a sacudir la cabeza en señal afirmativa. La respuesta, sin duda, le complació. Transcurridos varios días, quise saber qué era aquello que le había hecho el abuelo Cuiña en el cuarto del lavadero; pero ella no dijo más sino que me bastaba con haberlo visto, y me hizo prometer y jurar de nuevo que nunca lo olvidaría.

5

En la calle de Soruca, a cuatro pasos del Palacio Real, estaba y todavía está (aunque con otros dueños) la tahona de la viuda de Jiuto, en la que desde hace más de cien años, aparte cocer el pan, se confeccionan los bartolillos de Jiuto, perdición de los golosos. La forma de los bartolillos ha ido cambiando con los años. Yo recuerdo que los de mi infancia consistían en un cilindro de carne picada de perro con canela, entre dos triángulos de soletilla, recubierto el de arriba con crema acaramelada o de chocolate, según. Una de las pocas personas que a principios de siglo conocía la receta de los bartolillos era la Flapia. De vez en cuando la cocinera del abuelo Cuiña acudía al horno a preparar las cremas, habilidad en la que al parecer no había quien la aventajase. Su prestigio de repostera le permitía cumplir la tarea sin tener que sujetarse a un horario. Debido a sus numerosas ocupaciones, ella prefería dejar para la noche el trabajo en la tahona, aunque no siempre. La llamaban, iba, despachaba a su aire la faena y adiós.

La Flapia venía de colmar peroles con crema de caramelo un día de 1924, muy de mañana, cuando al pasar el puente del Santo Jancio, camino de su casa, levantó por azar la vista hacia la hospedería del abuelo Cuiña y se quedó pasmada al divisar a un niño semidesnudo, sentado a horcajadas en el caballete del tejado. Al punto se alarmó pensando que la pobre criatura se hallaba en grandísimo peligro de matarse. Tentada estuvo, según me había de contar alguna vez, de pedir socorro a voces, en la esperanza de que la oyese un guardia o quizá un transeúnte madrugador que pudiera llegarse en una carrera hasta el retén de los bomberos. Miró en torno. No vio a nadie, ni en el puente ni en las calles cercanas. Verse sola en medio de la ciudad dormida la disuadió de su primer designio. Resuelta entonces a obrar por su cuenta, reparó de pronto en un detalle que la escamó. Y era que como el edificio de la hospedería sobresalía cosa de cinco o seis metros de los colindantes, ni con ayuda de media docena de milagros le habría sido posible a aquel niño saltar de un tejado a otro. Lo que se infería de ello no precisa aclaración. La Flapia estaba en todo momento al tanto del número de huéspedes que se alojaban en casa del abuelo Cuiña, ya que dependiendo de los que hubiese debía ella guisar más o menos, y aunque no los conocía por sus nombres ni le interesaba entrar en relación personal con ellos, sabía con certeza que últimamente no había servido comida a menores de edad. La pregunta estalló como un petardo en el centro de su cerebro: ¿quién demonios era aquel chavalillo? Inducida por una curiosidad que no cesaba de alimentar en su pensamiento las más peregrinas sospechas, decidió cambiar de rumbo y a costa de su reposo matinal enderezó sus pasos a la hospedería.

Minutos después topó con mi madre, que estaba fregando de rodillas las baldosas del vestíbulo. El abuelo Cuiña roncaba apaciblemente en su habitación. Serían las seis de la mañana y ya clareaba. La Flapia se paró en jarras delante de mi madre, meneando la cabeza con brío, como en los prolegómenos de un rapapolvo. Pero en lugar de reprenderla se la quedó mirando con un fruncimiento suspicaz del entrecejo que intimidó a mi madre. Mujer y muchacha guardaron silencio. En vista de que la situación se prolongaba, mi madre, de suyo dócil, reanudó el fregoteo. La Flapia se acercó entonces a su lado y, poniéndole una mano sobre el hombro, le dijo sin aspereza; antes bien, como la cosa más natural del mundo:

—Minta, tu hijo anda subido al tejado.

A mi madre, del susto, le faltó poco para vomitar el corazón.

—Al principio —contaba— me vinieron ganas de hacerme de nuevas. Pero enseguida comprendí que el truco no me habría de valer porque la señora Flapia me estaba leyendo la conciencia. Para mí que la muy bruja había usado de hechicerías para enterarse del secreto. Yo me daba ya por muerta acordándome de que tu abuelo me había apretado alguna vez el cuello y amenazado con machacarme la cabeza si por mi culpa te descubrían.

—Chiquilla, pareces atolondrada. ¿Por qué no vas a buscarlo antes que se desplome?

—Al oír aquellas palabras te vi rodar por las tejas. ¡Ay, mi hijo! Arranqué a correr con más miedo que perseguida del demonio y subí de tres en tres los escalones hasta el camaranchón. Cuando entré te estabas descolgando por la claraboya.

—No crea que lo he olvidado, madre. Me agarró usted del pelo con todas sus fuerzas y me dio una mano de bofetadas.

—¡Estaba tan nerviosa!

—No fue usted la única que me hizo llorar aquel día. A media mañana entró el abuelo Cuiña en el camaranchón. Por el ruido de sus pisadas me olí que venía con mal propósito. Le costó dar conmigo, pero al fin me sacó del escondite. Sin más ni más me arreó una tunda de abrigo. Plis, plas. Entre golpe y golpe atiné a verle un salpicón de sangre en la camisa. Yo tenía la nariz como adormecida y un calor muy grande por la cara.

—Cuando subió en busca del hijo ya llevaba la mano roja de arrearme tortas en el cuarto del lavadero. Le juré que yo no le había ido a la señora Flapia con el cuento, pero como si llamaras a Cachano. Estaba ciego de rabia.

El mundo, tal como lo conoce y experimenta el común de las personas, empezó para mí aquel día de 1924, cuando una mujer corpulenta, papuda y ya metida en años, a quien yo jamás había visto, entró en el camaranchón y, alargando hacia mí los brazos, dijo:

—No temas, criatura. La tía Flapia ha venido a sacarte de este lugar asqueroso.

Hoy sé que acababa de servir el almuerzo a los huéspedes y que había decidido desatender algunas de sus obligaciones diarias a fin de acompañarme. Si bien se mira, yo nací en el instante de su llegada, a la edad de siete años. Cuanto más me paro a meditar en ello, con más fuerza me persuado de que antes de conocer a la Flapia el camaranchón de la hospedería representaba para mí una prolongación del útero materno. Yo fui, por así decirlo, un niño marsupial. Jamás en el transcurso de mi largo encierro tuve la impresión de hallarme encarcelado ni sometido a privaciones. El mundo era apenas una vislumbre limitada por el marco de las ventanas, que no me atraía ni más ni menos que las paredes o la viguería de mi habitáculo; mientras que yo, para ese mundo, ni siquiera existía, ya que, por mandato del abuelo Cuiña, al nacer no fui inscrito en el registro civil de la ciudad. Tampoco figuraba mi nombre en partida de bautismo alguna. Nadie, salvo mi madre y el abuelo, estaba al corriente de mi existencia. A los siete años yo no sabía leer ni casi hablar. Mi madre, la pobre, carecía de luces y tiempo para enseñarme las letras. El abuelo Cuiña, por su parte, fiaba el remedio de todas las cuestiones concernientes a mi persona al alto índice de mortalidad infantil que había por aquella época en Antíbula. Hasta mi segundo y definitivo nacimiento en el verano de 1924, nunca había visto yo un pez, una estatua o el fuego; nunca había cruzado una puerta ni tomado asiento a una mesa. Ignoraba esas cosas elementales, como que en el mundo hay escuelas, números, vacuna, infelicidad, muchedumbres... Ignoraba que para acceder a la vida es preciso el concurso de un padre y que el mío había desaparecido tiempo atrás sin dejar la huella de un nombre. A pesar de las palizas que me propinaba el abuelo Cuiña cuando le venía en gana, yo ignoraba la maldad, de la misma manera que tampoco conocía su contrario.

Tengo bien presente el momento en que entró en el camaranchón una mujer de cara ancha, carnosa y rosada, de cabello bermejo recogido en moño, de mirada azul, muy viva, y hombros caídos. Caminaba bamboleándose ligeramente y venía sofocada de subir las escaleras. A su llegada yo estaba en el rincón que me servía de dormitorio, royendo un coscurro. Al verla me quedé paralizado. Para cuando quise darme cuenta, ya me corría la orina por las piernas. Hice propósito de escapar, pero una fuerza superior a mí me lo vedaba. El miedo, la sorpresa, quizá la fascinación, me tenían literalmente clavado a las tablas del suelo. Por un instante se me figuró que aquel monstruo que se acercaba derechamente hacia mí era mi madre, a quien por alguna causa desconocida le había sucedido una horrible transformación.

En esto, la mujer dulcificó el gesto y se puso a hablarme con una entonación afectuosa que me cautivó. Al tiempo que remitía mi temor, sentí que me tomaba una sensación grata, mezcla de sosiego y bienestar. La Flapia, o la tía Flapia, como ella decía llamarse, tendió hacia mí sus brazos grandes, salpicados de pecas. Me acuerdo de una pulsera que se le incrustaba en la carne. Ya estaba a punto de cogerme cuando, movido por una sacudida instintiva, la esquivé. Tan sólo cuando me hubo mostrado los bartolillos de Jiuto que traía envueltos en un pedazo grasiento de papel, dentro de la faltriquera, accedí, no sin titubeos, a que me tocara. Apenas comencé a comer, me rodeó con sus brazos y me apretó fuertemente contra su pecho, al par que me susurraba ternezas al oído. Cada dos por tres me estampaba un beso en la mejilla. Todo se lo soportaba yo por el gusto que me procuraban los pasteles, los primeros de mi vida. Ella estuvo madreándome a su antojo hasta que hube dado cuenta del último bartolillo, que devoré, como los anteriores, cinco o seis en total, con tan descompasado apetito que a la buena mujer no pudo menos de desatársele la compasión:

—Pobrecillo, ¿es que no te dan de comer? Estás en los puros huesos.

Admirado del color de sus cabellos, me acometió la tentación de tocárselos; pero, corto de genio, no me resolvía a poner por obra el propósito. Al fin, como en un zarpazo, llevé los dedos a su cabeza y con idéntica prontitud los retiré. La Flapia hizo un gesto de risueña indulgencia. Acto seguido, quitándose la horquilla del moño, por darme placer se soltó la melena, que era lisa y larga hasta los hombros. Con permitirme después manosearla, olerla y jugar con ella a mi sabor durante largo rato, terminó de ganarse mi voluntad, mientras que yo a mi vez gané la suya a raíz de un beso que me pidió y le concedí.

Cogidos de la mano nos dirigimos más tarde hacia la puerta del camaranchón, que me negué en redondo a traspasar, horrorizado por la idea de adentrarme en lo desconocido. La angostura y oscuridad del empinado tramo acentuaron mi inquietud. La Flapia trató de obligarme a caminar; pero enseguida desistió, comprendiendo con muy buen juicio que por la fuerza no lograría sino agrandar mi aprensión. Recurrió entonces a las carantoñas, a las palabras de afecto, a las promesas. Abroquelado en mi habitual silencio, yo le respondía que no y que no con la cabeza. Así estuvimos varios minutos, hasta que por fin, vencida mi resistencia a puro de hacerme ella cariñitos, me avine a dar por vez primera un paso fuera del camaranchón. La Flapia, según teníamos acordado, bajó delante, como persona prudente que era, diciendo para infundirme alientos que en caso de que yo tropezase o resbalara caería sobre blando.

Con precaución descendimos al piso tercero de la hospedería. A mi vista apareció el pasillo en penumbra. Yo miraba anonadado en rededor: las puertas numeradas, la barandilla despintada, los escalones crujientes, olorosos a lejía, por los que sin cruzarnos con nadie bajamos al vestíbulo. Allá estaba mi madre. Sentada en una sillita de enea, limpiaba con un cepillo las botas del abuelo Cuiña. Sonrió dulcemente al verme, sin levantarse. Yo pretendí arrojarme en sus brazos, pero la Flapia me lo impidió sujetándome con fuerza. Habló ésta entonces en un tono imperioso y duro que me amedrentó.

—Minta —dijo—, pon agua a calentar y trae ropa limpia para el niño. No hay quien aguante a su lado de lo mal que huele.

Pocos gozos habré conocido yo en la vida que puedan compararse con el que me supuso aquel primer baño en el cuarto del lavadero. Desde la calle debían de oírse mis gritos de alegría cada vez que la Flapia y mi madre llegaban con un caldero de agua vaporosa y arrojaban su tibio contenido sobre mi cabeza. Jamás hasta entonces había experimentado un placer tan intenso. El agua cálida era una caricia constante; las salpicaduras, un juego maravilloso que de continuo me arrancaba agudas carcajadas. Comencé a comerme a puñados la espuma de jabón, para horror de mi madre y enfado de la Flapia, que me auguraba los más insoportables dolores de vientre si no cejaba en la travesura. Y como la argucia de asustarme no obrase el efecto deseado, amenazó con terminar el baño si seguía metiéndome jabón en la boca. Para no ser privado del deleite del agua, me reporté. Luego mi madre se tuvo que retirar, ya que el abuelo Cuiña la reclamaba desde el vestíbulo con voz severa. La Flapia continuó alborozándome con un sinfín de monerías y cuchufletas. Tras largo tiempo me sacó del pilón con achaque de que no me convenía enfriarme. Me secó prodigándome toda clase de mimos, se burló de mi colita, me rapó la cabeza para librarme de piojos y liendres, y por último me vistió las humildes ropas que mi madre solía coserme usando sábanas y mantas viejas.

Concluido el baño, me veo sentado en la sillita de enea del vestíbulo. La Flapia me ha dicho que espere ahí sin moverme. Estoy solo y quieto, contemplando con mucha curiosidad las cosas a mi alrededor. No tardaré en saber que siete años de encierro han forjado en mí un carácter apacible. En los días siguientes, cada vez que sea presentado a una persona, me enteraré de que soy un niño manso, lo que por razones que entonces no podía comprender suscitará en todos los semblantes que me escrutan idéntico gesto de aprobación. Del vestíbulo recuerdo el mostrador con la testera deslucida y llena de grietas; el tablero con las escarpias para las llaves de las habitaciones, cada una con su numerito correspondiente, y un cuadro en lo alto de la pared, con la fotografía de un señor de bigote espeso y mirada de lechuza, el general Balzadón Vistavino, a quien un día reconoceré y aplaudiré (puesto que había obligación de aplaudirlo) en la calle.

A través del tabique encalado me llegan voces. Semejan gritos. Son, no hay duda, gritos de dos personas que discuten acaloradamente. Una es la Flapia; la otra, ahora me doy cuenta, es el hombre que de vez en cuando viene al camaranchón a pegarme. ¿Qué dicen? ¿Por qué hablan tan alto? Yo no entiendo nada, pero siento un miedo creciente dentro del pecho. Pasa ante mí un huésped camino de la calle, la cara gacha, medio oculta por un sombrero negro de ala caída. Más tarde pasa otro, éste en puntas de pie, como si escapase a hurtadillas, y tampoco se digna dirigirme la mirada. Al rato sale mi madre por una puerta. Por la abertura del vano se cuela una ráfaga de gritos en el vestíbulo. Suenan tan cerca que me sobresalto. Por fortuna, mi madre se apresura a cerrar la puerta y de este modo logra contenerlos. Al volverse advierto que está llorando. Sin decirme palabra arranca a correr y se pierde de vista por la escalera arriba. Años más tarde, ella me contará los pormenores de la trifulca que en aquellos momentos había en la cocina.

—Poco les faltó, hijo, para llegar a las manos. A tu abuelo, de la excitación, le había entrado un hipo que le trabucaba de continuo. Hubo un momento en que le salía un hilo de espuma por la boca. Gritaba y la Flapia aún gritaba más fuerte. Los dos se miraban con encono. Tu abuelo seguía echándome en cara que yo le había ido a la Flapia con el cuento.

—Al niño —replicaba ella—, para que te enteres, lo he visto yo con mis propios ojos esta mañana. Y no sólo yo. Todo el mundo que pasaba por el puente ha podido verlo sentado en el tejado, desnutrido y medio desnudo porque el avaro de su abuelo, de quien Dios se apiade, le niega lo más necesario. Deja tranquila a tu hija, que bastante la haces sufrir todos los días a la pobre.

—Una puta, una puta, una puta —farfullaba el abuelo Cuiña—. Eso es lo que es. ¡Una puta!

—Levantó el brazo para pegarme, pero la Flapia se puso en medio.

—Avergüénzate —le dijo—, tú que fuiste el putero mayor de Antíbula.

—Calla, Flapia. Te lo ordeno.

—Tú a mí no me ordenas nada.

—Tu abuelo le mostró un puño tembloroso. Pero la Flapia, tú ya sabes, era una mujer de redaños. Le plantó cara y le refregó su maldad y cobardía por las narices. Dos o tres veces le pidió que me dejara salir contigo de paseo. Y él que no, emperrado en que nadie debía verte. La Flapia lo amenazó con descubrir a las autoridades que en la calle de Mertán el Grande vivía un niño de siete años aún no inscrito en el registro civil ni bautizado. A tu abuelo le entró pavor.

—Flapia, no me hagas eso.

—Te lo hago, Braes, por el bien de la criatura.

—Pues la Minta no va a ninguna parte. Tiene que trabajar.

—Y volviéndose hacia mí, me mandó limpiar los vidrios de las ventanas. De todas las ventanas, recalcó. Sus ojos estaban llenos de desprecio. La pena que yo sentía en aquel momento no se la deseo a nadie. ¡Me hacía tanta ilusión sacar al hijo a pasear! Ir los dos hasta el río, enseñarle los puentes y las barcas. Créeme que salí de la cocina dispuesta a lanzarme desde lo alto de la casa a la calle. Hasta le dije adiós a la vida, de pie en el alféizar de una ventana, pero al final me faltó valor.

Por lo que yo sé, el abuelo Cuiña terminó plegándose a las exigencias de la Flapia. Condicionó, eso sí, su consentimiento a que la cocinera se conchabase con él para enjaretarles de común acuerdo a los funcionarios del registro civil y al párroco del barrio una historia sobre mi nacimiento, no importaba cuál con tal que resultara verídica y lo librara de las responsabilidades penales que tanto temía. El abuelo Cuiña pasaba por ser el paladín más furibundo del régimen vistavinista en Antíbula la Vieja. Por iniciativa propia se daba a la busca y denuncia de opositores políticos, entre los que también incluía a los desafectos a la religión. Para unos su dedo acusador significó un viaje sin retorno a la isla de Molu; para otros, un paseo corto hasta el tristemente célebre huerto de Jabora, a orillas del Intri, donde eran pasados por las armas. De este modo, el abuelo Cuiña concitaba contra sí el odio de sus vecinos, muchos de los cuales no aguardaban más sino a que cayera el tirano para tomar venganza del avieso hospedero, a quien la dictadura premiaba generosamente por sus servicios concediéndole exenciones fiscales, recompensas económicas y otros privilegios de los que probablemente sería despojado tan pronto como se enterasen las autoridades políticas y eclesiásticas de que había mantenido encerrado en el camaranchón de su casa a un nieto ilegítimo.

No se le ocultaba el riesgo que entrañaba permitir que su hija se mostrase en público con un niño crecido al que nadie en el vecindario conocía. Persuadió a la Flapia para que fuera ella, al precio de desatender sus innumerables obligaciones, y no mi madre, la que me acompañase aquella tarde en mi primer paseo por las calles de Antíbula. Entre los dos trazaron un plan encaminado a introducirme más o menos de matute en la sociedad. Les convenía mejorar mi aspecto y, antes de nada, quitarme los trapos andrajosos con que andaba vestido. A ese fin entregó el abuelo Cuiña cierta cantidad de dinero a la Flapia, la cual, para que ningún transeúnte me viera los pies descalzos, determinó llevarme en brazos, con las piernas envueltas en una toquilla, hasta la calle de Coterterra, cerca de la desembocadura del río. Allá, en el oscuro tenducho de un viejo alpargatero, me compró, después de no poco regatear, unas sandalias con cintas de tafilete. Éste fue el primer calzado de mi vida, salvo que se tengan por tales los pobres peúcos de punto que mi madre me solía coser a comienzos de cada invierno y que a los pocos días de estrenarlos ya estaban o descosidos o agujereados.

De Coterterra bajamos hasta el callejón de Quefarim, donde hace siglos, según cuenta una antigua leyenda, Ahasvero fue acuchillado por almas piadosas que de esa forma trataron de librarlo de la maldición de vagar perpetuamente. Andando despacio salimos luego al paseo de Verca, ya en el borde del Intri, al que acompaña en su tramo final. La tarde era de sol. Soplaba una brisa fresca que yo aspiraba con fruición. Me sentía como en un sueño, gratamente anonadado por la exuberante variedad de novedades que a cada momento se ofrecía a mi vista. Qué grande era todo, qué raro, qué luminoso. Me resultaba imposible retener las explicaciones de la Flapia, por mucho que ella se empeñara en hablar con calma, haciéndome repetir las palabras.

—Mira, esos hombres están pescando con caña. Di pescadores.

—Pescadores.

—Di caña.

—Caña.

—Así me gusta. Se nota que eres un niño despejado.

A mi memoria acuden en una sucesión veloz de instantáneas, con nombres aprendidos tiempo después, las barcas varadas en el estuario, los alfaques cuajados de cangrejos, las gaviotas rasantes y chillonas, una hilera de arces frondosos que el hacha bladita habría de talar años después sin más razón que la de abandonarse al goce destructivo. A la sombra fresca de uno de aquellos imponentes árboles, había un vendedor de golosinas, con gorra y chaqueta blancas, sentado en el centro de un círculo de cestas. Mataba el tiempo leyendo un libro, o tal vez una revista, no estoy seguro. Tan pronto como se percataba de la proximidad de posibles clientes, interrumpía la lectura y con agudo sonsonete pregonaba su mercancía. Al llegar a su lado, la Flapia le entregó una moneda. El hombre me animó entonces a poner en movimiento el palillo de suplicaciones, acoplado a la tapa de una arquilla. Como advirtiese que yo no sabía hacerlo, aferró mi mano y entre los dos le dimos un recio envión a la pieza giratoria, que después de algunas vueltas se detuvo en un sitio al parecer adecuado, según revelaba la expresión alegre de la señora Flapia. El hombre metió el brazo en la arquilla y extrajo dos barquillos. Que uno de ellos fuera de premio yo no lo pude entender sino al cabo de los días, cuando a fuerza de callejear por la zona terminé familiarizándome con el barquillero y su no siempre dadivosa ruleta de colores.

Reanudada la marcha, la Flapia me dio a elegir un barquillo. Me decidí, no sin vacilación, por el que tenía el borde más oscuro y durante algunos instantes me dediqué a examinarlo detenidamente, tratando de adivinar cómo funcionaba o para qué servía. Tamaña candidez enterneció a la Flapia, que acuclillándose ante mí, a manera de demostración le dio un teatral bocado a su golosina. Imitarla me supuso vencer un grandísimo recelo, pues me resultaba inconcebible la idea de comer fuera del camaranchón. Al fin mordí no más que un cachito de aquella cosa quebradiza. La boca se me llenó de azucarado placer. Esto me animó a una segunda dentellada, decididamente voraz. Con la tercera se

58

afianzó para siempre mi afición a los barquillos, que nunca hasta la fecha ha declinado.

Yo iba, como digo, deleitándome por el paseo de Verca con aquel manjar sabroso, ajeno de todo lo que ocurría a mi alrededor, cuando de pronto la Flapia, viniendo por detrás, me tapó los ojos con sus manos. Anduvimos así obra de veinte o treinta pasos en silencio, sin que a mí me fuera posible saber adónde nos encaminábamos ni por qué lo hacíamos de aquel extraño modo. Ya antes de salir a la calle, durante el baño en la hospedería del abuelo Cuiña, le había yo tomado ley a la Flapia, y como lo último que podía esperar de ella era que me tratase mal, dejé que me llevara a su antojo mientras a ciegas y sin temor yo manducaba mi barquillo. En esto, nos paramos. Sus manos tibias me hicieron dar la vuelta. Ahora estábamos los dos cara a cara. Me había destapado ella entretanto los ojos y, clavándome la vista, me dijo con estas o similares palabras:

—Escucha bien, mi niño. Detrás de ti hay una cosa grande, muy grande, la más grande del mundo. En cuanto la veas se te va a abrir la boca del pasmo. Es una maravilla que nunca, aunque te lo propusieras, podrías olvidar. Piensa en mí cada vez que la recuerdes, en la tía Flapia, que cuando eras pequeño te trajo a este sitio a conocerla. Y ahora dime, ¿estás preparado para mirarla?

Un tanto cohibido le contesté que sí con la cabeza, me di la vuelta y descubrí... pues eso, la cosa grandísima que ella decía: una especie de plaza sin árboles ni casas que se explayaba hasta una línea remota, de un tono azul un poco más oscuro que el del cielo. Se veían aquí y allá siluetas de algunos barcos, empequeñecidas por la distancia, así como nubes sueltas, penachos de espuma y, en primer plano, un pretil de piedras unidas a hueso para preservar a los transeúntes del precipicio rocoso. En eso consistía toda la maravilla. ¿O acaso estaba yo mirando hacia una parte equivocada? Recuerdo que reviré la vista hacia la Flapia en espera de una explicación.

—¿Y? ¿No tienes nada que decirme?

Incapaz de comprender la solemnidad del momento, hice ademán de introducirme en la boca un último pedazo de barquillo; pero la Flapia, enfurecida, lo interceptó, arrojándolo al suelo de un manotazo.

—Eso de ahí es el mar. Repite: el mar.

—El mar.

—Con más fuerza, rico. ¡El mar!

—El mar —dije, en pugna desigual con el apocamiento que me dominaba.

La Flapia, fruncida la boca, no ocultaba su decepción. Entre dientes me equiparó con el abuelo Cuiña. El enojo atirantaba visiblemente sus facciones. Estiró el cuello por dar más altura y poder a su mirada. El bocio cobró entonces una rigidez que de suyo no tenía, concentrando en su rosada redondez toda la fiereza del gesto.

—Si lo sé —dijo en un tono grave, sentencioso, sacerdotal—, no te saco de paseo.

Asiéndome después por el pescuezo me arreó un enérgico empellón, al tiempo que disponía la inmediata vuelta a casa. Echó a andar y yo a su zaga, pesaroso de haberla incomodado, sin sospechar que sus miradas torvas y palabras agrias no eran más que pantomima. Espoleado por la necesidad de congraciarme con ella, la adelanté corriendo, y con una especie de frenesí que me tomó de pronto, señalé con el dedo hacia un hombre solitario que se veía cerca de la orilla, sentado sobre una roca.

—Pescador —dije.

La Flapia, adusta y tiesa, no se dio por enterada; antes al contrario, continuó caminando como si tal cosa, el paso vivo, la vista al frente, mientras yo correteaba a su alrededor igual que un animalillo ganoso de caricias. Me mortificaba el pensamiento de que yo hubiese dejado de existir para ella. Casi al borde de las lágrimas, me adelanté unos metros y, apuntando de nuevo con el dedo al hombre de la roca, dije:

—Caña.

Esta vez la Flapia no pudo reprimir una sonrisa. Al punto se le apaciguó la mirada; su papo, reblandecido, volvió a temblar como de costumbre y por todo su semblante se esparció una expresión serena y risueña que me colmó de alivio. Detuvo al mismo tiempo la marcha y, levantándome en brazos, me estampó un beso sonoro en la mejilla. Engolosinado con su ternura, a tiro hecho pronuncié cerca de su oído la palabra *mar*. La argucia no pudo ser más atinada. La Flapia me apretó con tan exagerado amor contra su pecho que por un momento creí que se proponía empotrar mi cuerpo dentro del suyo.

Sin embargo, cuanto más lo pienso más me convenzo de que por encima de los pequeños episodios y del descubrimiento de tantas cosas insospechadas, mi memoria de aquel primer paseo por Antíbula (que a mí me pareció muy largo, aunque no duró más de hora y media y fue realmente poco lo que nos alejamos de la hospedería) está asociada a dos impresiones imborrables. En comparación con ellas, todo lo demás que experimenté aquel día, por muy interesante y novedoso que fuera, se me antoja hoy simplemente anecdótico, incluido el delicioso sabor del barquillo.

La primera de esas impresiones representa una violenta fusión de pavor y asombro, que superé pronto, si bien todavía en mi vejez me resulta fácil reproducir mentalmente aquel antiguo escalofrío con sólo cerrar los ojos y concentrarme en el recuerdo. Me sobrevino ante el portal de un edificio de la calle de la Santa Malija, paralela al paseo de Verca, donde un sastre macilento, de manos largas y huesudas, me tomó medidas con vistas a confeccionarme un traje. Algunas preguntas, al parecer irónicas, que formuló acerca de mi pobre indumentaria, molestaron a la Flapia, que le replicó con acritud. Recuerdo vagamente la escena, quizá porque toda mi atención la acaparaban en aquel momento los maniquíes sin brazos ni cabeza alineados junto a la pared. No podría decir lo mismo de la sorpresa que me aguardaba fuera de la sastrería. Pocas veces me habrá acometido una ráfaga de terror tan intenso; aunque, en honor a la verdad, debo añadir que apenas me duró un puñado de segundos. Y fue que nada más poner un pie en la acera, vi venir por la calle, de la mano de una mujer, a una criatura como no había visto jamás en la vida, una criatura de mi tamaño, de tal manera que cuando pasó junto a mí no tuvo necesidad de inclinar la cabeza para mirarme directamente a los ojos, ni hacia abajo como las personas que yo había conocido hasta entonces, ni hacia arriba, al modo de los medrosos ratoncillos que a menudo, por entretenerme, perseguía y trataba de capturar entre los cachivaches del camaranchón. Aquellas dos pupilas me enfocaron, por así decir, de igual a igual, lo mismo que cuando uno se mira a sí mismo, de frente, en el espejo. Fue esa paridad física, nueva para mí, la que me produjo una impresión tan honda. Instintivamente busqué amparo junto a las faldas de la Flapia. La buena mujer me acogió con mimo entre sus brazos carnosos y, en un tono de afectuosa compasión, me dijo:

—¿De qué tienes miedo? ¿No ves que sólo es una niña?

Aquellas palabras pronunciadas con suavidad maternal atemperaron mi temor. Ya más calmado, volví la vista impelido por la curiosidad y comprobé que efectivamente aquella personita de vestido rojo con mangas de encaje blanco, trenza hasta media espalda y zapatos brillantes, que se alejaba la mar de tranquila calle abajo, de la mano de su Flapia particular, sólo era una niña, una niña nada más, y aunque yo a la sazón no comprendía poco ni mucho lo que significaba ser una niña, caí en la cuenta de que me había asustado en vano y me sosegué.

Con eso y todo, durante varios días la escena persistió en mi pensamiento con tenacidad de pesadilla. Hoy creo saber por qué. De una forma abrupta acababa de ingresar en mi sencillo orbe intelectual la idea del prójimo. Una violenta sacudida hizo estremecer los cimientos de mi personalidad. Si existe el otro, ¿quién soy yo? Ignoro en qué términos se planteaba mi mente infantil la cuestión. En cambio, no abrigo la menor duda de que por primera vez en la vida me acosaba un problema que no podía remediar bebiendo agua, llenando el estómago de pan o echándome una manta sobre los hombros.

Otra impresión, esta vez jubilosa, recibida durante aquel paseo habría de dejar asimismo una huella duradera en mi memoria. En cierto modo sirvió para contrarrestar el susto que minutos antes me había producido el inesperado encuentro con la niña. La Flapia consideraba que por ese día ya habíamos visto bastante y dispuso que regresáramos sin tardanza a la hospedería. Hoy no me cuesta suponer que tendría algunas tareas pendientes esa tarde, aparte las que hubiera dejado de cumplir por estar conmigo. Cogidos de la mano subimos hasta el final de la calle de la Santa Malija y por atajar bajamos los estrechos escalones de piedra del callejón del Hebreo, que dan directamente a la plazoleta de Malpa, a no más de cien metros de Mertán el Grande.

En la plazoleta había por aquel entonces un cafetín, arrasado cuatro años y medio después por los cañones de la insurrección. No recuerdo el nombre. Puede que ni siquiera lo tuviese. Junto a las mesas de la terraza se veían unos pocos clientes. Me llamó la atención un hombre de traje negro y sombrero de copa, que se hallaba de pie, cerca de la entrada, delante de una caja bruñida que a mí, al pronto, me pareció una especie de mueble. De repente comenzó a dar vueltas a un manubrio que tenía la caja en un costado. Ocurrió entonces una cosa, para mí la más peregrina que podía imaginarse. Aquel hombre era capaz de transformar el aire en placer. Yo sentía un maravilloso cosquilleo en los oídos, y mientras miraba extasiado la increíble caja, una intensa euforia se esparcía por mis miembros, trasminándose por mis huesos y acelerando, en los linderos de un goce enajenante, los latidos de mi corazón. No me atrevía a respirar ni a menearme por miedo a dar al traste con el prodigio, y por la misma razón parpadeaba lo menos posible. A la Flapia no le pasó inadvertido mi arrobo. Posada una mano sobre mi cabeza, me acariciaba de vez en cuando la coronilla, impidiendo por medio del suave contacto que yo sucumbiera por completo a la vertiginosa sensación de irrealidad que me embargaba. Transcurrieron varios minutos y, en esto, el hombre cesó de mover el manubrio. Enmudecida la caja, se oyeron de nuevo las voces de las personas cercanas, graznidos sueltos de gaviotas por encima de los tejados y los habituales estruendos de la ciudad asordinados por la distancia.

—Toma —me dijo la Flapia, poniendo en mi palma una moneda para que la depositase dentro de un cestillo que tenía el hombre en el suelo, al pie de su caja.

Con paso vacilante me acerqué a él. No bien estuve a su lado, alzó ligeramente el sombrero en señal de saludo. Fuera porque la timidez y el asombro me tenían embotados los sentidos, fuera porque no había entendido bien las indicaciones de la Flapia, el caso es que en lugar de echar el dinero en el cestillo, se lo entregué al hombre en propia mano, lo que a ojos vistas le agradó. En compensación, supongo, me invitó a darle vueltas al manubrio de la caja. El manubrio era dorado, de latón con toda seguridad, y estaba tibio. Al punto me tomó una alegría desbordante, que me obligaba a brincar y reír mientras producía sin gran esfuerzo aquella delicia acústica. La Flapia, erguida al borde de la terraza, aplaudía y cabeceaba de una manera harto cómica, remeciendo el papo. En su cara se abría una sonrisa de oreja a oreja, que a mí se me figuraba la ratificación definitiva de mi felicidad. La gente sentada a las mesas me miraba asimismo sonriente. Que a la caja la llamaran organillo y a quien la hace sonar organillero no lo supe sino después de un rato, cuando por fin la Flapia consiguió arrancarme del sitio y a su manera peculiar fue traduciendo a palabras, por el corto trayecto que quedaba hasta la hospedería, la fascinante experiencia que la vida me acababa de deparar.

—Ese viento que no se ve y que es tan bonito cuando entra por las orejas se llama música. Y esto —agregó, silbando tres o cuatro notas de una melodía— también es música. A ver, di música.

—Música.

—Organillo.

—Organillo.

—Yo.

—Yo.

—Quiero mucho.

—Quiero mucho.

—A la tía Flapia.

—A la tía Flapia.

—Eres un cielo y yo no sé qué voy a hacer de ahora en adelante sin ti.

6

El mismo día que fui rescatado del camaranchón, la Flapia y el abuelo Cuiña acordaron que yo me instalara en el dormitorio de mi madre. A ella le agradó la idea. Compartir el lecho conmigo le brindaría ocasión de disfrutar por las noches de su condición materna, cosa de todo punto imposible durante el día debido a sus numerosas obligaciones.

—Yo —se lamentaba años después— no he tenido tiempo de criar al hijo como es debido. Tampoco cuando era chiquito y lo amamantaba deprisa y mal en el camaranchón, mientras colgaba la ropa o hacía esto y lo otro. Nunca con tranquilidad. Y cuando por fin le podía dedicar un poco de atención, los domingos por la tarde por ejemplo, no sabía ser madre. No sabía decirle cuentos como los que le decía la señora Flapia o cantarle canciones de cuna. A mí nadie me enseñó la manera de cuidar a un niño. El hijo tiene que perdonarme. Yo creo que no reposaré dentro de mi tumba si no me perdona. Hijo, ¿me perdonas? Yo era tan jovencita en aquellos días.

La primera noche, acabada la cena, mi madre me dejó acostado en la cama, en una auténtica cama, con cuatro patas, cabecera y dos jergones, relleno el de arriba de lana y con espatas de maíz el de abajo. Dijo que tenía que recoger la cocina, fregar los platos y no sé qué más, y que después vendría. Me quedé solo en la habitación a oscuras. Acostumbrado a la aspereza de mis cobijas y al lecho duro, yo no podía dormir. Me desasosegaba la sensación de estar sumergido en tela. La almohada era, además, demasiado alta, lo que me obligaba a yacer con el cuello incómodamente torcido; pero sin ella aún era peor. A fuerza de revolverme buscando una buena postura acabé de perder el poco sueño que tenía. Sábanas y manta formaban un revoltillo a mis pies. Hacía calor. De vez en cuando se oían voces provenientes de la calle y en el cuarto olía fuertemente a las bolas de alcanfor que mi madre acostumbraba colocar entre su ropa, dentro del armario, a fin de terminar con la polilla. Era un olor penetrante que picaba en la nariz. Durante largo rato permanecí sentado encima de la cama, sin más claridad que unas débiles hebras de luz que se colaban por los resquicios de las contraventanas. Me di entonces a rememorar lo que había visto esa tarde en el curso de mi paseo con la Flapia, y estando entretenido en gozosos pensamientos llegó mi madre. Encendió la bombilla que colgaba del techo y se extrañó de encontrarme despierto. Rápidamente se vistió su camisón de dormir, luego recompuso las cobijas y por último, apagada la luz, se acostó a mi lado. Enseguida me abrazó y comenzó a madrearme como no lo había hecho nunca en la vida. Su melena derramada sobre mi cara me impedía respirar con normalidad. Su mano húmeda iba y venía por mi espalda, deteniéndose a ratos en mi cogote, bajando otras veces hasta el arranque de las nalgas, todo ello sin parar de susurrarme cariñitos a la oreja. Poco a poco sus caricias fueron perdiendo intensidad, al par que su abrazo se aflojaba. Tan pronto como me percaté de que dormía, me deslicé fuera de la cama y, con mucho cuidado de no hacer ruido, salí del cuarto. Reinaban en la casa la oscuridad y el silencio. Subí callandito hasta el tercer piso y después, tentando los peldaños de tabla, el tramo empinado que conducía al camaranchón, cuya puerta se hallaba por fortuna abierta. Pasé la noche dormido ricamente en mi yacija de costumbre.

A la mañana siguiente me despertaron unos toques suaves en el hombro. Apenas hube abierto los ojos, el corazón me dio un vuelco. El abuelo Cuiña se hallaba en cuclillas ahí junto, tan cerca que me llegaba a la cara el airecillo de su resuello. La víspera se había desdeñado por lo visto de acercarse a mí. Ni antes ni después del paseo, ni durante la cena, que tomé solo en un rincón de la cocina, ni en ningún momento del anochecer vino a estar conmigo. Se conoce que me esquivaba. Yo no me daba cuenta de ello; pero mi madre me lo susurró varias veces en un tono lastimero que me colmó de dudas y temor. A mi modo infantil empezaba a comprender que el mundo encierra cosas malas y desagradables, y que algo tenía que ver con esas cosas el abuelo Cuiña. Oyendo las quejas en voz baja de mi madre, poco a poco se despertó en mí el deseo de acogerme nuevamente al camaranchón, antes incluso de conocer los inconvenientes de dormir en una cama verdadera. Ahora el abuelo estaba ahí, dedicándome la primera sonrisa de su vida.

—Bastardo —me dijo—, a ti te gusta este sitio, ¿verdad? ¿Quieres que diga a tu madre y la señora Flapia que no te lleven a vivir abajo?

Los rayos de la mañana entraban a raudales por las ventanitas y la claraboya. Asentí.

—Muy bien, bastardo. Se hará como a ti te plazca.

Me tendió la mano para que se la estrechara. Yo se la estreché con mucho miedo de que se enfadase si no lo hacía con rapidez. Luego se despidió, guiñándome un ojo en son de compinche. Recuerdo que al llegar a la puerta se volvió para decirme:

—Ahora mismo les voy a mandar a esas dos enredadoras que te dejen tranquilo.

Conque tanto para mi gusto como para el suyo, ya que él deseaba verme lo menos posible en las proximidades de sus huéspedes, seguí morando cuatro años más en el camaranchón, hasta diciembre de 1928. En ese tiempo mi vida experimentó cambios notables. Otro tanto puede afirmarse de mi habitáculo, que de la noche a la mañana, como quien dice, dejó de ser una cárcel para convertirse en uno de los pocos lugares donde verdaderamente me era dado sentirme a salvo y cómodo. A esto último contribuyó la Flapia de manera decisiva, ya que fue ella quien dispuso que se transformase mi rincón en un cuarto digno de tal nombre. Con ese fin mandó antes de nada retirar mi colchón de paja infestado de parásitos, así como el cerco de tablones, que no cumplía función ninguna desde los lejanos días en que aprendí a trasponerlo sin dificultad. A todo ello le pegó fuego el abuelo Cuiña en el patio trasero de la hospedería. A la hoguera fueron asimismo a parar las carcomidas y polvorientas tablas del suelo. Las tiraban por las ventanitas a la calle dos hombres que después tillaron el camaranchón. Terminada la obra, tuve al fin mi propio dormitorio, no mal alhajado con viejos trastos de la hospedería. El moblaje constaba de una cómoda para guardar la ropa, un cesto de mimbre para los juguetes con que de vez en cuando la Flapia me obsequiaba y una cama de barrotes a la que mal que bien me tuve que habituar. Recibí también una estera redonda de esparto, una mesa con dos sillas, una lámpara con un cable que pasaba al piso de abajo por un orificio labrado en el suelo, y meses más tarde, poco antes del comienzo del invierno, un brasero con el que calentarme.

—Flapia, rediós —le oí protestar un día al abuelo Cuiña, sin que supiera que yo lo espiaba—. Me lo estás criando en estufa. Vive mejor que mis huéspedes.

Por alguna razón que a mí no se me alcanza, aquella mujer robusta y temperamental tenía ascendiente sobre el abuelo. Estaban los dos en el cuarto de él, con la luz apagada, y yo, desde el pasillo, los escuchaba discutir.

—Braes —replicó la Flapia con acritud—, métete en tus asuntos. El niño es cosa mía.

—Pues no es tu hijo, a ver si te enteras.

—Como si lo fuera, Braes. Como si lo hubiera sacado yo de entre mis muslos.

Los dos convinieron en que, para evitar males mayores, mi madre se acusara ante el Santo Oficio de la Virtud de haber raptado a su propio hijo. Mal aconsejada por la candidez, ella accedió a cargar sola con las responsabilidades que se derivasen de la ocultación de mi nacimiento. La persuadieron a que contara al tribunal eclesiástico encargado de juzgar el caso que nada más saberse encinta, la vergüenza y el temor la indujeron a guardar oculto su pecado; que parió una noche a escondidas, sin ayuda de nadie, y que durante siete años mantuvo al niño encerrado en la parte alta de la casa, hasta que la cocinera de su padre lo descubrió por casualidad. Le encarecieron que hiciera alarde de arrepentimiento, que sollozara y hablase como moza sin experiencia de la vida, y que tuviera la precaución de adelantarse a implorar un castigo antes que le impusiesen uno, porque ése era el único modo de conseguir clemencia.

Una mañana mi madre y yo fuimos andando hasta el convento de los doloritas, que estaba en el otro extremo de la ciudad, entre las dos primeras curvas del río Intri dentro del casco urbano. Recuerdo la aldaba de hierro en la gruesa puerta de madera, su sonido destemplado y el miedo de mi madre pensando que el ruido que habíamos hecho al llamar enfadaría a los monjes. Después de un largo rato se abrió el postigo. Un hombre gordinflón, ataviado con los hábitos grises de su orden, pronunció en tono de pregunta el nombre de mi madre. Cuando tuvo confirmación de que así se llamaba ella, con un ademán imperioso nos mandó entrar. Al pasar junto a él me hirió en el olfato una vaharada de fetidez. En silencio nos condujo hasta una sala grande y sombría, desprovista de muebles, con las paredes completamente desnudas, y allá, sin darnos ninguna explicación, nos dejó a los dos solos. En el espacioso recinto no había más adorno que una cruz cubierta de cardenillo, suspendida de dos largas cadenas cuyos extremos estaban clavados al techo. El suelo era de losas. Tomamos asiento en un poyo y esperamos. Por un ventanuco, en lo alto de la pared, entraba un poco de claridad. De pronto se abrió una puerta, al fondo, y el hombre gordo hizo un gesto a mi madre para que lo siguiera.

—¿Y el niño? —preguntó ella.

El dolorita respondió con sequedad:

—El niño se queda aquí.

Mi madre me susurró algo que no pude comprender y desapareció en pos del adusto monje por aquella puerta que daba al interior del convento. Permanecí obra de dos horas en la sala, sin ver a nadie ni oír más ruido que el de unas campanas que sonaban de cuando en cuando. A punto de dormirme volvió mi madre, esta vez sola; me tomó de la mano y, sin dirigirnos la palabra el uno al otro, regresamos a la hospedería por el mismo camino de la ida.

A la mañana siguiente recibimos la visita de la priora de las corazonianas, a la que acompañaban un sacerdote y varios guardias de seguridad. El sacerdote traía un crucifijo plateado, que dio a besar a todos los presentes salvo a mí, debido a que aún no me había sido administrado el bautismo. Mi madre hizo un hatillo con las pocas pertenencias que le permitieron llevar consigo y se dejó conducir dócilmente hasta una camioneta negra estacionada delante de la casa. Subida al remolque, me dijo adiós con la mano en el momento de partir. Sobre ella pesaba una condena de siete azotes y dos años de reclusión en el Centro de Reformación Femenina, una especie de monasterio para arrepentidas situado en pleno campo, a diez o doce kilómetros de la capital. El vetusto edificio había sido en su origen una fortaleza. A mediados del siglo XVIII la reina Voltoena, segunda esposa de Palaco V, lo cedió a las religiosas de la recién fundada Orden del

Corazón de Dios, que lo transformaron en abadía. En la primavera de 1943 el ejército bladita instaló en él su cuartel general durante las primeras operaciones de invasión. Un año más tarde fusileros antibuleses lo reconquistaron al precio de dejarlo seriamente dañado. Acordada su reconstrucción, el terremoto devastador de 1954 lo redujo a las ruinas que todavía se pueden observar desde la autopista durante las estaciones frías, cuando se seca la maleza de que están cubiertos los muros ruinosos y los árboles a su alrededor pierden las hojas.

Mi madre guardaba un recuerdo muy triste de aquel lugar, en el que merced a las influencias del abuelo Cuiña con las autoridades políticas del régimen de Vistavino sólo permaneció seis meses. En ese lapso estuvo sometida a una rigurosísima disciplina, sin posibilidad ninguna de recibir visitas y muy mal alimentada. La esclavizó para colmo una tal Branca de Verudo, mala pécora que cumplía condena por ejercer el lenocinio en los tiempos del rey Carfán III. Un día, enfurecida porque mi madre no había acudido con prontitud a una llamada suya, le asestó un varazo descomunal con un matacandelas.

—Si no me agacho, seguro que me mata. Es lo que me decía por las noches cuando le calentaba la cama: Minta, mañana no es preciso que te laves ni te peines porque te voy a matar.

Por muy poco consiguió mi madre hurtar la cabeza al golpe. La pobre no pudo evitar, sin embargo, que el cono de hojalata del matacandelas le machucase malamente el dedo meñique de la mano izquierda, que le quedó anquilosado para siempre. Durante años, según me confesaba, la estuvieron acosando las pesadillas. Una y otra vez el sueño nocturno la obligaba a regresar a los angostos recintos, a los corredores oscuros y a la fría celda del Centro de Reformación Femenina. Se atormentaba reviviendo escenas de humillación, sometida al poder de la malvada Branca de Verudo, a quien mucho tiempo después de haberla perdido de vista aún no lograba apartar de sus pensamientos. Cuando salió de aquel sitio horrendo, mi madre era un esqueleto apático de movimientos inseguros y mirada ausente. Tenía las piernas, los brazos y el cuello tachonados de llagas; la boca, vacía de algunos dientes; los cabellos, cortos a la manera de los soldados, y la espalda, cruzada de estigmas, de los cuales se avergonzaba en extremo.

Ausente mi madre, la Flapia ocupó su habitación y se quedó a vivir en la hospedería por espacio de medio año. Tan pronto como se hallaba libre de obligaciones, subía al camaranchón a hacerme compañía. A menudo me sacaba de paseo, persuadida de que para mi crecimiento y desarrollo me convenía andar, airearme y observar las maravillas de que estaba el mundo abarrotado. Raro era el día en que no me trajese algún obsequio: dos o tres bartolillos de Jiuto de la última hornada, un puñado de canicas, un cochecito de hojalata, cualquier futesa con que se aseguraba mi apego y simpatía. Me pedía besos y yo no vacilaba en concedérselos, fuertes y largos en las mejillas, en la boca, en el cuello y dondequiera que le tomara capricho de recibirlos. Le agradaba que me adelantase a sus deseos besándola por sorpresa. Su gusto mayor, con todo, se lo procuraba el tratarme como a niño lactante a pesar de mis siete años. Me acomodaba en su regazo; soltándose la blusa, se descubría una o las dos tetas, que eran grandes y calientes, y al par que me arrullaba hacía como que me amamantaba. Este juego lo repetía con frecuencia. La estoy viendo agarrarme la nuca con su mano de dorso pecoso e introducir en mi boca el pezón duro.

—Anda, guapo —me decía—, chúpame la verruguita.

Y mientras yo, obediente, me aplicaba a complacerla, ella me iba dando instrucciones:

—Más fuerte. Muérdeme.

O bien, por el contrario:

—No tan fuerte que me haces daño —y de este modo, hoy lo sé, la Flapia aliviaba su pena de no haber tenido nunca un hijo.

Fue ella quien, sin ser maestra, me enseñó a leer con ayuda de la cartilla del maestro Centanuti y un reloj de arena. La empresa resultó harto más ardua de lo que ella se había imaginado, y no porque a mí me faltase perspicacia, sino en parte debido a que su paciencia se agotaba a la menor dificultad y en parte porque se le pasó por alto explicarme cuál era la finalidad de la tarea. Pretendía por lo visto que yo memorizase una letra a diario. De acuerdo con sus cálculos, en el plazo de un mes yo aprendería el alfabeto y estaría en condiciones de estrenarme como lector. Así de fácil se lo figuraba. Pero transcurrió el primer mes y parte del segundo sin que se hubiese cumplido ni con mucho su objetivo.

—Flapia, ¡por el amor de Dios! —exlamó el abuelo Cuiña visiblemente decepcionado—, ¿para esto me haces subir? Con la cantidad de trabajo que tengo...

Al principio la Flapia creyó que yo me negaba por pereza o por tozudez a aprender las letras. Se desesperaba, lanzaba al suelo la cartilla de Centanuti y me reñía hasta arrancarme lágrimas. Le resultaba inconcebible que habiendo yo reconocido sin problemas la te, la zeta o la eme, minutos más tarde me quedara mudo y perplejo a la vista de esas mismas letras. Alzaba entonces la cara hacia las vigas, tratando de refrenar su coraje a puro de resoplidos, si no es que en camelo imploraba a Dios ayuda, me dirigía algún sarcasmo o me preguntaba en tono desdeñoso si por casualidad me había propuesto tomarle el pelo. Me intimidaba de tal manera que la garganta se me ponía rígida y un angustioso tartamudeo atoraba mi boca cada vez que intentaba pronunciar una palabra.

Nadie me había explicado qué se esperaba exactamente de mí. En consecuencia, toda mi atención estaba centrada en la boca de la Flapia. Sin apartar la vista de ella, sumiso y apocado repetía los nombres de las letras, no tanto por retenerlos en la mente como para obtener un gesto de aprobación, una alabanza o una sonrisa de mi sufrida profesora. El problema se complicó de forma inesperada debido a que la cartilla del maestro Centanuti, en su edición de 1922, trataba por separado las letras minúsculas y las mayúsculas, detalle en el que la Flapia no acertó a reparar a tiempo. Una tarde pasó una de tantas páginas y descubrió de sopetón su descuido.

—¡Virgen santísima! —exclamó, llevándose las manos a la cabeza.

Se daba cuenta de que nos hallábamos ante un obstáculo insalvable, para mí como alumno no menos que para ella como maestra sin experiencia ninguna en el oficio. En su honor hay que decir que no se dejó arrastrar por el desánimo. A fin de ayudarme a entender aquella repentina novedad en la materia de enseñanza, recurrió a una explicación no exenta de ingenio, según la cual, lo mismo que yo tenía una madre, aquellas letras que habíamos estudiado hasta entonces tenían otra, cada una la suya. O sea, que las letras pequeñas eran hijas de las letras grandes. Me preguntó si había comprendido. Temeroso de enojarla, me apresuré a responder que sí. Para comprobarlo señaló al azar una de tantas letras minúsculas que figuraban en la página y me pidió que buscara a su madre. Viendo que yo elegía para madre de una minúscula a otra minúscula, no pudo menos de poner los ojos en blanco mientras exhalaba un largo y sonoro suspiro.

—Asómate a la ventana —dijo—. ¿A que no ves en toda la ciudad a un niño tan cerrado de mollera como tú?

Aun así, ni las palabras vejatorias, ni las reprimendas, ni los gestos de desprecio llegaban a zaherirme tanto como el que, en el colmo del enfado, la Flapia se levantara bruscamente de la silla y, diciendo que en adelante les ahorraría a sus ojos el suplicio de mirarme, se marchara con pasos resueltos del camaranchón. En su ausencia, yo me esmeraba en copiar las letras de la cartilla, lo que sin duda me ayudaba a perfeccionar mis habilidades caligráficas, pero de ningún modo a leer.

Pacientemente rellenaba papeles y más papeles con innumerables líneas de signos que no sabía interpretar. A fuerza de reproducirlos, sus formas se me habían hecho tan familiares como las de los objetos esparcidos a mi alrededor. Durante horas perseveraba en la tarea con la pulcritud de un amanuense medieval. Me movía, no el afán de aprender, sino el apremio de apagar dentro del pecho los rescoldos de la culpa y la vergüenza. Cuantos más renglones trazaba, mayor era mi alivio. Ni siquiera la llegada de la noche interrumpía mi trabajo. Encendida la lámpara, continuaba escribiendo obsesivamente efes, enes, oes..., hasta que me vencía el dolor en la muñeca y en los dedos. En pugna con el cansancio, seleccionaba entonces seis o siete hojas en las que me parecía haber logrado una escritura loable. Con ellas en la mano, me cercioraba de que nadie andaba por las escaleras o los pasillos y, amparándome en la oscuridad, me llegaba sin hacer ruido al piso bajo. Deseoso de congraciarme con la Flapia, las introducía cuidadosamente, una por una, por debajo de la puerta de su habitación.

El abuelo Cuiña intentó disuadirla de su empeño. Delante de mí le dijo un día:

—Déjalo, Flapia. ¿No ves que es un tarugo? En cuanto eche carnes le buscaré yo alguna ocupación.

Por suerte la Flapia no sólo desoyó aquel consejo, sino que tuvo el acierto de abordar otra vez desde el principio la ardua faena de iniciarme en los rudimentos de la lectura. Como por arte de magia su olfato didáctico se aguzó. Atinadamente resolvió tratar a un tiempo cada minúscula con su correspondiente mayúscula, para lo cual desencuadernó la cartilla del maestro Centanuti, ordenando después las páginas como le pareció más conveniente, e introdujo, yo no sé si por su cuenta o porque la inspiró algún ángel del cielo, una fascinante novedad que enseguida comenzó a dar sus buenos frutos. Me refiero al reloj de arena.

Desde la primera vez que la Flapia lo colocó en el centro de la mesa, el curioso instrumento ejerció sobre mí una atracción irresistible. Recordaba vagamente haberlo visto en la cocina, encima, creo, de la repisa donde se alineaban varios almireces, además de otros objetos cuya utilidad me era por entonces desconocida. Con él la Flapia acostumbraba determinar el tiempo de cocedura de los huevos. Ella misma me lo contó mientras me mostraba lo que sucedía cuando se le daba la vuelta. Al instante los minúsculos granitos comenzaron a pasar de la ampolla de arriba a la de abajo. Yo estaba como hechizado. Transcurridos obra de tres minutos, la últimas partículas atravesaron el angosto cuello de vidrio y el chorrillo de arena terminó. Esta circunstancia me colmó de inquietud. Tenía la sospecha de que acababa de suceder algo grave, pero no sabía qué, y con la esperanza de recibir el consuelo de una aclaración, dirigí a la Flapia una mirada interrogativa que era casi tanto como una petición de socorro. La Flapia, impertérrita, se limitó a hacerme saber cuál sería en el futuro nuestro método de trabajo. No se extendió en explicaciones. Se me figura que de momento le bastaba con que yo hubiese comprendido que el reloj de arena no era más que la parte visible de una estrategia de coacción, según la cual, en el mismo tiempo que le costaba a un huevo volverse duro dentro del agua hirviente, debía yo despachar una cantidad determinada de tarea; de lo contrario... No recuerdo que mencionara correctivo alguno. Tampoco hacía falta. Su entrecejo severo, sus pupilas punzantes y la tirantez rubicunda de su papo resultaban no menos amedrentadores que una amenaza de castigo. Tras poner delante de mí una de tantas hojas sueltas de la cartilla de Centanuti, nombró pausadamente cada una de las letras allí impresas y me dijo:

—Ahora debes hacer tú lo mismo. Pero ojo, porque le voy a dar la vuelta al reloj. Ay de ti si no lees todas las letras de la página antes que haya terminado de caer la arena.

Permaneció unos instantes en silencio, como deleitándose en la contemplación de la angustia que a buen seguro se traslucía en mi semblante. La estoy viendo voltear con deliberada lentitud el reloj.

—Piensa —me dijo, al par que con malicia hacía una mueca exagerada de alarma— que tienes poco tiempo.

Por primera vez, en el curso de nuestras lecciones, dejé de estar pendiente de sus labios, de si se arqueaban en señal de risueña aprobación o de reproche, de si se movían para abrir paso al elogio o a la regañina. Sólo tenía ojos para el caer incesante de la arena, para el caer veloz de la arena, para el caer irrefrenable de la arena. Espoleado por el miedo, se me hace que, sin saber leer, leí. Pocos días después era capaz de enfrentarme con enunciados de mediano tamaño. Leía a borbotones, sin atender al sentido de las palabras, respetar las pausas ni detenerme a tomar aire al final de cada línea. A veces la Flapia me cortaba con el propósito de señalarme un error. La inesperada interrupción me ponía por lo general en apuros. Yo estaba obligado a reanudar la lectura a partir del lugar donde hubiera cometido el fallo; pero casi siempre el desasosiego me impedía encontrarlo con la deseable rapidez. Ay de mí, no lo encontraba y las ligeras partículas de arena seguían cayendo, seguían cayendo, seguían cayendo. Se deja imaginar de qué manera descompasada me latía el corazón en tales ocasiones. La hoja de papel temblaba en mis manos. La cara me ardía como cuando uno la acerca demasiado al fuego. En actitud suplicante reviraba al fin la vista hacia la Flapia, con la esperanza vana de que me liberase durante un momento del cruel reloj. Apiadada, ella acudía en mi auxilio señalándome el lugar del texto donde yo había cometido la falta y me ayudaba a corregirla. Aquello era como abrir de pronto la compuerta a una corriente impetuosa. Acuciado por la premura de tiempo, yo me lanzaba a leer a toda pastilla el resto de la página.

Jamás (no oculto mi orgullo), ni siquiera al principio, cuando me mostraba más torpe, me derrotó el reloj, cuya utilidad disminuía de día en día conforme yo iba haciendo progresos en el aprendizaje. Una tarde la Flapia se lo llevó con achaque de usarlo en la cocina y ya no lo trajo más. Hoy sé que aquel singular instrumento con aspecto de juguete introdujo en mi entendimiento infantil la semilla de una noción trágica del tiempo. Por primera vez en la vida, viendo caer de una ampolla a otra los incontables granitos amarillos, rozó mi mente la intuición de que las cosas que pueblan nuestro mundo están sujetas a un plazo. Cierto que yo sabía que después del día viene la noche y después de la noche otra vez el día; que hay mañanas y tardes, antes y luego, y aun puede que a mis siete años no ignorase que a esa cadena aparentemente infinita de momentos se le denomina tiempo. Lo que el reloj de arena me enseñó fue la certeza estremecedora de que para cada uno de nosotros el tiempo consiste en una cuenta atrás.

No tardaron las lecciones en convertirse en puro divertimiento. La deshojada cartilla del maestro Centanuti me planteaba tan pocas dificultades que la Flapia resolvió dejar de utilizarla. A manera de rito triunfal me permitió un día quemar las hojas sueltas en el horno de la cocina. Ella trajo de su casa un librote antiguo de cuentos tradicionales de Antíbula y entre los dos leíamos partes de él a diario, ella un párrafo y yo otro alternativamente. A veces topábamos con pasajes graciosos que nos movían a risa, como aquel del rey Tañí, que empeñado en agrandar sus dominios partió solo a la conquista del horizonte y, como por el camino le apurase el hambre, se comía ora una mano, ora un pie, hasta que se quedó sin cuerpo.

Un día bajamos a que me oyese leer el abuelo Cuiña. Por las escaleras, la Flapia me vaticinó un éxito seguro. Desde la antevíspera habíamos estado practicando los renglones elegidos para la ocasión. Dábamos por hecho que el abuelo se llevaría una sorpresa agradable, por más que no fuera hombre inclinado a obsequiar a sus semejantes con alabanzas. Aun así, le habíamos de notar la admiración, aunque la disimulase.

Después de buscarlo por diversos lugares del piso bajo, lo hallamos en el cuarto del lavadero. Estaba sentado con el trasero al aire, dentro de una palangana que usaba para tomar sus baños de asiento con agua fría y manzanilla, uno de sus muchos remedios para combatir la mortificación de las almorranas. Como le incomodase que yo lo viera en aquella postura, me conminó a leer con la cara vuelta a la pared. Leí no sin garbo dos, tres renglones; más no le apeteció escuchar. Tras darme secamente la enhorabuena, me mandó salir del cuarto, llamándome, lo recuerdo bien, profesor, remoquete con el que se habría de dirigir a mí en adelante, en vez de con aquel otro, bastardo, con el que me había estado humillando hasta entonces sin que yo cayera en la cuenta de su mala intención, puesto que aún desconocía el significado de la injuriosa palabra.

7

A mí me bautizó en secreto, una mañana de 1924, el reverendo padre Arfuno Bolimilo, a quien cuatro años más tarde los insurgentes habrían de matar arrojándolo a la calle desde el campanario de la iglesia parroquial de Antíbula la Vieja. Existe al menos un testimonio fotográfico de aquella acción bárbara, perpetrada por un puñado de colectivistas en nombre de la libertad y los derechos de la clase trabajadora. La imagen, difundida con intención propagandística por la prensa revolucionaria de la época, muestra al desdichado sacerdote segundos antes de ser empujado al vacío. Lo flanquean dos guerrilleros vestidos de paisano, uno de ellos con el fusil terciado a la espalda. No son distintos de los que por las mismas fechas acribillarán a balazos al abuelo Cuiña. La hosquedad de sus semblantes contrasta con la expresión serena del padre Arfuno, cuya postura corporal es más bien indolente, así como su mirada, vuelta hacia el fotógrafo, blanda y bondadosa. A decir verdad no es el suyo un gesto adecuado a la condición de mártir; antes al contrario, el de un señor que viene de deleitarse con un almuerzo suculento. Lo confirma el vientre prominente bajo la sotana negra tanto como los carrillos carnosos separados por un atisbo de sonrisa. Con semejante facha, ¿quién acude a su propio sacrificio?, a menos que el padre Arfuno se hubiera convertido de repente en un santo confortado con la idea de perecer o que, como yo sospecho, no tuviera en el momento de ser fotografiado el menor barrunto del final atroz que le aguardaba. La escena, en cualquier caso, carece de grandeza trágica, tal vez porque no hay en ella signos de violencia. Tocado con un sombrero de teja, nada hace pensar que el destino ha elegido a ese anciano apacible para víctima de una crueldad inminente. Un cigarrillo humea entre sus dedos hinchados de gotoso. No es difícil imaginar que se trate de una última gracia concedida al prisionero. Jobo de Nizora, que recrea con pormenores truculentos el asesinato al comienzo de su novela *Sangre de ayer* (editorial Procarmo, Antíbula, 1941) describe al padre Arfuno expeliendo una bocanada mientras caía.

La ceremonia de mi bautizo, si es que cabe aplicarle un nombre tan pomposo, fue rápida y sencilla, sin más testigos que el abuelo Cuiña y la señora Flapia, que actuaron de padrino y madrina respectivamente. Mi madre no tuvo noticia del acontecimiento hasta pasados varios meses, cuando por fin pudo salir libre del Centro de Reformación Femenina. Durante un tiempo disimuló su resquemor; pero un día, hallándonos los dos solos, me reprochó de manos a boca, entre sollozos, que hubiera consentido en bautizarme sin estar ella presente, como si creyera razonable atribuir a un niño de siete años la facultad de tomar ese tipo de decisiones. En el colmo de su despecho, me espetó:

—Entérate de que Dios es una mentira y de que ellos, el cura y tú sois unos farsantes. A mí en tu lugar se me caería la cara de vergüenza.

La Flapia había venido a despertarme de madrugada. Dijo en susurros que me esperaba un día muy importante y yo, por si acaso, me levanté de un salto. Aún era hora de estrellas en la claraboya. A oscuras bajamos al cuarto del lavadero, donde la Flapia me tenía preparado un baño de agua caliente. El abuelo Cuiña roncaba en su dormitorio. Roncar es poco: cortaba el aire con el serrucho de su resuello. La aurora me sorprendió retozando dentro del pilón. Limpio y seco, tuvo la Flapia antojo de amamantarme de mentirijillas, y entretanto me contó quién era el reverendo padre Arfuno Bolimilo y con qué fin vendría a nuestra casa esa mañana. Me habló, según creo recordar, de Dios; de los ángeles del cielo, que eran, dijo, idénticos a mí, pero con alas en la espalda; de la iglesia y de otras muchas cosas de las que me parece que no entendí sino que por causa de ellas me habían comprado la víspera zapatos y ropa nueva. Ya por entonces la Flapia me solía preguntar si la quería más a ella o a la Minta. Me lo preguntaba diariamente, y como yo no vacilase en halagarla con la respuesta que ella ansiaba oír, me cubría la cara de besos, me hacía mil y una carantoñas, y a veces me recompensaba con fruslerías y regalitos que solía traer ocultos debajo del vestido.

El padre Arfuno Bolimilo, vejez y gordura, llegó con el sol naciente al camaranchón, montado en la espalda del abuelo Cuiña. La Flapia precedía a los dos con los avíos de bautizar y el breviario del cura. Éste traía teja y sobrepelliz, unos zapatos desastrados, sin cordones donde debía haberlos, y hambre. Antes que a mí vio los cuartos de perro que colgaban de la viga.

—No rechazaría yo —dijo— unas ronchas de esa cecina.

Venía el abuelo Cuiña vestido de tiros largos, muy señor sin su mandil, peinado y oloroso, la cara limpia de barba, congestionada por el esfuerzo de subir al padre Arfuno a cuestas. Quiso saber el sacerdote si yo mordía y arañaba, recelando que siete años sin pisar la calle hubiesen hecho de mí una fiera de cuidado. Terció la Flapia visiblemente celosa de mi reputación.

—El chico es manso —ratificó el abuelo Cuiña con aplomo.

Tan sólo entonces consintió el padre Arfuno en apearse de la espalda que lo había transportado hasta allí. Al punto su semblante mofletudo adoptó un gesto de emocionada piedad, de dulce unción, de lástima afectuosa, y alargando las manos con el patente designio de abrazarme, enristró derechamente hacia mí diciendo:

—No te asustes, alma cándida.

Tenía yo instrucciones de la Flapia de estar atento a las palabras del cura y responder con claridad y prontitud a sus preguntas, y también me había encarecido que me mostrase dócil a cualquier petición que me hiciese, y que por lo demás me mantuviera en silencio, con las manos pegadas a las caderas. Yo estaba rígido como una estatua cuando el padre Arfuno Bolimilo agarró efusivamente mi cabeza y me apretó la cara contra sus vestiduras sacerdotales, que olían, lo mismo que el guardarropa de mi madre, a bolas de alcanfor. Ese detalle obró en mí un efecto sedante, sin el cual es muy probable que yo no hubiera podido refrenar por más tiempo el pujo de llanto que me acuciaba. Le vi de cerca los dedos gordos, amarilleados por el roce frecuente del humo de tabaco, y en uno de ellos una sortija dorada con una piedra brillante de color verde. Le vi los dientes desiguales y sarrosos, el labio inferior caído, los agujeros de la nariz roma cegados por una espesa maleza de pelos. Le vi los ojillos que parecían sonreír con picardía a pesar del cerco de decrepitud y de cansancio que formaban a su alrededor los párpados rugosos. Enseguida sentí simpatía por aquel hombre que con sus dedos tibios me acariciaba el pescuezo, mientras afablemente se esforzaba en aclararme el motivo de su visita. Me habló de Dios, de los santos y de otras materias sagradas sobre las que la Flapia ya había tratado de ponerme en autos el día anterior. Como ella, empleaba el padre Arfuno un lenguaje propio de las historias fantásticas para niños, salpicado de ademanes teatrales y de continuos vaivenes de la entonación enderezados a conmover, y aunque yo no hallaba sentido a la mitad de las palabras, me daba gusto percatarme de que estaban elegidas con cuidado para que yo las entendiese y aun me causaran emoción.

Se interesó después por mi vida pasada, por mis juegos y actividades durante los siete años de aislamiento, y en esto dejó caer como quien no quiere la cosa una pregunta cuya respuesta obligaba forzosamente a mencionar a mi madre. Entonces el abuelo Cuiña le atajó:

—Abrevie, padre, que hoy es día de labor y tengo la casa llena de huéspedes.

El bautizo propiamente dicho apenas duró un par de minutos. Se me pidió que me situara en el centro del camaranchón, donde los tres adultos me rodearon. Impelido por una especie de instinto animal, me dio de pronto el fatídico remusgo de que proyectaban hacerme daño. Se les oía respirar, ora a uno, ora a otro, a veces a dos a un tiempo. El miedo me agarrotaba. Al inclinar, obediente, la cabeza, vi que la Flapia sostenía a la altura de mi pecho la misma palangana que solía usar el abuelo Cuiña para apaciguarse los ardores del ano. Eso terminó de desconcertarme. Yo no entendía nada. Me tentó la idea de echar a correr, pero ya era tarde, ya no había escapatoria. La primera lágrima estaba a punto de aflorar a mis ojos cuando el padre Arfuno tomó la palabra detrás de mí. Leía con monótono murmullo pasajes de su breviario. De refilón advertí que el abuelo Cuiña le tendía un objeto. Un calor líquido se esparció repentinamente por mis muslos. Clavé la mirada en el fondo metálico de la palangana y con los dientes apretados me dispuse a soportar el embate doloroso. En torno a mí las tres voces salmearon a coro una breve oración. Yo estaba tan tenso que no pude menos de estremecerme al sentir la mojadura fresca en la coronilla. Fue inevitable llorar. Aprovechando que tenía la cabeza gacha, me apresuré a enjugarme las lágrimas con la manga de la camisa. La Flapia me conminó a estar quieto, y con eso y ver la concha en la mano del sacerdote me serené.

—Un cristiano más —dijo campechanamente el padre Arfuno, dando por terminada la ceremonia.

Nunca he logrado averiguar qué razones impulsaron al abuelo Cuiña a urdir aquel bautizo clandestino. ¿Temía los dimes y diretes de la vecindad? Quizá un orgullo exacerbado le vedaba mostrarse en el templo en compañía de un nieto ilegítimo, no digamos dignarse compartir con una criatura aún no cristianada su banco habitual de la primera fila, donde tenía por costumbre hacer extremos de fervor.

No menos me intriga la complicidad del sacerdote, aunque en su caso poco cuesta presumir que hubo por medio alguna recompensa, aparte el cuarto de perro salado que tuvo la deferencia de aceptar y agradecer aquel día en el camaranchón y del refrigerio que se le ofreció después en el comedor de los huéspedes. Sea como fuere, lo importante para mí es que a raíz del bautizo el abuelo Cuiña cambió sensiblemente su manera de tratarme. Se me hace a mí que dos voces antagónicas contendían en su fuero interno: la que continuaba alentándolo a rechazarme como fruto repugnante del pecado y la que le sugería que siendo yo, después de todo, carne de su carne, me admitiese entre los de su linaje. No afirmaré que una vez bautizado me tomara cariño, porque eso sería llamar sol a una chispa; pero sí que de cuando en cuando le daba por sorprenderme con algún que otro gesto de buena voluntad.

Un día en que la Flapia no pudo venir a darme la lección de costumbre, se presentó él en su lugar con el ánimo de enseñarme el himno nacional de Antíbula entonces vigente, una larga pieza caracterizada por su aire machacón de fanfarria. La *Enciclopedia Razonada* de Mendú (primera edición 1896-1901) atribuye su composición a un tal Vile de Catrem, a quien apenas dedica unas líneas en el artículo concerniente a los símbolos de la patria para consignar que fue director de la banda real y mariscal de logis en tiempos del rey Toeto IV, y que pereció a los treinta y cinco años de edad, víctima de la epidemia de cólera morbo de 1871. Se cuenta que Balzadón Vistavino había desfilado de joven, cuando no tenía más grado que el de alférez mayor de los peones, al son de aquellos compases metálicos y rotundos, y que inducido por la nostalgia resolvió erigirlos en himno nacional tan pronto como hubo asumido la jefatura del Estado a título de dictador, tras su pronunciamiento de 1916. Parece ser que por encargo suyo, el poeta Molibio, cantor del régimen, escribió las altísonas estrofas que después el abuelo Cuiña pretendió enseñarme por la fuerza. Todavía puedo entonar la primera, la única que mi memoria ha retenido íntegra:

> Hosanna a la eternal nación fecunda,
> en el vergel de Dios la flor más santa.
> Tu nombre al pronunciar de amor se inunda
> de tus hijos leales la garganta.

Me veo sentado a la mesa de roble una mañana borrosa, gris, de principios del otoño, con los vidrios de las ventanitas perlados de finas gotas de lluvia. El abuelo Cuiña ha tomado asiento frente a mí. Su bigote negro forma un denso pegujón que le tapa por completo el labio de arriba. Sus ojos diminutos tienen una fijeza maligna, agazapados a la sombra de las gruesas cejas. Se pudiera decir que todo su semblante es una suma de facciones violentas: la nariz torcida, apenas un cartílago revestido de una capa de piel rojiza, con la punta incrustada en el bigote; las mejillas hundidas; los pómulos altos y pronunciados; la frente toda hueso y exhibición de calavera, cruzada desde el arranque de la calvicie por una vena hinchada, violácea, que serpea hasta la sien. Me acuerdo también de sus orejas, bajas y ternillosas por demás; de un puntito sanguinolento en lo blanco del ojo derecho, y de la barbilla puntiaguda, partida por una arruga vertical, evocadora del trasero.

No bien se hubo sentado me ordenó que prestase atención y de seguida, con voz muy seria, aliento fétido y mirada de pocos amigos, me advirtió que ni él era maestro ni disponía de más de un cuarto de hora para enseñarme el himno nacional.

—Conque espabila o, si no, mano —dijo, y me la mostró, grande, encallecida, poderosa, al par que la meneaba a escasa distancia de mi cara con el marcado propósito de amedrentarme.

Cantó a continuación unos pocos compases. La ausencia de música hacía sobremanera difícil la percepción de un ritmo. No lo supe imitar y él repitió el fragmento; lo mismo y otra vez; lo mismo y plaf: la primera bofetada me pilló descuidado y a pique estuvo de derribarme de la silla. El miedo me impedía alzar la mirada. Comenzó él a sotanearme a gritos, descargando puñetazos contra el tablero de la mesa. Salían de su boca las injurias y los reproches a chorro, gesticulaba y en el bigote se le quedaban prendidas las gotas de saliva, muy repugnantes de mirar. Gandul, parásito, niño mimado fueron los apelativos menos ofensivos que me dirigió. Varias veces reiteró su amenaza de privarme de la comida si no aprendía a cantar correctamente el himno nacional. Yo, para no enfadarlo más, me tragué las lágrimas e hice pensamiento de esforzarme. Por desgracia, no pude pasar de los buenos deseos. Vocablos como «hosanna» o «eternal» se deshacían entre mi lengua y mis dientes tan rápidamente como la crema de los bartolillos de Jiuto. El resultado era unos ruiditos desangelados y vacilantes, de suerte que, para cuando quise darme cuenta, la segunda bofetada ya había estallado en mi mejilla. Pronto siguieron la tercera y la cuarta, además de un recio revés que me causó una brecha en el labio. Enfurecido, se levantó de la silla y de un puntapié la tiró hasta casi la puerta del camaranchón.

—¡Viva Vistavino! Tú no eres de mi raza —me espetó, haciendo un gesto de asco o de desprecio antes de marcharse con un retumbo muy fuerte de pisadas.

El convencimiento de que yo era una criatura de pocos alcances lo disuadió de repetir otro día la lección de canto patriótico y fue la Flapia la que poco a poco (hoy un verso, mañana el siguiente y vuelta a empezar) logró hacerme aprender aceptablemente la primera estrofa del himno y no tan bien las restantes. Al fin, transcurridas varias semanas, me condujo a la presencia del abuelo Cuiña, a quien se le desarrugó el entrecejo no bien oyó el arranque de aquel grandilocuente epinicio de sus amores interpretado por la dulce voz de un niño. Su semblante afilado y por lo general hosco relucía de gusto. De acuerdo con las instrucciones de la Flapia, concluí mi actuación profiriendo un sonoro *¡viva el general Vistavino!*, que el abuelo, ostensiblemente ufano, no dudó en secundar, lo mismo que dos o tres huéspedes que la casualidad había reunido a mi alrededor. Después, contento y sonriente, el abuelo me arreó a modo de felicitación un tironcillo de orejas, sin malicia, creo, de causarme daño, aunque me dolió.

Todos los domingos y fiestas de guardar me llevaba a oír misa de doce en la iglesia parroquial de Antíbula la Vieja, conforme lo había convenido con el reverendo padre Arfuno Bolimilo la mañana de mi bautizo. Los días de precepto obraban en la personalidad del abuelo Cuiña un efecto transfigurador. Amanecía convertido en un hombre distinto, más calmado y dialogante. Por fidelidad a su devoción prescindía del desayuno, sin exigir a los demás que lo imitásemos. Al romper el alba se le oía silbar en el piso bajo de la hospedería, señal de que se había levantado de buen humor. Desnudo el torso, hacía sus abluciones en el cuarto del lavadero, donde dedicaba largo tiempo a rasurarse y a igualar las puntas del bigote delante de un espejito ovalado, recuerdo de su difunta esposa. Por último, una hora antes de salir a la calle, se aplicaba una loción de liquidámbar o de agua de colonia y se ponía de veinticinco alfileres, reservando para esas ocasiones que él consideraba tan especiales su traje de etiqueta, sus mejores zapatos y su sombrero de copa negro.

Para cualquiera con quien topase por los pasillos o en el vestíbulo tenía una palabra amable, un gesto risueño, una pequeña deferencia. Se permitía incluso (cosa inaudita en un día laborable) soltar algún que otro chascarrillo o reírse a carcajadas, y era, tanto en sus palabras como en sus acciones, más suave, más cordial y comunicativo que de costumbre, razón por la cual las mañanas de los domingos poseían para mí un encanto particular, no así las tardes, muchas de las cuales se dijera que anticipaban la llegada del lunes apenas el abuelo Cuiña volvía a andar por la casa con alpargatas y mandil.

Por la calle, camino de la iglesia, me tenía prohibido cogerle la mano a la manera como gustábamos de hacer la Flapia y yo cuando salíamos de paseo. Le parecía un hábito impropio de varones. Se acogía al antiguo proverbio:

> El padre al niño
> con el puño da cariño.

Algunas personas lo saludaban al pasar con ademanes y reverencias serviles.

—Éstos son los buenos —me susurraba.

Otros, por el contrario, movidos del evidente propósito de no cruzarse con él, cambiaban precipitadamente de acera o se metían a toda prisa en los portales.

—Éstos son los malos.

Lo que no me decía, quizá porque tampoco caía en la cuenta de ello, es que tanto los primeros como los segundos lo odiaban por igual, y aun puede que fueran precisamente aquellos que le daban los buenos días con grandes muestras de cortesía y acatamiento, los que en el fondo de su corazón abrigaran mayor encono contra él.

A mi corta edad no podía alcanzárseme lo que más tarde habría de saber sin la menor sombra de duda, y es que, encastillado en su fanatismo patriótico y en su devoción exaltada, el abuelo Cuiña era incapaz de entender muchas cosas. Los domingos, en la iglesia, se manifestaba de manera particularmente clara su total desconexión con la realidad social del momento.

Al llegar al atrio abrazaba con efusión al custodio del templo. Este nombre se aplicaba por aquella época a ciertos monjes doloritas, los cuales, en representación del Santo Oficio de la Virtud, montaban guardia a la puerta de las iglesias con el fin de velar por la compostura, el recato y el atuendo decoroso de los fieles. De paso comprobaban si determinados sospechosos de ateísmo venían o no a misa, por cuanto la ley obligaba a todos los antibuleses mayores de cinco años a asistir a las ceremonias religiosas, a las dominicales tanto como a otras declaradas preceptivas por la autoridades eclesiásticas.

La gente abominaba a los custodios y no era para menos. Si se acercaba a la iglesia una mujer desprovista de mantilla, al punto tomaban nota de sus señas por si procedía denunciarla ante el Santo Oficio y la conminaban a ir a buscar de inmediato una prenda con que cubrirse la cabeza. A los hombres, absurdamente, se les exigía llevar sombrero o gorro, y quitárselo tan pronto como se encontraran bajo techo sagrado. Había custodios puntillosos hasta la exageración, que a menudo, por las razones más nimias, echaban a cualquiera atrás.

—Niña, esas melenas ofenden a Dios. Ve a casa a que te hagan una trenza.

Al llegar a la iglesia, la gente avivaba el paso instintivamente, en la inteligencia de exponerse lo menos posible al examen ocular de los custodios. El abuelo Cuiña, por el contrario, se detenía a abrazar al de su parroquia, a quien de vez en cuando entregaba por debajo de mano papelitos donde llevaba escritos los nombres de sus delatados.

Apenas comenzada la misa, el custodio del templo se apresuraba a atrancar la puerta. De este modo castigaba la impuntualidad. Durante la ceremonia deambulaba con mucho sigilo por las naves, se mantenía al acecho detrás de alguna columna, e incluso dentro del confesionario, o se apostaba junto a la barandilla del coro con el fin de atalayar a su placer a los circunstantes, siempre pronto para atajar cuchicheos, sacudir a un traspuesto o reprender a quienquiera que en su actitud y postura no guardara la debida circunspección. Y así, mientras que todos los vecinos del barrio rehuían a los custodios, el abuelo Cuiña los reverenciaba sin tapujos, mostrando en público su buen entendimiento con ellos.

Por eso y por otros motivos que yo entonces aún no comprendía, nadie, aunque la iglesia estuviese abarrotada de feligreses, tomaba asiento a nuestro lado, en el banco central de los tres que formaban la primera fila. Allí tenía el abuelo su sitio fijo, a unos pocos pasos de las gradas del altar; allí, su reclinatorio provisto de una placa de mayólica que decía: PROPIEDAD DEL SEÑOR CUIÑA; allí, en fin, su devocionario, que al irse dejaba bien a la vista sobre el banco, a semejanza de los machos de algunas especies, que, para ahuyentar a los intrusos, marcan sus dominios. Aunque llegásemos en el último momento, siempre encontrábamos nuestro sitio libre, de suerte que hasta que no supe la verdad yo estaba convencido de que nos pertenecía. De ahí que me pareciese la cosa más natural del mundo ver que a menudo, en el transcurso de la ceremonia, docenas de personas permanecían de pie al fondo o en los pasillos laterales, mientras que el abuelo y yo, de haberlo querido, habríamos podido tumbarnos en nuestro asiento.

Me producía un vértigo de orgullo percibir aquella respiración multitudinaria a mi espalda, y se me hace a mí que me faltaba poco para el éxtasis cada vez que la muchedumbre de bocas entonaba al son del órgano alguna pieza del cantoral. En esas ocasiones me sentía literalmente traspasado por la suma armónica de voces, persuadido de que Dios no tenía inconveniente en compartir conmigo el disfrute de aquel maravilloso agasajo musical.

No ignoraba que la fortuna de asistir a misa en primera fila se la debía al abuelo Cuiña, a quien yo tenía por el hombre más importante de los allí congregados. Se me figuraba, además, que estar sentado junto a él me hacía partícipe de su superioridad.

Un día, de vuelta a la hospedería, le pregunté si él era el dueño de la iglesia.

—Tanto como el dueño no —respondió muy serio—, pero digamos que entre el padre Arfuno y yo llevamos el negocio.

Tiempo después supe la verdad de boca de mi madre. Por ella me enteré de que el abuelo Cuiña infundía pavor a los vecinos de Antíbula la Vieja y de que la exclusiva del usufructo del banco más próximo al altar no era sino la consecuencia lógica del vacío que la gente le hacía. Algo contribuiría a ello el espectáculo que él armaba en el transcurso de cada misa, con la aprobación tácita del custodio del templo y del sacerdote. A la concurrencia, en cambio, no le quedaba otro remedio que presenciarlo, y es de suponer que tan exagerada exhibición de santidad revolviera el estómago a más de uno. Mi madre la juzgaba beatería de la peor especie, mera gesticulación e hipocresía, a tal punto que por vergüenza de que la vieran en compañía de tan grandísimo comediante, como escondidamente lo tildaba, prefería asistir sola a misa de alba, aunque ello la obligara a madrugar. Se escudaba en el pretexto de que así no quedaba la casa sin vigilancia a mediodía, de paso que ella disponía de toda la mañana para despachar sin atosigamiento los quehaceres. Había salido del Centro de Reformación Femenina muy descreída en achaque de religión y bajo cuerda trataba de atraerme a su incredulidad. Con frecuencia subía a reunirse conmigo en el camaranchón, donde a puerta cerrada ponía a su propio padre de vuelta y media. En vano se esforzaba por disuadirme de seguir los domingos, en la iglesia, el ejemplo del abuelo, que juzgaba contrario a la virtud verdadera. Terminaba desatándose en improperios proferidos en voz baja por temor a que la oyeran. Le disgustaba sobre todo la fascinación que en mí ejercían los alardes de piedad del abuelo Cuiña en el transcurso de las ceremonias religiosas. Acostumbrado a ellos, yo los encontraba dignos de imitación. ¿Acaso las figuras del retablo, las imágenes de los cuadros y las vidrieras, o las estatuas repartidas por doquier, en las capillas o sobre repisas adosadas a los muros, no exhibían similares actitudes? ¡Pues entonces! ¿Y qué decir del padre Arfuno Bolimilo, que a menudo guardaba silencio por espacio de varios minutos, el semblante crispado a la manera de los que soportan grandes padecimientos del espíritu, las manos juntas, la barbilla hundida en la pechera de la casulla, antes de volver en sí y reanudar la misa con nuevos bríos? Infinidad de veces sucumbió mi madre a este argumento. Así y todo, nunca se dio por vencida en su empeño de persuadirme de la falsedad que guiaba la conducta religiosa del abuelo Cuiña y de lo rídículo que yo era al remedar en la iglesia sus gestos y ademanes.

Nada más entrar en el templo, gustaba él de llegarse a la nave izquierda a encender las velas de la capilla que estaba bajo la advocación del santo Jancio, a quien profesaba devoción desde antiguo. Cada vez que aplicaba la llama a una mecha, yo introducía por orden suya una moneda de cinco céntimos en el cepillo, y como no paraba hasta tener encendidas todas las velas disponibles, que en ocasiones eran más de cincuenta, rara vez bajaba de los dos melios de caridad, lo que para aquella época suponía un dispendio notable. Me enseñó la manera de meter las monedas con fuerza por la ranura, para que a la gente no le pasara inadvertido el tintineo, obsequiándome con una sonrisa de costadillo cuando el ruido había sido de su agrado. Guardaba al pie de la imagen un hachón encajado en un candelero de bronce, ya que uno de plata, mucho más valioso, que había poseído años atrás, se lo habían robado. El hachón del abuelo Cuiña ardía, por así decir, con llama perenne. Pesaba tanto que yo no lo podía sostener. El abuelo tenía costumbre de colocarlo junto a su reclinatorio antes del comienzo de la misa; acabada ésta, lo restituía a su lugar, donde se quedaba encendido hasta la ocasión siguiente. Yo me acuerdo bien de las sombras y los destellos movedizos que la luz del hachón esparcía por su cara, que vista desde abajo, desde mi altura infantil, parecía envuelta en un halo de santidad amarillenta.

De ordinario escuchaba el introito con los brazos abiertos, como si abrigara la pretensión de abarcar las palabras del sacerdote, que resonaban con un eco asordinado de caverna entre las paredes altas de piedra. A tiempo del sermón se arrodillaba aparatosamente, la mano en el pecho, sobre el lado del corazón, y los ojos alzados a la bóveda igual que en trance. Si el padre Arfuno amonestaba a los fieles o les dirigía alguna recomendación relativa a su perfeccionamiento moral, él asentía mediante sacudidas violentas de su cabeza. Solía, además, cantar con voz atronadora y respondía a las oraciones generales de idéntica manera. A veces gemía, no sé por qué, tapándose la cara con las manos; otras exhalaba suspiros prolongados y quejumbrosos, cuando no recios como de animal que bufase.

Durante la consagración permanecía arrodillado en su reclinatorio. Bisbiseaba sin cesar, pues era del parecer que con la ayuda de ciertos rezos y plegarias podía ver el rostro de Jesucristo estampado en la hostia cuando el sacerdote la levantaba en sus manos cubiertas por el velo ofertorio. Y si, según me contaba a la salida de misa, lo pedía con mucha fuerza y unción, y lo anhelaba e imploraba poniéndose al borde de las lágrimas, entonces era incluso posible que el Señor fuese servido de concederle la gracia de una sonrisa. ¿Qué mayor gloria cabía esperarse en esta corta y miserable vida? Yo lo escuchaba arrobado.

—Pues con todo lo profesor que tú eres —me decía—, ¿aún no has entendido que a ti también se te aparecería Jesucristo si hicieras como yo?

Así hablando, agudizaba el abuelo Cuiña mi apetito voraz de milagros, de suerte que yo no deseaba más sino que transcurrieran cuanto antes los días y llegara el domingo para volver a la iglesia, donde con la mayor diligencia posible me daba a copiarle los gestos, los ademanes y los bisbiseos, en la esperanza de obtener un resultado que por desgracia nunca se producía.

—¿Qué, lo has visto?

—No.

—Seguro que no te esfuerzas lo suficiente.

¡Vaya si me esforzaba! Sin descanso musitaba los tres o cuatro rezos que me había enseñado la Flapia en el camaranchón y me deshacía en impetraciones lastimeras, en votos de ser bueno y demás fórmulas rogatorias por el estilo. Encendido de ansia, llegué al extremo de entonar en voz baja, con mucha inquietud y apretamiento de corazón, lo poco que sabía del himno de Antíbula: *Hosanna a la eternal nación*... Y una vez más, llegado el momento de comulgar, mientras el abuelo Cuiña se apresuraba a recibir de manos del padre Arfuno la primera oblea sacada del cáliz, yo me quedaba royendo a solas en el banco la desilusión de no tener los ojos necesarios para ver el rostro de Jesucristo.

Un domingo, por el camino de vuelta a casa, se me ocurrió

de pronto contarle al abuelo Cuiña que Dios me había hablado durante la misa.

—¿Ah, sí? —exclamó sonriente—. ¿Y se puede saber de qué trataba la conversación? ¿Tal vez de aritmética? ¡Como sois los dos tan sabios!

—Dice que me dejes comer las galletas que da el padre Arfuno. Que si no, no tiene ganas de que yo lo vea.

El abuelo Cuiña soltó una carcajada en medio de la calle. Tras felicitarme por lo que consideraba un chiste la mar de gracioso, me recordó las condiciones que la mañana de mi bautizo me había impuesto el sacerdote para darme la primera comunión, entre las cuales estaban las de saber leer, escribir y rezar, familiarizarme con las partes esenciales de la Biblia, aprender el catecismo y asistir a medio centenar de misas como mínimo.

Con no cumplir yo muy bien todos los requisitos, un día, pasado el tiempo, me venció la tentación de presentarme por las buenas a recibir la eucaristía detrás del abuelo. Al verme, el padre Arfuno no pudo evitar un mohín de sorpresa. Temblaron sus mofletes y una como sombra de duda arrugó fugazmente su entrecejo. La mano hinchada, amarilla de tabaco, vaciló un instante a menos de una cuarta de mi boca; pero al fin el rechoncho y anciano sacerdote se determinó a depositar la hostia en mi lengua estirada, al tiempo que en susurros me advertía que por el amor de Dios la tragase sin masticar.

A la salida, el abuelo Cuiña me instó en camelo a contarle si me había gustado o no la galleta, y en el mismo tono de mofa me preguntó si se me había aparecido Jesucristo durante la misa.

—Hoy sí —le contesté sin titubeos.

—¿Y habéis hablado?

Yo había empezado por entonces a ejercitarme en el provechoso arte del embuste.

—Le he pedido que te cure el culo.

Al pronto, el abuelo Cuiña me clavó una mirada torva, presagio cierto de una tanda de bofetones. Parece, sin embargo, que se lo pensó dos veces antes de dejarse arrastrar por su natural iracundo, de modo que al cabo de unos instantes, en lugar de cruzarme la cara, como yo temía, apoyó afectuosamente la mano en mi hombro y dijo:

—Pues a ver si te hace caso, que ya va siendo hora.

8

Siempre que faltaba poco para que se acabase la provisión de carne fresca, el abuelo Cuiña sacaba del trastero su bastón de cerezo, una traílla y un bozal, y salía de la pensión rumbo al azoguejo de Blaitul, donde todos los días laborables, por la mañana, se reunían los mercaderes de perros. Había también recova y venta de lacticinios; pero al abuelo lo único que lo llevaba hasta allá era el propósito de traerse un perro vivo, destinado a la manutención de sus huéspedes.

Los traía de muy diversas razas y tamaños, según el precio que le pidieran por ellos. En ocasiones se los ofrecían tan baratos que compraba varios de una vez, reservando alguno para salazón. Si conseguía una pieza vistosa, gustaba de exhibirla junto a la puerta de la hospedería para que sirviera de reclamo a nuevos clientes y se propagase la voz de que en su casa se daba bien de comer.

Salvo los huesos aprovechaba todo, incluido el pelambre, que vendía por unos cuantos céntimos a un manguitero de la calle de Coterterra. En cuanto a las asaduras, limpias de porquería, la Flapia se las llevaba a la tahona. Por ella supe que nunca entraba molla en los pasteles, sino lo más tripa y despojos, y a veces tocino de origen impreciso.

De costumbre, a los perros mansos y poco o nada ladradores el abuelo Cuiña los guardaba un tiempo en el trastero, atados por la traílla a una argolla, pues se le figuraba que no había mejor forma de impedir que la carne se corrompiese. En cambio, a los animales alborotadores y fieros, o a los que mostraban indicios de enfermedad, los sacrificaba el mismo día de la compra con un cuchillo de casi dos palmos de filo.

Desde que oíamos misa juntos tomó el hábito de matar los perros en mi presencia. Concedía a esto mucha importancia, de suerte que como no me encontrase en el piso bajo se impacientaba y mandaba a mi madre a buscarme sin demora en el camaranchón, o bien me lanzaba él mismo un grito que temblaba el edificio. Le movía la idea de adiestrarme en la técnica de la matanza, con la mira puesta en que yo me encargase enteramente de la tarea en el futuro; pero también un firme empeño que tenía por librarme de la influencia de la Flapia, a quien acusaba de fomentar en mí la cobardía y la blandura de carácter a fuerza de mimos.

Era del parecer que la vista de la sangre afianza la hombría. A menudo untaba en ella la punta de un dedo; dándole después un lametón, permanecía unos segundos pensativo y al fin decía:

—Buena pieza. Pruébala tú también y a ver qué me cuentas.

Yo la probaba no de mal grado, la verdad sea dicha, sin remilgos ni temor, pues aunque sentía en mis adentros alguna lástima de los pobres animales, mayor era la afición que les tenía a los guisos de su carne. Por lo demás, la sangre cruda no me sabía a gran cosa, pese a lo cual me las ingeniaba para sellar la cata con una apreciación coincidente con la del abuelo Cuiña. Esto le procuraba a él no poco gozo, compensándole del desengaño de haberle faltado ocasión de reconvenirme por pusilánime.

Todas las matanzas se llevaban a cabo en el cuarto del lavadero, con la puerta cerrada para que los aullidos se propagasen lo menos posible por la casa. Los dos nos sentábamos, conforme a su deseo, en unas sillas bajas, uno frente a otro, junto a un barreño sobre el cual él les abría a los perros la panza en canal. Ésa era su forma de matarlos en vez del degüello usual en los mataderos de Antíbula; lo uno porque le parecía que a su modo resultaba más fácil la desolladura, lo otro porque había aprendido de su padre que el perro, cuando lo desangran por el gañil, se vuelve de ordinario blandujo y soso, y se deshace demasiado en la cazuela.

A veces cometía grandes crueldades, en la inteligencia de fortalecer mi carácter destruyendo en mí cualquier atisbo de compasión. Vivos aún los perros, le venía de pronto capricho de sacarles con un dedo los ojos de sus cuencas. Los pobres animales arrancaban a gañir, el hocico espumeante dentro del bozal, las patas acalambradas. A otros les cortaba el rabo de cuajo y se lo colocaba o me lo colocaba, chorreante de sangre, entre las piernas. Reía mucho de la burla y yo con él para que no se ofendiese.

Cierto día le ayudé a sujetar un lebrel robusto y como rabioso que se resistía a morir, y él me lo tuvo en mucha estima, nombrándome su asistente, y aun me obsequió con una moneda de cinco céntimos para que fuera a la calle a comprarme golosinas, pues aunque era un hombre de muchos y muy grandes defectos y maldades, no conocía el vicio de la avaricia. Otra cosa buena de él no sé decir.

Me enseñó a cortarles el vientre a los perros con aquel cuchillo largo que me costaba trabajo sostener.

—Lo tengo —se ufanaba— desde que era joven. Se lo gané a un quincallero en una partida de naipes. Cuando el rey Toeto mandó invadir la Bladia en el año 85, me lo llevé colgado del cinto. Te juro que les rebané el cuello a más de veinte. Chis chas, no hacía falta apretar. ¡Jancio bendito, qué filo!

—Y esos a los que tú matabas con el cuchillo —le pregunté en cierta ocasión—, ¿ya no viven?

—Pues yo supongo que no. Y en todo caso, si viven, será sin cabeza.

—El otro día, el padre Arfuno dijo en misa...

Antes que yo lo importunara con escrúpulos de conciencia, se apresuró a cortarme:

—El padre Arfuno es un hombre bondadoso, pero nunca se halló en el brete de menear la barriga en defensa de la patria.

—Y esos a los que tú has cortado la cabeza, ¿eran malos?

—¿Malos? Peor que malos, profesor. ¡Eran bladitas!

Aparte el manejo del cuchillo, aprendí a vaciar de vísceras a los perros, a desollarlos de modo que saliera el pellejo entero, a hacer con sus carnes fiambre y cecina, y a distinguir las piezas buenas de las malas en el azoguejo de Blaitul, adonde el abuelo Cuiña me dejaba acompañarlo desde una mañana en que descubrió que lo seguía. Nada más pasar las vías del tren, me salió de detrás de un árbol del bulevar de las Damas. Me agarró de una oreja y mientras tiraba de ella con tanta fuerza que pensé me la arrancaría de la cabeza, dijo:

—Muy bien, profesor. Me gustan los hombrecitos con agallas. Hagamos un trato. Si me aguantas un mojicón en el morro, dejaré que de ahora en adelante vengas conmigo a comprar perros.

No otra cosa deseaba yo, y aunque sus golpes eran de temer, me avine sin titubeos a su proposición, en la certidumbre de que él me había de pegar cualquiera que fuese mi respuesta. Me advirtió que lo pensase bien, que aún estaba a tiempo de volverme atrás, que de mayor me habría de ser difícil hallar esposa si ahora me dejaba aplastar la nariz y romper la dentadura. No se me ocultaba a mí que toda aquella palabrería amenazante no era sino mañas para sacarle el mayor gusto posible a su malicia, y pues que no había duda que tramaba hacerme daño, le contesté lleno de temblor que prefería el mojicón a regresar a casa. Diciendo él entonces que le parecía bien acomodarse a mi deseo, como si fuese idea mía que me asentara el guante, se remangó la chaqueta y la camisa a tiempo que me pedía estar quieto. Dijo que si por mi culpa erraba el golpe lo tendría que repetir. Yo le ofrecí la cara y él amagó un mojicón que, de haberlo consumado, habría sido suficiente para quebrar el cráneo de un caballo; pero, por las razones que él sabrá, no puso por obra el propósito, sino que echando de buenas a primeras a caminar, me apremió a seguirlo, diciendo:

—Vamos, profesor, que como lleguemos tarde sólo encontraremos animales esmirriados.

El azoguejo de Blaitul está asociado en mi memoria a una serie de sensaciones de la niñez que nada tienen que ver con la importancia política que los historiadores unánimemente le atribuyen. Creo superfluo insistir en este punto, por cuanto hoy nadie ignora en Antíbula que el levantamiento popular que a finales del año 28 condujo a la caída del dictador Vistavino, fue en buena parte maquinado al socaire de aquel mercado de aves y perros. La razón de ello radica en la facilidad que los cabecillas insurgentes hallaban para juntarse allí sin levantar sospecha. Poco les costaba pasar inadvertidos en medio de la nutrida y ruidosa muchedumbre que a diario, de lunes a sábado, se arracimaba alrededor de los puestos de venta. Conforme transcurría la mañana aumentaba el bullicio. Había días en que, atrapados en la masa humana, el abuelo Cuiña y yo no podíamos dar un paso. Desde todos los rincones vociferaban los mercaderes, tratando de acallar a puro de gritos los gritos de la competencia, con la consiguiente excitación de los perros, que, contagiados del alboroto de sus propietarios, no cesaban de lanzar ladridos.

La imagen que yo he retenido del azoguejo de Blaitul difiere bastante de la que aparece en los tratados históricos; los cuales, en la mayoría de los casos, tienden a simplificar la realidad espigando en ella el consabido puñado de datos susceptibles de interpretación. No otra cosa le sucedía al célebre Jan de Muta. Lo sabía todo, lo que se dice todo, acerca de la revolución del Guauguau, como popularmente se la conoce, y sin embargo, según me confesó en el curso de una plática que sostuvimos en el Archivo Nacional allá por 1942, hasta hacía poco tiempo él nunca había puesto un pie en el escenario donde se fraguó aquel acontecimiento crucial de la historia moderna de Antíbula. Ni siquiera apreciaba la carne de perro, que tan sólo se allanaba a probar en las ocasiones especiales en que la observancia de las normas de cortesía le impedía rechazarla.

Mucho más cercana me resulta la descripción que hace Jobo de Nizora en uno de los capítulos de *Sangre de ayer*, la novela que con toda justicia le granjeó en su día la gloria literaria. Hoy su estilo escueto, su prosa enjuta, precisa, seca como de atestado policial, sólo despierta reprobación y desdén en los especialistas, doblegados de manera servil al gusto anglosajón, tan ajeno tradicionalmente al nuestro. A mí me trae sin cuidado lo que digan los críticos. Mientras viva releeré las páginas sobrias de Jobo de Nizora, en las que por fortuna se me brinda la ocasión de reconocer una parte de mi pasado. En tal sentido, el cuadro que se ofrece a la vista del protagonista, al entrar éste por vez primera al azoguejo en vísperas revolucionarias, parece sacado directamente de mi experiencia personal. Lo mismo veía yo cuando iba allí a comprar perro con el abuelo Cuiña. Me tomaré, pues, la libertad de reproducir un pasaje de todo en todo coincidente con mi recuerdo.

«Nuestro héroe camina despacio. Son las once de la mañana. A esa hora la plaza de Blaitul hierve de gente. En el centro se alza un cobertizo asentado sobre dieciséis pilares de acero.

»En los bordes se acomodan como pueden los mendigos. Hay que estar muy cerca de ellos para oír sus súplicas y lamentos, a causa de la gritería incesante de los mercaderes.

»Aprieta el calor. El aire, corrompido por el tufo que despiden los animales, es un vapor aquietado que marea lentamente. A quienes no tengan la costumbre de aspirarlo les tomará una sensación de ahogo. Ese olor se lleva pegado a la ropa durante días.

»A Raz, el protagonista de nuestra historia, no le interesa la compra de perros. Mira con indiferencia las rencillas de los vendedores. Ocurre con frecuencia que alguno de ellos rebaja sin más ni más el precio de sus animales. Lo hace, claro está, a gritos, a fin de atraer al mayor número posible de clientes.

»La noticia se propala con rapidez. En breve cunde el ardid. Todo el mundo se pone a chillar y a vender barato. Es el momento que muchos esperaban.

»Por ocho melios se puede adquirir un afgano imponente que un rato antes costaba doce. Hay quien ofrece tres pequineses por el precio de dos y quien da como ganga una canasta llena de cachorros.

»En todas partes se vocifera, se discute, se injuria. Los propios compradores andan a la rebatiña, disputándose a codazos, si hace falta, las mejores piezas de ocasión. En tamaña batahola no hay quien se entienda. Ni siquiera se oye a los cientos de perros puestos a la venta. ¿Habrán enmudecido aterrados por la animalidad de las personas?

»De pronto, no se sabe muy bien dónde, el síndico del gremio de perreros hace sonar su cornetín. Cesan como por ensalmo los gritos de los mercaderes. La muchedumbre paralizada presta atención al bando leído por uno de los almotacenes. En él se notifica la prohibición de variar los precios oficiales de la jornada, so pena de la pérdida de la licencia de venta por espacio de un mes.

»La enérgica intervención de los almotacenes ha devuelto momentáneamente la paz al azoguejo. Raz, nuestro joven héroe, se adentra en el gentío apiñado bajo el cobertizo.

»Ve perros de todas clases, grandes y pequeños, mansos y bravos, recios y enclenques. Unos están dentro de jaulas; otros, atados por racimos con gruesas cuerdas o con cadenas. Los hay que se pasan la mañana ladrando como si llevaran el demonio metido en las entrañas. Otros duermen o se espulgan apaciblemente.

»El resto de la plaza y los soportales se dedican a la venta de accesorios (traíllas, bozales, cuchillos para la matanza), a puestos de bebidas y fritangas, de manteca y quesos, y a recova.

»Pero ya basta de digresiones prolijas. Será mejor que acompañemos a Raz a su cita secreta con el cabecilla revolucionario.»

La tercera o cuarta vez que el abuelo Cuiña me llevó al azoguejo de Blaitul me aconteció uno de los mayores infortunios de mi infancia, precisamente a raíz de una trifulca similar a la descrita por Jobo de Nizora en su relato. Uno, ya se sabe, con el correr de los años olvida nombres, fechas, fisonomías y episodios perdidos para siempre en las negras fauces del tiempo. Una cosa hay, sin embargo, que mientras la vida dura no se olvida ni aunque uno se empeñara en borrarla restregando con estropajo en su memoria. Me refiero al dolor, más aún al dolor cuando procede de la injusticia y brutalidad del prójimo. A mis siete años yo era un niño inocente como cualquier otro, quizá un poco más debido al largo encierro en el camaranchón, y sin duda lo seguí siendo después de aquella atrocidad que se me hizo. Algo cambió, no obstante, en mi personalidad antes incluso de haber tomado plena conciencia de lo que había sucedido, pues nadie, por mucha fortaleza de ánimo que posea, sale indemne de una experiencia dolorosa. Aquel día tuve por vez primera conocimiento cabal de los peligros que encierra la colectividad humana y aprendí de una manera más o menos instintiva cuán necesario y conveniente es para el individuo estar prevenido contra ellos.

Llevábamos obra de una hora en el azoguejo deambulando de un puesto a otro, sin que el abuelo Cuiña, consumado regatón, hubiese conseguido llegar a un trato ventajoso con ningún perrero. En todas partes pedían sumas excesivas por piezas de chicha y nabo. Había, en consecuencia, poco movimiento de ventas, lo que a su vez se traslucía en una ostensible falta de gritos y de animación. Nunca hasta entonces había yo visto tan tranquila la plaza de Blaitul, aun cuando se hallaba tan concurrida como de costumbre. Al abuelo su buen olfato para los negocios le aconsejó esperar. Barruntaba una modificación de los precios a la baja, cosa que no siempre levantaba discordias y revuelos entre los mercaderes, bien porque se llevara a cabo a hurtadillas, bien porque se hiciera con el consentimiento expreso de los almotacenes, al verse éstos de improviso obligados a impedir que alguna entrada de género en el curso de la mañana amenazase con saturar el mercado de carne barata. Pues es lo cierto que algunos perreros solían guardar en reserva hasta treinta o cuarenta perros escondidos en sótanos y zaguanes de los alrededores, y luego los mandaban traer con el designio de influir en los precios oficiales, lo que de todas todas ocasionaba una trapatiesta en el mercado.

Por darme gusto y consolarme de la espera que preveía larga, el abuelo Cuiña me envió a los soportales a comprar cuarenta céntimos de sanizas asadas y alguna chuchería o refresco para mí con las vueltas del medio melio que me había entregado. Tras señalarme el lugar donde a mi regreso debíamos encontrarnos, me hizo prometer que por nada del mundo me demoraría sino lo justo y necesario. Yo le di palabra de ello y al instante, la moneda bien apretada dentro del puño, eché a correr en dirección al cajón de la sanicera, al que lo mismo habría podido llegar con los ojos cerrados, guiándome por el aroma que de él se desprendía. Había una cola considerable de clientes delante del pequeño hogar atendido por una anciana de semblante arrugado. Tan pronto como vendía una ración de sanizas, sacaba un puñado de ellas de un tonel lleno de agua de mar donde las conservaba vivas, y las distribuía con maestría sobre la chapa caliente. Los diminutos crustáceos daban brincos, coleteaban y se retorcían en medio de un chisporroteo humeante, hasta que la ley inexorable del fuego acababa con su débil resistencia. Tomaban entonces una coloración dorada, señal de que ya estaban listos para ser servidos.

Mientras aguardaba mi turno ante el puesto de la sanicera se formó un grandísimo alboroto bajo el cobertizo de la plaza y mucha gente de la que se hallaba en los soportales corrió de pronto a sumarse a la masa bulliciosa. Recibí yo entretanto un cartucho grande de sanizas asadas; compré a continuación un barquillo, que era mi manjar fovorito por entonces, y luego de echar un trago de agua en la fuente pública fui en busca del abuelo Cuiña, a quien no encontré en el sitio donde teníamos acordado reunirnos. Resolví esperarlo junto a una pila próxima de jaulas vacías, donde a salvo de la riolada de los que iban y venían me di a matar el hambre sin otra preocupación que la de comprobar que al abuelo Cuiña se le estaba enfriando su parte de sanizas. En esto noté unos golpes leves en el hombro y me volví.

—¿Eres el nieto del hospedero?

Tendría el muchacho trece o a lo sumo catorce años. Era espigado, de tez morena salpicada de barrillos, y ojos negros y saltones, revestidos de un brillo intenso que me impresionó. Lo menos me sacaba palmo y medio de estatura, si no más. Nunca antes lo había visto ni nunca, por fortuna, me volvería a topar con él. Se conoce que no contento con mi respuesta afirmativa, se quiso cerciorar:

—¿Del de la calle de Mertán el Grande?

Intimidado por su mirada, asentí de nuevo.

—Tu abuelo te manda que me acompañes a la calle aquella —dijo, señalando en una determinada dirección—, porque ha ido allí a comprar perros de contrabando y no puede venir a buscarte. Sígueme sin pararte.

A este punto el muchacho echó a correr y yo a su zaga, temeroso de perderlo de vista, puesto que de él dependía que yo encontrase a mi abuelo. Lo seguía admirado de su ligereza, de su complexión atlética, de la elasticidad de sus piernas y cintura, mientras a duras penas nos abríamos paso en el gentío. No bien hubimos alcanzado la parte descubierta de la plaza de Blaitul, donde ya raleaba la muchedumbre, se detuvo de golpe y, volviéndose, me quitó de un recio tirón el cartucho de sanizas con la excusa de que no me estorbasen para correr tan deprisa como él.

Reanudada de inmediato la carrera, salimos a una calle en cuesta, contigua al parque del Marqués de Quescu, que a la sazón había sido habilitado para jardín público y ocupaba más terreno que en la actualidad. Abundaban por aquella zona los solares destinados a edificación. Hasta uno de ellos, cercado de tablones, me condujo el muchacho. Por un hueco que al parecer servía de puerta pasamos al interior. El lugar se hallaba desierto. No se veía allí sino cimientos dentro de un hoyo cuajado de maleza, maquinaria roñosa de construcción en estado de abandono y una caseta de madera al fondo en la que, según el muchacho, estaba mi abuelo negociando en secreto con los contrabandistas. Se quedó con las sanizas en pago por el recado. Le dije que me parecía bien y luego desapareció.

Apenas estuve solo, el brazo de un hombre me hizo desde un ventanuco de la caseta una señal para que me acercase. Yo enristré hacia allá sin recelo. Al llegar se abrió la portezuela y una voz desde dentro dijo:

—Cuiña, tu nieto ha llegado.

Quienquiera que fuese el que había hablado, me tendió una mano con el fin de ayudarme a subir los tres peldaños de madera que daban acceso a la caseta, a tiempo que añadía:

—Sube, niño, que aquí dentro está tu abuelo esperándote.

En el recinto reinaba la oscuridad. No obstante, la luz de fuera me permitió distinguir fugazmente tres siluetas estáticas. Enseguida me di cuenta de que ninguna de ellas pertenecía al abuelo Cuiña. Olía a humedad mohosa y a humo de cigarros. De pronto, el hombre que me había ayudado a subir me agarró el brazo con sus dos manos enormes y sin decir palabra lo apretó contra su muslo, haciendo fuerza como si partiera leña. Sonó un crujido y en el mismo instante yo caí de rodillas, traspasado por una descarga de dolor que me impedía tenerme tieso. Creyendo aún que el abuelo Cuiña me observaba en la oscuridad, contuve las lágrimas. Uno de los hombres, no sé cuál de ellos, se apresuró a juntarme el hueso, indiferente a mi agudo sufrimiento. Después, con mi propia camisa, que rasgó por la mitad, me confeccionó rápidamente un cabestrillo. Alguien dijo:

—Es más duro de lo que pensaba. ¿Le partimos otro hueso?

Nadie respondió. Transcurrido un rato, me dieron un papel con un mensaje para el abuelo Cuiña, me obsequiaron con un trozo de paloduz y me dejaron marchar.

9

Ahí llega mi madre sola con su hatillo y sus alpargatas embarradas, con su mirada que no es una mirada propia de seres humanos, sino de peces muertos, pobrecilla. Es a principios de 1925 y cómo llueve. Mientras le lavaba las greñas a la Branca de Verudo ha entrado en la celda la priora de las corazonianas, acompañada de dos monjas, a mandarle que se vaya. Ella, sin pedir explicaciones, ni alegre ni triste, ha juntado sus humildes pertenencias y ha recorrido a pie, bajo la lluvia intensa, los diez o doce kilómetros de camino hasta la hospedería.

La recuerdo parada en el umbral a media tarde, como temerosa de entrar en la casa. Nadie me ha dicho que alguna vez regresaría. Detrás de ella las gruesas gotas se rompen con ímpetu vaporoso en los adoquines de la calle. La miro, me mira y no nos decimos nada. Yo estoy sentado en la sillita de enea del vestíbulo, esperando a la Flapia, que por fin se ha decidido a cumplir su promesa de llevarme al cine. Por causa del brazo entablillado no me puedo atar los zapatos. Conque espero a que la Flapia termine de arreglarse en el cuarto que esta misma tarde deberá desocupar y venga en mi ayuda. De pronto, tlin tlin, ha sonado la campanilla de la puerta. Al ver a mi madre flaca y empapada, vestida con ropa miserable, me da el barrunto de que su repentina aparición representa un peligro para mi plan de ver la primera película de mi vida. Caigo en la cuenta de que en el medio año que ha permanecido ausente no la he echado en falta. Viene tan desfallecida que no tiene aliento ni para dirigirme un saludo. ¿No se la habían llevado para siempre? ¿Por qué no entra? Aún habrá de transcurrir una semana antes que se le haya pasado la apatía y empiece a cubrirme de reproches cada vez que nos hallemos los dos solos.

—Encerraron a la madre porque tuvo un hijo. El hijo tuvo una madre, pero lo dejaron suelto. ¿Y qué hace mientras tanto el hijo? A ver, que piense, que piense. El hijo se espiga y fortalece y echa pechito. Sí, porque lo alimentan bien. Sí, porque toma el sol. Sí, porque lo sacan a respirar el aire de la calle. Come bartolillos de Jiuto y pan del bueno. Come sanizas, barquillos y mucho perro. La madre, en cambio, no ha probado la carne desde hace seis meses. ¿Por qué no ha probado la madre la carne desde hace seis meses? ¿Es que le gusta más el tazón de caldo de puerro con mendrugo? Y por las noches, cuando no la ven, arranca paja del catre y se la come a mordisquitos con los últimos dientes que le quedan. ¡Uy, qué golosa! Probó también el vergajo del señor verdugo. Chas, uno. Chas, dos. Chas, tres. Chas, cuatro. Chas, cinco. Chas, seis. Chas, siete. ¿Qué hará el hijo a esas horas?, piensa su desdichada espalda. El hijo, ah, ése no sabe nada, el pobrecito, aunque los azotes los dan por él. ¿Por él? Pues claro, por él. Porque si el hijo no hubiera nacido, entonces ¿para qué los azotes?

Dentro del vestíbulo se suelta la cofia, y al descubrirse la cabeza noto que falta en ella la cola de caballo. Su semblante consumido carece de expresión. Tiene los párpados hinchados; en los ojos, una fijeza blanda, sin brillo, y llagas en el cuello. Está igual de mojada que si se hubiera caído al río, con las medias de lana y el bajo de la falda cuajados de cazcarrias. De sus hombros emana un tenue vapor que me induce a preguntarme si no se le estará quemando el cuerpo por dentro. Su proximidad me causa repugnancia, las cosas como son. En esos momentos, por no consentirle que me toque ni me bese, sería capaz de echarme a correr. Quizá esté enferma, me digo. Si hay que cuidarla no podré ir al cine.

—¿De dónde saco yo ahora fuerzas para perdonarte? Una madre se fatiga por caminos de lodo, soportando el aguacero; llega a casa calada, rota, llena de frío. ¿Qué hace el hijo, que no la ha visto desde hace medio año? El hijo ni se levanta ni se digna saludarla. ¿Pensará quizá que su madre viene de solazarse? Cuando falta corazón se piensa así. Sepa el hijo que venía de pasar las noches en claro dentro de una celda sin ventanas, que hasta la luz del cielo nos estaba prohibida a las magdalenas. Las paredes crían unos manchones negros de muy mal olor. La cal se cae a pedazos. Tengo miedo de dormirme. Eso es lo peor de todo. Dormida murió la niña Elisabelia. Adiós lozanía, adiós juventud. A los pocos días de mi ingreso la llevaron a enterrar. Me dieron su celda, su bacín y su jergón. La niña Elisabelia se atragantó una noche mientras dormía. Sí, se le salieron ocho o nueve dientes de golpe que le taponaron la garganta. Eso se contaba. A todas las magdalenas se les salen los dientes. Por la mala comida, digo yo. Tengo miedo de quedarme dormida, dormida sobre el jergón donde murió tumbada la desgraciada niña Elisabelia. Me paso la noche tocándome los dientes. Alguno que hallo flojo me lo arranco. Pues ya ves, de eso venía. Venía de levantarme todos los días a las cuatro de la madrugada. Al toque de campana, todas arriba a rezar en ayunas, vamos, vamos, hincadas de rodillas en las losas de la iglesia. Y si se le incrustaba a una en la carne una chinita del suelo, mejor callar porque todo dolor del cuerpo proviene de la bondad de Nuestro Señor, según decía la madre Cratavela. No había allí peor pecado que quejarse. La culpa de todo es de la carne. Castiguémosla, hijas mías. De eso venía tu madre, niño mimoso, niño desabrido. De las tundas de las corazonianas, del cinturón con pinchos, del sayo áspero y de las lavativas con sal y vinagre.

El abuelo Cuiña despotrica en el segundo piso. En momentos de irritación su voz toma un timbre agudo que taladra los oídos. Por lo que se alcanza a entender desde abajo, el señor Caendru, un anciano de setenta y tantos años, el huésped más antiguo de la casa, ha intentado colgar un cuadro sin permiso del abuelo Cuiña. Eso ya bastaría para merecer la bronca que está recibiendo. Pero es que además ha hecho un boquete en el tabique. A falta de martillo no se le ha ocurrido al pobre viejo mejor idea que valerse de una silla para golpear el clavo. La silla tiene ahora una desportilladura o un rasguño, no estoy seguro, y el abuelo Cuiña amenaza a gritos al señor Caendru con despedirlo de la hospedería. El señor Caendru es un anciano encogido y achacoso. Procede del campo y hoy por hoy no tiene adónde ir. Se disculpa, suplica, lloriquea como yo no me podía figurar que pudiera hacerlo un adulto. El ruido de un portazo acalla de golpe sus lamentaciones. Acto seguido se oyen pasos furiosos que descienden por las escaleras. Mi madre y yo dirigimos la mirada al tramo que arranca del vestíbulo.

—Venía de sufrir el coraje de la Branca de Verudo. Desde el primer día me tomó por cosa suya. Tenía la Branca convenio con la monja Cratavela para que le pusiese de compañera de celda a alguna joven. Ganaba ella así a un tiempo sierva y sobradero de su grandísima maldad, y la corazoniana ocasión de pecar a su capricho. ¿Comprende por fin el hijo las desventuras que sufrió la madre? ¿Sí? ¿No? Yo creo que a la niña Elisabelia la mató la Branca de Verudo, varona desalmada. Me dijo una noche: mejor no te duermas, Minta. Si cierras los ojos te arrearé un codazo en medio de la boca para que te tragues los dientes como la que dormía antes que tú en ese jergón. Yo tenía miedo de dormir. Aguardaba los ronquidos de la Branca para echar nada más que cortas cabezadas. Pero entonces podía ocurrir que viniera la madre Cratavela a estrujarme las vergüenzas al amparo de la oscuridad. De no dormir enfermé, y de otras cosillas que prefiero no contarte porque me dan apuro y, total, no las ibas a entender.

Peor recibimiento le dispensó su padre. ¿Por qué no le endilga a él su crónica lastimera? El abuelo Cuiña baja las escaleras enfadado por culpa del señor Caendru. Su nariz parece más afilada que de costumbre, así como la vena de su frente más hinchada y sus pequeños ojos más fieros y penetrantes. En el vestíbulo topa con la Minta. No hay en el semblante de él un atisbo de afecto, ni siquiera una leve mueca de sorpresa que suavice por un instante la rigidez despótica de sus facciones. Con sequedad, mientras pasa de largo, le pregunta si la han dejado libre o se ha fugado. La contestación, balbuceada con apenas un hilo de voz, lo alcanza a un paso de la puerta de la cocina. Sin volverse ordena a la hija que se cambie de vestido y vaya enseguida al cuarto del lavadero, donde la están esperando varios cestos de ropa sucia. Ni un hola, ni un qué tal te ha ido, ni un cómo estás. Y, sin embargo, no será al abuelo Cuiña sino a mí, que sólo soy un niño, a quien pasados algunos días le caiga encima el pedrisco de reproches.

—¿De qué sirve haber sufrido? Bien necia fuiste, Minta, me decía la Branca. Si hubieses ahogado al mocoso nada más parirlo no estarías hoy aquí penando. ¡Cuatro o cinco habré arrojado yo en mi juventud al río! Y aun puede que la cuenta me quede corta. Los envolvía en hojas de periódico, esperaba la noche, plum y a los peces, problema resuelto. Tu hijo, desengáñate, a estas horas ya te habrá olvidado. Eso decía la Branca de Verudo, pero yo no lo quería creer. Me ponían a bruñir con una bayeta, de rodillas, las baldosas del refectorio y yo me distraía de mis penalidades pensando qué hará mi muchachito ahora. ¿Estará en el camaranchón, triste y aburrido porque le falto? Te hablaba en pensamiento. ¿No me oías? ¡Qué me ibas a oír si estabas entretenido con los arrullos y las chilindrinas de la señora Flapia! Te hablaba día y noche para consolarte, justo yo que necesitaba más consuelo que ninguno. Cuando la monja Cratavela me zurraba con la vara en la palma de las manos por no tenerlas limpias, me tragaba las ganas de echarme a llorar por miedo de asustarte. Te podía ver a mi albedrío con sólo fijar la mirada fuertemente en una cosa. Te veía en la cara de los santos, en la del Niño Jesús sobre todo, pero también en las otras, y en las grietas de los muros, en los retales con que apedazábamos los sayos rotos de las magdalenas y en donde a mí me viniera en gana. En esos momentos me daba por sonreír. Es la única dicha que he tenido dentro de la prisión. La Branca se enrabiaba. Le parecía que me estaba burlando de ella. Que no, le decía yo con mucho miedo, de verdad que no. Hijo, igual que si le suplicase a una pared. Agarraba lo que tuviera más cerca, la escoba o un cucharón, y la emprendía a palos conmigo hasta cansarse. Así me machacó un día el dedo con la punta de un matacandelas, nada más que porque me llamó y no fui corriendo. Mira, toca, ¿te gusta? Está muerto. Tu brazo ya casi se ha curado. Pronto lo podrás mover. Pero mi dedo, pobrecín, colgará de mi mano como un gusano seco hasta el día en que me entierren. A ti qué más te da. A ti ni siquiera te importó que te bautizaran sin la presencia de tu madre.

Separadas las rodillas, veo entre ellas mis zapatos negros con los cordones sueltos que no me puedo atar. La Flapia los compró anteayer en una zapatería, al otro lado del río, donde es fama que antaño adquiría su calzado la familia real. Hablo en pensamiento con ellos para que no me oiga mi madre, que está ahí cerca; les pregunto si me van a llevar esta tarde al cine. Me responden que si de ellos dependiera ya estaríamos en camino, a pesar del mal tiempo, del barro y los charcos de la calle; pero los dos abrigan el recelo de que probablemente la llegada imprevista de mi madre trastornará el plan. Les digo que yo también así lo creo y que me va a dar mucha pena quedarme en casa. Desde hace un par de días la Flapia me tiene confitado con la idea de ir al cine. El cine es por lo visto un espectáculo maravilloso. Se apagan, según cuenta, las lámparas del local y al instante se ve a personas, coches y caballos andar y correr por una pared blanca. La gente ríe o llora, se atemoriza o aplaude, y mientras tanto un señor vestido de levita interpreta piezas al piano en un rincón. De puro nervioso no he podido pegar ojo en toda la noche. Pero ahora está ahí mi madre, que se encamina con pasos de sonámbula a su dormitorio, dejando tras sí un rastro de olor rancio, como de alimentos corrompidos, que no la ha de abandonar hasta pasados unos cuantos días.

—Bien podría el hijo aliviar los malos sueños de la madre si compartiera el lecho con ella. ¿Es esto mucho pedir? Se conoce que a él le acomoda más la soledad de su reino sin problemas. ¡Qué egoísmo, qué falta de compasión! Aquí arriba no hay temor a que una madre que se revuelca de angustia lo despierte en medio de la noche. ¿Qué sabe el hijo, con su alma de mármol, de las pesadillas de su madre? Ni sabe ni quiere saber. Pues como no me amordace tendrá que oírlas. Diez días hace que me dejaron libre y aún no se me ha quitado el miedo a quedar dormida. Apenas cierro los ojos me veo otra vez aprisionada entre las frías paredes del Centro de Reformación. Aquella celda en el sótano con luz de vela. Las caras, huy las caras, amarillas, de más hueso que carne, y en la pelada pared sólo un cuadro que daba espanto mirar. Ahí está el santo Jancio en el día de su martirio. Le han hincado un puñal en cada ojo. Aún vive, de rodillas. La sangre le baja por la cara, dos regueros rojos que se juntan en el pecho. Decía la priora: hijas, contemplad al santo Jancio, qué bien sufre sin quejarse ni gritar. Aquella celda en el sótano nunca la olvidaré. En el centro había una mesa carcomida. Alrededor nos sentábamos las magdalenas sin escuela para aprender las letras bajo el poder de la monja Genevefta, que nos tenía prohibido mirarla a la cara so pena de recibir varazos hasta el día del juicio final. La Quinza de Senarín, que era traviesa, osó levantar la vista un día y al cabo de un mes, cuando se recobró de la paliza, contaba que la monja Genevefta tenía la cara sin nariz ni labios, con muchos lobanillos y los párpados hechos unas grandes bolas de carne. Por no dejarse ver de nadie vivía en el sótano, adonde no bajaban más que las analfabetas. Mientras que a ti, niño carantoñero, venía a buscarte la maestra, que te traía regalos y te trataba igual que a un príncipe. ¿No te da vergüenza?

Se ha adentrado en el pasillo que conduce a su dormitorio. Quieto en mi silla de enea, la veo en pensamiento pasar por delante de la puerta del cuarto del abuelo Cuiña y dirigirse a la suya. Lo confirma un roce leve de telas mojadas. De pronto, la mera imaginación de que alarga su mano aterida hacia el picaporte de hierro despintado desata en mi pecho una ráfaga de violentas palpitaciones. Hay también una especie de expectativa tensa, de alarma y respiración contenida en mis zapatos nuevos. La inminencia de un augurio funesto me da dentera. Mi rostro se crispa al modo de quien pretende por medio de una mueca instintiva impedir que se rompa una vasija que ya está cayendo al suelo. Al fin se produce el encuentro que ninguna de las dos mujeres esperaba. Mi madre calla. La Flapia deja escapar un saludo insincero de bienvenida. Justifica a continuación su presencia en el dormitorio y, en un tono de voz endurecido, se compromete a desalojarlo de inmediato.

—Niño santo te has hecho. Tan joven y ya comediante. Peor aún, compinche de los que atormentaron a tu madre. Mírate esas manos tuyas, amigas del santiguo, sucias de religión. ¿No ves entre tus dedos el mango del vergajo con que me desuellas todos los días las espaldas? Cada vez que rezas y te entusiasmas en la iglesia, al lado de tu abuelo, es como si me hicieras un tajo en la carne. ¿Entiendes lo que te digo, niño pío? Seguro que no. Estás tan acostumbrado al embuste que recelas de la verdad. Pero, te guste o no, yo te voy a abrir los ojos, porque para eso te parí y he sufrido por tu culpa. Después de lo que me ha tocado vivir no creo ni en mi sombra. Pues te contaré que un atardecer me mandaron quitar los ratones de los cepos, que era un trabajo que a muchas magdalenas daba ganas de vomitar. No pienses que les pasaba esto por melindres, sino que como no nos entregaban bolsa ni talega donde meter los animalillos muertos había que llevarlos en la mano, con su sangre y sus tripas salidas, y por eso las corazonianas solían endosar la tarea a alguna magdalena pendiente de castigo. Me tocó un día limpiar los cepos de la iglesia. Subí al coro. Era hora de meditación, después de la sopa juliana y el cantero de pan negro que nos daban siempre de cena. El hambre me tentaba a robarles el cebo a los ratones. Medio rábano por trampa, ya seco, no te vayas a pensar. Me contuve por temor a que me ocurriese lo que a la Saja de Mertifón. Oí decir que tiempo atrás la sierra de un cepo le había rebanado tres dedos. Yo estaba mirando en los escondrijos del órgano. En la iglesia no había nadie. En esto que suena ruido de pisadas. Me asomo a la barandilla y ¿qué veo? A la monja Catisma con una escalera de tijera. En la otra mano lleva una cosa cubierta con un paño. ¿Qué hace ésta aquí, me digo, en plena hora de meditación? Se llegó al altar, puso la escalera junto al retablo y subió. Había allí un Cristo crucificado, muy grande, con una portezuela en el pecho desnudo. ¿Pues qué le parece al hijo que hizo la monja Catisma sin saber que yo la estaba mirando? De una jaula que tenía tapada con el paño sacó una palomica blanca y, abriendo la portezuela, la metió dentro de la estatua. De este modo amañaban las astutas corazonianas el milagro de misa mayor. Créame el hijo, toda religión es trampantojo. Un día después, domingo, a tiempo de alzar la hostia imploró como de costumbre el sacerdote que se hiciera visible el Espíritu Santo. Al momento, para pasmo de las bobas magdalenas, se abrió no sé cómo la portezuela en el pecho del Cristo y la palomica echó a volar graciosamente. ¡Qué asombro! ¡Qué bocas abiertas! Las monjas se santiguaban, el sacerdote se hincó a rezar con un fervor de pipirijaina y entre las magdalenas unas lloraban de emoción, otras se arañaban las mejillas y alguna había que se cayó al suelo desmayada. Ahora le pido yo al hijo que me guarde el secreto y que si es verdad que le merezco un poco de ternura, reniegue de Dios sin que lo sepa nadie.

Ya sale la Flapia del dormitorio de mi madre; ya se acerca al vestíbulo con pasos enojados; ya me va a contar que tiene que recoger sus cosas y meterlas en la maleta porque esta tarde se vuelve a casa y que por eso, sintiéndolo mucho, mi niño, hoy no podemos ir al cine; ya está delante de mí; ya sólo falta una fracción de segundo para que me diga lo que presiento.

Y, en efecto, me lo dice.

10

Pronto descubrió el abuelo Cuiña que yo podía ser útil en la hospedería. No tomó, sin embargo, la costumbre de asignarme tareas con regularidad hasta tanto hube aprendido a hablar y leer pasablemente, de modo que no fuera en vano mandarme a llevar recados, hacer pequeñas compras o ir a casa de no sé quién a preguntarle algo de su parte. Se trataba en todos los casos de cometidos de poco momento. Yo los despachaba de buen grado, hasta el punto de que muchas veces, inducido por el deseo de mostrarme servicial, me sentaba en la sillita del vestíbulo, seguro de que el abuelo Cuiña, al verme mano sobre mano, buscaría rápidamente una ocupación para mí. Lo irritaba la ociosidad. Que yo recuerde, nunca salía de paseo, ni participaba en las conversaciones de sobremesa con los huéspedes, ni acudía al teatro, al cine o a la playa, ni tan siquiera se concedía un minuto de descanso para asomarse a la ventana a mirar la calle. No hacer nada directamente relacionado con el cumplimiento de sus obligaciones le producía una especie de hormigueo, de ansia, de aguda picazón que lo sacaba de sus casillas.

El temor a la cólera paterna inducía a mi madre a inventarse tareas en los raros remansos de su ajetreo diario. Por ella supe que más de una vez, para evitar que su padre le sentara la mano por holgazana, sacó de un armario unas cuantas sábanas limpias, planchadas y dobladas, y las lavó. Cosas así hacía la pobre. Oía crujido de pisadas en las escaleras y al instante, con un respingo de pavor, corría a bruñir el barandal o a pasar la bayeta por los vidrios de la ventana más cercana. Se protegía a sí misma bregando. De ese modo nadie le podía reprochar que se hubiese entregado a la pereza.

A mí, por fortuna, no me tocó padecer la misma suerte. Al abuelo le agradaba la prontitud con que yo le obedecía. Si por cualquier minucia le entraba enojo contra mi madre, la arrastraba hasta el cuarto del lavadero, donde podía escarmentarla a sus anchas, y con frecuencia, entre un golpe y otro, me ponía a mí como ejemplo de aplicación y de eficacia. Solía humillarla también en mi presencia, diciéndole que tomase ejemplo de mí, de la lealtad y amor al trabajo con que hacía todo lo que se me mandaba. Para probarlo me enviaba a la cocina o al camaranchón en busca de un utensilio cualquiera. Yo se lo traía corriendo, lo que le procuraba una sensación placentera de poder. Mi candidez lo halagaba, y aun tengo la sospecha de que gracias a ella me libré en mis años de infancia de muchas bofetadas y castigos. Nunca se me ocurrió ocultarle al abuelo Cuiña las pequeñas gratificaciones con que se me recompensaba cuando hacía de recadero. Quizá me faltaba imaginación para el engaño. Puede, simplemente, que aún no hubiera aprendido a distinguir mi conveniencia de la suya. Lo cierto es que, de vuelta en casa, yo depositaba lleno de orgullo sobre la palma de su mano lo que fuera que me hubiesen regalado por ahí. Él examinaba la ganancia con gesto serio. Los céntimos desaparecían dentro de su puño; me permitía, en cambio, conservar los dulces y baratijas. Rara vez me dispensaba una alabanza; pero yo entreveía su satisfacción en la manera de pellizcarme la mejilla sin causarme daño o en los amagos de mojicón, que al fin no pasaban de un empujoncito con que se daba el gusto de hacerme revirar la cara. A veces me comparaba con la hormiga obrera que se afana por llevar migajas al hormiguero. Al decirlo, su semblante traslucía aprobación.

A menudo me mandaba con recados a las habitaciones, lo que me permitió conocer de cerca a algunos huéspedes. Me acuerdo sobre todo de Duparás, el marinero que por aquel entonces, ya entrado en años, andaba al cabotaje transportando mercancía con una vieja balandra. Él decía que por pasar el rato en espera de que el mar se lo tragase, pues abrigaba el convencimiento de que tarde o temprano habría de perecer a consecuencia de un naufragio. A la vuelta de sus viajes se alojaba en la hospedería, en la que desde antiguo tenía habitación fija en el segundo piso. A la hora menos pensada entraba en el vestíbulo con su talego de lona al hombro, envuelto en su inseparable olor a galipote, a sudor rancio y salitre, y con toda la potencia de su voz cavernosa, cascada por el aguardiente, anunciaba su llegada gritando:

—¡Perro a la olla, que ha venido Duparás!

Sacaba a continuación del bolsillo un puñado de melios rugosos y, sin pararse a contarlos, los arrojaba desdeñosamente al suelo. Tal era su forma de pagar el alojamiento. Pagaba a bulto tras proferir su saludo de costumbre, y comoquiera que casi siempre pagase de más, al abuelo Cuiña no le importaba agacharse.

Duparás, por los años en que yo lo conocí, frisaba en los sesenta. Era un hombre fornido, bajo de estatura, de tez tostada y aliento aguardentoso. Tenía las manos callosas, ásperas como papel de lija; la nariz ancha y vinosa, erizada de pelillos, y el cabello más blanco que yo haya visto jamás. Era poco aficionado a bañarse, de suerte que quien no lo hubiera oído llegar podía saber por el olor que ya estaba de vuelta en la hospedería. A mi madre le venían arcadas cada vez que entraba en su habitación a limpiar. A mí, por el contrario, me agradaba el olor de Duparás. En mi imaginación infantil yo lo asociaba a las faenas del mar, a los barcos mecidos por las olas y, por supuesto, a las historias fascinantes que el viejo marinero me solía referir. La vida le había negado esas felicidades primarias como atesorar fortuna, habitar una casa propia o criar descendencia; pero él, según decía, se las ingeniaba para sacarle unas tajadas de dicha a su memoria con el auxilio de su inseparable botella de aguardiente. No poco se enorgullecía de su copiosa colección de cicatrices. Gustaba sobremanera de mostrármelas. Las tenía repartidas por todo el cuerpo, ilustrativas de otros tantos episodios aventurescos de su pasado. Recuerdo una en concreto que yo no me cansaba nunca de admirar. Era, por así decir, mi cicatriz preferida entre todas las suyas. Consistía en una larga hendidura de más de un dedo de profundidad, que le seccionaba un hombro, prolongándose hasta el comienzo de la paletilla y abriendo en una zona cubierta de vello un claro de carne rugosa y oscura, completamente despojada de piel. Me viene a la memoria haberle pedido a Dios en mis rezos que me concediera alguna vez una cicatriz como aquella de Duparás. A tales extremos llegaba mi inocente admiración, alimentada en gran medida por la historia que a petición mía él solía contarme a propósito de aquella herida espeluznante.

—Una noche de invierno, mi padre y yo estábamos pescando sanizas en alta mar. ¡Diablos!, nunca olvidaré aquella fecha desgraciada. Era a principios del 86. Yo tenía veinte años. ¡Si me hubieras visto! Fuerte, ágil y escurridizo como un tiburón. Conviene que sepas que por entonces había un rey en Antíbula llamado Toeto IV. No gobernaba mal, pero, ¡diablos!, dejó por heredero a un mamarracho. Meses atrás habíamos invadido por orden suya la Bladia. A mí, como marinero, me tocó presenciar desde el barco, cruzado de brazos, la escabechina. Tu abuelo estuvo pegando cuchilladas de casa en casa, él te podrá contar. Cuando volvimos a Antíbula, desfilamos en son de triunfo por las calles; la multitud nos aclamó, nos cubrió de rosas y hotidimas, y al día siguiente cada cual, a menos que percibiera soldada regular en el ejército, regresó a sus labores habituales. Muchos pudieron vivir un tiempo de los réditos de su botín. En cambio, los de retaguardia, como no se nos permitió intervenir en el saqueo, volvimos de la Bladia igual de pobres que a la ida. Conque al poco tiempo, qué remedio, me hice a la mar en un vapor de carga. La vida es así, amiguito. O te deslomas o no comes. Por fortuna, con mis buenos músculos no me costaba encontrar trabajo de fogonero. Ahora quizá no, pero entonces, ¡diablos!, yo me paleaba silbando y sin ayuda de nadie tres quintales de carbón en menos que canta un gallo, y si no te lo crees peor para ti. En Hamburgo cargamos ganado canino, que era casi de regalo, porque los alemanes son una gente peculiar que desprecia la carne de perro. A la vuelta mi padre me pidió que antes de embarcarme de nuevo lo acompañara a la saniza. El pobre viejo vivía de eso. Negarle el favor habría sido condenarlo al hambre. Conque zarpamos un amanecer rumbo a un caladero del que muy poca gente tenía por entonces noticia en Antíbula. El viento picaba a nuestro gusto. A mediodía dejamos Molu a babor, apenas un puntito oscuro en la distancia, y con las primeras estrellas alcanzamos aquel lugar que mi padre conocía de boca del suyo. Allí, a poco que la suerte acompañase, se podían hacer estupendas redadas. La costa quedaba ahora muy lejos para un barquichuelo como el nuestro. En caso de tempestad, solía decir mi padre, acurrúcate junto a la borda, ponte a rezar y no se te ocurra hablarme porque también estaré rezando. Yo he aprendido que en la vida hay que arriesgarse, muchacho. A mi padre y a mí, aquella noche, el frío nos mordía las manos. ¡Diablos!, sólo de navegar ya estábamos rotos de cansancio, y eso que todavía no habíamos empezado la faena propiamente dicha. ¡Y qué! Tú haz caso al viejo Duparás. La vida es tacaña por naturaleza. No esperes a que te dé lo que necesitas. ¡Diablos!, tómalo a la fuerza si hace falta. ¿Me has entendido? Pues bien, descontando el frío, aquella noche no se nos presentaba nada mala. Había poco oleaje, cielo despejado y, lo mejor de todo, luna casi llena. De no ser por la luna habríamos tenido que trabajar a ciegas. En fin, un regalo del destino. Mi padre metió la mano en el agua. Hizo como para sí un gesto de aprobación y yo me alegré por él. Cuando la mar se enfría, las sanizas nadan cerca de la superficie, mientras que en verano, no bien aprieta el calor, se esconden en las profundidades, de donde sólo las puede sacar el que disponga de redes barrederas. ¿Qué pasa entonces? Pues que el manejo de grandes artes de pesca requiere el concurso de dos naves de gran calado. Eso supone una tripulación de veinte o veinticinco marineros con ganas de percibir un sueldo al final de la temporada, provisiones para todos ellos y bodegas espaciosas. ¿Comprendes? ¡Diablos!, nosotros éramos solamente dos a bordo de una barca de vela en la que había el espacio justo para transportar un chinchorro sobre cubierta. Ni una mala toldilla teníamos para protegernos en caso de lluvia. Tampoco un sitio donde sentarse o dar una cabezada. ¿Crees que me importaba? ¡Diablos!, yo no había ido allí a solazarme, sino a echar una mano a mi padre para que el buen hombre asegurase su manutención y la de mi vieja durante un año. A eso de la medianoche llenamos el primer tonel con agua salada. Tú bien sabes que en la lonja nadie compra sanizas muertas. La saniza tiene que ir viva a la sartén; si no, puede resultar dañina y además, ¡diablos!, toma un gusto malísimo. Después de llenar el primer tonel botamos el chinchorro, yo me subí a él y mi padre me alcanzó desde la barca el cabo de la red. Ya le había ayudado otras veces, así que sobraban las explicaciones. A remo me alejé unos metros. Después, con la red en el agua bogamos en redondo por espacio de media hora más o menos, él ahí y yo aquí; juntamos por fin las embarcaciones y entre los dos sacamos la red. Llena. ¡Diablos!, casi no la podíamos levantar entre los dos. De este modo estuvimos trabajando la noche entera. Sacábamos sanizas como nada. A pique de clarear, mi padre me preguntó si me parecía bien dar por terminada la pesca, pero yo me fijé en que uno de los toneles no estaba lleno del todo y propuse una última redada. En mala hora. ¡Diablos, si lo llego a saber...! Se había levantado niebla a ras del agua, lo bastante densa como para que no me dejara ver la barca cuando me separé de ella con el chinchorro la distancia que daba de sí la red, no mucho, obra de cincuenta paladas. Desde detrás de la niebla mi padre me hacía de vez en cuando las indicaciones necesarias: viramos a estribor, acércate un poco, rema más despacio. ¡Diablos!, mi padre y yo nos entendíamos a maravilla. Por eso me pareció muy raro que la red tirara de repente del chinchorro hacia atrás. ¿Qué pasa? No puede ser que remando tan despacio saque tanta ventaja a la barca. En esto oigo murmullo de voces y un golpe muy fuerte de algún objeto duro contra la madera. Y a mi padre, ¡diablos!, que grita mi nombre, Dupa..., y no lo consigue terminar. Ya no tuve duda de que se hallaba en peligro. Decidí entonces soltar la red, aunque se perdieran las sanizas. ¡Diablos, qué me importaban a mí las malditas sanizas en aquellos momentos! Remando con todas mis fuerzas atravesé la niebla. El corazón me daba martillazos dentro del pecho. Me volví a mirar y columbré siluetas a bordo de la barca de mi padre. Se agitaban. Alguien habló. No sé qué dijo. ¡Diablos!, ¿cómo lo iba a saber si no hablaba en mi idioma? A un tiempo distinguí las caras de los bladitas y su embarcación a par de la nuestra. También ellos me vieron a mí. Llamé a mi padre a gritos. No hubo respuesta. Ya debía de estar muerto para entonces. Los bladitas no se andaban con miramientos. El verano anterior les habíamos invadido el país y estaban con mucha gana de vengarse en todo antibulés desarmado que se pusiera a su alcance. Me di a ciar con idea de apartarme unos metros, pero fue en vano. ¡Diablos!, me hallaba tan cerca de ellos que no les resultó difícil atrapar el chinchorro con un raño unido a un palo largo. El raño tenía la punta ensangrentada. Yo no sé, muchacho, si vi la sangre o me la imaginé. Pensé en tirarme a la mar y huir a nado, pero a tanta distancia de tierra y con aquella agua tan fría no habría podido sobrevivir más allá de quince minutos. ¿Comprendes? Conque, me dije, si de todos modos voy a morir, ¡qué diablos!, haré que a estos bribones les cueste cara su osadía. Puesto de pie, levanté un remo con las dos manos, decidido a defenderme como un bravo antibulés. De un golpe limpio conseguí desenganchar el raño. Entonces el bladita que lo sostenía me asestó un palazo con él. Quiso mi mala suerte que el garfio se me clavase en el hombro y me arrancara toda esta carne que aquí ves que me falta. ¡Diablos!, te juro, muchachito, que no me acuerdo de si me dolió o no. En mi cabeza sólo había sitio para una idea: largarme a toda prisa de allá. Y eso hice. Me dejé caer en el banco y me puse a remar a la desesperada, sin importarme hacia dónde. En un decir amén me adentré en la niebla. Por fin perdí de vista a aquellos malvados. ¿Por cuánto tiempo? No creía yo posible que permitieran escaparse así como así a un testigo de su crimen. Su embarcación era seguramente cien veces más ligera que mi endeble chinchorrito; pero, ¡diablos!, yo tenía a mi favor dos cosas: la ventaja que les estaba ganando mientras abandonaban la barca de mi padre y se aprestaban en la suya a la persecución, y la niebla, la bendita niebla que Dios había esparcido esa madrugada sobre la mar para protegerme. Claro que en cuanto atisbé una pizca de esperanza caí en la cuenta del dolor que me torturaba. Notaba ahora la sangre que me bajaba por la espalda. Santo Jancio, no me dejes morir. Por falta de aire en la boca se lo pedía de continuo con el pensamiento. Y el santo me escuchó, muchacho. Nunca antes había visto yo tan de cerca la cara de la muerte. Te aseguro, niño, que es feísima. Llegó un momento en que, a causa de la desgarradura en el hombro, yo era incapaz de mover el brazo. ¡Diablos!, a cada intento de palada me parecía que me clavaban el raño nuevamente. Con la sangre se me iban, además, las fuerzas. Resignado a lo peor, oí gritos y maldiciones a lo lejos, señal de que los bladitas me andaban buscando donde no me habrían de encontrar. Aliviado por ese consuelo, perdí el sentido. Toda la mañana y parte de la tarde estuve flotando a la deriva en el chinchorro, hasta que desperté en la enfermería de una corbeta de nuestra marina real. Un día después zarparon de Antíbula varias naves con el fin de buscar a mi padre. Al anochecer volvieron sin haber hallado rastro de él ni de su barca. ¡Diablos!, ¿por qué no le hice caso cuando propuso que termináramos la pesca y volviéramos a casa? Suerte tienes de no haber conocido a tu padre, muchacho. Así no sabrás lo duro y triste que es perderlo.

No me hace falta rascar muy hondo en la memoria para acordarme de otras cicatrices de Duparás, cada una con su historia correspondiente de pendencias, naufragios y malandanzas. Tengo por cierto que si a la vida se le hubiese antojado encaminarme por la senda de la literatura, yo habría consagrado un libro a las peripecias del viejo marinero, sin perjuicio de que la mitad de sus relatos, según sostenía el abuelo Cuiña, no fueran más que patrañas inspiradas por la soledad y el alcohol. Por supuesto que un capítulo habría versado acerca de aquel encuentro fatal con los piratas bladitas que liquidaron a su padre y a punto estuvieron de liquidarlo a él. En otro me habría referido al hundimiento del *Tenebleppe*, un mercante carbonero de bandera antibulesa, reventado en 1917 por los torpedos de un submarino alemán frente a la costa de Irlanda. Duparás sobrevivió con las piernas quemadas, agarrado a un pedazo flotante de tarima. Restablecido al cabo de un tiempo de sus heridas, no lo autorizaron a repatriarse hasta la firma del armisticio un año después. En ese lapso, el abuelo Cuiña, creyéndolo muerto, vendió sus pertenencias y alquiló su habitación a otro huésped, por lo que a la vuelta del marinero hubo entre los dos un grandísimo altercado. Duparás, no exento de dolores en las piernas, renunció a emprender travesías largas, y comoquiera que obtuviese una indemnización del gobierno del general Vistavino, adquirió una vieja balandra y en adelante se dedicó exclusivamente al cabotaje.

Tampoco habrían debido faltar en ese libro que no pude ni podré escribir ciertos lances de garito que sembraron alguna que otra ciudad portuaria de naipes ensangrentados, de añicos de botella, de viudas y huérfanos, y dejaron un costurón jemal en la cintura de Duparás. No me habría olvidado de mencionar una mordedura de perro en la cara interna de su muslo derecho, que él consideraba un simple aunque doloroso accidente de trabajo, ni las brumosas circunstancias en que se produjo, en un burdel de Marsella (de Génova, decía en otras versiones), un chirlo rosado que le partía en dos una de sus cejas blancas y al que, sin saber yo por qué, se refería siempre sonriendo. Seguramente en ese libro imaginario de viajes y tabernas, de acantilados y cuchillos, de alimañas marinas y carne desgarrada, no habría representado gran cosa cierto pormenor doméstico muy importante para mí, aun cuando ni siquiera habría merecido una nota a pie de página en la extensa narración de la vida ajetreada de Duparás. Y es que fue el viejo marinero parlanchín y bebedor la persona que me hizo caer en la cuenta de que todo ser humano procede no sólo de una madre, sino también de un padre, y de que yo no conocía al mío ni nadie hasta entonces me había hablado de él en casa.

11

Otro huésped del que guardo recuerdo es el malogrado Runn de Gualel, cuyo nombre hoy día nadie pronuncia como no sea de forma esporádica en algún limitado círculo de musicólogos. Aparece mencionado dos veces en la monumental *Historia de la música antibulesa en la era moderna* (editorial Topté, 1957). Sus autores (no se especifica a quién pertenece cada parte) lo incluyen en el grupo de compositores y concertistas que en la tercera década del siglo XX trataron de familiarizar al público antibulés con las formas entonces novedosas del sistema atonal. Creo haber leído hace años en algún periódico o gacetilla cultural que cierto profesor de universidad planeaba escribir una biografía de Gualel. Ignoro su nombre y si finalmente puso por obra el proyecto. Me consta que al infeliz pianista se le han dedicado breves semblanzas en revistas especializadas. Es poco, con todo, lo que se sabe de su vida, truncada prematuramente la mañana de 1928 en que los insurrectos tomaron al asalto la hospedería del abuelo Cuiña. Runn de Gualel acababa de cumplir veinticuatro años cuando estalló la revolución del Guau-guau. No se comprende por qué lo mataron. Cuesta creer que fuera por motivos políticos, por cuanto la dictadura vistavinista, contra la que luchaban los mismos que le dieron a él muerte, no le había deparado sino perjuicios. Yo barrunto que los asaltantes lo encontraron por casualidad en su habitación del piso tercero, no supieron quién era ni les importó y se ensañaron con él como se andaban ensañando con el moblaje. Durante el saqueo fueron arrojados por la ventana varios cartapacios donde Gualel guardaba sus composiciones inéditas, conocidas por un número reducido de allegados, ya que la difusión en público de su música estaba prohibida desde 1925 por el Santo Oficio de la Virtud. Jan de Muta fue una de las pocas

117

personas que gozaron del privilegio de asistir por aquel entonces a los conciertos de Gualel y de otros músicos proscritos. Dichas veladas solían celebrarse clandestinamente en el palacete de la baronesa viuda de Jibia. Jan de Muta me ponderó en cierta ocasión no sé qué piezas breves para piano de Gualel, que había escuchado con arrobo y tenía por mejores que otras parecidas de Arnold Schönberg. En los dramáticos instantes de la insurrección nadie se ocupó de salvar las partituras desperdigadas por la calle de Mertán el Grande. De Runn de Gualel tan sólo se ha conservado un meritorio *Concierto para piano, clarinete y percusión, op. 8* (estrenado con fracaso y muy negativas consecuencias para él en 1925), aparte obra juvenil, trabajos de poca monta para el conservatorio y alguna pieza ocasional sin apenas valor artístico.

Los escasos datos biográficos que de Runn de Gualel actualmente se conocen perfilan una vida marcada desde muy pronto por la adversidad. Su padre, un oscuro viola de la Capilla Real hasta el asesinato de Carfán III, impone al muchacho el aprendizaje del piano, negándole tiempo después autorización para desplazarse a Europa con el fin de ampliar estudios. A pesar de la oposición paterna, Runn de Gualel emprende el viaje, lo que en la práctica equivale al abandono de la casa familiar, a la que nunca regresará. Aún es un mozo imberbe, regido por los impulsos de la ilusión más que por los consejos de la prudencia. No le falta maña para las teclas. Tras una breve estada en Roma, de la cual no se sabe sino que pernoctaba a cielo abierto, pasa todo el año de 1921 en Viena. Allí no tarda en entusiasmarse con la técnica atonal, anterior al serialismo, de Schönberg y sus aventajados discípulos, particularmente de Berg, por quien siente no menos admiración que afecto y de quien a menudo recibirá alguna ayuda con que sustentarse, lo que no evita que Gualel viva lo más del tiempo en la miseria. Carece de fuentes de ingreso con que costearse unos estudios musicales; no domina la lengua alemana; practica, cuando se lo permiten, con pianos ajenos, y al fin todo ello, el hambre y una incipiente tuberculosis lo obligan a volver. En Antíbula se aloja en casa de amigos caritativos, hasta que en 1924 obtiene un puesto de pianista de cine con un sueldo fijo que le permitirá durante un año pagar de su propio peculio una habitación en la hospedería del abuelo Cuiña. En ella residirá, con el respaldo económico de sus protectores, y se dedicará a tareas de compositor hasta su muerte violenta a finales de 1928.

Un día, leyendo *La Hoja de la Patria* en un café, descubre por azar un anuncio de su padre, en el que se ofrece un piano de cola a cambio de una determinada cantidad. La descripción del instrumento corresponde exactamente al Steinway negro de fabricación alemana con el que Runn de Gualel había aprendido a tocar de niño. La generosidad de amigos y conocidos (con la baronesa de Jibia al frente, que aportó un tercio del dinero) hace posible reunir los melios necesarios en breve tiempo. Y por vía indirecta, sin que el padre sospeche quién está detrás de la operación de compra, el magnífico piano irá a parar a las manos del hijo aborrecido. No acaban con ello los problemas de Gualel. Ocho brazos robustos y voluntariosos han subido por las escaleras el pesado instrumento hasta su habitación del tercer piso. Al fin puede sentarse ante él, levantar la tapa, acariciar las teclas de marfil; pero no tiene permiso del hospedero para pulsarlas. El abuelo Cuiña teme que el continuo dindón del piano irrite a los huéspedes y termine por ahuyentarlos. Éstos, sin embargo, tratado el asunto durante una cena en el comedor, se muestran conformes con que el joven Gualel se ejercite en la música con tal que no lo haga en las horas que habitualmente se consagran al reposo. El marinero Duparás, llevado de su natural impulsivo, va más lejos y propone que el joven practique en el vestíbulo, donde todo el mundo lo pueda escuchar. Alguien recuerda que la parte alta de la casa está acondicionada para habitación. Desde la primavera última los inquilinos saben que allí tengo yo mi morada. La compañía del pianista, ¿no podría influir beneficiosamente en el niño despertando en él una afición temprana por la música? La idea ni complace ni disgusta al abuelo Cuiña. Se revela, con todo, vana al comprobarse que el armatoste no cabe por el hueco de la empinada escalera que conduce al camaranchón. Si se pudiera al menos desmontar igual que los armarios viejos... Llegado el caso a oídos de la baronesa de Jibia, la distinguida señora entra una tarde de improviso en la hospedería, armada de su encanto personal, de su espeso perfume, de su don de gentes y por si acaso de dos perros de obsequio con que se propone ablandar al hospedero testarudo. El porte de la mujer, viuda de un ministro de la época monárquica, su rostro agraciado, su pulido lenguaje y sus aristocráticas maneras hacen mella en el abuelo Cuiña, que a los pocos minutos de empalagoso coloquio se viene a partido. La propia baronesa le sugiere que construya una garita de tablas forradas de placas de corcho en la habitación de Gualel, de modo que, albergando dentro de ella el piano, sirva de amortiguador del sonido. Así fue como yo siempre vi el instrumento, encerrado en aquella caja enorme de madera que parecía un embalaje listo para el transporte.

Runn de Gualel tenía una fisonomía realmente infortunada. Con poco más de veinte años había comenzado a encalvecer. Su rostro macilento carecía de barbilla, por lo que se dijera que el orificio bucal, de labios salientes, caía por entero bajo la jurisdicción del cuello. Escondía por lo común su extremada flacura bajo prendas negras que le daban un aire fúnebre, acentuado por su morbosa palidez. No menos llamaba la atención su estatura, a causa de la cual se veía obligado a bajar la frente para no pegarse en los dinteles. A mí se me figura que de tanto inclinar la cabeza hacia delante se le había empotrado el hueso de la barbilla en el gañote y que por la misma razón era cargado de espaldas. Al contrario del marinero Duparás, era un hombre taciturno, muy seco en el trato, de vida solitaria, reacio a sonreír, melancólico y caviloso, y de una fragilidad física ostensible. No el envanecimiento ni la soberbia fomentaban la esquivez del pianista, antes la fealdad de su rostro chupado en extremo, y por encima de esas causas la penosa enfermedad que amargaba sus días de juventud. Una cédula de tísico con sello del Santo Oficio de la Virtud lo dispensaba de acudir a la iglesia parroquial de Antíbula la Vieja. A cambio tenía obligación de oír un número determinado de misas al año (las denomimadas *misas de la lepra* para enfermos contagiosos), las cuales se celebraban en la capilla del hospital de Baigravia, que por aquel entonces quedaba en las lindes de la ciudad. De vez en cuando, sospechábamos que por vergüenza de su tos convulsa, prefería pasar hambre a estropearles con sus expectoraciones la cena o el almuerzo a los otros huéspedes. Se recluía en su habitación con las contraventanas cerradas y, solo y a oscuras, se consumía esperando que su enfermedad le concediese una tregua. En esas ocasiones ni siquiera tocaba el piano. Con la oreja pegada a la puerta, yo lo oía toser, renegar y vaciarse de esputos sanguinolentos dentro de una escupidera de latón que mi

120

madre, la pobre, tenía que limpiar por las mañanas aguantando a duras penas las arcadas. Conmovido por su dolor, yo bajaba corriendo a contarle al abuelo Cuiña lo mucho que aquel hombre padecía. El abuelo Cuiña por lo general se encogía de hombros, como que no le interesaba el asunto o no podía hacer nada por remediarlo. Pero otras veces se conoce que lo cosquilleaba dentro del pecho una pizca de compasión, y depositando fruta, unas rajas de queso u otra pequeñez comestible en una bandeja, me decía:

—Anda, profesor, llévale de comer al esqueleto, que tampoco estoy sobrado de clientes.

Yo corría lleno de alborozo escaleras arriba, pensando, en mi inocencia, que aquellos pocos manjares procurarían un gran consuelo al señor Gualel al ayudarle acaso a reponerse de su enfermedad. Ante su puerta, como no me atreviese a entrar por temor a importunarlo, llamaba suavemente con los nudillos y le susurraba:

—Señor Gualel, señor Gualel, le dejo en el suelo la comida.

Permanecía unos instantes en silencio, a la espera de una respuesta que nunca me llegaba. Después me iba, ya que así me lo tenía mandado el abuelo Cuiña, y cuando al cabo de una hora, más o menos, volvía en busca de la bandeja, hallaba de ordinario intacta la comida, aunque no siempre.

Había, con todo, temporadas, especialmente en épocas de temperaturas benignas, en que los males de Runn de Gualel remitían hasta hacérsele llevaderos, que era cuando se le veía a él de mejor cara, más dispuesto a conversar o por lo menos a corresponder a los saludos, y cuando podía dedicarse de lleno a sus actividades musicales. Si necesitaba algo de mí abría la puerta de su habitación y me llamaba por el procedimiento de pulsar tres veces seguidas la tecla de re y una, con más fuerza, la de si sostenido, de donde resultaba un dondondondín familiar a mis oídos, inventado mano a mano entre los dos en una de tantas ocasiones en que, sentado sobre sus piernas, me dio permiso para jugar con el piano. Dondequiera que me pillase la llamada yo acudía con presteza y, contentísimo de serle útil al señor Gualel, le cumplía el servicio que me solicitase, que era de ordinario traerle de algún comercio cercano papel de música o un cuarterón de tabaco, ya que a pesar de la enfermedad no abandonaba su hábito de fumador. El abuelo Cuiña, que estaba al corriente de aquel singular toque de piano, me atajaba de costumbre en el vestíbulo, y tomándome el dinero de Runn de Gualel, me hacía esconderme en la cocina tanto tiempo como se le figuraba que habría yo tardado en estar de vuelta con el recado. Entonces me encargaba subirle al huésped papel o tabaco que él tenía adquirido a bajo precio con idea de revenderlo poco a poco, y de esa suerte obtenía a costa del pianista una ganancia.

Tampoco he echado en olvido a la señora Ecba, que todos los veranos venía de su pueblo del interior a tomar los baños de mar en Antíbula, acompañada de sus hijas mellizas, dos mozuelas en la flor de la edad, algo más jóvenes que mi madre. La señora Ecba andaría en aquel entonces por los cincuenta. Era viuda de un hacendado vitivinicultor al que carabineros rurales afectos al nuevo régimen militar habían ajusticiado en las semanas ulteriores al asesinato del rey Carfán III. Al parecer la tragedia se debió a un error del telegrafista del lugar, que había entendido al revés un mensaje enviado desde la capital. Ello no impidió que la señora Ecba, conforme a sus arraigadas convicciones políticas, abrazase la causa vistavinista, de la que su difunto esposo había sido uno de los más activos promotores en la zona. Su lealtad a la dictadura del general Vistavino y su acendrado catolicismo estaban fuera de toda discusión, por lo que el abuelo Cuiña la tenía en gran estima. Perdonó a los que no hicieron sino cumplir la orden errónea de fusilar al menos indicado, no así al zote telegrafista, un muchacho de pocas luces, hijo de campesinos humildes, a quien, prevaliéndose de sus influencias con las autoridades locales, hizo pagar con la vida su fatídica equivocación.

Una vez viuda, la señora Ecba quedó dueña de una casa solariega, de bosques, huertos y dehesas, así como de viñedos que abastecían de uva a sus lagares. Un tercio de los habitantes del pueblo trabajaba regularmente en sus campos o cuidaba sus jaurías. Tenía la mujer asimismo participación en las bodegas donde aún se fabrica el célebre vino tinto de Uchu, que comparte el nombre con la comarca de que es originario. Nada le faltaba, pues, de cuanto suelen ambicionar los seres humanos en la creencia de que con categoría social y bienes de fortuna se alcanza de forma instantánea la dicha duradera. Esto no ocurría en el caso de la señora Ecba ni a buen seguro ocurre en el de nadie, salvo que la memoria, guiada por el deseo consciente o inconsciente de olvidar, nos pinte de colorines el pasado.

La gestación de las dos niñas había de dejar en la acaudalada señora secuelas físicas harto penosas. Desde entonces, todas las satisfacciones que pudiera procurarle la riqueza no eran bastantes para consolarla de la amargura que le producía su enfermedad cutánea, la cual, según mi madre, que a menudo le ayudaba a bañarse, era de tal suerte que le tenía el cuerpo cuajado de manchas rosáceas. El mal se le reveló al poco tiempo de confirmarse el embarazo. Le había salido un pequeño sarpullido en un pecho, acompañado de intenso picor. Días después la señora Ecba no se atrevía a mirarse en el espejo. Mandó llamar a varios médicos de Antíbula, que le prescribieron ungüentos y más ungüentos, además de tisanas, pócimas, baños medicinales y un sinfín de remedios de todo linaje encaminados a detener el rápido e imparable avance de la enfermedad. En vista de que los recursos de la ciencia no le granjeaban la ansiada mejoría, la señora Ecba cifró en la misericordia divina sus esperanzas cada vez menores de sanar. Su esposo, según contaba mi madre, por quien yo supe los detalles de esta historia, apeló a su buen entendimiento con las dignidades eclesiásticas del reino para obtener un privilegio reservado a los monarcas, príncipes y grandes señores con título de nobleza. Y fue que un cardenal en persona llevó hasta las Aspias de Uchu, el pueblo de la señora Ecba, la urna que contenía las reliquias del santo Jancio, conservadas a la sazón dentro de una hornacina labrada al efecto en el retablo de la catedral de la Santa Justicia. Los huesos del mártir velaron por espacio de dos meses el sueño y descanso de la mujer encinta, y al fin, dentro de su urna, fueron depositados a su lado, sobre la misma cama donde tuvo lugar el alumbramiento, que, aunque difícil, culminó de manera feliz. Más milagro no le deparó el santo patrón de Antíbula a la señora Ecba, como no sea que a ella le pareciera obra del cielo el haber parido dos mellizas rubicundas y bien formadas. Tocante a su enfermedad, persistió sin variaciones, afectándole no sólo a partes del cuerpo que ella ocultaba celosamente bajo vestidos amplios, de mangas largas y gorguera de viejo estilo, sino también al cuero cabelludo, los bordes de la cara y el dorso de ambas manos; de ahí que, aun en los días en que apretaba el calor, no quería de ningún modo dejarse ver sin su cofia o su pañuelo de cabeza ni sus guantes. Más la mortificaba, a juicio de mi madre, la vergüenza que el picor. Esto era debido a que las manchas rosáceas, después de un tiempo, se le encostraban, tomando un aspecto repulsivo. Se le atenuaba entonces el malestar, al par que se le desataba una descamación de la que no podía menos de abochornarse. Por dondequiera que fuese dejaba un rastro de caspa. Yo sé por mi madre que cuando la pobre mujer se despojaba de su ropa para meterse en la bañera, salía con las prendas interiores una copiosa nevada de piel seca. Ni de día ni de noche se desprendía de sus guantes randados, tanto por encubrir los estigmas de sus manos como para no desollarse con las uñas mientras dormía. A veces la oíamos gemir dentro de su habitación, atormentada por una de tantas acometidas del prurito; pero por lo general sobrellevaba sin alharacas su desventura. Tenía un carácter adusto, reservado, de mujer tiesa que no admite que se le replique. El abuelo Cuiña la trataba con mucha deferencia que a ella sin duda le complacía, acostumbrada desde niña a la sumisión de criados y jornaleros. La proporción y delicadeza de su facciones testimoniaban que de joven había poseído un rostro agraciado. Aún era guapa cuando yo la conocí. Con todo, el natural y paulatino estrago de la edad, agravado por la larga amargura aneja al sufrimiento, le había arrebatado hasta el último destello de su pasada lozanía, endureciéndole la mirada y poniéndole entre ceja y ceja un frunce perenne de hosquedad. Yo no recuerdo sino una sonrisa suya, una nada más en los cinco veranos que la vi alojada en la hospedería, apenas un gesto de circunstancias en el momento de abrazar a su vieja conocida, la baronesa de Jibia, el día en que la noble señora vino a persuadir al abuelo Cuiña a que permitiese a Runn de Gualel tocar el piano en su habitación. La señora Ecba, lo mismo que tuvo antaño acceso a palacio, lo tenía en los años veinte a la residencia oficial del general Vistavino, con quien, además de lazos de amistad, le unía no sé qué parentesco por parte de su difunto marido. A causa de la enfermedad evitaba, sin embargo, las visitas y los compromisos sociales.

Remedios caseros, hierbas medicinales, caldas en el balneario, inyecciones balsámicas, infinidad de pomadas y potingues (adqui-

124

ridos algunos de ellos a precios elevados en el extranjero), todo lo probaba la señora Ecba sin alcanzar jamás la soñada curación. Un día, en su casa, un tratante en perros a quien era conocido un caso parecido de enfermedad en su familia, le recomendó los baños de mar. Había oído decir que aunque no curaban del todo servían de mucho alivio y ayudaban a la piel a regenerarse. Esto era en 1910. El marido de la señora Ecba encontró en la hospedería del abuelo Cuiña un alojamiento a gusto de su esposa, cercano a la playa y lejos de los lugares frecuentados por la alta sociedad. Desde entonces nunca buscó ella otro sitio donde hospedarse, aun cuando se habría podido costear holgadamente una estancia prolongada en el hotel más lujoso de la ciudad. Cada año, concluida la temporada estival, la señora Ecba volvía con la piel bastante limpia a su pueblo, al que la ataban sus negocios y propiedades; pero no bien se anunciaba el otoño con su humedad y sus lluvias, y comenzaban a descender las temperaturas, se le reproducían las manchas y los picores, y a ella no le quedaba otra opción que resignarse a esperar el día de emprender su viaje anual a Antíbula, en el que siempre se hacía acompañar de sus dos hijas.

Yo me acuerdo muy bien de las mellizas. La una se llamaba Áea, que fue la que se ahogó en la bahía; la otra, Sael. Con la salvedad de sus nombres, no había entre ellas diferencia ninguna. A tal extremo llegaba la semejanza de sus semblantes que no había manera de distinguirlos. Las dos hacían, además, los mismos gestos; hablaban, se vestían y peinaban igual, de modo que si no fuera porque se las veía juntas, a cualquiera se le habría figurado que eran una misma persona. De esta circunstancia, así como de la perplejidad que causaba a la gente su parecido, se aprovechaban ellas a menudo para tener sus risas y diversiones, ya que ambas tiraban de suyo a traviesas, aunque sin maldad. Eran esbeltas y sonrosadas, de ojos claros como su madre, de largas cabelleras rubias y rizadas que solían llevar recogidas con un lazo. Acababan de cumplir dieciocho años cuando yo salí por vez primera del camaranchón. Se conducían, sin embargo, más como niñas juguetonas de poco seso que como señoritas en los albores de la madurez. Al abuelo Cuiña lo sacaban de quicio; pero él, temeroso de indisponerse con la señora Ecba, tragaba quina o se iba a despotricar y desbocarse donde no lo oyera nadie. Con frecuencia las dos mozuelas jugaban a perseguirse por la casa, corriendo de piso en piso, dando portazos y trapaleando sobre los suelos de madera. Pues como no estuviera su madre con ellas para impedírselo, bajaban de costumbre al comedor montadas en el barandal, sin cuidarse de que se ponían en grandísimo peligro de caer por el hueco de la escalera. Sentadas después a la mesa, tenían la fea costumbre de entablar escuchitas a cada instante y de reírse a socapa de los huéspedes, con la velada e incomprensible anuencia de la señora Ecba, que en lo tocante a todo lo demás se mostraba muy rigurosa con ellas. Mi madre decía que por no dejarlas sin vigilancia en el pueblo las traía consigo cada año a Antíbula, donde no les permitía salir solas a la calle. Juntas iban las tres a la playa, a la iglesia o de compras, y juntas regresaban a la hospedería. Turbaba el sueño de la señora Ecba imaginar a sus hijas en brazos de algún labriego atrevido o del primer petimetre codicioso que las embelesara con dos requiebros, y para preservarlas de los pretendientes de dotes y herencias, las tenía sujetas bajo su poder y bien guardadas en espera de entregarlas un día en matrimonio a quien lo mereciese, que no había de ser menos que persona devota y principal. En casa, por el contrario, las dejaba ir y venir sueltas, sin hacer mucho de su parte para poner coto a la bulla y chiquilladas de las niñas, como si abrigara el velado propósito de fomentar en ellas el infantilismo.

En la hospedería, Áea y Sael se alojaban en una habitación paredaña con la de su madre. Aunque disponían de sendas camas, dormían juntas en una con hasta docena y media de muñecos de trapo que, no estando ellas acostadas, permanecían desparramados sobre las colchas. En cierto modo yo era también un muñeco para ellas, por cuanto hacían conmigo según su antojo, puesta la mira en divertirse a costa de mi falta de malicia. Mi docilidad les daba pie para infinitas burlas, de las que yo no siempre me enteraba, ciego de candidez. Muchas veces me atraían a su habitación, donde me desnudaban y tenían no poco regocijo poniéndome sin ropa sobre la mesa. Me colocaban en los cabellos sus horquillas y lazos, así como guedejas postizas y por todo el cuerpo aderezos femeninos que le tomaban secretamente a su madre. Gustaban sobremanera de vestirme de muchacha, sin olvidar la lencería; también de pintarme los labios, empolvarme las mejillas y hacerme repetir dichos escabrosos que yo no comprendía y ellas celebraban con visible placer y hasta con lágrimas de risa. Disfrazado a su capricho, solían llevarme ante la puerta de algún huésped, preferentemente ante la de la habitación del señor Caendru, que era hombre espantadizo y por ello muy a propósito para recibir sustos; llamaban con la mano las dos revoltosas y al punto corrían a esconderse donde más a su salvo se pudieran deleitar en el efecto de la travesura, dejándome solo frente a las muestras de asombro, indignación o extrañeza de sus embromados.

Al principio, sabiendo que yo no conocía las letras, me mandaban a las tiendas del barrio con encargo de traerles lo que ellas habían escrito en una nota ridícula que yo debía enseñar al tendero de turno. Éstos tomaban a veces la burla a mal, rasgaban furiosamente el papel y me despachaban a la calle con cajas destempladas. El pescadero de la plazoleta de Malpa, la cuarta o quinta vez que le fui con uno de aquellos papelitos, perdida la paciencia, me arrojó un puñado de hielo a la cara, con tanta fuerza y tan aciago tino que me lastimó un ojo. Se arrepintió enseguida, tengo para mí que por temor a que el abuelo Cuiña le pagara en la misma o peor moneda lo que me había hecho. No otra cosa cabía inferir de la precipitación con que salió en mi busca y de las palabras afectuosas que me dijo para consolarme y llevarme de vuelta a la pescadería, donde me obsequió con un frasco no pequeño de sanizas. Pasado el tiempo, la Flapia me enseñó a leer y ya no hubo más lugar para aquellas notas ofensivas. Con todo eso, seguí siendo por largo tiempo blanco de las chanzas, juguete y, hasta si se me apura, animalillo de compañía de las dos mozuelas.

También se me antoja acordarme en este escrito del señor Caendru, que ya era un hombre de avanzada edad cuando yo lo conocí. Su figura temblorosa acude de costumbre al escenario de mis remembranzas infantiles, donde, sin hacer ni decir gran cosa, se queda parada en un rincón, al modo de un mueble. No tuve mucho roce con él. Antes al contrario lo evitaba, impelido por un sentimiento de rechazo cuya causa ahora mismo ignoro. Pienso que me debía de predisponer en su contra el poco aprecio que le mostraban todas las personas por mí conocidas. Mi madre, sin ir más lejos, no lo tragaba. Yo la oía rezongar con frecuencia porque tenía que cambiarle y lavar las sábanas, debido a que el anciano se orinaba a menudo en la cama. El abuelo Cuiña lo sotaneaba cada dos por tres, a veces en presencia de los otros huéspedes; la Flapia solía hablar de él en términos vituperiosos, mientras que la señora Ecba se desdeñaba de dirigirle la palabra, incluso en aquellas ocasiones en que hubiera debido pedir disculpas por alguna de las incontables inocentadas con que sus hijas humillaban al anciano.

Antes del nacimiento de mi madre, el señor Caendru ya ocupaba la que había de ser su habitación de siempre en el segundo piso. Su contrato de inquilinato databa de finales del siglo anterior. Desde entonces la hospedería era, por así decir, su domicilio, en el que se había instalado después que cierto suceso luctuoso (cuyos pormenores constituían un secreto que nadie, salvo quizá el abuelo Cuiña, logró nunca penetrar) lo forzara a establecerse en Antíbula por los tiempos en que reinaba Toeto IV. Mi madre sospechaba que había venido huyendo de una aldea, no me podía decir de cuál ni por qué razón. Yo, cuantas más vueltas le doy al asunto, más me persuado de que aquella oscura tragedia sobre cuya existencia parecían estar todos informados en la hospedería, sin saber a ciencia cierta nada de ella, tenía algo que ver con la general repulsión que el pobre viejo inspiraba, como si estuviera marcado por una horrible lacra. Años después de su muerte mi madre aún lo recordaba con ostensible animadversión.

—Ese hombre —afirmaba— tenía dos sombras. La que cualquiera lleva pegada a los pies y una culpa muy grande, una culpa que a mí se me figura que lo seguía día y noche como la muerte sigue a la vida.

—¿Y qué clase de culpa, madre?

—Yo no lo sé ni me importa. Allá cuidados. El único que en la casa debía de estar al cabo del tapujo era tu difunto abuelo, que por alguna causa que reposará con él dondequiera que lo enterraron, no podía poner al viejo de patitas en la calle.

El señor Caendru, de esto no hay la menor duda, carecía de ingresos. Alguien subvenía anónimamente a su manutención y hospedaje, quizá la misma persona de quien él llevaba obra de treinta años esperando una carta. Todas las mañanas el anciano bajaba al vestíbulo a preguntar si había llegado correo para él; todas las mañanas el abuelo Cuiña le espetaba la misma tajante negativa, sazonada frecuentemente con alguna que otra ordinariez. El viejo aguantaba impertérrito las insolencias, firme en la esperanza de recibir un día la anhelada carta que nunca llegaba. Los últimos años, si por casualidad topaba conmigo en el pasillo o la escalera, me mandaba por delante a formularle al abuelo Cuiña la pregunta de ritual. El abuelo hacía bocina con las manos, como que sabía que el señor Caendru lo escuchaba desde el descansillo del primer piso, y en voz levantada, que semejaba grito, respondía:

—No hay carta para quien no la merece.

O también:

—Dile a ese saco de achaques que si no tiene familia, ¿quién le va a escribir?

Para recompensarme estos servicios ocasionales de poca monta, el señor Caendru, por toda propina, me dejaba acariciar un momento su chestoberol, que era una esfera hueca de hojalata, recubierta de esmalte blanco con pintas verdes. De este modo creía él por lo visto agasajarme más que si me obsequiara con golosinas o dinero, por cuanto se cuidaba mucho de que nadie pusiera las manos en su talismán, chirimbolo o lo que fuese aquella bola sin utilidad aparente ninguna. Temeroso de perderla o de que se le cayese al suelo, la tenía atada a una manga por medio de un cordelillo. A todas horas llevaba el chestoberol consigo, lo mismo cuando se sentaba a la mesa del comedor que cuando iba a oír misa o salía a dar su paseo acostumbrado por la orilla del río Intri, y aun se acostaba por las noches con él y le hablaba, según había visto mi madre en repetidas ocasiones por el ojo de la cerradura.

Una mañana del verano de 1925 el abuelo Cuiña anunció desde el vestíbulo:

—¡Carta para don Mlaco Caendru!

La noticia corrió como una ráfaga de vendaval por todo el edificio. Espoleados por la curiosidad, salían los huéspedes de sus habitaciones. Se oían aquí y allá murmullos admirativos.

—¡Diablos! —exclamó con su voz áspera el marinero Duparás—. ¿Carta para el carcamal?

El general revuelo confirmó mi intuición de que un acontecimiento extraordinario acababa de suceder o estaba sucediendo, y desalado como quien corre urgido de dar la alarma, subí a comunicarle la novedad al señor Caendru. Lo llamé, no me contestó. Lo volví a llamar y nada. Presa de una descompasada excitación, me puse a aporrear su puerta con toda las fuerzas de mi pequeño puño, mientras gritaba a voz en cuello:

—¡Carta, carta, carta...!

Pasados unos instantes, el señor Caendru abrió cautelosamente la puerta y por una estrecha rendija, en tono sereno, ostensivo de suspicacia, me preguntó:

—Niño, ¿estás seguro de lo que dices?

Yo no me podía dominar.

—¡Carta, carta...!

—¿Para mí?

A modo de asentimiento arreé tres o cuatro topetazos al aire, incapaz de articular otro sonido que no fuera la palabra carta, que me salía a chorros de la boca. El señor Caendru se vistió con calma su albornoz; tomó después su bastón de roble y, lento y tambaleante como solía, asido el chestoberol entre brazo y pecho, descendió las escaleras hasta el vestíbulo donde un jabardo de curiosos aguardaba su llegada. El abuelo Cuiña, detrás del mostrador, le tendió la carta. Hizo el anciano ademán de guardársela en un bolsillo, lo que desató a su alrededor una tempestad de protestas. Recibió a este punto batería de algunos, y en especial de Duparás, que lo amenazó con arrancársela de las manos, para que la abriese allí mismo sin demora, de suerte que todos se enteraran de su contenido. Y aunque al principio el señor Caendru dio en mostrarse remolón, tanto le insistieron y tanto lo acosaron que no le quedó más remedio que acceder a lo que se le pedía. Rasgó por fin el sobre blanco por un costado. Un círculo de miradas atentas lo cercaba cuando, acto seguido, sus dedos temblorosos sacaron una hoja de papel, en una de cuyas caras, pintarrajeado, campeaba un monigote con la lengua fuera. A un tiempo todos los semblantes se volvieron hacia la escalera, donde las dos empecatadas mellizas se andaban regodeando con la burla.

12

En la calle de Itabea, a pocos pasos de la estación del ferrocarril, una casona de paredes renegridas albergaba por aquel entonces la escuela de menores de don Prístoro Vivergo, que la regía de consuno con su hermana, la señorita Llolla, encargada de la instrucción de las niñas. La Viverga, como ordinariamente se la conocía, era, entre las de su tipo, una de las escuelas privadas más humildes de Antíbula. Había sido fundada a mediados del siglo XIX por el abuelo de don Prístoro, un ilustrado de ideas próximas al anarquismo, de las que parece ser que abjuró al final de su vida. Su busto de piedra, con su expresión mustia y su perilla larga y puntiaguda, se cubría de polvo y verdín en una oquedad labrada al efecto sobre el dintel de la entrada. Los muros exteriores de la escuela eran de asperón que se podía arrancar fácilmente raspando con las uñas. Por encima de la puerta principal colgaba un amplio balcón con balaustrada revestida de enredadera y con un mástil despintado y lleno de grietas en el que, en las ocasiones especiales, solía izarse la bandera antibulesa.

En sus primeros tiempos la escuela había gozado de cierta reputación. Varios párvulos que habían aprendido en ella las primeras letras descollaron de adultos en el campo de las finanzas y la jurisprudencia. Sus retratos se enmugrecían desde hacía décadas en las paredes del zaguán, provisto cada uno de su correspondiente placa explicativa. Recuerdo vagamente los semblantes bigotudos y serios, no así los nombres, que nunca me paré a leer con detenimiento. Todas las escuelas privadas de Antíbula exhibían (y puede que en la actualidad lo sigan haciendo) cuadros y fotografías semejantes, en prueba de los logros pedagógicos obtenidos. La Viverga no podía ser menos, si bien no eran muchos los éxitos de que podían ufanarse sus paredes. En sus modestos pupitres de madera cruda jamás se había desgastado los codos el porvenir político, económico e intelectual de Antíbula; antes bien, los hijos de la gente de medio pelo, que por regla general se conforman con que les enseñen lo imprescindible para entender el periódico, acceder a un puesto de funcionario público o, en el mejor de los casos, hacerse algún día cargo del negocio familiar. Por la época de mi ingreso, en el mes de febrero de 1925, la escuela de don Prístoro Vivergo no sumaba entre niños y niñas más de cuarenta alumnos, y de la docena larga de enseñantes que alguna vez había ejercido su profesión en ella sólo quedaban dos, el dueño y la dueña.

La muerte del último rey Bofrén y el inmediato advenimiento de la dictadura del general Vistavino colocaron a la Viverga bajo la amenaza del cierre forzoso. El cambio de régimen había proporcionado a las autoridades eclesiásticas de Antíbula ocasión y pretexto para asegurarse con carácter exclusivo la toma de decisiones en materia escolar, extendiendo su influjo y poder, como es bien sabido, a parcelas educativas que en tiempos de la monarquía les habían estado total o parcialmente vedadas. Era tradición desacreditar desde el púlpito a los colegios particulares, colgándoles, con o sin motivo fundado, el sambenito de refugio del ateísmo, la perversión, las ideas disolventes y cualquier vicio o maldad que les viniera a la boca a los sacerdotes durante sus homilías. En el fondo de aquella inveterada estrategia se escondía el propósito nunca confesado de ejercer el monopolio de la educación, objetivo finalmente alcanzado en 1916 bajo los auspicios del nuevo régimen político.

El mismo año del asesinato de Carfán III se promulgó un código didáctico común para todas las escuelas, tanto las estatales como las privadas, basado en las *Prevenciones morales e higiénicas del educando*, cuya vigencia había estado hasta entonces restringida a los centros de enseñanza dependientes de las órdenes religiosas. Fue la llamada ley del obispo Taruján, en honor al prelado que la redactó; la cual, entre otras disposiciones que no vienen ahora a cuento, ratificaba la antigua prohibición de educar juntos a niños y niñas, haciéndola ahora extensiva al nivel primario. Para la Viverga dicha disposición supuso en la práctica la imposibilidad de repartir a los alumnos de acuerdo con el curso a que perteneciesen, por cuanto ni los veintitantos niños ni las

132

diecitantas niñas daban por separado para formar los cuatro grados usuales de cualquier escuela de menores. Así pues, el señor Prístoro Vivergo no tuvo más remedio que despedir al personal docente sujeto a régimen de contratación y, haciendo caso omiso de la diferencia de edad entre los alumnos, dividir a éstos en sólo dos grupos: el de los niños, que él tomó bajo su responsabilidad, y el de las niñas, del que se ocupaba su hermana, la señorita Llolla.

La ley de Taruján establecía, además, que todo colegio, para recibir la licencia de enseñanza, debía contar con un cupo mínimo de treinta matriculaciones, exactamente el doble de lo exigido hasta entonces. Por escasez de alumnado fueron clausuradas no pocas escuelas particulares en tiempos de la dictadura vistavinista. La Viverga resistía año tras año con el agua al cuello. Al término de cada periodo escolar abandonaban el colegio los alumnos que tras las vacaciones estivales debían acceder al grado de secundaria. Una escuela de menores que fuera incapaz de compensar las vacancias anuales estaba condenada a desaparecer. De ahí que la llegada de alumnos nuevos fuera saludada como una bendición por los propietarios. Se comprenderá, por tanto, que no hubiese estorbo alguno para admitirme en la Viverga cuando ya iba más que mediado el curso escolar. La escolarización era, por aquel entonces, voluntaria. Algunos centros, para alcanzar la cifra mínima de alumnos, abarataban la enseñanza de suerte que a las familias de baja extracción social les tentase inscribir en ellos a sus hijos. Huelga decir que todo esto yo lo averigüé de mayor. Mi madre me contó que matricularme en la Viverga le costó al abuelo Cuiña dos piezas de perro en salazón y una damajuana de vino tinto de Uchu, muy poco si además se tiene en cuenta que el vino se lo solía traer de obsequio, cada verano, la señora Ecba.

El aula de los niños se hallaba en el primer piso. Para llegar a ella había que subir una escalera ancha de mármol brocatel que, aunque muy deslucido y desgastado cuando yo lo pisé por vez primera, no dejaba lugar a dudas acerca del origen señorial de la casona, lo mismo que en los techos y alrededor de las puertas y ventanas las molduras de enrevesada tracería, y un número considerable de pedestales repartidos en sendos nichos abiertos en las paredes de los corredores, sin ornamento alguno dentro de ellos. Los pupitres eran de pino poco o nada desbastado. Se astillaban con facilidad. Tres ventanales había en el aula, orientados los tres hacia el oeste. Por ellos se podía contemplar los trenes de pasajeros o de mercancías que a cualquier hora del día llegaban a la estación o salían de ella lanzando bocanadas negras por la chimenea de la locomotora. Siempre que soplaba el viento de poniente se nos llenaban los vidrios de hollín, a veces de forma que el paisaje desaparecía por completo tras la espesa capa de suciedad. Todos los edificios de la zona tenían las fachadas mugrientas. Durante las clases aquel trajín ferroviario nos distraía y aliviaba, a los que ocupábamos asientos próximos a los ventanales, de los ratos de aburrimiento, que eran muchos, ya que don Prístoro Vivergo propendía a los discursos prolijos, pronunciados con una voz ronca, sin apenas inflexiones.

El aire dentro del aula estaba de costumbre tan viciado que con frecuencia a los niños les lloraban los ojos de picor. Don Prístoro, que no paraba de fumar cigarrillos durante las horas de enseñanza, se conoce que no lo notaba, o quizá sí y le daba igual, pues por alguna extraña razón jamás condescendía al ruego nuestro de abrir los ventanales. Decían unos que porque era muy friolero; otros, que porque tenía pavor a las corrientes de aire; y algo de eso debía de haber, de lo contrario no se explica que ni siquiera cuando el calor y la escasez de oxígeno sumían a los niños en un marasmo lastimoso, consintiera él en ventilar unos instantes el recinto.

Tanto como el humo de su tabaco respirábamos el polvo que con cada pisada se levantaba del suelo, que era de tablas muy comidas de carcoma. Algunos, por diversión, brincaban a lo bruto sobre ellas con malicia de levantar nubecillas de aserrín, sin reparar en que de las microscópicas y nocivas inmundicias se llenaban después nuestros pulmones. En invierno el problema se agravaba como consecuencia de las fugas de humo de la estufa, hasta tal punto que muchas veces, terminada la jornada escolar, yo y, supongo, los demás salíamos aturdidos a la calle, cuando no aquejados de fuertes dolores de cabeza. Y no era sólo que la estufa no tirase debidamente, sino que por las junturas del roñoso cañón se escapaba una parte del humo, de suerte que al salir de la Viverga todos llevábamos pegado a la ropa el tufo de la leña quemada.

Delante, sobre una tarima, cerca del primer ventanal, estaba la mesa del maestro con el barniz cuarteado y encima de ella el recado de escribir, una pila de libros, una taza erizada de lapiceros, el sacapuntas de manivela y un vistoso globo terráqueo de mares azul celeste, tras el que don Prístoro tenía costumbre de esconder la cara tan pronto como en el curso de las clases lo vencía el sopor. A veces se dormía con el cigarrillo humeante entre los dedos y se despertaba al cabo de un rato dando un respingo, sobresaltado por la dentellada de la brasa.

Junto a la mesa había un paragüero de cobre con medio jeme de agua en su fondo, en la que él apagaba las colillas. Como emperezase renovarla, después de unos días el agua amarillenta y podrida despedía un hedor penetrante, que podía llegar a ser insoportable cuando alguno de los niños más traviesos le añadía a hurtadillas una descarga de orina, diablura de la que había dos o tres que gustaban sobremanera. A los primeros síntomas de modorra, don Prístoro asignaba a cada alumno, según el curso a que perteneciese, una tarea escrita. No bien los tenía a todos ocupados, tomaba asiento a su mesa y, haciendo como que escudriñaba la bola del mundo, cerraba los ojos. Sus cabezadas, salvo que el cigarrillo encendido las acortase, solían durar entre un cuarto de hora y veinte minutos. En ese lapso reinaba el silencio en el aula, lo uno porque, mientras don Prístoro durmiese, gozábamos de libertad para entretenernos con juegos y diversiones sigilosas, lo otro por temor al puntero del maestro, que aunque no demasiado propenso a emplearlo como instrumento de castigo, cuando pegaba lo hacía sin miramientos, jaleado en conversación privada por los propios padres de los alumnos, para quienes la disciplina y obediencia, más que el acopio de conocimientos, eran la garantía máxima de una buena educación.

A don Prístoro Vivergo, siempre que descabezaba un sueñecillo, se le teñía el semblante de un color cárdeno de congestión. La calvicie, que él intentaba en vano ocultar mediante un par de mechones cruzados de través, se le perlaba de sudor. Silenciosa el aula, sonaba en el piso de abajo la voz atiplada de la señorita Llolla, que era una mujer rígida, con un rictus desdeñoso en la boca, soltera como su hermano, cincuentones los dos, ella uno o dos años más joven que él. Los cánticos agudos de las niñas atravesaban los tabiques y a menudo don Prístoro cortaba el hilo de su discurso para mofarse de ellos, diciendo con su habitual ronquera de fumador empedernido.

—Ya me empiezan a joder los pajaritos vocingleros.

Había veces en que a la señorita Llolla, descontenta por lo visto con la forma de cantar de las niñas, le tomaba un arrebato de histeria. Atajaba entonces con una andanada de gritos terebrantes la canción y se despachaba con un réspice que hacía temblar las paredes. En el piso inmediatamente superior, su hermano ponía los ojos en blanco, el rostro levantado hacia el techo, y como hablando entre sí se quejaba:

—¡Llolla, por Dios, para de cacarear!

La jornada escolar comenzaba a las ocho de la mañana con el rezo de rigor, todos los niños de pie, vueltos hacia el crucifijo que colgaba en la pared opuesta a los ventanales. Rezábamos a coro voceando los versos y de la misma manera concluíamos antes de sentarnos con unos vivas al general Vistavino, muy fuertes para que se oyeran desde la calle, donde a menudo se veía hacer la ronda de tapadillo a algún prefecto de colegios.

La primera hora estaba consagrada a la lectura. Cada niño tenía obligación de elegir un libro de la estantería y leerlo o mirar ilustraciones en silencio hasta que don Prístoro, mediante un recio toque de su campanilla, ordenase devolver los ejemplares a su lugar. En ese tiempo él ojeaba *La Hoja de la Patria*, que mandaba traer de la calle a alguno de los alumnos. Bebía entretanto café servido en bandeja por la criada de la casa, liaba cigarrillos y los fumaba. A cada momento, mientras leía el periódico, renegaba meneando la cabeza en señal de disgusto o profería exclamaciones entre dientes: «qué barbaridad», «habráse visto», «unos bellacos». Otras veces, tomado de un repentino pujo de risa, enrojecía y se crispaba de gusto, apretando la cara contra las páginas del periódico. No era raro que el regocijo desembocase en un ataque de tos.

Concluido el tiempo de lectura, venían las tediosas clases teóricas, durante las cuales don Prístoro Vivergo improvisaba peroratas acerca de los temas más dispares. Con verbosa y monótona parla relataba la fundación de Antíbula, describía el martirio del santo Jancio, refería pormenores de la guerra europea del 14 o se perdía en una maraña inextricable de nociones morales. Hablaba caminando entre los pupitres, sin hacer gestos ni modular la voz, como si repitiera para sus adentros un discurso aprendido de memoria. De vez en cuando se detenía a mirar por breve espacio

136

su reloj de bolsillo, atento a que no se le pasara la hora del recreo. Los niños, adormecidos, lo escuchaban en silencio. Los más audaces intercambiaban a espaldas del maestro muecas furtivas; otros garabateaban en sus placas de pizarra, seguían con la mirada el vuelo de las moscas o, como en mi caso, contemplaban lánguidamente por el vidrio de los ventanales las llegadas y partidas de los trenes humeantes.

Don Prístoro toleraba la distracción de los alumnos siempre que no implicara bulla. Lo enfurecían los bisbiseos, las payasadas y las risas a destiempo. Mientras largaba sus discursos, dejaba a los niños que pintaran, escribieran en sus cuadernos o adoptaran posturas corporales propias de quien se dispone a abandonarse al reposo. Si por el rabillo del ojo sorprendía a alguno haciendo tonterías, no lo reprendía de inmediato, sino que al pasar junto al encerado cogía el puntero y, como quien no quiere la cosa, seguía desgranando sus historias y explicaciones. Adrede demoraba la aplicación del castigo. Los niños, electrizados por un súbito temor, se ponían muy tiesos en sus asientos. De un momento a otro a alguno de ellos, nunca se sabía con exactitud a cuál, le caería un palazo en la espalda. Don Prístoro hablaba y deambulaba sin perder la compostura. Pasaba un minuto, pasaban dos; el maestro iba y venía por el aula, puntero en mano, sin dejar entrever en sus facciones el menor indicio de enfado, y en esto, zas, le medía por sorpresa las costillas al travieso que un rato antes lo había irritado.

El recreo empezaba a las diez de la mañana. De acuerdo con lo establecido por la ley, debía durar treinta minutos; pero lo habitual en la Viverga era que se alargase tanto tiempo como le hiciera falta a don Prístoro dar cuenta de su colación matinal, atender a las visitas y despachar sus menesteres particulares y demás tareas de oficina, lo que en la práctica equivalía muchas veces a la suspensión de las clases. Durante los recreos, a los niños nos estaba terminantemente prohibido salir al jardín. Hiciera sol o lloviese, pasábamos nuestro tiempo de esparcimiento en la sala de juegos, al fondo del corredor del primer piso, donde a la edad de ocho años yo me inicié en los secretos y artimañas del ajedrez sin que nadie me explicara las normas, con sólo observar a los otros afanarse. Entiendo que manteniéndonos encerrados en el edificio, don Prístoro Vivergo eludía la obligación de vigilarnos. Entonces pensábamos que sólo trataba de evitar que coincidiéramos fuera con las niñas, lo que sólo era posible en parte, ya que una verja dividía el jardín en dos zonas con el fin de que los alumnos de un sexo y otro no se mezclaran. A las niñas podíamos verlas a media mañana desde las ventanas del primer piso corretear en alegre tropel sobre la hierba, jugando a perseguirse, saltando a la comba o lanzando el diábolo al aire.

Sentada en el banco de piedra de la glorieta, la señorita Llolla las vigilaba con ceño adusto. Todos los niños estábamos unánimes en considerar una suerte que don Prístoro fuera el responsable de nuestra instrucción y no aquella mujer estirada que parecía vivir en un estado de enojo continuo. Su semblante anguloso, de mejillas hundidas, traslucía severidad. No llegué a conocerla bien. Pienso que quizá no le hago justicia en mis recuerdos, engañado por su fisonomía antipática, que ella se encargaba de acentuar vistiéndose de negro riguroso desde el cuello hasta los pies. En la glorieta leía de costumbre libros que sostenía extrañamente a la altura de los ojos, de forma que para seguir los renglones con la vista no tenía que bajar la cara, usando la mano como atril. La espalda recta, la barbilla ligeramente levantada, se ensalivaba la punta de los dedos antes de pasar la página, y a cada rato dirigía una mirada preñada de lenta arrogancia a sus discípulas. Dicen, yo no sé si será verdad, que a la señorita Llolla la mató de un tiro en la cabeza, en 1928, un insurgente que había sido alumno suyo por los tiempos en que también enseñaba a los niños.

Por la tarde, a las dos y media en invierno y a las tres en las estaciones templadas, se reanudaban las clases. Los alumnos volvían de sus hogares con la comida, por así decir, en la garganta y pasaban tres largas horas encerrados en el aula, sin más descanso que una salida colectiva de quince minutos hacia el retrete, de la cual quedaban excluidos los que por su holgazanería o por su mala conducta hubieran disgustado al maestro. Algunos niños que vivían en barrios distantes permanecían el día entero en la escuela, donde almorzaban, generalmente en la sala de juegos, el sencillo condumio que hubieran traído de casa.

Don Prístoro Vivergo llegaba a las clases de la tarde notoriamente descansado al término de su siesta cotidiana. Nada más entrar encendía un puro largo que fumaba en nuestra presencia con sosegado y sonriente deleite. Aquélla era probablemente su hora predilecta de la jornada. Mientras saboreaba el puro se mostraba de ordinario dicharachero, ocurrente y hasta guasón; tomaba a broma lo que en otras ocasiones le habría incomodado; se reía de su hermana si la oía gritar en el piso de abajo y, en fin, le acometía una especie de impulso por entregarse de lleno a su profesión, impulso que se manifestaba en unas tan desbordadas como repentinas ganas de trabajar. Tenía el dueño de la Viverga a menudo ese arranque brioso al comienzo de la tarde. De pronto le venía apremio de enseñarnos cualquier cosa. Escribía a lo mejor la lista de los Bofrenes en el encerado, dibujaba los planetas del sistema solar con sus nombres respectivos, proponía acertijos y juegos de palabras o dirigía nuestra lectura en voz alta, por turnos, de narraciones y poemas de autores clásicos de la literatura antibulesa. Su vitalidad se transfería como por arte de magia a los niños. Se apoderaba de nosotros un deseo imperioso por participar. Pequeños y grandes rivalizaban en entusiasmo. Todos querían leer, todos levantaban la mano en solicitud de la palabra y a todos inflamaba una misma exaltación. Aquellos buenos momentos al comienzo de cada tarde me proporcionaban a mí motivo suficiente para amar la escuela.

Puro en mano, don Prístoro Vivergo era un docente sin igual, así como sus clases una fiesta que desgraciadamente terminaba en el mismo instante en que la brasa de la colilla se apagaba con breve siseo en el agua hedionda del paragüero. Al punto tomaba el maestro asiento a su mesa y ya no se levantaba de ella pasase lo que pasase. Uno a uno iba llamando a los alumnos. A cada cual asignaba una tarea específica y después nos mandaba a todos callar. El niño que terminaba su trabajo se acercaba a él para que se lo revisase, le impusiera otro o le permitiera, a modo de recompensa por su aplicación, ojear algún libro de ilustraciones, pintar o dedicarse a cualquier actividad de su capricho con tal que lo hiciera en silencio. Mientras tanto, él sacaba de un cajón de su mesa una botella de vino y echaba la tarde a perros fumando y bebiendo hasta la hora de ordenarnos recoger los bártulos y marchar a nuestras casas.

13

Mi madre despertó del estado abúlico en que se encontraba desde su regreso del Centro de Reformación Femenina al descubrir que durante su ausencia yo había estado recibiendo de la Flapia atenciones y mimos como sólo es posible que se prodiguen a un fruto de las propias entrañas. Prendió en ella el fuego de los celos, que yo atizaba sin darme cuenta con cada muestra mía de apego a la cocinera. Al principio mi madre se valió de la quejumbre para someterme a su voluntad. Tan pronto como coincidíamos a solas en algún rincón de la hospedería, trataba de infundirme pena describiendo en tono lastimero sus pesares y no dejaba pasar un día sin enjaretarme una ración larga de reproches. No tardó en percatarse de que por ese medio no alcanzaba los fines apetecidos. Ni terminaban de conmoverme sus ojos tiernos ni me hacían probar el amargor de la culpa sus palabras; antes afianzaban mi predilección por la Flapia, cuyo trato me resultaba infinitamente menos embarazoso que el suyo. Le dio después de un tiempo por emular a su rival. De la noche a la mañana comenzó a hacer conmigo las mismas cosas que hacía de ordinario la cocinera, según había tenido noticia de ellas por mí, pues yo, en mi candidez, no entendía poco ni mucho de guardar secretos, de suerte que por idéntica razón tampoco se me ocurrió ocultarle a la Flapia que mi madre la criticaba a menudo a sus espaldas. A todo esto, dio mi madre en la novedad de besarme y acariciarme muchas veces cada día. Después de la cena tomó costumbre de subir al camaranchón a desearme las buenas noches; se acostaba a mi lado y, movida de sus nuevos impulsos maternales, me ponía igual que la otra a beber de sus pechos secos. La estoy viendo levantarse las faldas y, sentada sobre las tablas del suelo, con una vela encendida entre las piernas, jurarme que por aquella mata de pelo negro, en aquel mismo camaranchón, había yo salido al mundo ocho años atrás, cosa que a mí no me parecía posible ni verdadera, hasta que el marinero Duparás me la explicó a su modo. Durante el día, no bien se le brindaba la ocasión, me alzaba en brazos, atropelladamente por lo general, pues temía que el abuelo Cuiña la sorprendiera desocupada, y me regalaba dulces a escondidas, comprados con dinero cuya procedencia sólo ella conocía. Finalmente formó propósito de ser mi maestra y enseñarme por las noches las pocas letras que a puro de bofetadas y reglazos le habían inculcado las corazonianas del Centro de Reformación, letras que yo, por entonces, sabía leer y escribir mejor que ella.

Esto último no lo pudo sufrir la Flapia, que por arrancarme del creciente dominio de mi madre persuadió al abuelo Cuiña a que sin pérdida de tiempo me inscribiera en la Viverga, con cuyo propietario mantenía ella desde antiguo una relación de vecindad. La Flapia vivía en un piso de la que en aquella época se llamaba calle de Lof de Cluenche (hoy calle de Natenés), que confluía con la de Itabea a la altura del penúltimo recodo del río antes de su desembocadura, a poca distancia del tristemente famoso huerto de Jabora.

Nadie me habló de mandarme a una escuela hasta la víspera de ingresar en la de don Prístoro Vivergo. Mi madre se enteró por mí al anochecer. Sentada en el borde de la cama, hizo un gesto de contrariedad cuando se lo dije. Me preguntó si sentía miedo; me lo preguntó varias veces seguidas y al final se marchó del camaranchón sin esperar mi respuesta ni contarme la historia de los bladitas malos que me había prometido.

Hoy sé que fue la Flapia, con la conformidad del abuelo Cuiña, quien arregló el asunto de la matriculación; medió asimismo en el pago en especie y me llevó cogido de la mano la primera mañana a la escuela. Un día antes, a la hora del almuerzo en la cocina (ya que los de la casa comíamos siempre aparte de los huéspedes y después de éstos, a fin de aprovechar las sobras), me obsequió con un fardel de cuero parecido a los que usan en el campo los pastores de jaurías, dentro del cual había bártulos de colegial, todos nuevos. Nueva era también una ropa que me había comprado para la ocasión, pagada de su peculio, según dijo, aunque no estaba muy segura de que yo la mereciese. Me dio un beso lento en la cabeza, con que mostró que me quería más de lo que por esas fechas aparentaba, y estrechándome después contra su vientre abultado me dijo más o menos con estas palabras:

—Niño, desde mañana aprenderás aritmética, lengua antibulesa y todo lo que te echen con un señor muy bueno que vive cerca de mi casa. Irás bien vestido, bien limpio y bien peinado, y te comportarás lo mismo que si estuvieras oyendo una misa del reverendo padre Arfuno Bolimilo. El resto ya te lo explicará esta tarde tu abuelo.

Hablaba con ostensible sequedad, el papo tenso, los ojos duros, el entrecejo arrugado como cuando a uno lo anda repudriendo el despecho. En los últimos tiempos tenía esas rachas de malhumor conmigo. No era raro que al pasar a mi lado se desdeñase de mirarme, como si de pronto yo hubiera dejado de existir para ella. Empinaba la barbilla en mi presencia y a veces me daba teatralmente la espalda. A mí su hosquedad me resultaba tan incomprensible como dolorosa. Lejos estaba yo aún de sospechar que su actitud adusta tenía que ver con la vuelta de mi madre del Centro de Reformación Femenina.

A media tarde el abuelo Cuiña me lanzó un grito imperioso desde el cuarto del lavadero, donde lo encontré poco después con los pantalones bajados y las posaderas hundidas en la palangana, tratando de poner alivio al ardor de las almorranas. Mandó que me sentase frente a él, sobre la tapa del baúl de la ropa sucia, y muy seriamente, con una solemnidad que yo no le conocía, declaró que tenía que hablarme.

—Profesor, mañana empiezas en la escuela. ¿Ya te lo ha dicho la señora Flapia?

Sacudí la cabeza en señal afirmativa, lo cual irritó al abuelo Cuiña, que me apremió a responderle con más brío. Tragué saliva y obedecí.

—Ah, bueno —dijo, haciendo un leve gesto de aprobación—. Pensaba que te habían comido la lengua los ratones.

Con las manos colgantes entre pierna y pierna se tapaba lo mayor de su pilosa hombría. Sus ojos chiquitines me escrutaban con la fijeza punzante que era habitual en ellos. Por su voz sosegada supe, sin embargo, que no había enfado detrás de aquellas facciones fieras por naturaleza. Tras encarecer la importancia de lo que tenía que decirme y ordenarme que le prestara atención, el abuelo Cuiña me habló más o menos de este modo:

—Vamos a ver si eres listo. Pongamos que traigo ahora el hacha de la cocina, la grande de descuartizar, y te corto con ella una mano a cercén. Ñaca, adiós la manita del profesor. ¿Qué te parece a ti que pasaría? ¿Que empezarías a gimotear y dejarías el suelo hecho un asco de sangre? Es lo más seguro. Pero yo voy a otra cosa. A la sangre, sangre de los Cuiña que corre por dentro de tus venas. ¿Qué quiere esto decir? Pues muy sencillo. Que mañana no irá a la escuela de Vivergo un niñito de tantos, un meón cualquiera, un mimoso que llora cuando su mamá se aparta de su lado. Irá un Cuiña de pura cepa, ¿entendido?

A este punto se inflamó en una violenta exaltación.

—Di que has entendido o te arranco los ojos.

Lo dije, titubeante y apocado.

—Más fuerte. Que te oigan desde la calle.

—¡He entendido! —grité entonces a pleno pulmón.

—Pues bien —prosiguió él con calma recobrada—, has de saber que entre los expedicionarios que hace más de cuatrocientos años vinieron a fundar Antíbula había un Cuiña. No lo digo yo; está escrito en viejas crónicas. El tío Acán, el hermano de mi difunto padre, solía leerlas. Siendo yo muchacho de algo más de edad que tú ahora, me contó que el primer Cuiña fue un soldado de la nación de Portugal, que entonces era grande y poderosa. Aquel mozo aventurero salió de su tierra con la esperanza de hacer fortuna. Tomó su espada, su crucifijo y su morral, y se echó al camino. Los tiempos eran duros, el campo daba poco y la gente menos. Yendo por el monte preguntaba a los pastores y labriegos dónde había guerra. Si le respondían que por ahí, iba por ahí, y si por allá, iba por allá. En un reino vecino, llamado Castilla, luchó contra el moro, fue herido varias veces y no reunió caudal. Así que pasó a otras tierras y luego a Francia, me parece, y siguió caminando fatigado y hambriento como otros muchos que en aquel tiempo no se quisieron someter a los señores de la tierra. Por fin un día, tras años de andanzas sin fortuna, la casualidad quiso que topara en el puerto de no me acuerdo qué ciudad con las cinco naves de Palaco, que estaban allí de paso cargando agua y víveres. Supo el mozo que el capitán de aquellos barcos andaba a la busca de hombres de armas y la causa por que los buscaba. No lo dudó un segundo. Yo lo estoy viendo embarcarse, deseoso de partir hacia lo desconocido. ¿No lo ves tú también? Si cierras los ojos lo verás. Mira, ahí va, flaco, desharrapado, pero lleno de decisión. No sabe que dentro de poco va a contribuir a una de las mayores hazañas de nuestra historia. Él es uno de los trescientos y pico que fundarán Antíbula. Dime, profesor, ¿no ardes de gusto pensando que por tu cuerpo corre la sangre de aquel hombre? ¿No te parece verdaderamente milagroso? Entiéndeme bien. Quien dice sangre, dice las tres virtudes principales de nuestra casta: el valor, el patriotismo y la devoción. Nunca lo olvides. Hay contadas familias antibulesas que puedan competir en raigambre con nosotros. Esto es muy importante, amiguito. Vinimos con el primer Bofrén y aquí continuamos. No ha habido acontecimiento memorable en la historia de Antíbula en el que no haya participado un Cuiña. Podría pasarme el día entero contándote proezas de nuestros antepasados. Por ejemplo, ¿tú sabías que en tiempos del rey Godelio, un solo Cuiña, con un cañón, qué digo un cañón, con una culebrina, un arcabuz y dos niños ayudantes, consiguió defender una de las puertas de la ciudad contra el acoso de los tercios españoles? Mi bisabuelo, que era el mejor cantero de su época, trabajó en la construcción de la fortaleza de Molu. Murió en aquella isla peleando bravamente contra un hatajo de corsarios, no te vayas a pensar que encarcelado. Ningún Cuiña sufrió jamás prisión ni castigo público. Siempre hemos sido gente de buena ley. Y aquí donde me tienes, no lo hice nada mal en 1885, cuando Toeto IV, uno de los mejores reyes que Dios nos ha dado, dispuso que les zurráramos la badana a los bladitas. Qué pena que no hubieras estado allí para verme, profesor. Me hinché a cortar pescuezos. Con cada cuchillada yo notaba en mi brazo el empuje de nuestra raza, de todos los Cuiña que vivieron antes que tú y que yo, y que ahora, desde el cielo, dirigen su mirada hacia ti, que eres de momento el último eslabón de una larga cadena de hombres gloriosos. No nos defraudes, muchachito. Duro con ellos. Los Cuiña hemos sido siempre gente de pelo en pecho, varones que han sabido bandearse con valentía en la vida, ¿entiendes?, varones con unos cojones como éstos.

En apoyo de su encendida locuacidad abrió las piernas todo cuanto pudo y, apartadas las manos con que se había estado cubriendo hasta aquel instante, mostró con evidente orgullo sus vergüenzas. Me impresionó más la franqueza rotunda de su gesto que aquella inesperada exhibición de carne violácea y pelambre genital. Nunca antes el abuelo Cuiña había llegado a semejantes extremos de confianza conmigo. Deduje de ello que lo que me estaba contando debía de ser de grandísima importancia para mí; en consecuencia, formé propósito de grabar en mi mente cada una de sus palabras. Él, mientras tanto, volvió a su postura inicial, las rodillas juntas, las manos pudorosamente abandonadas sobre el regazo, y prosiguió el discurso de sus exhortaciones y consejos más o menos de este modo:

—En la escuela te esforzarás por dejar lo más alto posible el pabellón de la familia. Quiere esto decir que si eres bueno y trabajas mucho, el apellido Cuiña ganará brillo gracias a ti; en cambio, si eres malo, holgazán y descuidado, lo mancharás, lo llenarás de barro y de mierda, y entonces, profesor, ay de ti.

Blandió a este punto un puño en refrendo de su amenaza.

—Que sepan todos desde el principio —continuó— que tú no le tienes miedo a nada ni a nadie. De dos maneras procurarás ganar cuanto antes el respeto de tus compañeros. La una es que cuando el señor Vivergo te castigue, aguantarás en silencio el dolor, sin llorar ni lamentarte, agradecido en el fondo de tu corazón de que haya quien te adiestre y enderece. La otra es que te hagas temer de los demás niños por la fuerza de tus brazos. Antes que acabe la semana te convendría machacar una cara. No esperes a que te den motivo. Mañana mismo arremetes en la puerta de la escuela contra el primero que se atreva a mirarte a los ojos. Sin mediar palabra le hundes el tabique nasal en la sesera. Si el tipo es recio, le sacudes de abajo arriba, en la mandíbula. De esa manera mataba yo perros cuando era joven. Que no me vengan a decir que eres de esa clase de niños de los que todos se ríen y a los que todos gastan bromas.

Me veo ahora sentado en la última fila del aula, junto al ventanal, en el lugar que a costa de otro niño me acaba de asignar don Prístoro Vivergo. Es mi primer día de escuela. El niño que ha tenido que sentarse en otro sitio, cuando no lo ve el maestro, se vuelve y me clava miradas de odio. Comparto el pupitre con un escolar más alto y corpulento que yo. De su ropa se desprende un olor a dulce, a flores marchitas en un cuarto cerrado. De vez en cuando levanta la tapa del pupitre y saca una canilla cocida de perro que roe a escondidas. Sin que lo note, acerco mi mano a la suya; puestas a la par, las comparo. La diferencia de tamaño entre ambas da que pensar. En mi mente resuenan las palabras del abuelo Cuiña como si fueran rugidos de un animal feroz que se aleja.

—Piensa que estás en la guerra, profesor. No te fíes ni de tu sombra. Tú siempre a lo tuyo, siempre alerta, cuidado con éste, cuidado con aquél, ¿me entiendes? A nadie cuentes las cosas que pasan en tu casa, ni de quién eres hijo, ni cómo vive y se sustenta tu familia. De las niñas ni te hablo. Rehúyelas a toda costa porque te ablandarán y te sacarán de tu verdadero ser. Las mujeres son el veneno de la vida. Apártate de ellas si quieres gozar de sueños tranquilos. Mucha cautela también a la hora de elegir a tus compañeros de juego. Lo mejor es que al principio no te hagas amigo de ninguno. Pon un precio a tu amistad. Quien quiera algo de ti que se esfuerce por merecerlo. No des si no te dan y nunca des más de lo que hayas recibido.

A mi lado, el niño grande ya se ha comido el magro de la canilla. Por un agujerito excavado con ayuda de un clavo saliente del pupitre sorbe el tuétano. El ruido de las chupadas atrae la atención risueña de los escolares más cercanos. En cambio, don Prístoro, sentado a su mesa y parapetado tras las páginas del periódico, no parece enterarse de nada. Seca la canilla, el niño se limpia las manos en los pantalones. Yo saco entonces de mi fardel de cuero uno de los dos bartolillos de Jiuto que la Flapia me ha regalado por la mañana convenientemente envueltos en papel de estraza. Se lo alcanzo al niño grande, que sin cambiar el gesto ni mirarme lo agarra y de dos bocados voraces lo hace desaparecer dentro de su boca. El último de ellos no ha pasado inadvertido a don Prístoro, pese a lo cual ha seguido leyendo como si tal cosa su periódico.

—El maestro es la estaca que obliga al arbolillo a crecer derecho. Cuanto más duro y severo, mejor. Está bien que aprendas los números, las letras y todas esas zarandajas. Pero lo importante, según yo entiendo, es que Vivergo haga de ti un hombre de carácter, un verdadero patriota antibulés. Con esa intención le he pagado y no para que cada vez que leas una bobadita del libro te premie como la señora Flapia con caricias en el cogote.

Tras el toque de campanilla don Prístoro se ha puesto de pie y, sin más preámbulo que unas toses y carraspeos, ha emprendido un discurso acerca de la construcción de la catedral de la Santa

Justicia a todo lo largo del siglo no sé cuántos. Apenas comenzada, la disertación se aparta del tema inicial y deriva hacia derroteros insospechados que ora conducen al elogio del trabajo colectivo, ora a disquisiciones teológicas relacionadas con el arte de labrar la piedra. Yo no entiendo mucho o, por mejor decir, no entiendo nada; pero con el tiempo la pepitoria de explicaciones, repetidas asiduamente, se me irá haciendo tan familiar que poco me cuesta hoy reconstruir en la memoria aquel discurso del primer día.

Lo cierto es que mi compañero de pupitre me ha contagiado el hambre. En el fardel aún queda un bartolillo de Jiuto. Lo saco, lo coloco encima de la mesa, sobre su envoltorio de papel, y me lo voy comiendo a cachitos, tan campante. Don Prístoro, sin parar de hablar, se acerca a mí con semblante sosegado. Yo me estoy quitando a lametones la crema adherida a los dedos. Ni me escondo ni disimulo, ya que no tengo conciencia de estar haciendo nada malo. Cosa de media hora antes, el maestro ha visto al niño grande de mi lado meterse en la boca el bartolillo que yo le he regalado y no le ha reñido; deduzco, sin pararme a pensar poco ni mucho en ello, que no les está vedado a los alumnos comer durante las clases, convicción ratificada por el hecho de que don Prístoro, durante la primera hora, ha tomado café y degustado caramelos de menta a discreción.

Es mi primer día de escuela, aún no conozco bien las normas y en mi entendimiento infantil no hay más criterio de conducta que el de ser y parecer un hombre al modo como me inculcó ayer el abuelo Cuiña. Y para ser un hombre de buena planta y recios músculos hay que alimentarse; en ese principio están todos contestes en la hospedería: la Flapia, mi madre, el marinero Duparás, todos. Con la lengua rebaño mis dedos, mientras, justo detrás de mí, el maestro se explaya tediosamente contándonos ya no sé qué cosa, pues hace rato que he perdido el hilo. De pronto, zas, me atiza en las costillas un palazo con tan pocos miramientos como mi madre cuando varea en el camaranchón la lana de los colchones. La repentina descarga de dolor me corta un instante el aliento. Pienso en Dios y le ruego entre mí que me dé fuerzas para contener las lágrimas. Don Prístoro reanuda la marcha en dirección al encerado, perorando tranquilamente. No bien se ha alejado dos o tres pasos de mí, me acuerdo de las palabras del abuelo Cuiña, de la estaca y el arbolillo, y entonces, con el mejor de los propósitos, resistiendo a duras penas el pujo de llorar, digo en un susurro balbuciente: gracias, don... Y se conoce que no he atinado a pronunciar debidamente el nombre del maestro, según infiero de las risitas y jeribeques de algunos niños. Se vuelve despacio don Prístoro, hace una breve pausa en su discurso para decirme en tono cortés «de nada» y, transcurridos uno o dos minutos, sacude sendos palazos con el puntero a cuantos han tomado a risa mi inocente equivocación. A mí no me golpea, lo que me induce a pensar que la Flapia tenía razón al asegurar que don Prístoro Vivergo es un hombre justo y bondadoso.

14

El niño a quien don Prístoro Vivergo obligó a cederme su asiento junto al ventanal se llamaba Occo de Tensidrén. Occo me llevaba dos años; era alto, de facciones finas, brazos delgados y flequillo largo que a veces le caía sobre los ojos. Para apartárselo arreaba una enérgica sacudida a la cabeza o bien soplaba de una manera muy particular que constituía uno de sus gestos habituales. Torcía el labio inferior al tiempo que lo adelantaba, formando en el costado de la boca un orificio por el que expulsaba el aire con fuerza hacia arriba. El aire así soplado ascendía paralelo a la nariz y, al topar con el flequillo, lo hacía levantarse de un brusco aleteo. La traza no servía para nada, ya que al instante el rebelde y lacio mechón volvía a oscilar delante de la cara del muchacho, quien, pese a todo, no parecía sentirse molesto por ello; antes al contrario, se dijera que recibía gusto de aquel ajetreo continuo que tenía por causa de su flequillo.

Occo se distinguía de los demás niños por su atuendo. Vestía de costumbre pantalón corto de cuero con peto y tirantes a la espalda, a la manera de los montañeses de Centroeuropa. Solía llevar medias gruesas de lana hasta las rodillas, tanto en verano como en invierno, aunque en verano no siempre, y un calzado de piel de perro que semejaba una especie de borceguíes asandaliados o de sandalias de caña corta, cualquiera sabe. Todas aquellas prendas singulares, según se jactaba él a menudo, se las confeccionaba su madre en casa. Los Tensidrén poseían en aquel tiempo una curtiduría a orillas del río Intri, en las afueras de la ciudad. Al decir de Occo, del taller de su padre salía el cuero para las guarniciones de las caballerías del ejército. Le gustaba hacer ostentación de riqueza. A veces traía una bolsa repleta de monedas y, aprovechando que don Prístoro descabezaba un sueñecillo, se entretenía contándolas a la vista de sus condiscípulos. Hacía sobre el pupitre montones de hasta treinta melios, una suma exorbitante en las manos de un chaval.

Occo de Tensidrén me tomó ojeriza el día de mi ingreso en la Viverga. Se le figuraba que yo le había quitado el sitio. En adelante él estaría privado de distraerse contemplando el paisaje urbano durante las tediosas clases teóricas de don Prístoro. Había sido separado, además, de su mejor amigo, ahora compañero mío de pupitre, y colocado en un lugar donde resultaba bastante más difícil resguardarse de la vigilancia del maestro.

Mis primeras experiencias de colegial están marcadas por el odio que aquel niño alimentaba contra mí. No tardó en hacérmelo notar. La primera mañana se volvía de vez en cuando a mirarme con malos ojos. Al mismo tiempo que él reviraban la vista hacia mí otros niños en cuyos semblantes alternaban las sonrisas malignas y los entrecejos arrugados. De la desazón que me producía saberme objeto de la hostilidad colectiva sólo me aliviaba la indiferencia de mi compañero de pupitre, entregado de lleno a su tragonería. Durante el recreo me fue vedada la entrada en la sala de juegos. Al parecer los niños mayores estaban deliberando sobre el escarmiento que me convenía. Salió después de un rato al corredor uno de mi edad a comunicarme sus resoluciones. Se me hizo saber que Occo tenía previsto emplear grandes cantidades de dinero para perjudicarnos a mí y a mi familia. Siguieron dos o tres amenazas similares y al fin el niño, escrutándome como si se le hubiera perdido alguna cosa por mi cara, me preguntó si ya sentía miedo. No dije nada; él insistió y yo me quedé paralizado y rígido igual que si me hubiera dormido de repente con los ojos abiertos. En un amén se difundió entre la chiquillería que el nuevo no sabía hablar. La palabra tonto sonó varias veces entremezclada con las risas y el ruido de pasos de los que salían de la sala de juegos en tropel a rodearme. Distinguí en el corro de curiosos el semblante ceñudo de Occo de Tensidrén. Sin la menor duda yo estaba perdido, a menos que don Prístoro Vivergo viniera en mi ayuda. Un muchacho fornido, cabecilla de los alumnos, tomó la palabra para preguntarme el nombre, y como yo, confuso y amilanado, no le respondiese, trató de obligarme a hablar por el expeditivo método de zarandearme con todas sus fuerzas, de modo que estuvo a dos dedos de dar conmigo en el suelo.

—Profesor —balbucí yo con apenas un hilo de voz.

Lo tuve que repetir; ninguno se lo creía.

—Así no se llama nadie.

—Seguro que tienes otro nombre.

—Dínoslo.

En el centro de mi ingenuo entendimiento se encendió a este punto una luz. Supuse que se trataba de la respuesta que de mí esperaba la temible pandilla, la que aplacaría seguramente los ánimos agresivos y pondría fin al acoso a que se me estaba sometiendo. Esa lumbre mental me sacó como por ensalmo del estupor que me dominaba.

—Bastardo —dije con el aplomo de quien está seguro de acertar.

Durante dos o tres segundos reinó un silencio lleno de ojos quietos en el corredor. Un sentimiento común de extrañeza se traslucía en los rostros que me rodeaban. Hoy me inclino a pensar que la mayoría de los niños allí presentes desconocía, al igual que yo, el significado del afrentoso vocablo y lo tomó por un nombre exótico. Mejor informado estaba uno de los mayores, el cual, haciendo un gesto de alarma, se apartó de mí como quien se aparta de un bicho venenoso y dijo:

—¡Cuidado con este pequeño! No lo toquéis, que está en grandísimo pecado.

Todas las miradas, expectantes, se volvieron a un tiempo hacia él. No faltaron quienes, a imitación suya, recularon cautelosamente un paso.

—Yo sé bien lo que es un bastardo —prosiguió—. Cerca de donde vivo hay uno y muchas veces, cuando sale a la calle a jugar, se levanta un viento frío. Y si por culpa de ese viento que sale del bastardo se cierra una puerta de golpe, a la noche siguiente se muere una persona de la casa. Me lo tiene dicho mi madre.

Aquellas palabras no pudieron menos de inquietar a los niños, sobre todo a los de menor edad; algunos de los cuales comenzaron a retirarse hacia la puerta de la sala de juegos. Cundió, por el contrario, entre los mayores la incredulidad y en esto, el que oficiaba de cabecilla del grupo, puesto en jarras, interrumpió al que estaba hablando para espetarle con una sonrisa de medio lado:

—Pues este pequeñajo, como no se arranque a pedorrear, yo no sé qué viento puede echarnos. Conque, una de dos, o no es bastardo o un bastardo es una cosa distinta de lo que tú dices.

El otro se picó.

—Entérate de que un bastardo es el hijo de una mujer que ha hecho un pecado más grande que sacarle los ojos al santo Jancio.

—¡Oooooooh! —corearon algunos en camelo.

—En mi vecindad vive una mujer de ésas. Cuando sale a la calle, la gente se esconde para no cruzarse con ella, y a mí y a otros niños nos tienen prohibido mirarle a la cara. La mujer tuvo un hijo con el demonio. Como el demonio es el padre, manda al niño a que robe almas y se las traiga al infierno, y esto es la pura verdad porque me lo ha dicho mi madre. Cuidado con este pequeño. Ya os digo que no lo toquéis porque es hijo del demonio. El que lo toque acabará tirado en una zanja del infierno. Allí le picarán millones de avispinas fenzas. Cuidado os digo. Deberíamos avisar al señor Vivergo para que lo eche de la escuela. Ya veréis como dentro de poco se muere alguno de nosotros.

Se volvió bruscamente hacia mí el cabecilla.

—¿Es verdad lo que dice éste? Dinos ahora mismo si tienes padre.

—Sí tengo —contesté.

—Ah, ¿sí? ¿Y cómo se llama?

—Abuelo Cuiña.

—Digo tu padre, niño tonto, no tu abuelo.

Permanecí unos instantes pensativo y al fin, lleno de angustia y turbación, contesté, por si topaba, que mi padre se llamaba Duparás. Me preguntaron, para comprobar que no mentía, por su oficio; dije que era dueño de un barco y que alguna vez había sido pescador de sanizas. De esta guisa me estrecharon a preguntas, a todas las cuales respondí dando las señas del marinero que se alojaba en la hospedería. Mencioné escuetamente sus cicatrices y su afición al aguardiente, e incluso referí diversos pormenores sobre la pesca de la saniza, con lo que parece que convencí y sosegué a mis compañeros.

—Éste tiene padre —afirmó, sentencioso, el mandamás de todos ellos—. Lo que pasa es que es un retrasado mental. Así que, niño, hoy no entras en la sala de juegos. Mañana ya veremos.

Pasé el resto del recreo solo en el corredor, mirando por una de las ventanas los juegos de las niñas en el patio trasero de la escuela y a la señorita Llolla sentada en la glorieta con su libro. Llegó la hora de reanudar las clases; las colegialas, cogidas de la mano en fila de a dos, entraron en la vieja casona seguidas por la mirada autoritaria de la maestra. No bien quedó vacío el patio, se posaron en la hierba los pájaros que cada mañana venían a picotear las migas y otros pequeños restos de comida desparramados por las niñas. Después se fueron los pájaros y aún transcurrió hora y pico antes que don Prístoro Vivergo volviera al aula. En ese tiempo salió Occo de Tensidrén al corredor sin ser sentido de nadie y, llegándose a mí por la espalda, me susurró junto a la oreja, con palabras mordidas de resentimiento, que lo mismo le daba si yo era o no hijo del demonio, porque de todos modos tenía pensado amargarme la vida, aunque para ello tuviera que gastarse una millarada. Dijo varias cosas más por el estilo, poniendo extrañamente los ojos en blanco, como si hubiera entrado en trance. De vez en cuando se soplaba el flequillo. Al hacerlo emitía una especie de estertor furioso con el que yo supongo que trataba de disipar cualquier duda acerca de la firmeza de su malvada decisión. Cuando se hubo cansado de cubrirme de amenazas, se volvió a mirar a los lados con ostensible propósito de cerciorarse de si había alguien más en el corredor. Me olí entonces que traía idea de hacerme una ruindad. No me equivoqué. De sopetón me lanzó un escupitajo entre los ojos y se marchó corriendo.

El caso es que desde mi primer día de colegial, Occo de Tensidrén le tomó afición a causarme daño. Lo hacía fuera de la escuela, donde ni el maestro ni sus compañeros lo pudieran ver, y siempre por la tarde, después de la última hora de enseñanza. Durante el descanso de mediodía le faltaba ocasión de salirme al camino, pues él era de los alumnos que, por tener su vivienda lejos, se quedaban a comer en la Viverga. Curiosamente, dentro de la escuela me dejaba en paz. A menudo, eso sí, me clavaba miradas terroríficas. Cuando los campanillazos de don Prístoro señalaban el término de la jornada, Occo recogía sus bártulos a toda mecha y se las ingeniaba para abandonar la escuela antes que yo, objetivo que conseguía sin dificultad puesto que su asiento se hallaba más cerca que el mío de la puerta del aula. Al verlo salir apresuradamente me entraba una especie de flojera muscular, de perezosa y cansada resignación que todavía entorpecía mis piernas cuando caminaba con mi fardel de cuero por la calle de Itabea, sabiendo que aquel niño desalmado estaría al acecho detrás de un árbol o de un carromato, puede que dentro de algún portal, puede que agazapado a la sombra de un seto. Cada día cambiaba de escondite a fin de sorprenderme. Al pasar a su lado caía sobre mí y, sin decir palabra, lo mismo me sacudía un golpe jadeando de excitación que me arreaba un mordisco en el hombro o me abría la boca de par en par para alojar dentro de ella un salivazo. La agresión duraba por regla general tres o cuatro segundos. Su brevedad me ayudaba a sobrellevarla. Yo la sufría escudado en una impertérrita mansedumbre que a veces sacaba de quicio a Occo de Tensidrén.

—Algún día llorarás —me decía.

Consumada la crueldad, echaba a correr en dirección a la parada del tranvía que lo había de llevar hasta su casa, en la periferia del casco urbano. Corría tan deprisa como si fuera huyendo. Quizá era eso lo que hacía: huir, aunque no de mí. Algo dejaba atrás, desagradable a su vista o a su conciencia. Nunca tuve ocasión de averiguarlo. Parado en la acera, yo veía a Occo alejarse a la carrera y esperaba a que hubiese doblado la esquina para derramar, si no había más remedio, la primera lágrima.

A lo largo de dos meses se repitieron aquellas agresiones. En la escuela, mientras tanto, empecé a ganarme poco a poco el respeto y aun diría que la admiración de mis condiscípulos. Los más jóvenes, los de mi edad, estaban persuadidos de que yo había nacido de la semilla del demonio. De vez en cuando descubría a alguno de ellos observándome boquiabierto. En cierto modo se sentían atraídos por mí; pero tan pronto como se hallaban cerca, a punto de rozarme, me rehuían, daban un paso atrás y a veces se santiguaban asustados. Los mayores, por el contrario, sin ofrecerme abiertamente su amistad, me trataban con llaneza cordial, aceptándome como a uno más del grupo, sobre todo después que mi compañero de pupitre propalase que yo era un hacha en aritmética. Desde entonces cundió entre ellos la costumbre de hacerme llegar por turnos sus hojas y cuadernos con el fin de que yo les despachara secretamente la tarea. Yo me prestaba de buena gana al apaño, deseoso de obtener a cambio un guiño de agradecimiento, el saludo de un pulgar enhiesto o cualquier otro ademán camaraderil. Algunos, más o menos de broma, atribuían a influjo demoníaco mi pericia con los números.

A la fama de agudo se unió la de valiente una mañana en que,

156

a tiempo que la criada vino a servirle a don Prístoro su acostumbrada taza de café, se coló en el aula una avispina fenza de las de abdomen con listas rojas y negras, que suelen ser las más peligrosas. Aquélla mediría obra de dedo y medio. Su considerable largura y grosor, poco usuales en los inicios de la primavera, revelaban que el temible insecto había sobrevivido al invierno. Nadie ignora que hay que esperar a los días calurosos de julio y agosto para toparse con avispinas fenzas de semejante tamaño. La que se nos introdujo en el aula era un ejemplar adulto, capaz de atrapar un pájaro en el aire y matarlo con su picadura. Sus raudos vuelos rasantes y sus sonoros zumbidos desataron una oleada de pánico entre los alumnos. De un instante a otro el silencio soñoliento que reinaba en el aula dejó paso a un alboroto de niños espantadizos que aspaban los brazos y prorrumpían en chillidos cada vez que veían acercarse al bicho. Algunos se apresuraron a resguardarse bajo los pupitres. La criada, sacudida por histéricas convulsiones, contribuía al vocerío implorando a grito limpio ayuda al santo Jancio. Algunos niños rompieron a sollozar, no sólo los menores. Don Prístoro Vivergo, parapetado tras las hojas del periódico, permanecía inmóvil en su silla, blandiendo en actitud defensiva su cuaderno de anotaciones.

De pequeño, recluido en el camaranchón, yo veía a las avispinas fenzas meterse por la claraboya, a menudo con un pájaro prendido entre las patas. La presa excedía siempre en tamaño al depredador. Las avispinas fenzas escondían el pajarito en algún recoveco oscuro, aovaban enseguida sobre él y se marchaban en vuelo zigzagueante, veloces y zumbadoras por donde habían venido. A los pocos días el pajarito se agusanaba y no tardaba en convertirse en un seco burujo de plumas y huesecillos. Ignorante de la picadura dolorosa de las avispinas fenzas, yo las apresaba muchas veces en el aire con ayuda de mi camisa, les quitaba por pasatiempo el pajarito muerto y jugaba con ellas a voltearlas entre los dedos y a apretarles el abdomen hasta que salía por el aguijón una gota de color amarillo. Jamás recibí daño de ellas. Quizá me daba buena maña para capturarlas, quizá se desprendía de mí un olor que las amansaba. En mis tiempos de colegial de la Viverga empecé yo también a sospechar que el demonio me protegía.

Desde mi asiento, en el fondo del aula, había observado la

turbulenta escena sin moverme, al principio sorprendido, ya que no me parecía la llegada del insecto causa suficiente para semejantes extremos de pavor; incrédulo después y, al fin, apenado de ver a todos apurarse y pasar un mal momento. Así que nada más que para sacarlos de su error y demostrarles que no había razón para el miedo que sentían, en un arranque de buena voluntad me acerqué a la mesa de don Prístoro; el cual, espantado de mi atrevimiento, hizo un ademán instintivo, como de súplica para que retrocediese, al tiempo que exclamaba:

—Niño, niño... ¡tú estás loco!

Firme el pulso, la mano decidida, atrapé formando pinza con el índice y el pulgar a la avispina fenza, que se estaba restregando los artejos parada sobre el globo terráqueo. Agitaba las patas por soltarse; pero yo la tenía bien cogida. Se la mostré al maestro. Don Prístoro se retrepó violentamente y me hizo un brusco gesto de rechazo. La criada, entretanto, se había llegado a uno de los ventanales y, con voz chillona y el susto todavía pintado en la cara, me apremió para que arrojase el bicho a la calle. Yo así lo hice; pedí después perdón a don Prístoro por haberme levantado sin su permiso y, como lo viese secarse con un pañuelo el sudor de la calva sin mostrar en su gesto ni en su figura intención de castigarme, emprendí el regreso a mi pupitre. No había dado dos pasos cuando me llamó a su lado. Me mandó subirme a la tarima o, por mejor decir, me invitó a ello mediante un ademán cortés de su mano abierta, como cuando una persona le cede el paso a otra delante de una puerta. Con esa misma mano posada amistosamente sobre mi hombro, me dedicó durante largo rato palabras de elogio que habría de repetir por la tarde y en los días sucesivos. Desde entonces, si alguna vez la gritería en el piso de abajo delataba la irrupción de alguna avispina fenza en el aula de las niñas, me mandaba bajar a toda prisa a socorrerlas, a ellas y a la señorita Llolla, tan miedosa que se refugiaba en el armario, del que no salía hasta que yo le hubiese anunciado el final del peligro. Lo menos quince veces bajé a librarla de avispinas fenzas durante los tres años y medio que fui alumno de la Viverga.

Aquellos éxitos míos que yo no buscaba de propósito, la buena fama que por medio de ellos me granjeaba y el respeto admirativo que inspiraba en una buena parte de mis condiscípulos, traían a mal traer a Occo de Tensidrén. En la calle de Itabea, donde todas las tardes me esperaba para hacerme alguna perrería, me acusaba con frecuencia de cizañero. Por mi culpa, decía, lo estaban abandonando sus amigos, y aun me achacaba no sé qué maniobras y tapujos enderezados, en su opinión, a que don Prístoro le tomase fila. Cada vez que de uno u otro modo yo me significaba favorablemente en la escuela, Occo extremaba al término de la jornada su crueldad conmigo. En ocasiones él mismo justificaba su agresión antes de salir corriendo. Así sucedió también una tarde lluviosa de abril de 1925, tarde que recuerdo con una mezcla de tristeza y alivio, lo uno a causa del daño que Occo me infirió aquel día, lo otro porque fue la última vez que tuve que soportarle una vileza. Él estaba ofendido desde la mañana. Por orden del maestro hube de salir al encerado a resolver una operación aritmética destinada a los alumnos del tercer grado, al que Occo pertenecía. En un periquete mi buen ojo para los números dio con la solución correcta que ninguno de los niños mayores que yo había conseguido averiguar. El maestro los sotaneó con muy ásperas palabras y, para humillarlos, me puso a mí de modelo. Occo de Tensidrén pasó el resto de las horas lanzándome miradas de odio. Llegado el momento de desquitarse, me arrastró al interior de un portal en penumbra donde, seguro de que nadie podía verlo, me asestó en la cara un palazo tan fuerte que no sé cómo no me mató.

—Conviene —dijo— que no queden sin castigar los niños sabihondos.

Sentí que escapaba a la carrera; pero no me fue posible comprobarlo. Una noche negra me cegaba. Necesité varios minutos para recobrarme de aquella pasajera pérdida de la visión. Caminando en la dirección equivocada, tropecé no sé si con un peldaño o con un pedestal. Caí al suelo de baldosas frías, del que me levantó poco después un vecino apiadado, con cuya ayuda logré ganar la calle. El aguacero primaveral, fresco y vivificante, me libró con toda seguridad de perder el sentido. Al fin, aturdido de dolor, atravesé el umbral de la hospedería. Una gruesa marca roja cruzaba mi mejilla. El golpe brutal se había llevado por delante un buen trozo de piel. A causa del agudo y hormigueante escozor, apenas podía abrir la boca.

El abuelo Cuiña estaba subido en una escalera de mano, bar-

159

nizando con un pincel la péndola del vestíbulo. A la vista de mi
herida se le alegró el semblante.

—¿Has llorado, profesor?

Cambió su gesto de socarronería por uno moderadamente
aprobatorio cuando supo que no. Reanudó enseguida la tarea y,
sin mirarme, dijo:

—El señor Vivergo entiende de su oficio. Cuénteme el profesor qué falta ha cometido y, si hace al caso, yo se la terminaré de
corregir en la mejilla que aún le queda sana.

Le revelé la verdad, quién era Occo de Tensidrén y las ruindades que me hacía. Al abuelo no parecieron inmutarle mis palabras.

—Ese a quien consientes que te maltrate —me preguntó—, ¿no
será por casualidad hijo de un curtidor de su mismo nombre?

Al oír la respuesta, me concedió por así decir el privilegio de
su mirada. Advertí en sus ojillos punzantes, separados ahora por
un surco caviloso, un destello de ausencia, como si estuvieran
absortos en la contemplación de un suceso lejano. No hay duda
de que Tensidrén el curtidor moraba en aquel recuerdo, del que
el abuelo Cuiña despertó de pronto para llamar a mi madre a
voces. Le ordenó que me curase y a mí que subiera después al
camaranchón, donde él me estaría esperando.

A mi llegada vi que había colgado de una de las vigas un costal de harina. Tendiéndome un pedazo de carbón, tuvo antojo de
que pintara sobre la arpillera la cara del muchacho que todas las
tardes me agredía. Yo tracé un círculo en el estilo usual de los
niños y lo rellené torpemente de rasgos faciales. Al abuelo lo soli-
vianto que yo hubiese dibujado una boca sonriente, me arrebató
de un brusco manotazo la piedra negra y retocó el monigote de
modo que mostrara una apariencia más fea.

—Profesor, ¿es éste el hijo de mala madre y de peor padre de
quien me has hablado?

—Éste es.

—Pues yo te mando que mañana, en la escuela, le hagas esto.

Y acabando de decirlo, atizó al pintarrajo una sarta de puñadas. Con la última, reforzada por un ronco rugido, hundió la
mano en el costal, al que abrió un boquete por el que comenzó
a manar la harina en abundancia.

—Te estaré esperando en la puerta. Mejor no vuelvas si no
cumpliste como hombre.

Y entigrecido y mascullando maldiciones salió del camaranchón.

Pasé la noche dominado por la angustia de tener que pegar a alguien. No era la posibilidad de que Occo replicase a mi golpe con otro más fuerte lo que desataba mi inquietud. Era la sola idea de causar dolor, de hacer sufrir, lo que yo temía. Hasta muy tarde estuve ensayando mojicones con la almohada. Iluso de mí, buscaba una forma de romperle a Occo la crisma sin que recibiera daño. En la agitación de mis rezos le pedí a Dios que me concediera ese prodigio.

Amaneció, me dirigí a la escuela, en el aula tuve batería de mis compañeros para que les contase la razón de aquel llamativo apósito que me había colocado mi madre en la cara. Supieron todos la historia del palazo y la supo más tarde don Prístoro, a quien no oculté que mi abuelo me había encargado asentarle la mano a Occo de Tensidrén. Añadí que de lo contrario no me dejaría entrar en casa.

—Siendo así la cosa —respondió el maestro—, acercaos los dos a la tarima y acabemos cuanto antes, porque hoy es día de mucho trabajo.

Miraba Occo de refilón a las filas de pupitres en busca de la risueña complicidad de los amiguetes, inflaba el pechito y sonreía engallado, como que esperaba poco escarmiento de un niño que apenas le llegaba con la frente a la barbilla. Y fue en el centro de aquella sonrisa bravucona donde, a una señal de don Prístoro, con fuerza ajena de maldad, le aplasté mi puño conforme traía aprendido del abuelo Cuiña. Occo aguantó el golpe con entereza. No le oí hablar en todo el día y por la tarde, cuando de nuevo me salió al camino, vi que aún le duraba la hinchazón de los labios.

—¿Me dejas que te pegue o te pellizque? —preguntó en un tono suave, casi afectuoso.

Le respondí que no mediante una firme sacudida de la cabeza.

—¿Y mañana?

—Tampoco.

Fue la primera vez que se despidió al marcharse y la única que no se alejó de mí corriendo. Jamás volvió a agredirme, ni en la escuela, ni en la calle, ni en ningún otro lado.

15

De tiempo en tiempo corrían por Antíbula rumores de que el dictador Vistavino había muerto. Largos periodos de reclusión en las estancias y despachos del Palacio Real (donde dicen que residía, aunque al respecto no hay nada seguro), daban pábulo a un sinfín de conjeturas lúgubres que la masa popular admitía con la misma facilidad con que las olvidaba. A menudo transcurrían meses sin que el general apareciera en público. Los ciudadanos se paraban en las esquinas y hacían cábalas en voz baja, propalando suposiciones que luego se hinchaban solas por las calles hasta alcanzar el volumen de una noticia veraz. Había épocas en que el nombre del dictador andaba en boca de la gente asociado a enfermedades mortales, a accidentes fatídicos, a conjuras de madrugada, a venenos ocultos en los alimentos... Parecía estar en todos sitios sin estar propiamente en ninguno. Tan sólo en los momentos en que se dejaba ver cesaba el torbellino de bulos y sospechas. Ya porque acudiese al puerto a recibir a dignatarios extranjeros, ya con motivo de inauguraciones, desfiles militares y oficios religiosos de primer orden, el caso es que el general exhibía de uvas a peras su poder y su pericia en resurrecciones por las calles y avenidas de Antíbula, para regocijo de los leales, desánimo de los opositores y aplauso de todos, dado que a su paso era obligatorio aplaudir.

Yo vi en dos ocasiones al dictador. La primera, a finales del otoño de 1925, por iniciativa de don Prístoro Vivergo. Una mañana de tantas el maestro leía el periódico en el aula. De pronto dio un respingo sobre su asiento, apuró rápidamente su taza de café y nos dijo que el general Vistavino tenía previsto supervisar aquel día la colocación de una campana nueva en una iglesia de nuestro distrito. Yo no entendí más sino que en torno a las once de la mañana el general y su comitiva pasarían cerca de la escuela y que era deseo de don Prístoro que nos situáramos todos con él en el borde del recorrido a fin de lanzar unos sonoros vivas a la máxima autoridad civil y militar de la nación.

Años después, el gusanillo de la curiosidad me llevó a indagar en la hemeroteca del Archivo Nacional los pormenores de aquel acontecimiento que se perdió, como se pierden tantas cosas que un día parecieron importantes, en la vorágine del tiempo. Espigando en la prensa de la época, hallé que el 2 de diciembre de 1925, miércoles, fue alzada en presencia del general la célebre Cadenciosa hasta el campanario de la iglesia de Santa Cenarrita. La Cadenciosa era por su peso la segunda campana del mundo después de la gigantesca Alemana, que desde el año anterior emitía sus sones en lo alto de la catedral de Colonia; pero a todas aventajaba, en opinión de los cronistas de entonces, por la nitidez y dulzura de su resonancia. Balzadón Vistavino autorizó sus primeros tañidos oficiales. Se hallaba el general por esos días en la cúspide de su carrera política, temido y venerado por una muchedumbre entusiasta que, en ocasiones como aquella de la inauguración de la Cadenciosa, abarrotaba la vía pública para ovacionarlo.

Don Prístoro Vivergo nos sacó de la escuela a eso de las diez y media de la mañana. Caminaba el hombre por el centro de la acera hecho un pincel con su bastón, su sombrero hongo y su abrigo forrado de dálmata, generoso de sonrisas y saludos, el cuello tieso, el paso distinguido, y a su zaga la fila de discípulos cogidos de la mano por parejas. Antes de salir nos había instruido con severidad sobre la manera como debíamos comportarnos en la calle, y para demostrar que hablaba en serio, le arreó a Occo de Tensidrén, a causa de una pequeña risa que el muchacho soltó a boca tapada, dos fuertes golpes de puntero con que lo dejó llorando y a todos los demás amilanados. No estaba dispuesto, dijo, a permitir conatos de indisciplina, así como ninguna suerte de actitudes, gestos o palabras susceptibles de poner en entredicho la reputación de su escuela.

—Pensad, niños, que si tengo que baldar a alguno a bastonazos en medio del gentío, lo haré sin la menor vacilación.

Muy formales nos encaminamos hasta la esquina de la calle de Itabea con la del Rey Godelio, prevista esta última en el iti-

164

nerario del general Vistavino. Por detrás, a corto trecho, venía la señorita Llolla con sus niñas, las cuales sostenían una soga enderezada a que ninguna se pudiera salir de la formación. Este método de sacar de paseo a las alumnas disgustaba a don Prístoro Vivergo, quien cada vez que desde algún ventanal del aula veía a las niñas abandonar la escuela de aquel modo, meneaba la cabeza con visible irritación y rezongaba:

—Llolla, por Dios, ¿qué pensará la gente? ¡Ni que llevaras una cadena de esclavas!

A nuestra llegada las aceras de la calle del Rey Godelio estaban de bote en bote. Numerosos guardias de seguridad a pie y a caballo se encargaban de que la muchedumbre no invadiese la calzada. Encaramado a su montura, avistó un oficial la grey infantil arracimada tras la densa muralla de personas y al señor Vivergo, que no paraba de hacer señas con su bastón en solicitud de ayuda a la autoridad. A todo esto, metió el oficial su caballo entre la gente y, con el fin de abrir plaza, lo obligó a corvetear en redondo. En apenas tres o cuatro segundos despejó un tramo de acera que primero don Prístoro, reverencioso de agradecimiento, y a continuación la señorita Llolla, seca y estirada como de costumbre, ocuparon con sus respectivos enjambres de escolares. A nuestra espalda se colocaron los que habían sido forzados a ceder su sitio y no hubo más. Eran tiempos poco propicios para reclamaciones y protestas.

Al rato vimos que se acercaba un carro tirado por cuatro mulas. Trajinaban a su alrededor, en raudo vaivén, laboriosas y sonrientes, hasta quince mujeres ataviadas a la usanza de la época, con largos vestidos de botonadura hasta el cuello, mitones de encaje y cofia. Iban provistas de sendos canastillos, de los cuales tomaban puñados de hotidimas rojas y blancas que iban repartiendo entre el público con la idea de que éste las arrojara más tarde al paso del general. Cuando se les terminaban, volvían por más al carro. A mí, como a todo el que alargaba las manos hacia las mujeres, me dieron una almorzada de flores olorosas. Seducido por su fragancia, me metí secretamente tres o cuatro en el bolsillo. Tenía pensamiento de comprobar, cuando nadie me observase, si eran las golosinas que prometía su olor parecido al de la miel. Pronto salí de dudas. Una fuerte acometida de amargor acibaró mi lengua y mi paladar, produciéndome vivos repeluznos.

Como no me atreviese a escupir en presencia de tantísimas personas, y aún menos delante de mi maestro ni de los guardias de seguridad, no me quedó más remedio que aguantar el regusto repulsivo. Conque al fin, cuando don Prístoro hizo la señal convenida, le tiré todas las hotidimas juntas al dictador.

Hacia las once y media llegó a nuestro lugar la cabeza del cortejo. Una veintena de doloritas tonsurados, vestidos con sotanas grises, transportaban sobre sus hombros una cruz grandísima de madera, a cuyo paso la muchedumbre silenciosa se arrodilló. Don Prístoro nos tenía prevenidos desde que la viera aparecer al fondo de la calle:

—Niños, niños, ¡por allí viene la Cruz de Antíbula, la que mandó labrar Palaco I el Nauta con las tablas de sus barcos! Estad listos para humillaros en cuanto yo os lo indique.

Siguió a la cruz una larga y lenta procesión de monjes doloritas. Caminaban repartidos en tres filas, cada uno con su hacha encendida de esparto y alquitrán. A cada paso asomaban por debajo de los faldones de sus hábitos las sandalias de piel canina. Muchos de ellos mostraban un temblor de jaculatorias en los labios. Busqué con la mirada al religioso gordinflón que un año atrás nos había abierto a mi madre y a mí la puerta del convento, pero no lo vi. Uno de los últimos, inexplicablemente, sonreía con el rostro congestionado, como si no pudiera contener por más tiempo la carcajada.

Transcurrieron alrededor de cinco minutos, quizá más. Nadie venía. El sol de otoño me daba de lleno en la cara. Un murmullo de multitud expectante empezaba a romper el silencio solemne que había dejado tras de sí la Cruz de Antíbula. En esto, se formó a lo lejos una especie de trueno continuo de baja intensidad, en el que pronto fue posible reconocer los sones agudos, aún desfigurados por la distancia, de clarines y cornetas. Un coletazo de emoción sacudió entonces al público alineado en ambas márgenes de la calle. Algunos guardias de seguridad se subieron sin más ni más al bordillo de la acera y, en su paroxismo autoritario, empujaban y zarandeaban desgañitándose. Por un momento, cuando el borroso sonido, ya más cerca, hubo cobrado su definitivo perfil de música militar, pensé que el pecho me reventaría de euforia. Yo nunca había experimentado un sentimiento por el estilo. Tenía la impresión exaltadora de estar fundido en la

166

masa humana. No menos excitado se mostraba el señor Vivergo, en cuyo dorso de la mano trasparecían violentamente las venas y los tendones a consecuencia de la fuerza con que tenía agarrada la empuñadura del bastón.

—Niños, niños...

Advertí en la acera frontera un movimiento simultáneo de cuellos que se estiraban y de miradas vueltas en una misma dirección. Sobre las innumerables cabezas el aire parecía saturado de un no sé qué vibrante y luminoso. A unos cien metros calle abajo venían los gastadores con sus flamantes uniformes de alamares, morrión antiguo, picos y palas al hombro. Serían al pie de dos docenas de mocetones a cual más alto y fornido. Desfilaban con semblante impávido, el duro gesto sostenido por el barboquejo, la vista fija en una lontananza ideal, como si no existiera a sus costados la muchedumbre estática que delimitaba su recorrido formando una empalizada de cuerpos adosados. Correteaba entre las tiesas filas marciales, sin parar de repartir instrucciones, el maestro de desfile, un hombrecillo calvo y menudo. Tenía un aire volandero, una pujanza rauda de bailarín. Vestía, no sin razón, camisa negra. Hoy sé que era un fascista italiano, enviado a Antíbula por cortesía de Benito Mussolini, principal valedor del régimen vistavinista en Europa.

Pasó después —tarí tarí— la banda turutera, reverberante de bronces, roja de mofletes, lanzando a los cuatro vientos, con rotundidad sonora de día del juicio final, chorros de música puntiaguda. Detrás, a paso lento, chacolotearon sobre los adoquines de la calle las herraduras de un escuadrón de caballería: soberbios corceles con arnés de gala, jinetes con sable a la cintura, guantes blancos y cascos rematados en airón. A la cabeza de la columna equina, el oficial abanderado exhibía un amplio repertorio de habilidades sobre el cuadrúpedo, haciéndolo piruetear a su capricho, andar a la pierna y obligándolo, con la única mano con que aferraba las riendas, a ejecutar distintas clases de pasos y figuras. Tras los últimos rabos, un piquete de soldados provistos de cubos y palas se afanaba por retirar a toda prisa las boñigas.

Llegaron luego los perros de Vistavino. El dictador restablecía así una costumbre practicada en tiempos antiguos por la aristocracia, consistente en mostrar al pueblo sus despensas de carne viva, lo que comúnmente era interpretado como signo de opu-

167

lencia. Conformaban la jauría no menos de doscientas piezas de hermosa planta, listas para que una decisión del amo las mandara a dorarse en la parrilla. Pastores vestidos con pelliza rústica las atraillaban en grupos de cinco o seis, según las razas. A tirones y gritos se esforzaban por dominarlas. Alguno había que era llevado por los perros y no al revés. Vi afganos rubios, bernardinos de expresión soñolienta, daneses blanquinegros, robustos mastines, lebreles, alsacianos y muchos más de los que no es necesario acordarse. A ninguno le faltaba el bozal. La chiquillería de la Viverga los recibió con algazara que tanto don Prístoro como la señorita Llolla tuvieron la delicadeza de no reprimir.

Sin embargo, a más de uno (entre los que me incluyo) el entusiasmo, la risa y el calor gozoso en las mejillas se le helaron de golpe al observar el triste espectáculo que siguió a continuación. A lomos de sendos burros en reata venían, pobrecillos, tres condenados a la pena capital. A fin de vejarlos los habían sentado del revés, con las caras vueltas hacia la grupa. Un cartel que traían a la espalda proclamaba escuetamente su delito: traición a la patria. Otro, atado con una cuerda en torno al pescuezo de cada animal, consignaba pormenores de la sentencia, difíciles de leer a causa del tamaño pequeño de la letra.

Hacia 1925 el régimen vistavinista, plenamente consolidado, había puesto fin al hábito de los ajusticiamientos masivos de opositores, pan común durante los primeros años de la dictadura. Persistían las ejecuciones en el huerto de Jabora, pero más espaciadas, de suerte que transcurrían semanas y hasta meses sin que se oyese desde el caramanchón el eco de las descargas. Las reiteradas exhortaciones a la clemencia por parte del papa Pío XI, transmitidas personalmente al dictador por medio del que en aquella época era nuncio apostólico en Antíbula, el anciano cardenal Mecenduto de Frebcha, habían surtido al parecer efecto. Los condenados lo eran ahora a consecuencia de un veredicto judicial y no, como hasta entonces, por decisión arbitraria y a menudo secreta de quienes para enviar a un ciudadano al paredón sólo necesitaban señalarlo con el dedo. En 1925 se fusilaba selectivamente y, por así decir, a cara descubierta. Cronistas de prensa afines al régimen asistían a los juicios y ejecuciones que tenían lugar de cuando en cuando. Sus relatos, escritos con intención propagandística, se publicaban en la primera plana del periódico, acompañados casi siempre de imágenes fotográficas truculentas que debían servir de lección y advertencia a los ciudadanos. Idéntica finalidad alentó el restablecimiento de la antigua costumbre, vigente hasta finales del siglo XVI, de sacar a los condenados a la vergüenza pública, procedimiento sobremanera cruel mediante el cual se amedrentaba a la población con la misma o mayor eficacia que por los días en que los pelotones de fusilamiento apenas daban abasto para despachar su ominoso cometido.

¿Qué sabía yo cuando niño de las barbaridades que se perpetraban en Antíbula con el pretexto de salvaguardar el orden social, la unidad de la patria y los principios sacrosantos de la religión católica? El marinero Duparás había sembrado en mí las primeras dudas al contarme ciertas cosillas que no se compaginaban con las ideas que don Prístoro Vivergo nos inculcaba a diario en la escuela, no sé en qué medida movido por el convencimiento propio u obligado por las severas disposiciones de la ley del obispo Taruján. Por un lado escuchaba las alabanzas que el maestro dirigía a la guardia de seguridad, abnegada cumplidora de la misión de limpiar la sociedad de hombres malvados; por otro, el huésped de mi abuelo Cuiña y, tras él, mi madre, que al fin se avino a sincerarse un poco, me revelaron que a mi padre lo habían prendido antes de mi nacimiento. ¿Estaría muerto? Las dos respuestas que obtuve coincidían en dejar un resquicio a la esperanza, de suerte que cuando vi venir por la calle del Rey Godelio a los tres condenados subidos a los burros, el corazón me dio un vuelco pensando que alguno de ellos podía ser el hombre que me había engendrado.

El gentío los increpaba. ¿Por qué? En medio de una silba ensordecedora volaban los improperios y los escupitajos con el patente beneplácito de los guardias de seguridad. Los tres condenados vestían hábitos de tosco sayal. Traían las testas rapadas y los pies descalzos; les habían atado las manos a la espalda. Pasó el que encabezaba la reata. Las discípulas de la señorita Llolla, que vieron su cara antes que nosotros, se quedaron pasmadas y alguna hubo entre ellas que, pálida de estupor, apartó la vista. Don Prístoro Vivergo barruntó enseguida de qué causa procedía la turbación de las niñas y tuvo el tiempo justo para prevenirnos:

—Niños, el que sea asustadizo que mire al suelo.

Un instante después vi la cara del primer condenado, y luego la del segundo, y al fin la del tercero. A los tres les habían arrancado los ojos conforme a la usanza de siglos pretéritos, nacida del tormento que padeció en su día el santo patrón de Antíbula. Lo que de éste se cuenta en el *Martirologio antibulés* del dolorita Eftoboro de Luchabán (en mis años de bibliotecario tuve acceso a la edición príncipe, que data de 1706) se podía aplicar enteramente a aquellos tres pobres desdichados. Escribe Luchabán más de doscientos años después de ocurrido el hecho: «En atardeciendo le fueron al verdugo con la demanda de que extremase por la noche su crueldad con el prisionero a fin de que su majestad el rey Palaco el segundo se desenojase, a quien tenía furioso el amor que muchos vasallos suyos profesaban a Jancio el predicador descalzo. El verdugo, que era hombre fiero y de poca o ninguna compasión, por hacerle ludibrio al santo monje, pues que en sus predicaciones por los pueblos y las aldeas de Ayueltu solía propagar que con sus ojos había visto a Dios cinco o seis veces, le clavó sañudamente un puñal en cada ojo, que se los sacó, al menos uno de ellos, y en aquella guisa lamentable, ciego y con el rostro tinto en sangre, montado del revés en un jumento, lo llevaron por las calles de la ciudad hasta un lugar agreste que llaman la Umbría de Sóeo, donde los custodios lo dejaron amarrado a un mojón del camino y allí murió de sus heridas al cabo de dos días».

Pasaron los tres infortunados. Amainó la gritería. Pasaron y no pasaron. En mi recuerdo seguirán subidos a los burros, vigilados y escarnecidos mientras me quede un soplo de vida. De cada uno procuré retener en la memoria algún detalle fisonómico que me sirviera después para preguntar por mi padre; pero no hallé en sus caras desfiguradas por el suplicio sino una mueca indistinta de resignado sufrimiento. Me tentó lanzarles una hotidima. Otra forma de llegar a ellos, de transmitirles la pena que me daban, de consolarlos un poco, no se me ocurría. Me faltó, sin embargo, valor y al fin hube de contentarme con rezarles a los tres en voz baja una plegaria.

Llegó luego una compañía de tambores a la que ya llevábamos oyendo largo rato en la distancia. Nos envolvió el rítmico trueno que brotaba de cientos de palillos batidos simultáneamente contra los parches. Allí estaban, emblema del vigor patrio, orgullo del arma de infantería, los célebres tambores negros de

Antíbula, de los que tantas veces nos había hablado en la escuela el señor Vivergo. Presentes en todas la coronaciones, en multitud de batallas, en los desfiles victoriosos, se suponía que sus redobles eran la cifra de los grandes acontecimientos históricos de la nación antibulesa. Acabando el siglo XV, Palaco II dispuso que pintaran las cajas de negro en señal de luto por la muerte de su hijo, el príncipe heredero Zabonit, que había perecido de una flecha en la espalda durante la invasión bladita de 1489. Leyendas devotas de la época refieren que Dios castigó de ese modo al rey por haber ordenado tiempo atrás el martirio del santo Jancio. Sea como fuere, la asociación de los tambores negros con la muerte o, por mejor decir, con las voces de los héroes muertos en la lucha perduró a lo largo de más de cinco centurias, hasta la caída de Balzadón Vistavino en 1928, con quien habría de desaparecer para siempre un sinnúmero de arcaicas tradiciones.

El rataplán rotundo electrizó a la muchedumbre. La calle entera hervía de patriotas exaltados. Don Prístoro Vivergo golpeaba a compás en el suelo con la contera de su bastón. Yo intenté emocionarme, participar en la pasión colectiva desatada por aquel sonido grandioso de las pieles de burro golpeadas; pero no pude. La imagen de los tres infelices condenados continuaba acaparando mis pensamientos.

El retumbo de los tambores puso en los adoquines de la calle del Rey Godelio una alfombra de intensidad patriótica por la que acto seguido había de pasar el hombre que gobernaba Antíbula con mano de hierro. Antes de verlo lo anunció una ola cada vez más cercana de aplausos.

—Niños, niños, ¡atentos!

Recuerdo con precisión el automóvil. Se trataba, según decían, de un obsequio con el que el primer ministro francés, Georges Clémenceau, había querido influir en el general Vistavino para que vedase el fondeo de barcos alemanes en el puerto de Antíbula en tanto persistiese el conflicto bélico que asolaba a Europa. Jan de Muta, en conversación privada, tildaba de infundio la historia del regalo, toda vez que la frívola y pagana Francia despertaba muy pocas simpatías en el dictador, sin olvidar que la fecha de fabricación del automóvil, 1919, era posterior al armisticio. Hoy el Citroën 10 CV de Balzadón Vistavino es sobre todo conocido por la fotografía que suelen reproducir los manuales de historia. La imagen lo muestra medio hundido en el cauce del Intri, al que acaba de ser arrojado por los insurgentes. Dentro, recortada sobre el cuadrado claro de la ventanilla, se observa la silueta boquiabierta, con la cabeza derribada hacia atrás, del anciano general acribillado a balazos.

—¡Aplausos, niños! Esas manos ¡que ardan! ¡Viva Vistavinooooo!

Ya llega, ya llega, flanqueado por numerosa escolta, el automóvil del dictador. La capota ha sido retirada. Dos miembros de su guardia personal encañonan con sus pistolas, desde los estribos, ya a la masa vitoreante que lanza en abundancia jubilosa hotidimas a la calzada, ya a las ventanas y balcones de los edificios próximos, donde hay vecinos que aplauden, saludan con la mano y agitan alborozadamente la enseña nacional. En el asiento trasero viajan el mismo bigote, el mismo monóculo y los mismos ojos saltones de la foto que el abuelo Cuiña tiene colgada en el vestíbulo de la hospedería. Atiranta el semblante del dueño de los destinos de la patria, como se decía entonces, una rigidez de busto esculpido. La gorra azul de plato acentúa su macrocefalia. La expresión denota autoridad: barbilla arrogante, labios apretados, ceño fruncido, mirada clavada en un punto más o menos intermedio entre el horizonte y el cenit. De vez en cuando se lleva la mano enguantada a la sien, a manera de saludo cuartelero; pero ni siquiera entonces se digna revirar la vista al público. Cabeza y gorra, mi madre tenía razón: Matamuertos es un retaco. Yo recogí el puñado de hotidimas que había puesto entre los pies a fin de tener las manos libres para el aplauso obligatorio, y se las tiré porque eso era lo que hacían todos.

Lo vi por segunda vez un atardecer del verano de 1926. Ocurrió en la hospedería, donde ninguno de a cuantos referí el episodio se dignó creerme. Yo me creo y eso basta. Ni un golpe que días atrás me había dado en la frente contra el canto del lavadero me hacía delirar como pensaba mi madre; ni era el mozalbete fantaseador, amigo de propalar patrañas, que suponía la Flapia; ni menos el simplote que el abuelo Cuiña veía de costumbre en mí. Corriendo entré a revelarle la formidable nueva a Runn de Gualel. El escuálido compositor hubo de interrumpir por tal motivo sus ejercicios al piano. Encendió un cigarrillo y me escuchó con gesto de imperturbable languidez. No bien hube terminado de hablar, se

172

volvió sin decir palabra hacia su instrumento, colocó sus largas y pálidas manos sobre el teclado y reanudó sus ensayos musicales como si tal cosa.

Al marinero Duparás, en cambio, lo acometió un violento ataque de risa en su habitación.

—Mata... —carcajadas— muertos aquí... —más carcajadas—, en este tu... ja, ja, ja, tugu..., jo, jo, jo, tugurio...

Cuando por fin estuvo en condiciones de dominarse, dijo al tiempo que se enjugaba las lágrimas de felicidad con el nudillo de uno de sus dedos aporretados:

—¡Diablos! En mi vida había oído un embuste tan gracioso.

Dos días atrás, un accidente debido a una imprudencia pueril había sembrado de luto la hospedería. En él pereció una de las mellizas de la señora Ecba. La otra, aunque salvó la vida de milagro, se fue sumiendo poco a poco en el pozo de un trastorno mental incurable, que tras una estancia de varios años en un manicomio de la comarca de Uchu la había de empujar en 1935 (no estoy seguro del dato) al remedio desesperado del suicidio.

A mí la tragedia me conmocionó de una forma que tenía menos que ver con el horror que con una especie de fascinación curiosa y febril. Me costaba dormir por las noches, desvelado por las cavilaciones; estrechaba a mi madre a preguntas sobre lo ocurrido y permanecía durante horas lo más cerca posible de la habitación de la señora Ecba, a menudo con la oreja pegada a la puerta en espera de yo no sé muy bien qué.

Transcurrieron entretanto dos largos y tristes días, y el cadáver de la niña Áea seguía sin aparecer, hundido en aguas de la bahía. El abuelo Cuiña tuvo un incidente con Runn de Gualel; pero por lo visto la señora Ecba intervino en favor del pianista, a quien le fue permitido tocar su instrumento a pesar del aire de duelo que se respiraba en la casa. La pobre Sael pasaba el día entero acostada a oscuras, absorta en una quietud de abulia de la que sólo salía de cuando en cuando para lanzar unos gritos espantosos.

La Flapia se ofreció a acompañarla en el tren hasta las Aspias de Uchu, con el buen propósito de apartarla cuanto antes de aquel penoso cuadro de muerte; pero sobre todo para ahorrar a la muchacha el trance de ver el cuerpo sin vida de su hermana en el supuesto de que finalmente fuera encontrado, cosa que nunca

173

sucedió. Desde una ventana del segundo piso las vi alejarse a las dos por la acera de la calle, tomadas del brazo, ambas de negro, y Sael, la pobre, con un extraño sombrero de cuya ala colgaba un velo que le cubría el rostro. Mi madre, que también las vio marchar, me contó ese día con mucho misterio algunos pormenores del accidente.

—Acércate, que no nos oigan. Pues el jueves, hijo, la ricachona fue a mojarse las costras con agua de mar como todos los días. Llevó a las niñas porque no gusta de dejarlas solas ni a tiros, no vaya a ser que en un despiste les salga marido. Total, que las traviesas, con achaque de pasear, pidieron permiso a su madre para irse hasta la punta de la playa. Doña Ecba consintió y ellas ¿qué cree el hijo que hicieron? Se tiraron a correr hasta donde empiezan los muelles; cruzaron las callejuelas, qué locura, del promontorio de Flull y luego, bajando por detrás del castillo, se llegaron al Club Náutico, adonde se conoce que ya habían ido en otras ocasiones a escondidas. En el Náutico, a aquellas horas de la mañana, no había juventud, que es lo que las dos mozuelas buscaban. No se les ocurrió entonces nada mejor que meterse en el embarcadero y desamarrar una de esas balsas que usan los socios para pasar de tierra a las lanchas y al revés. Subidas en el trasto, con un remo que afanaron, se hicieron a la mar. ¿En qué cabeza cabe semejante disparate? Dieron la vuelta al Flull, que no es poco, y entraron en la bahía. Entre que estaban cansadas de remar y la corriente las arrastraba a su antojo, acabaron donde no debían. Delante de la boca del puerto un carguero las embistió. La peor parte se la llevó la pobrecita Áea, que se perdió en la espuma. La otra pudo agarrarse en el último momento a una tabla. Por lo menos salvó la vida. Hijo, qué desgracia, ¿no te parece?

El sábado, a última hora de la tarde, un señor enlutado, de estatura baja, a quien yo no había visto llegar a la hospedería, salió con mucho sigilo de la habitación de la señora Ecba. Sin haber terminado de cerrar la puerta, lo alcanzó por la rendija la voz cortante de la mujer:

—No vuelvas, ¿entendiste?

Un segundo después la mirada del hombre topó con la mía en la claridad macilenta del descansillo del primer piso, donde, tras la cena y hasta la hora de acostarme, yo estaba montando mi última guardia del día. Su repentina aparición me pilló sentado

174

en el suelo, con la espalda recostada en la barandilla. No tuve tiempo de esconderme; sobresaltado, di un brinco y me puse de pie. Desde la antevíspera reinaba en la casa un silencio fúnebre, suavemente punteado por las notas melancólicas del piano de Runn de Gualel, que de todos modos parecía sonar a lo lejos, en una dimensión apartada de la realidad. Así lo sentía y así lo cuento.

De pronto, cuando se hallaba a poco más de un paso de distancia, reconocí las facciones del militar del retrato que colgaba en el vestíbulo; el mismo que aparecía en los sellos postales, en las fotografías de los periódicos y en algún que otro libro del colegio; el mismo que los colegiales de la Viverga habíamos visto desfilar un día en su flamante Citroën por la calle del Rey Godelio. Ahora estaba delante de mí, alzado el embozo del atuendo de civil que le servía de disfraz, la mirada turbia de años y de probables fatigas y decepciones bajo el ala de un sombrero gris de fieltro. Tenía, cosa nueva, el bigote encanecido y no llevaba monóculo; pero yo sé quién era, aunque nadie, nunca, me creyó. El corazón me dio una punzada y, en un arranque de pavor, juntos los pies, el torso derecho, me puse a aplaudir. Él se apresuró a intimarme silencio llevándose el dedo índice a los labios. No dijo nada. Simplemente me hizo una caricia fugaz en la coronilla, sacó un melio del bolsillo de su pantalón, me lo entregó con un ímpetu que denotaba prisa y se fue.

En cuanto lo hube perdido de vista, bajé corriendo al cuarto del lavadero, donde a esas horas plácidas de anochecida el abuelo Cuiña acostumbraba probar algún remedio contra el suplicio de las almorranas. Presa de una excitación desmedida, deposité la plateada dádiva en la palma de su mano. Él se mofó despiadamente de mí.

—¿Y dices que Balzadón Vistavino te acaba de dar esta moneda en el primer piso de mi propia casa? Pues ¿a qué esperas, profesor? Antes que se haya ido, corre a pedirle que te proporcione un empleo en el Ministerio de las Necedades y la Fantasía.

16

Me acuerdo, como cualquier antibulés de mi tiempo, de aquel viernes, 19 de febrero de 1926, en que se produjo el famoso atentado contra el general Vistavino. Yo estaba en la Viverga, con pesadez de cabeza y picor en la garganta y en el paladar a consecuencia del humo que escapaba de la estufa. A primera hora de la tarde se había puesto a llover. Por los ventanales del aula, cuajados de gotas que formaban una pasta espesa al mezclarse con el hollín de los vidrios, apenas se entreveía un borrón de ciudad. Luego las prematuras tinieblas se tachonaron de resplandores provenientes del alumbrado eléctrico, que por aquella época había desplazado definitivamente de las calles de Antíbula a las viejas farolas de gas.

Como de costumbre, me las había ingeniado para despachar con prontitud la tarea escrita, de suerte que me quedase tiempo libre para la lectura, que era la actividad escolar que mayores disfrutes me proporcionaba. Leía cualquier cosa con avidez, particularmente relatos infantiles, vidas de santos y crónicas de viajes, de todo lo cual había una nutrida provisión en la estantería del aula.

En recompensa por mi empeño, el maestro me había concedido una vez más permiso para elegir una ocupación de mi agrado. Y en ello estaba, los ojos fijos en los renglones de un libro, cuando se abrió la puerta y entró con muchos bríos la señorita Llolla, arrastrando por las tablas del suelo su negro y anticuado faldulario. Enristró la maestra de las niñas con tal celeridad hacia la mesa de su hermano que a éste no le dio tiempo de recibirla de pie. Al oído le susurró algunas palabras; sea lo que fuere que le dijo, a don Prístoro Vivergo se le demudó el semblante y, sacudiendo con más vehemencia que de ordinario la campanilla, mandó que recogiéramos los bártulos y se marchara cada cual a su casa tan rápidamente como le fuera posible.

—Que ninguno se entretenga por la calle —advirtió a tiempo que con grandes zancadas y ostensible gesto de alarma salía al corredor.

A esa hora circulaba por la ciudad, de boca en boca, la noticia del cruento suceso. Balzadón Vistavino había sido tiroteado en la vía pública por un colectivista, palabra que yo nunca había oído hasta entonces. El agresor, un mercader de perros, de nombre Natenés, había conseguido no se sabe cómo acercarse hasta el automóvil del general y disparar dos veces por la ventanilla antes de descerrajarse un tiro en la propia sien. Se murmuraba que el dictador había muerto en el acto. Más tarde resultó que no, que sólo uno de los pistoletazos le había rozado, perforándole la hombrera del uniforme.

Vistavino se dirigía a media tarde al puerto para dispensar la bienvenida al plenipotenciario alemán, con quien tenía previsto negociar una estrategia común con vistas al ingreso de los dos países en la Sociedad de Naciones, objetivo que Alemania alcanzó pocos meses después y Antíbula ni entonces ni nunca. No es mi intención extenderme en pormenores históricos sobre los que cualquiera puede informarse con ayuda de los manuales. Me limitaré a referir que la señora Flapia estuvo a punto de presenciar la tentativa de asesinato, ya que ésta se produjo enfrente de su casa, mientras recuperaba el sueño perdido la noche anterior en la tahona. La calle habría de cambiar años después su nombre original por el de aquel perrero intrépido (y seguramente loco) que trató de derribar por su cuenta la dictadura.

Sospechando que algo grave había acontecido, los colegiales de la Viverga se pusieron en camino de sus hogares sin pérdida de tiempo. Densos nubarrones procedentes del mar habían anticipado la venida de la noche. Llovía, y de qué manera. Sonaba en la oscuridad un rumor de gotas que se estrellaban contra los tejados y los adoquines; una nieblilla de agua rota flotaba a ras del suelo. Junto al muro de la escuela, a cubierto de los paraguas, se arremolinaba el grupo habitual de guñas. Serían al pie de ocho o nueve, discípulas todas ellas de la señorita Llolla. Una, más joven y pequeña que las otras, era la que me esperaba a mí.

En mi infancia aún se estilaba el guñismo. Las niñas púberes de hoy probablemente ignoren aquella propensión exacerbada al sometimiento que les tomaba a sus abuelas en la flor de la edad. El guñismo era, por así decir, un sucedáneo del vínculo conyugal, corriente entre las niñas antibulesas menores de quince años. Consistía en ofrecerse como esclavas a un muchacho del colegio o de la vecindad por quien se sintiesen atraídas con esa fuerza de que sólo son capaces los corazones adolescentes. Para los elegidos el asunto comportaba ciertos beneficios prácticos que no vamos a negar aquí. Su aliciente mayor radicaba, sin embargo, en los buenos servicios que prestaba al halago de la vanidad, por cuanto ser dueño de una guña confería prestigio ante los compañeros de escuela o de pandilla. Algunos colegiales se jactaban de poseer varias y, en cuanto se presentaba la ocasión, gustaban de exhibirse con ellas por los aledaños de la Viverga.

Lo que para un mozalbete no pasaba de ser un divertimiento o un alarde pueril de hombría, para las niñas representaba un primer paso en el camino hacia la madurez. Las alentaba el afán, obsesivo en ocasiones, de someterse al varón, siguiendo en esto con toda seguridad el ejemplo de sus madres. Al término de la jornada escolar se las veía de costumbre cerca de la cancela por donde salían los niños, paradas junto al muro o demorándose en las aceras de la calle de Itabea con un deseo manifiesto de enguñarse. La expresión de sus rostros traslucía mansedumbre. Para resultar atractivas adoptaban posturas y hacían gestos y ademanes mediante los cuales mostraban sin tapujos su inclinación a la docilidad. Tenían un aire de criaturas desamparadas. Con paciencia engañosa, tras la que se escondía un torbellino de ansias insatisfechas, aguardaban la llegada del primer señor de sus vidas. Y cuando finalmente hallaban quien se aviniese a tutelarlas, se daban en cuerpo y alma al ejercicio de la sumisión conforme se les inculcaba en casa y en la escuela. El rechazo a su solicitud y, sobre todo, el repudio del guño suponían para ellas una desilusión amarga que ni vaciando las glándulas lacrimales se dejaba mitigar. El guñismo se consideraba, por lo demás, cosa de niños: un precedente infantil del matrimonio que no pasaba de infundir sonrisas indulgentes a los adultos.

La pena de ver a mi madre una noche arrodillada, fregando por castigo las escaleras de la hospedería, con un ojo azul que le había puesto el abuelo Cuiña de un revés, me indujo a enguñar a una colegiala de la Viverga cuando no había yo aún cumplido los nueve años. A esa edad las niñas no lo consideraban a uno digno de una mirada, tanto menos de llevarle el fardel con los bártulos o de taparlo con el paraguas en caso de lluvia, cometidos habituales de las guñas. Pero yo tenía hecho firme propósito de ayudar a mi madre buscando quien le aligerase de sus tareas domésticas, según había oído yo que hacían algunos compañeros de la escuela con las niñas que los servían. Quería de paso asemejarme a ellos, impelido por un deseo natural de parecer mayor de lo que era. Conque una tarde, concluida la última hora de enseñanza, me llegué a la parte trasera de la Viverga y a la primera niña de mi edad y mi tamaño que vi salir por la puerta la paré aferrándola de un brazo y le dije:

—Te vienes conmigo porque te he enguñado.

Al enterarse de mi pretensión me miró aterrada. Enrojecieron sus mejillas y su frente, y abrió temblorosamente la boca como para proferir un grito; pero, en lugar de eso, tiró del hombro con fuerza hacia atrás, de suerte que logró soltarse de mi mano. Siguió un breve forcejeo durante el cual ella perdió su maletín de madera, que quedó caído sobre las losas de la entrada. No se paró a recogerlo, sino que echando a correr como quien huye de un peligro, en un amén se puso a salvo en el interior de la escuela.

La escena atrajo la atención de dos colegialas con pinta de pertenecer al último grado de primaria. En aquel momento se acercaban por el sendero del jardín. Sin duda me conocían, ya que para entonces don Prístoro me había mandado varias veces bajar a su aula a librarlas de las avispinas fenzas. Me pareció que venían regocijándose a mi costa. Al pasar a mi lado comprobé que, en efecto, hablaban de mí en camelo:

—¿Pues no dicen que es hijo del demonio?

—No hagas caso. Ni siquiera ha podido atrapar a una niña pequeña.

Y alcanzaron las dos la calle agarrándose la una a la otra como para evitar que la risa les hiciese perder el equilibrio.

Avergonzado, decidí ocultarme detrás de un macizo de boj que crecía junto a la parte interior del muro. A través de las hojas podía ver la puerta trasera de la escuela, por donde seguían saliendo niñas que o bien me excedían en edad y corpulencia, o bien, aunque tuvieran la estatura idónea, venían mezcladas con sus compañeras más grandes, lo que me disuadía de poner por obra mi propósito. En breve tiempo quedó el jardín vacío. Me retenía, con todo, en mi escondite la esperanza de que tarde o temprano reapareciese la pequeñuela que un rato antes se me había escapado. Para atraerla se me ocurrió colocar su maletín a guisa de cebo cerca de donde me encontraba agazapado. La artimaña funcionó. De un brusco salto me arrojé sobre la niña Acfia Fenelina y con las dos manos la agarré fuertemente por el cuello, tal como decía el abuelo Cuiña que convenía hacer con los perros que no se dejan poner el bozal. Asida de la trenza la llevé hasta la hospedería, sin decirle una palabra por el camino ni mirarla a la cara para no verle las lágrimas que yo sabía que estaba derramando.

La niña Acfia Fenelina, cuando la enguñé a comienzos de 1926, cursaba igual que yo segundo grado de primaria. Éramos de la misma edad, aunque ella, debido a su complexión menuda, aparentaba menos años de los que tenía. Me gustaba su olor a la salida de la escuela, un olor a madera de lapicero por la parte del filo, a habitación cerrada con colegialas dentro y a efluvios casi esfumados del agua de colonia que le aplicaba su madre por las mañanas. A veces, yendo por la calle, me vencía la tentación de olisquearle el vestido, la nuca, la melena... Dócil a mis caprichos, ella se quedaba quieta mientras al amparo de un árbol o dentro de un portal yo me entregaba con los párpados cerrados a mi deleite predilecto.

Tenía, me acuerdo bien, los ojos negros, grandes y, a causa de esto último, un poco bobos. Quiero decir que eran de suyo escrutadores, aun cuando no hubiera entre ellos y el horizonte cosa digna de atención. Su fijeza un tanto inexpresiva me traía a las mientes la mirada vacía de los ciegos. De cerca uno podía verse reflejado en sus pupilas, prisionero de dos redondeles oscuros y sin fondo. Una tarde la conminé a jurar por Dios que no era ciega. Su rápido juramento no hizo sino afianzar mi recelo. Le di tres segundos para demostrar que no mentía. Esas palabras, de más está aclararlo, se las tomé prestadas al abuelo Cuiña, así como el gesto furioso con que me pareció oportuno acompañarlas. Al borde de las lágrimas, la niña Acfia Fenelina enumeró sin dificultad una larga serie de objetos dispersos por la calle. Podía ver lo mismo que yo veía. Ni siquiera le pasaron inadvertidas dos gaviotas posadas en el caballete de un tejado distante.

—Pues si no eres ciega —le dije—, tampoco quiero que me mires.

Compungida, agachó la cabeza y, por un hipo que la estremeció de pronto, supe que estaba llorando. A este punto me retiré de su lado, impelido por la vergüenza que sentía de sus lágrimas tanto como por el temor de que los transeúntes me vincularan con ellas. La niña Acfia Fenelina era tan sentida que rompía en llanto por nada. Así que no tuve más remedio que volver a su lado y levantar la prohibición. Costó tiempo, pero al fin logré acostumbrarme a su mirada enorme.

Para rato iba yo a pensar entonces que aquella poquita cosa, con el tiempo, habría de convertirse en Marivián, nombre artístico de la que para muchos (entre los que no tengo inconveniente en incluirme) ha sido la mejor actriz que ha pisado los escenarios de Antíbula en el siglo XX. A mediados de los cincuenta, uno o dos años antes del trágico accidente que segó su vida, la vi hacer de Nora en *Casa de muñecas* de Henrik Ibsen. Me quedé literalmente anonadado. Cuánta belleza en la voz, en los gestos, en la figura... Daban ganas de vivir dentro de ella.

Lo mismo que sus cualidades artísticas, de las que un número por desgracia reducido de filmes ha dejado para la posteridad una muestra más bien insuficiente, su elegancia proverbial excedía a toda ponderación. Lo atestiguan cientos de fotografías dispersas en periódicos y revistas de la época. Me acuerdo de que siendo niña llamaba la atención por lo bien arreglada que la mandaba su madre a la escuela, con vestidos largos que le daban aspecto de mujer en miniatura; con cintas en el cabello, generalmente recogido en trenza; con pañuelitos bordados de seda o de batista, y algún que otro adorno ocasional de oro, en todo lo cual se echaba de ver que la niña Acfia Fenelina procedía de familia acomodada.

Vivía en una antigua casa de judíos, partida en dos mitades por el callejón de Quefarim. Un pasadizo arqueado, con ventanucos no mayores que la cara de una persona, unía a modo de puente ambas fachadas a la altura del primer piso. Según la leyenda, gente buena acuchilló bajo el arco de Quefarim a Ahasvero para librarlo de la maldición de vagar. Años más tarde, ofendido por las infidelidades a la Ley que cometía la población judaica afincada en Antíbula, Yahvé resolvió castigarla con mucha severidad y a ese fin permitió que las tropas del rey Toeto II el Sacaojos entrasen a saco en 1749 en el barrio de la Vieja, que hasta esa fecha había sido judería. Hubo gran mortandad y fuego y ruinas. Lo relata descarnadamente Ij de Mansabín, granadero que participó en la escabechina, en su célebre *Vida y hechos de un soldado antibulés que cuando joven sirvió con honra a su patria*, a cuyo manuscrito original tuve acceso por los tiempos en que trabajé de bibliotecario de la Central. Como por obra de un milagro se salvaron las casas del callejón de Quefarim. Sus moradores las pudieron conservar con tal de convertirse a la religión católica, condición a la que se allanó la mayoría de los judíos sobrevivientes. Las casas, en la superstición popular, ganaron fama oscura de indestructibles. El devastador terremoto de 1771 apenas les causó una grieta; el incendio de 1835 se detuvo extrañamente antes de llegar a ellas. Tan sólo en el año 28, en el transcurso de los combates que acaecieron con motivo de la revolución del Guau-guau, un cañonazo derribó parte del arco de Quefarim, que fue poco tiempo después restaurado.

Ni la niña Acfia Fenelina ni yo teníamos en nuestra época de colegiales conocimiento cabal de la infausta historia de los judíos antibuleses. De su padre, apodado Perroseco por razones que desconozco, el abuelo Cuiña decía mucho y malo en casa. Lo reputaba de católico falaz que los domingos, durante las misas del reverendo padre Arfuno Bolimilo, se deshacía en alharacas devotas con malicia de engañar al custodio del templo, fingiendo una fe que en el fondo de su corazón detestaba. No se mordía la lengua el abuelo Cuiña a la hora de injuriarlo, y de algunas cosillas que murmuraba a veces contra él, yo deduje que algún mal encuentro habría sucedido entre los dos en el pasado. Sospechaba que Perroseco se reunía por las noches con otros de su calaña en una sinagoga soterránea, de suerte que cuando se enteró de que yo tenía enguñada a su hija, me encareció que la siguiese lo más a menudo posible adentro de su casa y allí me metiera de rondón en los cuartos y alcobas con el fin de descubrir alguna trampilla por la que se pudiese bajar a un sótano secreto, pues tenía por seguro que al Santo Oficio de la Virtud le habría de interesar muchísimo saber si tal había.

Le reprochaba también, como si de un vicio se tratara, la forma curva de su nariz, que en realidad, por lo enjuta y larga, no se distinguía apenas de la suya. Lo denigraba no menos a causa de su oficio, achacándole falta de escrúpulos para enriquecerse a costa del infortunio de los demás. Esto lo decía porque el hombre era dueño de un negocio de pompas fúnebres. Poseía un taller de ataúdes instalado en un patio cubierto de cristales, a las espaldas de su casa, en el que por el tiempo en que yo lo conocí trabajaba media docena de empleados. Me acuerdo bien de las cajas: las negras de lujo y semilujo; las de color pajizo para muertos pobres, hechas con madera cruda, y las blancas, que por ser más pequeñas y por estar destinadas a los niños eran las que más me gustaban. Todas ellas se hallaban colocadas sobre armazones de tablas. Tampoco he olvidado el ruido incesante del martilleo, el olor penetrante de los barnices ni las caras mustias de los clientes enlutados que venían a elegir un ataúd. Propiedad de Perroseco era asimismo el suntuoso carruaje que en 1916 trasladó los restos mortales del último rey Bofrén desde el Palacio Real hasta la catedral de la Santa Justicia.

La hospedería del abuelo Cuiña pillaba a la niña Acfia Fenelina de paso hacia la escuela. La circunstancia de que compartiéramos un buen trecho del camino facilitó no poco nuestra relación. Bajábamos por la calle del Rey Godelio y al llegar al cruce con la de Mertán el Grande nos despedíamos, aunque muchas veces, por consolarla de algún miedo, por sacarla de su murria o simplemente porque me lo había pedido o a mí se me antojaba, seguíamos juntos hasta el callejón de Quefarim.

Agarrada por la trenza llevé a la niña Acfia Fenelina a la hospedería la tarde que la enguñé. Cuando el abuelo Cuiña la vio entrar en el vestíbulo con los ojos arrasados en lágrimas, llorando con un hipo que movía a compasión, se acercó a mi lado y afeó demostrativamente mi conducta. Se le figuraba que yo era muy pequeño para meterme a guño de nadie, menos aún de una pobre chiquilla de corta edad.

—Abuelo Cuiña —le dije—, la he traído para que nos lave la ropa y friegue los suelos.

—Bueno, bueno, profesor —replicó él con una medio sonrisa—, no todo es tan fácil como tú te piensas.

Desde el principio de la reprimenda advertí que gesticulaba y usaba de explicaciones y mónitas que no concordaban con su natural iracundo. Resultaba raro que me regañase sin la saña, las expresiones malsonantes ni la mirada hosca de costumbre; antes a la manera de los predicadores doloritas, derrochando palabras blandas y abriendo una y otra vez los brazos como si su cuerpo entero rebosara de buenas intenciones. Inferí de ello que no estaba enojado. En cuclillas junto a la niña, se interesó por su nombre, sus señas y su familia, a todo lo cual fue contestando ella modosamente, los ojos húmedos y la voz ahilada por causa del apocamiento. Para salir de dudas le preguntó el abuelo Cuiña si su padre era el hombre que fabricaba y vendía cajas de muertos en el callejón de Quefarim. La respuesta afirmativa suscitó en él un gesto complaciente. Luego tomó a la niña Acfia Fenelina de la mano y la condujo hasta la calle con una suavidad que parecía cariño. Yo pensé: en cuanto estemos los dos solos me atizará bofetadas hasta que se le quede la mano dormida. Pero no fue así. Al pasar a mi lado me desordenó como de broma los cabellos y sin decir palabra se enfrascó nuevamente en sus ocupaciones detrás del mostrador. ¿Estaría orgulloso de mí?

La noticia de que había traído una guña a casa se difundió rápidamente entre los huéspedes, algunos de los cuales, al atardecer, me colmaron de alabanzas en el comedor. La señora Flapia, viéndolos tan entusiasmados, convenció al abuelo Cuiña para que me permitiese ocupar un sitio a la mesa. Nunca hasta entonces se me había dispensado semejante honor. Y no sólo eso, sino que por decisión unánime de los circunstantes me fueron servidos a mí los riñones asados del perro.

Durante la cena, la mayoría de los comensales se afanaba por referirme episodios de su adolescencia relacionados con el guñismo. Aumentaba la bulla conforme el vino tinto de Uchu pasaba de los jarrillos a los vasos y de éstos al estómago de cada cual. Se arrebataban sin miramientos la palabra los unos a los otros, discutían a voces como mercaderes en el azoguejo de Blaitul y lanzaban risotadas de continuo, especialmente cuando el marinero Duparás, achispado y ocurrente, se descolgaba con donaires cuyo sentido, si es que tenían alguno, se me escapaba. Me llovían entretanto consejos sobre la manera como se ha de gobernar a una guña. A todos decía yo que sí sin comprenderlos. Tan sólo el señor Caendru callaba. Intentaron con guasa sonsacarle en varias ocasiones algún recuerdo de mocedad; pero no hubo modo. Siempre que se le formulaban preguntas sobre su pasado, el viejo, sin apartar la vista del chestoberol, se apresuraba a introducirse un pedazo de carne en la boca, como dando a entender que no la tenía disponible para hablar.

A los postres el abuelo Cuiña, percatándose de que la conversación de los huéspedes, dirigida por el marinero Duparás, tomaba un rumbo resueltamente obsceno, me hizo una seña imperiosa con la cabeza para que me retirase. Es posible que su irritación procediera de otra causa, pues él mismo solía inducirme a imitar palabras malsonantes y dichos escabrosos que se le figuraban propios de varones y que decía haber aprendido cuando niño de su propio padre, razón por la cual los tenía en mucha estima, como rasgo distintivo de su casta. Solamente en materia de religión moderaba su lenguaje; aunque a veces se le escapaba en mi presencia alguna que otra blasfemia que, acto seguido, disculpaba aduciendo que ya tenía hecho pensamiento de declarársela en confesión al padre Arfuno. Sea como fuere, yo me levanté al instante y salí del comedor seguido de una salva de adioses en son de chunga. El abuelo Cuiña me esperaba en el vestíbulo, parado en jarras al pie de la escalera. No sé por qué al llegar a su altura me echó la zancadilla, y estando yo caído en el suelo amagó un golpe con el puño, que no consumó. Entendí que me apremiaba a subir corriendo a acostarme y así hice.

A hora avanzada de la noche me despertó el crujido de unas pisadas sobre el tillado del camaranchón. Alguien se acercaba en la oscuridad. De pronto me sobresaltó una tufarada sobrado bien conocida por mí.

—¿Madre?

—¿No duerme el hijo?

A tientas se llegó a la cama. Se acostó a mi lado y enseguida me tomó afectuosamente entre sus brazos. Transcurrió obra de un minuto sin que nos dijéramos nada. Yo sentía, con todo, una comezón muy grande y por sacármela de encima le pregunté de manos a boca por qué su cara y sus ropas olían al aguardiente del marinero Duparás.

—El señor Duparás —respondió— es un hombre bueno. Si no fuera por el señor Duparás, la madre ya se habría tirado hace tiempo por la ventana.

Calló de nuevo. Por su forma de respirar deduje que lloraba. Luego de un rato se conoce que logró recobrar el ánimo y entonces añadió:

186

—Además, el señor Duparás, aunque parece que se ríe, está muy solo en la vida. No como tú, que no te falta quien te quiera. Y por si fuera poco, he sabido que has enguñado a una colegiala. Ya es triste que una madre haya de pegar la oreja a las puertas para enterarse de lo que hace el hijo. Dime, esa niña a la que dominas, ¿no tiene ojos para ver que aún no hay en ti una mota de hombre?

—Primero se me escapó, pero luego la traje agarrada de la trenza.

—¿La has raptado? Ay de ti cuando lo sepa su familia.

—No lo sabrá. Le tengo tomado a la niña Acfia Fenelina voto de guña.

—¿Para qué la quieres a tu lado si aún no criaste pelo?

—Para que venga a la hospedería a lavar, a barrer y a quitarle trabajo a la madre. Lo mismo hacen algunos chavales de la escuela.

—Pobres niñas.

A este punto me dio un abrazo fuerte y se despidió. Después le oí decir desde el fondo de la oscuridad:

—Yo no quiero que el hijo traiga a esa criatura a casa. Con una que sufra ya es suficiente.

Así y todo, a la tarde siguiente volví a entrar en la hospedería acompañado de la niña Acfia Fenelina, sólo que en esa ocasión no la llevé a la fuerza conmigo, sino que por su propia voluntad y gusto se sumó al enjambre de guñas congregadas a la salida de la Viverga. En cuanto me vio emprender el camino de casa se vino como una sombra detrás de mis pasos. En vano traté de impedírselo diciéndole que por su culpa me habría de ganar una regañina y puede que algunos palos; pero no quiso atender a razones. Corrí, ella también corrió; me escondí, dio conmigo; me rebajé a suplicarle, se tapó los oídos, y al fin, resignado a su compañía, no tuve más remedio que presentarme con ella en el vestíbulo de la hospedería. El abuelo Cuiña, zalamero y sonriente, salió al punto de detrás del mostrador a saludarla. Sin vacilar le entregó la bayeta que ella solicitaba y, por espacio de media hora, le permitió quitar el polvo a los muebles.

Un día después la niña Acfia Fenelina volvió a esperarme al término de la jornada escolar, y lo mismo el siguiente y el siguiente y también aquel viernes lluvioso en que el mercader de perros Natenés intentó matar a tiros, en la calle que hoy lleva su nombre, al general Balzadón Vistavino. La zona entera había sido tomada por agentes de la guardia de seguridad. Los había asimismo de paisano que corrían en direcciones distintas con el fusil terciado a la espalda. El cielo estaba negro. Caminábamos chapoteando sobre las aceras encharcadas. Se oyó una detonación a la vuelta de una esquina y una segunda, a dos o tres manzanas de distancia, pocos instantes después. El miedo me persuadió de que se trataba de truenos; la niña Acfia Fenelina, en cambio, no tenía duda de que eran disparos. Le propuse correr. No quiso y hoy pienso que seguramente su sensatez me salvó la vida. En la calle del Rey Godelio los guardias habían detenido un tranvía y andaban sacando a los pasajeros a culatazos. Un día más tarde, *La Hoja de la Patria* mencionó la cifra de cinco muertos, cantidad que en ediciones posteriores fue aumentando hasta nueve. Jan de Muta afirmaba tajantemente que alrededor de veinte ciudadanos inocentes fueron cosidos a balazos aquel 19 de febrero de 1926, en diversos puntos de Antíbula, por guardias de seguridad enloquecidos.

El general Vistavino salió incólume del atentado, no así su régimen, que de la noche a la mañana entró en un periodo de lenta, pero irreversible decadencia.

188

17

A los ocho años aprendí a jugar al ajedrez sin necesidad de que nadie me explicara las normas. En el salón de juegos de la Viverga, durante los recreos, me dedicaba a observar atentamente a los niños mayores que se entregaban con pasión a la morosa batalla. Había entre ellos grandísima rivalidad estimulada por don Prístoro, quien una vez al mes recibía en su despacho al alumno con fama de mejor ajedrecista del colegio a fin de concederle el honor de una derrota segura. Don Prístoro Vivergo había ostentado el título de campeón de Antíbula entre 1898 y 1910, año en que, por razones que ignoro, cesó de participar en competiciones oficiales. La *Enciclopedia Razonada* de Mendú, reimpresa en 1914, le dedica una breve semblanza, suprimida en las ediciones ulteriores. Un lugar destacado en el historial deportivo de don Prístoro Vivergo lo ocupaba su victoria contra el campeón bladita en terreno de éste, a principios de siglo, acontecimiento que en su día fue celebrado con grandes titulares en la primera plana de *La Hoja de la Patria* y que le mereció al modesto maestro de escuela la insignia de la Orden del Mérito del Reino de Antíbula, condecoración que, según nos contaba él no poco ufano, le fue entregada por el rey Toeto IV en persona. Con eso y todo, don Prístoro cifraba el apogeo de su carrera ajedrecística en una partida disputada en un hotel de La Habana contra José Raúl Capablanca, nombre que acostumbraba pronunciar con una ostensible vibración de respeto. La contienda había concluido en tablas. A menudo, mientras fumaba su puro de la tarde, gustaba de repasar la partida en el encerado, interrumpiendo de vez en cuando las pormenorizadas aclaraciones para preguntar a uno cualquiera de los alumnos:

—Y tú, aquí, ¿qué habrías hecho?

El interpelado, como se sabía al dedillo la partida, respondía siempre a gusto del maestro.

—¡Pues eso fue precisamente lo que hice! —exclamaba éste con exaltación que no habían podido mitigar los años transcurridos desde su enfrentamiento con el joven as cubano.

Su orgullo tomaba un cariz melancólico cuando comentaba el movimiento 22:

—Entonces, niños, me percaté de que adelantando la torre tres casillas por el flanco de reina, la victoria era mía. ¿Os dais cuenta? Pues bien, os lo digo con el corazón en la mano: no me atreví. ¿Cómo le iba a ganar yo al gran Capablanca y, además, en su propio país? Tuve la buena educación de conformarme con las tablas. ¿Qué se le va a hacer? Esa espina llevo clavada.

Había entre los niños cinco o seis que sabían jugar al ajedrez con cierta destreza. Ellos eran los que todos los meses se disputaban la honra de tomar asiento frente a don Prístoro, a solas con él en su despacho, donde se atiborraban de galletas anisadas y, por supuesto, perdían. Al día siguiente el maestro analizaba la partida en clase. Llamaba la atención sobre los fallos cometidos por su oponente de turno, le hacía algunas recomendaciones y lo elogiaba. Darse maña para el ajedrez garantizaba a los escolares de la Viverga la obtención de buenas notas a final de curso.

Yo aprendí los rudimentos del juego escudriñando día a día a los mejores. Al principio me fascinaba no tanto la distribución confusa de las piezas sobre el tablero como la quietud, los ademanes pausados y el silencio ceñudo de los contendientes. ¿Qué extraña propiedad tenía aquella actividad, anodina en apariencia, que lograba desbravar a los temperamentos más rebeldes? El firme deseo de ver disipada mi incertidumbre me indujo a fijar la atención menos en la cara de los jugadores que en sus manos y, enseguida, como si fuera una proyección de éstas, en la mezcolanza de figuras cuyos nombres ignoraba. No tardé en afrontar el reto de un adversario, que me ganó en cuestión de cinco o seis minutos. Sus chanzas al término de la corta partida me dejaron indiferente; lo importante para mí fue que, viéndolo jugar, aprendí por fin a mover el caballo. Pocos días después estuve a punto de ganarle yo a él. No lo conseguí, a pesar de la ventaja considerable que llegué a tomarle, porque aún no me había sido dado entender el lance del jaque mate. Lo mismo sucedió en las ocasiones subsiguientes: movimientos superfluos prolongaban las partidas hasta que la campanilla de don Prístoro nos obligaba a abandonarlas sin haber llegado a desenlace alguno. Mi rival, muy ladino, callaba, e incluso cuando inocentemente yo le comía el rey, llevado de la ingenua convicción de que la victoria consistía en vaciar el tablero de piezas enemigas, él seguía jugando como si tal cosa. Al fin comprendí cuál era el sentido y la lógica implacable que rige el movimiento de todas y cada una de las piezas del ajedrez, y al punto comencé a ganar partidas. Tenía tan sólo ocho años. Algunos que achacaban mi habilidad a influjo del demonio se negaban en redondo a compartir tablero conmigo. A los de más edad no les quedaba esa opción, a menos que se resignaran a admitir en público la imputación de cobardía.

A principios de 1926 gané por vez primera a un niño de cuarto curso. El derrotado se justificó aduciendo que en un momento del juego había visto que me crecían pelos en el dorso de la mano. Volví a ganarle al cabo de una semana, así como, por el mismo tiempo, a otros que no jugaban peor que él. Les ganaba, pienso hoy, no porque me manejase con más pericia que ellos sino porque los sobrepujaba a casi todos en paciencia. Había otra razón, y es que, a diferencia de mis compañeros de escuela, jamás se me habría ocurrido establecer una relación sentimental con mis piezas, simples taruguillos de madera de los que me servía para transmitir al niño sentado enfrente mis resoluciones. El verdadero duelo, la partida de verdad, yo la jugaba siempre en la cabeza, a menudo con los ojos cerrados y hablando o, por mejor decir, bisbiseando conmigo mismo como en los tiempos de mi soledad en el camaranchón. Esto afianzaba en algunos de mis compañeros la sospecha de que tenía conversación con el demonio.

Un ardid descubierto por mí al azar me procuró en aquella época victorias sin cuento. Traté de ponerlo en práctica la primera vez que tuve el honor de medirme con don Prístoro Vivergo, hacia finales del invierno de 1926. Huelga decir que no funcionó; pero al maestro le complació mi osadía y al día siguiente me cubrió de alabanzas mientras reproducía la partida en el encerado. Mis compañeros, por el contrario, solían caer en la trampa, la cual consistía simplemente en hacer como que descuidaba un peón apartado. El momento propicio coincidía por regla general con los primeros tanteos tras la fase de apertura, cuando quedaba más o menos a la vista la estructura de ambos frentes. Con imprudente voracidad mis contrincantes se lanzaban sin demora a la captura del soldadito desamparado, que yo no me tomaba la molestia de proteger. En el ir, aniquilarlo y regresar, el bando enemigo invertía un tiempo precioso que yo aprovechaba para mejorar mi posición estratégica en el sitio donde barruntaba que se libraría la batalla verdadera.

Las piezas contrarias, pese a su momentánea superioridad numérica, se encontraban de pronto en la incómoda situación de tener que interrumpir un ataque para solventar un problema inmediato, un problemilla a la puerta de casa vamos a decir, confiadas en volver un rato después a tomar la iniciativa. Que esto último no sucediera era para mí de capital importancia. Con tal propósito me entregaba a un cambio desenfrenado de piezas, en la inteligencia de prefijar las decisiones del adversario, cuyos síntomas de nerviosismo se hacían cada vez más evidentes. De improviso había sonado la alarma en su hormiguero; pero él sólo podía enviar las hormigas guerreras de una en una a cerrar una brecha que, cualesquiera que fuesen las medidas adoptadas, siempre estaba ahí, poniendo en peligro la seguridad del rey. En breve, todo su sistema de juego quedaba desesperadamente reducido a tareas defensivas de urgencia. Tarde o temprano, favorecido por el agobio, sobrevenía el yerro fatal que precipitaba la derrota.

Años más tarde, por los tiempos en que pasaba mis horas libres en los cuartos y dependencias del Archivo Nacional buscando en vano rastros de mi padre, le mencioné a Jan de Muta aquella antigua estratagema mía del peón de ajedrez sacrificado. Se me figuraba a mí que servía para establecer un símil con la acción, gratuita en apariencia, del mercader de perros Natenés. Jan de Muta, que concebía la historia como una tarea rigurosamente científica, incompatible con divagaciones de índole metafísica o literaria, sacudía la cabeza en actitud escéptica. En un punto, sin embargo, estábamos contestes el ilustre historiador y yo: el general Vistavino salió indemne del atentado del 19 de febrero de 1926, no así su reputación ni su régimen. De la noche a la mañana, fieles y opositores se percataron de la vulnerabilidad de quien hasta entonces había parecido, más que un ser de carne y hueso, una manera de nombrar lo que no puede destruirse. El intocable había estado a dos dedos de morir a consecuencia de los pistoletazos de un mercader de perros, que, según cuentan sus biógrafos, era un analfabeto movido por ideas que otros le habían inculcado. En pocas palabras, un peón.

Tengo para mí que, de aquella hecha, la historia de nuestro país tomó un rumbo equivalente al desarrollo de una de mis partidas de ajedrez de la infancia. Las figuras talladas en madera habían sido sustituidas por seres humanos, así como los escaques, por calles y plazas de Antíbula. Dos disparos de un ciudadano insignificante abrieron una primera grieta, apenas visible, en el compacto muro de la dictadura. El tiempo y una concatenación de sucesos dispares habrían de encargarse de ensancharla poco a poco, hasta dar lugar al formidable derrumbe del año 28.

En efecto, transcurrida apenas una semana desde el atentado contra Balzadón Vistavino, tres encapuchados provistos de sendas estacas descalabran en pleno día al custodio del templo adscrito a la iglesia de Santa Cenarrita. La víctima de la agresión es un dolorita con fama de cruel, muy odiado por los vecinos de la zona. Éstos, al llegar a misa y encontrarlo caído sobre las losas del pórtico, lo dejarán desangrarse sin prestarle auxilio. Azuzada por el Santo Oficio de la Virtud, que exige un chivo expiatorio a cualquier precio, la guardia de seguridad aprehende al día siguiente en las inmediaciones de la estación de ferrocarril a un vagabundo a quien se inculpa sin más ni más del crimen. Al condenado se le comunica la sentencia delante del pelotón de fusilamiento. Una muchedumbre afecta al régimen se ha congregado en el lugar con el ánimo de manifestar a gritos su adhesión a los principios de la Iglesia católica romana. Voces exaltadas piden que le sean arrancados los ojos al harapiento, al que en ningún instante se ha dado ocasión de defenderse de la acusación de asesinato. Un capitán de la guardia de seguridad se apresura a satisfacer la bárbara demanda. La prensa gubernamental lanza esa misma tarde, con carácter extraordinario, una edición vespertina en la que se relatan a tambor batiente los pormenores de la ejecución. Carteles en los que campea el retrato del dictador anuncian por doquier una serie de medidas drásticas conducentes al restablecimiento del orden. Se pretende amilanar a los ciudadanos; pero las amenazas de castigos rigurosos no obran el efecto que se esperaba. Un día después de que aquel pobre hombre cubierto de andrajos fuera pasado por las armas, el paredón amanecerá engalanado con cientos de hotidimas. Por primera vez desde la instauración del régimen vistavinista son los opositores quienes determinan el curso de los acontecimientos.

Menudean de pronto los actos de sabotaje. Corren rumores de que una mano anónima ha matado con zarazas un tercio de los perros del dictador. Colectivistas en la clandestinidad pintan consignas en las fachadas. Al amparo de la noche, un aeróstato siembra Antíbula de pasquines. En abril se produce un hecho insólito que a la larga se revelará como uno de los golpes más duros recibidos por el régimen vistavinista. De la noche a la mañana, el general Francio Cuntobre, máximo responsable hasta entonces del Ministerio de la Guerra, se declara enemigo del sistema político vigente y huye a la Bladia con una suma considerable del dinero previsto para subvenir hasta final de año a la manutención de las tropas. El mismo mes un grupo de insurgentes entra al abordaje en la lancha que transporta a los presos a la isla de Molu y libera a una cuerda de ellos tras degollar a media docena de guardias de seguridad. El gobierno reacciona desatando una represión feroz. Se extreman la vigilancia de las calles y los registros domiciliarios. Se practican detenciones masivas, la mayoría de ellas al buen tuntún, que no conducen sino a incrementar el resquemor de los ciudadanos. Fusileros del ejército patrullan día y noche por la ciudad. Ninguna prevención logrará, sin embargo, impedir que el domingo 11 de julio de 1926 el anciano cardenal Mecenduto de Frebcha, nuncio apostólico en Antíbula, vuele por los aires destrozado por una bomba que le ha estallado debajo del altar mientras oficiaba la misa mayor en la catedral de la Santa Justicia. Balzadón Vistavino asiste al truculento espectáculo sentado en un banco de la primera fila.

En casa escuchamos la noticia por la radio. Tiempo atrás el abuelo Cuiña había obtenido de las autoridades el permiso obligatorio para adquirir un aparato y lo tenía instalado en el comedor. Una voz masculina refería cada cinco minutos, en tono fúnebre, lo sucedido. La señora Ecba estaba pálida. De refilón yo la veía musitar los responsos emitidos repetidamente por la radio y santiguarse al término de cada uno de ellos con su lenta y solemne mano enguantada. Los demás huéspedes, sentados a la mesa, ni hablaban ni comían, los gestos pesarosos, las miradas confluentes en la sopera a la que ninguno osaba levantar la tapa.

Malas premoniciones rondaban los pensamientos del abuelo Cuiña, de suerte que a la hora de la siesta, estando acostado con la señora Flapia, oí por la rendija de la puerta que le decía:

—No es tiempo de rezar, sino de armarse. Flapia, mañana me compro sin falta una carabina.

Y así hizo, espoleado por el barrunto de que tarde o temprano la violencia guerrillera se cebaría en los colaboradores del régimen. Sus recelos se vieron confirmados un domingo de aquel verano, cuando a nuestra llegada a la iglesia parroquial de Antíbula la Vieja encontró un jirón de papel pegado a la placa de mayólica de su reclinatorio. Decía ésta: PROPIEDAD DEL SEÑOR CUIÑA, y el papelito, escrito con tinta roja, añadía: AL QUE PRONTO SALTAREMOS LA TAPA DE LOS SESOS.

Le dio entonces por hacer alarde de hombre armado. Se le figuraba que si se exhibía en la calle con su carabina, sus enemigos se lo habrían de pensar dos veces antes de ponerle la mano encima. A este fin solía sentarse algunas mañanas junto a la entrada de la hospedería y se pasaba largo rato limpiando o haciendo como que limpiaba el arma con un trapo. En ocasiones subía al camaranchón, sacaba el cañón de la carabina por la claraboya y les pegaba tres o cuatro tiros a las nubes. Por recomendación suya conté a los niños de la escuela que en casa no nos faltaba con qué defendernos. También se lo dije a la niña Acfia Fenelina, a quien encomendé que difundiera la noticia entre sus compañeras.

Una noche de otoño de aquel año, mientras dormíamos, sonó en la calle una ráfaga de disparos, acompañada del estrépito característico de vidrios cuando se rompen; siguió un chirrido de neumáticos y, por último, el decreciente tatatá de un motor que se alejaba. En los primeros instantes quedé como paralizado dentro de la cama. Se me hacía que una gran desgracia estaba esperando un mínimo movimiento de mi cuerpo para consumarse. De pronto oí que el abuelo Cuiña profería fuera de la casa juramentos e imprecaciones a voz en cuello. Me levanté sobresaltado y corrí a través de la oscuridad hacia la hilera de ventanitas que daban a Mertán el Grande. En el edificio frontero semblantes cautelosos se asomaban por el borde de las cortinas. Dirigían la mirada hacia abajo, hacia la entrada de la hospedería, que yo no podía ver por causa del alero. Desde el matadero municipal, a orillas del Intri, la perrada respondía ladrando desaforadamente a los gritos del abuelo.

Me vestí a toda prisa y bajé al tercer piso, donde había corrillo de huéspedes asustados. Salía en aquel momento Runn de Gualel en paños menores de su habitación, los ojos pitañosos y en la boca un cigarrillo torcido que intentaba encender y no podía por alguna desavenencia entre sus dedos soñolientos y el yesquero.

—¿Qué ha pasado? —preguntó—. ¿Por qué anda el hospedero alborotando al vecindario a estas horas?

Un susurro de procedencia imprecisa le puso en autos sobre lo ocurrido.

—Han ametrallado las ventanas del bajo.

El pianista permaneció impasible.

—Entonces ¿no ha habido un terremoto?

—No, señor Gualel. Por lo visto un grupo de colectivistas nos ha atacado.

Runn de Gualel hizo un gesto de hastío, como persuadido de que después de todo no merecía la pena haberse despertado; dio media vuelta y, ventoseando con idéntico desempacho que si estuviera solo, se volvió a la cama. La Flapia afirmaba que a Runn de Gualel, desde que gente de alto copete le había reventado un concierto en 1925, los asuntos del mundo le importaban un comino.

Un piso más abajo le decía un huésped de facha campesina al señor Caendru:

—Pues yo me mudo a otra casa en cuanto aclare. Y usted, si tiene dos dedos de frente, debería hacer lo mismo.

—¿Adónde va a ir un viejo sin fortuna?

—¡Ojos del santo Jancio! A donde no le salten la tapa de los sesos mientras duerme. ¿Adónde, si no?

—En mi parecer, los tiros han sido obra de gamberros.

—¡Nada de gamberros, don Mlaco! Rompiendo cristales es como empiezan las guerras civiles. A la Divina Providencia debemos el que ahora no tengamos que velar a un difunto.

Cuando llegué al vestíbulo el abuelo Cuiña, descalzo y sin más atuendo que un camisón de dormir, acababa de atrancar la puerta. Su reciente furor le había ensalivado las puntas del bigote, y aquella vena que le cruzaba la cabeza hasta el costado de la cara la tenía más hinchada que nunca. Jadeaba como animal que viniera de batirse. A su lado, varios huéspedes visiblemente nerviosos y no más vestidos ni calzados que él le pedían explicaciones. Con ánimo de tranquilizarlos les mostró la carabina, asegurándoles que dentro de la hospedería no los amenazaba ningún peligro. Les prometió que en cuanto amaneciese pondría el caso en conocimiento de la guardia de seguridad, de la cual esperaba obtener en breve plazo protección armada. Basaba su confianza en la influencia que decía tener con el máximo responsable del cuartel de nuestro barrio.

A fin de desembarazarse de preguntadores apagó después la lámpara del vestíbulo. Hecha la oscuridad, a los huéspedes no les quedó más remedio que retirarse. Subieron los unos refunfuñando, los otros intercambiando comentarios agoreros, a sus habitaciones, sin más guía en la penumbra de las escaleras que la débil luz que bajaba de los pisos superiores. Yo me quedé escondido en la sombra, junto al mostrador de la recepción, pues me picaba la curiosidad de ver los destrozos del tiroteo en el cuarto de mi madre. Me hacía falta, para cumplir mi capricho, que el abuelo Cuiña se echase a dormir, ya que, de otro modo, corría el riesgo de que me descubriese fuera de la cama y formase propósito de descargar su ira sobre mí.

Pero hete que, en esto, apareció la silueta de mi madre, recortada en la luz mortecina de la escalera. Bajaba los peldaños en puntas de pie, recogiéndose apresuradamente los cabellos. Traía las chinelas en la mano con intención notoria de no hacer ruido al andar. Como viniese de lo claro a lo oscuro, no se percató de que se encaminaba derechamente hacia el abuelo Cuiña, que ni bien la tuvo a un paso de distancia le asestó un golpe en la cabeza con el mocho de la carabina. Derribada como la tenía a sus pies, la aferró por los cabellos y de un fuerte tirón la levantó.

Entonces, cara a cara, con palabras mordidas de cólera le susurró:

—¿De dónde vienes, perra? ¡Y cómo apestas al bebistrajo del marinero!

De un zarpazo le arrancó del cuerpo la escasa ropa con que se cubría. Después la empujó oscuridad adentro, en dirección a su dormitorio, donde, con la oreja pegada a la hoja de la puerta, oí a mi madre pronunciar tres veces, en tono suplicante, las palabras «por favor, padre».

Fue, según creo, a raíz de la segunda cuando se me puso aquel rescoldo en el pecho y aquel temblor de corazón; cuando se me apretaron los dientes, impelidos por un ahínco descompasado de dentelladas, y cuando rabiosamente se me llenaron los ojos de lágrimas. Nunca antes había experimentado nada similar.

18

Durante dos o tres semanas estuvimos protegidos por un guardia de seguridad. Venía el hombre, siempre el mismo, un cincuentón metido en carnes, con su fusil y su uniforme por las mañanas, a tiempo de sumarse al desayuno de los huéspedes. Desde el primer instante al abuelo Cuiña lo inquietó la poquísima marcialidad que mostraba aquel agente de la ley en su figura, más propia de quien está avezado a batallar con balduque de oficina que con criminales. El abuelo (¿quiere usted esto?, ¿le apetece a usted lo otro?) le dispensaba un trato servil, considerando que convenía tenerlo complacido para que defendiese nuestra casa con la mayor diligencia posible. El guardia no le hacía ascos a la largueza del hospedero. Zampaba por seis, y aun así no era más lo que al fin de la jornada llevaba a su hogar entre pecho y espalda que dentro de un talego de arpillera que la Flapia le llenaba de víveres. En cuanto supo dónde guardábamos las damajuanas de tinto de Uchu, alargó las rondas periódicas de vigilancia hasta la despensa. Se demoraba, además, plácidamente en la conversación con los huéspedes, de modo que no antes de transcurrida una hora u hora y media desde el momento en que debía haber comenzado su servicio asentaba sus gruesas posaderas en un banco de madera que para él había instalado el abuelo Cuiña en la calle, junto a la entrada de la hospedería. Acomodado en la acera, echaba las horas a perros haciendo dibujos al carboncillo. A menudo lo oíamos charlar con los transeúntes. En los días lluviosos metía el banco en el vestíbulo, donde se abismaba en sus actividades artísticas o se quedaba traspuesto con los brazos cruzados y la cabeza derribada. No recuerdo si era buen dibujante. De vez en cuando alzaba la vista y miraba por la abertura de la puerta hacia la calle. Aquella forma de custodiar la casa sacaba de quicio al abuelo Cuiña, por lo que antes que hubiera transcurrido un mes, como no consiguiese que le asignaran otro guardia, decidió prescindir de toda protección y tomar él a su cargo el cuidado de la hospedería.

Una tarde, al volver de la Viverga acompañado como de costumbre por la niña Acfia Fenelina, lo encontré encaramado a una ventana del segundo piso, la de la habitación que durante largos años había ocupado el marinero Duparás. El abuelo Cuiña tenía previsto arrancar los postigos, que estaban agrietados y deslucidos, y colocar en su lugar una celosía. Yo lo ayudé a serrar los listones de modo que resultaran dos filas de orificios: unos, a media altura, por los que mirar la calle sin ser visto; otros, en la parte de abajo, más grandes, a través de los cuales se podría, si llegaba el caso, disparar fácilmente con la carabina. Dos días le costó al abuelo construir el sucedáneo de vigía.

—El señor Duparás —habría de referirme mi madre al cabo de los años— era un hombre bueno. A mí me traspasaba verlo sufrir de las piernas quemadas. Conque le di palabra de alegrarle en secreto los ratos de soledad. Sobre todo por las noches, porque decía que era cuando más le pesaba no estar balanceándose encima de las olas. Sabía agradecer y sabía tener corazón. Eso nunca se olvida. A cambio de mi juventud me daba algún dinero que yo guardaba en un escondrijo. Toma, Minta, me decía, para que ahorres y puedas perder un día de vista al bestia de tu padre.

—Pero... ¿se vendía usted, madre?

—Así eres tú, como tu difunto abuelo, que también pensaba mal de mí. ¿No se puede comprender que me apretara la compasión por aquel hombre infortunado? Sepa el hijo que si yací con él fue tan sólo para calentarle las sábanas. Hasta cuando lo apuraba la querencia de tocarme con sus manos de lija me tenía que pedir primero permiso, que, si no, nada.

—¿Y de dónde sacaba usted tanta pestilencia?

—De una pequeña lujuria que le tomaba a veces al señor Duparás, que era bañarme el cuerpo con su aguardiente y después secármelo del modo que a nadie importa. Con eso me daba dos melios. Luego añadía otro si antes de irme le llenaba el lebrillo de pipí, pues tenía oído no sé dónde que las aguas de mujer lozana alivian las llagas de los quemados. Se mojaba el pobre las cicatrices y cada dos por tres decía medio riendo: ¡Diablos, qué bien me sienta! ¿Comprende el hijo ahora? Yo vivía en casa peor que una magdalena en el Centro de Reformación. Siempre trabajando, siempre encerrada, menos el rato de ir a misa los domingos, que total, patatas, porque de una cárcel a otra no me daba tiempo ni de respirar. Lo mío no era vida. Vida era lo tuyo, que podías ir tan campante por las calles con la hija del vendedor de ataúdes y formarte en una escuela y moverte a tus anchas por la hospedería. A mí las calles me estaban prohibidas por tu abuelo y por la cocinera, otra que tal la papuda de marras, que no me quitaba ojo a la espera de una ocasión para perjudicarme. Se me prohibía el mundo, pero yo tenía una ventana. Y esa ventana, hijo mío, fue durante un tiempo el marinero Duparás, que me camelaba con sus palabras y sus historias de barcos. ¿Tú sabías que a su padre lo mataron unos piratas bladitas cuando andaban los dos pescando sanizas muy dentro en el mar? Pues él me contaba muchas cosas de su vida, cosas buenas y cosas malas, y me las contaba despacio y con mucho pormenor para que me entrase la ilusión de que yo las había vivido. De vuelta de sus viajes me traía agua del mar dentro de una botella. Me echaba un chorrito en el vientre y me decía lleno de sentimiento: ay, Minta, qué gusto me da olerte, hueles como las olas. Y eso que me contaba y todo lo que me susurraba a la oreja para halagarme valía para mí tanto como los melios con que me pagaba los besos en las piernas. Juzgue el hijo si merezco que se me note de mujer viciosa.

—No lo merece —le dije—. Usted, madre, según me ha parecido entender, logró asomarse a la libertad por una ventana que le abría por las noches el marinero Duparás.

—El hijo habla como los libros y me confunde. Pero vaya, lo que dice suena bastante a la verdad.

—¿Vio usted al abuelo Cuiña cerrarle aquella ventana de un golpazo?

—Ah, pues no lo vi. Pero no tardé en caer en la cuenta de que la ventana se había terminado para mí. Por el señor Caendru... ¿Se acuerda el hijo del viejo meón? Por él supe que mi padre había apuntado con la carabina a los ojos del marinero. Al parecer le dio media hora para recoger sus trastos y marcharse. La noche antes, qué disgusto, nos tirotearon la casa. A lo mejor no lo recuerda el hijo porque era niño. Había en la manta de mi cama dos agujeros así de grandes. Conque yo tengo para mí que le debo la vida al señor Duparás.

En la parte trasera de la hospedería, en un patio rodeado de un muro de adobes, me enseñó el abuelo Cuiña a disparar. El patio presentaba por aquel entonces un aspecto de completo abandono, con el suelo cubierto de hierba seca, herraduras y clavazón roñosa desparramada por todas partes. Los restos de una vieja carreta se pudrían en un rincón. Mi madre se acordaba de que, siendo niña, los huéspedes venidos de los pueblos del interior solían guardar allí sus caballerías, al amparo de un cobertizo techado a teja vana que, según contaba, se había derrumbado poco antes de mi nacimiento. En mis tiempos aún podía verse, junto a los escalones de la puerta, la pila polvorienta que había servido alguna vez de abrevadero.

Un domingo, de regreso de misa, el abuelo Cuiña me mandó limpiar el patio. Arrancados con una azada los hierbajos, alisé a golpes de pala la tierra removida al par que echaba en una espuerta de las de llevar carbón los numerosos desechos de metal desperdigados por el suelo, los cuales, en junto, no bajarían de los siete u ocho kilos de chatarra. Siguiendo las instrucciones recibidas planté a poca distancia del muro una estaca de aproximadamente la altura de un hombre mediano, en cuyo extremo encajé un viejo perol a guisa de cabeza. El mismo día por la tarde, cumplido mi trabajo, recibí la primera y única lección de tiro.

Antes de agarrar la carabina besé por orden del abuelo la pared de la casa, en lo cual me precedió él ejemplarmente. Decía que nada defienden mejor los hombres como aquello que aman. A continuación me enseñó a colocarme la canana, que era de las que se llevan en bandolera. Repleta de cartuchos, pesaba tanto que me cortaba el resuello; pero, con eso y todo, consideré preferible disimular las molestias a encender la cólera del abuelo Cuiña. Algún consuelo hallé en el pensamiento de que no bien empezáramos a soltar disparos la canana se iría tornando más y más ligera, como así ocurrió.

Aprendí después a cargar el arma, a sostenerla adecuadamente y a encañonar con ella sin que me temblara el pulso. Una explicación sucinta bastó para que comprendiera el secreto de la buena puntería; pese a lo cual, como no me esperaba ni la estruendosa detonación ni la sacudida violenta del mocho en el momento del disparo, no pude evitar que la primera bala se incrustase en los adobes.

—Tienes suerte, profesor —me dijo el abuelo Cuiña arrebatándome la carabina de un manotazo— de que yo no sea mi padre. Mi padre, a mí, el día que me enseñó a manejar el trabuco naranjero no me permitió ni un fallo. Yo te permito a ti el que has cometido. Pero piensa que la munición es cara y el enemigo acecha. Si fallas otra vez te hundiré la nariz a mojicones.

Accionó la palanca de la carabina y a modo de demostración le metió un balazo al perol, que tras emitir un breve quejido metálico se quedó oscilando unos instantes en lo alto de la estaca.

—Que suene fuerte y que se entere el vecindario de que somos gente armada.

Dicho esto, me pasó la carabina con enfadada brusquedad. Antes de efectuar el siguiente disparo me puso el puño delante de los ojos, dándome a entender que iba en serio la amenaza de golpearme si no le acertaba al blanco. Pero le acerté. Le acerté diez, quince veces, y a cada agujero que le hacía al perol, yo miraba de reojo el perfil inmóvil del abuelo Cuiña, esforzándome en vano por descubrir en él una vislumbre de aprobación.

—Basta por hoy —fue, finalmente, todo cuanto dijo.

Y tras besar de nuevo la pared de la casa subimos a la habitación del segundo piso, que hasta hacía poco tiempo había sido ocupada por el marinero Duparás. Delante de la celosía el abuelo Cuiña me declaró por tercera o cuarta vez en lo que iba de tarde el motivo de haberme enseñado a disparar. Me impresionaba la gravedad sombría de sus gestos y palabras, nueva por completo para mí. Según él, la vida de todos los moradores de la hospedería dependía del celo con que él y yo cumpliéramos la tarea común de vigilancia. Nos turnaríamos en el puesto tan pronto como nuestras respectivas obligaciones diarias lo permitiesen.

A mi madre la idea de encargar, siquiera temporalmente, la custodia armada de la casa a un niño de nueve años le parecía una insensatez, y a menudo asomaba la cabeza dentro de la habitación de la celosía para zaherirme en voz baja con alguna cuchufleta. Otras veces se dedicaba a sembrar la confusión en mi conciencia, recordándome con velada malicia lo que se aseveraba en el catecismo acerca del matar. Esta burla le procuraba gran placer.

Yo, la verdad, sobre todo al principio, tomaba mi misión de centinela por un juego divertido, apasionante incluso, y en mi fuero interno rebosaba de orgullo considerando que el abuelo

Cuiña me había hecho depositario de su confianza. Hoy entiendo que la razón estaba de parte de mi madre y que no era confianza, antes bien desesperación y miedo, lo que impulsaba al abuelo a poner su carabina en manos de un chavalillo.

Aquel domingo del otoño de 1926 me mostró la manera como yo debía observar la calle, atento a los vehículos, a los transeúntes, a las ventanas del edificio frontero y a cualquier animal o cosa que se moviese al alcance de mi vista.

—Ahora miro a la izquierda —me decía—, ahora a la derecha. Otra vez a la izquierda, otra vez a la derecha. Conviene imponerse un ritmo: tres segundos a un lado, tres al otro, ¿me comprendes? Y no lo olvides: el cañón del arma debe seguir el movimiento de los ojos. Que entre mirar y apuntar no haya diferencia.

Una duda me desasosegaba y se la expuse:

—Abuelo, ¿cómo son los hombres a los que tengo que pegar los tiros?

Permaneció varios segundos silencioso, escrutándome con ostensible desconcierto. Hizo luego amago de hablar; pero, por las razones que sólo él sabría, se contuvo. A todo esto, comenzó a dar vueltas por la habitación. Iba y venía con celeridad, se paraba un instante y enseguida reanudaba sus pasos, al par que entre dientes profería unos extraños gruñidos que no me era posible descifrar. Yendo de un lado para otro estuvo obra de cinco minutos. De improviso enderezó hacia mí, echó un rápido vistazo a la calle por uno de los orificios de la celosía y me dijo con un aire distraído:

—¿Qué me has preguntado?

Se lo fui a decir; pero a tiempo de abrir la boca me apremió a callar llevándose el índice a los labios. Por lo visto había oído ruido de pisadas en la calle y juzgó oportuno acercarse de nuevo a mirar. Le temblaban las manos. Me hizo señas para que le alcanzase sin demora la carabina, se la di y al punto me la devolvió. Su voz se había reducido a un nervioso bisbiseo, como si sospechara que alguien lo estaba escuchando detrás de las paredes. Reparé por azar en una hilacha que pendía de una costura de su chaqueta hogareña, por la parte de atrás. Me tomó fortísimo antojo de tocársela con la uña, sin que se diera cuenta, y así lo hice no bien se hubo ofrecido la ocasión.

A él se conoce que le vino entretanto mi pasada pregunta a la memoria.

—Son como perros rabiosos —contestó— que han aprendido a sonreír. Aunque tienen cara de gente, son perros, profesor. Son perros mortíferos. Hay que matarlos. Sí, sí, no te fíes. Hay que matarlos antes que ellos nos despedacen con sus dientes y se adueñen de nuestra casa y destruyan las iglesias. No titubees cuando se te ponga uno delante. Dios Todopoderoso es quien dispara por ti. No lo olvides. Son perros. Son perros que también quieren terminar contigo.

Yo me decía entre mí que de mayor no me gustaría tener la nariz torcida ni los ojos pequeños y punzantes del abuelo Cuiña.

—Mucho cuidado si un individuo pasa varias veces por la acera de enfrente y se detiene unos instantes a mirar nuestras ventanas. Seguro que se trata de uno de esos malditos colectivistas. No dejes de encañonarlo. Y si ves que toma notas, o que se pone a dibujar en un papel la fachada de la hospedería, o que hace señas hacia el fondo de la calle, zas, le sueltas un tiro para que él y sus compinches se vayan enterando. ¿Has comprendido? Dime que has comprendido.

—He comprendido.

—De todos modos, no te preocupes. Probablemente atacarán de noche. Tú estarás dormido, también los huéspedes. Esos perros fétidos confían en pillarnos descuidados como la otra vez. Pues van listos, porque de ahora en adelante, profesor, tengo propósito de pasar las noches en vela, vigilando desde esta ventana. Un Cuiña no es una mosca que se deja aplastar sin resistencia.

La exaltación del abuelo había llegado para entonces a tal extremo que al hablar ponía los ojos en blanco, igual que un santo de estampa retratado en el apogeo de un trance. En su locuaz desvarío me prometió sumas cuantiosas de dinero por cada colectivista que yo tumbase a tiros. Aseguró que la guardia de seguridad no nos importunaría por ello. Creo que fue esto lo último que le entendí, pues de pronto empezó a arrojar espumarajos por la boca en medio de extraños jadeos. Al volver la cabeza vi que se hallaba tendido en el suelo, donde se revolvía violentamente y golpeaba el aire con los dos pies juntos, como si intentara liberarlos de alguna imaginaria ligadura a fuerza de patadas. Al cabo de uno o dos minutos, no estoy seguro, se calmó. No se levantó enseguida, sino que permaneció alrededor de un cuarto de hora acostado en el suelo sin variar la postura, las pupilas fijas en el techo y el semblante sereno. Me tentaba preguntarle si se encontraba mal, pero no tuve valor. Ni siquiera me atreví a mirarle abiertamente a la cara. Por fin se puso de pie, se arregló el atuendo y con el dorso de la mano se limpió la abundante saliva que le colgaba del bigote.

—¿Has visto pasar a alguno? —me preguntó en un tono sosegado, afable casi.

—Sólo coches —respondí— y gente conocida del barrio.

—Muy bien, profesor. Continúa vigilando hasta que yo te mande otra cosa.

Aquella tarde el tiempo transcurrió veloz junto a la celosía. Al ser domingo deambulaban pocas personas por Mertán el Grande. Con todo, hacia las seis experimenté una ráfaga de palpitaciones al ver cruzar por delante del punto de mira de mi arma a un nutrido grupo de feligreses que regresaba de la misa vespertina. El resto de la jornada discurrió sin novedad. Los transeúntes, salvo contadas excepciones, pasaban sueltos. No había uno, anciano o joven, hombre o mujer, a cuya cabeza yo no apuntase. Por entretenerme me entregaba a la imaginación de que mataba a alguno. Pum, decía en voz baja; y acto seguido: clinc, a imitación de los quejidos que emitía el perol en el patio cada vez que lo atravesaba una bala. De cuando en cuando el abuelo Cuiña salía de la hospedería y me hacía alguna seña desde abajo. Yo le contestaba sin saber con exactitud lo que nos decíamos, sacando la mano por uno de los orificios de disparar, ya que de otro modo él no habría podido verme.

En mi puesto de guardia me sorprendió el atardecer. Se encendieron las primeras luces y a la hora acostumbrada me llamaron a cenar. Tras la cena rogué al abuelo Cuiña que me dejase cuidar la casa un poco más. No hizo falta insistir. Visiblemente complacido, el abuelo me permitió quedarme junto a la celosía hasta bien cerrada la noche, cuando ya todos los huéspedes se habían retirado a sus habitaciones y reinaba el silencio en la hospedería. En vano protestó la Flapia, alegando que al día siguiente era día de colegio.

Aún estaba yo de centinela cuando sonaron las doce en la campana de la iglesia parroquial. Minutos después, la calle desierta, salió el abuelo Cuiña a hacer una ronda de vigilancia por los alrededores. Andaba sigilosamente y a menudo volvía la vista atrás como para cerciorarse de que nadie lo seguía. Otras veces cambiaba de acera o permanecía un rato inmóvil en alguna zona oscura entre dos farolas eléctricas. De esta forma bajó hasta el puente del Santo Jancio, donde lo perdí de vista durante quince o veinte minutos. Pasado ese tiempo, columbré su silueta entre los árboles del paseo que bordea el río. Caminando despacio remontó la calle, de vuelta a casa. Mientras se aproximaba por la acera lo encañoné con la carabina. Pum... Clinc...

19

En la calle de Jurtas, poco antes de salir a la del Rey Godelio, había por los tiempos de mi niñez una confitería regentada por un anciano a quien los colegiales de la Viverga, por razones que nadie me supo nunca aclarar, apodaban el Pulul. El Pulul, cuyo nombre verdadero podía leerse escrito con letras rojas en el dintel de la entrada, era un hombre de alrededor de setenta años, tembloroso y friolero, que se pasaba el día sentado a una mesa baja, delante del mostrador, con el rosario en la mano, una manta de lana de mastín sobre las piernas y el brasero encendido a todas horas. No por ello abandonaba su costumbre de mantener la puerta del establecimiento abierta incluso en los días invernales, con el ánimo seguramente de que se difundiese hasta la escuela cercana el señuelo aromático de sus mercancías. Al reclamo del rico olor acudían asimismo los niños desharrapados de la zona. Los cuales formaban a menudo grupitos de hambre junto a la entrada de la confitería e imploraban a los niños de familias acomodadas la caridad de un dulce, de unas pocas cortezas tostadas de perro, de un mordisco al bollo azucarado.

A fin de vedarles el acceso a la tienda, el Pulul tenía un lince amaestrado que sabía distinguir entre el cliente auténtico y el infeliz que llegaba con la ingenua pretensión de apoderarse, en un descuido del confitero, de la primera cosa comestible que alcanzase su mano. El lince, que por lo visto sabía ventear las intenciones de la gente, saltaba de un brinco fuera de la cesta que le servía de yacija tan pronto como advertía la presencia de la pobreza dentro del local. Enarcaba el lomo y bufaba enseñando sus blancos y agudos colmillos, listo a tirarse a la cara del aspirante a ratero a la menor señal azuzadora de su amo. Admitía, en cambio, de buena gana las caricias de cuantos entraban en la confitería a efectuar gasto. Ronroneaba entonces de gusto, muy quieto dentro de su cesta, con los ojos cerrados para mejor embeberse en el placer. Cómo se daba cuenta el lince de que la mano que le alisaba el pelambre acababa de producir una ganancia en el cajón de la tienda o se disponía a hacerlo, es un misterio que renuncio a comprender. Quizá el tintineo de las monedas en los bolsillos o al chocar contra el mostrador de mármol amansaba al animal; quizá su instinto reaccionaba en consonancia con los movimientos corporales, la expresión del semblante o las distintas modulaciones de voz del Pulul. No lo sé de fijo ni creo que nadie, fuera del propio lince, lo haya sabido jamás.

El caso es que, terminada la jornada escolar, la niña Acfia Fenelina y yo solíamos pasar casi a diario por la confitería de la calle de Jurtas, de cuyo dueño éramos de sobra conocidos. Al vernos en el umbral, el viejo ni siquiera interrumpía sus devociones. Mediante un rápido ademán nos hacía señas para que nos sirviéramos de las baldas por nuestra cuenta, sin descartar las que se encontraban detrás del mostrador. A menudo no se molestaba en comprobar la justedad del pago. A una seña suya, la niña Acfia Fenelina hacía sonar el dinero dentro del cajón sembrado de calderilla; cogía ella misma, si hacía al caso, las vueltas y santas pascuas.

Visitábamos la confitería menos por el deseo de endulzar nuestras bocas que por la afición descompasada que le había tomado mi guña a pasarle al lince la mano por encima. El animal aceptaba sus cariños dócilmente. Nada más verla se tumbaba con las patas hacia arriba, ofreciéndole sin disimulo la panza, y con admirable paciencia permitía que le manoseara el mechoncito de pelos que le crecía en la punta de cada oreja.

A mí no se me daba poco ni mucho de aquel capricho de la niña Acfia Fenelina; pero la acompañaba de buen grado, ya que era de suyo convidadora. Nunca le faltaban unos cuantos céntimos en la cartera. Los gastaba con la misma facilidad con que los recibía. Se me hace a mí que fue ella quien me puso en la pista de comprender que la verdadera utilidad del dinero consistía en una cosa bien distinta de depositarlo en la palma de la mano del abuelo Cuiña. Su madre, que no tenía otros hijos a quienes prodigar afecto, la llevaba en palmas, desviviéndose por cumplirle los antojos. No era el señor Perroseco menos dadivoso en punto a aflojar la mosca. De lo cual me beneficiaba yo y también, aunque en menor medida, la infantil pobretería que todas las tardes nos esperaba junto a la entrada de la tienda del Pulul.

Un día de enero de 1927 (las calles nevadas, tres o cuatro niños hambrientos en la acera), un mal presagio me colmó de inquietud dentro de la confitería. La niña Acfia Fenelina acababa de invitarme a golosinas. No recuerdo las que elegí ni importa. Para los infelices de fuera mi guña adquirió un tarro de compota de camuesa y para sí misma, imposible olvidarlo, un bartolillo de Jiuto. Como de costumbre, yo sostuve los manjares mientras ella se entregaba al deleite de acariciar al lince.

Hacía obra de una semana que la Flapia faltaba a la hospedería, luego de una ruidosa disputa que no sé por qué razón había tenido con el abuelo Cuiña. Desde entonces no habíamos sabido nada de ella. En espera de que se le pasara el enfado y regresara, mi madre y el abuelo se turnaban en la cocina, donde a raíz del atentado del otoño anterior se había reducido notablemente el trabajo. A lo largo del invierno se fueron quedando vacías bastantes habitaciones, por haberse mudado sus inquilinos a otros hoteles y pensiones de la ciudad que suponían libres de peligro. A principios de 1927 se detuvo por fin la paulatina desbandada de los huéspedes, cuando tan sólo había ocho personas inscritas en el libro de registros, apenas las justas para cubrir gastos. A fin de compensar la disminución de los ingresos, el abuelo Cuiña cedió, a cambio de una suma importante de dinero, una de las paredes laterales de la hospedería para que la empresa extranjera de cigarrillos Lucky Strike pintara en ella un enorme anuncio publicitario que podía verse desde lejos.

A los huéspedes no les costó descubrir la ausencia de la cocinera. Les bastó y sobró un único bocado para ponerse a protestar. Incluso a los labios del apacible señor Caendru afloró sin tapujos la palabra bazofia. El abuelo Cuiña capeó el temporal de reproches aduciendo que la señora Flapia se hallaba enferma en su casa, aquejada de un fuerte constipado. Durante dos días le fue posible templar los ánimos de su clientela con ayuda de aquel embuste. Al tercero, como se afianzase en él la sospecha de que la cocinera lo había abandonado para siempre, me instó a visitarla, en la confianza de que la Flapia se desenfadara al verme.

—Dile que la echas mucho de menos, profesor, y pídele que

vuelva, pero no le cuentes que yo te he mandado a buscarla. Hazle creer que has ido a escondidas, movido por la pena.

Obedeciendo las instrucciones del abuelo, me aparté aquel día de mi camino habitual para llegarme a la casa donde la Flapia vivía sola, en la calle que entonces se llamaba Lof de Cluenche, frente al río, y sacudí, hasta sacarle chispas, la aldaba de la puerta. Entre golpe y golpe estuve llamando a la Flapia a voces; pero ella no me respondía.

—¡Abra, tía! ¡Abra, que vengo movido por la pena!

No abrió ni ese ni los días posteriores. Yo supuse que, como era temprano, aún no habría vuelto de la tahona o que tal vez alguna obligación nueva, ahora que estaba exenta de preparar los desayunos en la hospedería, la retendría por ahí. El abuelo Cuiña recelaba que la cocinera ya no quería saber nada de nosotros y que por eso se negaba a abrirme.

—Para mí —me susurró mi madre— que la del papo nos ha dejado en la estacada.

Siendo tal cosa verdad, como parecía, ¿qué sentido tenía continuar aporreando la puerta de la Flapia? Resuelto a hacerme el ánimo de que la habíamos perdido, desistí de ir más veces en su busca y me resigné a su ausencia como cualquier otro morador de la hospedería. No recuerdo que la perspectiva de no volver a verla a nuestro lado me entristeciera especialmente. Tampoco afirmaré que me alegrara; pero es lo cierto que de un tiempo a aquella parte mi relación con ella se había enfriado a ojos vistas, debido en gran medida, todo hay que decirlo, al influjo de mi madre, que no desperdiciaba ocasión de imbuirme su malquerencia hacia mi vieja protectora. Besos y carantoñas de ésta se habían convertido para mí en repulsiva pegajosidad. Su ternura, sobre todo cuando la ponía por obra en presencia de testigos, me fastidiaba cada día más; pero, incapaz de rebelarme, me sometía a ella. Debiera también decir, en honor a la verdad, que no eran pocos los regalos y favores que yo obtenía a cambio.

A la Flapia no le pasaron inadvertidas ciertas transformaciones naturales que se habían ido operando en mi personalidad a partir de mi ingreso en la escuela de don Prístoro Vivergo. El abuelo Cuiña procuraba fomentar a su modo no exento de rudeza aquellas que claramente se derivaban de mi incipiente virilidad, de acuerdo con su convicción de que el verdadero hombre es el hombre duro que ha sido criado a salvo de mimos y remilgos femeniles. Esto lo admitía la Flapia sin reparos, toda vez que mi desarrollo físico e intelectual no le impedía seguir identificándome con el hijo que a ella le habría gustado concebir. Su quimera y yo crecíamos a la par, compartiendo un mismo cuerpo. Por eso repudría a la Flapia en lo más hondo de sus entrañas, después de tanto y tanto que había hecho por mí, sentirse desplazada por mi madre en mi escala de preferencias afectivas o, como ella gustaba de decir, en mi corazoncito. Desfogaba entonces su despecho sacando faltas a mi madre y riñéndola a todas horas, casi siempre por minucias, y si esto ocurría de modo que el abuelo Cuiña se enterara del sotaneo e irrumpiera furioso en la escena para arrearle un par de bofetadas a la tonta de su hija, mejor que mejor. Llevada por el firme propósito de desquitarse, mi madre me puso al corriente de las mañas de que se valía la cocinera para perjudicarla. No tardé en comprobar que tenía razón, la consolé como pude y le di palabra de reservar todo mi afecto para ella.

En la confitería del Pulul caí en la cuenta de que llevaba cosa de una semana sin probar los bartolillos de Jiuto. La Flapia tenía por costumbre traer por las mañanas unos cuantos a la hospedería, todavía calientes del horno. Uno o dos, bien envueltos, los metía en mi fardel para que yo los degustara más tarde en la escuela, durante la hora del recreo.

—Acuérdate de mí cuando los comas —me decía.

Los bartolillos despertaban la envidia de mis condiscípulos. Habituado a saborearlos, yo les había ido perdiendo poco a poco el aprecio, y con frecuencia accedía a cambiarlos por cualquier fruslería que me procurase una sensación distinta en la boca. Ya se sabe, sin embargo, que los seres humanos se afanan por reavivar el gusto y amor por las cosas agradables de la vida cuando las han perdido o están a punto de perderlas, y algo así se me figura que debió de sucederme aquella tarde blanca de invierno en la confitería del Pulul, cuando vi de cerca el bartolillo de Jiuto que se acababa de comprar la niña Acfia Fenelina.

Se hallaba ésta en cuclillas acariciando al lince y yo detrás, como siempre, con las dos manos ocupadas. El bartolillo de Jiuto atrajo poderosamente mi atención. Me recordaba, claro está, a la Flapia, que desde hacía largos años era la única persona encargada en Antíbula de preparar las cremas del apetitoso pastel. No pude menos de preguntarme qué andaría haciendo la cocinera (o tal vez ex cocinera) del abuelo Cuiña a aquellas horas. La imaginé, plancha que plancha, en una casa de todo postín; o tomándole medidas para un vestido a una dama con posibles; quizá en el taller de una amiga suya encajera, a la cual solía ayudar dos o tres veces por semana en el manejo de los bolillos.

Por alguna razón, el bartolillo de la niña Acfia Fenelina me intrigaba. Tenía algo, yo no sé, que me inducía a cavilar. El cilindro de carne picada con canela parecía más grueso que de ordinario. Este detalle se tornaba, sin embargo, irrelevante a poco que se considerara que los bartolillos de Jiuto eran elaborados manualmente por varias personas que se repartían los diferentes cometidos. Lo insólito habría sido cocer dos con forma y tamaño idénticos. Tan común resultaba encontrar en una misma hornada una pieza con su buen trozo de perro entre las dos capas de soletilla que otra con un relleno escaso de carne. Si de algo entendía yo bastante entonces era de echarse bartolillos al coleto. Y aquel que sostenía en la palma de la mano, dentro de la confitería del Pulul, mientras aguardaba a que la niña Acfia Fenelina terminase de sobar al lince, se me antojaba, no sé cómo decirlo, raro, anómalo y, desde luego, distinto de cuantos la Flapia me había regalado en el curso de los años precedentes.

A fuerza de escudriñar el bartolillo, descubrí por fin que el origen de mi extrañeza radicaba en la coloración de la crema de caramelo que lo bañaba por la parte de arriba, la cual presentaba una tonalidad levemente más oscura que la habitual, aunque no fácil de percibir a primera vista. A esta circunstancia se sumó a continuación otra no menos desusada, y es que el pastel desprendía, al acercarlo a la nariz, un levísimo aroma alimonado de todo en todo nuevo para mí. ¿Esencia de limón en la crema de los bartolillos de Jiuto? Un lametón que le di al pastel a espaldas de la niña Acfia Fenelina sirvió para que el paladar ratificase sin la menor sombra de duda la sospecha concebida segundos antes por la vista y el olfato. Para mayor seguridad, le pregunté al Pulul cuándo había recibido aquella remesa de pasteles. El anciano confitero me indicó por señas que, antes de contestarme, quería concluir su oración. Pasado un breve rato, se santiguó y me dijo:

—Niño, son todos de esta mañana. Yo sólo vendo género fresco.

Al oír sus palabras, sentí una punción de angustia en la garganta, como cuando a uno se le queda atravesada en el fondo de la boca una cáscara de saniza. El corazón se me desmandó, espoleado por un presentimiento fatídico. Dirigí una mirada rápida en torno, con la esperanza vana de que tanto las personas como los objetos circundantes, por el mero hecho de estar ahí cerca, indiferentes, me probasen la falta de fundamento de mi inquietud. Tenía esa costumbre, que aún conservo en la vejez.

La niña Acfia Fenelina seguía entretenida con el lince. Ronroneaba el felino, sumido en deleitoso sopor. No había tiempo para explicaciones. En silencio le tendí a mi guña su bartolillo de Jiuto y mis chucherías, y, sin hacer caso de su asombro, salí a escape de la confitería. Fuera nevaba copiosamente. Les tiré a los niños pobres la compota de camuesa a la rebatiña y, sin perder un segundo, eché a correr por la nieve que me cubría hasta más arriba de los tobillos. Aceras y calzadas habían desaparecido bajo una relumbrante masa de blancura. Caía la noche sobre las calles vacías por las que no iban ni carros ni automóviles, tan sólo, aquí y allá, caminantes desperdigados con la cara oculta tras el embozo.

Al cabo de diez minutos de fatigosa carrera me detuve exhausto debajo de la celosía. Me extrañó sobremanera que el abuelo Cuiña, en contra de sus rigurosas instrucciones, hubiese dejado la lámpara de la habitación encendida. Por entre los listones podía verse con nitidez el contorno de su figura recortada sobre la claridad, peligrosa imprudencia de la que él me había prevenido en repetidas ocasiones. Un colectivista que en esos momentos se hubiera acercado a la hospedería a cometer un atentado, habría podido con una sola bala consumar su designio criminal. Así de fácil se lo estaban poniendo.

—Abuelo Cuiña, abuelo Cuiña —le dije entre jadeos—, ha pasado una desgracia.

En lugar de la voz que yo esperaba, me respondió la del viejo señor Caendru.

—¿Qué hace usted ahí? —le pregunté no poco sorprendido.

—Eso mismo me ando diciendo yo desde hace hora y media. Se me han helado hasta los pensamientos. Pero ¿qué quieres que haga, niño? Tu abuelo se ha empeñado en que me siente junto a esta ventana a hacerle compañía a la carabina.

—Pues debería usted apagar la luz. ¿No se lo ha mandado el abuelo Cuiña?

—Ni aunque me lo mandara el excelentísimo Balzadón Vistavino en persona, criatura. ¡Pues eso faltaba! ¿Cómo perros voy a leer el periódico si no tengo la luz encendida?

En el umbral de la hospedería me desprendí a toda prisa de las botas sucias de nieve. Le había prometido recientemente a mi madre no ocasionarle más molestias de las que ya tenía por culpa de algunos huéspedes desatentos. Descalzo busqué al abuelo Cuiña por las habitaciones de la planta baja. Ni mi madre ni el señor Caendru me supieron decir dónde estaba. Lo hallé por fin en el camaranchón, afanándose por arrancar carámbanos del borde del tejado, con los cuales acostumbraba combatir en invierno la comezón del ano.

Como no me hubiese sentido llegar, le supo mal que lo abordara de forma impetuosa; pero luego que le hube declarado la razón de mi alarma, desarrugó el entrecejo y quedó unos instantes pensativo, con la mirada perdida en las vigas. Dentro de la palangana colocada sobre una banqueta había reunido obra de media docena de carámbanos puntiagudos y brillantes. Semejaban puñales de hielo. Tenía el abuelo Cuiña las manos enrojecidas por el frío. Su boca expelía de continuo ráfagas densas de vaho. En esto despertó de su marasmo momentáneo para ordenarme que lo siguiera a la cocina, donde a tiempo de entregarme una llave que estaba depositada sobre una balda de la alacena, me pidió que me encaminara sin demora a casa de la señora Flapia.

—Si hay luz en las ventanas, te vuelves. Pero, si no, entra y luego ven corriendo a contarme lo que hayas visto.

Con idea de atajar tomé la calle en dirección al río. Nevaba. El Intri, helado desde finales de diciembre, formaba un ancho remanso de blancor fosforescente. No se veía un alma. Todo estaba envuelto en invernal penumbra, quieto y silencioso, a excepción de los esporádicos ladridos provenientes del matadero municipal, amortiguados por los gruesos muros de calicanto. La nieve entorpecía mi marcha. Yo iba por el paseo desierto suplicándole a Dios que, a mi llegada a la calle entonces llamada de Lof de Cluenche, al menos una ventana de la vivienda de la señora Flapia estuviese iluminada. Para que se cumpliera mi deseo hice entre mí promesa de socaliñarle al día siguiente a la niña Acfia Fenelina diez céntimos con los que costear dos velas en la iglesia parroquial de Antíbula la Vieja, y devolvérselos, claro está, a mi guña tan pronto como se presentase la ocasión, de modo que el voto fuera enteramente mío. Vana ilusión, deshecha pocos minutos más tarde, cuando, desengañado, comprobé que mis súplicas no habían servido para mover a compasión al que presumiblemente todo lo sabe, todo lo ama y todo lo puede. No bien hube llegado frente a la casa en que moraba desde hacía largos años, sin más compañía que un retrato enmarcado de su difunto esposo, la cocinera del abuelo Cuiña, hallé todas las ventanas apagadas, con los postigos abiertos o a medio abrir. Instantes después percibí otro detalle desalentador. Ninguna huella alteraba la lisura de la nieve acumulada ante la puerta, señal más que ostensible de que nadie había entrado en la casa o salido de ella recientemente. Entonces me resigné a admitir que mi madre no andaba descaminada al conjeturar que a la señora Flapia, o bien la habían encerrado con las corazonianas para que se purificase de sus vicios y pecados, o bien se había sustraído a la justicia religiosa fugándose a la Bladia, recurso que en aquellos tiempos permitió salvar la vida a no pocos antibuleses.

Un rato antes, al pasar junto a la ventana de su habitación, mi madre se había asomado a la calle para preguntarme adónde iba. Fue a este punto cuando me participó sus sospechas, fundadas en rumores extendidos por la vecindad, dijo, que atribuían a la señora Flapia fama de hechicera.

—¿No has visto —me susurró— que en la oscuridad se le suelen poner los ojos igual que brasas?

Y como se le figurase que aquel anochecer frío y oscuro era propicio a ceremonias de brujas, me encareció que anduviese con mucha precaución; a lo cual yo le respondí que perdiera cuidado, pues llevaba orden del abuelo Cuiña de no dejarme ver por la cocinera, sino volverme al menor indicio de que se encontraba en su casa. Proseguí después mi camino del modo que ya he dicho y llegué a la calle donde vivía la Flapia. Más de una vez la había yo visitado en su hogar, donde nunca se ofreció a mis ojos cosa que delatase ni de lejos prácticas de brujería. Pese a ello, un violento repeluzno de temor me recorrió el espinazo. A tientas introduje la llave en el ojo de la cerradura. Se resistía el mecanismo; pero, abierta al fin la pesada puerta de madera, entré o, por mejor decir, metí un pie en el recibidor, que estaba a oscuras, y me detuve en seco, espantado del formidable hedor a carne descompuesta que salió a mi encuentro. Tapándome las narices, retrocedí a la calle y eché a correr con el aliento contenido. A los pocos pasos la falta de aire me obligó a parar. Me arrojé entonces al suelo y, presa de un asco frenético, estuve revolcándome durante varios minutos en la nieve, despavorido por la idea de estar marcado para siempre con el olor de la muerte.

—¡Deprisa, deprisa! —me apremió el abuelo Cuiña, visiblemente alarmado cuando le referí la mala nueva—. Junta todos los costales disponibles que encuentres en la carbonera, vacía los que estén llenos y espérame en la calle.

A paso raudo nos llegamos a casa de la Flapia. Delante de la puerta le tranquilizó escuchar de mis labios que las pisadas que aún se vislumbraban en el suelo las habían hecho mis pies hacía cosa de veinte minutos. Tras asegurarse de que nadie nos veía, me expuso en voz baja su plan. Yo vigilaría fuera mientras él recorría las habitaciones de la casa llenando los costales con objetos de valor y apaños a los que todavía pudiera sacarse algún provecho.

—Has de saber —se justificó— que la señora Flapia ya está en presencia de Dios y que hemos venido aquí por deseo suyo. Pues muchas veces, cuando vivía, me dijo: Braes, si un día muero no permitas que mis parientes caigan sobre mis propiedades como pájaros carroñeros. Llévate todo lo que puedas, para ti y para el profesor, la única familia que yo reconozco. Ésas fueron sus palabras. ¡Qué buen corazón tenía!

Dicho esto, se colocó la bufanda a manera de rebozo, encendió la linterna de acetileno y se adentró resueltamente en la nauseabunda oscuridad. Al rato reapareció en la calle. Traía a rastras dos costales atiborrados con pertenencias de la Flapia y me mandó que los escondiera detrás de un árbol de la acera de enfrente. Regresó él entretanto al interior de la casa, de la que siguió sacando vajilla, ropa, cuadros y cuanto pillaba, hasta que finalmente no tuvo dónde meter las cosas. Con cuerdas formó entonces un racimo de ocho o nueve costales llenos que llevamos a la hospedería arrastrándolos entre los dos por la nieve. Tras la cena, el abuelo Cuiña volvió a calzarse las botas y se marchó, esta vez sin compañía. Por los orificios de la celosía yo lo veía bajar la calle y regresar al poco tiempo trayendo al hombro una mesa, un espejo, un colchón...

—Eso es robar —me susurró mi madre al oído bien entrada la noche.

20

El burro estaba defecando en abundancia cuando los cuatro enterradores colocaron el ataúd sobre la plataforma del carro. Los enterradores iban tocados con sendos sombreros de copa negros, a juego con el traje de luto. A primera vista parecían deshollinadores. Discretos cruces de miradas les bastaban para entenderse. Uno de ellos tomó al burro por el cabestro y aguardó a que el reverendo padre Arfuno Bolimilo le indicara por señas que pusiese el carro en movimiento. Para entonces sus compañeros ya se habían vuelto al depósito de cadáveres, luego de santiguarse y hacer la reverencia de rigor a la difunta.

La comitiva emprendió la marcha en silencio. El carro iba en cabeza, chirriante de ejes, dejando dos roderas anchas en la nieve del sendero. Al costado, envuelta en telas negras, el rostro oculto bajo un velo, una mujer plañidera, de las que ofrecían sus servicios junto a la entrada del cementerio, exhibía su repertorio de lamentaciones. Detrás caminaba, muy digno y estirado, el párroco de Antíbula la Vieja con sus holgadas vestiduras sacerdotales, un largo bastón rematado en un crucifijo de plata y un solideo blanco sobre la coronilla. Lo seguía a corta distancia un acólito con sobrepelliz, sin más función por lo visto que estar atento al cielo por si debía tapar al padre Arfuno con el paraguas. Salvo en casos especiales, el cura no acompañaba hasta la sepultura a los finados de su distrito parroquial; pero aquél no era un sepelio de tantos. Había, según mi madre, prisa por enterrar a la Flapia y, con ella, la culpa que concomía a más de uno tras conocerse que la muerta había estado pudriéndose durante dos semanas en la soledad de su casa.

Entre los circunstantes se encontraba doña Blátora de Piej, viuda de Jiuto, señora que por entonces frisaría en los setenta, muy delgada y elegante, la cabellera blanca recogida en moño y un collar de perlas de varias vueltas que resaltaba con brillos de lujo sobre el abrigo negro de lebrel. Debido a una marcada cojera andaba del brazo de su chófer. Era éste un hombre de bigote al ojo y edad mediana, bien apersonado, vestido como para una velada de figurines con un traje de uniforme, zapatos de charol y una gorra de plato que a mí, al pronto, me pareció idéntica a las que solía lucir el general Vistavino en sus retratos. Detrás de ambos se arracimaban los empleados de la tahona, en cuyas caras apenadas se advertía la palidez ojerosa de los que acostumbran trabajar por las noches. Llevaban todos ellos ropa humilde de pana. También eran de pana las gorras con que cubrían sus cabezas. Momentos antes que el carro se pusiera en marcha, doña Blétora de Piej se acercó renqueando al ataúd para depositar con la ayuda de sus subordinados una corona de rosas y hotidimas. Hecho esto, besó con comedida unción la piedra verde engastada en la sortija del reverendo padre Arfuno Bolimilo; mandó que entregaran una propina a la plañidera y, con pasos inseguros y perfil afligido, echó a caminar hacia la salida del cementerio sin soltarse del brazo de su chófer.

Los demás seguimos en lenta procesión al carro. Apenas una quincena de personas formaba el cortejo: unos pocos vecinos de la difunta; la encajera, que tenía los ojos encendidos de llorar; el señor Caendru, con el chestoberol en una mano y el bastón de roble en la otra; Runn de Gualel, que no paraba de toser y que, cuando creía que nadie lo observaba, se vaciaba de espumarajos en el borde del sendero; una mujer de cabellos rojos bajo la mantilla de luto, que resultó ser hermana de la Flapia, único miembro de la familia que asistió al entierro; empleados de la tahona, el abuelo Cuiña y yo.

Mi madre había tenido que quedarse al cargo de la hospedería. Alguna vez, rememorando aquellos tiempos, habría de revelarme que, no bien nos vio doblar la esquina, corrió a su cuarto a ponerse un pañueño en la cabeza y una prenda de abrigo, de solapas anchas, idóneas para embozarse sin llamar demasiado la atención, y que, dejando la casa descuidada, salió a pasear en secreto. Llegó con un sofoco de inquietud a la playa; hundió las manos en la arena, después en el agua del mar; vio las patas peludas de un cangrejo entre dos piedras y reunió un puñadito de conchas con la exaltación de quien ha encontrado un tesoro. Años más tarde, aquellas simples acciones se le representaban en la memoria como uno de los mayores placeres de su juventud. Duró poco. Apenas fue un ir y venir de media hora, pues el miedo a que algún transeúnte la reconociese y le fuera luego con el cuento a su padre, le aconsejó regresar cuanto antes a la hospedería.

El rencor que profesaba a la Flapia no había disminuido a raíz de la muerte de ésta. Por la mañana temprano, mientras revisaba mi atuendo en el camaranchón, apretó fuertemente una moneda de cincuenta céntimos contra la palma de mi mano, el primer dinero que yo recibía de ella, y dijo:

—Esto para el hijo y más tendrá si a la vuelta del Trirrón me jura que no ha rezado ni llorado una lágrima por la hechicera.

—Todo el año me estaría sin rezar —le contesté— si usted me dijera ahora el nombre de mi padre.

—Algo con be.

—Poca cosa es una letra, madre. Así nunca lo podré encontrar.

—Y ¿dónde piensas buscarlo?

—La niña Acfia Fenelina entiende de muertos y cementerios. Me tiene contado que en el del Trirrón hay cien mil piedras con nombres. Seguro que debajo de una de ellas descansa mi señor padre cuando vuelve de cazar almas por la ciudad. También dice que como no me dé maña para encontrarlo, deberé morirme y bajar al infierno si quiero conocer su cara.

—¡Qué perrerías se le ocurren a la mocosa! ¡Hijo mío, ni que estuvieras hecho de la semilla del demonio!

—Pues si no fue de la de él, ¿de la de quién entonces?

—Un hombre te engendró, no sé si santo o depravado, pero de buena facha. Se llamaba algo con B. Betori, Bortino, Buriti... Busque hoy por la mañana el hijo en las tumbas del cementerio un nombre que empiece de ese modo, que no parezca lengua antibulesa y al que no le siga una fecha de muerte anterior al año 16. Recuerde bien, si lo encuentra, dónde lo ha visto. Porque tengo para mí que si lo escucho de nuevo, el corazón me dará un salto.

—¿Promete usted visitar conmigo la piedra de mi padre?

—Hijo, te cumpliría esa palabra aunque me viese forzada a salir de noche por la ventana.

Subíamos por el sendero flanqueado de tumbas. El cementerio ofrecía un aspecto de serena desolación invernal: los árboles pelados; el suelo cubierto de nieve; marchitos en sus recipientes los ramos de flores depositados, quién sabe cuándo, por manos fieles encima de esta o aquella losa; desiertos los caminos y las encrucijadas. La mañana era fresca y tristona. Un apretado chafarrinón de nubes, que ocupaba todo el cielo, amenazaba con ponerse a llover de un momento otro.

A mi lado el abuelo Cuiña musitaba oraciones con la cara gacha, abriendo de vez en cuando los ojos para estudiar el tramo que acto seguido habría de recorrer a ciegas. A imitación suya, yo llevaba las manos entrelazadas en actitud devota a la altura del vientre. Y si sentía el roce de su mirada de través, me apresuraba a mover los labios a la manera del que está embebido en profunda plática con Dios. Pero nada más lejos de mis designios que contribuir mediante plegarias y responsos a la salvación del alma de la Flapia, en parte por no faltar a la promesa hecha a mi madre; en parte, sobre todo, porque estaba persuadido de que las posibilidades de que mi padre apareciese de pronto en el cementerio, en forma humana o sobrenatural, serían mayores si la difunta cocinera bajaba esa mañana a los infiernos. Así que por esa razón me abstenía de rezar por ella e iba leyendo con disimulo los nombres de las lápidas, alentado por la esperanza de que, si daba por casualidad con uno semejante al que me había dicho mi madre, me viniera de él una señal, quizá un destello fugaz, quizá un temblor en la piedra sólo por mí percibido.

Tras breve marcha alcanzamos el final de la recuesta, donde el abuelo Cuiña, de un suave codazo, me llamó la atención sobre algo que acababa de avistar más allá de la tapia del cementerio. No me pasó inadvertido un conato de sonrisa en su semblante. Al dirigir la mirada en la dirección de su gesto, divisé a lo lejos los edificios de nuestro barrio de Antíbula la Vieja, con sus tejados nevados, envueltos en la neblina que emanaba de las aguas gélidas del Intri. Por más que la distancia lo empequeñeciese, no era difícil distinguir, en la masa blanquigrís de fachadas, el anuncio de Lucky Luke estarcido en un costado de la hospedería. Me apresuré a imitar la expresión de orgullo risueño que traslucían las facciones del abuelo Cuiña, porque supuse que alguna respuesta esperaba de mí; pero él se llevó un dedo a los labios en demanda de silencio y compostura. Volvió después a sus piadosos bisbiseos, que ya no interrumpía para lanzarme a cada poco miradas vigilantes de refilón. Ahora, desentendido de mí, dirigía continuamente la vista hacia la parte opuesta y se recreaba en la contemplación del lejano anuncio de cigarrillos. De este modo, yo pude entregarme en cuerpo y alma a la lectura atenta de los nombres de los muertos, que era lo que verdaderamente me interesaba.

Más adelante el sendero descendía en línea recta hacia un área arbolada en la que abundaban los sepulcros antiguos, muchas de cuyas inscripciones apenas podían leerse por causa del verdín y de una especie de sarro negro que suele recubrir las lápidas expuestas durante largos años a los rigores de la intemperie. No me importó, por cuanto la tumba que yo buscaba o era nueva o hacía poco que aún lo había sido. Dejamos atrás el pomposo Monumento de la Resurrección, con sus diecinueve ángeles esculpidos en diorita y su pedestal cuajado de motivos ornamentales, ennegrecidos y desgastados por el tiempo. Tras un recodo nos encaminamos hacia la tapia del cementerio, adosada a la cual se hallaba el panteón público (o panteón de los pobres) número 23, el que le había tocado en suertes a la Flapia para su descanso eterno.

Unos cincuenta metros antes nos vimos obligados a detenernos en un ensanchamiento del sendero, a fin de dejar paso a otro enterrador que venía de vuelta con su burro y su carro ya vacío. No tardaron en seguirle los asistentes al entierro anterior al nuestro, repartidos en parejas y tríos de conversación En el instante de cruzarse con el ataúd de la Flapia, enmudecieron respetuosamente. Al mismo tiempo apartaron la mirada y avivaron el paso, acicateados a buen seguro por el apremio de olvidar su propio episodio luctuoso recién concluido. Las caras de casi todos ellos traslucían alivio. Tentado por la curiosidad, me volví a verlos alejarse por la recuesta. Vi que uno caminaba con la mano apoyada en el hombro de su acompañante; vi que otro exhalaba bocanadas de humo de cigarro con la boca voluptuosamente levantada hacia las nubes, y a un tercero que, al hilo del diálogo, gesticulaba de manera informal, haciendo sonreír a las dos mujeres vestidas de luto que lo escuchaban.

Un hombre de edad permanecía de rodillas sobre la losa del panteón, grabando a cincel en la piedra el nombre del difunto que acababa de recibir sepultura. La torpeza y calma con que sacudía los mazazos exasperó desde un principio al abuelo Cuiña, que comenzó a quejarse y despotricar de forma cada vez más ostensible. El reverendo padre Arfuno Bolimilo le pidió por señas que se sosegase. Al fin y al cabo el hombre se limitaba a hacer uso de un derecho validado por una de las tradiciones funerarias más arraigadas de nuestro país. Habría sido una bajeza meterle prisa o afearle su falta de habilidad. Hasta tanto que le quedara una letra por grabar no podríamos nosotros proceder a la inhumación del cadáver de la Flapia. El padre Arfuno me lo explicó pocos días después en el confesionario de la iglesia parroquial, con palabras y ejemplos escogidos para que yo los comprendiese sin dificultad.

La espera se prolongaba y Runn de Gualel, creyendo que nadie se percataría de su ausencia, aprovechó aquel ínterin para escabullirse de la comitiva del duelo y encender un cigarrillo al amparo del Monumento de la Resurrección. Las toses delataban a cada paso su escondite. Transcurrieron largos minutos. La plañidera, a ruego del padre Arfuno, había interrumpido sus lamentaciones. Un silencio lúgubre, sólo alterado por los cuchicheos esporádicos de los empleados de la tahona y alguna que otra maldición barbotada por el abuelo Cuiña, se apoderó de los presentes. El señor Caendru manoseaba distraídamente el chestoberol. Hacía el viejo huésped esa mañana una figura triste y aterida. Una levita de alquiler, de un tejido negro y raído; pantalones rayados que le quedaban anchos por demás, prestados por el abuelo Cuiña y planchados sin ganas ni esmero por mi madre; un lazo mal hecho de corbata y una chistera de color violeta, deshilachada, torcida y anacrónica constituían su deplorable atuendo de anciano que no tiene quien lo vista ni lo cuide.

Cerca de media hora llevábamos parados en el sendero cuando el hombre, culminada su obra picapedril, hizo señas de que nos dejaba cincel y maza encima de la losa. Después de santiguarse, sacó un pañuelo con el que se enjugó el sudor de la frente, se caló un bombín y, como si algún escrúpulo le impidiera cruzarse con nosotros, se alejó del lugar caminando entre las tumbas. A partir de ese instante quedó a nuestra disposición el panteón público número 23. El padre Arfuno dio enseguida orden al enterrador para que pusiera el carro nuevamente en marcha. Los circunstantes volvieron a colocarse en fila, reanudaron los gestos abatidos y las oraciones en voz baja, así como la plañidera sus fúnebres sollozos, y la señora Flapia pudo al fin consumar su último paseo bajo la luz de los siglos.

El panteón, de cerca, me pareció una caja enorme de piedra cuya mayor parte se hubiese hundido en la tierra a causa de su peso colosal. Lo poco que de él sobresalía del suelo tendría aproximadamente mi altura. De *infame recipiente de los muertos* tilda el poeta Molibio, en un apasionado soneto de juventud, a esa clase de sepulcros construidos a expensas del Estado con la finalidad de acoger en ellos los restos mortales de los católicos indigentes. Pero no las palabras del poeta oficial del vistavinismo, desconocidas por el niño que yo era, resonaban aquella mañana gris de invierno en mis oídos, delante del panteón 23, sino las que mi madre, burlonas y llenas de malicia, me había dicho al despuntar el alba en el camaranchón:

—¡Lo que rabiará la Flapia en el otro mundo! ¡Ella, que con todo lo que ganaba matándose a trabajar habría podido costearse un monumento de mármol, con su capillita y su puerta de rejas, en la zona noble del Trirrón!

Una losa de entre cuatro y cinco metros de ancho y otros tantos de largo ocupaba la parte superior del panteón. No era del todo plana, sino que estaba dividida en dos vertientes que caían suavemente hacia el centro. Ambos planos coincidían en un surco longitudinal, circunstancia que, unida a la treintena larga de nombres labrados encima de ellos, conferían a la superficie de la losa una vaga apariencia de libro abierto. El surco cumplía la función de desaguadero en los días lluviosos. Al fondo se alzaba una pared rematada en arco, con un paramento adosado al muro exterior del cementerio. En la parte alta del otro campeaba la chapa de bronce con el número 23 y, justo debajo de ella, una cruz grabada en la piedra y la inscripción usual de los panteones de los pobres: AQUÍ REPOSAN EN DIOS.

En el centro de la cara anterior, a media altura entre el suelo y el canto de la losa, había una abertura a modo de ventana que comunicaba con las entrañas del sepulcro. Era éste una especie de recinto asotanado, muy espacioso, con cabida para no menos de cincuenta ataúdes, cantidad dependiente en buena medida del tipo de montón que se formase dentro. Según mis datos, diez años después de introducido el último cadáver se borran los nombres de la losa y se corre ésta hacia un lado, hasta dejar un hueco por el que se pega fuego a toda aquella podredumbre, de modo que el panteón quede en condiciones de albergar una nueva remesa de inquilinos.

Una portezuela roñosa con pasador y cerrojo tapaba la abertura, en cuya boca se encajaba, además, un bloque cuadrado de piedra, provisto de una argolla. Años después me enteré, por el historiador Jan de Muta, de que tan precarias medidas de seguridad no pudieron evitar que a lo largo de 1928 milicias colectivistas y demás elementos revolucionarios activos por esa época usasen los panteones públicos del Trirrón como depósito clandestino de armas.

Entre el enterrador, el abuelo Cuiña y dos empleados de la tahona colocaron en el suelo el ataúd, que era negro de lujo, adquirido días atrás en el taller de Perroseco con dinero que, por iniciativa del padre Arfuno, habían apoquinado los allegados y conocidos de la difunta. De las Aspias de Uchu partió un sirviente con una libranza por valor de doscientos melios. Dudo que el abuelo Cuiña tuviese corazón para igualar semejante dadivosidad; pero parece, por comentarios que escuché en el comedor de la hospedería, que se había rascado bastante el bolsillo.

—¿A que no adivinas —me había preguntado la víspera, bajando por la calle del Rey Godelio, la niña Acfia Fenelina— quién estuvo ayer en mi casa?

Le repliqué que cómo puñetas lo iba yo a saber.

—¡El cura! —me soltó.

—¿Qué cura? ¿El padre Arfuno Bolimilo?

—¡Menuda caja le ha comprado a la cocinera de tu abuelo! Una de cerezo, forrada de bayeta negra. Dice mi padre que es mejor estar ahí metido que subir a la gloria.

—Ya será para menos.

—Te lo juro.

Los asistentes al entierro formaron corro en torno al ataúd de la Flapia, a excepción de la plañidera, que permaneció arrodillada en el borde del sendero, mesándose las canas, bañándose en lágrimas y haciendo extrañas contorsiones y jeribeques de aflicción. El abuelo Cuiña me arreó un codazo para que dejara de estar pendiente de ella y prestara atención al *dies irae* que con voz trémula había comenzado a recitar el padre Arfuno. Siguió un rezo colectivo, monótono, grave, en el que no participé, aunque movía los labios con ánimo de cubrir las apariencias. No dije sino *bumba*, como podía haber dicho cualquier otra necedad por el estilo, cuando a mi lado todas las bocas juntas entonaron un amén preñado de emoción. Hasta mi mejilla voló de pronto una gota salpicada del hisopo del párroco. Pensando que Dios, de esa manera, me amonestaba, pedí perdón en silencio y, para mi coleto, me despedí buenamente de la Flapia. A este punto me tomó un repentino picor en los ojos; pero pude, con algún esfuerzo, contener el llanto. Idéntica lucha se me hace a mí que sostenía en esos instantes el abuelo Cuiña contra sus glándulas lacrimales. Por que yo no lo advirtiese esquivaba mi mirada.

Acabadas las oraciones y depositada la corona de rosas y hotidimas de doña Blátora de Piej al fondo de la losa, junto a otras correspondientes a entierros anteriores, las mismas personas que habían bajado el ataúd del carro lo introdujeron por la abertura del panteón. Siguiendo la costumbre, todos los presentes, por turno, se acercaron a empujarlo unos pocos centímetros hacia dentro, yo también, hasta que, tras solicitar permiso al padre Arfuno, la mano rojiza y gruesa del enterrador le arreó el envite definitivo. El ataúd desapareció por completo de nuestra vista, como si se lo hubiera tragado el panteón por aquella especie de boca cuadrada que tenía en su parte delantera; un segundo después se oyó, en lo hondo, un ruido asordinado, seco, de maderas entrechocadas. La ceremonia de inhumación había terminado.

El enterrador se apresuró a echar la llave a la portezuela. Encajó después en su sitio el bloque de piedra, asegurándolo mediante dos o tres golpes recios con la palma de la mano, y de este modo los muertos del panteón se quedaron a solas en sus tinieblas.

Me agradaba la forma que tenía el enterrador de despachar su trabajo. Se ajetreaba con una suerte de solícita celeridad que se oponía por completo a la lentitud ociosa y cariacontecida de los circunstantes. La admiración que en mí despertaba me inspiró el deseo de tomar el mismo oficio cuando me llegase la edad de ganarme el sustento. Contra los vaticinios agoreros de mi madre, ni la cercanía de los muertos, ni las tumbas con sus cruces semejantes a brazos de piedra que a toda costa quieren tirarse al cuello de los vivos, me infundían una mota de terror. Yo abrigaba, además, la certidumbre de que, estando empleado en el cementerio, no tardaría en encontrar la pista del hombre que fue mi padre, por más que nadie había sabido confirmarme su presencia en el Trirrón.

A tiempo de ponerse en marcha con el burro y el carro, preguntó el enterrador si alguno de los presentes tenía intención de grabar el nombre de la difunta en la losa. El abuelo Cuiña, para que nadie se le anticipase, se apresuró a responder que él deseaba hacerlo y convino con el responsable de las herramientas en que, a menos que en el entretanto trajeran otro muerto a enterrar, devolvería personalmente la maza y el cincel en la oficina situada a la entrada del cementerio. Solventada aquella última formalidad, el padre Arfuno dedicó a cada uno de los presentes unas pocas palabras de consuelo. Detrás venía la plañidera con la mano abierta en reclamación de sus honorarios. Todos encaminaron después sus pasos por el sendero arriba hacia la salida, salvo el abuelo Cuiña y yo, que sin pérdida de tiempo nos encaramamos a la losa.

—Ahora, profesor, ya ves con qué fin los mayores enseñan a escribir a los pequeños. Para que, al morirse, no les falte quien les ponga el nombre en una piedra.

Eso dijo apenas nos quedamos los dos solos, lanzándome una mirada malévola que me amilanó. Elegido a continuación un lugar de la losa que se le antojó adecuado, rayó sobre la dura y renegrida superficie, con la punta del cincel, el nombre de la Flapia, al que no quiso añadir los apellidos, alegando que hacía muchos años que nadie la conocía por ellos. Malditas las ganas que tenía, además, de dedicar el resto de la jornada a menesteres de picapedrero.

Comenzó sin más dilaciones a abrir surco a lo largo de las líneas trazadas previamente. Yo observaba sus movimientos con atención, temeroso de no saber imitarlos cuando me llegase el momento de empuñar las herramientas conforme lo teníamos acordado de antemano. Saltaban con cada golpe esquirlas y polvo, y el abuelo Cuiña, por burlarse de mi actitud escrutadora, me previno socarronamente del peligro que me amenazaba:

—Por cada piedrilla que te entre en el ojo, un punto para mí. A ver si te gano por más de cinco y vuelves a casa ciego.

La punta del cincel prolongaba en la losa la herida de color claro y bordes recortados. En breve estuvo terminada la primera letra, una F con el aspecto de un rosario de pequeñas oquedades, no muy bien alineadas por cierto. El abuelo Cuiña me tendió las herramientas. En el mango de ambas persistía, cuando las tomé, el calor que sus manos les habían transmitido. Como mis mazazos no le pareciesen lo bastante recios, se mofó:

—¿Pretendes hacer cosquillas al panteón?

Con eso y todo, no me salió mal la letra, que él ahondó a continuación mediante varias cinceladas correctoras antes de grabar deprisa y corriendo una A. Resolvió asimismo hacerse cargo de la P, ya que se le antojaba demasiado difícil para mí. Aún no la había terminado cuando, a su espalda, una voz de mujer lo llamó secamente. Los dos reviramos a un tiempo la mirada. En el sendero, el gesto altivo y los cabellos rojos al descubierto, estaba la hermana de la Flapia; la cual, después de marcharse en compañía de los otros, había vuelto para hablar a solas con el abuelo Cuiña.

—Braes —le dijo en tono adusto—, ¿no crees que tú y yo tenemos pendiente una conversación?

—Estoy ocupado —le contestó el abuelo con brusquedad.

—Aun así, a lo mejor te interesa saber que un canalla saqueó hará dos semanas la casa de mi hermana. Hoy mismo presentaré la denuncia.

El abuelo Cuiña no se inmutó; antes al contrario, haciendo oídos de mercader reanudó como si tal cosa los golpes con la maza.

—Te lo digo —prosiguió no menos impasible la mujer— para que no te sorprendas si los guardias de seguridad entran a registrarte la hospedería.

—Que entren. En mi casa siempre son bien recibidos los amigos.

—Puede que, por pasar el rato —agregó ella, sacando de un pequeño bolso que llevaba consigo un burujo mugriento de tela—, te pregunten qué hacía este pañuelo en el suelo del dormitorio donde yacía mi hermana muerta. Está sucio, pero no tanto que no se puedan leer las iniciales de tu nombre. ¿Vienes a hablar conmigo o prefieres que le descubra a tu nieto tu verdadera cara?

En un arranque de ira, el abuelo Cuiña estrelló las herramientas contra la pared del fondo.

—Acaba tú —me dijo con el semblante desencajado.

Echaron los dos a andar por el sendero cubierto de nieve, ella delante, tiesa y enlutada, con garbo que traslucía la firme decisión de poner por obra, a cualquier precio, su propósito. Tenía la misma mirada azul que su difunta hermana y, calculo yo, seis o siete años menos. Seguida a varios pasos de distancia por el abuelo Cuiña, se perdió de vista tras el pedestal del Monumento de la Resurrección. Allí ocultos pasaron ambos cerca de media hora disputando a voz en cuello, y aunque desde el panteón no se les entendía una palabra, poco me cuesta deducir los derroteros por los que discurrió la discusión, ya que esa misma tarde media docena de hombres fornidos cargaron en dos carros, parados junto a la entrada de la hospedería, los enseres que el abuelo Cuiña tan trabajosamente había traído dos semanas atrás de casa de la Flapia.

21

Cumplidos los diez años, tomé de mi madre el hábito de ocultar las monedas que ocasionalmente caían en mis manos. No eran muchas. El número de clientes de la hospedería había disminuido por entonces de forma notable y, al mismo tiempo que ellos, las posibilidades de obtener propinas a cambio de pequeños servicios y favores. El más liberal de todos, el marinero Duparás, se había ido a vivir, según supimos, a una fonda del puerto. Él había sido durante largo tiempo mi principal proveedor de calderilla, pero no el único. Aún quedaba Runn de Gualel, que hasta el final de su vida seguiría llamándome de vez en cuando, mediante los cuatro tecleos convenidos, para encargarme que saliera a comprarle papel de música o tabaco, mercancías de las que en realidad era abastecido en secreto por el abuelo Cuiña, que se las cobraba a precio hinchado.

El enfermo y consumido pianista me solía recompensar con las vueltas o con una parte de ellas. Se trataba, en todos los casos, de cantidades módicas que empecé a guardar para mí a partir más o menos de la primavera de 1927. Por precaución llevaba aquellas monedas de poco valor uno o dos días en el bolsillo. Si en ese lapso el abuelo Cuiña olvidaba reclamármelas, yo las añadía gustosamente a mi tesoro, del que nadie salvo la niña Acfia Fenelina tenía conocimiento. No en vano era ella quien más se preocupaba por aumentarlo, pues abrigaba la ilusión de reunir una fortuna que nos permitiera comprar una casa en las montañas donde vivir los dos solos de mayores. A tal fin me daba a menudo alguna que otra moneda de céntimo, que yo depositaba religiosamente junto a las otras. Supongo que a la mayoría de cuantos la conocieron de cerca años más tarde le costará imaginarse a Marivián, diosa de los escenarios de Antíbula, en el empeño de edificar su porvenir sobre bases matrimoniales; justo ella, de quien uno de sus biógrafos menos exagerados, Blitte de Fertaxel, dejó escrito que «era, en opinión de muchos, una asesina de corazones a la cual el amor más largo de su vida le duró el tiempo que tardaba en fumarse un cigarrillo».

Una concavidad en la pared del camaranchón me servía de escondrijo. Se destapaba levantando una tabla mal clavada a cuya parte inferior estaban pegados cinco o seis nidos de avispina fenza. Al menor movimiento sonaba un coro de zumbidos. La amenaza me dejaba indiferente. Bien es verdad que ya no ignoraba, como cuando era un niño tierno y vivía recluido entre paredes de madera carcomida, el peligro que entrañaban aquellos bichos ponzoñosos. No obstante, seguía sin sentir miedo a su aguijón. Se me figuraba que la presencia de los nidos de avispinas fenzas disuadiría a posibles intrusos de meter los dedos en el agujero donde yo guardaba mis ahorros. Las avispinas fenzas me servían, por así decir, de candado.

Pronto la afición a acumular monedas me condujo a la práctica de la sisa. No me atrevo ni a pensar en las represalias que habría tomado el abuelo Cuiña contra mí si hubiese descubierto los pequeños pero frecuentes latrocinios de que le hacía objeto. Varias veces por semana me enviaba a uno u otro comercio del barrio con una lista de la compra. Por lo regular dejaba el papel sobre la mesa de la cocina, adonde yo iba a recogerlo a mi vuelta de la escuela. No sé si para evitar que se volase o si con la velada intención de intimidarme, solía colocarlo debajo de un cuchillo. Sin que me viera, yo lo leía con mucha atención, calibrando las posibilidades de obtener ganancia. Necesitaba para ello la complicidad de la niña Acfia Fenelina. De mi guña, que a pesar de su corta edad tenía la astucia de un perrero, aprendí la estratagema.

Consistía en lo siguiente: si, por poner un caso, el abuelo Cuiña me encargaba traer media docena de palitos de canela, yo me las apañaba para procurarme el mayor número posible de ellos en casa de la niña Acfia Fenelina, donde los asuntos relativos a la despensa se llevaban con cierto desgobierno. El resto de la canela lo compraba en la tienda de coloniales del señor Amtrech; después, por el camino de vuelta a casa, sacaba cuentas y trasladaba de un bolsillo a otro el dinero que no me había hecho falta gastar. El abuelo Cuiña, convencido de mi honradez, jamás notó el delito. Para fomentar la buena opinión que de mí albergaba, me valía yo de un truco que me había enseñado la niña Acfia Fenelina. Y era que de cuando en cuando le restituía al abuelo una parte insignificante de la sisa, asegurándole que me la había encontrado al regresar a casa, en la acera. El abuelo sonreía complacido de mi presunta simpleza; se embolsaba, por supuesto, el céntimo y ya no entraba en mayores cálculos ni comprobaciones.

El sitio donde menos dificultades hallaba para sustraerle algunas monedas de poco valor era el azoguejo de Blaitul. Por medio de una carta que me ordenó entregar a don Prístoro Vivergo en abril o mayo de 1927, hizo saber a éste que al menos dos mañanas al mes faltaría yo en adelante a sus clases. El escrito no especificaba el motivo de tales ausencias, de suerte que a mi maestro le picó la curiosidad y, con ocasión de una partida de ajedrez a puerta cerrada en su despacho, me formuló una serie de preguntas, a las que contesté contándole cómo el abuelo Cuiña tenía mucho interés en enseñarme a tratar con los mercaderes de perros, a distinguir las piezas buenas de las malas y a matarlas en el lavadero de nuestra casa con mis propias manos. Resuelto a tirarme de la lengua, no le costó sonsacarme que tan sólo teníamos unas pocas habitaciones de la hospedería ocupadas y que el abuelo Cuiña, para compensar las pérdidas, compraba lotes de hasta cinco perros por semana con vistas a elaborar embutido, aparte venderle los pelambres a un manguitero del barrio, según tenía costumbre desde los tiempos anteriores a mi nacimiento. El maestro me preguntó también si mi abuelo disponía de autorización legal para traficar con carne. No le supe contestar sino que ya se lo preguntaría sin falta a él mismo; pero el señor Vivergo replicó que no era necesario. Aun así, cometí el error de hacerlo, convencido de agradar a las dos partes. No me esperaba lo que ocurrió. El abuelo Cuiña, fuera de sí, afeó mi indiscreción con un chorro largo de gritos y palabras malsonantes, abundantemente sazonado de bofetadas.

Por aquellos tiempos él iba mucho al azoguejo de Blaitul. Llevaba siempre consigo su bastón de cerezo, por más que no lo precisaba para caminar ni apenas se apoyaba en él, sino que lo tenía de costumbre colgado de un brazo. Quizá se limitaba a exhibirlo con el simple designio de infundir respeto, al modo de esos lagartos comunes en las regiones agrestes de Antíbula, los cuales no atacan si no se les ataca, y no se les ataca porque da la casualidad de que están provistos de una espina altamente venenosa en medio de la frente. También llevaba bozales y al menos dos tríllas rematadas en varios cabos cada una, en consonancia con la mayor cantidad de perros que solía ahora comprar. No era mal choricero; aunque tendía, por premura de tiempo o por impaciencia, a descuidar la higiene. Lo estoy viendo trajinar carbón, tiznado y sudoroso, y diez minutos más tarde amasar carne picada con las manos negras.

Una vez cada quince días disponía que yo lo acompañase. A mí me dolía faltar a la escuela, en especial a la primera hora de la mañana, consagrada por entero a la lectura silenciosa. Ningún juguete me proporcionaba tanto gusto ni diversión como un libro abierto encima del pupitre, oloroso a papel, rebosante de historias, ilustraciones y curiosidades. En cambio, al cabo de incontables visitas al azoguejo de Blaitul, el mercado de perros no me ofrecía mayor aliciente que el de sisarle al abuelo Cuiña una suma irrelevante de dinero. Era muy fácil. Al rato de andar entre el gentío, sacaba del bolsillo una moneda de medio melio y me la daba para que fuese a los soportales a comprar cuarenta céntimos de sanizas asadas; yo gastaba treinta o treinta y cinco, y como regresaba a su lado comiéndolas, él no podía caer en la cuenta de la ratería.

Una mañana de junio del año 27 me quedé con el medio melio. Yo estaba en los soportales, guardando cola delante del puesto de la sanicera. Aún no me había llegado el turno de hacer mi pedido cuando se produjo una breve suspensión de la algarabía en el azoguejo. La muchedumbre agolpada en los bordes de la plaza comenzó a moverse en dirección al cobertizo. Algunas personas, más bien pocas, corrían como si las impeliera el deseo de ganar cuanto antes una meta determinada. El resto caminaba con una especie de prisa sonriente, sin la precipitación ni la gritería propias de un tumulto. Inferí de ello que un percance ridículo atraía a la gente hacia la zona reservada para la venta de perros. Enseguida mi impresión inicial se transformó en alarma cuando, no lejos de donde me encontraba, oí que se hablaba del abuelo Cuiña en relación con lo que estaba ocurriendo en el centro de la plaza. El tono era de chunga. Lleno de inquietud, decidí renunciar a las sanizas y acercarme sin demora a comprobar en qué paraba mi negro presentimiento. Valiéndome de mi tamaño de niño, logré abrirme paso a través de la barrera de cuerpos.

El abuelo Cuiña está ahí, solo, con su cara crispada de dolor en el centro de un círculo de muecas ostensivas de regocijo. A mi vista se ofrece de sopetón la imagen acaso más patética que de él ha conservado mi memoria. No hay nadie en el azoguejo de Blaitul que se compadezca de su infortunio; nadie hace el menor ademán de intervenir en su ayuda. El estupor me tiene paralizado en la primera fila de curiosos. Un perro alano de pelambre gris, con el lomo tachonado de sentaduras, cuelga de una pantorrilla del abuelo Cuiña. El abuelo trata desesperadamente de sacárselo de encima a palazos; pero no consigue atinarle con el bastón, pues cada vez que se vuelve hacia el animal, éste, clavado a su carne, se gira con él, arrastrado por el impulso de la pierna. La repetición de las vueltas evoca las evoluciones de una danza frenética. Cunde la guasa en rededor.

—¡Cuiña, que te vas a marear!

Y en medio del general jolgorio, de las risas y vítores de pitorreo oigo detrás de mí que alguien comenta a media voz, con palabras mordidas por el odio:

—Muy hambriento ha de estar el pobre perro para hincar los dientes en ese mal pellejo.

Los bríos del abuelo Cuiña declinan a ojos vistas. Tambaleante, desencajado, le cuesta esfuerzo blandir el bastón y parece como si se resignara a golpear sin contundencia el suelo, donde yacen desparramados sus bozales y traíllas. Ahora emplea todo su coraje para soltarse del alano a tirones. El animal se resiste con fiera pertinacia; gruñe, zamarrea y se encarniza, empeñado en afianzar a cada instante la dentellada. De las comisuras de su boca mana un hilo de espuma roja que desciende hasta los bordes de la potente mandíbula. Es un perro mugriento, avezado de seguro al trato con el látigo y la vara; un perro con agravios viejos que al fin ha hallado ocasión propicia para el desquite.

El abuelo Cuiña intenta hincarle en las costillas la contera del bastón. Lo pincha varias veces; pero, menguado de fuerzas y de alientos, no consigue perforarle la piel. Jadeante, profiere una maldición que suscita una oleada de carcajadas en la masa de mirones; arroja después el bastón de cerezo al suelo y, con las manos rígidas no sé si de dolor o de cólera, o de ambas cosas a un tiempo, se afana por arrancar de la pernera ensangrentada de su pantalón la cabeza del alano. No hay manera.

—¡Hazle cosquillas, Braes! Seguro que si lo mueves a risa te soltará.

Ya no tengo ojos para el sufrimiento del abuelo Cuiña; ya sólo soy capaz de advertir el desdoro de su derrota inminente, el derrumbe de su prestigio varonil, y me siento, en consecuencia, tentado de encontrar justificadas las mofas que el gentío no cesa de dirigirle.

Adondequiera que tiendo la mirada encuentro pupilas que destellan de gozo, fisonomías dichosas y manos que aplauden a la vista del combate desigual, de la debilidad del abuelo que crece en proporción a la mancha colorada de su pantorrilla. Definitivamente el público está de parte de la fiera.

Los pies me tiemblan a punto de salir impulsados hacia delante; pero a cada amago de echar a correr en auxilio del abuelo tropiezo contra un muro infranqueable de titubeos.

—Cuiña, matón, ¿por qué no dejas al perro en paz?

—Eso, eso. El muy bestia le va a partir los colmillos con la pierna.

Abrumado por la vergüenza, cierro los ojos y, al abrirlos, me veo junto al abuelo Cuiña, tirando con todas mis fuerzas del rabo del alano. En mis oídos atruenan los rugidos alborozados de la multitud. Percibo la rechifla, los gritos, las carcajadas, pero no entiendo, en medio de la infernal bullanga, una palabra. El aire que aspiro está saturado del hedor caliente del animal.

—Quítamelo, quítamelo —balbucea el abuelo Cuiña con mirada ausente de terror, rociándome las mejillas de saliva.

El perro está tan aferrado a su pierna que todo lo que consigo es levantarlo una cuarta del suelo. De pronto cruza mi mente una efímera imagen doméstica. Más de una vez un perro se nos ha resistido al abuelo y a mí en el cuarto del lavadero. Ladran, se revuelven y acometen; pero el bozal hace inútil su furor.

—¡Abuelo Cuiña, ciéguelo! —le digo, aguantándome a duras penas el apremio de llorar.

El abuelo se apresura a poner en ejecución el remedio; suelta la cabeza del alano y, con los índices trémulos, engarabitados, de uñas duras y afiladas, le arranca un ojo y acto seguido el otro. La sangre mana en abundancia, sangre del mismo color que la del abuelo Cuiña, y, como por ensalmo, remite la gritería a nuestro alrededor.

—¡Qué barbaridad! —oigo que alguien murmura a mis espaldas.

El alano ha soportado la mutilación sin queja, persistiendo en la rigidez de sus músculos robustos. Una chorretada de excrementos líquidos da prueba, sin embargo, de su padecimiento. Aun así, sigue firme en el mordisco. ¿Le faltará vigor para soltarse? ¿Acaso está decidido a morir mordiendo? El abuelo Cuiña, en el borde de la extenuación, intenta torpemente estrangularlo. Aprieta y jura, jura y aprieta.

En esto se llega a nosotros, salido de no se sabe dónde, un guardia de seguridad.

—Haga usted el favor de retirar las manos.

El guardia introduce el cañón de su pistola por la cuenca vacía de uno de los ojos del perro, dispara un primer tiro y enseguida, para evitar riesgos, un segundo que abre un boquete cárdeno en la panza del animal. Aun después de muerto, sus dientes poderosos continúan clavados en la pierna del abuelo Cuiña. Es el guardia quien haciendo fuerza consigue finalmente separar las dos mandíbulas.

Emprendimos a pie el camino de vuelta a la hospedería. El abuelo Cuiña, quitándole importancia a lo sucedido, manifestó su propósito de regresar al azoguejo de Blaitul en cuanto se hubiese vendado la herida en casa. Tenía que comprar carne viva, dijo, a toda costa. Resuelto a demostrar que conservaba intactas su fortaleza y su salud, se opuso tajantemente a que fuera yo quien cargara, como de costumbre, con las traíllas y los bozales. Al andar arrastraba por el suelo la pierna maltrecha. Un poco más arriba de la mancha roja de su pantalón se había anudado un pañuelo a modo de torniquete. Sudaba copiosamente y estaba pálido. Parecía, sin embargo, de buen humor, como si el ataque del perro hubiera representado para él un episodio feliz que le daba derecho a sentirse orgulloso. Cosa rara en él, no paraba de hablar.

—Se partió una tira. ¡Caramba con la tira! Zas, rota y adiós bozal.

Me arreó a este punto, en señal de confianza, un codazo leve a tiempo que me guiñaba un ojo.

—¿Has visto, profesor? ¿Has visto cómo brega un Cuiña de ley? Jancio bendito, otro en mi lugar estaría ahora llenando una caja de Perroseco. La alimaña tiraba de mí para abajo. ¡Qué fuerza tenía! Me quería en el suelo, a su altura, ¿te fijaste?, para abrirme el gaznate a mordiscos. Ni hombre ni fiera, aún no ha nacido nadie capaz de derribar a Braes Cuiña. ¿Derribar a Braes Cuiña? ¡Qué risa! Harían falta veinte perros rabiosos para moverme a mí del sitio. ¿Me has visto luchar, profesor? Dime que lo has visto.

—Lo he visto, abuelo Cuiña.

—He participado en combates más sangrientos. De joven, cuando invadimos la Bladia... ¡Si yo te contara! Lástima los melios que me ha costado el perrito. ¿Has visto qué buena pieza era? El pellejo bastante feo, de los palos que le habrán sacudido; pero dentro había magro para seis o siete ristras de longaniza y a lo mejor me quedo corto. Una lástima.

Andaba con dificultad, la respiración anhelante, el rostro empapado de sudor. De vez en cuando tocaba la pared de los edificios o los árboles plantados en el borde de las aceras como un ciego que caminase a tientas.

—¿Y por qué has venido a ayudarme, profesor? ¿Acaso te he llamado? Tú no tienes edad para pelear con perros de gran tamaño. Si quieres guerra, mejor búscate un pájaro o una gallina. Además, no te necesitaba. Y al guardia, tampoco. Ya le tenía bien cogido el pescuezo al alano. ¿Crees que le quedaba mucho tiempo de vida? Pero sí, pensándolo bien, me gusta que te pongas en peligro por defender a uno de tu estirpe. ¡Dios del alma, profesor, no te faltan redaños!

En vista de lo despacio que avanzábamos y de sus cada vez más ostensibles y sinuosos tambaleos, le propuse tomar el tranvía en alguna parada de la calle del Rey Godelio, que ya se avistaba al fondo, a unos cien metros de distancia.

—¿Qué? ¿Tranvía? Si tú pagas... ¿Tienes dinero, profesor? El profesor no tiene un céntimo. ¿Qué será de ti y de la Minta si la gangrena me lleva derecho a una fosa del Trirrón? Aún te queda mucha lucha por delante, pequeño. Créeme. Más le vale a tu porvenir que yo siga vivo por largos años. Acércate.

Me coloqué a su lado, quería apoyarse en mi hombro.

—Tú y yo —prosiguió balbuciente— formamos una buena pare-

ja, ¿no te parece? ¡Lástima que Dios no se haya dignado conce-
derte un poco más de cacumen!

Abrazado a mí, dio obra de diez o doce pasos. Comenzó a
decir cosas incomprensibles. De pronto le fallaron las piernas, se
escurrió blandamente por mi costado y cayó al suelo sin sentido,
la boca abierta y los ojos en blanco. Le pregunté, en cuclillas junto a él, si se había muerto. Como no me respondiese, intenté rea-
nimarlo tirando con fuerza de la manga de su camisa, pero fue
inútil. Después lo rodearon varios transeúntes y entonces ya no
tuve duda de que el medio melio que me había dado en el azoguejo de Blaitul para sanizas era mío.

22

Habíamos llegado a la conclusión de que probablemente éramos ricos, pero necesitábamos papeles que lo demostrasen. Mi madre logró más o menos hacerme comprender en qué consiste un testamento y al punto nos afanamos en buscar uno por toda la casa. El registro principal lo efectuamos, claro está, en el cuarto del abuelo Cuiña, donde no dejamos un cajón sin revolver. Tampoco se nos olvidó mirar debajo del colchón ni detrás de los armarios. Tentamos las tablas del suelo por si había alguna movediza, así como los tabiques y el techo, incluidas las molduras de estuco, siempre con la esperanza de hallar alguna hornacina oculta. Sobre la cama esparcimos finalmente el amarillento papelorio: docenas de comprobantes, certificados, notificaciones, recibos y hojas selladas de diversas clases que enseguida nos dimos a examinar. Pero entre que mi madre leía con mucha torpeza y yo no entendía palabra de la jerigonza en que parecían haber sido escritos aquellos documentos, no sacamos nada en claro.

Los dos estábamos de acuerdo en que tan pronto como dispusiéramos de la herencia nos desharíamos de la hospedería. Con el dinero obtenido por la venta del edificio nos instalaríamos en una vivienda de mediano tamaño, situada en algún barrio moderno de la ciudad. Allá viviríamos desahogadamente, pero sin derrochar. Yo, por supuesto, acudiría a un colegio de hijos de familia acomodada, donde procuraría adquirir una buena formación con vistas a emprender más adelante estudios de medicina o abogacía, y ella, más por sustraerse al tedio que por labrar fortuna, abriría un establecimiento que no la agobiara de trabajo, en el cual vendería objetos de porcelana, artículos de pasamanería o alfombras orientales, ya lo decidiría a su debido tiempo.

A media tarde nos sobresaltó una voz aflautada de anciano procedente del vestíbulo.

—¡Con la paz de Dios!

A toda prisa escondimos los papeles debajo de la cama. Instantes después los sueños y planes que llevábamos rumiando desde mediodía se vinieron de golpe a tierra al enterarnos de que el abuelo Cuiña, en contra de lo que yo creía y le había dicho a mi madre, no estaba muerto, sino vivo y bien vivo en una habitación del hospital de la Divina Providencia, adonde había sido conducido esa mañana por iniciativa de transeúntes humanitarios. En su ausencia, el tío Acán, a quien yo sólo conocía de oídas, se haría cargo de la hospedería. Nada más vernos nos echó la bendición. Entregó después a mi madre una lista de cosas que debía llevar sin pérdida de tiempo al abuelo Cuiña y a mí me mandó descargar su equipaje de una camioneta de alquiler estacionada delante de la entrada.

Acán Cuiña, hermano menor del bisabuelo Tuel, era el único pariente vivo que nos quedaba por aquel entonces. Estaba cerca de cumplir noventa años, edad que no se compadecía ni con la viveza de su mirada ni con la agilidad verdaderamente digna de admiración que mostraba al expresarse. Hablaba antibulés en un estilo arcaico, con un dejo agudo y saltarín que despertaba por lo general la sonrisa de cuantos lo escuchaban.

Mi madre se apresuró a prevenirme.

—Sé prudente cuando vayas a engañarlo, pues aunque es viejo y santo, también es un Cuiña.

El tío Acán, soltero de toda la vida, poseía un caserón junto al puente de la Defensa, donde vivía acompañado de una sirvienta octogenaria, cubierta de verrugas, que se ocupaba de las tareas domésticas, le daba conversación y lo cuidaba. El abuelo Cuiña les atribuía un hijo común, fallecido a edad temprana.

—Al vejestorio —se quejaba con frecuencia— no le sale de las narices estirar la pata antes que ella y ella se niega a palmar si él no lo hace primero. Conque ahí están, vivos por cabezonería. Harto y más harto estoy de esperar el momento en que me caiga en herencia el caserón.

El tío Acán sólo salía a la calle para asistir a los oficios religiosos en el convento de los doloritas, que estaba enfrente de su casa, con el río Intri por medio. Debido a su acendrada devoción, los frailes le permitían el acceso a la capilla conventual, privilegio concedido a pocos ciudadanos, sin excepción varones. Con

242

nosotros no mantenía trato alguno. La tarde de su llegada a la hospedería ni siquiera sabía de mi existencia. Al anochecer, sentados los dos a solas a la mesa de la cocina, como yo no le supiese responder quién era mi progenitor ni dónde vivía ni cómo se llamaba, hizo una mueca torva y, con un ademán displicente de la mano, me mandó desaparecer de su vista porque se le figuraba que por mi culpa se le iba a agriar la cena.

El abuelo Cuiña solía visitarlo muy de tarde en tarde.

—Voy a ver si por fin ha muerto —decía a tiempo de ponerse en camino.

Costaba entender que a edad tan avanzada y con el apego que tenía a sus costumbres hogareñas, el tío Acán hubiese accedido a la petición de su sobrino de instalarse durante una temporada en la hospedería. Mi madre abrigaba la sospecha de que algún precio le habría puesto a su generosidad.

—Dinero contante y sonante le habrá exigido por adelantado, que luego tu abuelo recobrará cuando herede, si es que hereda, porque a esta familia nuestra le dan gusto los desaires.

En cuanto al pasado del tío Acán, no sé sino lo que me refirió en alguna ocasión mi madre. De joven había sido maestro de aja, a sueldo en uno de tantos talleres que se alineaban al pie del promontorio de Flull y que a finales del siglo XIX fueron demolidos con el fin de dejar sitio libre para la edificación del Club Náutico. Serrando tablones y ensamblando cuadernas ganaba lo justo para remediar el hambre, hasta que en 1885 su situación financiera, al igual que la de numerosos antibuleses de la época, mejoró sustancialmente a raíz de su participación en el saqueo de la Bladia. Las ganancias que le procuró el botín le permitieron abandonar el oficio modesto de constructor de lanchas saniceras. Aconsejado por su estupendo olfato para los negocios, se metió a accionista de la naciente industria ferroviaria de Antíbula, jugó a la bolsa y practicó sin compasión la usura. De su fama de hombre logrero da testimonio un verso incluido en una tonadilla que gozó de popularidad en las postrimerías de la centuria pasada:

Un bloque de pedernal
te late en el pecho, niña.
Vivir contigo es peor
que contagiarse de tiña,

243

estar lleno de viruelas
o deber dinero a Cuiña.

Sin sopesar la moralidad de sus recursos, el tío Acán atesoró
en el espacio de diez o doce años una sólida fortuna. No bien se
supo exento de cuidados económicos, compró el caserón, se em-
butió en su sayón mugriento, calzó sandalias domésticas y se dio
de lleno a la misantropía, recluido en la soledad de su vivienda,
donde pasaba la mayor parte del tiempo consagrado al cultivo de
sus fervores místicos. Gustaba también, y mucho, de hundir las
narices en vidas de santos y mamotretos de historia que se hacía
traer de la Biblioteca Central en una carretilla. Las energías restantes las empleaba en el aumento de sus rentas, pues nunca, a
pesar de su religiosidad descompasada, les perdió afición a los
bienes terrenales.

—¡Con la paz de Dios!

Al pronto, mientras nos echaba la bendición en el vestíbulo
de la hospedería, con un ademán lento, ceremonioso, similar al
que mostraba Pío XI en un retrato colgado en la pared del dormitorio del abuelo Cuiña, pensé que por fin se me aparecía el
demonio en persona, aunque sólo fuera con la apariencia decepcionante de un anciano zarrapastroso. La repentina figuración
me duró más o menos el tiempo comprendido entre dos parpa-
deos, que fue lo que tardó mi madre en exclamar con desangela-
da cortesía:

—¡Tío Acán, cuánta alegría!

Comprendí enseguida que aquel hombre cargado de años,
arrugas y remiendos nos había sido enviado con el fin de gober-
narnos. Primeramente llamó a mi madre a su lado; cuando la
tuvo delante, le tomó el rostro con ambas manos y lo apretó contra su pecho, derramándole las largas y cochambrosas barbas
blancas por encima de la cabeza, como si se la cubriera con un
velo. Después hizo lo propio conmigo, y por la suavidad no
carente de ternura con que restregó mi nariz por la mugre de su
camisa, deduje que tal era su manera particular de saludarnos.
A mí me besó a continuación en la boca y dijo:

—Seas quien fueres, alma de Dios, ten por cierto que a mi vera
te purificarás, pues yo soy puro.

Dispuso luego que lo guiásemos a la alcoba de su sobrino el

244

hospedero, porque tenía propósito, dijo, de instalarse en ella sin demora y dedicar el resto de la tarde a meditar. Envió a mi madre al hospital y a mí me encargó que saliera a la calle en busca de su equipaje. En el remolque de la camioneta encontré una cruz de hierro pintada de negro, el doble de alta que yo; dos maletas grandes, con el revestimiento de cuero muy gastado, un lío de mantas y un baúl enorme, viejo y tan pesado que a duras penas conseguí llevarlo a rastras hasta la habitación.

Sentado en el borde de la cama, el tío Acán me pidió que le sacase los borceguíes. Sentí, cuando lo descalcé, grandísima repugnancia de sus pies, que semejaban dos gavillas de huesos torcidos, atados con venas abultadas de color morado, casi negro. Tenían las uñas amarillas, escamosas, largas y curvas como de ave de corral; los dedos gordos tan fuera de su posición regular que se montaban sobre sus vecinos, formando dos feísimos juanetes. Su olor, con pertenecer a la categoría de los que no se olvidan fácilmente, apenas suponía una contribución de poca monta a la fetidez general que emanaba de su cuerpo. Más duro de sufrir resultaba el tufo a orina y excrementos que lo envolvía.

Con achaque de que lo ayudara a mortificarse, pues estaba persuadido de que las manos de los niños son la prolongación natural de las de Dios, el tío Acán se despojó de sus ropas en mi presencia. Al desprenderse del calzón, mis funestas sospechas olfativas se vieron rotundamente confirmadas. Hizo él un gesto de sorpresa, a tiempo que chascaba la lengua en señal de disgusto, como si recelara que la plasta repelente fuera obra de algún bromista desaprensivo y no suya. Tendiéndome después la prenda percudida, me espetó con la mayor de las mandangas:

—Anda, muchacho, ve a limpiar esto y vuelve.

Yo me serví lo mejor que pude de la badila de la cocina y tomé también algunos hierbajos del patio a fin de arrancar el palomino sin tocarlo. Se hizo, con todo, preciso sumergir la prenda en un cubo de agua sucia con la que al parecer mi madre había estado fregando los suelos de la hospedería. Después de tenerla un rato en remojo, le menudeé, para escurrirla, palazos y pisotones hasta cansarme, y al fin, cogida o por así decir pellizcada de un extremo, se la llevé de vuelta al tío Acán, el cual la puso a secar en el antepecho de la ventana, donde por fuerza la habría de ver cualquiera que pasara por la calle.

Estaba el anciano en porreta, todo costillas y pellejo pálido, y arrodillándose en el suelo con el pecho y el vientre apoyados sobre la cama, comenzó a rezar en voz alta mientras yo permanecía cerca de él a la espera de que me hiciera señal de golpearle en la espalda con las disciplinas. Eran éstas varias tiras de esparto renegrido y en algunos sitios deshilachado, que, saliendo de un mango de lo mismo, remataban en sendos nudos cubiertos con una especie de capucha pequeña de cuero.

Por cierto, don Prístoro Vivergo solía contar que en tiempos remotos se estilaba el empleo de instrumentos de mortificación en los hogares. Está, en efecto, probado que hasta principios del siglo XIX florecieron en Antíbula las llamadas «manufacturas del tormento», arruinadas según prendían en la población laica las nuevas ideas y costumbres venidas de Francia. En señal de protesta contra aquel influjo creciente, satanizado sin éxito por la propaganda eclesiástica, se cegó a sí misma en 1802 la santa Cenarrita, a la tierna edad de quince años. La santa, si hacemos caso a la leyenda, utilizó para mutilarse un sacaojos de plata que el Arcángel San Gabriel le trajo del cielo una noche. Antes de esa época, los antibuleses de pro, alentados por el deseo de merecer un lugar de honor en la gloria, practicaban a menudo el castigo en propia carne, ayunaban hasta la extenuación, vestían con cilicios o pagaban a los verdugos del Santo Oficio de la Virtud para que les ayudasen a purgar faltas por medio de arbitrios dolorosos. Cuando yo era niño, hacía más de cien años que aquellos hábitos inmemoriales habían caído por fortuna en desuso, salvo para los monjes doloritas, que aún tenían la flagelación por regla de su orden, y puede que para un par de santurrones apolillados de la estirpe del tío Acán.

Quiero decir con todo esto que las disciplinas no suponían para mí una novedad ni me hacía falta a los diez años que nadie me enseñase la manera correcta de emplearlas, por más que nunca hasta entonces las había visto sino dibujadas en los libros piadosos de la escuela. En casa no teníamos nada semejante, pues el abuelo Cuiña, con ser tan dado a exhibir en público su devoción, no se sentía poco ni mucho inclinado a mortificarse. Era del parecer que para procurar agrado al Todopoderoso ya tenía bastante con el suplicio de las almorranas.

El caso es que aproveché que el tío Acán, absorto en sus oraciones, no me miraba para asestarme un azote en la palma de la mano, ni fuerte ni suave, aunque más bien tirando a lo primero, sin otro propósito que comprobar el daño que era capaz de ocasionar aquel racimo de cuerdas viejas. Las cuerdas, a decir verdad, no me dolieron; pero un atisbo de lo que se padece cuando a uno (como a mi madre en el Centro de Reformación Femenina) lo tunden a latigazos me lo dio un nudo, que, apartándose en su vuelo de los demás, me atinó por azar en la yema de un dedo, lo que me obligó a apretar los dientes por un instante y terminó con las pocas tentaciones que me quedaban de repetir el experimento.

Acuciado por el temor a cometer una crueldad, formé pensamiento de disciplinar sin bríos las esqueléticas espaldas del anciano, de suerte que cuando me hizo la seña para que le pegase, no me atreví sino a rozar sus costillas con el extremo nudoso de las cuerdas. Interrumpió él entonces sus oraciones para decirme:

—A fe mía que no es ésta, muchachito, la manera adecuada de complacer a Dios. Prueba a manejar las disciplinas con el mismo coraje que si me aborrecieses.

Pronunció aquellas palabras en tono sosegado. Me había parecido advertir, sin embargo, mientras hablaba, un destello fugaz de mal presagio en el fondo de sus ojos acuosos. ¿También, como el abuelo Cuiña, empezaba el tío Acán sus enfados por la mirada? Quizá se trataba de un rasgo de familia. En cualquier caso, no era tiempo de abandonarse a meditaciones. Convencido de que el anciano me apremiaba a propinarle un golpe recio, le arreé, pensando tan sólo en obedecerle, un zurriagazo que emitió un sonoro chasquido y le dejó las paletillas marcadas.

El tío Acán se volvió con ceño adusto.

—¡Ea, maldito, que me baldas! ¿O acaso pretendes precipitar la fecha de mi entierro? Por el bien de tu salud, procura hallar la medida justa a los azotes o en tus propias nalgas te enseñaré la manera como se ha de usar el instrumento.

Por la cuenta que me traía, tuve mucho cuidado de no ofenderlo en adelante, golpeándolo ni con saña ni con blandura, sino de modo que no se le alterase la expresión serena. Cerca de media hora estuve dándole gusto, si bien a veces transcurrían varios minutos sin que me hubiera hecho la señal. Otras, por el contrario, me pedía tres o cuatro golpes seguidos. Y a cada uno de ellos alzaba él la mirada al techo y exclamaba como caído en trance:

—¡Ay, qué dolor! ¡Ay, qué tortura! ¡Señor, Señor, me lo merezco!

Terminada la mortificación, mandó que le restregara la espalda con un bálsamo de olor hiriente que traía guardado en una de sus maletas, dentro de un frasco de vidrio ambarino. Se vistió después un sayón de arpillera, tachonado de rotos y lamparones, que usaba para andar por casa, y se calzó unas sandalias viejísimas de piel canina. Como le viese tomar notas en una especie de libro de asiento, me acerqué de puntillas a mirar por encima de su hombro. Vi que apuntaba, al término de una larga hilera de cifras, la cantidad de azotes recibidos. Escribía a tinta con pulcritud de calígrafo. En esto, como si tuviese un ojo oculto en el cogote, descubrió sin volverse que lo espiaba y quiso que fuera enseguida ante él y me sentara sobre su regazo. Yo así hice, disimulando la repugnancia. Besó mis labios en prueba, dijo, de la ley que me había tomado sin apenas conocerme. Tras lo cual prometió transmitirme algunas enseñanzas teológicas a cambio de que yo le desliendrase las barbas, tan largas y blancas como pobladas de miseria. Me avine a ello por timidez. No bien hube puesto las manos en su cara, cerró los ojos de gusto y comenzó a contar de esta manera:

—Bienaventurado soy porque a Dios Nuestro Señor le plugo elegirme entre sus santos. Poco me importa, pues deploro las vanidades terrenales, que los favores divinos de que disfruto en la vejez no hayan llegado a oídos del pontífice ni de la curia romana. ¿Qué necesidad hay de pregonar que Acán Cuiña tiene ganado el cielo? Yo, muchacho, en esto como en tantas cosas, procuro seguir el ejemplo de Jancio y de la niña Cenarrita, almas hermanas de la mía, humildes y discretas, que me precedieron en el ascenso a la gloria eterna. En Dios vivo, en Dios aliento, en Dios me callo y a Dios, en fin, me entrego cada día con jubilosa sumisión. ¿Qué se me da que me labren una estatua y me coloquen en esta o la otra iglesia para que la gente se arrodille a mis pies, me invoque, me dirija súplicas, se persigne en mi nombre y encienda velas a mi alrededor? A ti, inocente criatura, quiero abrir ahora mi alma para que impidas, cuando yo no esté, que los calumniadores caigan como enjambre de avispinas fenzas sobre mi nombre; para que por ti prevalezca la verdad; para que no le falte a Antíbula un nuevo espejo de virtudes en que mirarse. Y te preguntarás de dónde saco yo que Dios me tiene reservado un sitio en su sagrada presencia. A lo cual respondo de esta guisa: que todos los jueves bajo a orar a la cripta de los doloritas vestido con mi cilicio y allí me estoy en tinieblas hasta que Dios se digna aparecérseme en forma luminosa. Converso con Él sin despegar la vista del suelo, mas sólo cuando es jueves; que si no, no. Dios sabrá por qué. A sus dulcísimas palabras debo el conocimiento de mi condición santa. La cual no es motivo de engreírme, por más que mi alma hace años que está dispensada de cometer pecado, lo quiera o no lo quiera. Pues aunque por tozudez me empeñase en consumar una acción pecaminosa, Dios no me la habría de tomar en cuenta el día del Juicio Final, si bien me tiene advertido con la familiaridad que usa conmigo de costumbre: Acán, viejarrón, guárdate de faltarme a un mandamiento porque te atizaré una sarta de pescozones el día que traspases el umbral de mi morada. Así es Dios, muchacho, una centella que ama y bromea y que lo mismo se da rigurosa que campechana, según que la conducta nuestra lo haya merecido. ¡Pues si yo repitiese por menudo las agudezas que me larga todos los jueves en la cripta, se me agotaría la saliva dentro de la boca y aún no habría pasado de los prolegómenos de la relación! ¡La de chistes que me lleva contados sobre el Papa de ahora, el Pío ese no sé cuántos! Yo me mondo de risa y Él me chista para que me calle y no escandalice a los padres doloritas. A estas horas los pobres frailes deben de reputarme del mayor loco que ha pisado jamás su convento.

—Tío Acán, ¿para qué te pegas con las cuerdas —le pregunté— si, total, vas a subir al cielo? Yo que tú me ahorraría los dolores.

—¡Nada de eso, pequeñín! ¡Nada de eso! Pues el dolor, las penalidades y las privaciones en nombre de Dios Nuestro Señor conducen derechamente a la pureza, que es la única puerta de entrada al reino celestial. Has de saber que el paraíso se halla más allá de las últimas estrellas, formando por sí mismo un universo del que Dios Nuestro Señor es por así decir la estrella central en torno a la cual giran los ángeles y las almas de los elegidos, más cerca de ella en su órbita cuanto mayor es la provisión de santidad que reunieron en la Tierra. Por eso me castigo y mortifico, y más debiera hacerlo a fin de que Dios, cuando se sirva llamarme a su lado, me asigne un sitio de los buenos en su gloria y no uno en el rincón de los rincones, donde me puede tocar de vecino un pelma que se pase la eternidad entera jorobándome. Ah, sí, sí, ¡menuda es la gente!

A este tono siguió disparatando largo rato, mientras, entretenido con sus fantasías, que él tenía por artículos de fe, yo le aligeraba la barba de parásitos. No sabía si reírme o admirarme de su verba desatada. Como me tomase antojo de someter a prueba su credulidad, y en parte porque después de tanto desvarío empezaba a perderle el respeto, afirmé que también a mí se me había aparecido Dios un domingo, no hacía mucho tiempo, oyendo misa en la iglesia parroquial.

—¿Se te presentó en forma luminosa, como a mí los jueves, o en la corporal?

—No lo pude ver, me ardían los ojos si lo miraba.

—Entonces fue en la luminosa. ¡Menos mal que no fijaste en Él la vista, muchacho! De lo contrario andarías ahora tentando el suelo con un cayado. Y dime, ¿Dios te habló? ¿Te dio nuevas del cielo? ¿Te salvará?

—Me dijo: sé bueno y piadoso como tu tío Acán.

—¿Eso te dijo?

—Sí, y enseguida se esfumó para no molestar al reverendo padre Arfuno Bolimilo, que nos estaba echando el sermón desde el púlpito.

El tío Acán se quedó un momento pensativo, la mirada perdida en un punto vago por encima de su cabeza calva. De pronto dio un respingo como si despertase sobresaltado y, alcanzándome las disciplinas, me apremió a retirarme a algún lugar solitario de la hospedería con recomendación de sacudirme tantos azotes como fueran capaces de sufrir mis espaldas y rezar sin descanso hasta la hora de la cena. Yo le dije que me parecía bien agradar de ese modo a Dios. Recibí después su bendición y salí del cuarto. En el pasillo topé con mi madre, que al parecer nos había estado escuchando detrás de la puerta. En secreto le puse en autos sobre la clase de hombre que se nos había metido en casa.

—Si pregunta por mí —me susurró— cuéntele el hijo que he subido a colgar ropa en el camaranchón. A su edad no le creo con fuerzas para subir un tramo de escalera.

—Madre, ¿adónde va?

—Me ha venido de repente curiosidad por saber qué pinta tiene la ciudad en que nací. Pero no se preocupe el hijo, que estaré de vuelta a tiempo de preparar la cena.

23

A mi madre, de mayor, aún se le alegraba el semblante recordando aquellos días de 1927 en que el abuelo Cuiña estuvo ingresado en el hospital. La simple circunstancia de no hallar impedimento para moverse a su antojo por la casa le procuraba una sensación eufórica de gozo. Desde un principio, no bien cayó en la cuenta de que al tío Acán los asuntos relativos al funcionamiento de la hospedería le traían sin cuidado, determinó reducir sus obligaciones domésticas a lo esencial, de suerte que sólo despachaba las faenas más urgentes de cada día. Reservaba así tiempo y fuerzas para ciertos placeres que le habían estado vedados hasta entonces y a los cuales se entregaba con el ansia desmedida de quien sabe que no le ha de durar mucho la libertad de disfrutarlos.

En ausencia de su tiránico padre, podía ella elegir sus obligaciones a voluntad, llevarlas a cabo cuando y como le apeteciese, e incluso abandonarlas y estar mano sobre mano por el simple gusto de no hacer nada. Podía, cosa inaudita, bañarse a sus anchas en el cuarto del lavadero, sumergida hasta el cuello en el agua espumosa, y podía, mientras se le secaban los cabellos, pasarse una hora o más asomada a la ventana de la cocina, observando el ir y venir de los transeúntes, los carros y los automóviles; podía, además, saltarse la mayor prohibición que había pesado siempre sobre su vida, la prohibición de las prohibiciones por así decir: traspasar los límites de Antíbula la Vieja y llegarse a la playa, al puerto, al promontorio de Flull, o adentrarse sin rumbo fijo por las calles del centro de la ciudad.

A diario se las ingeniaba para sacrificar el menor tiempo libre posible a los quehaceres de la hospedería. Con ese fin se valía de todos los recursos imaginables. Me acuerdo, por ejemplo, de que preparaba por las noches el almuerzo y la cena del día siguiente, los cuales, llegado el momento, se limitaba a recalentar sobre la chapa del fogón; y para que ni el tío Acán ni los huéspedes se percataran de su trajín nocturno, solía encerrarse con llave en la cocina. No le faltaba maña ni desembarazo para hacer con las sobras aguachirle, de donde me vino a mí sospecha de que sisaba. Con idéntico interés accedí a su ruego de encargarme de las compras, ocupación en la que solíamos los dos alternarnos cuando estaba el abuelo Cuiña en casa.

Por las tardes, a la vuelta de la escuela, nos recompensaba a la niña Acfia Fenelina y a mí con veinte céntimos por cabeza si tomábamos a nuestro cargo algunas tareas domésticas como barrer el trecho de acera junto a la entrada, tender la ropa o fregar las escaleras, el suelo del vestíbulo o el de la cocina. Mi guña demostró, además, ser una experta limpiadora de vidrios de ventana. Compartíamos ambos el deseo de agregar monedas a nuestro tesoro escondido, que por esos días aumentó de manera notable.

Hay que decir también que entonces, con sólo seis habitaciones ocupadas, la hospedería apenas daba trabajo. Un marinero griego que se había inscrito recientemente aprovechó la ausencia del abuelo Cuiña para marcharse sin pagar. Pienso yo que tal vez quiso ser honrado y no pudo, pues mi madre, en contra de lo que se le había ordenado con severidad, tenía la mala costumbre de dejar la recepción sin vigilancia, a menudo durante varias horas, de suerte que cualquier extraño habría podido meterse en el edificio a robar con placidez.

El tío Acán no mostraba ningún interés por cuanto sucedía más allá del umbral de su habitación. Tampoco lo ocultaba. La hospedería era, según dijo la misma tarde de su llegada, negocio de su sobrino y no suyo, así que allá cuidados. Él se daría por contento, añadió, si por respeto a su vida consagrada a la devoción nos absteníamos de importunarlo. Cada día entregaba a mi madre, para las compras y a petición de ella, una cantidad del dinero que el abuelo Cuiña le había confiado con ese fin; hacía la correspondiente anotación en una hoja de gastos y ya no quería saber más. Que el dinero fuera o no empleado de forma correcta lo dejaba por completo indiferente, ya que no era él la persona a quien tarde o temprano tendríamos que rendir cuentas.

En realidad lo veíamos poco. Se levantaba bastante antes de las primeras luces para asistir a misa de alba en la parroquia. Terminado el oficio religioso, se desayunaba en la rectoral con el reverendo padre Arfuno Bolimilo, con quien estaba de palique hasta la hora del almuerzo. Los jueves, por ser día en que tenía conciliábulo semanal con Dios, se quedaba encerrado en su habitación mañana y tarde, sin probar bocado. Salvo al principio de su estancia en la hospedería, se desdeñaba de comer los guisos de mi madre, que le parecían un grado por debajo de la bazofia.

—Mozuela —le espetó una vez—, de tanta agua que pones en el puchero, milagro será que a la pobre gente de esta casa no se le cubra de musgo la dentadura.

Conque al tercer o cuarto día de estar con nosotros mandó recado a su sirvienta para que viniera regularmente a socorrerlo con provisiones. Dejó entonces de sentarse a la mesa del comedor, pues prefería matar el hambre en su habitación mordisqueando nueces y queso con mendrugo. Sospechábamos que los desayunos en casa del párroco le permitían ejercer la frugalidad durante el resto de la jornada. Gustaba, eso sí, del vino de nuestra despensa más de lo que suele acomodar a un santo, si bien sólo lo tomaba al anochecer. Sentado en la cama, trasegaba uno o dos jarrillos y poco a poco, bebiendo y hablando a solas, se quedaba dormido con la luz encendida.

Repartía las tardes entre la oración, las mortificaciones y la lectura de alguno de los numerosos libros que guardaba en el baúl. Si a mi vuelta de la escuela me sentía pasar por delante de la ventana, me llamaba para que le pusiera bálsamo en los verdugones, tenues rayas rosadas que no llegaban a la categoría de rasguños en comparación con las cicatrices que cruzaban la espalda de mi madre.

Otras veces le entraba capricho de que yo le sacudiese una tanda de azotes, o bien me encarecía que lo observara por el ojo de la cerradura mientras él se flagelaba.

—¿Me ves bien? —preguntaba desde el interior del cuarto.

A lo cual, para que no le cupiese duda de mi solicitud, respondía yo desde fuera pidiéndole que se colocara, ora un paso hacia a la izquierda, ora medio a la derecha, ora un poco adelante, ora un poco atrás, y de esta suerte lo hacía moverse a un lado y otro como a mí me apetecía, sin que él llegara nunca a olerse la malicia.

—Dime, niño —decía al cabo de un rato—, ¿llevo catorce o quince golpes? No ando muy seguro de la cuenta.

—Quince, tío Acán.

—Piensa que es menester saberlo bien.

—Quince, tío. No hay duda.

Tampoco se percataba de que a menudo no era mi ojo, sino el de la niña Acfia Fenelina el que atisbaba por el agujero, la cual recibía a veces tanto regocijo en lo que veía que se había de tapar la boca a fin de que la risa no delatase su presencia.

—¿Me viste sufrir? —preguntaba el tío Acán al término del castigo, con el propósito evidente de complacerse en mi perplejidad.

Nunca, en el transcurso de las casi cuatro semanas que vivió con nosotros, se aventuró a subir un tramo de escalera, porque no podía o porque no quería, aunque yo me inclino a pensar lo primero, ya que con frecuencia se le notaba algo apurado de resuello. De esta suerte, a mi madre le costaba poco justificar sus ausencias de la hospedería las raras ocasiones en que el tío Acán se interesaba por ella. Aleccionado en lo que debía contestarle, yo le contaba que mi madre había subido a colgar ropa en el camaranchón o que estaba muy atareada limpiando el barandal del piso tercero, y con estos o parecidos embustes manteníamos al anciano ignorante de la verdad.

Por las mañanas, servido el desayuno a los huéspedes, hechas las camas y barridas las habitaciones, mi madre tenía obligación de llevarle el periódico al abuelo Cuiña. En la inteligencia de presentarse ante él con un aspecto humilde, casto, laborioso, acudía al hospital sin los aderezos de bisutería que usaba a escondidas; la melena recogida en moño bajo un pañuelo negro, como si fuese a escuchar misa en la parroquia; la cesta de mimbre colgada del brazo y el vestido salpicado de lamparones y tiznajos con que ella misma se afeaba de propósito antes de salir de casa. La cesta no sólo era parte de su simulación, sino que dentro de ella metía sus mejores prendas y calzado, así como algún collar y pulseras de más brillo que valor, todo lo cual guardaba, camino del hospital, en un escondrijo, yo no sé dónde. A la vuelta se lo ponía cuidándose mucho de que nadie la viese y, engalanada con sus modestos pero limpios atavíos, el cabello trenzado y un sombrerito en la cabeza, daba sus grandes viajatas de cada día.

En el hospital debía enterar al abuelo Cuiña de los asuntos concernientes a la hospedería. Le entregaba el correo, alguna factura si la había y los distintos recibos de la compra, sin descartar ninguno por insignificante que hubiera sido el gasto. No eran los recibos de entonces como los que se estilan en la actualidad, que salen solos y bien impresos de una caja registradora, sino que mi madre, la pobre, tenía que pedirlos por favor a los tenderos; los cuales, sabiendo la razón de aquellos ruegos, escribían con lapicero, en un trozo de papel, cosas como ésta: «La Minta me ha comprado sal por valor de treinta y cinco céntimos». El señor Amtrech, compadecido de mi madre, se permitió un día añadir en una esquina de la hoja: «Cuiña, ¿no confías en tu hija o qué?».

El abuelo la obligaba a contar por menudo lo que había hecho en el lapso transcurrido desde su anterior visita. Por medio de preguntas capciosas trataba de pillarla en contradicción; pero mi madre se manejaba bien con las mentiras. Del tío Acán, de mí y de los huéspedes no refería nunca nada que pudiese alterar los ánimos del abuelo Cuiña, quien, una vez comprobado que en las últimas veinticuatro horas no se había gastado ni un melio de más de su peculio y revisado el plan semanal de comidas, despedía a mi madre no sin antes endosarle tal cantidad de tareas que, de haberlas cumplido ella cabalmente, no le habría quedado tiempo para respirar.

Los domingos, después de misa, bien aseados y no mal vestidos, íbamos los dos juntos a visitarlo. Pasado un rato, el abuelo Cuiña mandaba a mi madre salir de la habitación. A solas conmigo, me preguntaba en tono cordial si me había acordado de encender las velas de la capilla, si había aprendido algo nuevo en la escuela, si de vez en cuando agarraba la carabina y vigilaba nuestra calle desde la celosía. Con estos rodeos trataba de ganarse mi afecto tanto como moverme a locuacidad, y cuando creía tenerme a punto, se daba, impelido por sus recelos, a sonsacarme información sobre la vida que llevaba mi madre por entonces. Yo, que era mucho menos simple de lo que él presumía, a todo le contestaba de forma que le resultara forzoso no albergar queja de su hija.

Con frecuencia ponía él en práctica alguna insidia.

—La Minta —decía bajando la voz y taladrándome con la mirada— me ha soplado que el viernes faltaste a la escuela. Asegura que te vio holgazaneando por ahí.

No se me ocultaba su propósito de encizañarme con mi madre, en la esperanza de que, por puntillo, yo me volviese delator. Resuelto a deshacerle la argucia, le seguía el humor, fingiendo indignarme, y replicaba:

—La Minta dice mentira. Castíguela, abuelo Cuiña.

—Castígala tú, profesor, ya que ha hablado mal de ti. Por su culpa he estado a dos dedos de molerte a bastonazos. Castígala contándome alguna cosa mala que haya hecho. ¿Tiene la hospedería limpia como dice? ¿Sirve las comidas con puntualidad?

A este punto yo le repetía las palabras que traía acordadas de antemano con mi madre.

—Aún no se han secado las escaleras y ya las está fregando otra vez. Abuelo Cuiña, no deje que gaste tanta agua.

—¿Eso hace?

—Eso y más.

—¿Sí, qué?

—Pues ayer por la tarde vino la camioneta del carbón y ella, como no le da la gana de que le manchen el suelo, dejó a los hombres en la calle y metió sola todos los costales, que se le puso la cara negra como a un africano.

Atribuyendo, pues, a mi madre faltas que no lo eran, la colmaba de méritos delante del abuelo Cuiña, que se quedaba un tanto despechado de no haberse podido enfadar según se me hace a mí que pretendía. Llegada la hora de marcharnos, le decíamos modosamente adiós y él, desde la cama, respondía por lo regular con una señal displicente de la mano, como dando a entender que lo incomodaba nuestra presencia.

Nada más perderlo de vista, le refería a mi madre el coloquio que habíamos tenido el abuelo y yo sobre ella, sus preguntas llenas de mala fe y cómo yo las había respondido conforme teníamos los dos en secreto convenido. Entonces mi madre, llorosa de agradecimiento, me estrechaba entre sus brazos y me cubría de besos y caricias ante las miradas sorprendidas de los sanitarios y de algunas personas raras y mustias que deambulaban por los pasillos del hospital.

Al término de la visita, como mi madre ya tuviese preparada desde la noche anterior la comida de los huéspedes, disponíamos de hora y media para disfrutar de un paseo los dos juntos. Cogidos de la mano, salíamos al jardín donde se alzaba por entonces el cenotafio dedicado al rey Carfán III. Enseguida llegábamos a la plaza de Veuva, que los domingos por la mañana, hiciese el tiempo que hiciese, siempre estaba de bote en bote a causa del popular mercadillo de objetos usados. Allí, con dinero que llevaba en una faltriquera escondida, me compraba mi madre barquillos, pipas de calabaza y alguna que otra baratija. Se daba prisa por satisfacerme unos cuantos caprichos. Conseguía con ello que después, entretenido en paladear golosinas, yo caminase dócil y en silencio a su zaga.

En el transcurso de sus callejeos de aquellos días constató que resultaba atractiva a los varones. A sus veintisiete años mi madre era una mujer de aspecto saludable, cuerpo fino y ágil, y rostro agraciado a menos que descubriera la falta de algunos dientes perdidos años atrás en el Centro de Reformación Femenina. Para no estropear sus encantos se abstenía de despegar los labios cuando sonreía en público. Impelidas por el arqueamiento risueño de la boca, sus mejillas se redondeaban y levantaban más de lo que suele ser habitual en una expresión común de alegría. A los párpados no les quedaba entonces más remedio que apretarse dentro de su espacio natural. Como consecuencia de ello, los ojos de mi madre se achinaban de una manera lindísima, conformando un gesto con el que al parecer despertaba simpatía en todas partes. Una punta de coquetería la llevaba asimismo, en sus ratos de libertad, a taparse con guantes el dedo machucado. Sin embargo, moderaba el uso de afeites por miedo a que alguna cuadrilla del Santo Oficio de la Virtud la reputase de lo que no era. Cuando salía sola, se perfumaba con apenas una o dos gotas de esencia de hotidima y se ponía, eso sí, un pellizco de rojete en las mejillas. Ambos cosméticos los tomaba de un cofre abarrotado de utensilios de tocador, propiedad de la señora Ecba, la cual tenía por costumbre dejarlo a buen recaudo en la hospedería, junto con otros avíos y pertenencias que no debían de serle necesarios en su pueblo.

A mí me sabía mal que los hombres requebrasen a mi madre por la calle.

—Madre —le susurraba yo, encendido de cólera infantil—, esos de ahí la han llamado una cosa.

Ella me clavaba una mirada preñada de dulce compasión y a veces, por no decir siempre o casi siempre, se hacía la desentendida.

—Pues... ¿qué han dicho?

257

También me acuerdo de que un bisutero con quien ella parece que tenía cierta confianza, le preguntó un domingo, señalándome con la punta de su cigarro puro:

—Preciosa, este chiquillo ¿de dónde lo has sacado?

Y ella respondió sin vacilar:

—Es mi hermano.

Al punto me volví al bisutero, espoleado por el apremio de desmentir las palabras de mi madre; pero ella se apresuró a atajarme pisándome un pie con disimulo.

24

Un atardecer, mientras espiaba al tío Acán por el ojo de la cerradura, golpearon mi atención ciertos crujidos y tintineos en el dormitorio contiguo. De puntillas me pasé a la puerta de al lado y vi por el agujerito que mi madre había levantado una tabla del suelo y andaba contando dinero. Quizá no era eso exactamente lo que hacía; pero, en cualquier caso, se hallaba sentada al pie de la cama y sopesaba y manoseaba su peculio secreto. En esto, soltó el cordel de la faltriquera que solía llevar oculta bajo el vestido cuando salía a pasear sola por las calles. Sacando de ella un billete cuyo valor, al pronto, no pude reconocer, lo desplegó delante de su cara y le dio un beso. Acto seguido, lo apretó contra su pecho. Advertí entonces, no sin creer por un momento que los ojos me engañaban, que se trataba de un billete de veinte melios. Ahora mismo me faltan palabras para describir el asombro y extrañeza que se apoderaron repentinamente de mí en la oscuridad del pasillo. Y no era para menos, ya que veinte melios de los de antes de la inflación del año 28 suponían una cantidad desmesurada en las manos de alguien que, como mi madre, carecía de una fuente de ingresos.

En el transcurso de las tres semanas y pico que el abuelo Cuiña permaneció ingresado en el hospital de la Divina Providencia, mi madre logró reunir con artes diversas una suma apreciable de dinero. Acerca de los medios de acrecentar su fortuna, tanto como de algunos lances oscuros que le ocurrieron en esa época, no sé sino lo que ella misma quiso revelarme al cabo de largo tiempo. Me enteré así de que tuvo por aquellos días varias citas remunerativas con el marinero Duparás. Lo visitaba en el cuartucho de una fonda de mala muerte, dentro de la zona portuaria, a la que el viejo borrachingas se había ido a vivir después que el abuelo Cuiña lo hubiera echado de la hospedería. Antes de cada encuentro mi madre solía atiborrarse de agua, con pensamiento de colmar de orina un lebrillo de mediano tamaño que tenía en su alojamiento el marinero Duparás, al cual no le dolían prendas a la hora de recompensar ese y otros servicios de los que no me hace falta acordarme.

En determinados pasajes de su relato, mi madre no podía evitar que se le arrugara el entrecejo.

—Una tarde, nada más doblar la esquina, ¿qué veo? Dos guardias acababan de sacar a rastras de la fonda al señor Duparás. Lo tenían tirado en los adoquines, desnudo de medio cuerpo para arriba, y lo pisaban a su salvo y cada uno le daba duro con su cachiporra, ¡qué barbaridad! Le arrearon una manta de palos, yo no me explico por qué, pues el señor Duparás, que yo sepa, nunca se metía en política. Había muchos vecinos asomados a las ventanas. Y también había gente de la fonda mirando tan tranquila. Seguro que alguno lo había denunciado por gusto de causarle mal. La cara del señor Duparás, envuelta en sangre, parecía la de un perro en el desolladero. Yo pensaba: lo van a matar, lo van a matar al desdichado. ¿Qué mal habrá hecho, como no sea empapar sus penas en aguardiente? Pero por eso no se le pega a un hombre ni se le injuria. Él aguantaba los golpes sin decir palabra. Aquellos brutos, ¿no lo maltrataban acaso en nombre de la ley? ¿A quién se iba a quejar el pobrecillo? ¡Qué horribles tiempos fueron los del general Matamuertos! Conque me quedé quieta al principio de la calle. Y luego, pasito a paso, reculé hasta detrás de una pila de redes, donde me mojé entera del puro miedo que me apretaba. Pues piense el hijo ahora qué habría sido de su madre si aquella tarde, en lugar de retrasarse por culpa del tío Acán, que se había presentado a comer cuando menos lo esperaba, en mala hora hubiera llegado puntual a la fonda.

—Diga, madre, ¿qué fue del marinero Duparás? ¿Lo vio usted otro día?

—No, no, ya nunca más lo vi. Puede que me faltase valor, puede que me sobraran ganas de seguir viva. El caso es que estuve muchos años sin volver al puerto. Para mí que al señor Duparás lo mataron aquella tarde.

En otra ocasión, mientras caminaba a la ventura por una vereda solitaria que discurría entre árboles, dentro del parque del

260

Marqués de Quescu, la abordó un caballero bien apersonado con la pregunta de si se avenía a concederle un beso. Mi madre se turbó y estuvo tentada de arrancar a correr o de pedir ayuda a gritos; pero el hombre se apresuró a mostrarle en prenda de buena voluntad una moneda de dos melios, y con eso y los modales distinguidos que lucía logró tranquilizarla. Quiso mi madre saber qué clase de beso se le solicitaba, porque tenía por norma, dijo, no darse a cualquiera. Él declaró en un tono sereno y cálido que apetecía un beso de boca a boca para resarcirse de los que desde hacía pocos días le faltaban por culpa de un amor truncado.

—¡Se parece usted tanto, de cara y de figura, a la persona que me desprecia! —le dijo el desconocido con un leve temblor de melancolía en la voz.

Mi madre sintió un cosquilleo de piedad en la garganta y, considerando que un beso no es más que un beso, y que poco perjuicio se había de seguir para ella en caso de engaño, condescendió al capricho del hombre, cobró y se fue.

El venturoso desenlace de la peripecia la animó a volver al día siguiente. Topó de nuevo con el caballero a la misma hora y en el mismo lugar. Quedó aún más impresionada que la primera vez de su apostura, de su vestimenta elegante, de sus gestos nobles, y por idéntico precio al de la víspera le permitió que, además de besarla, desahogase sus amarguras amorosas con la frente apoyada sobre el pecho de ella. Mi madre, que nunca había visto los ojos de un varón adulto arrasados en lágrimas, se conmovió de tal suerte que comenzó a desabrocharse el corpiño con la bondadosa idea de comunicar al infeliz el calor de su carne. No pudo, sin embargo, poner término a su propósito, pues el caballero se apresuró a pararle la mano y le encareció con palabras afables, entrecortadas por el llanto, que no le diese más de lo que habían acordado. Mi madre insistió entonces en devolverle el dinero recibido; pero él, con no menor obstinación, se negó a aceptarlo. Por este motivo se enzarzaron los dos en una discordia cortés que mi madre zanjó de buenas a primeras arrojando la moneda de dos melios a la hierba y amenazando al caballero con marcharse de inmediato y no verlo nunca más.

—¿Por qué hizo eso, madre? Para librarse del abuelo Cuiña estaba usted forzada a ahorrar hasta el último céntimo que cayese en sus manos.

—Porque me moría de lástima por aquel hombre. Lástima, hijo, no del chasco que le había dado una mujer. ¡Que cada cual se las componga como pueda en los remolinos del amor! De no haber alcanzado su desgracia mayor tamaño, ten por seguro que la Minta habría seguido aligerándole la bolsa. ¡Pues eso faltaría! Pero le vi la segunda tarde, ay, unas pajas en los faldones de la levita y otras pocas pegadas al cogote. Y entonces, hijo, me tomó el remusgo de que aquel caballero con traza de gran señor, pobrecillo, era un perseguido de la guardia de seguridad. Conque para salir de dudas le llevé el tercer día cecina y pan envueltos en un paño. Por poco se le saltan los ojos cuando le mostré el condumio. ¡Qué dura es la vida! Lo encontré agazapado entre unos arbustos. Me apuré. ¡A ver si lo he pillado haciendo aguas mayores! Menos mal que no. Llevaba la misma ropa de las otras tardes, pero arrugada, sucia de tierra seca, de pajas y hojitas sueltas, ¿comprendes? Y no sólo eso. Los mosquitos lo habían cosido a habones. Estaba despeinado, con ojeras como de haber dormido poco, con barba de pinchos. Ah, y ni rastro del perfume de la primera vez. Todo lo contrario: echaba un olor a cuerpo que tumbaba. Piense el hijo que era verano y teníamos días y noches de bochorno. En cuanto vi la voracidad con que se puso a morder el cacho de perro salado, le solté a la cara mi sospecha. Se quedó de piedra.

—Señorita —me dijo con ojos de terror—, ¿ha hablado usted a alguien de mí? ¿A su familia? ¿A algún vecino?

—A nadie —le dije, y se lo tuve que jurar porque estaba tan asustado que no podía creerme. Después me confesó que sí, que los guardias habían ido a buscarlo hacía tres días. Por suerte vinieron cuando él se hallaba fuera de casa. Un criado de confianza consiguió encontrarlo y le puso al corriente del peligro que lo amenazaba. Entonces trató de esconderse en casa de quien le daba su razón de vivir. Allí fue víctima de una vil traición. No tardaron en llegar los uniformes. Su propia prometida los había mandado llamar en secreto y a gritos los guiaba hasta la alcoba donde se había escondido el que buscaban. Se salvó en el último momento saltando por la ventana. ¡A qué increíbles ruindades llegan algunas personas cuando el terror y la religión mandan en la sociedad! Le pregunté por qué querían apresarlo. Tendió la vista a todas partes para estar seguro de que nadie lo escuchaba y me respondió temblando como un chiquillo:

—Señorita, pertenezco a los órganos de dirección del partido colectivista. Todavía no le he dicho a usted mi nombre. Por su seguridad es mejor que no se lo declare. Váyase y no vuelva. Si los guardias la sorprenden conmigo no vivirá usted mucho tiempo. Váyase, se lo ruego. Denúncieme si quiere, ya qué más da. No sería la primera que se va de la lengua con la mala entraña de buscar mi perdición.

—Pero usted, madre, por todo lo que yo sé, no le hizo caso.

—¿Caso yo? Aún me creció más la pena cuando supe que andaba fugitivo por culpa de una pérfida. Le dije: bien, cállese el nombre pero no me pida que lo deje aquí desamparado, sin techo ni alimento, porque como me llamo Minta que lo he de socorrer. Ya ve, Minta. Así me llamo. Minta la de Cuiña, el hospedero de Mertán el Grande. Y a chorros le largué la triste historia de mi vida. A pique estuve de enseñarle la espalda. ¡Caramba, para que tuviera confianza en una! Hay que arrear, le dije luego. Cualquier día de estos sale mi padre del hospital y adiós paseos por el parque.

—¿Cómo es posible que usted, sin apenas conocerme, se muestre tan generosa conmigo? —me preguntó.

—Tenía pico de hablista el fulano. Gente gorda, no hay duda. No le supe responder. Miró otra vez a los lados y me sopló callandito al oído:

—Tuergo de Brendades.

—Parece milagro, madre, que usted, que vivía confinada en una hospedería, llegase a tratar al famoso Tuergo de Brendades.

—Caprichos del azar. El nombre, la primera vez que lo oí, me dejó fría. ¡Cómo iba yo a imaginar que aquel lechuguino hambriento, aquel llorón desamorado, que se arrugaba de miedo cuando oía zumbar a una avispina fenza, al correr del tiempo se habría de convertir en caudillo de guerrilleros!

—Y en mano derecha del general Cuntobre. No lo olvide.

—Pues eso. ¿Y gracias a quién logró escapar de la ciudad? Porque no voy a discutir que muchas veces me han faltado en la vida dos dedos de frente, pero en punto a heroína, lo que se dice a heroína, no me hacía sombra ni la fusilera más animosa de las Brigadas Femeninas. El hijo, que lee tanto, ¿no habrá visto por casualidad mi nombre escrito en algún libro?

Jan de Muta me ratificó en cierta ocasión las partes esenciales del relato de mi madre. Son las mismas que con variaciones de escasa monta consignan las numerosas biografías consagradas a la figura de Tuergo de Brendades, tanto las escritas con el designio ostensible de ensalzar la figura del guerrillero intrépido, defensor de la causa popular, como las enderezadas a ofrecer de él la imagen de un hombre feroz, que renegó de su clase social (hasta el momento de su fuga había ejercido de director en una sucursal bancaria) y recibía estímulo y apoyo del gobierno bladita para que anegara de sangre los campos de Antíbula. Está probado que su prometida lo delató. Diversos historiadores afirman en descargo de ella que el acoso del Santo Oficio de la Virtud, unido al de la propia familia, puso a la joven dama en una situación desesperada.

Se sabe también que Brendades, habiéndose refugiado en la casa de su novia, estuvo a punto de caer en las garras de los guardias de seguridad. Ningún historiador menciona los cuatro días que Brendades estuvo escondido en el parque del Marqués de Quescu, a pesar de que en sus memorias, dictadas a un subalterno en los pocos ratos de descanso que le dejaba la actividad revolucionaria, se alude sucintamente a ese hecho. Reproduzco el pasaje en cuestión, tomado de la edición de 1953 (editorial Prifes Hermanos):

«Pensando en no comprometer a mis camaradas y amigos entrañables, formé intención de ponerme a buen recaudo en algún escondite no conocido de nadie, y permanecer en él hasta tanto los sicarios de Matamuertos se hubiesen resignado a darme por huido y relajaran la vigilancia de las entradas y salidas de la ciudad. Por espacio de cuatro días permanecí oculto en unas espesuras del parque del Marqués de Quescu, alimentándome de pequeños insectos, arañitas y gusanos, sin más arbitrio para combatir la sed que las gotas de rocío de la mañana. La llamada del deber me impulsó una noche a abandonar la ciudad a pie, con grave riesgo de ser capturado. Crucé a nado el Intri, salí al campo y gané los montes de Ayueltu al cabo de cinco jornadas de penosa caminata. Enseguida fui conducido a la presencia del ínclito y jamás bien ponderado general Francio Cuntobre, quien, después de un mes de duro adiestramiento militar, me asignó el mando de una partida de veinticinco luchadores por la libertad» (página 82).

—¿Eso pone ahí?

—Como lo oye, madre. Firmado por la mano del propio Brendades.

—Pues si cuentan de él que en su corta vida dejó un reguero de muertos, yo digo que dejó otro más grande de mentiras. Ese hombre, que se pasó a la insurrección vestido de tiros largos, ni comió bichos ni chupó rocío. ¿No será falsedad de principio a fin la historia entera de Antíbula? Cualquier día de estos, mañana o pasado, ¿no nos vendrán con que el rey Carfán III murió estreñido o que la Ofoenda bajó una noche a chapuzarse al río y se ahogó porque se le había olvidado que no sabía nadar? Si la Minta tuviera maña para escribir un libro, uyuyuy, al esqueleto de Tuergo de Brendades le entraría el corea donde sea que esté enterrado. Porque, para empezar, zampó cecina y pan de flor a costa de nuestros huéspedes, que por la noche se tuvieron que conformar con un plato de sopa delgada. Y otro día le llevé una cesta con muchas cosas ricas de comer y de beber, pues teníamos acuerdo de que saldría del parque sin tardanza, agarrado de mi brazo como marido y mujer. Y le digo al hijo la verdad: Brendades no bebió lo que hizo asentar en ese libro infundioso. Bebió vino que yo le di en dos frascos. ¡Bien que se lamía! Y bebió limonada fresca que me mandó traer de una tienda de la calle donde al hijo, pobre mío, le partieron una vez el brazo. Para pagar me dio dinero que llevaba en el bolsillo de la levita, no poco por cierto, porque hasta un cegado habría visto que era hombre con posibles. ¡Arañitas y bichos! Tengo para mí que Brendades, antes que hincarle el diente a una lombriz, se habría ido por sus pies a que le pegasen cuatro tiros en el huerto de Jabora.

La mañana del cuarto día, a la vuelta del hospital, mi madre se informó del horario de trenes de la tarde y, de acuerdo con las instrucciones y el dinero que había recibido de Brendades, adquirió un billete de tercera clase. Destino del viaje era Sóeo, la última ciudad de la llanura antes de los montes de Ayueltu, donde a la sazón, aprovechando la cercanía de la frontera con la Bladia, se había congregado una numerosa tropa de guerrilleros bajo las órdenes del ex ministro de la Guerra, el general Cuntobre.

—Hay plaga de guardias en la estación, le dije. Piden papeles, abren valijas y nadie que no haya sido registrado sube a los trenes. Conque usted verá lo que hace. Con esa facha no hay caso de que le dejen pasar.

—¿No se le ocurrió, madre, darle cobijo en la hospedería hasta que el abuelo Cuiña hubiera vuelto?

—Claro que se me ocurrió, pero él no quiso. Tampoco le pareció bien quedarse unos días más en el parque, aunque le juré que no le había de faltar comida ni bebida mientras tanto. Era un tozudo.

—Minta, no puedo, no puedo... —se emperraba. Ese hombre merecía una bofetada—. ¿Qué pensarían de mí los compañeros?

—También es embuste que salió de Antíbula por la noche. Eso se lo suelto yo a la cara a los sabihondos que escriben libros. ¡Caramba! ¿Para qué callar la pura verdad después de tantos años que han pasado? Escuche bien el hijo. Era un viernes. ¡Qué bien me acuerdo! Empezó a llover de golpe con unos relámpagos de alivio. Mal agüero, pensé. Pero no. Que llueva, que se nos caiga el cielo encima para que los guardias se queden arrugados en las esquinas. En el parque me cayó un rayo, qué te diría yo, como de aquí a esa pared y no exagero. ¡Qué susto! Total, que le di a Brendades ropa vieja que le había tomado prestada al pianista Gualel. Lo de tomar prestada es un decir. Se la cogí de un cajón y santas pascuas. Hasta hoy. El flacucho no se enteraba de nada, dale que dale al piano todo el día. Y como tenía más o menos la estatura de Brendades, enseguida pensé en él para birlarle un par de andrajos mientras le limpiaba la habitación. De paso me llevé un papel donde estaba su nombre escrito y abajo un sello de tinta azul, algo de una oficina. En fin, no sé. Conque vestido de pobretón y en la cabeza un sombrero de aldeano que le compré, la cesta bien servida de provisiones y el cuerpo lleno de miedo, se vino conmigo del brazo hasta la estación. Llegamos, no te cuento, ¡igual que salidos de un caldero de sopa! Seguro que de ahí le vino la idea de decirle a su escribiente que había escapado por el río. Que salió mojado de Antíbula es la única verdad de su historia. Tuvo suerte con los guardias. Lo miraron, me miraron y, como no hallasen en nosotros motivo de sospecha, nos dejaron pasar. Junto a la puerta del tren lo besé hasta quedarme sin aire. Si llego a saber que era un mentiroso le cobro el beso.

266

25

Pronto haría un mes que el abuelo Cuiña había sido hospitalizado. La mejoría alcanzada en ese tiempo, lejos de procurarle alivio, lo enfrentaba a cada momento con la idea obsesiva de su inactividad, de suerte que en la misma proporción en que sanaba de su herida aumentaba su mal genio. Continuas protestas, exigencias y desplantes no habían hecho sino atraerle la antipatía del equipo sanitario, que tenía tantas ganas de perderlo de vista como él de marcharse a casa. Los médicos habían conseguido, no sin dificultades, evitar la amputación. Aunque el paciente ya se levantaba y podía caminar trechos cortos con ayuda de muletas, se resistían a darle de alta. Él se ponía furioso por esta razón, soltaba groserías como un descosido y amenazaba con emprender la fuga en paños menores si seguían reteniéndolo. Por lo que nos había dicho a solas en el pasillo un señor de bata blanca, mi madre y yo calculábamos que el abuelo aún permanecería ingresado medio mes, vaticinio erróneo que hubimos de pagar bien caro.

Guardo de aquella época el recuerdo de un desasosiego permanente. Algunas tardes, en la hospedería, me tomaba una sensación punzante de orfandad. Volvía del colegio con la niña Acfia Fenelina; juntos despachábamos los trabajillos domésticos que mi madre me solía proponer a mediodía y por los que recibíamos unos cuantos céntimos de paga. Concluida la tarea, mi guña se despedía de mí hasta la mañana siguiente y yo me quedaba solo. Enseguida, a menos que el tío Acán me llamase a su lado, corría al primer piso y me apostaba junto a la celosía, no con ánimo de vigilar la calle como quería el abuelo Cuiña, sino pura y simplemente a esperar el regreso de mi madre. Yo no sabía por entonces la razón de sus ausencias, ni adónde iba, ni por qué se acicalaba y se vestía de domingo los días de labor. Ella se zafaba de mi curiosidad mediante evasivas que ni siquiera se molestaba en hacer creíbles. Después de ansiosa y a veces larga espera, la veía de pronto doblar la esquina al fondo de la calle. Subía casi siempre dando brincos por la acera, a menudo sonriente, espoleada por la obligación de servir con puntualidad la cena de los huéspedes. ¿De dónde vendría?

No me pesaba la soledad. El aislamiento en que fui criado durante los primeros siete años de mi infancia me inmunizó de por vida contra el dolor y la tristeza que por lo visto produce al común de los mortales la falta prolongada de compañía. Nunca, de niño o de mayor, supuso para mí un problema encerrarme por espacio de interminables horas entre cuatro paredes, solo con mis libros, mis papeles y mis pensamientos, sin experimentar deseo alguno de ver a nadie, de oír a nadie, de hablar con nadie. Mi inquietud de aquellas tardes nacía de causa bien distinta. Era la angustia de que mi madre no volviese lo que me empujaba a pasar largos ratos del crepúsculo oteando la calle por los huecos de la celosía. Idéntico temor solía sobresaltarme a hora avanzada de la noche. Dormido en la cama, me daba por imaginar que la péndola del comedor señalaba la hora de la cena y mi madre no había llegado a casa ni en realidad llegaría jamás, ya que se había ido a vivir muy lejos, al campo, a las montañas, quizá a la Bladia, donde al abuelo Cuiña no le fuera posible encontrarla. Otras versiones de la pesadilla me la mostraban en el momento de ser detenida por los guardias de seguridad.

La niña Acfia Fenelina tenía no poca culpa de mis malos sueños. Todas las tardes, tan pronto como llegábamos a la hospedería y veíamos que mi madre se hallaba ausente, me llenaba la cabeza de augurios alarmantes. Decía que si a una mujer la pillaban de noche andando por la ciudad la ataban con cuerdas, le cortaban el pelo al rape y la metían en el Centro de Reformación Femenina sin comunicárselo a sus familiares para que no la pudieran rescatar. Allí la hacían monja a la fuerza o le sacaban los ojos antes de matarla. Yo me esforzaba por no dar crédito a sus palabras. Las tildaba de patrañas y a mi guña de enredadora y embustera, por lo que a veces ella se marchaba resentida de la hospedería. No bien me quedaba solo, las suposiciones aciagas de la niña Acfia Fenelina empezaban a parecerme plausibles, e incluso confirmadas por los sucesos violentos de los que con tanta frecuencia hablaban los locutores de la radio. Me crecía entonces dentro del cuerpo un fuego de pavor pensando en que mi madre, tal vez por haberse alejado demasiado de Antíbula la Vieja o por una avería del tranvía o por cualquier otra razón por mí desconocida, no lograba estar en casa antes de anochecer y me apartaban de ella para siempre. ¡Para siempre!

Conque la tarde en que vi por el ojo de la cerradura que besaba un billete de veinte melios y lo apretaba contra su pecho con un fervor que parecía imitado de una estampa de la santa Cenarrita, ya no tuve duda de que tramaba abandonar sin tardanza su arrastrada vida bajo el poder de su padre. Disponía, desde luego, de medios económicos para afrontar la aventura. A la ocasión, además, la pintaban calva. Ahora o nunca. Hallándose el abuelo Cuiña, por así decir, preso en el hospital, no le hacía falta a ella más que liar los bártulos y salir por la puerta de la casa con la misma tranquilidad que si se dirigiera a comprar legumbres en la tienda de coloniales del señor Amtrech. Puede que ya le hubieran ofrecido un trabajo por ahí. ¿De dónde, si no, aquel dinero excesivo que la colmaba de dicha en la soledad de su dormitorio? En una palabra, su fuga era inminente, y puesto que mi madre no me había hecho partícipe de sus intenciones, de las que yo poco ni mucho habría sabido si no las hubiera descubierto por mi cuenta, estaba fuera de toda discusión que se proponía marcharse sin mí.

Por la noche no logré pegar ojo durante largas horas. Atrapado en un remolino de cavilaciones, se me figuraba que un hado adverso determinaba los episodios de mi vida, un hado cuyos hilos acaso manejaba Dios, a quien yo atribuía los rasgos físicos del abuelo Cuiña, y que, además de no permitirme siquiera conocer el nombre de mi progenitor, alejaba de mí, una tras otra, a todas las personas que me querían bien, empezando por la infeliz señora Flapia y por el triste y solitario marinero Duparás, para seguir, según me parecía ahora, por mi propia madre, a la que no tardaría en perder.

De madrugada, oí en la oscuridad del camaranchón un ruido como de uñas que raspasen el suelo.

—Padre, ¿eres tú?

No me respondió, pero yo supe que él andaba cerca de los costales de harina. Lo delataba el ruido leve por medio del cual se me antojó que trataba de comunicarse conmigo.

—Padre, ¿qué debo hacer?

Permaneció en silencio, o quizá, supuse, yo no podía oírlo porque me estaba hablando desde un mundo distinto del mío. Sin embargo, me iluminó; no sé cómo, pero lo hizo, pues de repente concebí la idea de seguir a mi madre por la calle. Intentaría averiguar su paradero en el caso de que se instalase en un piso de la ciudad, o bien el destino de su viaje si, como temía, tomaba la decisión de subir a un tren con rumbo a alguna población rural. Saber dónde encontrarla me libraría de la angustia de haberla perdido para siempre. Estaba seguro de que ese pensamiento esperanzador se lo debía a mi padre. A su manera más o menos sobrenatural me lo había transmitido. Prueba de ello es que, nada más trazar mi plan para la tarde siguiente, ya no volvió a sonar aquel ruidito de uñas que arañaban la madera del tillado. Le di las gracias en voz baja y me dormí con una sonrisa que todavía me duraba una o dos horas más tarde, cuando me tuve que levantar para ir a la escuela.

Al señor Vivergo le dije que me era imposible asistir a las clases de la tarde ya que mi abuelo tenía dispuesto que lo acompañase a vender ciertos lotes de embutidos. De regreso a casa para el almuerzo de mediodía, cometí el error de referirle el tapujo a la niña Acfia Fenelina, persuadido de granjearme sus elogios. Lejos de impresionarla, ella afeó mi acción con tantas alharacas y batería de reproches que al fin me avine a darle palabra de no faltar por la tarde a la escuela. No contenta con ello, me instó a declararle la verdad al maestro, así como a confesarme de mi pecado antes del domingo con el reverendo padre Arfuno Bolimilo. De lo contrario, dijo, dejaría de ser mi guña. Yo, aunque de boquilla, accedí a todo ello con tal de poner término al regaño, y no me rebajé a más porque ella no me lo exigió.

Minutos antes de las tres hallamos junto a la entrada de la Viverga el bullicioso enjambre infantil de costumbre. Me acuerdo de que no bien llegaba a presencia de sus compañeras, la niña Acfia Fenelina tendía a extremar los gestos de sumisión debidos a su guño, para lo cual se me hace a mí que se valía de aquellas dotes para la interpretación teatral que andando el tiempo habrían de convertirla en la famosa Marivián. A veces me ordenaba al oído, con palabras mordidas de apremio autoritario, inferirle tal o cual humillación, siempre con el pensamiento puesto en despertar envidia a las colegialas que la observaban de reojo. Por aquel tiempo se aficionó a besarme el dorso de las manos, extraña manera de despedirse que a imitación suya no tardaron en adoptar las demás guñas de la Viverga. De acuerdo con su capricho, yo debía estirar el cuerpo, levantar los ojos hacia el cielo, como que me desdeñaba de dirigirle la mirada, y mantener las manos pegadas a los muslos a fin de obligarla a ella a inclinarse para besarlas. Hubo una época en que me hizo ensayar a diario la escena en la hospedería.

De ese modo la niña Acfia Fenelina se despidió de mí cuando la señorita Llolla hizo sonar la campanilla en una de las ventanas de la parte trasera de la escuela. No se incorporó, sin embargo, al tropel de colegialas que acudían presurosas a la llamada de su maestra hasta tanto que le prometí lo que ya le tenía de sobra prometido. Menuda y ágil, enseguida se perdió de vista tras los arbustos del jardín reservado a las niñas. Ésta es la mía, pensé. Y en lugar de subir al aula con el resto de mis condiscípulos, arranqué a correr por la calle de Itabea adelante. Quiso la fortuna que, nada más llegar a la esquina con la del Rey Godelio, avistase a mi madre, que venía caminando a la manera sosegada de los paseantes hacia donde yo estaba. Me escondí lo más deprisa que pude en el interior de un portal y esperé a que pasara de largo su silueta sinuosa y como desleída por el efecto óptico de los cristales esmerilados de la puerta.

Me pareció prudente dejar que tomase ventaja. La gorra calada hasta las cejas, salí por fin detrás de ella una vez que hubo llegado a la altura del puente, sobre las vías del ferrocarril. El día era radiante. Una brisa suave, saturada de fragancia marina, ayudaba a soportar el calor. No llevaba mi madre ni prisa ni equipaje. Su aspecto no se compadecía con la idea que cualquiera pudiera formarse acerca de una hija recién escapada del hogar paterno. Antes al contrario, tenía ella un aire de mujer joven resuelta a exhibir de forma digna su talle lozano por las aceras.

Se había puesto un vestido azul oscuro, de raso según creo, que acostumbraba reservar para los oficios señalados de la iglesia, prenda que ella cuidaba con mimo por ser la más presentable de su exiguo vestuario. Estaba cruzada de finas rayas blancas, dispuestas en sentido vertical. La falda, de vuelo amplio, bajaba hasta el arranque de los tobillos, que era lo máximo que a la sazón

271

permitía enseñar el Santo Oficio de la Virtud a las mujeres anti-bulesas en la vía pública. Llevaba el cabello recogido dentro de un sombrero de campana cuyo color canela desdecía del vestido, y en los pies, unos zapatos negros de cuero de perro sujetos al empeine por medio de una tira, con el tacón grueso y la puntera aguda; los cuales yo nunca antes había visto, y por eso y porque además brillaban más por nuevos que por lustrados, deduje que los acababa de estrenar.

Casi tres horas la anduve siguiendo de calle en calle por la zona céntrica de la ciudad. Pronto concebí la certeza tranquilizadora de que caminaba sin rumbo. Se detenía a cada instante a contemplar los escaparates, los automóviles traqueteantes, los tranvías medio vacíos en la tarde azul. No evitaba las solanas. A menudo, al llegar a un cruce, tendía dubitativa la vista a uno y otro lado, hasta que, superada la indecisión, optaba por una cualquiera de las direcciones posibles. Hubo lugares, como la plaza de Zabonit, al costado del Archivo Nacional, o los soportales del Coliseo Real (en cuyo escenario había sufrido Runn de Gualel, dos años atrás, el lance más amargo de su carrera musical), por los que transitamos en repetidas ocasiones. Atravesábamos calles de nombres que yo leía en los indicadores por primera vez. A ratos me escarabajeaba el temor a perderme en un bosque de formas excesivas. Excesivas por su dimensión, pero también por su número: los altos edificios y la muchedumbre de balcones y ventanas, el hervidero humano y los espaciosos bulevares. De vez en cuando reconocía vagamente un chaflán, quizá la terraza de un café con las sillas y mesas repartidas bajo la enramada de unos plátanos, detalles del paisaje urbano que suponía haber visto de pequeño, acaso sin haberles prestado suficiente atención, cuando la señora Flapia me llevaba de la mano a pasear.

Poco después que la Cadenciosa hubiese dado las cinco en el campanario de Santa Cenarrita, vi a mi madre entrar en una chocolatería que había por entonces en la calle del 5 de Noviembre, donde permaneció, tomando yo no sé qué, obra de cuarenta minutos. Al salir se acercó al carro de un aguador con el propósito de solicitar un refresco. El aguador le soltó posiblemente una gracia, tal vez un requiebro jocoso. Sea como fuere, algo le dijo que la movió a risa. Desde lejos advertí el ademán gentil con que el hombre rehusó cobrarle la bebida.

Total, que entre una cosa y otra ya iba para más de media hora que la campanilla de don Prístoro Vivergo debía de haber señalado el término de las clases. Sin darme cuenta se había hecho tarde para volver a la escuela a tiempo que saliera por la puerta la riolada bulliciosa de colegiales. Tenía urdido meterme entre ellos y, fingiendo que bajaba del aula, reunirme como de costumbre con mi guña junto al cancel. Pero no había caso. Harta de esperar, la niña Acfia Fenelina se habría ido sola y enfurruñada a su casa. Resignado a cargar en los días posteriores con las consecuencias de su enojo, y en vista de que la situación ya no admitía remedio, resolví caminar un rato más tras los pasos de mi madre, haciendo caso omiso del hambre, la sed y el cansancio que con creciente insistencia me apremiaban a regresar a la hospedería.

Nos adentramos entretanto en el bulevar de la Victoria, ella delante y yo, como hasta entonces, no menos de cien metros a su zaga. Íbamos, por supuesto, en dirección contraria al hospital de la Divina Providencia, cuya fachada principal se divisaba a nuestra espalda, más allá de la plaza de Veuva. Al fondo del bulevar se recortaba sobre el verde de los árboles, a la altura del puente de la Defensa, cerca del convento de los doloritas y del caserón del tío Acán, el monumento a los Fundadores de Antíbula. El sol de verano reverberaba en la estatua marmórea de Palaco I el Nauta, postrado de hinojos en lo alto de la columna, la espada en una mano y la descomunal reproducción de la cruz de Antíbula en la otra. Me impuse aquel horizonte como límite último de mis desvelos de espía. Si antes de llegar allí a mi madre no le ocurría una peripecia que reavivase mi curiosidad, yo daría por concluido el fatigoso y decepcionante seguimiento y me marcharía a casa por el camino más corto.

Sabido es, aunque muchas veces, en la monotonía de los días, lo echemos en olvido, que la vida no siempre se doblega al rumbo por el que se empeñan en conducirla nuestros designios; que, cuando menos lo espera uno, se insubordina, se atiesa y nos obliga a pasar por tal o cual trance sin que podamos hacer nada por evitarlo. A mí se me figura que aquella tarde mi madre y yo no dimos un paso que no hubiera sido prefijado por una determinación imperiosa del destino, sobre todo desde que entramos en el bulevar de la Victoria, que es, por así decir, cuando en realidad empezó a suceder lo que estaba previsto que sucediese.

Una bocacalle de la parte izquierda, la segunda antes de llegar al monumento de los Fundadores, se hallaba atestada de personas en actitud que al pronto se me antojó de tumulto. Diversas señales me indujeron, sin embargo, a rectificar enseguida mi impresión inicial. Voces de inconfundible tono jubiloso, proferidas a coro, alternaban con breves redobles de tambor y alguna que otra salva de aplausos. Hubiera creído que la aglomeración se debía a un espectáculo de faranduleros si no fuera porque numerosos guardias de seguridad cercaban a la multitud. Se les veía sosegados, fumando cigarrillos en pequeños grupos de conversación. Y no faltaba entre ellos alguno en mangas de camisa que procuraba aliviarse del calor abanicándose con la gorra de plato. Sin duda habían venido a custodiar a gente afecta al régimen. De otro modo no habría podido explicarse la relajación ostensible con que cumplían su cometido ni los saludos y palmadas amistosas que de continuo intercambiaban con los circunstantes.

Mi madre se había parado, como tantos otros transeúntes, a observar la escena desde la acera del bulevar. No me pasó inadvertido un repentino amago que hizo de atravesar la calzada, pero por alguna razón que ignoro se detuvo en seco. Vaciló un momento, antes de proseguir el camino que llevaba. En esto se giró y, como impulsada por una brusca decisión, enristró hacia el lugar de la bulla, donde, a pesar de la prisa que me di en seguirla, le perdí el rastro.

26

A la entrada de la calle se me interpuso, los brazos en jarras, un guardia gigantesco.

—Niño, ¿adónde vas?

Balbucí (y era verdad) que quería ver de cerca los tambores. El guardia sonrió visiblemente complacido de mi apocamiento. Antes que volviera a hablarme, lo interpeló un compañero suyo que estaba allí cerca con otros:

—Anda, matachín, deja que el chavalillo se dé un baño de patriotismo.

Yo me metí en la multitud y llegué, sorteando personas, a la primera fila de un amplio círculo que rodeaba una gran cantidad de libros hacinados sobre los adoquines. Los sacaban por brazadas de un portal y con no mayores miramientos que si vaciaran cuévanos de escombro los arrojaban al montón, todo ello saludado por los rotundos rataplanes de los tambores y una sarta de vivas y mueras repetidos al unísono por las doscientas o trescientas bocas congregadas en la calle. La perplejidad me impedía establecer relación ninguna entre la euforia de la masa vociferante y los libros tirados en el suelo.

Minutos después de mi llegada, salió del portal un anciano tonsurado de barbas y cejas canas, mirada hosca y ademanes bruscos que parecían gobernados por los envites de un arrebato intermitente. Inferí de su porte y señas que ostentaba algún tipo de autoridad. Un acólito lo precedía abriendo calle. Vestían ambos los hábitos de la orden dolorita y el anciano blandía un crucifijo plateado con el que golpeaba una y otra vez el aire por encima de su cabeza, como empeñado en sacudir martillazos a tachuelas imaginarias. Se encaramó a los libros; anduvo pisándolos con ostentación de saña. Callaron los tambores cuando al fin el fraile quedó quieto en lo alto de aquel lagar de obras impresas. La vista alzada al cielo, se santiguó con lentitud solemne y, tras musitar en dirección al orbe una jaculatoria, perceptible en el tembleque nervioso de sus labios de hombre viejo, se volvió a la multitud circundante, los brazos extendidos en demanda de silencio. La gente obedeció. Se arrancó él entonces, gestero y lívido de excitación, con una soflama descomunal, bañada en un profuso hervor de saliva.

—Pecado mortal —sentenciaba a cada instante.

Parado en la primera fila, yo no conseguía entender sino fragmentos inconexos del discurso: castigo, escritos perniciosos, condenación eterna, escarmiento, ideas infernales. Bastaba, sin embargo, el tono encendido con que salía por entre sus escasos dientes la chorretada tremebunda de vocablos para echarme a temblar de miedo. De pronto reparó en mí y, señalándome con el dedo, afirmó a grito pelado no sé qué de proteger la infancia. Por muy poco no empapé los pantalones.

De aquí y de allá surgían voces exaltadas que daban la razón al dolorita; al cual se le desataba de vez en cuando un frenesí de visajes y manoteos con el que de todas todas se granjeaba la ovación de los presentes. Entonó por último un «Señor mío Jesucristo», contestado al punto por un rumor de voces guturales que la devoción oscurecía hasta reducirlo a un abejorreo incomprensible. Pensé en mi madre, en la promesa mutua que nos teníamos hecha de no creer en Dios ni practicar por propia voluntad el rezo. En vista de las circunstancias, supuse que me convenía faltar a la palabra dada, como también faltaba ella a la suya yendo por obligación a misa los domingos. Y así, me di a imitar a los adultos que me rodeaban, recitando versículos con las palmas de las manos santamente unidas.

—¡Viva el Todopoderoso! —vitorearon por allí cerca, y al punto un eco multitudinario, salido de centenares de gargantas varoniles, repitió la exclamación.

A este tono siguió la entusiástica, ensordecedora letanía:

—¡Muera el pecado!

—¡Viva Balzadón Vistavino!

—¡Arriba Antíbula!

Ayudado por su acólito, el anciano dolorita bajó entretanto a la acera. Enseguida le alcanzaron un bidón de hojalata. Mientras tronaban a un lado los tambores, ocho en total, dispuestos en dos filas, derramó gasolina sobre los libros. Segundos después sonó un zumbido sordo, momentáneo; brotó la llamarada y algunos que se hallaban próximos al fuego dieron por cautela un paso atrás.

Largos años estuvo ardiendo en mi memoria aquella hoguera triste de 1927. Veía brotar y crecer las llamas apenas cuatro o cinco metros delante de mí, pero no acertaba a encontrarles un sentido. Al principio de mi ingreso en el cuerpo de bibliotecarios del Estado emprendí con escaso convencimiento, todo hay que decirlo, algunas indagaciones. Empecé por preguntar a los compañeros. Oye, ¿tú no te acordarás por casualidad de...? Lo más que obtuve fueron respuestas vagas, en algunos casos contradictorias. Tampoco logré salir de dudas en el curso de mis frecuentes visitas a la hemeroteca. Ojeando periódicos antiguos, averigüé que las quemas de libros alentadas por el clero habían sido moneda corriente durante la dictadura vistavinista. Pude entonces comprender la divergencia de testimonios referidos por las personas a las que había consultado. Me consta que no evocaban la misma hoguera. Persuadido de la inutilidad de mi empeño, perdí la esperanza de llegar a saber alguna vez a quién pertenecían y de qué clase eran los libros que había visto arder aquella tarde infausta de mi infancia.

Hasta que un día, a la salida del Archivo Nacional, se me ocurrió de manos a boca mencionarle el episodio al insigne historiador Jan de Muta, cuyo trato tuve la fortuna de frecuentar durante varios años.

—Joven —me dijo—, no hay palabras bastantes en la lengua antibulesa para reprobar como se merece la villanía que usted presenció de niño, puedo imaginarme que sin tener la menor idea de lo que estaba aconteciendo ante sus ojos. ¿Qué le parece si nos llegamos a la cafetería y merendamos mientras yo le revelo algunos pormenores de este asunto que tanto le preocupa?

—Con mucho gusto —acepté complacido—, siempre que el gasto corra de mi parte.

Tomamos asiento en un local de la calle de Rosilente, al que solían concurrir los empleados y visitantes del Archivo. Allí, al par que despachábamos una fuente de bollos mojados en chocolate cocido, el célebre autor del *Crepúsculo monárquico* me relató lo siguiente:

—En 1924 se fundó en Antíbula una asociación femenina llamada Lyceum Club. La ciudad alberga hoy al menos tres organizaciones similares con otros nombres y quizá me quede corto. El Lyceum fue desde luego la primera asociación de su especie en Antíbula. La idea, procedente de Inglaterra, constituía una novedad atrevida en un país como el nuestro, tradicionalmente reacio a la educación intelectual de las mujeres. Las cosas como son, amigo. En la calle de Pernibí, haciendo casi esquina con el bulevar de la Victoria, tenía el Lyceum Club su sede. Ocupaba la segunda planta de un edificio que, por cierto, era propiedad del Ministerio de la Guerra. ¿Paradojas de la vida? Así nos lo parecería si redujéramos la historia a una narración lineal de acontecimientos y olvidáramos que esos mismos acontecimientos suponen la parte visible de una serie prolija de efectos y reacciones interrelacionados. En fin, discúlpeme. No pretendo estropearle la merienda endilgándole una lección magistral que, además, nos apartaría de las explicaciones que usted espera de mí.

Le pregunté si el edificio delante del cual yo había asistido por azar, en el verano de 1927, a la quema de libros era el mismo en que se hallaba la sede del Lyceum Club. Jan de Muta asintió con la cabeza, bebió un sorbo de la aguamiel con que gustaba de mitigar la sed entre trago y trago de chocolate y prosiguió contando a su manera sosegada y elocuente:

—Allí se reunía a diario cierto número de asociadas para tratar de sus cosas. El Lyceum cumplía una doble función, cultural por un lado y formativa por el otro; pero también aspiraba a convertirse, hasta donde lo permitiesen las difíciles circunstancias históricas, en un foro de discusión y de intercambio de ideas. En sus salas se desarrollaban actividades de muy diversa índole, distribuidas en una decena, sobre poco más o menos, de secciones. Se impartían, por ejemplo, clases de idiomas, de derecho civil y político, de artes plásticas, de costura y de otras disciplinas útiles que seguramente se puede usted imaginar. ¿Qué más? Con frecuencia se organizaban ciclos de conferencias y a mí me cupo varias veces el honor de disertar sobre temas del pasado ante un nutrido auditorio femenino. Tengo constancia de que Gualel, el malogrado e infeliz Gualel, de quien nada puedo referirle que no sepa usted mejor que yo, participó en alguno de los ciclos musicales del Lyceum que se llevaban a cabo bajo la responsabilidad directa de mi amiga la baronesa de Jibia. Como ve, joven, el tema da para mucho, pero yo comprendo que a usted le interesa principalmente conocer las causas que condujeron a la quema de libros en la calle de Pernibí. Pues bien, me ocuparé sin demora de ello ahora que ya está usted puesto en antecedentes. Sepa, para empezar, que en una época de censura rigurosa, de prohibiciones y persecución en todos los frentes, aquella asociación de señoras gozaba de la benevolencia de las autoridades políticas. Recuerdo que en la pared del vestíbulo colgaba un retrato del dictador, con dedicatoria y firma de su puño y letra, y que *La Hoja de la Patria* solía publicar todos los lunes el programa semanal de actividades del Lyceum Club. En cambio, para el Santo Oficio de la Virtud aquel «contubernio femenil consagrado al fomento y difusión de doctrinas perniciosas», según podía leerse en la sentencia condenatoria del año 27, fue desde un principio una paja en el ojo. Lanzaban anatemas los monjes de la Orden del Dolor tras los gruesos muros de su convento, sin que su indignación cristalizara en acciones legales contra el detestado Lyceum debido a la cohorte de damas influyentes que pagaban cuota de asociadas, pero sobre todo porque daba la casualidad de que la presidenta del cotarro era doña Adrinia Poje de Actequerel, esposa, como usted sabe, del general Francio Cuntobre, a la sazón ministro de la Guerra y uno de los mayores baluartes del régimen hasta el día en que se apoderó del dinero de los soldados y adiós muy buenas. A doña Adrinia no le quedó más remedio que dimitir de su cargo y abandonar el Lyceum. Su rastro se pierde junto a la verja del Centro de Reformación Femenina, en el que se supone que no ingresó como magdalena, sino con ánimo de vestir el hábito de las corazonianas. Nunca se supo más de ella.

—¿Tampoco —pregunté— cuando los insurgentes, al mando de su marido, asaltaron el Centro de Reformación?

—Doña Adrinia no fue encontrada ni en las celdas de las prisioneras ni en el rimero de monjas pasadas por las armas.

—Me extraña que desde la fuga de Cuntobre hasta el cierre del Lyceum Club transcurriera más de un año.

—Sin disputa, un plazo largo. Sé de buena tinta que formaba parte de una estrategia urdida en consejo de ministros con el fin de evitar escándalos. Tenga en cuenta, amigo, que muchas señoras que acudían a la calle de Pernibí a mejorar sus conocimientos de lengua francesa o a disfrutar de una velada con sonatas de Beethoven eran firmes partidarias de la dictadura vistavinista, en no pocos casos unidas a hombres fuertes del régimen mediante vínculos de parentesco o de amistad. Con eso y todo, la suerte del Lyceum quedó fatalmente sellada el día en que el general Cuntobre perpetró su famosa traición. Se dejó pasar unos meses durante los cuales las asociadas llevaron a cabo como de costumbre sus actividades. Se les permitió, incluso, conservar su sede; pero en otoño de aquel año se les exigió, sin previo aviso, el pago de un arriendo, cosa del todo nueva para ellas. Se les impuso, además, un censor, que se estrenó en su cometido suprimiendo de un plumazo un tercio de las secciones. Al mismo tiempo, agentes al servicio del gobierno se dedicaron a visitar a ciertas damas cuya reputación convenía salvaguardar a toda costa y les aconsejaron que se borrasen cuanto antes del Lyceum. La baronesa de Jibia, en un principio, se negó; pero no tuvo más remedio que darse a partido cuando personas en las que ella confiaba le advirtieron que el Santo Oficio había obtenido entera potestad para ocuparse del asunto. Hacia la primavera de 1927 se había consumado la desbandada sigilosa. La junta directiva del Lyceum quedó integrada exclusivamente por señoras de clase media afines a la ideología colectivista, que, ofuscadas por el entusiasmo y la ingenuidad, convirtieron la asociación en una escuela popular cuyo objetivo primordial consistía en combatir el analfabetismo femenino en Antíbula. De esta manera, la prensa del régimen pudo presentar el cierre del Lyceum Club como un triunfo de la legalidad vigente. Comenzaron las detenciones y las condenas; fueron confiscados los bienes de la asociación; ardió, por último, la biblioteca, que fue lo que vieron sus ojos de niño una tarde estival de 1927.

Aquellas llamas lejanas siguen encendidas en el recuerdo. A la edad de diez años yo era ya un lector insaciable. Entonces los libros representaban para mí lo que el premio en forma de golosina para el animal amaestrado del circo. Suponían, tanto como una fuente de aprendizaje, un disfrute seguro sin el cual presiento hoy que la vida me habría sabido a poco. Con la idea de que don Prístoro Vivergo, que conocía bien mi inclinación, me permitiese leer más allá del tiempo reservado a ese fin en el plan del día, me afanaba en las tareas de la escuela. Adquirí por esta causa, entre los otros niños, fama incómoda de protegido. Mis calificaciones descollaban sobre las del resto, circunstancia que algunos no vacilaban en achacar a influjo demoníaco. Se me admiraba y respetaba; pero al mismo tiempo todos mantenían respecto a mí una distancia prudencial, lo que me impidió hacer un amigo, un solo amigo verdadero, en el curso de los poco más de tres años que asistí a las clases de la Viverga. En algunas materias llevaba tal ventaja sobre mis condiscípulos que el maestro solía dispensarme de las explicaciones y de los ejercicios prácticos, indicándome por señas que podía acercarme a la estantería a coger un libro de mi gusto.

Leída toda la literatura apta para niños que había en el aula, me di a releerla con fruición de punta a rabo. De algunos volúmenes (pienso ahora en dos o tres novelas de Karl May) llegué a saber pasajes enteros de memoria. No hacía esfuerzo ninguno por aprenderlos. Tan sólo apagaba la luz para dormirme y, mientras aguardaba a que me venciese el sueño con la cabeza apoyada en la almohada, me entretenía repasando largos párrafos que era capaz de reproducir en pensamiento al pie de la letra. El último año don Prístoro Vivergo tuvo el gesto de prestarme libros suyos. Me los entregaba en su despacho de la planta baja, envueltos en papel de estraza, haciéndome prometer que no los enseñaría a nadie. A su generosidad debo el conocimiento a edad temprana de obras que rara vez pasan por manos infantiles. Recuerdo en tal sentido mi primera lectura de los dieciséis tomos de las *Crónicas palacanas*, a los que sacrifiqué muchas horas nocturnas de reposo; la serie completa de *El capitán Zampaojos y los soldados del aire*, que asocio a violentos ataques de risa en la soledad del camaranchón; la *Sagrada Escritura; La dama de las hotídimas*, de difícil asimilación para la mente de un niño poco o nada versado en los entresijos de la sensualidad; una magnífica *Historia de los marinos ingleses*, de un tal Tower o Towson; la *Odisea* homérica; *Las mil y una noches* en la edición ilustrada de Praotka, y, en fin, aquel cómico y apedreado *Señor Quijote* en la traducción pedantesca (que hoy no entiendo cómo pude soportar) del ilustre don Viccuo de Drot, cuyas líneas iniciales, por algún antojo guasón de mi cerebro, he llevado toda mi vida grabadas a cincel en la memoria: «En un área del distrito de la Suciedad, cuya denominación topográfica no estoy en condiciones de traer a las mientes», etcétera.

Los libros eran mi pasión; aún más, el cimiento y las columnas de mi mundo personal, del que salía a ratos y con disgusto para poner por obra esos actos inexcusables de la vida cotidiana como ingerir alimentos, calzarse o estar con los demás. Nada poseía más valor para mí que un conjunto de páginas impresas ni nada contribuía en igual o mayor proporción a mi felicidad. Recién cumplidos los diez años, la perspectiva de una existencia desprovista de libros se me hacía de todo punto intolerable. Así las cosas, camino por las calles de Antíbula y ¿qué veo de repente? Veo, anonadado, a hombres de ceño hosco arrojar cientos de libros al pavimento y pegarles a continuación fuego; veo a otros no mejor carados que aplauden y vitorean y lanzan voces de júbilo, excitados por el estruendo rítmico de los tambores y (ahora caigo en la cuenta) por un deleite perverso en la aniquilación de las ideas. Me arde en el pecho, pena profunda, una brasa. Las llamas se cimbrean al compás de los redobles, moviéndose como en un baile impúdico, jaleadas por la frenética masa varonil. Ráfagas de calor encienden mis mejillas. Me resisto, con todo, a dar un paso atrás, firme en el afán de captar un título con la mirada, quizá el nombre de un autor o unas pocas palabras sueltas que yo podría poner a buen recaudo en mi conciencia antes que las haya devorado el fuego destructor. Pero es inútil. Advierto en los libros una quietud resignada, de silenciosa conformidad con el destino, que me llena de compasión por ellos. En esa hoguera que se alza a pocos pasos de distancia, proyectando hacia arriba un torbellino de pavesas y humo blancuzco, siento que a un tiempo se transforman en ceniza todos los libros del universo, los libros de todos los idiomas, de todos los géneros y de todas la edades; los libros que hubo, los que hay y los que habrá, y los que ya ardieron una vez en Alejandría, en la piras públicas de la inquisición europea o los que arderán apenas una década después en las plazas de Alemania y de la Bladia. Pasarán los años y en ocasiones, trajinando ejemplares de la Biblioteca Central o abismado agradablemente, a la luz de una lámpara doméstica, en la lectura de una obra amena, me tomará una vaga sensación dolorosa en las palmas de las manos, un hormigueo sutil, como si a causa de un fuego invisible, adherido a las cubiertas del libro, empezara de repente a chamuscárseme la piel.

Me aparté de la multitud vociferante; quería estar a solas con mi confusión, con mi tristeza. Atrás quedó la hoguera, su resplandor mitigado por la claridad de la tarde. En el momento de marcharme vi que sacaban muebles del edificio (sillas, mesas, atriles) y los arrojaban con grandes muestras de regocijo a las llamas, sobre el montón informe de papel carbonizado. No tuve duda de que aquella gente era mala. Cuando me volví a mirarla por última vez desde la esquina, se apoderó de mí un agudo sentimiento de rechazo. A punto estuve de romper en llanto; pero me contuve a duras penas, por miedo a que las lágrimas me pusieran en una situación comprometida.

Había regresado al bulevar de la Victoria, dispuesto a desandar el trayecto por el que había venido siguiendo los pasos de mi madre, ya que por entonces aquella parte de la ciudad me era poco conocida y temía perderme. Yendo por la calle, me persuadí de que todo el mundo me escudriñaba con hostilidad. De un momento a otro, pensé, cualquier viandante me señalaría con el dedo y, pregonando a gritos mi amor criminal por los libros, haría que los guardias de seguridad me prendiesen. Eché a correr, espoleado por un apremio insoportable de culpa, y no me detuve hasta que, cruzada la plaza de Zabonit, se me agotó el aliento.

Deseaba llegar a casa cuanto antes. Tenía formado propósito de encerrarme en el camaranchón, donde aguardaría la hora de la cena consagrado por entero al cuidado de mis libros, los poco más de veinte ejemplares que constituían a la sazón mi biblioteca particular. Los esparciría sobre la colcha de la cama; uno a uno les quitaría el polvo, los acariciaría y hablaría con ellos a fin de consolarlos de la reciente destrucción de sus congéneres.

Con pies doloridos de la larga caminata, llegué a la calle de Mertán el Grande a tiempo que la tarde empezaba a declinar. Apenas hube doblado la esquina, el corazón me dio un vuelco que me obligó a detenerme de golpe. El tío Acán estaba montando en una camioneta de mudanzas ayudado por el conductor, que lo sujetaba de ambos brazos por detrás. Momentos después sonó el triquitraque del motor y el vehículo emprendió trabajosamente la marcha. Escondido en el hueco de un zaguán, lo vi girar hacia la calle del Rey Godelio. Según se alejaba por la cuesta arriba, atiné a distinguir sobre el remolque el baúl donde el tío Acán había guardado sus libros y sus instrumentos de mortificación durante las casi cuatro semanas que había vivido con nosotros en la hospedería. También vi, apoyada en el costado del baúl, la cruz de hierro. Así pues, no hacía falta romperse los cascos ni tener las entendederas de una persona adulta para colegir que su inesperado regreso al hogar se debía a un único y preocupante motivo: al abuelo Cuiña le habían dado el alta en el hospital.

Me inquieté por mi madre, que volvería sonriente de su paseo a la hora del crepúsculo, luciendo con ingenua coquetería sus atavíos más bien humildes, sin sospechar la cruda sorpresa que le aguardaba en casa. Yo podría eludir a buen seguro la furia del abuelo mostrándole los bártulos de la escuela y refiriéndole que venía de pasar el rato en el taller de ataúdes del señor Perroseco; pero ella, la pobre, ¿con qué disculpa atinaría a justificar su prolongada ausencia? Compadecido de su suerte, resolví, en un arrebato de solidaridad filial que bien pudiera llamarse amor, esperarla en la esquina. Transcurrieron dos horas largas. El cielo se fue amoratando poco a poco y al fin, cuando ya oscurecía, apareció ella por la parte del río, confiada, dando los alegres brincos con que solía recorrer el tramo postrero de su libertad. El semblante se le demudó nada más verme.

—¿Ha vuelto? —me preguntó con un temblor de angustia en la voz, anticipándose a mis explicaciones.

A toda prisa me alcanzó el sombrero para que lo escondiese dentro de mi fardel, y con idéntica celeridad nerviosa, tras hacerse un recogido en los cabellos, se cubrió la cabeza con un pañuelo que guardaba en un bolsillo interior del vestido. Después ensalivó sus mejillas y a fuerza de fricciones se afanó por arrancar de ellas hasta el último rastro de rojete. Convinimos en entrar en la hospedería cogidos de la mano, al modo de una madre y un hijo que vuelven de tomar el fresco juntos, en la esperanza de que así, si habíamos cometido una falta, pareciese leve.

—Y si se encierra contigo —me susurró— para preguntarte de dónde venimos, cuéntale que al terminar la escuela hemos ido a rezarle una oración a la señora Flapia y luego..., luego a ver a la gente pescar en la orilla del río.

A nuestra llegada nos topamos de sopetón con la mirada torva del abuelo Cuiña, el cual ocupaba una silla en el centro del vestíbulo, en una postura tiesa, digna de la altivez de un faraón retrepado. Un aire de momia egipcia tenía a decir verdad el vendaje de su pierna herida, que la falta de una pernera de sus pantalones, cortada con poco esmero algo más arriba de la rodilla, dejaba a la vista. Los médicos le habían encarecido que caminase lo menos posible y evitara a toda costa estar largos ratos de pie.

Mi madre se acercó sumisa y cabizbaja a recibir su ración de bastonazos. Los aguantó con entereza, los dientes apretados, el cuello ligeramente hundido entre los hombros. De vez en cuando se le escapaba un quejido momentáneo, semejante a un son melancólico más que a una muestra de dolor. El último golpe excedió en dureza a los anteriores. Quiso el abuelo Cuiña atizárselo en las nalgas, y con ese fin la compelió a darse media vuelta y alzar la falda del vestido por detrás.

Acto seguido se volvió a mí y dijo:

—Ahora tú, profesor.

Permanecí quieto, ostensiblemente quieto, tan quieto como las baldosas del suelo o como el retrato del general Vistavino, que me escrutaba con expresión severa desde lo alto del tabique. Si he de arder, dije para mi coleto, que vengan las llamas a mí y no al revés. Dos veces más me mandó el abuelo Cuiña, en un tono, no por frío, menos intimidante, acudir a su lado; pero era como dar órdenes a una estatua.

Perdida de pronto la paciencia, arrancó a despotricar, a lanzarme amenazas y a sacudir palazos terribles al suelo y al aire con el bastón. Ya que no podía causarme daño de obra, se dio a ofenderme de palabra, llamándome, entre otras lindezas que no necesito recordar, *bastardo pestilente*. Encajé el insulto (cuyo sentido ya me era por entonces de sobra conocido) sin inmutarme. Ciego de furia, el abuelo Cuiña me maldijo. En ese instante mi madre se llevó las manos a la cabeza y rompió a sollozar.

—¡Padre, eso no, eso no!

Yo tenía una noción vaga acerca de las maldiciones. Había leído no sé dónde algo al respecto; pero ignoraba no sólo que ocurriesen también fuera de los libros, en la vida que suele conceptuarse de real, sino que fuesen, además, un asunto grave o por lo menos importante. Conque recibí impertérrito la que me dirigió el abuelo Cuiña, y tampoco me sentí particularmente conmovido cuando agregó, haciendo una mueca de desprecio, que en adelante me privaba de usar su apellido. Esto último ni siquiera lo entendí. Él se exasperó al considerar que mi apatía entrañaba insolencia. A este punto trató de levantarse del asiento y aun lo consiguió, aunque a duras penas. Aventuró con mucha dificultad un paso hacia mí; no pudiendo sustentarse sobre la pierna herida, se desplomó igual que un pelele con pies blandos, si no es que se dejó caer aposta a fin de mostrarme las gravísimas repercusiones de mi actitud. Mi madre corrió a agacharse a su lado, llevada del generoso impulso de socorrerlo. Él la rechazó a codazos. Tumbado como estaba, señaló en dirección a la calle con la contera del bastón, y en un tono de palabras mordidas, jadeante de cólera, mandó que abandonáramos su casa de inmediato.

La noche nos pilló sentados como mendigos en el escalón de granito del portal frontero de la hospedería. Se oía a ratos un rumor de oleaje en la distancia. Desde el mar soplaba una brisa fresca que ponía la carne de gallina, agradable tal vez para quienes se disponían a acostarse en una cama tibia, no así para nosotros, que carecíamos de una mala manta con que cobijarnos. Tampoco nos atrevíamos a buscar un refugio menos expuesto a la intemperie, por temor a las desventuras que, según se decía, les pasaban a los que eran sorprendidos de noche andando solos por las calles. Mi madre me daba calor entre sus brazos, y eso me gustaba tanto como el olor dulce y ligeramente sudoriento que emanaba de su cuerpo, o como la suavidad de sus dedos cuando me acariciaba en silencio el lóbulo de la oreja. Por encima de los tejados brillaban las estrellas. Poco a poco se fueron apagando las ventanas de la hospedería; cuando quedó la casa a oscuras, le propuse a mi madre escaparnos al campo tan pronto como hubiese empezado a amanecer. Se me figuraba que nunca se nos habría de ofrecer una ocasión más favorable.

—No —respondió tajante— mientras no te haya retirado el abuelo su maldición.

—Pero...

Me instó a callar por medio de un siseo. Yo me volví a mirarla pensando, entristecido, que me amonestaba. Entonces ella señaló con la barbilla hacia la celosía y ya no hablamos más. La campana de la iglesia parroquial dio las diez; después dio la media; después, las once, que fue más o menos cuando me quedé dormido envuelto en el abrazo cariñoso de mi madre, aunque por poco tiempo, ya que de pronto ella me despertó de una sacudida. Un automóvil acababa de enfilar la calle. Se aproximó reduciendo la velocidad y se detuvo a la entrada de la hospedería.

Bajo la luz de la farola reconocimos las siluetas de la señora Ecba y de la niña Sael. Llamaron a la puerta. Salió a recibirlas, reverencioso, al cabo de uno o dos minutos, el señor Caendru, vestido con camisón y gorro de dormir. El viejo las hizo pasar y luego salió a la calle para hacerse cargo del equipaje y las damajuanas de vino que el conductor fue depositando en la acera. Partió el automóvil, se extinguieron los murmullos de conversación dentro de la hospedería y la noche volvió a quedar sola, quieta y muda con mi madre y conmigo, hasta que, transcurrido obra de un cuarto de hora, sonó por la rendija de la puerta entreabierta la voz imperiosa del abuelo Cuiña.

—¡Adentro!

El vestíbulo se hallaba completamente a oscuras cuando entramos con pasos indecisos, de suerte que tuve que echar el pestillo a tientas. Mi madre se metió sin demora en la cocina, donde al instante tintinearon algunas piezas de vajilla. Me confortó el olor doméstico de la casa, la placentera sensación de seguridad, la suerte inmensa de poder dormir arrebujado con sábanas calientes. Abandonado a gratos pensamientos, me encaminé sin ver nada hacia la escalera. En esto, oí muy cerca de la oreja un veloz, casi imperceptible zumbido, como el de una lanza que se acercara rehilando. Casi en el mismo momento estalló en mi hombro una descarga de dolor que a punto estuvo de derribarme. No quiero ni pensar qué habría sido de mí si por casualidad el bastonazo me hubiese atinado de lleno en la cabeza.

27

En cuanto a la plaga de mosca friche que azotó Antíbula en agosto de 1927, ¿qué podría yo contar que no esté de sobra documentado en fotografías y testimonios cinematográficos de la época? Ni siquiera durante los años de miseria, a comienzos de la década de los cuarenta, cuando los bladitas invadieron nuestro país y lo esquilmaron, conocimos una peste semejante. Tampoco el abuelo Cuiña, para quien un par de moscas friches por los alrededores de la casa suponía un motivo serio de alarma, recordaba haber visto nada igual en todos los días de su pasado.

Habría que remontarse al relato de Ij de Mansabín, compuesto a mediados del siglo XVIII, para hallar mención de una calamidad natural como la que nos tocó vivir a los antibuleses durante varios días de 1927. En uno de los capítulos de su *Vida y hechos de un soldado antibulés que cuando joven sirvió con honra a su patria*, refiere el granadero cronista que «los cadáveres hacinábanse rotos y quemados por toda la judería de la Vieja, por lo que hubo desove en demasía de la friche roja y al poco tiempo la villa entera anocheció en el resistero bajo un turbión de malos bichos, y como pronto faltasen las viandas impolutas, el vulgo principió a lamentarse diciendo que Dios lo castigaba y a echarnos la culpa del hambre a los soldados del Rey a causa de la matanza que teníamos hecha».

La *Enciclopedia razonada* de Mendú, en su edición de 1958, falta a la verdad cuando afirma que la prensa gubernamental mantuvo desde el principio informada a la población civil sobre los asaltos cada vez más frecuentes que la guerrilla colectivista estaba perpetrando a los ferrocarriles de mercancías y a los vehículos de transporte por carretera. Me consta que las noticias llegaban a Antíbula con cuentagotas. Nada sabía la gente llana que no le viniera enredado en una maraña de rumores contradictorios. Se sospechaba, por supuesto, que algún problema grave entorpecía el aprovisionamiento, ya que de la noche a la mañana la carne había empezado a escasear en la ciudad y la poca que podía adquirirse en el mercado negro era de calidad ínfima, además de muy cara. Por alguna razón que no conocíamos se había interrumpido la habitual entrada de perreros con sus jaurías por el camino de Baigravia. Mediado agosto, en el azoguejo de Blaitul sólo se vendían aves a precios prohibitivos. Me acuerdo también de la extrañeza que me producía por aquellas fechas, acostado en la cama, no oír desde el camaranchón a los perros del matadero municipal, de suerte que sin el sonido familiar de sus ladridos nocturnos me resultaba difícil coger el sueño.

Hubieron de transcurrir dos semanas antes que la emisora oficial de radio y *La Hoja de la Patria* difundiesen los primeros pormenores fiables de lo ocurrido. Para entonces los carabineros rurales, apoyados por tropas de infantería, habían conseguido limpiar de asaltantes las vías de comunicación de la llanura y el último carro repleto de moscas muertas había vaciado su carga nauseabunda en las aguas del Intri. Hay estudios que estiman en una cifra de ciento ochenta mil los cadáveres de perro arrojados por la guerrilla colectivista a la ciénaga de Midua con la intención de someter a la población capitalina a estrecheces que la indujeran a amotinarse contra el gobierno. Sin embargo, la inopinada plaga de mosca friche suscitó el efecto contrario, restando popularidad a la causa rebelde y haciendo que un alto número de voces, hasta esa fecha indiferentes, clamaran de pronto en favor de la dictadura. Jan de Muta sostenía que el contratiempo de los dípteros obligó a los insurgentes a posponer por espacio de un año la revolución que proyectaban.

No se puede decir que la plaga cayese de improviso sobre Antíbula. Llegó precedida de diversos indicios que la mayoría de los ciudadanos quizá no supo interpretar o no tomó tan en serio como hubiera sido conveniente. Al final el trastorno fue grandísimo, ya que ni los más prevenidos habían imaginado el diluvio de insectos dañinos que se avecinaba. Suele decirse que, en el plazo de tres o cuatro días, Antíbula perdió en torno al cincuenta por ciento de las existencias de carne que almacenaba, en un periodo, para más inri, de extrema carestía.

Como en el relato de Ij de Mansabín, el desastre se abatió sobre la ciudad a primera hora de una tarde calurosa. Era un viernes de agosto. Desde el martes anterior se habían visto revolotear por las calles más moscas friches que de costumbre. La friche, cuya desmedida capacidad reproductora necesita de humedales, rehúye por lo regular las concentraciones urbanas, donde suele ser advenediza y fácilmente eliminable a menos que se le brinde ocasión de depositar sus cresas. Así nos lo habría de explicar don Prístoro Vivergo tiempo después, cuando la escuela reabrió sus puertas al término de las vacaciones estivales.

El abuelo Cuiña, movido al parecer de un mal augurio, rogó a los huéspedes que se abstuvieran de abrir las ventanas, de forma que si alguno sentía deseo de ventilar la habitación, él mismo tomaría a su cargo hacerlo. A mi madre y a mí nos proveyó de sendas palas de mimbre, con el mandato de que las lleváramos con nosotros todo el tiempo, y nos encareció que tuviéramos cuidado de que no se colase en la casa una sola mosca roja como las que últimamente él había visto rondar la entrada de la hospedería. No era por demás tanta cautela, ya que por entonces guardaba el abuelo Cuiña abundante perro en salazón y embutidos con cuya venta planeaba enriquecerse aprovechando que el precio de la carne no paraba de aumentar. Las piezas colgaban de las vigas del camaranchón, muy juntas unas de otras. A falta de espacio, había obra de veinte o treinta sujetas a las paredes por medio de ganchos, sin contar las que se reservaban para sustento de los huéspedes en la despensa de la planta baja. Así pues, yo pasaba largas horas del día y las noches enteras inhalando aquel olor seboso y penetrante que ahora no era posible mitigar por habérseme prohibido abrir la claraboya y las ventanas. Respiraba, en cualquier caso, el aire infecto como si tal cosa y aun llevaba la pestilencia conmigo a todas partes, pegada a la ropa, a los cabellos y al pellejo, según me reprochaba la niña Acfia Fenelina haciendo mohínes de repelencia.

El jueves, a mediodía, la señora Ecba regresó malhumorada de la playa. Se quejaba de que no había podido tomar su baño diario por causa de los bichos que flotaban en el agua de la orilla, traídos, a su entender, por las corrientes marinas. Los huéspedes hablaron al respecto durante la cena.

—El río tiene la culpa —oí decir al señor Caendru, mientras

manoseaba el chestoberol con sus manos rugosas y grasientas–. Hoy he visto que bajaba mucha mosca muerta.

Alguien sugirió que habría que echar la tranca a todas las despensas de la ciudad.

–En las aldeas –añadió, con inusual locuacidad, el señor Caendru–, por esta época se meten las longanizas en cajones para que no venga la friche a cagarlas. Mejor el moho que los gusanos, ¿no les parece?

La ingenua tosquedad del viejo incomodó a la señora Ecba, que, volviéndose hacia él, le espetó con mal contenido coraje:

–¿Le importaría a usted cambiar de tema? Estamos comiendo.

–Gusanos, gusanos... –repetía a media voz, hablando sola, la niña Sael. Su madre le arreó un codazo y al momento la pobre desquiciada se calló.

Llegó la tarde del viernes 19 de agosto, día de calor sofocante. Las aceras estaban atestadas de guardias de seguridad, encargados de impedir que los partidarios del colectivismo organizasen reuniones públicas y algaradas para protestar contra la pena de muerte que estaba a punto de aplicarse a dos anarquistas de origen italiano en los Estados Unidos de América. En previsión de disturbios, el abuelo Cuiña me vedó salir a la calle; pero después del almuerzo de mediodía cambió de opinión y me prometió que, si le ayudaba a barnizar la barandilla, me daría permiso para jugar durante una hora con mi guña en casa de Perroseco.

A los diez minutos, sobre poco más o menos, de comenzada la tarea, irrumpió en Antíbula la plaga silenciosa. Ya se sabe que la friche no es insecto que anuncie con zumbidos su llegada, lo que sin duda favorece sus intenciones nocivas. Aparece, sin que nadie por lo general la sienta, volando derecha y veloz adondequiera que la arrastre su apremio; si le falta carroña, no vacila en disputarles a los hombres sus reservas de carne, corrompiéndolas en cuestión de minutos, lo mismo si están cubiertas de sal o de pimentón como si no. Al fin, causado el estrago y ya vacío de huevecillos el abdomen rojo, la mosca cae al suelo y muere.

Documentos de la época precisan que eran las tres y veinticinco de la tarde cuando un inmenso nubarrón de moscas friches alcanzó la ciudad, procedente de la ciénaga de Midua. Al sobrevolar la estación de ferrocarril la nube se partió en dos. La masa más espesa y grande cayó como un granizo voraz sobre la zona próxima a la desembocadura del río Intri. Al igual que dos siglos antes, millones de moscas friches se posaron en los tejados y fachadas del barrio de la Vieja.

Hacía cosa de media hora que el señor Caendru había salido a dar su paseo de costumbre. Los demás huéspedes se hallaban recogidos en las habitaciones, mi madre limpiaba lo que tuviera que limpiar en la cocina y el abuelo Cuiña y yo estábamos trabajando de rodillas en el rellano del último piso. Teníamos acordado que él lijaría la barandilla y yo iría por detrás extendiendo el barniz con una brocha. En esto oímos que se abría una puerta y acto seguido a la señora Ecba despedirse de su hija, la cual, por aquellos días, no pisaba nunca la calle, ignoro si por voluntad propia o porque así lo tenía dispuesto la madre para evitarse situaciones embarazosas. Ésta descendió después las escaleras. El cloc cloc de sus tacones al pisar los peldaños de madera se transformó en un clinc seco y metálico cuando alcanzó las baldosas del vestíbulo. No llegó a abandonar la hospedería.

—¡Jancio bendito, socórrenos! —la oímos exclamar de pronto en un tono de estupor helado.

En aquel mismo instante la casa se llenó de penumbra, como si acabara de sobrevenir un eclipse. El abuelo Cuiña, con la pierna ya curada, echó a correr escaleras abajo. Iba dando voces.

—¿Qué ocurre, señora? ¿Qué ocurre?

Yo salí de dudas con sólo volver la mirada hacia el fondo del pasillo. Jamás había visto nada igual. A escape me llegué al camaranchón, desde donde se me figuraba que podría observar mejor la plaga. Lo cierto es que ni siquiera se veía la calle. Un sinnúmero de moscas friches se apretaba contra los vidrios, en la parte exterior de las ventanas, formando una vibrante cortina de abdómenes, alas, antenas y patas. Su actividad frenética discurría en silencio. Los rayos solares se abrían paso a duras penas a través de la masa traslúcida de bichos. Los objetos a mi alrededor, mis manos, mis ropas, el mismo aire que respiraba: todo había perdido su brillo natural y aparecía envuelto en un pálido color rojizo. Arreé unos cuantos golpes leves con el puño contra una de las ventanas. Me proponía espantar unas cuantas moscas, de suerte que durante un instante me fuera dado ver el aspecto que presentaba nuestra calle. Pero las moscas, apiñadas en capas sucesivas, no tenían la menor posibilidad de despegarse del vidrio.

Oí, a todo esto, que el abuelo Cuiña me llamaba. Bajé deprisa al vestíbulo, donde me pidió que le ayudara a clavar una sábana a todo lo largo del cerco de la puerta. Se mostró aliviado cuando supo que las provisiones de carne guardadas en el camaranchón estaban fuera de peligro. Nos pusimos sin demora a la tarea. Mi madre, mientras tanto, subió a inspeccionar el edificio, habitación por habitación, atenta a cerciorarse de que no había resquicios por donde pudiera entrar una sola mosca friche en la hospedería. Subido a una mesa, comenzó el abuelo a martillar. De pie a su lado, yo le sujetaba la sábana y le iba tendiendo las tachuelas.

De pronto sonaron unos golpes débiles en la puerta.

—Ábranme, ábranme —imploraba desde fuera el señor Caendru.

Al abuelo Cuiña no le inmutaron las súplicas del viejo, proferidas en un tono lastimero que partía el corazón.

—Mlaco, apáñatelas como Dios te dé a entender —le contestó—. Esta puerta hoy no se abre. Mañana ya veremos.

—Cuiña, ¡por piedad!

—Si te abro se me mete la peste en casa.

—¡Por piedad, por piedad!

—Corre a refugiarte en la iglesia, donde estarás seguro. Por la noche te darán una sopa y una manta. Y, si no, acógete a un portal o túmbate debajo de un carro. Aquí no entras.

—Cuiña, por favor, hazte cargo que vengo malherido.

—Pues ¿qué te duele?

—Me he caído subiendo la calle. Tengo una brecha en la frente y pierdo sangre.

—Baja al río a lavarte. Mañana vuelves. Hoy esta puerta no se abre.

Dicho lo cual, dio por zanjada la plática. Y para que no cupiese duda de que ya no prestaba oído a los lamentos y protestas que le llegaban a través de la puerta, comenzó a silbar una tonadilla alegre mientras, con malicia de armar ruido, menudeaba martillazos al herraje. Clavada la sábana, hicimos lo propio con trapos viejos de cocina en las ventanitas y la claraboya del camaranchón, donde yo pasé el resto de la tarde, pala matamoscas en mano, vigilando la carne salada y los embutidos. Mi madre quedó al cuidado de la planta baja, en particular de la despensa y la cocina, cuyas ventanas fueron asimismo cubiertas, bien con trapos, bien con cartones. Seguro de tener sus propiedades a salvo, el abuelo Cuiña lijó la barandilla de punta a rabo. Pretendía asimismo darle una mano de barniz; pero la señora Ecba, viéndole abrir el pote hediondo, lo disuadió con el argumento de que, como todos los conductos de ventilación se hallaban cerrados, el aire dentro de la casa se haría irrespirable.

Los pocos huéspedes que por entonces tenían alquilada una habitación en la hospedería se reunieron en torno al aparato de radio. Se habían suspendido los programas habituales. Los distintos locutores no cesaban de transmitir recomendaciones a la población sobre la manera de protegerse contra la friche roja. Aseguraban que la mosca era un insecto inofensivo, fácilmente eliminable con tal que no encontrase condiciones adecuadas para su reproducción, por lo que resultaba de todo punto necesario que se le impidiera penetrar en cualquier recinto donde hubiese carne almacenada. Según mi madre, después de escuchar tal cosa ningún huésped se mostró partidario de que se le abriera la puerta al señor Caendru. Estaban convencidos de que el viejo se las ingeniaría para pasar la noche en un cobijo.

El único que por la tarde no bajó al comedor fue Runn de Gualel. Hasta bastante después de la cena estuvo tocando el piano, encerrado como de costumbre en su habitación con las contraventanas cerradas. Sobre las diez de la noche me mandaron subirle un poco de pan, queso, cecina y vino en una bandeja. Encontré a Runn de Gualel dentro de su garita de tablas, tarareando notas, el lápiz en una mano y en la otra un cigarrillo humeante.

—Mi fa mi, do do.

El demacrado pianista no tenía la menor idea de que Antíbula hubiera sido invadida por las moscas friches. Le referí pormenores al respecto, tanto por ponerle al corriente de lo que sucedía como para recordarle que por nada del mundo debía abrir la ventana. La noticia no suscitó ni su curiosidad ni su asombro; antes al contrario, él la escuchó con la misma indiferencia que si le comunicaran una bagatela de la vida cotidiana. Mientras le hablaba me indicó por señas que depositase la bandeja sobre la colcha de la cama y me marchara. Al salir le deseé las buenas noches. Enfrascado en sus quehaceres musicales, no me respondió.

—Do fa do, mi mi.

Ya era tarde y todo el mundo se había retirado a dormir cuando el abuelo Cuiña dispuso que lo acompañase a pasar una última revista a las ventanas. Hallamos todas en buen estado: los vidrios intactos, los goznes fijos, las fallebas bien sujetas. Fuera se apretujaba una muchedumbre de moscas silenciosas, buscando en vano una hendidura, un orificio, una vía cualquiera de acceso a las tentadoras piezas de carne que se guardaban en el interior del edificio herméticamente cerrado. Ninguna lo había conseguido durante la tarde; ninguna tenía por qué conseguirlo en el transcurso de la noche, a menos, pongo por caso, que un cataclismo hundiese el tejado o rajase la fachada. Para mayor seguridad cegamos con pañuelos los ojos de la cerraduras de las habitaciones desocupadas. Al fin podíamos acostarnos sin temor, por más que en una circunstancia como aquélla siempre le queda a uno un resto de inquietud que le impide dormir a pierna suelta.

Existían, por añadidura, en lo que a mí respecta, razones más que sobradas para demorar el momento de entregarse a las delicias del sueño diario. Y era que desde el mes anterior, todas las noches, tan pronto como la casa quedaba a oscuras y en silencio, la niña Sael subía descalza al camaranchón sin ser sentida de nadie, y, tumbándose a mi lado, en voz baja me relataba un cuento sin pies ni cabeza. Si a su llegada me encontraba por casualidad dormido, no tenía reparo en sacudirme hasta que me despertaba. Y al oído me susurraba entonces desatinos como éste:

—Niñito, abre los ojos, que te tengo que decir una cosa de parte de mi hermana.

Acto seguido me refería en tono de cuchicheo una historia absurda que apenas solía durar uno o dos minutos y en la cual, invariablemente, un personaje solitario, tras ser descrito de forma breve, se lanzaba a una insólita peripecia interrumpida de sopetón por un apremio irresistible de saciar la sed. El resto, hasta el desenlace, no ofrecía para mí sorpresas. El personaje (un molinero, una mujer pobre y coja, un supuesto hijo bastardo del rey Carfán III, a veces un animal parlante) apuraba un vaso de agua a través de un agujero que tenía en el centro del pecho, el líquido anegaba sus pulmones y en cuestión de unos pocos segundos le producía la muerte.

La niña Sael remedaba sin gracia ni verosimilitud los estertores del moribundo.

—¿Te ha gustado el cuento? —me preguntaba al fin.

Sus cuentos me parecían tediosos, insustanciales, repelentes.

Yo los alababa a ruego de mi madre, de quien tomaba prestados los adjetivos encomiásticos que tanto halagaban a la loca. Mi madre había descubierto por su cuenta que la hija de la señora Ecba se llegaba a mi cama a horas descompasadas de la noche. En algún momento de la mañana nos retirábamos los dos a la cocina o al cuarto del lavadero para que yo le repitiese más o menos al pie de la letra la última historia de la niña Sael. Ésta, pensando en procurarme un gusto con el cual compensar los elogios que de mí recibía, tomó costumbre de decirme antes de abandonar el camaranchón:

—Niñito, ¿quieres que te enseñe el culo?

Yo me plegaba a su estrambótico capricho, puesto que carecía de autorización para contrariarla, y le respondía que sí con un temblor de timidez que la repetición diaria de la escena contribuía a paliar hasta hacerlo, al cabo de un tiempo, desaparecer. No sin asombro descubrí que la señora Ecba estaba al tanto del asunto; también, por lo visto, de mi buena disposición y paciencia, de suerte que un día que topó conmigo en la escalera, me dio, sin mediar palabra, una moneda de dos melios. Mi madre me ayudó a entender que aquella propina exagerada era el pago por sobrellevar las chaladuras de la niña Sael.

Cierta tarde pasé por delante de la habitación de la muchacha y, como hallase la puerta abierta, picado por la curiosidad me detuve en el umbral. La señora Ecba peinaba en aquel momento la cabellera de su hija. Estaban las dos en silencio, junto a la ventana. La niña Sael, al revirar de pronto la cara, se percató de mi presencia.

—Mamá, mamá —chilló, dando un respingo sobre la silla—, ahí está el niñito al que le enseño el culo por las noches.

La señora Ecba optó por llevarle la corriente, fingiendo que se sorprendía con agrado.

—¿Al chaval de la Minta se lo enseñas?

—No, no, a ese que está ahí. A ése —me apuntaba con el índice—. Dale dinero, mamá.

La señora Ecba se dirigió a mí en tono deferente, como si fuera yo persona de calidad, para pedirme que entrara en la habitación y tomase por mi cuenta, de un escriño que había sobre la cómoda, una moneda de dos melios, la segunda que recibía de ella en lo que iba de semana. Abrumado por tamaña esplendidez, no menos que por el trato ceremonioso que me dispensaba, balbucí unas palabras de agradecimiento. Desde el pasillo vi después a la niña Sael hacerme adiós con la mano.

—Profesor, ¿es cierto, según he oído —me preguntó por esos días, sonriente y burlón, el abuelo Cuiña—, que andas tocándole las posaderas a la hija de doña Ecba?

—Nada de eso, abuelo, aunque ella a lo mejor piensa otra cosa.

—Pues confiesa que por lo menos se las miras.

—Porque me lo pide, pero no se las he visto jamás.

—¿Cómo se entiende eso? ¿Acaso te deja ciego lo que ves?

Le expliqué que a las tantas de la noche reinaba una oscuridad completa en el camaranchón y que por esa causa, después que la niña Sael hubiese salido de la cama, sólo me era posible suponer que se subía delante de mí la falda del camisón. Ella insistía, con todo, en saber si me gustaba su culo. Para no darle un chasco yo le respondía de forma que quedase complacida, aun cuando ni siquiera con el auxilio de la imaginación lograba figurarme su desnudez. El episodio se repetía una noche tras otra, exactamente como lo acabo de narrar. No fue una excepción aquella de la plaga, en la que una vez más la niña Sael me dijo al oído una pequeña historia con el desenlace disparatado de costumbre y descubrió su trasero en la oscuridad antes de volverse a su habitación. Al fin me quedé a solas, entretenido con mis pensamientos mientras me adormecía.

A punto de entregarme al sueño, me desveló de pronto un jaleo infernal de zumbidos sobre cuya procedencia no cabía albergar dudas. Hacía largo rato que habían sonado las doce en la campana de la iglesia de Antíbula la Vieja. Aquel ruido múltiple de insectos alborotados no era nuevo para mí, pero daba que pensar. Pues, ¿cuándo se ha visto que las avispinas fenzas abandonen sus nidos a media noche, todas a un tiempo y para armar semejante escandalera? Supuse en un primer instante que se habrían enzarzado en una lucha entre ellas a causa de algún pajarito muerto cuya posesión se disputaban. Enseguida descarté por absurda tal hipótesis. Las avispinas fenzas no se conducen como animales pendencieros que andan a la greña por cuestiones de apareamiento o de dominio. Y si atacan a otras especies será porque se sienten acorraladas o porque se ven en la necesidad de defender contra los intrusos las presas en que anidan.

Defender contra los intrusos...

¡Qué funesta sospecha me tomó de repente! A tientas me apresuré a buscar la lámpara eléctrica encima de la mesa. En el momento de dar la luz mi mano temblaba sacudida por un intenso temor. El cuadro que acto seguido se ofreció a mi vista me llenó de escalofríos. Aquello era mucho peor de lo que había imaginado. Las piezas de carne colgadas de las vigas habían desaparecido por entero, ocultas bajo una apretada coraza de moscas friches. Aún seguían entrando a miles por la puerta del camaranchón, que la niña Sael había dejado abierta de par en par. Diez o doce avispinas fenzas volaban enfurecidas de aquí para allá, tratando en vano de parar la silenciosa y descomunal invasión. Salté enseguida fuera de la cama, llamando a gritos al abuelo Cuiña. Al correr notaba un continuo cosquilleo de bichos ligeros que se estrellaban contra mis brazos y mi cara. Bajé al tercer piso, encendí la bombilla del pasillo y vi que el raudal de moscas ascendía a gran velocidad por el hueco de la escalera. A mis voces de alarma comenzaron a salir los huéspedes de sus habitaciones, todos sin excepción en ropa de cama. Salió el abuelo Cuiña al vestíbulo. No tuve que explicarle lo que ocurría. ¡Qué manera de jurar! En el descansillo del segundo piso nos encontramos y allí se calló. Acodada en el antepecho de la ventana que ella misma había abierto, la niña Sael, vestida con un camisón blanco de gasa semitransparente, suelta la melena, los pies descalzos, estaba asomada a la calle, indiferente al remolino de moscas friches que la circundaba. No tardó en aparecer la señora Ecba, cubiertos decentemente los paños menores con un albornoz. Agarró a su hija de un brazo y sin decir palabra la apartó de la ventana. Al pasar junto al abuelo Cuiña, le oí decir en tono seco:

—Lo que haya que pagar anótelo en mi cuenta.

El resto de la noche estuvimos el abuelo Cuiña, mi madre y yo quemando carne en el patio trasero de la hospedería, dentro de un hoyo que cavamos con ese fin en la tierra. Había prisa por deshacerse, al amparo de la oscuridad, de todas aquellas provisiones ilegales. Metidas en costales polvorientos, las fuimos arrojando por una ventana al patio y les prendimos fuego junto con leña que hicimos de algunos muebles viejos y carcomidos.

Faltando poco para el amanecer, el abuelo Cuiña accedió al ruego de mi madre de abrir la puerta de la hospedería al señor

Caendru, que había pasado la noche al raso, tendido en la acera de Mertán el Grande. El abuelo se encogió de hombros. Total, ya qué importancia tenía que entrara en la casa un millón más de moscas. Ocupado en cubrir con tierra las cenizas humeantes, no vi cómo metían en volandas al pobre anciano en el vestíbulo; pero luego me enteré de que lo habían encontrado maltrecho, con una brecha sanguinolenta en la frente a la que se habían pegado numerosas moscas. Se abrazaba, temblando de calentura, al chestoberol abollado, mientras mi madre se apresuraba a restañarle la herida en el cuarto del lavadero. El socorro le llegaba, sin embargo, tarde. Un día después mi madre me susurró al oído:

—El viejo está lleno de gusanos. No creo que dure hasta mañana.

Cuando lo volví a ver, al cabo de tres días, ya era un cadáver de semblante sereno y azulado. Llevaba puesta la chaqueta de alpaca con que solía ir los domingos a la iglesia. Le rezamos un responso y luego el reverendo padre Arfuno Bolimilo mandó cerrar la tapa del ataúd. El viejo fue enterrado con su inseparable chestoberol en el panteón público número 17. Mi madre le lloró una lágrima; yo, en cambio, le tenía poca simpatía y no me pude conmover. Nos fuimos del cementerio del Trirrón sin haber cincelado su nombre en la losa. El abuelo Cuiña prometió que iría otro día a hacerlo, pero nunca cumplió la palabra. Por lo que sé, se guardó de comunicar el luctuoso suceso a quienquiera que desde hacía muchos años pagaba los gastos de hospedaje del señor Caendru, de manera que hasta el día que lo mataron estuvo cobrando puntualmente las mensualidades.

28

De qué manera no lo sé, pero el caso es que la señora Ecba tuvo conocimiento de mi pasión por la lectura y una tarde de aquel verano, al poco de su llegada, me salió al paso en el descansillo del primer piso para regalarme un ejemplar de las *Hazañas sagradas y otros servicios a Dios*, del fraile dolorita Apolotmo de Zuchde. Es de suponer que en los días precedentes me había visto entrar en la hospedería cargado con libros; inducida por la curiosidad, hizo sus averiguaciones y alguien, imagino que el abuelo Cuiña, le debió de contar que el dueño de la escuela me recibía en su casa y me prestaba libros.

La señora Ecba receló que el maestro, hombre quién sabe si relajado en cuestiones de moral, me abastecía de obras que acaso no me convenían. Para salir de dudas le pidió a mi madre que se las mostrase. Me mandaron con un encargo de poca monta a la tienda de coloniales del señor Amtrech y, no bien hube salido a la calle, subieron las dos al camaranchón, donde la señora Ecba se dedicó a examinar con entrecejo adusto y manos enguantadas los libros que yo había traído la víspera o la antevíspera de la biblioteca de don Prístoro Vivergo. Había entre ellos una novelita de Jan Flac, *La historia triste de un beso*, de la cual, según me contó después mi madre, la señora Ecba estuvo leyendo pasajes sueltos con muecas ostensivas de desagrado. Terminada la inspección, preguntó por la señas del maestro y, como se enterase de que no vivía lejos, metió los libros en una bolsa y fue personalmente a devolvérselos.

Yo los eché en falta al poco rato de regresar a casa. Enseguida supe, de boca de mi madre, lo que había sucedido. Ella me recomendó que dejara pasar unos días antes de presentarme en el despacho del señor Vivergo, y que si éste volvía a prestarme libros los trajera disimulados bajo la ropa. Se ofreció, incluso, a cogérmelos por la ventana del cuarto del lavadero. A mí, al pronto, no me pareció mal su consejo; pero apenas estuve solo empezó a desasosegarme la impaciencia pensando en las horas largas sin lecturas nuevas que habría de soportar si el plan fracasaba. Releer mis propios libros o los de la niña Acfia Fenelina, de todos los cuales hacía tiempo que, por así decir, había apurado hasta la última sorpresa, se me antojaba un recurso tedioso, aunque en el fondo yo estaba dispuesto a cualquier cosa con tal que no me faltase una centena de páginas por las que pasar plácidamente la mirada.

De repente, cuando me hallaba más hundido en mis cavilaciones, un golpe desesperado de decisión me impelió esa misma tarde a salir en secreto de la hospedería y llegarme en una veloz carrera hasta la Viverga. El edificio presentaba en época de vacaciones, sin la bulla de los colegiales, un aspecto mustio, solitario, renegrido, que, sin embargo, no hacía mella en la fidelidad gozosa que yo le profesaba. Al igual que en ocasiones anteriores salió a recibirme la señorita Llolla; la cual, seria y estirada, no me invitó, como solía, a pasar.

—¿Qué quieres? —me preguntó en un tono áspero de amonestación.

—¿Está don Prístoro?

Y ya cerrando la puerta, me espetó por la rendija:

—Don Prístoro necesita descanso, don Prístoro necesita tranquilidad y don Prístoro necesita que no venga nadie a importunarlo. Así que haz el favor de no aparecer por aquí hasta el comienzo del curso nuevo. Y en adelante procura, niño, no traer a la escuela los problemas de tu hogar.

Me alejé apenado, después de andar dos vueltas en torno al edificio con la esperanza ingenua de que don Prístoro Vivergo se asomara a una ventana y me llamase. De camino a la hospedería, me detuve ante el escaparate de un comercio de libros de lance que había por entonces en la calle de Jurtas, frontero de la confitería del Pulul. La melancolía se fue apoderando de mí mientras contemplaba las filas de volúmenes antiguos, con sus tapas de cuero raído, algunos con sus tejuelos escritos a mano, otros abiertos sobre un atril, mostrando a la curiosidad de los viandantes una litografía, una página salpicada de anotaciones a tinta, una cadena con que los estudiantes de antaño ataban sus libros a los pupitres para evitar que cambiasen de dueño al menor descuido. Cerré los ojos, la frente pegada a la luna del escaparate; en pensamiento me persuadí de que sostenía una de aquellas joyas destinadas a la codicia del bibliófilo, que a mí, sin embargo, no me interesaban sino por el disfrute de sopesarlas detenidamente, saturándome de su olor añejo, de su polvo picante en la nariz como tabaco rapé, antes de abandonarme a la fascinación de las palabras.

Me vinieron a todo esto tentaciones de comprar a espaldas de la niña Acfia Fenelina, en el mercadillo dominical de la plaza de Veuva, libros baratos con las monedas que guardábamos en el escondrijo del camaranchón, aun a riesgo de que mi guña descubriese el tapujo durante alguna de sus frecuentes visitas a la hospedería. Llevaba ella registro cabal de nuestro tesoro en un cuaderno, como persona puntillosa que era y siempre había de ser en materia de finanzas. Los años, la fama y la riqueza no harían sino reforzar este rasgo de su carácter, que algunos de sus allegados seguían afeándole después de muerta. Su mejor biógrafo, Blitte de Fertaxel, narra al respecto el siguiente episodio: «La representación acabó a las diez de la noche. A las diez y veinte el público aún no había parado de ovacionar a la diva. Por fin Marivián pudo retirarse a su camerino, donde se le sirvió como de costumbre champán. El promotor se acercó a felicitarla. Sin dejar de sonreír, Marivián pidió que le llevaran al hotel los tacos de las entradas. Se le dio, por supuesto, el gusto. Hacia la medianoche uno de sus abogados llamó a la puerta del promotor con el encargo de reclamarle dieciocho melios. Éste tuvo el gesto cordial de hacerle llegar sin demora un billete de veinte en un sobre atado a un ramo de hotidimas. Marivián envió a su vez, ya de madrugada, a un empleado del hotel con las vueltas».

Otra posibilidad que preferí asimismo descartar fue sonsacarle a mi madre algún dinerillo del que yo le había visto esconder bajo las tablas de su dormitorio. Por fortuna me mordí la lengua a tiempo, al comprender que, si le iba con la solicitud, por fuerza había de caer ella en la cuenta de que yo estaba al cabo de su secreto, lo que a buen seguro le habría de causar un disgusto de muerte, primero por lo que digo y segundo por enterarse de que la espiaba. No poco me tentaba hurtarle unas cuantas monedas con ánimo de restituírselas tan pronto como fuera posible. Si he de ser sincero, confesaré que ya estaba resuelto a poner por obra mi indigno propósito cuando la señora Ecba salió al descansillo a regalarme uno de los varios libros piadosos con que en el transcurso de aquel verano se empeñó en resguardar mi alma del pecado. Y aunque todos sin excepción versaban sobre asuntos de la fe católica, sobre frailes y monjas, sobre milagros y penitencias, y diferían muy poco unos de otros, a mí, la verdad, me parecían mejor que nada, de suerte que me enfrasqué en su lectura con idéntica fruición que si me hubieran dado a leer los relatos amenos de expediciones, aventuras y conquistas que tanto me gustaban. De paso me libraron de cometer una ruindad.

Me veo ahora sentado junto a una ventana del camaranchón, a primera hora de una tarde esplendorosa de verano, con el libro de fray Apolotmo de Zuchde abierto sobre las piernas. De las páginas preñadas de abstrusa teología se desprende un olor grato a papel fresco y a goma arábiga. Leo sin saber lo que leo. Leo frases de hasta doce y trece renglones; frases que abundan en incisos, en latinajos, en vocablos grandilocuentes que jamás he oído pronunciar a nadie, en retorceduras sintácticas por las que mi mente se extravía igual que si errara por las revueltas de un tortuoso laberinto. Con mucho esfuerzo apenas logro entender retazos del discurso; pese a lo cual sigo firme en el empeño, conforme a mi designio, a mi obsesión tal vez, de leer desde la primera hasta la última letra todos los libros del mundo, o por lo menos todos los que hayan sido editados hasta la fecha en idioma antibulés. A la edad de diez años aún ignoro que una vida humana, por larga que sea, no alcanza para conocer a fondo sino un número limitado de obras esenciales. Leo al modo del que avanza en las tinieblas y se golpea de continuo con la frente contra muros de retórica. No puedo ni quiero detenerme, pues estoy candorosamente convencido de que hacerlo supondría condenarme a reemprender un día la lectura interrumpida.

Por suerte no todo es lucubración ni jerigonza en el tratado piadoso de fray Apolotmo de Zuchde. A veces, tras largo trecho, la mirada encuentra un remanso de claridad en forma de breve pasaje narrativo. Se trata de episodios entresacados de vidas santas para ejemplificación de uno u otro artículo de fe. Siento entonces una especie de respingo en el cerebro, acompañado de una sacudida de gozo. Al punto se me disipa la nebulosa de pensamientos maquinales que sirven de digestivo durante las lecturas aburridas, al par que tenso el cuerpo, me retrepo y aguzo la atención con miras a obtener el mayor disfrute posible de la peripecia relatada, de los pormenores que despiertan poderosamente mi curiosidad, de las palabras comprensibles sobre las que, por desgracia, pronto volverá a caer la noche negra y farragosa del razonamiento teológico.

Para oír mejor a quien me llame he dejado abierta la puerta del camaranchón. Es la hora de reposo que sigue al almuerzo, cuando Runn de Gualel tiene prohibido tocar el piano. El abuelo Cuiña estará echando su habitual cabezada en el sillón de la cocina, la frente sudorosa, los brazos cruzados sobre el vientre y al menos un oído despierto por si la campanilla del vestíbulo, como en los buenos tiempos, anunciara la llegada de un huésped nuevo. No hay voces ni ruido de pisadas en el edificio. Y al pasar la página ciento no sé cuántos leo que Dios es *causa sui*. Retengo la afirmación y, con la mirada fija en la claraboya por la que se observa un cuadrado azul del cielo, me esfuerzo inútilmente en comprenderla.

Mi reflexión no va muy lejos. Algo me impide pensar, algo me ha sacado de mi ensimismamiento. ¿Qué ocurre? Miro en torno. Todo está tranquilo: las piezas de perro en salazón que cuelgan de las vigas, los costales de harina, los cachivaches arrumbados, los rincones oscuros donde anidan las avispinas fenzas. En ninguna parte le hallo motivo a esta inquietud que me ha devuelto bruscamente a la realidad. Pero... ¡un momento! Me ha parecido que por ahí crujía una madera. Contengo la respiración, permanezco inmóvil, ni siquiera parpadeo, y escucho y escucho. No tardo en percibir unos cuantos gemidos leves, semejantes a estertores. Sin duda hay alguien en el descansillo del tercer piso, alguien que emite unos extraños sonidos, como si tratara de proferir lamentos y no pudiera.

En puntas de pie me llego a la puerta y, con el mayor sigilo, comienzo a descender el corto tramo de escaleras encañonado entre paredes cubiertas de tablas. Dos o tres peldaños antes de llegar abajo me detengo en seco. Entonces veo a la niña Sael caminando de manera extraña, sin más ropa que una finas prendas de lencería. El suelo del descansillo despide un olor intenso a jabón.

Mi madre lo ha fregado poco antes y ahora la niña Sael anda pisándolo con sus pálidos y menudos pies descalzos. Está sola en la penumbra. Va y viene como queriendo chapotear; gira en redondo; se queda parada, con los ojos muy abiertos; se agacha para coger un objeto imaginario del suelo; lo mira detenidamente; le da vueltas a poca distancia de los ojos; por último, decepcionada, lo deja caer. A continuación se aleja varios pasos, pero enseguida retrocede; lanza un gritito suspirante, de chicuela gazmoña, y arranca a caminar en la dirección primera.

A veces, pobrecilla, su cara se crispa por obra de una mueca violenta. Ora parece que ríe al modo exagerado de los pantomimos, ora se dijera que le acomete un terror formidable. Y entre uno y otro jeribeque, el dedo índice sobre los labios, se manda callar a sí misma o manda callar a sus fantasmas. Dice el abuelo Cuiña que la infeliz no sabe lo que hace, que hay que perdonarla ocurra lo que ocurra. La niña Sael, al día siguiente de instalarse en la hospedería, le pidió al señor Caendru que la ayudara a volcar los toneles de agua en el cuarto del lavadero. Como el viejo se negase, la niña Sael, según he sabido, se mordió las manos hasta hacerse sangre. La señora Ecba le arreó delante de todos una sarta de bofetones con sus manos enguantadas y luego la encerró con llave en la habitación.

Años después que se cortase las venas en un manicomio de la comarca de Uchu, mi madre no podía contener la emoción al recordarla. Y me contaba así:

—Ganas me vienen de recobrar la devoción y de creer que fue cosa divina que se me pusiera en medio de la vida aquella desventurada para sacarme del poder de mi padre. Jancio bendito, si yo tuviera las letras que tú tienes, ¡la de historias que habría de escribir! Me cae ahora en las mientes el día que la muchacha me tomó ley. Porque la desgracia más grande de ella es que ninguno la trataba con paciencia. Yo algo la consolé, pues me mordía la pena, y ella me lo pagó pegándose a mi lado como una sombra. Esto empezó una tarde, ya oscureciendo. La Ecba se había emperrado en lavar por la fuerza a la muchacha. ¡Con el repudio que tenía la pobre al agua! Estaban madre e hija recién venidas de las Aspias. No te acordarás porque eras mozuelo, pero aquel verano del 27 hubo días de no poder respirar por culpa de los calores. A la Ecba se le figuraba que Sael pinchaba en las narices. Manías de ricadueña. Delante de mí le echó en cara que olía a cuerpo. Yo, calladita, llenando la bañera con agua ni fría ni caliente, como se me había mandado. Llegó el momento de desvestirla. ¡Qué escándalo! La muchacha rompió a llorar, se tiró al suelo, pataleaba y chillaba más que si le estuvieran marcando la espalda a latigazos.

—Minta, por el amor de Dios —me dijo la Ecba—, ayúdame a quitarle el vestido a esta condenación.

—Pero no había forma de sosegarla. ¡Si la hubiera visto el hijo! Se iba en babas y ¡cómo se revolcaba! Peor que picada de las fenzas. A mí casi se me salta el llanto. En cambio, la Ecba, estirada como un poste, no tuvo más caridad que acercarle un crucifijo a la cabeza. Después la amenazó:

—Ahora mismo llamo al señor Cuiña para que te tire con ropa y zapatos a la bañera.

—Al oír aquello la muchacha se conoce que cobró temor. Ya no se movía, más quieta que una piedra. Había pegado la cara al suelo, como que no se atrevía a dirigirnos la mirada. Sus razones tendría, digo yo. Y no es que me guste pensar mal, pero algún atropello habría habido antes para que se quedase tiesa de espanto nada más oír el nombre de tu abuelo. Tumbada como estaba, la desvestimos. Pasaba de veinte años y aún tenía cuerpo de niña, casi sin pecho ni pelo. Era suave y bonita y rubia y triste: una lástima de juventud estropeada.

—Minta, hija, a ver si entre las dos conseguimos ponerla de pie.

—La Ecba agarró a Sael de un brazo, yo la agarré del otro. Me pareció que si apretaba fuerte lo quebraría. Créame el hijo: ni en las fábricas de Sóeo se cuece una porcelana más fina que la carne de aquella muchacha. Tiramos de ella hacia arriba. Pesaba poco, así que no nos costó despegarla del suelo. Y en esto que la cuitada me mira de cerca y me pregunta turulata, como si no se hubiera fijado en mí hasta ese momento:

—¿Tú?

—Me la quedé mirando a los ojos sin saber qué responderle. ¡Toma, pues claro que yo! ¿Quién, si no? Y coge ella y me empieza a acariciar despacito la mejilla.

—¿Has venido a bañarte conmigo? —me pregunta con los ojos muy abiertos y una voz dulce que partía el alma.

—La Ecba me hacía señas a escondidas para que contestase

que sí. Yo, qué remedio, me vine a partido, aunque me escocía la vergüenza de mostrar la espalda cuajada de mis lacras. Mi único pensamiento era que no me las viese la Ecba, pues de la muchacha, que vivía colgada de una nube, se me daba poco el recatarme. Así que me dejé el corpiño puesto y con lo demás al aire entré en el agua perfumada, que fue como entrar en la gloria celestial. ¡Si supieran los pobres de cuántos gustos les priva la miseria! Una pierna me tuve que pellizcar para convencerme de que no soñaba. ¡Ojos del santo Jancio, la Minta metida en una bañera de huéspedes y en horas de labor! Le supliqué a la Ecba que se lo explicase a mi padre por si acaso.

—No hay nada que explicar —me contestó— en tanto cumplas con lo que se te pide.

—Sael se acercó a mí pasito a paso. Metió un dedo con mucho temblor en el agua. Digo yo que temería escaldarse o algo así. Luego se decidió a meter otro dedo y por fin metió la mano entera. Estaba con los ojos cerrados; de repente los abrió y, zas, se le puso una sonrisa de oreja a oreja. Pues nada, nos echamos a reír las dos juntas, yo no sé de qué pero me reía igual. Ella se ve que tomó confianza y muy valiente me tendió los brazos para que yo se los cogiera. Se los agarré bien, como puede el hijo figurarse, y con cuidado la ayudé a entrar en la bañera. La Ecba nos miraba desde la puerta, hecha una pánfila. No era para menos. ¿Quién se lo iba a decir, Sael dentro del agua por su propia voluntad y retozando? No se podía creer la alegría que le había entrado de repente a la pobre criatura. ¡Qué carcajadas, qué juegos, qué manera de salpicar! Lo mismo que años antes, cuando ella y su hermana, la que se ahogó en el mar, nos alborotaban con sus diabluras, sus risotadas y sus gritos la hospedería todos los veranos. Cinco minutos, sobre poco más o menos, duró el baño. Cinco miserables minutos. A mí, hijo, por más vueltas que le doy, no me entra en la cabeza. ¡Para una vez que la muchacha no se resistía a lavarse! La Ecba, qué crueldad, qué mala fe, mandó que acabase la fiesta.

—Vamos, vamos, niñas, ya basta por hoy.

—En un amén nos chafó la alegría. A Sael le dio un calambre de rabia, se puso rígida dentro del agua, se negaba a abandonar la bañera. ¿Qué idea tuvo entonces su madre? La muy astuta, en lugar de reñir a su hija, me tiró a mí una mirada de las que meten el resuello en el cuerpo. Yo comprendí que más me valía salir a secarme, con el resultado de que la muchacha me siguió dócilmente. Cogí una toalla, ella también; me calcé, ella lo mismo. A todo se prestaba de buen grado si me lo veía hacer antes a mí. Y lo gracioso es que para poder peinarla, la Ecba, propietaria de viñedos y jaurías, ¡menuda humillación!, me tuvo que peinar a mí primero. Lará, lará, lará. De aquel día en adelante la muchacha no perdió ocasión de estar conmigo. Por las noches salía a las calladas de su alcoba, sin que su madre, que dormía en la de al lado, la sintiese. Subía a contarte un cuento de aquellos tan raros que te contaba, quizá ya no te acuerdes, ¡eras tan niño! Luego bajaba a dormir con la Minta. Sí, hijo, sí. ¡Me tenía la infeliz una pasión! Abría a deshora la puerta callandito y se acostaba en la cama, a mi lado. No tardó la Ecba en saberlo, pero ¿qué podía hacer? Tuvo la prudencia de no prohibírselo. Sabía de sobra que la muchacha, estando conmigo, era fácil de gobernar. ¿Que la tozuda se negaba a ponerse un vestido o a que le trenzaran la melena? Pues nada, la Ecba me llamaba, y con llegarme yo a la habitación y preguntar qué manda usted se terminaba el problema. En cambio, en otros momentos le tocaba aguantar mecha a la gran señora. Por ejemplo si se enteraba de que andábamos la heredera de su fortuna y una servidora limpiando pescado en la cocina o si nos veía dale que te pego, quitando el polvo a la barandilla con un zorro. Total, que las dos nos entendíamos a maravilla, aunque había veces en que a lo mejor estábamos codo con codo más de una hora sin decirnos ni media palabra. La cosa funcionó hasta aquella noche en que la desdichada nos metió en casa la plaga de moscas friches. ¡Jancio piadoso, a quién se le ocurre! Dos o tres días después su madre la montó en un tren y la envió de vuelta a las Aspias de Uchu, vigilada por un sirviente que había hecho venir del pueblo.

29

Después de un invierno largo y duro, en la primavera de 1928 el gobierno achaca el caos reinante a la acción saboteadora de los insurrectos. Éstos, mientras se avezan a la lucha de guerrillas bajo el mando del general Cuntobre, campan por sus respetos en la región minera de Ayueltu, de difícil acceso para las tropas regulares. Sus refugios y cuarteles se hallan desperdigados por las laderas de las montañas, cerca de la frontera con la Bladia, a través de la cual les llegan provisiones y armas obtenidas en el país vecino a cambio de carbón. Contra el parecer de una mayoría de cabecillas de partida, Francio Cuntobre no se decide a presentar batalla en la llanura. Militar calculador y prudente, prefiere no jugarse a una carta sus posibilidades de triunfo. La incorporación incesante de voluntarios (jóvenes idealistas, inexpertos en la guerra, venidos de todas las partes del país) lo anima a esperar. No se crea un ejército victorioso de la noche a la mañana. Su bando carece aún, por añadidura, de suficiente armamento pesado para combatir con garantías de éxito en campo descubierto. El general, según cuentan los historiadores, abriga confianza en que el deterioro de la economía nacional le permita tarde o temprano hacerse con las riendas del gobierno sin necesidad de desencadenar la guerra civil.

No faltan en sus filas voces impacientes que más o menos a escondidas lo reputan de hombre pusilánime a quien el miedo induce a retrasar la orden de abrir fuego contra sus antiguos compañeros de armas. Cuntobre opta por no prestar oído a las habladurías de su soldadesca, cuya desmedida sed de sangre no se sacia con simples escaramuzas, asaltos ni emboscadas. Desoyendo los designios de su superior, una avanzadilla de trescientos guerrilleros ansiosos de pelear ataca a principios de mayo, en pleno día, la ciudad amurallada de Sóeo. Jobo de Nizora refiere el desatino por medio de uno de los personajes de su novela *Sangre de ayer*. Repelidos por la guarnición de carabineros rurales, los guerrilleros se ven forzados a batirse en retirada. Detrás quedan setenta y ocho camaradas muertos de la manera más absurda. El cabecilla no ignora el precio que a su vuelta a los refugios de Ayueltu deberá pagar por la derrota, fruto de la temeridad y la indisciplina. Dice así el personaje de Jobo de Nizora (capítulo XIV):

«—Mandó, según supe, juntar lo que quedaba de su tropa en una espesura. Terminaba el día. Uno por uno abrazó a sus hombres, con especial amor a los que venían malheridos. Tenía los ojos húmedos. Una bala habíale arrancado un trozo de la oreja. No quiso que se la curaran. ¿Para qué?, les replicó. Entre los guerrilleros hallábase un su hermano de edad lozana. Consolóle en su abatimiento verlo ileso. Nada se dijeron. Él le entregó el correaje, su cuchillo de monte y una carta de disculpa destinada a Francio Cuntobre. Cuentan que retiróse después a una cabaña de troncos que por allí había. Se acababa de encender el lucero vespertino. Oyóse, grave, solitario, el lamento de una lechuza. En alguna parte corría un arroyo cristalino. Luego retumbó un disparo».

Por el tiempo en que el colectivismo se militariza al abrigo de las cumbres y peñascos, en Antíbula la población civil no ve más allá de su miseria cotidiana. El ejército, leal al dictador, ha tomado las calles, desbaratando con su presencia cualquier asomo de oposición al régimen. La menguante recaudación fiscal no puede compensar los gastos que comportan desde hace años las continuas operaciones militares y un cuerpo excesivo de funcionarios. El Estado avanza como un bólido hacia la bancarrota. El melio ha perdido casi todo su valor, hasta el extremo de generalizarse el trueque. Algunos allegados políticos susurran al oído del dictador la necesidad de adoptar medidas urgentes. A Balzadón Vistavino (una completa nulidad en cuestión de finanzas, al decir de Jan de Muta) se le ocurre la peor de todas. El ejercicio prolongado del poder ha embotado su sentido de la realidad. Y así, en mayo de 1928 comete el famoso y triste dislate que para muchos estudiosos representa el comienzo efectivo de su caída.

Nunca se llegó a esclarecer si la nostalgia le jugó una mala pasada; si le falló el instinto castrense, infalible en opinión de sus panegiristas; o si sus asesores lo confitaron en mala hora con la idea de repetir la aventura cruenta de 1885. Yo recuerdo su voz áspera, rotunda, marcial, exhortando por radio a los patriotas de edades comprendidas entre los veinte y los cuarenta y cinco años a invadir la Bladia en el plazo de veinticuatro horas. Al contrario que en los tiempos del rey Toeto IV, ahora se delegará en la improvisación la competencia de reunir una flota nutrida en la bahía. La componen tres buques de la marina de guerra con funciones de escolta y, a su alrededor, una turbamulta de barcos mercantes, pesqueros, bateles y lanchas de toda laya. A bordo de tan singular revoltijo de embarcaciones se apretuja una muchedumbre vocinglera de antibuleses ávidos de enriquecerse, como décadas atrás sus antepasados, a pistoletazos y puñaladas.

El abuelo Cuiña no pudo menos de contagiarse de la euforia colectiva, se colgó del cinto su cuchillo grande de matar perros y me llevó a la playa a ver zarpar a la bulliciosa y carnavalesca expedición.

—Ay, profesor —suspiraba con la mirada melancólica, fija en la lejanía azul—, ¡lo que yo diera por tener ahora veinte años menos!

No estábamos los dos solos, sino que a todo lo largo de la orilla se arremolinaba un gran número de hombres de cierta edad, armados los unos igual que el abuelo Cuiña con armas blancas; los otros, con retacos y fusiles herrumbrosos que agitaban en el aire a modo de exultante despedida para los que ya se hacían a la mar en medio de una barahúnda de sirenas.

Menudeaban a nuestro lado los clamores de aliento, proferidos en muchos casos por voces débiles y cascadas.

—¡Duro con ellos, mis valientes!

También el abuelo Cuiña se sumó en un par de ocasiones al griterío:

—¡No dejéis uno vivo!

Apenas la última embarcación hubo rebasado la bocana, rumbo al horizonte, emprendimos el camino de vuelta a la hospedería. El abuelo Cuiña caminaba pensativo por la calle, apoyándose en su bastón de cerezo. A cada instante sacudía la cabeza de modo misterioso, al par que hacía extraños ademanes con las manos. Me tentó preguntarle qué le ocurría, pero no me atreví. Por fin llegamos a casa. En el vestíbulo se me quedó mirando con el entrecejo preocupado y dijo como si conversara consigo mismo:

—No sé, no sé. En el 85 nos acompañó la flor de la canela de la armada real. Hoy, en cambio, sólo he visto tres cañoneros y no precisamente de los más nuevos.

La aventura acabó en el desastre vergonzoso que todos conocemos. El gobierno se apresura a atribuirlo al mal estado de la mar. Según *La Hoja de la Patria*, fuertes vientos y olas de hasta siete metros de altura dificultaron desde un principio la navegación, sobre todo la de los barcos de pequeño calado, lo que motivó que la flota invasora se dispersase antes de alcanzar el objetivo. Un mes más tarde la prensa gubernamental continúa repitiendo que «la fatalidad de los elementos fue la causa del revés sufrido por nuestros heroicos expedicionarios». Se habla incluso de «trágico accidente». Para entonces la verdad corre a sus anchas por las calles de Antíbula. Los bladitas se habían enterado muy pronto del ataque que se tramaba contra ellos y tuvieron tiempo más que suficiente para enviar una escuadra al encuentro de los agresores. Cuando por fin divisan al enemigo, no pueden creer el espectáculo que se ofrece a las lentes de sus catalejos. Los antibuleses han trabado una batalla naval entre ellos. Docenas de barcos arden, otros se van a pique atestados de hombres que no paran de acuchillarse ni cuando el agua les cubre hasta el cuello. Innumerables cuerpos sin vida flotan sobre las olas. Se suceden los abordajes, las persecuciones y las descargas. ¿A qué obedece aquella escabechina entre compatriotas? Hoy sabemos que un número indeterminado de militantes colectivistas infiltrados en la marinería se amotinó en el transcurso de la segunda jornada de navegación. El plan consistía en apoderarse de la mayor cantidad posible de embarcaciones y armas, seguir sin pérdida de tiempo el derrotero de Molu y liberar a los presos de la isla, correligionarios suyos en su mayoría. La premura de tiempo impidió, sin embargo, preparar debidamente la acción, de suerte que en el instante de dar la señal convenida se produjo un mal entendimiento y falta de acuerdo entre los amotinados. Algunos historiadores afirman que en el desorden inicial muchos marineros los confundieron con piratas. Lo cierto es que para cuando unos y otros quisieron darse cuenta, la revuelta había degenerado en una trifulca de todos contra todos, de la cual no quedaron exentos los tres buques de la marina de guerra. Al declinar la tarde, al menos dos tercios de los barcos yacían destrozados en el fondo del mar. Con los pocos que todavía se balanceaban a la deriva, los bladitas estuvieron jugando al tiro al blanco hasta destruirlos. Sobrevivieron al pie de noventa marineros agarrados a tablas y cajas flotantes. En cuanto a los tres buques cañoneros, sólo uno logró regresar a puerto.

—Antíbula se cae —repetía por aquellos días el abuelo Cuiña con gesto de amargura— y falta valor y coraje para levantarla.

A mi edad no atinaba yo a entender las razones del infortunio que se había cebado de un tiempo a aquella parte en nuestro país. Por todos lados se observaban caras tristes y preocupadas, gente con la ropa rota, llena de remiendos, y un sinnúmero de manos que, a las puertas de las iglesias y en la calles concurridas, se alargaban al paso de los transeúntes en petición lastimera de limosna. Cada vez con más frecuencia aparecían bajo la hornacina donde se guardaban las reliquias del santo Jancio, en el retablo de la catedral, los ojos que los desesperados se arrancaban allí mismo con el fin de granjearse la misericordia divina. La prensa gubernamental se hacía eco de aquellos devotos padecimientos en un tono exaltado de celebración, que a mí, considerado desde la perspectiva actual, se me figura una incitación a cegarse.

A menudo, durante la misa de los domingos en la iglesia parroquial, se oían agudas quejas y gemidos. Yo volvía la mirada y veía a los indigentes arrodillados sobre las losas de los pasillos, con los brazos en cruz, la expresión dolorida y un tembleque de plegarias en los labios.

Al abuelo Cuiña aquella gente le despertaba viva repulsión.

—No son más que una gavilla de pícaros —refunfuñaba por el camino de vuelta a la hospedería—. Mejor les iría, a ellos y a todos, si se pusieran de una maldita vez a trabajar. La vagancia está hundiendo a la patria.

Y afirmándome una mano en el cogote, fijaba en mí una mirada penetrante, como con empeño de leerme los pensamientos a través de las pupilas, y concluía:

—En mis tiempos, profesor, cuando reinaba el cuarto Toeto, los varones de Antíbula tenían entre pierna y pierna dos huevos como dos tinajas. Había que ser igual que Dios para parecer un héroe. Hoy Antíbula es un nido de inútiles, de pasmados, de mie-dicas, y por eso nos estamos hundiendo en la mierda.

Una tarde, a la salida de la escuela, al pasar junto a una ancia-na cubierta de andrajos que revolvía la tierra con una cuchara de palo cerca de un seto, en busca de lombrices y otros bichos comestibles, le pregunté sin mala intención a la niña Acfia Fene-lina si también en su casa faltaba lo indispensable para vivir. A mi guña, de suyo enfadadiza, se le figuró que mis palabras pre-tendían empañar el buen nombre de su familia. Furiosa, me cla-vó los dientes en el antebrazo antes de cruzar a la acera opuesta y alejarse corriendo por la calle arriba sin atender a las voces con que yo le rogaba que volviese y me perdonara.

Al día siguiente se las ingenió para no toparse conmigo, ni por la mañana ni después del almuerzo de mediodía; pero al fin no le valieron de nada sus tretas, pues, aprovechándome de la indiscreción de una compañera suya de colegio, averigüé que había emprendido el regreso a su casa dando un rodeo por el camino de las vías del tren, y en una escapada conseguí alcan-zarla. Para impedir que me acercase se parapetó detrás de una pila de traviesas adosadas a un muro, desde donde comenzó a lan-zarme piedras. Las lanzaba sin fuerza ni puntería, agregando a cada proyectil un insulto, una imprecación, una amenaza, por ver si al menos de palabra lograba hacerme daño. A los primeros indicios de fatiga resolví llegarme a su lado, no sin antes atrapar al vuelo una piedra que venía floja y sin peligro por el aire. Como me pareciese que la niña Acfia Fenelina no llevaba trazas de opo-ner resistencia, agarré lo más suavemente que pude su cabeza con ambas manos y me di el gusto de olisquearle a mis anchas la melena, mientras ella, resignada a mi capricho, permanecía inmó-vil. Al rato miré a mi guña de refilón y vi que estaba sonriendo. Sonreí yo a mi vez, ella lo advirtió y de esa manera, sin haber-nos dicho nada, nos reconciliamos.

—En mi casa —respondió de improviso a mi pregunta de la vís-pera, como si de un día a otro no hubiera transcurrido el tiem-po— nunca faltará de nada, pues, pase lo que pase, siempre habrá gente que se muera. Mi papá dice que no hay malas épocas para los carpinteros de ataúdes.

La hospedería del abuelo Cuiña, por el contrario, vivió mo-mentos bajos como consecuencia de la crisis económica. A decir verdad, el problema venía de lejos y era el resultado de un deterioro paulatino que comenzó con la instauración del régimen vistavinista, cuando clientes hasta entonces asiduos, amedrentados por los rumores que atribuían a aquel hospedero de Antíbula la Vieja fama de delator, optaron por cambiar de establecimiento. Suprimida la monarquía, nunca más tuvo el abuelo Cuiña ocasión de colgar en la fachada del edificio el anuncio de COMPLETO. Hacía más de una década que el cartel reposaba en una de las gavetas de la cómoda que había junto al mostrador de la recepción, donde poco a poco se le había ido cuarteando el revestimiento de esmalte.

El negocio sufrió un nuevo quebranto a raíz de la muerte de la Flapia, cuya destreza culinaria servía de reclamo para más de un huésped aficionado al buen yantar. Finalmente, la apurada situación financiera, que habría de conducir a la dictadura a un callejón sin salida, ahuyentó a los últimos inquilinos, los cuales fueron solicitando la cuenta a lo largo del invierno de 1927-1928 y uno tras otro se retiraron a sus pueblos de procedencia en espera de tiempos menos adversos para las actividades comerciales que constituían el motivo de sus frecuentes viajes a la capital.

A principios de año la hospedería se quedó vacía por completo. Runn de Gualel, la única persona que por ese tiempo se hospedaba en nuestra casa, experimentó un empeoramiento de su lesión tuberculosa que nos indujo a presagiar un desenlace tan rápido como funesto. Cierta mañana fría de enero mi madre y yo lo encontramos tirado en el suelo sin sentido. El abuelo Cuiña se lo echó al hombro con la misma falta de delicadeza que si se tratara de un costal de harina y lo bajó a la calle. El escuálido pianista se hallaba en paños menores. Tenía los ojos en blanco y los pies extrañamente amoratados. Un hilo de baba sanguinolenta pendía de sus labios entreabiertos. A pique estuve de verter una lágrima cuando el abuelo Cuiña lo descargó sin miramientos en el carro del señor Amtrech, que muy amablemente había aceptado trasladar al moribundo hasta el hospital de la Divina Providencia. Con idea de evitar que el infeliz, por el trayecto, rodara de un lado para otro sobre el suelo de tablas gastadas y polvorientas, convinieron en atarlo mediante sogas a los adrales, y para mayor seguridad le colocaron a los costados sendas cestas colmadas de nueces. Parecía un muerto camino del cementerio en

317

el instante en que el señor Amtrech, tras sacudir un fustazo en la grupa del percherón, puso el carro en marcha. Más tarde, mientras oreábamos su habitación, en la que reinaban en grado sumo el desorden, la incuria y una pestilencia sofocante, el abuelo Cuiña aventuró una premonición, no sé si con ironía o con desprecio, dando a entender que habíamos visto vivo al Esqueleto (según gustaba él de apodarlo) por última vez. Se equivocó de plano. Bienhechores de alcurnia costearon a Runn de Gualel la estancia en un lujoso sanatorio de la costa, donde la mejoría de su salud hizo posible que a finales de la primavera volviera a sonar en todos los rincones de la hospedería el chisporroteo musical de costumbre.

Obra de un mes antes del regreso de Runn de Gualel, el abuelo Cuiña recibió una visita inesperada. Cinco señores vestidos con trajes y sombreros negros, muy elegantes, acompañados de una escolta numerosa, solicitaron hablar con el hospedero. Una vez que se hubieron identificado como funcionarios del Ministerio de la Guerra, procedieron sin mayor tardanza a inspeccionar la hospedería, tomando uno de ellos cumplida nota en un cuaderno de cuantos detalles dignos de interés captaban sus miradas escrutadoras. En el curso del reconocimiento me encontraron sentado junto a la celosía. Los había visto hacía un rato apearse de sus automóviles, conque no me pilló desprevenido su llegada. En cuanto se oyeron voces y pisadas al otro lado de la puerta, escondí debajo de la camisa el libro que estaba leyendo y empuñé la carabina.

—¿Qué hace aquí este niño armado?

—Es mi nieto —respondió el abuelo Cuiña, que venía semiagazapado a la zaga del grupo—. De vez en cuando le toca su turno de centinela.

El que había formulado la pregunta hizo un gesto ostensivo de aprobación. Volviéndose después hacia el señor de corta estatura y calcetines blancos que escribía en el cuaderno, le dijo:

—Anote usted que la casa dispone de una garita de vigilancia.

Y tras echar un vistazo a la calle por los huecos de la celosía, se dirigió a mí para preguntarme, como la cosa más natural del mundo, si se me había presentado alguna vez la ocasión de dispararle a un enemigo. El abuelo Cuiña se adelantó a responderle, diciendo en tono servil:

—Aún no, pero le aseguro, señor subsecretario, que puntería no le falta. Si su excelencia lo juzga conveniente, tengo un patio trasero donde el muchacho, a modo de demostración, le podría meter una docena de balazos a un perol.

El que parecía ostentar la máxima autoridad dentro del grupo de funcionarios declinó el ofrecimiento mediante un ademán displicente de la mano, al tiempo que ordenaba al hombre bajito del cuaderno:

—Escriba usted que la hospedería cuenta con su propia instalación de tiro.

Dicho lo cual, reviró el rostro hacia mí y, con expresión grave, cuello estirado y puño en alto, me habló más o menos en estos términos:

—Estáte ojo avizor, criatura. Hoy más que nunca la patria necesita soldados celosos en el cumplimiento del deber, sin que para ello importen ni la edad ni el tamaño de sus brazos.

Acto seguido salió de la habitación y los demás tras él. Se rezagó el abuelo Cuiña aposta para guiñarme a escondidas un ojo, con que me dio a entender desde el umbral que se sentía orgulloso de mí. Por mi parte, hice como que no me interesaba recibir parabienes, sino vigilar la calle carabina en mano, la pesada canana puesta en bandolera y el dedo índice listo para accionar el disparador. Aproveché que el abuelo aún no se había ido del todo para atisbar demostrativamente a izquierda y a derecha conforme me tenía él advertido muchas veces. Claro que no bien cerró la puerta y me hube quedado de nuevo a solas, saqué el libro, lo acomodé sobre las rodillas y reanudé sin demora la lectura.

Basándose en el informe favorable que redactaron los cinco funcionarios, al abuelo Cuiña le llegó días después, desde el Ministerio de la Guerra, una propuesta formal para alojar en su casa a ciudadanos italianos adscritos a la embajada de su país, a cambio de un cuantioso estipendio mensual y con la garantía de que la susodicha embajada sufragaría una parte de los gastos de manutención de sus empleados. El abuelo Cuiña aceptó sin vacilar. Temeroso de que el correo no funcionase con la debida diligencia, él mismo fue al Palacio Real a entregar personalmente el documento con su firma.

Al día siguiente, por la mañana, sonó la campanilla del vestíbulo. Acababan de llegar los primeros siete u ocho italianos. Varios de ellos me regalaron dulces y me abrazaron como si me conociesen de toda la vida. Eran, sin salvedades, fascistas de profesión venidos a Antíbula en virtud de un gesto de buena voluntad por parte de Benito Mussolini, estadista a quien el general Vistavino profesaba una admiración rayana en la idolatría. El abuelo Cuiña, con el ánimo de agasajar a los nuevos huéspedes, colgó un retrato del Duce en la pared del vestíbulo, tocando al del dictador antibulés. La fotografía mostraba a Mussolini vestido con un uniforme militar cuajado de galones y medallas, con el mentón ancho y carnoso levantado en actitud altanera y con un extraño sombrerito en la cabeza, provisto de un adorno de flecos que caían hasta media frente. Los italianos de la hospedería se paraban siempre a saludar al cuadro, según la manera peculiar suya, cada vez que atravesaban el vestíbulo. También mi madre y yo, por imposición del abuelo Cuiña, debíamos rendirle honores.

Los italianos resultaron ser en su mayoría huéspedes de quitaipón. Se alojaban en nuestra casa y en otras similares a la espera de que quedaran camas libres en las dependencias de su embajada, que por aquel entonces ocupaba una mansión aneja al Palacio Real. Ninguno de ellos acertaba a balbucir más allá de cuatro palabrejas en nuestro idioma. Sé por los libros de historia que se les denominaba «promotores políticos». Se calcula que a mediados de 1928 había unos quinientos, activos no solamente en la capital. Al célebre Jan de Muta, que no ocultaba el menosprecio que desde un comienzo le inspiraron aquellos extranjeros gesticulantes, le parecían simples «maestros de ceremonias al servicio de la tiranía», conforme dejó escrito en el prólogo de una de sus obras. Los italianos introdujeron el saludo romano en Antíbula, que pronto se hizo obligatorio en todos los actos oficiales. Los niños lo aprendían en la escuela.

A mí, la verdad, los italianos que vinieron a vivir con nosotros se me figuraban tipos alegres y cordiales. Eran muy amigos de cantar (también, a veces, de noche), así como de estrechar a todas horas la mano de sus semejantes y expresarse con ayuda de aspavientos. Al principio yo encontraba divertidos su porte teatral y la vivacidad de sus modales; luego, no lo voy a negar, me fui cansando de tanta pamplina, de suerte que al final ya no les hacía caso y sólo me llamaban la atención por sus rarezas. De algunas no puedo menos de acordarme con perplejidad. Vestidos con sus mejores atuendos de gala, organizaban a menudo simulacros de arengas y desfiles por los pasillos de la hospedería. A comer bajaban con pistolas en el cinto y no se sentaban a la mesa hasta no haber proferido a coro unos cuantos vítores en su extraña lengua. Aborrecían la carne de perro; sin embargo, aunque parezca mentira, se atiborraban en sus habitaciones de fiambres de cerdo y de otras porquerías por el estilo que les enviaban en paquetes postales desde su país.

Una vez por semana se detenía ante la entrada de la hospedería una camioneta con banderín de Italia, cargada en abundancia de alimentos, de los que tan sólo una parte reducida iba a parar al estómago de los italianos. Con el resto hacía el abuelo Cuiña negocios lucrativos que le ayudaron a capear sin apuros graves aquellos difíciles tiempos de estrechez. Yo aprendí por entonces a cocer el pan ácimo con vistas a venderlo en los puestos del mercado negro. El abuelo Cuiña se acogía al dicho de que lo mismo da vivir que sobrevivir.

30

Con la llegada del invierno, las aulas de la Viverga empezaron a quedarse vacías. Uno tras otro, sin previo aviso, dejaban los niños y las niñas de acudir a la escuela, forzados por la estrechez que a la sazón hacía tan penosa la vida en la mayoría de los hogares antibuleses. Que algún compañero faltara a las clases dos, tres veces seguidas, suponía por lo regular la confirmación de que ya no volvería. Los demás aceptábamos el hecho al modo de los supervivientes de una epidemia letal, con la naturalidad que terminan inspirando las cosas habituales por muy insólitas, desagradables o dignas de lástima que hubieran podido parecer en un principio. A nadie se oía formular preguntas sobre el último ausente. Era como si hubiese muerto o, por así decir, como si no hubiera existido jamás.

Pronto hubo en el aula más pupitres libres que ocupados. Sin terminar febrero, apenas una docena de colegiales atendía a las enseñanzas del señor Vivergo, cuyo timbre de voz sonaba de día en día más hueco y asordinado, en proporción a la vaciedad creciente del recinto. Un número similar de niñas integraba el grupo de la señorita Llolla. A consecuencia de la crisis económica, la educación de los hijos en escuelas privadas se había convertido para muchas familias en un lujo imposible de costear.

Se daban casos tristísimos, como el de Uro de Varidel, un niño escuchimizado de ocho o nueve años, mirada lánguida y rizos negros, a quien una tarde de marzo vino a buscar una pareja de la guardia de seguridad. Uro se sentaba dos pupitres por delante del mío. Recogió deprisa sus bártulos de colegial y salió del aula, tembloroso y apocado, detrás de los dos hombres de uniforme. Don Prístoro estuvo charlando un rato con ellos en el pasillo. Al volver traía la cara demudada por efecto de una mueca lóbrega que al punto llenó mis pensamientos de malos presagios. Al día siguiente, una de las alumnas de la señorita Llolla, vecina de Uro de Varidel, difundió entre sus condiscípulas pormenores de la trágica noticia. A mí me los contó, por el camino de vuelta a casa, la niña Acfia Fenelina.

—Pues resulta que el padre trabajaba de capataz en los astilleros de Crocio Hermanos. Como los astilleros están en quiebra, tuvieron que cerrarlos el viernes pasado y echaron a los obreros a la calle sin pagarles el sueldo ni nada. ¿Te imaginas qué disgusto para las familias? Entonces el padre del niñito ese que no sé cómo se llama se debió de volver mochales. Es lo que a mí me han dicho. Total, que ayer se tiró de cabeza al río desde el puente de la Defensa, que ya sabes tú que por allí el Intri tiene mucha hondura. El pobre hombre se quería ahogar; pero ni siquiera se le cumplió su último deseo, pues al caer se dio con la cocorota contra un saliente del pilar y, en lugar de ahogarse, se quedó destrozado encima de unas piedras.

Aquel invierno de 1928-1929 fue uno de los más inhóspitos que yo recuerdo. A mí al menos me faltan palabras para describir con exactitud las temperaturas glaciales que padecimos algunos días en el interior de la escuela. Un grueso cerco de hielo impidió durante meses abrir los ventanales del aula. En dicho tiempo los vidrios permanecieron cubiertos por una capa ennegrecida de escarcha que los exiguos rayos del sol lograban atravesar a duras penas. Recuerdo también que el maestro exhalaba un nubecilla de vaho por la boca mientras explicaba la lección, humilde sustitutivo del humo de los cigarros puros que en aquella época de pobreza colectiva estaban al alcance de muy pocas personas. No sólo del tabaco tuvo que prescindir el maestro, sino también, desde principios de año, del café matinal, de la criada que se lo servía y más tarde, incluso, del periódico.

En la Viverga faltaban desde comienzos del invierno el carbón y la leña con que alimentar el fuego de la estufa. A fin de no perecer congelados, los niños podíamos conservar los abrigos puestos durante las horas lectivas. Quien dice los abrigos, dice los guantes, las gorras con orejeras, las bufandas y hasta mantas que el propio maestro nos recomendaba traer de casa. Tan primitivos arbitrios para defenderse del frío vulneraban las normas de buenos modales y correcta vestimenta inculcadas, no sin severidad, por quien ahora las infringía en presencia de sus propios discípulos, a los que además inducía a imitar su ejemplo; pero los tiempos cambian y la necesidad impone en todas partes sus propias leyes. Tenía buen corazón el señor don Prístoro Vivergo. Cierta mañana singularmente gélida entró en el aula arrastrando una vieja consola, la deshizo a pisotones y con los trozos de madera hizo un fuego chisporroteante, alegre, maravilloso, con el que nos pudimos calentar por espacio de una hora. Don Prístoro, sentado en medio de los niños, todos muy juntos dentro de la zona de calor, acercó su cabeza a las nuestras y, señalando con el rabillo de su sonrisa hacia la estufa llameante, nos dijo en un tono confidencial que nunca hasta entonces había usado con nosotros:

—¡Si se entera mi hermana...!

No se cansaba el maestro de exhortar a los pocos alumnos que le iban quedando a no volver la espalda a la escuela, aunque sus padres careciesen de dinero para pagar los gastos de enseñanza. Pues el porvenir laboral de cualquier ciudadano, añadía con aspavientos un tanto patéticos, depende de la formación que haya recibido de pequeño, y que no tomásemos vergüenza ni preocupación si algo le dejábamos a deber en días tan difíciles como los que por desgracia nos había tocado vivir, porque tiempo tendríamos de sobra para restituírselo más adelante, cuando fuéramos médicos, abogados o ministros; y, si no, él lo daba asimismo por bien empleado, ya que como dijo el griego Aristóteles, etcétera.

En cierta ocasión, tras anunciar que había decidido suprimir los exámenes de final de curso, prometió notas excepcionales para todos los que guardaran fidelidad a la escuela hasta las vacaciones de verano. No le bastó con dejarnos tiesos de asombro, sino que acto seguido agregó una segunda promesa, según la cual tan pronto como llegase la primavera saldríamos muchas veces de paseo a respirar el aire limpio de la costa, a recorrer la ciudad y sus alrededores, a merendar en el promontorio de Flull y a conocer de cerca los monumentos históricos de Antíbula. Engatusándonos con la quimera de que en los meses venideros la diversión reemplazaría a la faena, intentaba asegurarse un número aceptable de matriculaciones para el siguiente periodo escolar, las cuales, sumadas a las de los posibles principiantes, harían realidad el milagro de alcanzar la cifra mínima de treinta alumnos prevista por la llamada ley de Taruján, impidiendo así el cierre forzoso de la escuela.

A pesar de aquellos extremos de generosidad, acogidos con estupefacción antes que con júbilo por parte de los alumnos, el dueño de la Viverga quedó lejos de conseguir la recompensa apetecida. Persistió como hasta entonces la desbandada progresiva de colegiales, a quienes, más que adquirir nociones o conmoverse con los discursos de un docente angustiado, urgía llenarse el estómago de alimentos. En aquella época era muy común tropezarse por las calles con menores que vagaban a la busca de desperdicios comestibles. Los había que probaban fortuna practicando la mendicidad. Otros preferían asociarse en bandas de rateros.

Mediada la primavera, se le esfumaron al señor Vivergo las últimas esperanzas de obtener la renovación de la licencia ministerial que le habría permitido seguir rigiendo su escuela después del verano. De la noche a la mañana se convirtió en un hombre taciturno y desganado al que parecía costarle esfuerzo cada pequeño paso que daba. Los niños no tardamos en percibir que descuidaba su arreglo personal. Todas las mañanas llegaba tarde al aula, con ojeras como de haber dormido poco durante la noche, con una barba entrecana de varios días, sueltos los cordones de los zapatos y salpicada de manchas la chaqueta de paño duro a la que faltaba la mitad de los botones. Sentado a la mesa, apoyaba la cabeza sobre ambas manos y, con la mirada extraviada, musitaba un sinfín de sonidos incomprensibles. Olía además muy mal el señor Vivergo por aquel tiempo.

A comienzos de mayo, don Prístoro y la señorita Llolla convinieron en suprimir las clases de las tardes en vista de los pocos alumnos que por entonces acudían a la escuela. El maestro aún fue más radical en su resolución, de suerte que un día, nada más entrar en el aula, entregó a cada cual su boletín de calificaciones, fechado y firmado con mes y medio de adelanto. Los fue arrojando uno a uno sobre los pupitres como un jugador sin suerte que descubriera sus naipes a la desesperada; miraba en silencio, con blanda fijeza, por espacio de unos pocos segundos la cara del colegial correspondiente y en todas ellas, se me hace a mí, debía de ver idéntica expresión de pasmo. Cuando hubo concluido el reparto, dijo desde la tarima en un tono apagado, ni más ni menos que si lo estuviera venciendo el sopor mientras hablaba:

—De aquí a julio que venga el que quiera.

Unos cuantos niños, con el certificado de aprobación del curso en la talega, no dudaron en tomar a la letra la sugerencia del maestro. Yo vi que secreteaban junto a la estantería, aprovechando que don Prístoro se había quedado traspuesto. Después, durante el recreo, salieron a la calle y se ausentaron para siempre.

Por entonces el grupo del señor Vivergo se redujo a los cinco colegiales que aguantamos hasta el final. A las ocho de la mañana nos juntábamos en el aula. Mis compañeros se entretenían jugando a los dados, contando chistes picantes o fingiendo peleas. Yo era el mayor de todos y leía en un rincón. De este modo aguardábamos la llegada del maestro, el cual solía venir con hora u hora y media de retraso, soñoliento, carraspeante, desaseado, algunas veces con un par de pantuflas desastradas en lugar de zapatos.

Apenas tomaba asiento a su mesa, nos preguntaba como al desgaire si a nuestra llegada nos habíamos acordado de hacer el rezo de rigor. Los niños le respondían a coro que sí. No parece que le preocupasen las medias sonrisas que revelaban el embuste, sino que desentendido de ellas dirigía hacia mí, por ser en aquella época el alumno más veterano de la clase y acaso el que menos desconfianza le inspiraba, una mirada interrogativa en solicitud de confirmación o rechazo de lo dicho por mis compañeros. En el fondo del aula yo apartaba por un instante los ojos del libro. Me complacía sobremanera saberme centro de la atención general, dueño pasajero de un puñadito de destinos. A veces, con malicia de apurar mi deleite, prolongaba aposta la duración de la escena; pero a los pocos segundos me quemaban por dentro la vergüenza y el pudor, y de forma un tanto precipitada indicaba mediante un gesto que, en efecto, la norma del rezo matinal había sido cumplida por nosotros como era preceptivo. La enseñanza podía comenzar.

O, para ser más exactos, el simulacro de enseñanza que recibimos desde el mes de mayo hasta el último día de colegio. Transcurrían las mañanas sin que hiciéramos cosa de más provecho que matar el tedio con cualquier tarea elegida a voluntad. Yo leía libros que me eran de sobra conocidos. Los demás dibujaban, intercambiaban muecas y sonrisas o simplemente se quedaban absortos tratando de distinguir los perfiles del paisaje urbano a través de los vidrios negruzcos. Don Prístoro, sin moverse de su mesa, ofrecía ayuda para resolver cualesquiera dificultades que se nos pudieran plantear durante el trabajo; pero las horas pasaban sin que ninguno se acercase a pedirle consejo, puesto que ninguno hacía nada que no fuera entretenerse con alguna socorrida y más o menos encubierta distracción. Llegada la hora de marcharse, don Prístoro preguntaba a cada uno en qué había ocupado la mañana, escuchaba el rosario de respuestas falaces con gesto invariable de aprobación y se despedía de nosotros hasta el día siguiente.

De tiempo en tiempo aparecía en la clase con humor y ganas de emprender alguna actividad con los alumnos. En esas raras ocasiones (que, por motivos que nunca comprendí, coincidían siempre con mañanas de lluvia) se mostraba más comunicativo que de costumbre, la melancolía de su semblante atenuada por un asomo de viveza, y aun podía suceder que de manos a boca nos soltase con expresión risueña una de sus cuchufletas de antaño. Ufano, nos enseñaba un trozo de tiza apenas visible entre sus dedos, sin ocultar que acababa de hurtarlo en el aula de su hermana. La minúscula piedrecilla le servía para escribir en el encerado los sucesivos pasos y variantes de una determinada apertura de ajedrez con la que deseaba familiarizarnos ese día. A tal fin, traídos tableros y fichas de la sala de juegos, mandaba que colocásemos los pupitres en forma de arco; cada cual se sentaba junto al suyo y él permanecía de pie en la otra parte, frotándose las manos con nerviosa delectación mientras vigilaba que sus tiernos contrincantes ordenaban las piezas del modo adecuado.

Frente a mí solía situar su silla.

—Muchacho —me decía—, te concedo este honor con una condición. ¿Te figuras cuál?

Tenía yo el firme convencimiento de que don Prístoro deseaba que le respondiese que no. Así que, cada vez que le venía antojo de entablar partidas simultáneas contra los alumnos, me costaba poco procurarle aquel halago. Visiblemente satisfecho, él me espetaba con el pecho hinchado y el cuello tieso:

—Pues está claro que a condición de que me fuerces a pensar.

Iba despacio de un tablero a otro, fumando tagarninas que él mismo liaba no sé yo si con hojas secas de patata, como hacía mucha gente por entonces, o con las de alguna planta similar. Los cigarros le quedaban deformes, torcidos, gruesos por la mitad y delgados en los extremos; despedían un humo amarillento cuya pestilencia, pegada a la ropa, aún me picaba en el olfato por las noches, cuando me desvestía para dormir. Don Prístoro parecía poner más empeño en mantener encendida la brasa de sus cigarros que en los lances del ajedrez. A mis compañeros les ganaba con suma facilidad, a veces en un espacio de tiempo tan corto que les obligaba a empezar de inmediato una nueva partida. Conmigo lo tenía más difícil a pesar de que el juego no terminaba de interesarme, de suerte que, cuando veía al maestro parado delante de los otros tableros, yo sacaba mi libro escondido bajo el pupitre y aprovechaba para leer a hurtadillas un par de líneas. Así y todo, estuve a pique de cobrarle ventaja y acaso vencerle en por lo menos dos ocasiones, que yo recuerde; pero no me atreví.

A menudo nos dejaba en el aula solos con el pretexto de que esperaba visita del inspector o debía resolver asuntos administrativos de urgencia en su despacho. Anotaba o hacía que anotaba en una hoja de papel la tarea que cada uno de sus cinco discípulos se comprometía a realizar durante su ausencia, nos alentaba a hacer uso correcto de la libertad que nos concedía y al fin abandonaba el aula cerrando tras sí la puerta. Un cuarto de hora más tarde lo veíamos salir a la calle por el jardín trasero, con la caña de pescar al hombro. En 1928 miles de antibuleses, provistos de reteles, salabardos y toda clase de aparejos, abarrotaban a diario las playas y acantilados de la costa en busca de animales marinos a los que hincar el diente.

31

Yo amasaba pan ácimo por las tardes con la harina que nos enviaban en barriles desde la embajada de Italia. El abuelo Cuiña me había enseñado a cocerlo según un sabio procedimiento de la difunta Flapia, que consistía en untar la masa con caldo de hotidimas tan pronto como el calor empezaba a endurecerla, usando para ello una brocha de mango largo. Había que tener mucho cuidado de no abrasarse los dedos, ya que por fuerza debían mojarse los panes en el interior del horno. Hecho así, salían con la corteza dorada, tersa y aromática: una gollería que deleitaba por igual a la vista, al gusto y al olfato.

De cada hornada apartaba el abuelo Cuiña unas pocas piezas para el consumo de los huéspedes, mientras que con el resto obtenía pingües beneficios en el mercado negro. A causa del valor escaso del dinero prefería trocar alimentos por enseres, los cuales intentaba luego revender de forma ventajosa.

Por los huecos de la celosía lo veía yo regresar de atardecida cargado con vasijas antiguas, porcelanas de Sóeo y toda clase de objetos valiosos, grandes y pequeños. Él mismo se encargaba de limpiarlos y sacarles brillo. Envueltos en retales de sábanas, los ponía dentro de una carretilla de dos ruedas y de vez en cuando, al caer la noche, se iba con ellos por ahí, cualquiera sabe adónde.

Confiado en el buen humor que mostraba de un tiempo a aquella parte, cometí una tarde la equivocación de pedirle un pan para el señor Vivergo. Días atrás, el abuelo Cuiña me había dado una sorpresa al regalarme un libro sobre la fundación de Antíbula. Era un tomo grueso, descuadernado, sin tapas ni lomo, que había que abrir con cautela para que no se le cayeran algunas hojas descosidas. Su feo aspecto no menguó la alegría que me produjo constatar que el abuelo Cuiña, mediante aquel obsequio inesperado, aprobaba y hasta fomentaba mi afición a la lectura, de la que había hecho burla en incontables ocasiones. Según dijo, había visto el libro por casualidad en un baratillo del bulevar de las Damas. Lo compró por un precio insignificante, pensando «en cumplirle un capricho al profesor panadero».

Me concedió, además, permiso para leerlo en la cocina siempre y cuando mantuviera un ojo atento al horno, no fuera a ocurrir que por estar engolfado en la lectura dejase que se quemara el pan. Tan sólo cuando me hubo dirigido aquella advertencia depositó el libro en mis palmas blancas de harina. Me sobrecogió al punto un vértigo de gozo. Miraba estupefacto la sonrisa del abuelo Cuiña, erguido ante mí con su delgada estampa que parecía más poderosa que nunca. Yo ansiaba pronunciar una palabra de agradecimiento; pero mi boca se había convertido de repente en una dura y seca oquedad sin voz. Temí que mi silencio ofendiese al abuelo Cuiña. Convencido de no merecer el bien que me había hecho, deposité el libro encima de la mesa. Luego, movido de un impulso ciego, me abracé a sus piernas. Mis labios buscaron afanosamente sus manos para besarlas. Él me rechazó de un empujón, diciendo:

—Aparta de mí, que pareces hembra.

Cerró después con fuerza la puerta de la cocina. Yo deduje que no deseaba testigos de la tunda que se disponía a endiñarme. En lugar de eso, juntadas dos sillas, indicó que me sentara a su lado, muy cerca el uno del otro. A este punto comenzó a hablarme con misterio, receloso quizá de que alguien pudiera escuchar sus palabras desde el vestíbulo.

Me tendió de nuevo el libro, como si me lo regalara por segunda vez. Se le figuraba que, a menos que el título mintiese, debía contener alguna mención de nuestro antepasado portugués, y aun creía posible que, con un poco de fortuna, el historiador hubiese dedicado un pasaje a relatar pormenores de su vida. Por el tío Acán sabía que aquel joven de condición aventurera e ignorada fisonomía había traído nuestro apellido a Antíbula enrolado en la expedición del primer Palaco, cuando el país, todavía sin nombre, no era más que una suma incierta de ciénagas y bosques poblados por tribus nómadas que se alimentaban mayormente de lobos. «Diezmaron los varones a sangre y fuego por los campos; trajeron muchas nativas a la religión católica, las pacificaron y les

332

tomaron el idioma, así como los vientres con el fin de procrear»
(*Crónicas palacanas*, Libro tercero, cap. IX). Para el abuelo Cuiña,
desconocedor de las *Crónicas*, no podía menos de atribuirse a la
gracia divina el haber pertenecido al puñado de valientes que
levantaron las primeras casas de Antíbula, junto a la desembocadura de un río al que los aborígenes llamaban Intri. Un rey, cinco sacerdotes (uno por cada nave) y algo más de trescientos soldados constituyen el germen de la nación antibulesa. Aseguraba
el abuelo Cuiña que no les faltaban razones para sentir orgullo a
sus descendientes, por cuyas venas seguía corriendo sangre heroica.

—Mira estas manos encallecidas, profesor. ¿Tú crees que las
tengo así de no hacer nada? Aquí donde me ves, yo agregué un
eslabón de oro a la cadena de los Cuiña cuando el cuarto Toeto
mandó castigar a los bladitas en el año 85. ¿Que a Dios Nuestro
Señor le pide el cuerpo quitarme la vida hoy por la tarde, o
mañana, o el domingo? Pues yo no me conmuevo. ¿Qué puede
asustarle a Braes Cuiña después de haber servido como hombre
recto a la religión y a la patria? Aprende de mí, profesor, para
cuando te llegue la hora de ser el portaestandarte de nuestro apellido. Sé fuerte, sé incansable, sé inclemente desde ahora. Piensa
que los ojos de tu estirpe estarán vigilándote por una celosía del
cielo, día y noche, hasta el instante en que tu corazón agotado
pare de latir. No nos defraudes.

Esto dicho, me dejó leyendo a solas junto al calor del horno,
sin antes encarecerme que corriera en su busca tan pronto como
hubiese yo encontrado una línea alusiva a nuestro pariente del
siglo XIV. En tanto que se hacía el pan vedó a mi madre la entrada en la cocina con el objeto de que no entorpeciese mi lectura.
Las horas, y con ellas los capítulos del libro, se sucedieron sin
novedad. Palaco cumplió el rito inmemorial de arribar con sus
barcos a la bahía de Antíbula, estableció el primer campamento
en tierra firme y mientras tanto la tarde, mi tarde, tocó a su fin.

A la hora de cenar el abuelo Cuiña enarcó las cejas a manera
de seña interrogativa nada más verme. Le conté que entre el prólogo y la página ochenta y tantos no había aparecido el nombre que
me tenía ordenado encontrar. Él me instó a proseguir la búsqueda
y me premió con un gesto de conformidad cuando le prometí que
me quedaría leyendo en el camaranchón hasta la medianoche.

Tan sólo al tercer día, mediada la lectura del volumen, mi

tenacidad recibió la recompensa apetecida. Entre los nombres consignados en una detallada relación de los primeros conquistadores de Antíbula figuraba el de un tal «Coíña, soldado de la Lusitania, que luego fue verdugo».

—No hay duda de que es ése —afirmó el abuelo Cuiña tieso de satisfacción—, aunque algún secretario zote que escribía de oídas le haya cambiado una letra. Honradamente ganaba nuestro antepasado su pan y su perro. Por Jancio bendito, ¿acaso sacar ojos y poner a los malhechores en la horca no es oficio que requiere maestría?

Amagó con pegarme un cachete en actitud festiva, ufano de sus palabras chuscas. A mí me pareció oportuno imitarle la sonrisa con idea de halagarlo. El descubrimiento de su apellido en una página de aquel mamotreto descuajaringado lo había puesto de buen humor. Se le veía alegre, dicharachero, en una disposición de ánimo tan favorable que ni siquiera me tembló la voz cuando de manos a boca le solicité una pieza de pan para el señor Vivergo.

No importaba si era una de las pequeñas, agregué enseguida, en un intento vano de enmendar lo que ya no tenía arreglo. Para entonces había desaparecido del semblante del abuelo Cuiña todo rastro de sonrisa. Surcos inquietantes cruzaban ahora su frente, al par que sus ojos diminutos me escrutaban con ostensible suspicacia.

—¿He oído bien? ¿Me has pedido un pan para el propietario de la escuela?

Acto seguido me preguntó si el maestro me había adelantado el dinero o pensaba pagar la mercancía más adelante. La cándida esperanza de ablandar su corazón me movió a revelarle la verdad. Y así, le confesé que la niña Acfia Fenelina me había persuadido para socorrer al señor Vivergo con alguna cosa de comer, ya que cada vez menos familias enviaban sus hijos a la escuela debido a la necesidad y pobreza que reinaban en todas partes. Se rumoreaba que el maestro y su hermana la señorita Llolla, como ya no tenían ingresos, habían empezado a pasar hambre.

—Conque hambre, ¿eh? La mocosa de Perroseco te habrá puesto carita dulce mientras te largaba una historia de infortunios y de lágrimas, y tú, que eres más tonto que sacarse la cera de las orejas con una rodilla, te has tragado la patraña. ¿Cuándo vas a

espabilar? ¿No te das cuenta de que tu amiguita es una judía soca-
liñera? ¿No ves que les ha echado el ojo a nuestras provisiones?
Prístoro Vivergo, para que te enteres, es el propietario de una
mansión, de un palacio si me apuras, situado en una zona céntrica. Así que deja de preocuparte por el bandullo de un hombre
con posibles. Te aseguro, profesor, que con sólo vender el terreno del jardín ese parásito social podría vivir a cuerpo de rey hasta el final de estos días de estrechez que pronto pasarán. Y si no
que madrugue y se deslome como hacemos los demás. ¿De qué
han vivido siempre los Vivergo? De guardar rebaños de críos dentro de una casa. ¿Hay quien, con medio gramo de mollera en la
cabeza, se atreva a llamar a eso trabajo? Yo te digo, profesor, que
el problema de Prístoro Vivergo no es el hambre, sino la gandu-
lería. El verano pasado ya le pagué por ti lo convenido. Más te
vale que olvides la mala idea de regalarle mis panes. Que no se
te ocurra sacarme de la hospedería ni un corrusco a escondidas,
porque ese día, si te pillo, se te habrán terminado para siempre
la escuela, los libros, la vida de marqués que llevas, y aún tendrás
que agradecerme que no te arranque el alma a palos.

Diciendo esto último, me arreó un torniscón en el costado del
cuello como para dar a entender que no hablaba por hablar; tras
lo cual, en tono imperioso, me mandó subir al camaranchón con
encargo de no ponerme al alcance de su vista hasta tanto que mis
ojos estuvieran rojos y doloridos de leer. Yo así hice, pero al llegar arriba, en lugar de sumirme en la lectura del grueso tomo de
historia, me tumbé sobre la colcha de la cama y consumí la tarde entregado a las cavilaciones. Durante la cena no vacilé en asegurar que había leído obra de setenta páginas, en ninguna de las
cuales, dije, estaba escrito el nombre de nuestro antepasado. El
mismo embuste repetí a la mañana siguiente, cuando lo cierto es
que por la noche no me había tomado la molestia de abrir aquel
libro que de buenas a primeras me resultaba por demás odioso.

Salí con rumbo a la escuela a la hora acostumbrada. Junto a
la puerta de la hospedería el abuelo Cuiña cumplió su designio
de registrarme el fardel. Halló dentro un puñado de uvas pasas
envueltas en un pañuelo. De nada sirvió alegar que me las había
dado mi madre para comerlas durante el recreo. Él las metió en
su bolsillo con el achaque de protegerme de las malas tentaciones y después me dejó marchar.

Al poco rato me reuní con la niña Acfia Fenelina, que estaba esperándome al final de la calle. Por deseo suyo nos desviamos del camino y bajamos por unos escalones de piedra que conducían a la orilla del Intri. Allí nos escondimos en una concavidad del muro por cuyo suelo arenoso corría un reguero de aguas negras. A nuestra llegada se produjo una escurribanda de ratas. Tras cerciorarse de que nadie nos observaba, la niña Acfia Fenelina, subida a una piedra seca, se levantó la falda del vestido junto con la saya blanca que llevaba debajo, y me apremió, con aquel arranque autoritario que tenía, a tentarle la culotina entre pierna y pierna. Yo me negué con igual firmeza que si trataran de inducirme a coger un puñado de ascuas. Entonces ella se apoderó sin miramientos de mi mano y de un recio tirón la arrastró hasta su bajo vientre, donde percibí claramente un bulto redondo y duro.

—Y ahora méteme la mano dentro de la culotina.

—No hace falta. Ya sé que has empezado a criar pelo. Me lo contaste y te creo.

—Mete, que es por otra razón.

—Si quieres te huelo, pero más no.

—¿Por qué no?

—Pues porque no.

—¿De qué te vale remolonear si a lo último harás como a mí me plazca?

—Pues eso que me pides no lo haré ni aunque me amarren.

Lo hice, qué remedio, y no por nada sino que la futura Marivián, de niña, ya se daba buena traza para domeñar a puro de tozudez, de mohínes y de labia las voluntades ajenas. Como necesitase de ambas manos para sostener en alto la falda del vestido, dispuso que fuese yo quien soltara los cordones de la culotina. Dos lazos laterales ceñían la prenda a la cintura. El uno lo solté con facilidad, el otro se me escurría hacia el interior del dobladillo. A la niña Acfia Fenelina le vino temor a que mis dedos torpes rasgasen su delicada lencería, que era de raso blanco, larga hasta casi las rodillas y guarnecida de vistosos encajes en el borde inferior. Supuso que con un lado suelto había abertura suficiente por la que meter la mano. Me pidió que lo intentara. Con dos dedos, como si volviera la página de un libro, aparté hasta donde dio de sí la parte de la prenda que le cubría el vientre. Noté al instante una vaharada tibia de olor vaginal. Temblando de timidez le cumplí el capricho a mi guña, no sin advertirle que aquel pecado yo se lo cargaba a ella en su cuenta. De pronto palpé un objeto similar a una esfera con pliegues.

—¿Lo tienes? Sácalo —me ordenó.

Se trataba de un vulgar colinabo, más bien pequeño. Puede que ni siquiera estuviese maduro. Sin darme cuenta de lo que hacía, me lo acerqué a la nariz para olerlo. La niña Acfia Fenelina me dijo entonces, socarrona:

—En las tablas de la ley no hay nada escrito sobre los pecados del olfato. De todos modos, éste no quiero que me lo cargues. Se lo confiesas tú mismo al padre Arfuno.

Me contó a continuación, no poco oronda, que el colinabo lo había tomado a hurtadillas de la despensa de su casa. Al llegar a la escuela tenía previsto depositarlo, sin que nadie la viera, encima del banco de la glorieta, donde la señorita Llolla por fuerza lo habría de encontrar a la hora del recreo, cuando se sentase en aquel rincón del jardín a leer. Ya se sabe, reconoció, que un solo colinabo no es el maná; pero si su compañera Dabrosca aportaba, como había prometido, alguna otra cosa de comer, al menos ese día la maestra estaría en condiciones de tener el hambre a raya.

—Y tú —me preguntó a tiempo que recomponía su vestido—, ¿dónde llevas el pan para el señor Vivergo?

Volví la cara hacia la pared musgosa.

—El abuelo Cuiña —contesté— me ha prohibido llevarle comida al señor Vivergo. Dice que se merece lo que le pasa porque es un gandul. También mi madre piensa que el señor Vivergo podría salir de apuros si se decidiera a plantar hortalizas en el jardín, como hace mucha gente.

—Pues yo creo que peor que tu abuelo es tu falta de redaños. Tampoco a mí me permiten sacar alimentos a la calle. Pero mira, hoy he rapiñado un colinabo; mañana, lo que se tercie, ¿comprendes? ¿Comprendes que no quiero andar contigo hasta que hayas cumplido la palabra que me diste?

Seis días estuvimos sin hablarnos. Cierta mañana en que nos cruzamos por casualidad junto a la verja de la escuela, sentí la tentación de dirigirle un saludo; pero como ella me volviese la espalda de forma ostensible, me mordí la lengua y, apenado, seguí adelante.

El séptimo día le salí al camino con el corazón palpitante de gozo. En la calle del Rey Godelio, nada más verme, mi guña se apresuró a cambiar de acera. Desde enfrente agité en el aire un bulto envuelto en un trapo. Aunque se desdeñaba de mirarlo, lo debió de ver por el rabillo del ojo, de suerte que parándose de golpe me indicó por medio de una seña que me permitía acercarme a su lado. Quiso lo primero de todo saber cómo me las había ingeniado para sacar de casa aquel bulto de apreciable tamaño.

—Con la ayuda de mi madre —respondí—, que me lo ha arrojado a escondidas desde una ventana.

—¿Y qué hay dentro? No parece cosa pequeña. ¡Menudo atracón se va a dar el señor Vivergo! ¿Tú crees que dejará una parte para la señorita Llolla?

Me halagaban su impaciencia, sus muecas de ansia, la fijeza expectante de sus pupilas. A fin de prolongar mi disfrute solté el nudo del trapo con intencionada lentitud. De entre los pliegues salpicados de corros grasientos surgió a nuestra vista un grueso pedazo de carne curada. Se distinguía de la cecina corriente por un cerco de gordo de casi dos dedos de ancho, recubierto por una capa dura y parda de pellejo, algo mohosa, que causó perplejidad a la niña Acfia Fenelina. Ni el lomo del bernardino más cebado habría alcanzado para semejante bloque de carne.

La piltrafa en cuestión tenía su pequeña historia. Uno de los italianos alojados en la hospedería se la había regalado recientemente a mi madre. Carlo era el nombre de aquel joven obsequioso, repeinado y cantarín que desde hacía un tiempo la festejaba a espaldas del abuelo Cuiña. A veces, mientras ella fregaba arrodillada el suelo de los pasillos, el italiano se ponía a su costado y le cantaba coplas exóticas al son de una guitarra. Mi madre no entendía ni media palabra; pero se dejaba cortejar con gusto, tanto por coquetería femenil como por las dádivas que recibía a menudo del galán con bigotillo. Carlo gustaba de lucir sus condecoraciones delante de ella. Le enseñaba asimismo fotografías en las que podía vérsele vestido con camisa negra. Tenía varias que lo mostraban brazo en alto y con el pecho cuajado de medallas, cumpliendo tareas de protección cerca del Duce y de otros gerifaltes de su partido. Tenía dos o tres en las cuales estaba justo detrás del rey Víctor Manuel III y una en la que el grupo de fas-

338

cistas italianos afincados en Antíbula rodeaba, al pie de las escalinatas del Palacio Real, al general Balzadón Vistavino, estirado y serio en su uniforme de gala.

Carlo, lo mismo que sus camaradas, no pasaba de chapurrear algunos vocablos sueltos en idioma antibulés. Sabía, eso sí, de memoria, aunque sin entenderlas, las tres primeras estrofas del himno nacional vigente en Antíbula por aquella época. De vez en cuando bajaba al vestíbulo a cantárselas con horrenda pronunciación al abuelo Cuiña, movido del buen propósito de agradar al hospedero. Al abuelo le sacaban de quicio los cánticos del italiano; pero, como no le quedaba más remedio que aguantarlos, los escuchaba con fingida expresión de complacencia. Después, a solas, se deshacía en improperios y en insultos contra el «pajarito italiano», que acababa de robarle no sé cuántos minutos de su precioso tiempo, que le había estado taladrando los oídos, etcétera.

También conmigo, aunque de otra manera, intentaba Carlo ser amable. Sin duda vislumbraba en mí a un cómplice virtual de sus aspiraciones amorosas. Me costó semanas caer en la cuenta de que me tomaba por el hermano pequeño de mi madre, error en el que previsiblemente tenía ella una parte de culpa. Jamás me pasó por la cabeza referirle la verdad al huésped italiano. ¿Cómo explicarle nada si él no entendía mi idioma ni yo el suyo?

Sentado a la mesa del comedor, Carlo solía alabar mi pan como si fuera el manjar más exquisito que hubiese probado en su vida. En tales ocasiones se dejaba arrastrar de un súbito entusiasmo. Podía entonces suceder que, con la pechera sembrada de migas y los brazos abiertos, enderezase a toda prisa hacia mí y me cubriese la cara de besos en presencia de sus camaradas, los cuales, por supuesto, aprovechaban para tener sus burlas y regocijo a expensas de mi rubor.

Con frecuencia se hacía el encontradizo en las escaleras. Aparentando sorpresa, me apremiaba a entrar en su habitación, cerraba la puerta y sin más ni más se daba a mostrarme sus habilidades gimnásticas sobre la colcha extendida previamente en el suelo. Lo estoy viendo arrancarse la camisa, lucir la musculatura y resoplar antes de emprenderla a puñetazos con el aire, el rabillo del ojo en todo momento pendiente del efecto que causa en mí su exhibición. De buenas a primeras se saca el miembro viril, lo agita y manosea con vistas a agrandarlo, y cuando al fin ha conseguido tenerlo erecto y grueso, seguro de asombrarme, me invita a sopesarlo.

De tiempo en tiempo le venía antojo de que yo aprendiese tales y tales palabras de su extraño idioma. El método era muy simple. Carlo señalaba con el dedo un objeto cualquiera, pronunciaba su nombre y yo debía esforzarme en repetirlo correctamente. Tengo para mí que a menudo se prevalía de mi candidez para inculcarme necedades y locuciones soeces cuyo sentido se me escapaba por completo. En el comedor me las hacía decir subido a una silla, en presencia de sus camaradas, que se retorcían de risa y armaban grandísimo jolgorio al escucharme. Por este motivo les tomé aversión a Carlo y a sus amigotes fascistas. También a su lengua, de suerte que lo poco que alcancé a aprender de ella se me olvidó enseguida, a excepción de la escena del saludo. De tanto ensayarla se me quedó grabada para siempre en la memoria.

—*Come sta?* —me preguntaba Carlo, exagerando por lo regular las muestras de efusión.

Acto seguido, yo debía responder conforme a sus instrucciones:

—*Sto bene, grazie, e voi?*

No menos que a él les divertía a los demás huéspedes italianos aquel breve simulacro de diálogo en su idioma. En cuanto me echaban el ojo dentro de la hospedería, se apresuraban a dirigirme con expresión jovial la cortés salutación de marras.

Buscando a toda costa la ocasión de intimar con mi madre, Carlo intentó asimismo enseñarle italiano. Desde un principio se percató de que ella no tenía disposición ni tiempo para adquirir conocimientos que poco o nada le habrían de servir en su trabajosa vida diaria, y optó en consecuencia por idear otros ardides galantes. No es improbable que también advirtiese la carencia de aptitudes intelectuales del objeto de su deseo, pero esta circunstancia no suele importar gran cosa a los varones dominados por el instinto sexual.

Carlo empezó entonces a regalarle fruslerías a mi madre: hoy una golosina, mañana un espejito, pasado un pomo de esencia. Mi madre agradecía los obsequios condescendiendo durante unos segundos al besuqueo febril del italiano. Éste, acostumbrado a la brevedad del gozo, besaba con ávida presteza, estampando los labios en cualquier sitio de mi madre, donde lo mismo topaba carne que tela. En pleno resuello pasional, mi madre se apartaba de él asustada o, por mejor decir, con cara de asustada, y emprendía sin demora la huida. Antes de perderse de vista, reviraba no obstante la cabeza para lucir, desde la distancia de varios pasos, una sonrisa fugaz que bastaba por sí sola para reavivar en Carlo la hoguera de sus ilusiones.

De vez en cuando a los huéspedes italianos sus familias les mandaban cajas y paquetes postales. Algunos bultos eran tan grandes que se necesitaban dos o tres pares de brazos para transportarlos. Los envíos llegaban por barco y eran depositados en un almacén portuario dependiente de la embajada de Italia. Allí debían acudir los destinatarios a recogerlos, a menos que les hicieran el favor de traérselos a la hospedería con la camioneta de las provisiones. Recibían por tal conducto ropa, tabaco, regalos y chucherías; pero sobre todo cecina y embutidos de los que a ellos gustaban tanto y que eran para nosotros a cual más asqueroso. A petición del abuelo Cuiña guardaban su carnuza en las habitaciones. Les prometió a cambio no servirles perro en las comidas, pues lo rechazaban igual que si fuese bazofia. Allá ellos.

En ocasiones les enviaban desde su país una pierna entera de cerdo. Carlo conservaba la suya colgada de un clavo puesto en el costado del guardarropa y se la iba comiendo poco a poco, sin soltarla, arrancándole pedazos con una navaja de bolsillo. Los días en que apretaba el calor la pierna escurría aceite. La grasa se deslizaba entonces perezosamente a lo largo del hueso desnudo. Al rato se formaba en el extremo inferior una gota que terminaba cayendo por su propio peso dentro de una escudilla colocada debajo por mi madre con el fin de que no se encharcasen las tablas del suelo.

Un día de tantos, Carlo regaló a mi madre una gruesa tajada de la pierna del puerco, convencido de que le daba una cosa de valor. Mi madre, como sintiese viva repugnancia de tocar aquella carne inmunda, se apresuró a envolverla en un trapo. Estaba resuelta a arrojarla sin pérdida de tiempo al cubo de los desperdicios; pero luego se le ocurrió que el señor Vivergo, engañado por el hambre, podría confundirla con cecina de perro y me preguntó si no me parecía bien llevársela. Convinimos en que cuando hay necesidad es bueno todo lo que se come y no mata, y también convinimos en que ella me echaría la pieza de carne por la ventana para que el abuelo Cuiña no la descubriese.

Nada más verla, la niña Acfia Fenelina se tapó la nariz.

—¿Qué traes ahí?

Le dije lo que era y de dónde lo había sacado. Ella, tras recular un paso, se quedó escrutándome con repulsión, enseguida con desdén, y me dijo:

—Con razón se murmura que naciste del demonio. Esconde esa cosa, mejor tírala al río. Si no la tiras me pondré en la puerta de la escuela y contaré a todos que has querido perder el alma del señor Vivergo. ¡Quién sabe a cuánta gente habrás perdido ya! ¡Jancio bendito, Cenarrita buena, libradme del pecado, libradme de la pena!

Cada vez hablaba más alto, ya casi gritaba. Temeroso de que, atraídos por sus voces, los vecinos se asomasen a las ventanas, me pareció conveniente sosegarla. No hubo, sin embargo, manera de intercalar una palabra en el chorro frenético de sus plegarias. Intenté entonces encerrar a la niña Acfia Fenelina entre mis brazos. Se zafó, recelando quizá que me proponía causarle daño.

—Nunca, ¿oyes bien?, nunca dejaré que me toques.

A todo esto me acertó con un salivazo entre los ojos. Se conoce que le supo a poco la vejación, pues acto seguido, en el breve lapso que me tuvo ciego, me arreó a su salvo un puntapié de los que no se olvidan fácilmente. Arrancó después a correr e iba gimiendo por la calle con tales extremos de dolor que no parecía sino que yo la había escupido y pateado en vez de ella a mí. Lleno de confusión, tiré la carne de cerdo por encima de una tapia sin sacarla del trapo, tras lo cual llamé con toda la fuerza de mis pulmones a la niña Acfia Fenelina para que viera que ya estaba hecho lo que me había pedido; pero ella se desentendió de mis voces y siguió corriendo.

Dos semanas más tarde se cerró la escuela. Don Prístoro Vivergo, parado en el umbral del aula, estrechó la mano a los escasos alumnos que le habíamos sido fieles hasta el final y uno a uno nos deseó fortuna y éxito en la vida. No se despidió como en años precedentes, diciendo «hasta pronto» o «hasta después de las vacaciones», pues sabía, como en realidad lo sabíamos todos, que en cuanto el último niño hubiera puesto los pies en la calle de Itabea, su escuela, la Viverga, habría dejado de existir. Oí contar que la señorita Llolla se había despedido de sus discípulas con lágrimas en los ojos. A mí el señor Vivergo no me pareció ni triste ni contento. Yo creo que estaba deseando perdernos de vista para irse a pescar.

Desde que dejé de asistir a la escuela, el abuelo Cuiña ya no se preocupó de registrarme cada vez que yo atravesaba el vestíbulo para salir a la calle. Me fue posible entonces sacar de casa sin dificultades pequeños panecillos que hacía a escondidas con harina sisada y llevárselos al señor Vivergo junto con sobras de la comida que hurtaba de continuo en la cocina. Mi único problema era el apuro y vergüenza de entregarle en persona a mi viejo maestro aquellos modestos manjares. Tomé por ello hábito de colocarlos dentro de una hornacina próxima a la entrada principal, en la que antaño se había guardado una terracota sagrada que se rompió o rompieron.

Durante un mes aproximadamente estuve llevando casi a diario comida al señor Vivergo. Tenía yo mucho cuidado de cruzar el jardín sin ser visto. Con eso y todo, una mañana, al ir a depositar los panecillos de costumbre, encontré en la hornacina *La historia triste de un beso*, la novela de Jan Flac que el año anterior no me había permitido leer la señora Ecba. El corazón me dio un vuelco. ¿Sabía don Prístoro Vivergo que era yo quien le regalaba en secreto las cosas de comer? ¿Planeaba pagármelas con libros? Me quedé para siempre con la duda, puesto que de aquel día en adelante no me atreví a volver nunca más a la Viverga.

Muchos años después, de boca de un antiguo condiscípulo que me reconoció en la sala de lectura de la Biblioteca Central, me enteré de que el señor Vivergo, a raíz de la muerte de su hermana en el invierno de 1928, se marchó a vivir a un pueblo de la llanura, en cuyo cementerio es de suponer que llevará unas cuantas décadas enterrado. La casona donde se albergaba su escuela sufrió tamaño destrozo durante la revolución del Guauguau que no hubo más remedio que demolerla. En su sitio se alza hoy el multicine Full Moon.

32

A primera hora de la tarde de un día caluroso, semanas después del cierre de la Viverga, la niña Acfia Fenelina se presentó de improviso en la hospedería preguntando por mí. Yo pensaba que nuestra relación se había terminado la mañana en que le mostré la piltrafa de cerdo. Por eso, al verla entrar a toda prisa en el camaranchón, supuse que vendría en busca de su parte del tesoro, si es que aún podía merecer tal nombre un puñado de monedas sin valor. Se llevará lo suyo o lo que ella cree que es suyo, dije entre mí, y con eso habrá roto el último lazo que nos une.

Cuando estuvo más cerca, observé que traía los ojos enrojecidos como de haber llorado. Al pronto temí que llegase impelida de una rabia de las que arrancan lágrimas a las personas del sexo femenino y les llenan la boca de reproches amargos. Yo, de esto, no sé mucho. Sin detenerse ni decir palabra, se lanzó a besarme el dorso de las manos en señal de sumisión, y con idéntico propósito soltó después los cordones de mis zapatos y enseguida los ató. Yo me quedé mudo de extrañeza. Nunca hasta entonces se me había humillado de aquella forma la niña Acfia Fenelina sino en presencia de sus compañeras del colegio. Creyendo entonces que en el curso de las últimas semanas se había convertido en guña sincera, le tomé una cariñosa compasión. Quise antes de nada darle a entender que aceptaba de buen grado su visita. Con ese fin le alcé la trenza suavemente, que era larga hasta casi el arranque de la espalda, y por espacio de uno o dos minutos le olí el cogote procurando que las puntas de los cabellos sueltos entraran por los agujeros de mi nariz, donde las cosquillas solían producirme grandísimo deleite. Conmovido por su docilidad, me ofrecí a retirar las avispinas fenzas pegadas a la tabla de la pared, de suerte que ella pudiera coger sin riesgos su parte del tesoro o el tesoro entero si así lo deseaba. Pero no era ése el motivo de su venida.

—El lince del Pulul está enfermo de muerte —dijo con una cara de tristeza que no se podía mirar sin contagiarse—. Hace días que no come. Tampoco bebe ni se levanta de su sitio. Le han salido unos bultos duros aquí en el cuello. Parecen ciruelas de lo gordos que son. Y si se los tocan se nota que le duele, pero ya no le quedan al pobrecillo fuerzas ni para tirar mordiscos al aire. No se va a curar, eso cree el Pulul. A mí me parece que tú y yo podríamos salvarlo. ¿Vienes conmigo a la confitería? Por favor te lo pido. Tenemos que llevárnoslo de allí cuanto antes, hoy mismo si puede ser. El Pulul se siente débil para cuidar del animal.

Hallamos al lince dentro de la cesta, quieto, desmarrido, con los belfos cuajados de una espesa baba amarilla. En contra de su costumbre, no irguió con prontitud la cabeza para escudriñar a los recién llegados. Se limitó a girar levemente la punta de las orejas, sin tan siquiera fijar en nosotros la mirada. Tenía las pupilas dilatadas, perdidas en un punto indefinido de la yacija. El pecho se le abombaba y encogía al ritmo acelerado de la respiración. No pareció enterarse cuando la niña Acfia Fenelina le pasó dulcemente la mano por el lomo.

El Pulul rezaba el rosario junto al mostrador en penumbra, las piernas cubiertas con la manta de mastín a pesar del calor sofocante que reinaba dentro del establecimiento. Al vernos hizo un gesto de resignación, como diciendo que él no tenía la culpa de lo que le pasaba al lince, y después prosiguió impertérrito sus devotos bisbiseos.

La confitería presentaba por esos días un aspecto desolado. En los anaqueles se alineaban los frascos vacíos de vidrio que apenas un año atrás habían rebosado de gollerías. Sobre el mostrador de mármol podían verse unos cuantos tarros de mermelada posiblemente vieja; una pila de bollos rancios, de menos harina que salvado, con pinta de estar hechos en casa, y algunas cortezas fritas de perro a cual más negruzca y repelente. Otro género en venta allí no había, excepto un costal de guisantes secos olvidados en un rincón, tan comidos de gorgojos que habría que estar muy acuciado por el hambre para echarlos a cocer en una olla.

—Si tanto queréis al lince —dijo el Pulul—, lleváoslo. Pero tengo para mí que Dios Nuestro Señor os lo arrebatará antes que amanezca un nuevo día. Está escrito que quien nació ha de morir por fuerza, sea planta, animal o gente.

—¿Y qué hacemos con la cesta? —preguntó la niña Acfia Fenelina.

—Pues lleváosla también. Y la manta y el cuenco del agua. ¿Para qué me van a servir esas cosas de hoy en adelante?

Cogida por las asas, sacamos la cesta a la calle de Jurtas. A cada paso el hermoso felino se bamboleaba blandamente con la cabeza derribada hacia un costado. Todo parecía indicar que le quedaba no más que un soplo de vida. En eso el Pulul andaba bien encaminado. Al poco rato la niña Acfia Fenelina comenzó a dar muestras de fatiga. Que si le dolía la mano, que si no podía con el peso. Total, que nos detuvimos a la sombra de un árbol a descansar, en la plazuela que había a espaldas de la iglesia parroquial. Aquí se produjo entre mi guña y yo un conato de disputa cuando me negué de plano a su pretensión de meter al animal moribundo en la hospedería, donde se me figuraba que mi abuelo lo habría de matar con sólo ponerle encima la mirada. No sin puntillo propuse que lleváramos el lince al taller de ataúdes de su padre, que se me antojaba un sitio excelente para morir. Le supo mal la pulla a la niña Acfia Fenelina. Tuvo, no obstante, la prudencia de sufrirla sin enojo, de manera que enseguida nos reconciliamos.

Tras breve y sosegada deliberación, resolvimos dejar al lince en la cueva del río (o, por mejor decir, en la boca del albañal que teníamos por cueva), pensando que allí habría de estar seguro mientras le buscábamos, cada uno por su parte, comida y agua y algún paño que sirviera para resguardarlo del frescor y la humedad cuando se hiciese de noche. Así que levantamos otra vez la cesta con ánimo de ponernos en camino; pero de repente avistamos a cierta distancia, ante el portal de un edificio ruinoso de Rey Godelio, reunión de chavales sucios que nos miraban con inquietante curiosidad. Uno de ellos se apartó del grupo apuntando con el dedo índice hacia nosotros. La niña Acfia Fenelina y yo no dudamos en volver atrás, con lo cual se descubrió que transportábamos botín. Recorrido un corto trecho, reviré la vista; ya andaba la pandilla cruzando la calle. Al paso que traían los hambrientos, poco les iba a costar alcanzarnos. Insté a la niña Acfia Fenelina a darse prisa, pero fue inútil.

—No puedo, no puedo —gimoteaba.

Decidí en el apuro encargarme yo solo de la cesta. Apretada contra el vientre, eché a correr tan deprisa como me lo permitía la pesada carga a través de la plazuela. Tenía, la verdad sea dicha, menguadas esperanzas de escapar. Mi guña corría a mi lado haciendo pucheros. Yo estaba dispuesto a meterme en el templo con el lince o por lo menos llegarme al atrio, donde quizá se hallara quien nos socorriese. Por desgracia, el calor achicharrante retenía a la gente en sus hogares. No se divisaba un alma a la redonda.

Empezaba a faltarme el resuello cuando, nada más doblar la esquina de la iglesia, reparé en el postigo que daba acceso a la sacristía. Veo ante mí las jambas de piedra rematadas en arco y el herraje roñoso que el sol recalienta sin piedad. Entre mí le supliqué a Dios que el reverendo padre Arfuno Bolimilo o el sacristán no hubiesen corrido el cerrojo. Habíamos perdido momentáneamente de vista a nuestros perseguidores, que ya debían de estar a pique de caernos encima. La niña Acfia Fenelina adivinó mis pensamientos. Libre de carga, se adelantó a empujar el postigo, éste cedió y a escape nos cobijamos dentro de la sacristía.

Apenas transcurridos unos segundos, percibimos barullo de voces y pisadas que rápidamente se alejaron. Temiendo el regreso de los chavales, me apresuré a buscar el pasador. No encontré ninguno, pero sí una gruesa tranca con la que en buena hora aseguré el postigo, ya que al poco rato alguien intentó abrirlo desde fuera. Contuve el aliento aterrado. Se oyeron silbidos, gritos próximos y lejanos, una blasfemia en boca de adolescente. Luego la plazuela volvió a quedar en silencio.

La niña Acfia Fenelina sostenía al animal enfermo en sus brazos, lo acariciaba y le susurraba cariñitos a la oreja. Le pregunté:

—¿Tú crees que nos reñirá el sacristán si nos pilla aquí dentro? Mi madre dice que es un viejo desabrido.

—No seas bobo. Le contaremos que el lince se está muriendo y que lo hemos traído por encargo del Pulul para que el padre Arfuno lo bendiga. ¿De qué te sirve leer tantos libros si después no sabes ser embustero?

Por lo menos una hora permanecimos mi guña y yo escondidos en la sacristía, donde gracias a los muros de piedra el aire era más fresco que en la calle. La niña Acfia Fenelina pasó el tiempo cuidando del lince. Iba con él en brazos de un lado para otro, sin dejar de hablarle, al par que lo besaba y acunaba como a un hijo pequeño. Yo, mientras tanto, me dedicaba a examinar los cirios de repuesto, las figuras del nacimiento esculpidas en alabastro, preservadas del polvo mediante lienzos blancos, y los ornamentos litúrgicos, en especial la colección de casullas colgadas dentro de un ropero destartalado y vetusto cuya puerta rechinaba al girar sobre sus goznes, lo que enfadaba mucho a la niña Acfia Fenelina.

Cuando sonaron las campanadas de las cuatro de la tarde, mi guña me mandó asomarme a la plazuela. Abrí el postigo. Una vaharada de bochorno me dio en la cara. Fuera no se veía a nadie. Por mejor asegurarme me llegué a paso vivo hasta la sombra del árbol más cercano. Desde allí le hice una seña tranquilizadora a la niña Acfia Fenelina. De vuelta en la sacristía, consideramos la posibilidad de bajar sin demora al río. A mí, como cada vez me causaba mayor desasosiego la perspectiva de un encuentro con el sacristán, me parecía que debíamos salir cuanto antes a la calle. Mi guña no atinaba a decidirse.

—¿Y si el calor le sienta mal al lince?

—El calor —le objeté— es tan malo para el lince como para los muertos de hambre que nos quieren atrapar. Si salimos ahora, el camino de aquí al río estará despejado. ¿Que te apetece esperar a que el sol esté más bajo? Pues muy bien, pero piensa que en ese caso es probable que hoy los chavales del barrio cenen lince.

—De acuerdo —dijo ella, visiblemente impresionada por mi argumento—, agarra la cesta y vámonos.

Para evitar riesgos retrocedimos hasta la esquina con la calle de Jurtas. De allí, caminando por la sombra de las fachadas, bajamos al matadero municipal, detrás de cuyos muros sonó un ladrido solitario. Al oírlo, el lince entreabrió los ojos, incitado por una especie de alarma desganada, y enseguida volvió a hundirse en la modorra.

En aquella hora la pleamar empujaba el caudal río arriba. Subían las olas espaciadas, perezosas, desordenando sin apenas convicción los reflejos de la superficie. El estiaje impedía que el estuario se anegase; de lo contrario no habríamos podido pisar la orilla. Entre el cauce reverberante y el muro de defensa quedaba espacio suficiente para caminar sobre suelo seco. No soplaba una mota de brisa. Por fin alcanzamos la sombra de la cueva. Antes de entrar nos cercioramos de que nadie nos observaba desde el paseo. A nuestra llegada varias ratas apretaron a correr en dirección a lo oscuro, de donde salía un hilo de agua podrida. Preferíamos, con todo, la fetidez al sol abrasador.

La niña Acfia Fenelina me pidió que colocase la cesta encima de una piedra plana que había junto a la pared. Después nos sentamos en la arena. Estuvimos un rato largo sin hablar. A mi pensamiento acudían los libros que me agradaría leer y no tenía, y el que había dejado abierto horas antes sobre la mesa del camaranchón. Mientras, mi guña acariciaba en silencio al lince. De pronto empezó a llorar y dijo:

—Se ha muerto.

Todo el esfuerzo para nada, pensé.

—Habrá que enterrarlo —añadió, enjugándose las lágrimas con la falda del vestido—, pero no aquí. Aquí huele muy mal y hay muchas ratas.

—¿Por qué no se lo devolvemos al Pulul? Él sabrá cómo hacerlo desaparecer.

Mi propuesta la irritó.

—Nos lo ha dado, es nuestro y por tanto nosotros lo enterraremos. Hazte cargo de que estoy triste y de que aún lo estaré más si te da por llevarme la contraria.

Convinimos en dejar al lince a buen recaudo dentro de la cueva, envuelto en su manta a fin de protegerlo de las ratas, al menos durante nuestra ausencia. Yo iría a mi casa en busca de una pala con la que cavar una sepultura a medida. La niña Acfia Fenelina iría a la suya por un ataúd pequeño con el que alguna que otra vez habíamos jugado juntos a exequias de muñecas. El ataúd era blanco, de buena madera. Lo había fabricado ella misma con tablas de desecho en el taller de su padre. Se le figuraba que, aunque un poco apretujado, el lince cabría dentro. A mí la idea de enterrar a un animal en una caja de muertos me pareció una niñería. Sin embargo, creí prudente guardar la boca.

Encontré la pala en el patio trasero de la hospedería, colgada por el mango entre dos escarpias de la pared. No quise ocultarle al abuelo Cuiña para qué la necesitaba. Quizá, pienso hoy, me alentaba el deseo de que me prohibiera sacarla a la calle y así ahorrarme la puerilidad de un sepelio felino. He de reconocer que si tenía esa esperanza me equivoqué de plano. Por la maña-

350

na había cocido muy bien docena y media de panes encargados la víspera por el señor Amtrech. Despachada mi tarea principal, el abuelo Cuiña solía concederme libertad para ir y venir a mi antojo y por eso no puso reparo a que me llevara la pala al río.

—Eso sí —me advirtió—, piérdemela y será mejor que no vuelvas.

Aproveché que el camino de la niña Acfia Fenelina era más largo que el mío para sentarme en el vestíbulo a leer. No tardó en llegar con su pequeño ataúd blanco. El cachivache recordaba, por la forma y el tamaño, a un cofre en el que la señora Ecba acostumbraba guardar sus objetos de valor.

Salimos de la hospedería. A media tarde la sombra de los edificios se alargaba hasta cubrir las calles de una acera a otra. El calor empezaba a remitir a consecuencia de un vientecillo grato que se había levantado procedente del mar.

Apenas hubimos descendido a la orilla del río, me dio mala espina una línea reciente de pisadas que se extendía por la arena en la misma dirección que nosotros llevábamos. La niña Acfia Fenelina no se percató de que avanzábamos por suelo hollado. Andaba detrás de mí, a vueltas con sus explicaciones acerca de cómo y dónde convenía enterrar al lince. Yo, en mis pensamientos, atribuí las huellas a pescadores de caña de los que bajaban a menudo al río en busca de gusanos. También cabía la posibilidad de que gente hambrienta, cazadora de ratas, hubiera pasado unos minutos antes con sus cepos por allá. Deseché, sin embargo, aquellas conjeturas al comprobar que una pisada aislada de las otras se ajustaba a las dimensiones de mi pie. Como un chorro me saltó la exclamación de la boca:

—¡Los niños sucios han estado aquí!

A mi guña se le pusieron unos ojos grandes de espanto y luego, con la cara demudada, echó a correr hacia la cueva. Yo la seguí despacio. No me apetecía hallarme cerca de ella cuando le sobreviniese la primera impresión de rabia o de disgusto. La vi desaparecer en el interior del albañal, de donde salió enseguida lanzando nerviosas miradas a su alrededor. Con esperanza absurda comenzó a rebuscar en las oquedades del muro y entre las piedras y las matas de hierba agostada.

A este punto sonó un silbido en la orilla opuesta. Nos giramos los dos a un tiempo, pero no vimos a nadie. Al poco rato alguien volvió a silbar como de burla.

—¿Serán ellos? —me preguntó, intrigada, la niña Acfia Fenelina.

Antes que pudiera responderle asomó tras la tapia del huerto de Jabora una fila de ocho o diez cabezas. Al momento el aire sé llenó de yujus festivos, de risas y picardías. Varios chavales se encaramaron con agilidad a la barda de sarmientos. Desde allí nos escarnecían haciendo muecas y contorsiones. Yo me consolé pensando que por fortuna el río nos separaba de ellos.

—Tienen el lince —dijo con voz entrecortada la niña Acfia Fenelina.

Lo tenían. Un chaval descamisado lo volteaba a la manera de una honda, cogido por las patas traseras. Se palmeaba al mismo tiempo el vientre alegrándose del festín con que esa tarde él y sus amigos matarían el hambre. A su lado un muchacho de aspecto fornido empuñaba la cesta. Tras golpear con ella repetidas veces contra las piedras de la tapia, la arrojó con fuerza al río. Cayó de costado y se hundió.

En ese preciso instante le tomó a la niña Acfia Fenelina una desesperación muy grande. Con su ataúd de juguete bajo el brazo subió los escalones de piedra que conducían al paseo. A todo correr enderezó después hacia el puente de Jabora, dispuesta por lo visto a cruzarlo y bajar a continuación al huerto. ¿No se daba cuenta del peligro en que se ponía? La seguí con designio de persuadirla a que se detuviese; pero ella no me quiso escuchar.

—El lince, el lince, el lince —iba repitiendo entre sollozos, ni más ni menos que si hubiera perdido la cabeza.

A la mitad del puente desistí de mi empeño y dejé que ella continuara sola su carrera. Por nada del mundo deseaba yo arriesgarme a perder la pala del abuelo Cuiña. Acodado en el pretil, vi a la niña Acfia Fenelina ganar la otra margen, doblar a la derecha, apresurarse por la calleja abajo y traspasar por fin la verja del huerto. Los andrajosos la rodearon de inmediato. Algo les decía ella que los movía a risas estruendosas. Luego, entre tres o cuatro, la sujetaron y a viva fuerza la metieron en una caseta de ladrillos, junto a la parte de la tapia que no mucho tiempo atrás solía servir de paredón de ejecuciones.

Sobre lo que ocurrió en el interior de la caseta puede leerse un párrafo elocuente en la página 22 de la biografía de Blitte de Fertaxel. No me tienta contar lo que ya es de sobra conocido. El pasaje en cuestión contiene algunas inexactitudes relativas a los episodios previos a la entrada de la futura Marivián en el huerto de Jabora. Intencionadas o no, su escasa relevancia no altera lo esencial de los hechos. En cuanto a mí, el libro no me menciona ni falta que hace.

Después de aquella tarde sólo hablé en una ocasión con la niña Acfia Fenelina. Casi una semana necesité para vencer la cobardía de ir a visitarla. Se desdeñó de recibirme. Su madre, a tiempo de cerrar la puerta, me aconsejó que volviera otro día. Estaba yo en el callejón de Quefarim y por un ventanuco alto salió la voz de la niña Acfia Fenelina, que, sin dejarse ver, me dijo:

—Niño, no me tengas por tu guña ni vengas nunca a jugar.

Le pregunté por qué razón se desenguñaba y ella respondió en susurros desde arriba:

—Porque ya me han hecho mujer.

33

Cuiña, Cuiña... Al guardia de seguridad que nos estaba revisando el permiso de viaje le sonaba el nombre. Mientras lo repetía para sí con el ceño fruncido, me vino la duda de si el antepasado nuestro que se enroló en la expedición de Palaco I el Nauta sería tan famoso como el abuelo suponía. A su espalda, otro guardia que no paraba de enredar en mi maleta sugirió que se trataba del hospedero de Antíbula la Vieja. Mi madre, modosa, se lo confirmó. Entonces el primer guardia chascó la lengua como reprochándole que podía haberse excusado aquel registro inútil.

—Mujer —le dijo en tono severo—, ¿para qué puñetas te ha dado Dios esa boquita?

Con cara de disgusto le devolvió a continuación los papeles. Su compañero cesó de desordenar mis pertenencias, que yo había doblado y metido cuidadosamente en la maleta la tarde anterior, y sin más trámites ni preguntas nos fue autorizado a mi madre y a mí acceder al recinto de la estación.

Allí me saltó a la vista lo primero de todo la imponente esfera del reloj, cuyas agujas de metal dorado, largas como lanzas, marcaban las siete y media de la mañana. La claridad exterior pugnaba a duras penas por abrirse paso a través de los vidrios renegridos de la cubierta. Los faroles habían sido apagados a hora temprana. Eran tiempos de restricciones. Nos adentramos en el trajín de gente presurosa, de mozos de cordel y vendedores ambulantes con sus bandejas cuajadas de fruslerías, yo bien pegado a las faldas de mi madre conforme a la promesa que le tenía hecha de no apartarme en ningún momento de su lado.

Semioculto en la penumbra, un vendedor de periódicos, de aspecto enfermizo y edad parecida a la mía, voceaba su cantinela al abrigo de un pilar de hierro. Para sacarse de encima el frío matinal, daba pequeños saltos sobre la punta de los pies y se soplaba de vez en cuando las yemas de los dedos. Me pregunté al pasar, espoleado por la compasión, cómo se las apañaría para calentarse en los crudos amaneceres del invierno. Traté de representarme la escena. A mi pensamiento acudieron entonces algunos personajes infantiles y desdichados que yo conocía por los libros. Me acordé del niño minero Cladil, nacido, muerto y enterrado dentro de las galerías subterráneas de las que nunca salió en el curso de su corta vida. Tuve asimismo un recuerdo para Oliverio Twist cuando alarga su escudilla con la esperanza de obtener una segunda ración de gachas en el hospicio, y otro para los hijos de Puertevel, artistas del tormento, los cuales, conducidos en jaulas de pueblo en pueblo por su desalmado padre, viven malamente de las monedas que el público les echa en pago de los suplicios que soportan. No me olvidé de los niños mártires que mencionan las crónicas de Eftoboro de Luchabán ni de aquel huérfano español llamado Lazarín del Tormes, cuya singular historia había leído yo no menos de diez veces en el aula de la Viverga.

Entretenido con el recuento de infancias tristes, continué mi camino al lado de mi madre, sin ocuparme más del mozuelo aterido que vendía periódicos. Quise, no obstante, mientras nos alejábamos, retener una última imagen de él. Me volví a mirarlo. Su figura escuchimizada se había reducido a una vaga mancha apenas perceptible sobre el fondo oscuro. En cambio, su voz aflautada seguía sonando con nitidez por encima del bosque de cabezas. Durante un instante no me fue posible refrenar la satisfacción innoble de ser distinto.

A la zona de los andenes se llegaba cruzando unos pasadizos formados mediante sogas, cada una de las cuales se extendía entre dos argollas sujetas al extremo de sendos postes. Un cartel vedaba el paso a las personas desprovistas del correspondiente billete de tren, lo que impedía a los acompañantes de los viajeros despedirse de éstos a pie de vagón. Yo seguí a mi madre por uno de aquellos pasadizos, al final del cual tuvimos que enseñar nuevamente nuestros documentos.

Esta vez el guardia de seguridad era un retaco fornido, de cejas pobladas y mirada suspicaz, al que le quedaba holgado el uniforme. No contento con inspeccionar detenidamente cada uno de nuestros papeles, exigió que le declarásemos el motivo del viaje. Mi madre temblaba de nerviosismo al contar que íbamos a las Aspias de Uchu, a casa de una señora que todos los años, por verano...

El guardia atajó sin miramientos el borbotón de locuacidad.

—A ver si he entendido bien. Para ir a una aldea, ¿ha solicitado usted un salvoconducto de la embajada de Italia? ¿No pretenderá que me trague que viaja en misión diplomática a la vendimia de este año?

Mi pobre madre, en su turbación, apretó mi mano con la suya fría y húmeda. Me hacía daño; no mucho, pero algo sí. Yo aguantaba en silencio para no ponerla en mayor aprieto. Por su cuenta, puesto que el guardia no le había formulado ninguna pregunta al respecto, reanudó el raudal de confidencias declarando que la señora a la que pensábamos visitar tenía una casa solariega y bosques y viñedos y jaurías y una hija que se trastornó porque su hermana melliza...

Atraído por la ostensible excitación de mi madre, un guardia de nariz porruda que deambulaba por allí cerca vino a enterarse de lo que pasaba.

—Señor capitán —respondió el de las cejas peludas—, esta joven y el mocoso llevan un papel de los italianos.

—¿De los italianos? Que vea yo eso.

El guardia recién llegado ojeó con atención adusta la hoja. Ora la escudriñaba, ora escudriñaba a mi madre, ni más ni menos que si estuviera cotejando sus facciones con las palabras escritas en el papel. En esto plegó la hoja y, a tiempo de devolvérsela a mi madre, se cuadró aparatosamente delante de ella y la saludó a la usanza militar, diciendo:

—Señora Cuiña, le deseo buen viaje y mucha suerte en la misión que le haya sido encomendada.

El guardia cejudo miraba boquiabierto a mi madre. De manera precipitada le hizo una reverencia de disculpa. Imitando a continuación a su superior en lo del saludo militar, se apartó con celeridad a un lado a fin de dejarnos entrar en la zona de los andenes. Apenas hubimos caminado una docena de pasos, otro guardia nos interceptó con el ruego de que lo siguiéramos. Éste nos condujo hasta nuestro tren, estacionado en una de las vías. Allí hizo señas al revisor para que nos atendiese. El revisor, como columbrara que éramos gente gorda, se apresuró a llevarnos hasta nuestros asientos, que eran de listones de madera, desgastados y no muy limpios. A este punto inclinó la cabeza para susurrarle a mi madre que, a menos que tuviéramos órdenes de viajar en tercera clase, él podría instalarnos en un lugar más confortable; pero mi madre, que deseaba a todo trance recobrar la tranquilidad y quedarse conmigo a solas, declinó el ofrecimiento sin dar explicaciones.

Años más tarde, evocando juntos los pormenores del viaje, ella restaba importancia al miedo que había sentido en presencia de los guardias. Lo comparaba con el que habría podido causarle una avispina fenza posada por azar en algún miembro de su cuerpo, una perturbación intensa pero pasajera, que lo mismo afecta a unas personas que a otras y que nada tenía que ver con aquel miedo suyo y sólo suyo que la mortificaba sin descanso desde hacía días, privándola de reposo y aumentando su angustia y sus malos augurios conforme se acercaba el instante de la partida.

—A mí —refería—, que era reacia a la devoción y lo sigo siendo, me picaban las ganas de hincarme a rezar para que Dios les metiese prisa a los minutos. Santos del cielo, Papa de Roma, que arranque el tren, que arranque por favor. Tenía yo un pinchazo dentro del pecho pensando que mi padre se hubiese arrepentido de mi marcha. No se me iba el terror de que apareciese en el último momento para sacarme del tren a empujones. Mi dicha, ¡qué cerca! Ya casi la podía tocar. Pero los minutos, los crueles minutos, ¡qué despacio pasaban! ¿Se acuerda el hijo?

—¿Cómo no iba a acordarme, madre? Ahora bien, las cosas como son. Quien vino a la estación poco antes que sonara el pitido de salida no fue el abuelo Cuiña, sino el cantante con un ramo de hotidimas. Agáchate, que no nos vea, dijo usted. Y a un tiempo nos pusimos los dos a atarnos de mentira los cordones de los zapatos.

—El pobre Carlo. No he conocido hombre más pegajoso en mi vida.

—La madre debería estarle agradecida.

—¿Agradecida yo? ¿Por qué? ¿Por el salvoconducto?

—El salvoconducto es lo de menos.

—¡Y tanto! No sirvió de nada.

—El italiano fue parte a que el abuelo Cuiña consintiera en dejarla a usted marcharse de la ciudad. No hace falta quebrarse los cascos para entender el sentido de tanto canto y tanto guitarreo en los pasillos de la hospedería. El abuelo Cuiña recelaba que era usted requerida de amores; pero, en ese como en otros asuntos relativos a los huéspedes italianos, tenía que aguantar mecha si no quería correr el riesgo de indisponerse con la embajada, lo que para él habría supuesto la pérdida de todas las ganancias que obtenía vendiendo provisiones.

—Más lo que le pagaban por el alojamiento de los italianos, que no era poco.

—La solución le llegó como llovida del cielo. Aquella carta de la señora Ecba le brindó al abuelo Cuiña una ocasión inmejorable de apartarla a usted del italiano.

—Si el hijo lo mira así, es casi seguro que le debo la vida a aquel galán de chicha y nabo. Porque, claro, de no haberlo tenido mañana y tarde pisándome la sombra, mi padre nunca me habría dejado salir de la ciudad. Y si mi padre no me hubiera dejado salir de la ciudad, al llegar diciembre el Guau-guau me habría pillado en casa. Y si el Guau-guau me pilla en casa, entonces adiós muy buenas.

Por allá viene Carlo a toda prisa, con su indumento de fascista copiosamente guarnecido de insignias y medallas, saludando brazo en alto a cuantos guardias de seguridad se interponen en su camino. Hay a su alrededor un revuelo constante de gente uniformada que lo mismo acude a darle el alto que a abrirle plaza en medio del gentío. Dudo que nadie comprenda su gesticulación ni sus palabras en idioma exótico; pero poco importa, ya que es italiano, categoría civil superior en Antíbula por estos tiempos, y además lleva unas flores que no dejan lugar a dudas acerca de sus posibilidades pecuniarias, así como de las intenciones románticas que abriga. Con tales atributos no es de extrañar que las fuerzas de orden público le dispensen un trato favorable, yo diría incluso que servil.

Le pregunto a mi madre, agachados los dos con las cabezas juntas mientras fingimos atarnos los zapatos, si antes de salir de casa no se ha despedido del cantante.

—Se me ha olvidado —contesta, y aunque sus labios están ocultos a mi vista, hay una cadencia apicarada en sus palabras que me permite adivinar su sonrisa.

Pasó Carlo cerca de nuestro vagón sin vernos, comiéndose con los ojos la larga hilera de ventanillas. Al poco rato sentimos el anhelado sacudión de salida, seguido de un rechinar terebrante de hierros bajo nuestros pies, como si al tren le hubiera tomado un dolor horrendo en sus vísceras mecánicas. Por un momento, al mirar hacia arriba por el rabillo del ojo, me pareció que la cubierta de la estación se movía hacia atrás y nosotros estábamos quietos; pero luego un acelerón que a punto estuvo de arrancarme del asiento deshizo de golpe aquella quimera óptica. El viaje había comenzado. Mi madre lo celebró profiriendo entre dientes una especie de aullido jubiloso. Al incorporarse y recobrar la posición normal en el asiento, su rostro traslucía una emoción alegre, brillante, sonrosada. Tuvo el desgarro de decirle adiós con la mano a Carlo. Éste, al fijarse en ella, apretó a correr a la par del tren por el andén desierto. Corría a morir. Obra de nueve o diez segundos se mantuvo pegado a la vera del vagón, haciendo vivas señas a mi madre para que abriera la ventanilla, cada vez más lívido y desencajado por el esfuerzo. Mostraba intención de alcanzarle las flores. Mi madre lo observaba a través del vidrio con flema risueña, al tiempo que se mofaba de él lanzándole por lo bajo jocosidades que el jadeante petimetre no habría podido entender ni aunque las hubiera escuchado. Al fin se quedó atrás y lo perdimos de vista para siempre.

—Han pasado tantos años, hijo. A esta vieja se le va quedando la cabeza vacía. Menos mal que aún guardo algunos recuerdos, aunque para encontrarlos haya de rascar cada vez más hondo. De quien me acuerdo bien es de la niña Sael. Lástima no haber conservado una fotografía suya. Por ella, más que por el fantoche italiano, salí de la casa de mi padre, donde yo vivía lo mismo que una prisionera.

Un día del verano de 1928, la señora Ecba llevó a mi madre al taller de una modista de por la zona del Palacio Real, mandó que le tomaran las medidas y encargó un vestido de muselina blanco y verde, muy bonito, con unos lazos largos que se anudaban sobre los hombros. Le compró chapines de paseo, una pamela a juego con el vestido y no sé qué más, e hizo que una peluquera de confianza le arreglase el cabello. Cuando la tuvo engalanada como para una fiesta de postín, la condujo del brazo a presencia de su hija y dijo a ésta en el tono con que se manifiesta la cosa más natural del mundo:

—La Minta y yo nos vamos de merienda al café de Bunay. Supongo que no te apetece acompañarnos. ¡Como nunca sales! Así que adiós.

El ardid de la señora Ecba obró un efecto inmediato. La niña Sael se hallaba como de costumbre sola en su habitación, acostada sobre la colcha de la cama. Pasaba de aquel modo largas horas en penumbra, sin más distracción que la de mantener la vista clavada en las molduras del techo, mientras, bien le daba a ratos por gritar y proferir incoherencias en voz tan alta que se podía oír desde la calle, bien por manosearse con apatía el sexo, actividad que al parecer le procuraba una sensación sedante. En opinión de mi madre, la señora Ecba no reputaba de vicio lujurioso aquel hábito del toqueteo practicado por su hija mañana y tarde, sino que lo tenía por uno de tantos síntomas del trastorno mental incurable que la aquejaba desde hacía dos años, con la ventaja de que éste al menos contribuía a mantenerla sosegada, por lo que la adusta señora juzgaba preferible no prohibirlo.

La niña Sael había tomado tan fuerte apego a mi madre que a todo decía que sí y con cualquier orden se conformaba siempre que ella la precediese en el cumplimiento de lo mandado.

—Minta, guapa —decía la señora Ecba—, haz el favor de meterte en la bañera.

Mi madre, que a lo mejor venía de acarrear carbón o de deslomarse enjabonando sábanas y cortinas en el cuarto del lavadero, no vacilaba en sumergirse hasta el cuello dentro del agua tibia, perfumada con sales de baño que eran un lujo de ricos por aquella época, y la niña Sael la seguía sin tardanza, contenta y dócil como un cachorrillo.

Digo bañarse como podría haber dicho vestirse, dejarse cepillar la melena o recortar las uñas, hacerse la trenza y realizar, en conclusión, los actos ordinarios de cada día, hasta el punto de que sin la presencia y ayuda de mi madre a la señora Ecba no le quedaba más recurso que el empleo de la fuerza para mover a obediencia a su hija, lo que por regla general originaba escenas harto ruidosas y desagradables.

Al ver a mi madre en el umbral, acicalada y lista para salir de paseo, la niña Sael saltó de la cama con una prontitud de la que ninguno de cuantos estaban al corriente de su abulia la hubiera creído capaz. Tan sólo en el curso de sus esporádicos arrebatos de obstinación mostraba indicios similares de energía, si bien en tales ocasiones todo el esfuerzo de su voluntad solía orientarse hacia la búsqueda precipitada de algún dolor, ya porque se lo infiriese a sí misma, mordiéndose en el brazo o mesándose con rabia los cabellos, ya porque no paraba de alborotar hasta conseguir que su madre, fuera de quicio, le arreara una somanta de tortazos. Justo ella, que se negaba de plano a poner el pie en la calle, se había postrado de hinojos delante de su madre y le suplicaba, con el semblante encendido de ansiedad, que le permitiera acompañarla al café de Bunay. Se deja imaginar con cuánto deleite, en su arrogante tiesura, saboreaba la señora Ecba el éxito rotundo de su triquiñuela.

—La infeliz —se acordaba mi madre al cabo de los años— pretendía salir de casa tal como la habíamos encontrado: descalza, sin peinarse y en camisón. ¡Qué barbaridad! El camisón era azul clarito, de seda muy fina. Le llegaba un poco más abajo de las rodillas. Era una prenda buena para no asarse de calor por las noches, pero para tapar las vergüenzas no valía. Quiero decir que lo transparentaba todo. Su madre empezó a reñirle. Que si así no vienes, que si tal y cual. El hijo recordará que la Ecba gastaba un genio pronto. ¿Qué podía esperarse de una ricadueña hecha a mandar y a que se le sometiesen deprisa y corriendo? La niña, erre que erre, empeñada en acompañarnos con aquella facha que oprimía el corazón. Cualquier persona, al cruzarse con ella por la acera, habría pensado: «Esta demente, ¿de qué manicomio se habrá escapado?». Tengo para mí que la Ecba no la sabía conllevar. Enseguida la amenazó: «Nos vamos sin ti a menos que te compongas». Ni de mala fe le habría podido decir cosa peor, pues eso era justamente lo que traía a mal traer a la pobre muchacha, que la Ecba y yo nos largáramos aprovechando que ella estaba ocupada en su arreglo personal. ¡Menuda situación! Su madre quería sacarla a toda costa a tomar el aire y ella se moría de miedo creyendo que tramábamos dejarla en casa. Mientras las dos andaban a la greña, yo tuve una idea. Coloqué una silla al lado del tocador y me senté a esperar que hubiera un momento de silencio. Por fin pude decirle a la niña Sael que no me movería de la silla hasta que no hubiese terminado de prepararse. En un amén se tranquilizó y entonces la Ecba pudo peinarla a sus anchas. Después la vistió de punta en blanco, le empolvó la cara e incluso logró convencerla para que se pusiese algunas alhajas.

Por primera vez, después de mucho tiempo, la niña Sael consintió en salir a la calle de paseo. Fue caminando del brazo de mi madre, seguidas las dos a corta distancia por la señora Ecba, hasta el café de Bunay, donde pidieron una bandeja de bollos azucarados y un cacillo de chocolate con pinole para cada una. Merendaron en buena avenencia; pero luego la niña Sael se enfadó y estuvo a pique de armar una escandalera dentro del local cuando su madre dispuso que regresaran de inmediato a la hospedería. En vano trató la señora Ecba de apaciguar a la muchacha contándole que había hecho convenio con el señor Cuiña para estar de vuelta no más tarde de las siete, hora en que mi madre debía comenzar los preparativos de la cena.

—Minta, dile a esta tozuda si tengo razón o no.

—La tiene, señora.

La niña Sael adoptó una actitud abiertamente levantisca. Embutiéndose en la boca un bollo entero que había quedado sobrante encima de la bandeja, dio en masticarlo de modo que las migas se le desparramaban por la pechera del vestido. Cuando lo hubo más o menos deshecho entre los dientes, mostró la lengua recubierta de pasta repulsiva, al par que profería sonidos de niña retrasada con el ostensible propósito de atraer la atención de la gente. La señora Ecba, como se viese expuesta a una escena bochornosa, optó por abandonar sin tardanza el café, dejando a mi madre con el encargo y ruego de «inculcar a la rebelde una miaja de sensatez» y sacarla de allí lo antes posible. Dicho esto, se puso de pie para marcharse. Clavó entonces una mirada penetrante en su hija, como queriendo manifestarle el inmenso desprecio que le profesaba, y a media voz, con palabras duras, carentes del menor atisbo de afecto, le espetó:

—Que Dios me perdone, pero cuánto mejor habría sido que te ahogaras tú y no tu hermana.

Mi madre se quedó pasmada. A la niña Sael, por el contrario, la ofensa no pareció inmutarla en absoluto. Puede que no la comprendiera o que, según yo me inclino a suponer, la hubiese oído en su casa del pueblo tantas veces durante los dos últimos años que ya no le producía ninguna impresión. Mi madre, cuando se quedaron las dos solas, la convenció para que regresaran sin pérdida de tiempo a la hospedería a cambio de permitirle realizar algunos trabajillos en la cocina, promesa a la que la señora Ecba no opuso objeciones, como tampoco solía oponerse a que la niña Sael bajara a dormir por las noches con la hija del hospedero ni a que ayudase a ésta en tareas impropias de su categoría social.

Pronto los paseos por la ciudad se convirtieron en una costumbre diaria. Salvo contadas excepciones, discurrían de manera pacífica, salpicados con cháchara amena y, cada dos por tres, con momentos de regocijo y anécdotas dignas de un recuerdo risueño; también, todo hay que decirlo, con algún susto pasajero, como el de cierta tarde en que por azar se hallaron las tres en medio de una carga a caballo de la guardia de seguridad, o el de aquella otra en que un pordiosero exigente y faltón las amenazó con una cacerola. Afortunadamente no les sucedió nada en ambas ocasiones y al atardecer, de vuelta en la hospedería, todo eran risas y suspiros recordando lo ocurrido.

Daban grandes viajatas por la zona céntrica, con frecuencia hasta la plaza de Veuva e incluso más allá. No subían al tranvía ni aunque las sorprendiese por el camino una tormenta. Así lo quería la señora Ecba para que su hija volviera del paseo con las piernas molidas de cansancio (lo que de ordinario le hacía dormir la noche de un tirón, exenta de pesadillas y de sobresaltos a horas desusadas), y de paso para que a fuerza de exponerse al sol y al aire sus mejillas fueran cogiendo un matiz rojizo que era, a juicio de su madre, el color de la salud.

A menudo entraban por simple diversión en los comercios a pegar la hebra con los vendedores. Los estrechaban a preguntas sobre mercancías por las que no sentían ningún interés, tras lo cual, felices y sonrientes, salían de nuevo a la calle sin haber adquirido nada. Con eso y todo, rara vez regresaban de vacío, pues gustaban de efectuar pequeñas compras de golosinas y baratijas, tantas más cuanto más venturoso y de su gusto les estuviera resultando el paseo. Por lo regular merendaban en el café de Bunay, al que solían ir también a degustar el aperitivo cuando empezaron a salir por las mañanas. Antes de cada colación, la señora Ecba solía llevarlas a rezar durante un rato en la iglesia de Santa Cenarrita.

Al caer la noche, mi madre solía llegarse al camaranchón a referirme por menudo dónde habían estado y qué habían hecho, y una de las cosas que averigüé por ella fue que nunca tomaban el rumbo de la playa ni pasaban por calles desde las que se vieran el mar o el río. La causa de ello era evitar que la niña Sael, debido a su terror al agua, se inquietase. De ahí saqué yo la idea de colocar una fila de barreños de cinc al pie de los escalones que conducían al camaranchón. La niña Sael topó con la singular barrera una de tantas noches, cuando venía como de costumbre a contarme historias absurdas al borde de la cama; descubrió que los barreños estaban rasos de agua y ya no volvió a molestarme jamás.

Aquel verano de 1928 la señora Ecba contrató a una viuda menesterosa, avecindada en nuestro barrio, a fin de que se ocupase de las tareas domésticas en lugar de mi madre, que así dispondría de más tiempo para salir de paseo. Al abuelo Cuiña le subía el humo a las narices cada vez que veía a mi madre marcharse a la calle «emperifollada como una señorita de casa bien», según decía renegando. Sin embargo, no le quedaba más remedio que aguantarse y lanzar sus quejas y gruñidos a solas. A veces se encerraba en la cocina a desprotricar y allí daba tales voces que las podía oír cualquiera desde el vestíbulo. Pegaba mucho a mi madre por aquellos días. Se le iba la mano sin motivo, rabioso de las horas de esparcimiento que ella gozaba.

Los ánimos se le apaciguaron cuando llegó la viuda.

—¡Por Dios, señora Ecba, no hacía falta!

Y su sosiego derivó hacia el buen humor y la jovialidad tan pronto como hubo comprobado que la nueva empleada era una mujer hacendosa, capaz de compaginar varias tareas a un mismo tiempo, buena fregona y mejor planchadora, además de hábil cocinera, y tan agradecida de que se le hubiese concedido la oportunidad de ganarse el sustento de que tan necesitada estaba, que no le hacía ascos a compartir las siestas con el abuelo Cuiña.

Cosa de tres semanas permaneció la viuda, guisa que guisa y limpia que limpia, en la hospedería. A principios de septiembre hubo de dejar el puesto, coincidiendo con el regreso de la señora Ecba a las Aspias de Uchu, reclamada por sus obligaciones. Para mi madre su partida supuso el fin de los alegres callejeos y las meriendas suculentas en el café de Bunay, y, por consiguiente, la vuelta a la rutina agobiante del trabajo en casa. Para la niña Sael la separación fue una catástrofe. Llorando a lágrima viva la bajaron de su habitación, y aún se agarraba al pasamanos, al mostrador de la recepción y al picaporte de la puerta, empeñada en quedarse. Mi madre hubo de ir con ella y con la señora Ecba a la estación, único modo de persuadir a la muchacha a que saliese de la hospedería.

Mes y medio después, la niña Sael continuaba en un estado de agitación extrema. Desesperada, la señora Ecba escribió al abuelo Cuiña rogándole que le mandase a la Minta a pasar una temporada en su casa de las Aspias. De antemano aceptaba las condiciones que él tuviera a bien imponerle. El abuelo Cuiña me mandó buscar papel y pluma, nos sentamos uno frente a otro a la mesa del comedor y yo escribí con buena caligrafía la respuesta que él me dictó. Entre otras cosas, pedía que le enviasen una criada que se manejase bien cociendo el pan. Sorprendido, le pregunté para qué necesitaba una panadera si ya estaba yo allí para despachar el trabajo.

—Es que tú, profesor, también vas a ir a las Aspias de Uchu. ¿No pensarás que dejo suelta a la mala pécora que Dios te dio por madre? Y a la vuelta quiero que me cuentes con pelos y señales todo lo que haya hecho, con quién ha hablado, a qué hora se levantaba y a qué hora iba a dormir. Apúntalo cada día en un cuaderno para que no se te olvide. ¿Entendido? ¡Todo!

34

Viajamos sin percance hasta mediodía. El paisaje uniforme de la llanura (que me perdonen los poetas) pronto dejó de interesarme y en lugar de desperdiciar el tiempo mirando por la ventanilla, como hacía mi madre, preferí embeberme en la lectura del *Compendio histórico-crítico de filosofía antibulesa*, de Jan de Bárdamo. Recuerdo que era un librote de más de cuatrocientas páginas, encuadernado con tapas duras de color rojo, forradas de percalina. En tiempos (la edición databa de mil ochocientos noventa y tantos) había servido de manual para estudiantes universitarios. Yo se lo había trocado días atrás, por dos cebollas que sustraje de la despensa de la hospedería, a un baratillero de la plaza de Veuva, adonde me había llegado a escondidas del abuelo Cuiña con el pretexto de que el reverendo padre Arfuno Bolimilo me esperaba para confesarme. Lo tomé de un revoltijo de quincalla por el simple hecho de que se trataba de un libro. Quizá me atrajo su grosor. El tema no era adecuado para un muchacho recién salido de la escuela primaria; pero luego pensé, ingenuamente, que el azar me invitaba a adentrarme por vez primera en dominios reservados a la inteligencia de los adultos, y en un arranque de coraje propuse un trato al vendedor, que lo aceptó enseguida, sonriendo, él sabría por qué.

Con ojos glotones me comía las largas ristras de vocablos difíciles, espoleado por el deseo de despachar la lectura antes del término de nuestro viaje, pues suponía que la señora Ecba había de arrebatarme el libro por considerarlo pernicioso para la salud de mi alma. De vez en cuando mi madre me sacaba de mi ensimismamiento para llamarme la atención sobre este o el otro detalle del paisaje: la ciénaga de Midua en lontananza, la iglesia de Fótebre con su torre torcida que lleva tres siglos desmintiendo todos los pronósticos sobre su inminente desplome, una bandada de pájaros, la sombra de un lobo que después, al verlo yo, se transformó como por ensalmo en un simple y delicado cervatillo.

—Madre, haga el favor. Si no leo el libro de aquí a la noche, ya no lo leeré jamás. Seguro que la señora Ecba me lo va a tirar al fuego.

—Eso le sucede al hijo por acompañarme, que yo no se lo he pedido.

—Me manda el abuelo Cuiña, ya usted lo sabe, aunque tengo prohibición de decirlo.

—Pues, con eso y todo, así como otros se empeñan en ver al Espíritu Santo en los retablos de las iglesias, yo he visto un lobo detrás de aquellas matas.

—¡Psss! Hable más bajo.

A mediodía, en el apeadero de Muadel, el revisor fue de vagón en vagón recomendando a los señores viajeros que bajasen a estirar las piernas, ya que la autoridad local había ordenado una parada de al menos una hora que bien podría alargarse a dos o tres. Un batiburrillo de voces intentó averiguar los motivos de la medida. El revisor replicó con sequedad que no sabía más de lo que había dicho y después pasó de largo dejando a su espalda un coro de protestas. Algunas personas cercanas a nuestro asiento intercambiaron vaticinios agoreros. Mi madre dispuso que abandonásemos el tren antes que la gente hubiese ocupado todos los bancos disponibles. Hacía frío, pero el tiempo era soleado y llevábamos ropa adecuada de abrigo. En el pequeño andén, mientras comíamos unas tiras de tasajo casero con nuégados, oímos que más allá de la bifurcación del tendido férreo se había derrumbado un túnel. Alguien, sentado en el banco contiguo, conjeturó que el estrago habría sido obra de los guerrilleros. A mi madre le dio un repullo cuando le declaré que si se confirmaba aquel rumor no nos quedaría otro remedio que emprender el camino de vuelta a casa.

—Si no se puede pasar —añadí—, ya me dirá usted cómo seguimos el viaje.

—Andando, hijo. Y, si fuera preciso, arrastrándonos por el polvo. Cualquier cosa menos volver a Antíbula.

Estaba convencida de que el miedo movía a la gente a propagar infundios. Fundándose en los testimonios de las dos sirvientas enviadas por la señora Ecba a la hospedería del abuelo Cuiña, así como en noticias recientes del periódico y de la radio, sobre cuya veracidad no albergaba dudas, me aseguró que toda la llanura, las poblaciones de la costa y la comarca de Uchu se hallaban bajo el poder de la religión. No había, por tanto, motivos para ponerse a temblar. Eso dijo y al cabo de los años, cada vez que yo le recordaba en son de broma aquellas palabras suyas en el apeadero de Muadel, se encogía de hombros como diciendo que ella no tenía la culpa de lo que ocurrió después.

Hasta pasadas las cinco de la tarde el tren no reanudó la marcha, precedido a cien o doscientos metros de distancia por una locomotora a la que habían sido enganchados varios furgones cochambrosos que debían hacer de escudo en caso de sabotaje. Parejas de carabineros rurales, armados con fusiles y bayonetas, se apostaron junto a las salidas de los vagones. Al rato supimos de boca del revisor que por razones de seguridad se había decidido un cambio de itinerario. Esta vez no hubo quejas. Se conoce que la proximidad de las armas invitaba al comedimiento. El revisor se creyó en la obligación de contarle a mi madre en voz baja que se había producido un corte en la vía, entre la bifurcación, que ya habíamos dejado atrás, y el pueblo de Aam de Uchu. Nos dirigíamos, pues, a la ciudad amurallada de Sóeo, en el confín de la llanura. Allí nos sería proporcionado un billete gratuito para continuar viaje a Aam, que era adonde debíamos habernos dirigido directamente y donde se supone que al caer la tarde nos estaría esperando en balde un criado de la señora Ecba para subirnos en automóvil hasta las Aspias.

Ya era noche cerrada cuando el tren entró pitando y despidiendo humo en la estación de Sóeo. Me embargó una emoción grandísima al divisar por la ventanilla, en una de las paredes laterales, un rótulo de azulejos multicolores con el nombre de la ciudad. Quién lo dijera, yo en Sóeo, en el emporio de la porcelana, en la capital de Antíbula durante el reinado de Palaco II, que la mandó amurallar y en la que aún se conserva (aunque restaurada después del incendio de 1783) la casa profesa donde residió al final de su vida el santo Jancio.

Mi corazón palpitaba con fuerza, impelido por una inquietud jubilosa, al comprobar que aquella villa célebre a causa de su pasado guerrero, sus monumentos y sus ceramistas tenía existencia real fuera de los libros y de los discursos que nos solía echar, cigarro en boca, el señor don Prístoro Vivergo. A toda prisa metí en la maleta el mamotreto de Jan de Bárdamo, cuyos tediosos párrafos habían dejado definitivamente de interesarme. Quería estar libre de bultos, de ocupaciones y de pensamientos superfluos en el instante de poner el pie en aquel suelo impregnado de historia. Y mientras avanzaba nervioso por el pasillo del vagón no podía menos de considerar una dádiva de la fortuna el rodeo imprevisto que había dado nuestro tren. ¡Me las prometía tan felices! Y, sin embargo, fue en Sóeo donde empezaron a acosarnos los problemas.

A las diez de la noche ya no se despachaban billetes. La cafetería, el quiosco de prensa y los demás puestos de venta tenían la persiana bajada. El recinto de la estación, notablemente más pequeño que el de Antíbula, presentaba un aspecto inhóspito. La iluminación se limitaba a unas pocas farolas cubiertas de mugre, que, en el mejor de los casos, despedían una luz mortecina, apenas suficiente para alumbrar un área reducida a su alrededor. No se oía otro ruido que el sordo trapalear de los viajeros recién llegados con nosotros, la mayoría de los cuales enristró con silenciosa celeridad hacia la puerta de salida. Un cartel colgado junto al tablero de anuncios avisaba que por disposición gubernamental quedaban suspendidos hasta nueva orden los viajes nocturnos. Mi madre sugirió la idea de buscar un rincón abrigado donde guarecernos hasta la madrugada. Tendimos la vista a todas partes. La presencia intimidadora de los carabineros rurales nos indujo a encaminarnos sin demora a una plaza colindante de la estación. Antes tuvimos que someternos a un registro, que se prolongó más de lo debido a causa de las suspicacias provocadas en la pareja de carabineros por el salvoconducto de la embajada italiana. Así que para evitarnos engorros en el futuro, nada más salir a la intemperie mi madre se apresuró a rasgar el papelote y después esparció al viento los pedazos.

No habíamos caminado cien pasos cuando dimos, en el soportal de una casona de sillares, todavía dentro de los límites de la plaza, con un poyo adosado a la pared, y como no se viese luz en las ventanas ni gente cerca, y se nos figurase que el sitio se acomodaba para refugio, determinamos pasar allí la noche. Yo, que traía consigna del abuelo Cuiña de no mostrarme blando ni quejoso en el tiempo de mi estancia fuera de casa, por que no le dijeran luego que «tenía un nieto mierdica», formé propósito de sobrellevar con hombría la dureza del improvisado lecho tanto como el relente que blanqueaba nuestros alientos. Pronto, sin embargo, se me fue perdiendo el temple a medida que el frío húmedo del aire y aquel otro, lento y corrosivo, de la piedra penetraba hasta mis huesos a través de la ropa. Hubo un momento en que los pies, ateridos, dejaron de dolerme; sencillamente, ya no los sentía. Le sugerí entonces a mi madre la posibilidad de alquilar una cama.

—No es mala idea —respondió—. ¿Tiene el hijo dinero para costearse un techo y un brasero?

—Yo no, madre.

—En ese caso aquí nos pillará la aurora. Buenas noches.

Permanecimos obra de diez minutos sin hablar, apretados uno junto a otro sobre el poyo, con las caras embozadas y las manos hundidas dentro de las mangas. Yo miraba la plaza desierta que se extendía más allá de las columnas del soportal. En su centro se alzaba por aquellos días una estatua ecuestre del general Vistavino, cuya silueta descomunal se recortaba, más negra que la noche, sobre las luces difusas que alumbraban la fachada de la estación.

De pronto se me escapó por la boca un pensamiento que no cesaba de darme vueltas en la cabeza.

—Sé que a usted no le falta dinero.

Mi madre siguió impertérrita, ni más ni menos que si no se hubiese enterado de mis palabras por hallarse dormida; pero yo inferí de su resuello que aún estaba despierta y que por fuerza tenía que haberme oído. Durante varios segundos aguardé en vano una respuesta. No pudiendo soportar por más tiempo su silencio, me volví hacia ella y le espeté que muchas veces le había visto por el ojo de la cerradura esconder monedas y billetes debajo de las tablas de su cuarto. A este punto me mordí la lengua, aterrado por la idea de haber ofendido a la persona a quien menos habría deseado yo herir en la vida. Pugnando por contener las lágrimas que ya afloraban a mis ojos, me apresuré a pedirle disculpas y, con ánimo de tranquilizarla, le juré que nunca se me había pasado por la imaginación revelarle el secreto al abuelo Cuiña. Mi madre continuó callada hasta que, transcurrido un rato, me acarició suavemente la mejilla y dijo como hablando para sí:

—Verdad es que no son éstas horas de que los niños ni las mujeres decentes estén en la calle.

Conseguimos alojamiento en una casa de huéspedes cercana a la estación, a la que nos encaminaron las indicaciones de un transeúnte solitario. A tiempo que nos fue servida una cena recalentada en la cocina del humilde establecimiento, un hombre vestido con atuendo de labrador, inquilino igual que nosotros, de unos cincuenta años de edad, maneras rudas y semblante atezado, se acercó a mi madre. Señalando hacia mí sin presentarse ni dar las buenas noches, le preguntó con inconfundible acento uchuano si se avenía a venderle el mozo por cuatro lebreles de muy buena pinta que tenía, según dijo, atados en el patio. A mí, al pronto, se me figuró que el hombre era capaz de someter desde lejos la voluntad de los animales, ya que nada más ponderarlos sonó a través de las paredes una recia andanada de ladridos.

—Ya usted oye qué estupendas piezas —se jactó.

Le contestó mi madre que por mucho ruido que armasen los perros no le traía cuenta el negocio, puesto que le parecía más valioso un niño como yo, que le transportaba la carga y le hacía recados sin volverle nunca la espalda a la obediencia. A este tono comenzó a atribuirme fama de fuerte y sano, y a decir de mí que en punto a soportar fatigas podía medirme con más de un varón barbudo. Yo advertía, anonadado, que a cada elogio suyo aumentaba en el hombre la codicia de comprarme. La atajó él para elevar su oferta a cinco lebreles y poco después, en pugna tenaz con la actitud reacia de mi madre, a seis y los cachorros que llevase en la barriga una perra de su jauría que andaba a pique de parir.

—¿Tú qué piensas, hijo? ¿Quieres quedarte al servicio de este hombre?

Con angustiosa vehemencia sacudí la cabeza para significar que no, que de ninguna manera, que jamás.

—Mira que yo no te retengo. Si te apetece, te vas con él.

No captaba yo la sorna de mi madre; antes al contrario, me daba escalofríos verla cada vez más dispuesta a venderme, a aprovechar aquel golpe inopinado de la fortuna que le permitiría desembarazarse de un espía molesto, de paso que obtenía unas ganancias nada desdeñables. ¡Cuánto me arrepentía de haberle revelado en el soportal de la plaza que conocía el secreto de su dinero! Sentí, de pronto, repulsión de mí mismo por haberme ido de la lengua a cambio de una cama y unos manjares indigestos.

—Lo mejor será, señora, que tenga usted plática esta noche con la almohada. Piense si le cuadra ser dueña de unos perros como no se han visto en mucho tiempo por aquí y mañana me lo cuenta. Pero no se retrase porque tengo que tirar temprano para el pueblo.

Así diciendo, salió de la cocina, no sin antes clavarme desde el umbral una mirada que me dejó espantado. Mi madre mudó de expresión apenas estuvimos los dos a solas, y con gesto afable se apresuró a declarar que por su parte todo había sido chanza. ¿O es que yo creía de verdad que ella había negociado en serio con el rústico? Ni por las joyas de la reina Ofoenda, aseguró, habría convenido en desprenderse de su hijo querido, lo que más adoraba en la vida, pobrecito. No pude, a pesar de lo mucho que me confortaron sus palabras, sus carantoñas y un beso largo que me estampó entre los ojos, pasar por la garganta abajo el sopicaldo de cebolla ni la tajada de pan que la hospedera se había dignado ofrecernos sin ocultar que eran las sobras de lo que habían cenado los demás inquilinos a la hora de costumbre.

Cerca de la medianoche nos acogimos a la habitación, caldeada por un brasero que mi madre había encargado a nuestra llegada para complacerme. El brasero ardía dentro de un pie de madera, junto a la cama. Enseguida nos convencimos de que habría sido preferible ahorrarse el gasto. A causa tal vez de la mala calidad del cisco, la lumbre despedía un humo irritante para los ojos, lo que nos obligó a mantener durante largo rato la ventana abierta. Resolvimos apagar las brasas con el agua del lebrillo y combatir el frío que se nos había colado desde la calle acostándonos sin tardanza. Mi madre apagó la luz.

—No se le ocurrirá al hijo rezar —me dijo en un tono de fingida amonestación—. ¡Pues eso faltaba después del día pesado que hemos tenido!

Me producía desconcierto aquella inclinación por las bromas, nueva para mí, que mostraba mi madre desde que habíamos salido de Antíbula a primera hora de la mañana. Se desvistió a oscuras, tarareando una canción entre risitas y murmullos que yo no alcanzaba a comprender. Guardaba ésta parecido con las coplas que solía cantarle el italiano de la hospedería. Por un momento me tentó preguntarle si estaba acordándose de Carlo; pero me intimidaba tanto su extraño comportamiento que no me atreví, aparte que, como no se le pasaba la risa, era imposible dirigirle la palabra. Una especie de alegría loca la llevaba a soltar carcajadas sin ton ni son. Y en los intervalos en que se serenaba un poco, le daba por ulular de forma cómica, a imitación del viento de la calle.

—Uuuh...

Le tomó otro arrebato de hilaridad mientras vertía el chorro impetuoso dentro del bacín. La habitación se hallaba por completo a oscuras y yo no podía ver a mi madre; pero me la imaginaba trémula de risa con el cacharro de latón entre las piernas. Temiendo que se hubiera vuelto loca, le pregunté qué le sucedía y por qué se carcajeaba. A lo cual me respondió que andaba en duda de colocar el bacín boca abajo, de modo que todo el caldo se derramase por el suelo, y después llamar a gritos a la Minta de aquella casa para que viniese a remediar el estropicio. Con esta ocurrencia arrancó a reír de nuevo, hasta que de pronto sonaron en el tabique varios golpes de protesta y se sosegó.

Vino luego en paños menores a tumbarse a mi lado. Tras estrecharme cariñosamente entre sus brazos, intentó calentar sus pies apretándolos contra los míos. Estábamos lejos de haber dado con nuestros huesos en un lecho de príncipes. El colchón de borra formaba un hundimiento en el centro, de tal suerte que por aquella parte apenas un dedo de rayadillo nos separaba de la armadura de madera. Las cobijas eran ásperas y despedían un tufo penetrante a humedad. La almohada, sin funda y con varios descosidos por los cuales asomaba el relleno, estaba cuajada de corros sebosos, vestigio de las incontables cabezas que sobre ella habían reposado. Mi madre tuvo la prudencia de envolverla en la colcha. Los dos opinamos que el abuelo Cuiña jamás hubiese admitido en su establecimiento un camastro semejante. Con muebles en mejor estado le habíamos visto hacer una hoguera en el patio de la hospedería. Así y todo, abrigábamos la certeza de que no tardaríamos en conciliar el sueño a pesar de las incomodidades que padecíamos. La larga y azarosa jornada de viaje nos había dejado literalmente derrengados.

Lo cierto fue que no pudimos pegar ojo. Acabábamos de desearnos las buenas noches cuando la hospedera solicitó desde el pasillo hablar con mi madre. «Seguro que le reprenderá por las risas de antes», pensé. Mi madre corrió descalza a abrir la puerta. Un raudal de luz entró por la rendija.

—Señorita, me mandan dos caballeros del piso de arriba a preguntarle si consiente usted en pasar la noche con ellos. Le pagarán.

—Dígales que una servidora no es lo que creen.

—Se conforman de antemano con el precio que usted les pida. No es por meterme donde no me importa, pero, por lo que yo los conozco, son gente de palabra. No espere usted encontrar mejor partido en Sóeo, se lo aseguro.

Tanto insistía la hospedera que al fin no le quedó a mi madre más opción que chaparle un no rotundo.

—¡Válgame Jancio, qué hembra más desabrida! —exclamó la dueña de la casa sin reparo de turbar el reposo de los inquilinos con sus voces, y después la sentimos alejarse barbotando juramentos.

Cerrada de nuevo la puerta, mi madre regresó a la cama. Le pregunté por qué se había enfadado la hospedera. Por toda respuesta me instó a callarme. A continuación, tras pretextar que nos convenía recobrar fuerzas para nuestro viaje del día siguiente, me volvió de forma poco amigable la espalda, movida del ostensible propósito de zafarse de mi abrazo. Un ruidillo mucoso de su respiración me permitió deducir que lloraba. Fuera cual fuese la causa de su desdicha, no me cabía duda de que tenía que ver con mi funesta idea de pernoctar bajo techo. Esta certidumbre me entristeció sobremanera. La añoranza de un castigo que quitase filo a mi culpa, me impelía a dirigirme en pensamiento los reproches más amargos que es capaz de concebir un niño. Pasé una hora, quizá dos, expuesto a un sinfín de cavilaciones tumultuosas, agravadas por el miedo a que mi madre me vendiese por la mañana al labrador.

Tampoco ella paraba de dar vueltas en la cama. Tan pronto se tendía de un lado como del otro, rodaba hacia el hoyo del centro o se apartaba al borde, arrastrando en su incesante agitación el ovillo de cobijas con el que en vano tratábamos los dos de arrebujarnos. De pronto, muy avanzada la noche, profirió una especie de quejido de alarma y, desacostándose a toda prisa, corrió a encender la luz. Con mucho apremio me mandó salir de la cama. Vi entonces obra de veinte chinches que bullían por el colchón y las sábanas punteadas de sangre, y vi también que otras me corrían por las piernas y por el vientre. Lo mismo que mi madre, me desnudé sin tardanza y, como pude, fui despegando de mi carne los repulsivos parásitos. El resto de la noche lo pasamos en claro, sentados en una silla junto a la ventana, yo sobre el regazo de mi madre, decididos a encaminarnos a la estación en cuanto comenzase a rayar el alba por encima de los tejados.

35

Tengo la seguridad de que nos habríamos pasado de largo si el revisor, que casualmente se hallaba cerca de nuestros asientos, no hubiera sido tan amable de despertarnos.

—Les advierto que estamos en Aam, a la espera de que nos den la señal de partida.

El tren arrancó, en efecto, nada más bajar nosotros. A mi madre, con las prisas, se le abrió una de las maletas y se le desparramó una parte de la lencería por los adoquines. Un mal augurio. Eran las dos y pico de la tarde de un domingo fresco y azul de mediados de octubre. En el aire flotaban aromas campestres. Mientras ayudaba a mi madre a recoger sus pertenencias, me acordé del viejo mapa colgado en el aula de la Viverga y también del maestro, que acostumbraba señalar con el puntero los accidentes geográficos de la patria, al tiempo que las voces cantarinas de los colegiales recitaban a coro un poema de Molibio consagrado a las comarcas fronterizas. Más de sesenta años después todavía puedo repetir sin trabucarme las tres estrofas.

Pratabernel en el norte
con su capital Aftino.
El Intri, arroyo ligero,
comienza allí su camino.

En el este, las montañas
de Ayueltu, muro divino
que nos guarda noche y día
del ominoso vecino.

Uchu en el sur, ondulado,

zona de perros y vino,
donde nace el río Tamra,
bendición del campesino.

Por espacio de varios segundos me imaginé sentado de nuevo a mi pupitre, frente al mapa escolar cuyos detalles se perfilaban en mi memoria con la misma nitidez que si los tuviera delante de los ojos. El señor Vivergo había salido a recibirme a la puerta del colegio. Le expliqué que no venía con intención de traerle pan, sino espoleado por la curiosidad de localizar en el mapa del aula el sitio exacto donde me encontraba al cabo de dos días de viaje. Mi viejo maestro plantó con muchos bríos la mano sobre el ángulo inferior derecho. Allí estaba Uchu. Sus cumbres más altas aparecían destacadas con tonos marrones, menos oscuros que los correspondientes a los montes de Ayueltu, de mayor elevación. Confinaban igual que éstos con un espacio en blanco, vacío de topónimos, de curvas de nivel y de esas líneas semejantes a vasos sanguíneos que representan de ordinario el cauce de los ríos, como si al otro lado de la frontera se explayase un desierto plano de nieves perpetuas. Así lo establecía una disposición de la ley de Taruján, ideada con el santo propósito de impedir que los escolares incurriesen en «la tentación nefanda de equiparar nuestro país con el de nuestros enemigos naturales», conforme rezaba el texto de aquel prelado por demás conservador. Una franja sinuosa de color amarillo bordeaba el núcleo montañoso en representación de las fértiles colinas uchuanas. Las precedía una fimbria verde esmeralda, en el límite meridional de la llanura, donde justamente se halla ubicado el pueblecito agrícola de Aam, al que mi madre y yo acabábamos de llegar tras poco más de cinco horas de viaje en tren que habíamos pasado adormilados hombro con hombro.

Abrigábamos el presentimiento de que nadie estaría esperándonos en el lugar descrito por la señora Ecba en su carta y así ocurrió. Tampoco supieron darnos razón de un criado provisto de automóvil en ninguna de las tiendas cercanas adonde fuimos a solicitar información. En una de ellas averiguamos que al final de la calle había una parada de autocares que hacían el recorrido de la comarca. Sin demora echamos a caminar en la dirección indicada. Al poco rato descubrimos varios vehículos alineados debajo de un cobertizo, de cuyo dintel colgaba un tablero de gran tamaño en el que figuraba una lista de nombres estarcidos con pintura blanca, entre ellos el del pueblo de la señora Ecba. Nos acercamos a una garita que había junto a la entrada, dentro de la cual un expendedor de billetes, sentado a una mesa camilla, escudriñaba sellos de correos con una lupa. Temerosa de importunarlo, mi madre le preguntó a qué hora salía el siguiente autocar para las Aspias de Uchu. A mí me dio un vuelco el corazón al escuchar la voz del hombre. Hablaba con idéntico acento regional al del labrador que la víspera había pretendido comprarme. Tras escrutarnos a mi madre y a mí de arriba abajo, correspondió a la pregunta de ella mediante otra pregunta:

—¿De dónde es usted?

—De la capital —contestó mi madre visiblemente azarada.

El hombre meneó la cabeza en señal no sé si de desaprobación o de disgusto; en cualquier caso, sus gestos denotaban una ostensible hostilidad.

—Hoy no sale ningún autocar para las Aspias.

—¿Y mañana?

—Mañana tampoco. Si quiere un buen consejo —añadió en tono tajante—, agarre al muchacho y vuélvase tan deprisa como pueda por donde ha venido.

Dicho esto, fijó de nuevo su atención en los sellos de correos que tenía desperdigados sobre la mesa, cogió uno de tantos con la pinza y comenzó a observarlo a través de la lupa. Ponía un ahínco teatral en el examen, dejando traslucir que daba la conversación por terminada. Mi madre resolvió correr el riesgo de irritarlo y le preguntó con valerosa serenidad si conocía a alguien en el pueblo que por dinero nos pudiera subir hasta las Aspias. Tras varios segundos de silencio, repitió la pregunta; pero fue inútil. El expendedor siguió haciéndose el sordo, enfrascado en su entretenimiento filatélico. Incluso se desdeñó de responder al saludo de despedida que le dirigió mi madre cuando nos marchamos del cobertizo.

Salimos, cada cual con sus dos maletas, a la calle flanqueada por casas altas de entramado y ventanas floridas. Durante un instante nos miramos sin saber qué determinación tomar. No ignorábamos que nos separaban de las Aspias de Uchu cuarenta y cuatro kilómetros de caminos vecinales. Los más eran de tierra allanada o de cascajo, salvo algunos trechos de pavimento asfaltado en las proximidades de las aldeas, y con un sinfín de revueltas y pendientes que en invierno, a consecuencia de las nevadas, o en las épocas especialmente lluviosas resultaban por completo intransitables. Quedaba por encima de nuestras fuerzas recorrer aquella distancia a pie, por mucho que mi madre se empeñase en lo contrario, despechada a causa del trato descortés que nos había dispensado el hombre de los sellos. Cabía la posibilidad de alquilar una montura; pero, ¿cómo conducir luego el animal si jamás en la vida habíamos manejado unas riendas? Tampoco conocíamos en Aam a nadie que de forma desinteresada se aviniese a echarnos una mano, si bien albergábamos la vaga esperanza de que, antes de cerrar la noche, la mención del nombre de la señora Ecba nos granjease la hospitalidad de algún lugareño. Para más incordio, se nos habían acabado las provisiones. Al creciente malestar físico debido a la sed y al hambre se unía el cansancio que no cesaba de mortificarnos. Mi madre tenía los ojos sanguinolentos. Yo caminaba a su lado con pasos tardos, como si llevara los pies engrillados. El sueño a ráfagas que por la mañana habíamos descabezado en el incómodo asiento del tren, interrumpido a cada instante por uno u otro motivo, estaba muy lejos de habernos procurado el reposo que tanto necesitábamos.

Hoy, cerca del desenlace de mi vida, aún siento un atisbo de estupor cuando pienso que aquel ínterin trivial en el pueblecito de Aam nos brindó a mi madre y a mí, sin que nos diéramos cuenta de ello, la última oportunidad de eludir los respectivos futuros que hubimos de afrontar después durante largo tiempo. Con esto incurro seguramente en un razonamiento engañoso, pues si hemos de hacer caso a lo que dejó escrito en el prefacio de sus memorias el sabio historiador Jan de Muta, «el número de vicisitudes que configuran una biografía difiere de un individuo a otro, pero el resultado final de su suma es exactamente igual de trágico para todos».

Sigo. Mi madre barruntó que aún habríamos de padecer nuevas fatigas en el transcurso de la tarde y, como no le pasase inadvertido que yo iba un tanto apurado de hambre, aunque no se lo quise declarar por que no pensase que me volvía quejumbroso, dispuso que fuéramos a reponer fuerzas a una fonda de cuyas señas nos dieron cuenta amablemente en una cordelería. La fonda se hallaba en las afueras del pueblo, al pie del primer repecho del camino, instalada en un caserón con pinta de palacio antiguo. Los sillares ennegrecidos por la humedad le daban un aspecto poco acogedor. En el frontispicio campeaba un escudo de piedra, tan desgastado y sucio que ni de cerca podían distinguirse los blasones. La fonda, no sé por qué, me dio desde un principio mala espina, aunque tampoco pretendo afirmar que me percatase al punto del azar adverso que nos esperaba en ella, ya que éste se nos presentó allí ladinamente en la forma de un golpe de buena suerte.

Resulta que al llegar al patio topamos a seis personas charlando de manera animada junto a la verja del zaguán. Integraban el corro un eclesiástico de edad avanzada, con sus hábitos negros y su bonete; un matrimonio de labradores, él con un divieso repugnante en el cogote, ella rechoncha y mofletuda; un señor bien apersonado, ni joven ni viejo, del que luego averiguamos que era médico rural en la zona alta de Uchu; un aprendiz de alfarero venido desde Sóeo para pasar unos días en la casa de sus padres, según dijo, y una anciana vestida de luto, dueña de una gran canasta repleta de quesos.

Por los bultos que llevábamos y por nuestra facha de forasteros adivinaron enseguida que estábamos de viaje. Yo pensé lo mismo de ellos cuando vi sus bolsas y maletas arracimadas junto a la pared, además de un baúl de dimensiones apreciables que pertenecía, como me figuré nada más verlo, al eclesiástico. Fue por cierto el religioso quien se adelantó a dirigirnos la palabra con el propósito innegable de satisfacer la curiosidad. Mi madre, a quien tampoco habían pasado inadvertidas las valijas de aquella gente, intuyó que podría serle de provecho referir la situación tan poco halagüeña en que nos encontrábamos. No se olvidó de contar lo que acababa de ocurrirnos en la parada de autocares.

Terció entonces, con marcado dejo uchuano, la mujer del labrador para explicarnos que al patrón de la compañía le habían ido con el cuento de que andaban zagales armados por las viñas.

—Y como es un cagueta, con perdón de ustedes, coge y manda apagar motores. Que primero la autoridad le limpie el camino de guerrilleros, dice. Y, si no, que cada bicho viviente se las apañe como Dios le dé a entender para subir a los pueblos. ¡Guerrilleros en Uchu, anda ya! Como no sea que los pinten en las tapias...

El médico, con un timbre de voz aplomado y gutural, secundó el parecer de la labradora:

—Sin duda serían los rurales, que salieron a cazar sin uniforme.

Se volvió a continuación hacia mi madre y, mesándose la perilla entrecana, le preguntó:

—Señorita, ¿le importaría decirnos si por acaso lleva usted la misma dirección que los aquí presentes?

—Pues a las Aspias vamos mi hijo y yo, a casa de la señora Ecba, la de las famosas bodegas. ¿La conocen?

El eclesiástico intervino con expresión alegre:

—Ah, ¿va usted a engrosar la servidumbre de nuestra muy querida y respetada doña Ecba de Jendí?

Mi madre comenzó a exponer por menudo las razones de nuestro viaje, en parte, según habría de enterarme yo al cabo de los años, porque le preocupaba que la confundiesen, como el día anterior en la casa de huéspedes de Sóeo, con una mujer pública que vaga por los pueblos en compañía de su bastardo; y en parte también porque tenía el remusgo de que atrayéndose la solidaridad de aquel jabardo de viajeros lograríamos alcanzar nuestro destino. Todos la escuchaban con atención, sacudiendo de vez en cuando la cabeza en actitud aprobatoria. Al referirse a la niña Sael, el eclesiástico elevó una mirada suplicante al cielo y exclamó:

—Es verdad. ¡La pobre criatura!

Así las cosas, una camioneta que acababa de bajar por el camino de la colina enfiló con rítmico traqueteo de motor hacia la fonda y se detuvo a poca distancia del zaguán. Un hombre enjuto de carnes, de estatura alta y unos cuarenta años de edad, que sujetaba entre los dientes, como si fuera un cigarro, un trozo de paloduz, se apeó de la cabina ajustándose los mugrientos pantalones. Los llevaba atados con una cuerda deshilachada, anudada a la altura del vientre, lo que no impedía que cada dos por tres se le escurriesen hacia abajo. Tenía la cara cetrina, picada de viruelas, los ojos hundidos y un par de pómulos salientes que le daban un aspecto bastante desagradable, por no decir siniestro. Me fijé en que rehuía las miradas del prójimo, lo mismo cuando hablaba, cosa que hacía con un laconismo rayano en la hosquedad, que cuando permanecía silencioso mascando su palito. Al llegarse al grupo congregado junto a la verja, preguntó sin despegar la vista del suelo por qué había dos personas más de las apalabradas.

—Pues verá usted —respondió el eclesiástico en tono afable—, esta mujer y el chico van de huéspedes a una casa de las Aspias. ¿Tendría usted la amabilidad de hacerles un hueco en la camioneta? No es preciso que suba hasta el pueblo. Con que los deje usted bajarse en el cruce yo creo que ya les basta. ¿Qué me dice?

El conductor se encogió de hombros.

—Si pagan... —rezongó con el paloduz dentro de la boca.

Mencionó después, observándonos de refilón, una cantidad, no pequeña por cierto. Mi madre no se atrevió a discutir el precio.

—Merendaremos al llegar —me susurró mientras sacaba de su faldriquera de cutí, confeccionada en secreto por ella misma con una sábana vieja de la hospedería, los melios que le habían exigido.

Yo estaba que me caía de sed y de hambre; pero entendí que mi madre quería evitar a toda costa un nuevo gasto y me consolé pensando que en cuestión de una hora u hora y media nos darían con qué llenar el estómago en casa de la señora Ecba.

El conductor hizo desaparecer sin mayores comprobaciones, en el bolsillo interior de su tabardo, el fajo de billetes que le tendió mi madre. Acto seguido soltó un adral, colocó debajo una caja de madera para que sirviera de escalón y, tras encaramarse al remolque con una agilidad de la que no le hubiera creído capaz, dada su complexión escuálida, pidió que le alcanzaran los equipajes, empezando por el armatoste del eclesiástico. Los apiló en la zona delantera de modo que ocuparan el menor espacio posible, y por último cubrió el montón con una lona provista de sogas que fue atando a distintos puntos de la camioneta con el objeto de asegurar la carga. La parte desocupada del remolque quedó para los viajeros. A tiempo que nos ayudábamos unos a otros a subir al vehículo, se enzarzaron el médico y el eclesiástico en una disputa cortés sobre cuál de los dos ocuparía el asiento libre de la cabina. Al fin, el ministro de Dios hizo un gesto como que se resignaba a aceptar el privilegio que tan encarecidamente le ofrecían. Una vez que los demás nos hubimos embarcado, el conductor repartió una manta a cada viajero. No había para todos y entonces el médico, que al decir de mi madre era todo un caballero, nos cedió la suya. Poco después el conductor levantó el adral, puso el motor en funcionamiento con ayuda de un manubrio y emprendió la marcha camino arriba.

Me quedé dormido antes de llegar a la cima de la primera colina. La camioneta se bandeaba igual que una barca en mar revuelta; pero yo iba tan a gusto entre los brazos tibios de mi madre que en el sueño los tumbos me hacían idéntico efecto que si me estuvieran acunando. Atrás quedaron yo no sé cuántas curvas y repechos, hasta que la camioneta se detuvo junto a un humilladero recubierto de liquen, a la entrada de una aldea, para que se apease la anciana de los quesos y entonces me desperté. Enseguida reanudamos la marcha a través de un paisaje de suaves pendientes, en el que se alternaban las arboledas y los viñedos. De vez en cuando surgía a la vista un prado. En uno de ellos divisé a un perrero con su gorro típico, su pelliza y su vara, que guiaba por una trocha bordeada de zarzas una jauría de no menos de cien lebreles y algún que otro mastín. Poco antes de Cábae vimos un ciervo de astas imponentes, ramoneando a sus anchas entre los saúcos cargados de bayas negras. Pasamos por la calle principal de Cábae sin detenernos, cuando sonaban las campanadas de las cuatro de la tarde. Donde sí hicimos un alto, que duró más de media hora, fue en Lortas de Uchu, en la plaza de la iglesia. Allí dos carabineros rurales subieron al remolque de la camioneta para efectuar un registro minucioso de los equipajes. No se salvó ni el baúl del eclesiástico. A mí no me fue posible ver su contenido, ya que en el momento de abrir la tapa me hallaba saciando la sed como un desesperado en el pilón de la plaza; pero mi madre, que se había quedado al cuidado de nuestras maletas, me contó después que el enorme trasto estaba lleno de piezas de perro en salazón, más o menos disimuladas bajo unos ornamentos litúrgicos.

El agua reconfortante de Lortas me puso en ganas de retozar. De haber podido me habría echado unas cuantas carreras por las callejuelas de la localidad. Cuando la camioneta arrancó de nuevo, con los seis viajeros sentados en el remolque a cielo descubierto, ya no notaba pesadez alguna en los párpados ni aquel sopor invencible que me había estado atormentando desde el amanecer. El médico, que compartía manta con nosotros, le aseguró a mi madre que a la velocidad que llevábamos faltarían obra de veinte minutos para llegar al cruce de las Aspias. De allí a las casas del pueblo discurría un tramo cuesta arriba de carretera asfaltada, de entre dos y tres kilómetros de largo. Con un poco de suerte, dijo, coincidiríamos por el trayecto con algún lugareño que no vacilaría en dispensarnos de la caminata brindándose a subirnos en su carro. Hablaba el médico con vocablos sonoros y elegantes, como de libro, y mi madre y yo lo escuchábamos arrobados.

Cantó después las excelencias de las Aspias de Uchu en términos tan encendidos que yo no cabía en mí de gozo al escucharle. Al mismo tiempo, daba vivas gracias en mi fuero interno al abuelo Cuiña por su ocurrencia de mandarme de viaje con mi madre. Las incomodidades y fatigas padecidas por ambos desde la víspera se me olvidaron como por ensalmo no bien tuve la certeza de que estábamos a punto de alcanzar la meta. Por lo menos hasta Navidad habría de prolongarse nuestra estancia en la mansión de una de las personas más pudientes de la comarca. ¡Dos meses seguros de correrías por los montes, de chapuzones en el río, de caza y pesca, de aventuras y libertad! En ese lapso, exento de obligaciones, yo podría escoger mis actividades a voluntad. Se me figuraba que el tiempo habría de alcanzarme para infinidad de diversiones: para asistir en los lagares de nuestra anfitriona a la elaboración del vino, para acompañar por el campo a los perreros, para dar de comer a las jaurías, para enredar en el huerto con la azada, para leer, para intimar quizá con algún niño del pueblo o enguñar a alguna pequeñuela... Me embargaba una sensación de euforia pensando en las fantásticas vacaciones que me aguardaban. El médico se conoce que caló mis cuentas galanas, pues en esto oí que le decía con voz queda a mi madre.

—Parece contento el chavalillo.

—Imagínese —respondió ella—, es la primera vez que sale de Antíbula.

Y a continuación, creyendo acaso que con apartar la cara yo no captaría sus palabras, agregó sin recatarse:

—Es un poco callado, a ver si me entiende usted.

Empezaba a refrescar. La línea del horizonte se amorataba por momentos hacia el este. En torno a las arboledas, en las honduras del terreno y en las vaguadas entre loma y loma se arrastraban perezosamente algunos jirones de niebla tenue. El sol brillaba sin fuerza tras la nube de polvo que levantaba a su paso la camioneta. Hileras interminables de vides cargadas de frutos se estiraban a lo largo de las suaves laderas, subiendo y bajando por un mar de fertilidad ordenada y estática, hasta perderse a lo lejos, en las últimas ondulaciones del paisaje. Aquí y allá, los cuévanos hacinados al borde de las viñas preludiaban la vendimia inminente. Entretenidos los mayores en sus pláticas, yo en mis pensamientos lisonjeros, llegamos a una recuesta poco empinada entre Lortas y las Aspias, similar a otras muchas que habíamos dejado atrás por el trayecto. Allí la ruta ascendía en línea recta, flanqueada a trechos por nogales copudos a los que les había sido embadurnada de blanco la parte inferior de sus troncos. Al final se adentraba en un bosque de pinos que empenachaban la cumbre de una colina de mayor altitud que las circundantes. Nada turbaba el silencio de aquellas idílicas soledades salvo el jadeo monótono de la camioneta. Un soplo de aire frío, saturado de un aroma intenso a resina, nos envolvió apenas nos hubimos internado en la espesura. El cielo desapareció de nuestra vista, oculto tras la tupida urdimbre de las ramas que formaban un techo continuo por encima del camino. Iniciamos el descenso por el pinar sombrío y, a la altura de la segunda o tercera curva, ya no me acuerdo bien, el conductor dio un giro brusco al volante para embocar una vereda forestal que discurría cuesta abajo por el borde de un peligroso derrumbadero. Los botes y sacudidas nos lanzaron a los seis viajeros del remolque hacia la parte donde se apilaban los equipajes. Yo pensé, por un instante, que nos despeñábamos. De pronto la camioneta se detuvo en un rellano circuido de pinos y cipreses. Las copas puntiagudas de estos últimos fue lo primero que vi poco antes de levantarme; lo segundo, que estábamos rodeados de hombres que nos apuntaban con sus máuseres. Todos sin excepción tenían una catadura espeluznante. En sus caras tiznadas resaltaba por contraste con la tez negruzca el fiero destello de sus ojos. Algunos mostraban una sonrisa malévola, como de espectros infernales que se envanecen y regodean a sabiendas de que no hay traba que entorpezca la ejecución de sus crueles designios. Serían catorce o quince, sin contar otros que luego divisé ladera arriba, camuflados en la vegetación.

El conductor se apeó de la camioneta ajustándose los holgados pantalones. A la vista de su pachorra deduje que llevaba conchabanza con los guerrilleros. Le preguntaron si traía buena carga.

—No viene hoy mala la jauría —respondió sin dejar de morder el trocito de paloduz.

A grito limpio fuimos conminados a bajar del remolque.

Mientras me acercaba al adral, evoqué fugazmente al niño vendedor de periódicos de quien me había compadecido la víspera en la estación de Antíbula. Para cuando desperté de aquel recuerdo efímero, ya me corrían los orines por los muslos. El aprendiz de alfarero, nada más saltar a tierra, trató de conciliarse la benevolencia de los salteadores por la vía de alzar el puño a usanza colectivista; pero ni el gesto ni un «¡viva la libertad!» que profirió a continuación con muchos bríos sirvieron para impedir que el guerrillero que se había acercado a regristarle la ropa le reventase la nariz con dos puñadas. Descendieron después, cogidos de la mano, el labrador del divieso y su mujer. El médico ofreció caballerosamente el brazo a mi madre y a continuación ella me ayudó a mí.

Al eclesiástico lo habían sacado entretanto a viva fuerza de la cabina. Comenzó el pobre hombre a lanzar plegarias con expresión de terror y a decir en tono lastimero «hermanos, hermanos» a quienes lo injuriaban y tundían a patadas. Lo callaron de un culatazo en los lomos que lo dejó sin respiración por espacio de varios segundos.

Un guerrillero le susurró a otro a nuestra espalda:

—La hembra os la rifáis, pero me cago en los muertos de quien se atreva a disputarme al crío.

Apremiados por el conductor de la camioneta, que parecía deseoso de marcharse, procedieron a descargar los equipajes. Varios mozos robustos se echaron las bolsas y maletas al hombro sin examinar su contenido y al punto desaparecieron con ellas entre los árboles. Me dije para consolarme que el mamotreto de Bárdamo no valía gran cosa. Lo último que bajaron del remolque fue el baúl del eclesiástico. No era bulto que se dejara transportar fácilmente por aquellos vericuetos, conque resolvieron vaciarlo allí mismo. Un guerrillero, que le había saltado la tapa de un certero puntapié, provocó la hilaridad de sus compinches al esgrimir en cada mano sendos cuartos de perro en salazón. Sacó después una casulla morada y otra verde, y se las dio a vestir por burla al médico y al labrador del divieso en el cogote. Las risas arreciaron cuando acto seguido le encasquetó un sombrero de teja a la labradora, atravesándoselo grotescamente en la cabeza. Había también un alba en el baúl. El guerrillero la arrojó con fuerza al joven de cuya nariz aplastada seguía manando sangre en abundancia. Se vino luego a mí con el cíngulo en las manos y me lo ató al cuello. Entonces reconocí la voz de quien momentos antes había confiado a uno de los suyos su intención de tomarme en propiedad. Estuvo apretando el nudo poco a poco, en los ojos un fulgor de sádico disfrute, hasta dejarme no más que un hilo de resuello. A este punto acercó su boca, de la que salía un vaho caliente y fétido, a menos de un palmo de la mía para espetarme por lo bajo:

—De esto te vamos a colgar después que yo te goce.

Ató a continuación el otro cabo del cíngulo a la correa de sus pantalones, de forma que adondequiera que iba me obligaba a caminar tras él. En cuanto tuve una ocasión, busqué a mi madre con la mirada. La vi junto al resto de los prisioneros ataviados ridículamente con las prendas del eclesiástico. Los habían puesto a cavar con palas una zanja cerca de un ciprés, azuzándolos a gritos para que se diesen prisa. La triste escena me colmó de una especie de resignación desolada, pues estaba convencido de que antes que amaneciese en el mundo un nuevo día, mi madre, yo y los cinco infelices que como nosotros habían tenido la mala suerte de viajar en la camioneta, yaceríamos muertos y bien muertos en las húmedas entrañas de aquel bosque.

Transcurrió obra de media hora. El pérfido conductor ya se había marchado con su camioneta por el camino arriba, tal vez en busca del siguiente lote de víctimas. Ni siquiera entonces, cuando pasó a mi lado mordisqueando el paloduz, se dignó mirarme a la cara. Mi madre y los otros prisioneros seguían cava que cava dentro del hoyo, cuyo borde les quedaba a la altura de las caderas. Mientras, yo iba de aquí para allá según le complacía al guerrillero que me llevaba atado. En una de ésas se acercó a un correligionario barbudo que hacía guardia detrás de un pino, y no sé si de veras o por moverlo a risa, le susurró:

—Al menos esta noche no se me va a congelar la estaca. Mira qué buena funda le he encontrado

A este tono andaban regocijándose los dos a mi costa, cuando de repente el sombrío paraje quedó en silencio.

—¡Cuidado, que viene el jefe! —bisbiseó el guerrillero de las barbas.

Un hombre de treinta y tantos años, barbirrapado y sin tiznar, bajaba por el camino a lomos de un caballo roano. Venía despacio, muy tieso en su montura y seguido a corta distancia por dos jinetes, al igual que él con la cartuchera terciada y el máuser a la espalda. Arrollado a la frente, el hombre lucía un pañuelo negro que acentuaba la palidez de su rostro agraciado. Por su porte distinguido y el sosiego de sus ademanes adiviné que era el mandamás de la partida. Uno de sus guerrilleros se apresuró a tomarle las riendas. Él se apeó con mucha calma; tendió la mirada hacia lo alto, como para dar a entender que le despertaban mayor interés las copas de los árboles que lo que ocurría a su alrededor, y aguardó limpiándose el polvo de su atuendo a que le informaran de las novedades.

—¿Qué hace esa gente ahí? —preguntó, adoptando sin más ni más un gesto airado.

Y antes de recibir una respuesta, añadió:

—¡Me cago en Dios, ya os los teníais que haber cepillado! ¿O hay alguno aprovechable?

Dicho esto, enristró hacia la zanja donde los cinco infortunados seguían paleando tierra. Mientras se acercaba a ellos desenfundó la pistola. Yo agaché la cara con el fin de no ver cómo ponía en ejecución su bárbaro propósito. En breves segundos sonaría el primer estampido. El horror me paralizaba. Con la mente vacía por completo de imágenes y pensamientos, podía escuchar los latidos descompasados de mi corazón. De pronto, incomprensiblemente, oí al jefe de la partida pronunciar el nombre de mi madre. No había duda. Minta la de Cuiña, así de claro lo dijo.

Y mi madre, sudorosa, desencajada, le correspondió con una mueca de sorpresa desde la zanja:

—¡Tuergo de Brendades!

Al saber a quién tenía delante, el eclesiástico se hincó de hinojos, puso los ojos en blanco y se santiguó, seguro de su muerte.

36

Llevábamos tres días de marcha por tierras fragosas. Atrás habían quedado los pueblos, las zonas de cultivo y los lugares donde todavía era posible encontrar vestigios de civilización. Avanzábamos, unos a pie, otros a caballo, a través de la vegetación, por montes cada vez más altos, hacia unas cumbres nevadas que se divisaban a lo lejos. Esta circunstancia me permitió inferir que estábamos saliendo de Uchu. Le pregunté a mi madre, en una de las pocas ocasiones en que pude hablarle a solas, si por casualidad Tuergo de Brendades le había revelado adónde nos dirigíamos. Mi madre no sabía al respecto más que yo. De momento, con tal de no correr la suerte de los infelices con quienes habíamos viajado en la camioneta tres días antes, le daba todo igual, incluso arrebujarse por las noches con la misma frazada que el cabecilla de aquel puñado de feroces guerrilleros.

Al oscurecer, la partida recibió orden de vivaquear al abrigo de un peñasco. Se conoce que pisábamos terreno seguro, o por lo menos tan seguro como para regalarnos, sin riesgo de ser descubiertos por los carabineros rurales, con una buena hoguera. Desde la cena, no precisamente opípara, que nos habían servido en la casa de huéspedes de Sóeo, ni mi madre ni yo habíamos vuelto a ingerir alimentos calientes. Me alcanzaron un lagarto despellejado; lo atravesé, como vi que hacían todos, con la punta de un palo y lo puse a asar. Me admiraba la habilidad con que los guerrilleros capturaban aquellos bichos peligrosos. Los atrapaban por docenas a la caída de la tarde, en las grietas de las rocas y debajo de las piedras, aprovechando que los lagartos, cuando les falta el calor del sol, se quedan como alelados y son incapaces de defenderse. Me fijé en que más de un guerrillero estrujaba cuidadosamente el aguijón con el propósito de extraer el veneno.

Luego hervían éste mezclado con una pequeña cantidad de agua dentro del tapón metálico de la cantimplora y, sin esperar a que se hubiese enfriado, lo despachaban de un solo trago. En breve les sobrevenían unos a manera de espasmos, de náuseas y sudores que les duraban cerca de un cuarto de hora. Superada la fase inicial de sufrimiento, se quedaban de golpe inmóviles, indolentes, arrobados, ni más ni menos que si durmiesen con los ojos abiertos, y así durante largo tiempo, sin que nadie osara importunarlos dirigiéndoles la palabra o turbando de cualquier otro modo su placentera enajenación.

De anochecida me entregaron una manta. Busqué un lugar donde tenderme, ni muy cerca ni muy lejos de donde yacía mi madre, lo uno porque me había advertido ella que Tuergo de Brendades no me quería a su lado por las noches, lo otro por tener a quién acudir con presteza en el caso de que el guerrillero que en el curso del asalto me había atado el cíngulo al cuello, hiciese en mí alguna villanía, tal y como parecían sugerir las miradas hoscas que me arrojaba de continuo.

Así pues, me dispuse a pasar mi tercera noche consecutiva al raso. Con ayuda del cansancio había aprendido en poco tiempo a sobrellevar los suelos pedregosos, el relente y los aullidos de las fieras en lontananza. El único inconveniente que yo le veía a la vida ruda de los guerrilleros colectivistas, según acertaba a representármela en mi entendimiento de muchacho, era la falta de libros. Por suerte, mi memoria albergaba una biblioteca bien surtida, de forma que cada noche, en espera de que el sueño me venciese, hallaba consuelo en la evocación de párrafos y estrofas que me sabía al dedillo. Estuve, de paso, contemplando las estrellas y la luna. Tuve un recuerdo fugaz para el abuelo Cuiña. ¡Si supiera lo que había sido de nosotros! Y al fin me quedé dormido con idéntica placidez que si me hubiera acostado en una cama.

Me despertó, a hora avanzada de la noche, cuando todo estaba a oscuras y en silencio, una vaharada de hedor penetrante. Al pronto supuse que un lobo se había llegado sigilosamente hasta mí con objeto de olisquearme. En la escuela había leído años atrás una novela de aventuras, en uno de cuyos capítulos se narraba un episodio similar. Sin darme tiempo a precaverme, el avieso guerrillero me aferró por el cogote y comenzó a satisfacer su lujuria a mis expensas, con tan descompasados bríos que a cada instante me cortaba la respiración, poniéndome en grandísimo peligro de asfixiarme. Yo, que comprendí cuáles eran sus designios, por que no prolongase en demasía la vejación ni me causara daño, determiné mostrarle docilidad. Y así, acomodando la postura de modo que a él le pareciera superfluo emplear la fuerza, le tomé el miembro con ambas manos y, temblando de miedo, se lo acaricié. Merecí por ello una palabra musitada entre suspiros, parecida a las que me solía decir afectuosamente mi madre cuando yo era más pequeño y ella, al terminar el día, entraba en el camaranchón para arrullarme, cubrirme las mejillas de besos y desearme por último las buenas noches. Este pensamiento engañoso obró en mí un efecto tranquilizador, a tal punto que le cobré alguna confianza al guerrillero pensando que, por haberme criado yo sin padre, me era desconocida la manera como los varones profesan ternura a los niños. Convencido entonces de que me había equivocado al creer que me quería mal, le ayudé a desvestirme, y aun le obedecí de buen grado cuando me ordenó, callandito, que me diese la vuelta y abriera bien las piernas. Con no menor ingenuidad y solicitud introduje en la boca un pañuelo maloliente que me tendió.

—Muérdelo con fuerza, angelito —me susurró—, y no te muevas hasta que yo te lo mande.

Apenas un segundo después lo tuve que escupir, impelido por un dolor insoportable que me desgarraba las entrañas. Apreté los dientes a fin de cortarle la salida al alarido que de repente me ardía dentro de la boca. Me avergonzaba en medio de todo quebrar la promesa que había dado de permanecer en silencio. Los ojos se me arrasaron en lágrimas al comprobar, lleno de angustia, que mi resistencia se derrumbaba sin que yo pudiera hacer nada por evitarlo. Temía a la culpa tanto como al padecimiento físico. Al segundo ramalazo doloroso la conciencia se me quedó en blanco por completo. Despojado de voluntad, rompí a gritar, ¿cómo diría yo?, igual que los perros en el matadero de la Vieja, con unos chillidos que ni siquiera parecían articulados, sino salidos por sí solos, a borbotones, del fondo de mi garganta. Creo que fue entonces cuando caí en la cuenta de mi verdadera situación. A voz en cuello llamé a mi madre. El malvado guerrillero no tuvo más remedio que desasirse y desaparecer a toda prisa en la oscuridad. Cundió la alarma en la partida. Chasquearon a mi alrededor algunos dispositivos del seguro de las armas. Menudeaban los murmullos, las maldiciones, las preguntas. Sin saber qué había ocurrido, me acusaron. Alguien amenazó con degollarme. Tan sólo la intervención enérgica de Tuergo de Brendades impidió que la manada de brutos cayera sobre mí.

El guerrillero a quien mandaron colocarme una mordaza y enfundarme la cabeza con un morral me arreó un capón de cuidado. No faltó mucho para que se me escapara un quejido; pero, en vista de las circunstancias, preferí someterme con la mayor entereza posible al castigo que previsiblemente me esperaba. A todo esto me pusieron sobre la grupa de un caballo, a espaldas de un jinete que, sin decir palabra, me saludó con una ración copiosa de pellizcos en el muslo. Entendí que habían resuelto abandonarme en algún paraje solitario, al cual me llevarían encapuchado con la idea de que, si caía yo en poder de los rurales, no los supiese encaminar tras los pasos de la partida.

A punto de recibir el caballo la primera espolada, permitieron a mi madre que se acercase a despedirse.

—El hijo intente volver a casa y hacerse un hombre —fue todo lo que atinó a balbucir la pobre con la voz quebrada por el llanto.

Sentí una rápida caricia suya en la rodilla y después (pero esto ya es parte de otra historia) transcurrieron largos y penosos años antes que el azar volviera a reunirnos.

El guerrillero que tenía el encargo de llevarme lejos de aquellos montes no consintió que yo me agarrara a sus hombros mientras cabalgábamos. Ni siquiera se tomó la molestia de ordenarme retirar las manos, sino que propinándome de improviso un recio golpe con la fusta en una de ellas me forzó a buscar sujeción en el arreo. Durante varias horas estuve luchando mal que bien por no caerme. Íbamos por subidas y bajadas, ora al paso, ora al trote. Los cascos de la caballería tan pronto trapaleaban sobre las piedras como se hundían con ruido sordo en la tierra blanda. Por lo menos tres veces los oí chapotear dentro de lo que parecía un arroyo, acaso siempre el mismo, del que nos apartábamos y al que volvíamos con el probable fin de desorientarme. Me consta que cruzamos un río caudaloso, ignoro cuál, por más que estuve largo rato repasando en la memoria los detalles del viejo mapa de la escuela. El agua helada me cubrió hasta los tobillos. Antes de ganar la orilla opuesta percibí los sorbos sonoros del caballo al abrevar.

Al filo del amanecer nos detuvimos. Se columbraba una claridad tenue a través de la arpillera del morral. El guerrillero, a quien yo no había oído pronunciar una palabra en toda la noche, echó pie a tierra y, asiéndome de un brazo, me derribó. La costalada no me hizo demasiado daño. Mayor inquietud me produjo la sospecha de que aquel hombre tramaba cebarse en mí prevaliéndose de la soledad del campo. Como dispuesto a confirmar mis peores augurios, me dijo en un tono desabrido por demás:

—¡Niñato de mierda! ¡El sueño que pasaré hoy por tu culpa!

Yo estaba tendido en el suelo, con la cabeza dentro del morral, cuando él me propinó una pega de patadas al par que mascullaba blasfemias y me vaticinaba una pronta visita de los lobos, atraídos por el olor de mis heridas. Cuando se hubo hartado de maltratarme, montó de nuevo en su caballo y lo arreó. Yo no me atreví a moverme hasta que el trapaleo de los cascos dejó de oírse en la distancia. Aun así necesité varios minutos para desembarazarme del morral y la mordaza. Sentía escozor en una ceja. Me la tenté con precaución. Al retirar los dedos, comprobé que los tenía ensangrentados. Sólo disponía de un ojo para ver, ya que el párpado del otro, hinchado y duro, no se dejaba abrir apenas. No eran pocas mis magulladuras, particularmente en el costado donde había recibido la tanda mayor de puntapiés, de suerte que si por descuido cometía la imprudencia de aspirar el aire con fuerza, una terrible punzada me taladraba el pecho, dejándome por unos momentos paralizado de dolor. Con eso y todo, ningún sufrimiento me mortificaba tanto ni de forma tan constante como el que en los días venideros habría de convertir en un suplicio mis vanas y angustiosas tentativas de vaciar el vientre.

Logré, tras arduos esfuerzos, levantarme. Estoy seguro de que mi ostensible indefensión habría despertado el apetito de cualquier alimaña que se hubiese hallado en aquellos instantes por las cercanías. Por suerte para mí, los lobos que había oído aullar repetidamente por la noche debían de estar dormidos en sus guaridas. Descubrí que había sido abandonado en el borde de una hondonada, la cual ascendía casi en línea recta hasta unas cumbres rocosas bastante próximas, moteadas de blanco en sus ventisqueros. Un herbazal, con una rica gama de verdes, alfombraba la parte superior de la pendiente hasta la primera hilera de riscos.

Hacia abajo el terreno se hundía suavemente en un bosque en el que ya predominaban los tonos otoñales. Más allá de la apretada fronda se alzaba un monte de piedras grises, desprovistas de vegetación, rematado en un imponente picacho. Adondequiera que tendiese mi ojo sano, topaba, más lejos o más cerca, con escarpaduras de piedra que me transmitían la inquietante sensación de encontrarme encerrado entre muros. Reinaba un silencio completo en aquellas soledades de montaña, interrumpido de cuando en cuando por el silbido ligero del viento. La temperatura era fresca, pero agradable en comparación con el frío que habíamos padecido los días anteriores. No se veía un alma a la redonda, ni un pájaro en el cielo cubierto de nubes, ni un humilde saltamontes sobre la hierba agostada.

Agarrándome a las matas descendí poco a poco al fondo de la hondonada, por donde corría un regato con cuya agua escasa y gélida pude saciar la sed, lavarme las heridas y refrescar mi cara. Después de las abluciones me sentí mejor, o al menos lo suficientemente despejado como para entrar en consideraciones acerca de los pasos que me convendría dar en adelante. Un primer pensamiento me sugirió la posibilidad de encaminarme hacia las Aspias de Uchu, por suponer que se trataba del sitio más cercano donde podrían ocuparse de mí; pero la perspectiva de tropezar otra vez con los guerrilleros o de extraviarme y entrar por error en la Bladia me colmó de espanto, obligándome a orientar mis planes en otro sentido. En mi auxilio acudió de sopetón el viejo mapa de la escuela. Me resultaba imposible saber, ni siquiera aproximadamente, dónde me hallaba. Resonaban, sin embargo, en mi memoria las palabras de don Prístoro Vivergo, cuando, entre bocanadas de humo de tabaco, solía referirse a la famosa Paz de Aftino, en cuyas largas y a menudo turbulentas sesiones, bladitas y antibuleses fijaron la actual frontera común de sus países respectivos conforme a la divisoria de aguas de las montañas.

—Por tanto, niños —decía inflando el pecho—, los manantiales de nuestros ríos brotan todos sin excepción en nuestra patria y los de esa gentuza en la suya. Lo cual, como comprendió muy bien en su día el rey Carfán II, es la mejor manera de ahorrarse líos.

En refuerzo de sus explicaciones, indicaba en el mapa, con el puntero, el lugar de nacimiento de los ríos principales de Antíbula, así como el de sus afluentes más señalados, y ésa era justamente la imagen que ocupaba el primer plano de mi memoria cuando deduje que si caminaba en la misma dirección que el agua del regato, tarde o temprano, salvo que me sucediese por el trayecto algún infortunio irreparable, llegaría a la hospedería del abuelo Cuiña y, por consiguiente, al camaranchón donde me estaría esperando mi querida, mi blanda, mi tibia cama, que en aquellos momentos yo no habría cambiado por el mejor ni el más grande de los paraísos terrenales.

Decidido, pues, a poner por obra mi firme determinación de volver a casa, me adentré, hondonada abajo, en un bosque próximo de hayas, fresnos y otros árboles semejantes de hoja caediza. Avanzaba despacio, temeroso de que una caída aumentase mis penalidades. Sin perder de vista el estrecho cauce que cumplía para mí la función de una brújula, pasé bajo las ramas de un frondoso castaño. Todo el suelo en rededor estaba sembrado de hojarasca amarilla y de castañas, muchas de ellas desparramadas fuera de sus zurrones espinosos, por lo que, en principio, sólo hacía falta estirar la mano para recogerlas. Sin embargo, era tal mi debilidad y eran tan agudos los dolores que me acometían cada vez que intentaba agacharme, que apenas fui capaz de meter en el morral, con indecible esfuerzo, media docena de frutos. No me privé, en cambio, de pertrecharme con un palo grueso que me sirviera de bastón al andar tanto como de arma con la cual defenderme en el caso de que me acaeciera un mal encuentro con los lobos.

Con frecuencia los padecimientos físicos me forzaban a parar. Algunos periodos de descanso se prolongaban más tiempo de lo que a mí me apetecía, de suerte que varias veces estuve a punto de quedarme dormido con la espalda recostada sobre el tronco de un árbol. En todas las ocasiones, el afán de salir cuanto antes de aquella espesura húmeda, silenciosa y sombría me impulsaba a proseguir la marcha no bien se me figuraba haber recobrado las suficientes energías como para fijarme una nueva meta a cien o doscientos pasos de distancia. En torno al mediodía pude por fin dejar atrás el bosque. Me encontré de pronto a la entrada de un desfiladero que se extendía ante mi vista entre paredes verticales semiocultas por la neblina. Para entonces el regato, acrecentado su caudal tras sucesivas confluencias con otras corrientes de agua, se había convertido en un arroyo de metro o metro y medio de anchura, que se precipitaba hacia el fondo de la escarpa con ímpetu rumoroso de torrente. Al rato de bajar por el abrupto declive distinguí a lo lejos una paranza de cazadores. Era ésta un torrejón hecho con maderos bastos, que remataba en un pequeño recinto techado, provisto de las consabidas aberturas para disparar. Aunque se apartaba algunas decenas de metros del cauce que me servía de guía, decidí llegarme a él por antojárserme un lugar seguro donde guarecerme, comer a mi salvo las castañas y reposar. Por unos peldaños quebradizos de madera me encaramé a lo alto del torrejón. Allí me senté en el suelo con las piernas encogidas, ya que no había espacio suficiente para más, y enseguida me dormí.

Cuando, avanzada la tarde, me despertaron los primeros truenos de la tormenta, me encontraba tan molido, enfermo y falto de coraje que hube de desechar toda tentativa de reanudar la marcha. Quise entonces procurarme algún consuelo con ayuda del llanto; pero no pude. Ni para una lágrima me alcanzaban las fuerzas.

Tres noches pernocté en lo alto de la paranza, en condiciones que no deseo a nadie. El primer día se me hace a mí que estuve a la muerte, acurrucado en aquel cubículo de troncos podridos, con mucha sed y calentura. En vano dediqué el poco aliento que me quedaba a lanzar unos cuantos gritos (gritos, debiera decir), con la esperanza de que un cazador, un campesino o un simple caminante solitario los oyese y viniera a socorrerme. Después me cubrió la noche, al tiempo que sobre mi mente se abatieron las tinieblas de un profundo sopor. «Morir es esto», pensé apenas un segundo antes de perder el sentido y de perderlo sin pesadumbre ni angustia, al modo de quien constata fríamente un hecho.

37

Sucedió, sin embargo, que no me morí, sino que franco de fiebre y con plena conciencia de mi situación me desperté al amanecer y estuve largo rato escuchando, sin moverme, el sonido arrullador de la lluvia. Más tarde, aunque todavía me encontraba débil, fui capaz de ponerme de pie y descender poco a poco los peldaños crujientes y resbaladizos de mi refugio. Me percaté de que, a pesar de los nubarrones que oscurecían el cielo, los detalles del paisaje se perfilaban con nitidez y brillo que no tenían o yo no había visto en el mediodía con sol de mi llegada. No tardé en descubrir el motivo de tan curioso fenómeno. Durante la noche había recobrado la visión de mi ojo maltrecho, lo cual me facilitó en no escasa medida la búsqueda de alimento: bayas de saúco principalmente, pero también avellanas, ciertas setas amarillas, muy abundantes, que probé y no me dañaron, y cangrejos crudos que atrapaba en el arroyo metiendo la mano debajo de las piedras.

Hoy no abrigo duda de que descansar y nutrirme, aunque de forma precaria en ambos casos, fueron los factores determinantes de mi salvación. Tanto es así que al tercer día de permanencia en la paranza me levanté por la mañana con los dolores mitigados, las ideas bastante claras y el ánimo fortalecido y bien dispuesto para aventurarme a caminar hacia el interior del desfiladero. Me sentí aún mejor después de dar cuenta de una veintena de frutos silvestres de color azulado que había recogido la víspera por los alrededores. Esperé no menos de una hora por si escampaba. En vista de que el tiempo transcurría sin que el cielo cambiase de cariz, me armé de resignación y, colocándome el morral sobre la cabeza a modo de capucha, empuñé el palo y arranqué a andar bajo el aguacero, siempre en la dirección que me marcaba el arroyo. Éste descendía raudo, crecido y turbio a causa de la lluvia. En previsión de posibles accidentes, evité acercarme demasiado a la orilla, aun cuando mi prudencia me obligase en ocasiones a avanzar por gramales cuyos tallos mojados me llegaban hasta la frente. Recorrido un trecho corto, tuve antojo de volverme a mirar por última vez la paranza a la que estaba seguro de deber la vida. Calculo que llevaría obra de tres minutos de marcha y ya estaba calado hasta los huesos.

Más adelante topé en un matorral con un pachón de boca desmesurada, escapado a buen seguro de la jauría de algún perrero. Yo, que no lo había visto, me acerqué a menos de un tiro de piedra de su escondite. Entonces se irguió de un respingo y al punto comenzó a gruñir en son de amenaza, exhibiendo unos colmillos formidables. Conforme al consejo que yo había recibido en repetidas ocasiones del abuelo Cuiña, hice como que conservaba la calma. Permanecí inmóvil un instante, absteniéndome de mirar derechamente a los ojos del animal, y luego, cuando me pareció que se confiaba, lo ahuyenté de un potente palazo que descargué sin más ni más contra la hierba. Ni aunque se tornen montaraces olvidan los perros la vara que antaño los amansó.

Aquel mismo día, al caer la tarde, gané la salida del desfiladero. Arrastraba un cansancio próximo a la extenuación. Las ropas empapadas se me adherían pesadamente al cuerpo y una espesa capa de lodo cubría mis zapatos. Éstos se me quedaban a menudo hundidos en la tierra, por lo que a partir de un momento determinado consideré preferible llevarlos en la mano y caminar descalzo. Tantas fatigas y trabajos no habían conseguido, sin embargo, al término de la larga jornada de marcha, hacer mella en mi ánimo. Seguía intacta mi voluntad de atravesar el país de una punta a otra, costase lo que costase. Supe, además, por ciertos indicios, que avanzaba en la dirección adecuada. Para empezar, las sombras del crepúsculo se alzaban justo detrás de mí, señal inequívoca de que caminaba hacia el oeste, alejándome paso a paso de la Bladia. A este respecto, me vinieron a la memoria los versos del célebre soneto de Molibio:

... la noche que nos clava tenebrosa
el infame bladita por la espalda.

400

Una prueba fiable de que me dirigía hacia lugares habitados la obtuve gracias a un puentecillo de piedra que encontré poco antes de oscurecer, al final de un tramo de rápidos y cascadas. Lo cruzaba un camino de roderas encharcadas por el que no quise aventurarme, ni en un sentido ni en otro, fiel a mi designio de llegar a Antíbula o a cualquier punto del litoral siguiendo la ruta del arroyo. La certeza de haber dejado atrás la selva alentó mi pundonor. Me detendría tal vez el agotamiento, una caída grave, la picadura de un bicho ponzoñoso; pero en modo alguno la noche. No ignoraba que en cuanto dejara de moverme me vería obligado a librar una lucha desigual contra la mojadura y contra el frío. Conque traté de tonificar el cuerpo atiborrándome de bayas de saúco y otros frutos, no siempre dulces, a que me convidaba el azar, y reanudé sin pérdida de tiempo la caminata.

Al poco rato, un golpe de fortuna me permitió vislumbrar al pie de un monte cercano, con la última claridad del atardecer, una casita abandonada. Un empujón leve bastó para que la podrida puerta cediese. Dentro había una reja roñosa de arado sobre la cual se había derrumbado la parte central del techo. Hallé, con todo, un rincón a cubierto de la intemperie donde esparcir la ropa mojada y resguardarme sepultado en un montón de heno polvoriento. Así pasé la noche, tiritando de frío, en carnes vivas y mortificado por un sinfín de picores que no me dejaban reposar. Algo dormí, no mucho; lo suficiente, sin embargo, para levantarme por la mañana con buena disposición de ánimo. La prudencia me aconsejó no echarme a andar enseguida. Comoquiera que soplase el viento y ya no lloviera, opté por quedarme en las inmediaciones de la casita mientras mis prendas húmedas se secaban colgadas de unas ramas. Entretanto me limpié de garrapatas. Las tenía en abundancia por todo el cuerpo, bastantes de ellas clavadas a la piel. Salí después desnudo en busca de alimento. Como pude me desayuné. De vuelta a la casita, me tomó un empacho acompañado de mareos. Yo atribuí mi repentino malestar a una seta blanca que ya en el instante de ingerirla me había dejado un regusto a mejunje de botica. Sea como fuere, no dudé en rascarme el fondo del paladar con los dedos, de suerte que me saqué a gorgozadas lo comido, y aunque en el curso de largas horas fui incapaz de probar nuevamente bocado, el remedio me produjo una inmediata mejoría.

A media mañana mi ropa se había secado y pude vestirme. No me gustaba el ceño negruzco del cielo. La idea de sufrir por segundo día consecutivo el fastidio de la lluvia me suscitó serias dudas acerca de la conveniencia de emprender la marcha; pero al fin se impuso sobre todo razonamiento y temor el anhelo de llegar a Antíbula, tanto como la corazonada, propia de caminantes extraviados, de que la salvación aguarda apenas un metro por detrás del horizonte.

Palo en mano, volví a tomar el derrotero del arroyo. Caminaba sin apresuramiento, en la inteligencia de no malgastar fuerzas ni sufrir percances por falta de cautela. De vez en cuando sorbía el agua acumulada en las concavidades de las rocas, por entender que era preferible a la del suelo. Si se ofrecía la ocasión me paraba a recolectar provisiones. Logré reunir en el morral una cantidad aceptable de avellanas, endrinas y espárragos silvestres, así como docena y pico de caracoles que encontré al pasar. Por la tarde, yendo a través de un bosque, me sorprendió un violento aguacero. A la primera gota que reventó en mi frente, corrí a refugiarme en el hueco de un tronco añoso, donde permanecí encogido en postura incómoda, pero seco, hasta que hubo cesado de llover. Desde mi escondrijo presencié una estampida de corzos. Al menos eso es lo que me pareció. Serían al pie de quince animales a cual más ágil. Saltaron el arroyo y se perdieron velozmente entre los árboles, perseguidos quizá por los lobos, aunque a mi vista no apareció ninguno.

Nada más salir del bosque tuve dos sorpresas agradables. La primera fue que había escampado y el sol del ocaso campeaba a lo lejos, en medio de un claro rojizo, preludio de buen tiempo. La segunda me emocionó hasta el extremo de anegarme los ojos en lágrimas. Pues era el caso que había ido a parar a una parcela en rastrojo, en cuya linde se alineaban cinco o seis almiares. El retorno a la civilización me hizo olvidar de golpe las penalidades de los días precedentes. No se deja expresar con palabras el gozo que me invadió mientras contemplaba el paisaje modelado por la mano industriosa de los hombres. El campo se explayaba en declive hacia el oeste, sin que se avistase en la vasta distancia terrosa, barrida por las ráfagas del viento, gente ni casas. Ninguna elevación del terreno digna de recibir el nombre de montaña se interponía entre donde yo estaba y la línea remota del horizonte.

Cerré los ojos para rememorar mejor el mapa de la escuela. Entonces me vi a mí mismo, ser humano en miniatura, avanzando por su superficie vertical a la manera de una mosca. Acababa de dejar atrás la zona de tonos marrones, representativos de las cumbres más altas del país; me encontraba detenido sobre la franja amarilla correspondiente a las colinas y montes bajos que bordean el extremo oriental de la llanura. En tal supuesto, era muy probable que la aldea más cercana estuviese a menos de una jornada de camino. Pero, ¿cómo saberlo con certeza? Hasta el día siguiente no podría comprobarlo. La tarde declinaba y yo no tenía fuerzas para errar a ciegas en la noche. Ni fuerzas ni ganas.

Deseoso de procurarme el descanso que tanto necesitaba, enderecé derechamente hacia los almiares, detrás de los cuales, ¡oh maravilla!, descubrí un carro desvencijado que no había visto con anterioridad. Estaba caído de costado como consecuencia de la rotura de una rueda. Por dicha razón quedaba debajo un recoveco apto para cobijo. Antes de nada lo cubrí de paja con la idea de aderezar un lecho blando. Después, casi a oscuras, di cuenta de los alimentos que guardaba en el morral y al poco de tumbarme, arrullado por el rumor del viento, me dormí.

Al día siguiente me levanté con el alba, y como viese el cielo azul y notara que el reposo de la noche me había entonado el cuerpo, determiné emprender la marcha sin tardanza, si bien más tarde consumí bastante tiempo afanándome por pescar unos pececillos que daban vueltas dentro de un remanso. Con las perneras remangadas entré en el agua cristalina. Empleé primeramente las manos, luego el morral a modo de red; pero el empeño resultó infructuoso a causa tanto de mi impericia como de la terca voluntad de los peces por seguir vivos, lo que a la postre me forzó a buscar el desayuno en otros lugares.

Avanzada la mañana, llegué a la confluencia del arroyo con un río de corriente apacible. Era ancho y caudaloso como para figurar con su nombre en el mapa de la escuela. Por su margen arenosa anduve sin dificultad un largo trecho. El sol se hallaba más o menos en el cenit cuando me sobrevino un retortijón de tripas. Al pronto intenté retrasar la ejecución de un negocio que desde hacía días se me venía anunciando mediante insinuaciones cada vez más claras de tormento; pero aún no había dado ni cinco pasos cuando, acometido de un dolor agudo, no tuve más remedio que bajarme a toda prisa los pantalones y descargar el vientre. Hecha la obra, me senté en una parte poco profunda del río, resuelto a imitar el método que solía poner en práctica el abuelo Cuiña para aliviarse los escozores del ano. A este punto observé que el agua, entre mis piernas, se teñía de rojo. Asustado, volví a la orilla, donde no dudé en palparme el sitio dolorido. Al ver a continuación los dedos ensangrentados, me tomó una profunda tristeza pensando que me habría de morir de allí a poco.

Huelga decir que se esfumaron todas mis ganas de proseguir la caminata. ¿Para qué torturarse con sufrimientos inútiles cuando se está tan cerca del último trance? Resignado a lo peor, me senté en la hierba y durante largo tiempo no hice otra cosa que mirar las aguas que fluían y fluían. Al fin, aburrido de esperar la muerte, anduve unos pasos, nada más que por probar; luego otros y, para cuando quise percatarme, ya había perdido de vista a mis espaldas el lugar donde había creído que mi vida acabaría.

Más adelante hube de atravesar una cortadura que discurría entre dos paredes verticales de granito. Advertí al momento que el angosto paso, de unos cien metros de longitud, no podía evitarse sino escalando un peñascal de difícil acceso, o bien dando un rodeo que, en vista de las características orográficas de la zona, podría llevarme media tarde, y eso en el caso dudoso de que no me extraviara. Así que opté por la vía corta, a pesar del incordio de la mojadura y del no pequeño riesgo de ahogarme, por cuanto a mis once años aún no había aprendido a nadar. Empecé por despojarme de la ropa y después formé con ella un lío que inserté en la punta del palo. Agarrándome a los salientes y recovecos de las rocas, y a las matas ralas que crecían en las grietas, avancé con cautela por el agua gélida que me llegaba hasta la cintura, en algunos lugares incluso más arriba. Despacio, pero sin contratiempos, logré pasar el tajo profundo y salir a un amplio valle, en el que el río se ensanchaba formando una laguna bordeada de un tupido juncal.

Seco el cuerpo, me estaba vistiendo cuando llamaron mi atención unos sonidos peculiares. Al principio no supe atribuirles un origen preciso. Parecía como si por allí cerca a un ciervo adulto, en plena brama, le hubiese entrado la risa y, no pudiendo contenerla, lanzase a cada rato una runfla de carcajadas nasales, cavernosas, extrañamente lentas. En previsión de una posible desventura, terminé de vestirme a toda prisa sin dejar de empuñar el palo. Después asomé la cara entre los juncos. Mi corazón latió de pronto con tales golpes que temí me estallase dentro del pecho. El motivo estaba a la vista. Apenas a una centena de pasos de distancia había una figura humana. No exagero si afirmo que el terror me paralizó. Ni los lobos ni los lagartos de aguijón venenoso me habían infundido, en el curso de mi azarosa aventura, el pavor que sentí en la proximidad de un miembro de mi especie. Y eso que la persona en cuestión hacía un efecto más bien pacífico.

Se trataba de un pescador de caña a quien, para tranquilidad mía, podía observar a mi salvo, sin riesgo ninguno de que me descubriese. No atinaba yo, con todo, a formarme una idea cabal acerca de su edad ni de su aspecto fisonómico, por la sencilla razón de que su semblante, vuelto hacia el lado contrario de mi escondite, escapaba por entero a mi vista. Lo mismo debo decir con relación a su cogote, oculto debajo de un sombrero de alas anchas que por su propio peso le caían a ambos lados de la cara, igual que si fueran dos anteojeras de caballo. De la cintura a los pies tampoco le veía nada, ya que él permanecía sentado en el fondo de una lancha que flotaba junto a un embarcadero, a cuya barandilla estaba atada por medio de una soga. Tanto como su facha estrambótica me colmaba de perplejidad la manera que aquel hombre tenía de pescar. Lanzaba el aparejo al agua; pocos segundos después lo cobraba de un brusco tirón, al par que hacía unos ademanes incomprensibles, bamboleando la cabeza y profiriendo berridos que guardaban una vaga similitud con carcajadas. Tras esto estrechaba, según me parecía, la caña entre sus brazos; la acunaba un momento, antes de volver a sumergir el aparejo, y así una y otra vez.

De pronto se levantó con el fin de tomar asiento en el banco de la lancha. ¡Por los ojos del santo Jancio! El breve instante en que estuvo de pie me bastó para comprobar que aquel presunto señor que se interponía en mi camino era un niño. Sí, un niño, un mozuelo vamos a decir, gordo y fondón. Le calculé una edad similar a la mía; aunque, teniendo en cuenta su masa corporal, parecía más justo suponer que me llevase uno o dos años de ventaja. «¡Si tan siquiera pudiese verle la cara!», decía yo para mi coleto.

Evidentemente el obstáculo continuaba delante de mí; pero

en cuestión de segundos, sin haber hecho otra cosa que estar atento, mi situación había cambiado de forma tan radical como favorable. En una palabra, ya no consideraba forzoso dar media vuelta y escabullirme a través de la cortadura, exponiéndome a los mismos inconvenientes y peligros de un rato antes. En mi cerebro bullía ahora la idea obsesiva de apoderarme de la lancha. Firme en mi propósito, el problema radicaba en cómo consumarlo. Al principio me agarré a la conjetura de que tarde o temprano el muchacho tendría que marcharse. Juzgaba improbable que al hacerlo se llevara la embarcación a cuestas. No me había pasado inadvertida una columna de humo que se elevaba por detrás de una hilera de pinos, en la falda de la colina. Desde mi escondite podía distinguir incluso, por encima de las copas de los árboles, el sombrerete de la chimenea. Que en aquella morada solitaria vivía el joven pescador no ofrecía para mí el menor género de duda. ¿Dónde, si no? Con un poco de suerte, en cualquier momento podía suceder que su padre o su madre le lanzasen un grito para que volviese a casa enseguida ¿Hará falta decir que en tal caso la lancha cambiaría inmediatamente de dueño? La esperanza de ver mi aspiración cumplida me alentó a permanecer una hora o más agazapado entre los juncos. En ese tiempo el muchacho no pescó un solo pez. Me vino la sospecha de que tampoco lo pretendía. De otro modo, si no cesaba de fracasar en el empeño, ¿cómo entender sus raras y continuas muestras de regocijo? Llegué a la conclusión de que lo hacía feliz dejar chasqueadas a sus presas virtuales, acercándoles el cebo a la boca con la malicia de retirárselo en cuanto aquéllas se dispusieran a tragarlo. Otra explicación no se me ocurría.

El tiempo pasaba. Ya apuntaban en el cielo las primeras señales del atardecer. Había empezado a refrescar y en los rincones sombríos de la laguna crecía la neblina. Hambriento, cansado y con las piernas entumecidas, la impaciencia me devoraba. Confieso que, conforme transcurrían los minutos, me costaba mayor esfuerzo acallar las voces interiores que me apremiaban a arrojarme sobre el extraño sujeto, quitármelo de encima a palazos y largarme con su lancha remando a toda pastilla. Se piensan muchas cosas, no siempre nobles, cuando uno está solo, desesperado y lejos del hogar. Una pregunta martilleaba a cada instante mi conciencia. ¿Acaso no me habían maltratado a mí los guerrilleros?

Tenía la sensación de que el sufrimiento que ellos me habían inferido días atrás justificaba ahora cualquier medio de poner a salvo mi vida, sin descartar ninguno por inhumano y cruel que fuese. Nunca hasta entonces había agredido yo a nadie. No voy a negar que el año de mi ingreso en la Viverga le zumbé un mojicón a Occo de Tensidrén, pero sólo porque me lo había mandado el abuelo Cuiña. La obediencia impulsó mi puño, no el coraje. Escondido en el juncal, me producían vergüenza mis tentaciones de arremeter contra un muchacho indefenso; pero a la vez me exasperaba, hasta volverme loco de rabia, mi indecisión impuesta por los escrúpulos y las dudas. Dos fuerzas tiraban a un tiempo de mí en sentidos contrarios. El conflicto me desgarraba. Yo empuñaba tan pronto el palo, resuelto a emprender el ataque, como lo soltaba espantado de mis intenciones depravadas.

Sospecho que me habría sorprendido la noche en aquellas porfías íntimas de no ser por una circunstancia que oportunamente me indujo a cambiar de planes. Y es que el muchacho, al seguir con la vista el vuelo de una pareja de patos, me permitió verle la cara y entonces comprendí. Tenía los rasgos inconfundibles del que padece mongolismo. En Antíbula la Vieja vivía por aquella época un joven de aspecto parecido, también con la nariz chata, el labio inferior colgante, los ojos chinescos y los carrillos fofos y sonrosados. Solía ir por la calle del brazo de una mujer vestida de luto. Yo recordaba haberle oído afirmar en alguna ocasión a la niña Acfia Fenelina que los niños abladitados (así se les llamaba en aquel tiempo) son de suyo bondadosos y pacíficos. Este pensamiento me convenció de que me traía cuenta emplear la astucia, y no la fuerza, con el muchacho de la lancha. Por dicha razón, nada más salir de los juncos, me deshice del palo. Acto seguido me dirigí al embarcadero, pero no en línea recta, sino dando un rodeo por la ladera de la colina con el fin de aparentar que bajaba de la casa. Me llegué al muchacho y le espeté:

—De parte de tu madre, que subas a cenar.

—Cago en el agua bendita.

Me dio la espalda y continuó pescando como si tal cosa.

—¿Qué, subes o no?

—Cago en el agua bendita —repitió en tono gruñón.

—¿Tú sabes —le pregunté— cómo se llama este río?

—Pez, aquí pez.

—¿Tienes un pez? ¡A ver!

La excusa me sirvió para meterme dentro de la barca. Él no se opuso; antes al contrario, se corrió un poco con el fin de hacerme un sitio en el banco. Atraía su atención el ojo que el guerrillero de Brendades me había puesto a la funerala. Lo escrutaba de cerca con una fijeza ostensiva de embeleso y al fin alargó el índice hasta tocarme suavemente el párpado. Al retirarlo, examinó la yema del dedo como si esperara que se le hubiese teñido. Luego, sin más ni más, rompió a carcajearse.

—Pez grande. Ju, ju, ju.

Le pregunté si me dejaba probar la caña. Se negó en redondo, trazando con la barbilla arcos vehementes de hombro a hombro. De nada me valió insistir. Su tozudez de acero truncaba de todas todas mis buenos deseos de hacerle entender que jamás lograría atrapar peces si no cebaba el anzuelo. Allá él.

Transcurrían los minutos entretanto. A cada paso yo volvía la mirada hacia la casa oculta tras los pinos, temeroso de ser descubierto por alguno de sus moradores. Por más que me estrujaba los sesos, no daba con la manera de persuadir al muchacho a que saliese de la lancha. Un nudo simple mantenía a ésta amarrada a la barandilla del embarcadero. Los remos estaban dentro; pero acoplados cada uno a su tolete, por lo que, para tenerlos disponibles, supuse que no serían necesarios más de dos o tres segundos. Con disimulo arreé un leve tirón a la soga. Me complació comprobar que se podía soltar sin esfuerzo.

—¿Subes a cenar, sí o no?

—Quiero pez.

Entonces, para desquitarme del enojo que me causaba su cabezonería, le arranqué de un zarpazo el sombrero estrafalario y lo tiré al agua. Profiriendo quejas, el muchacho se apresuró a alargar la mano con el fin de recobrarlo. Comoquiera que no lo consiguiese por muy pocos centímetros, se puso de pie, la rodilla apoyada sobre el borde de la lancha. Sus gruesas posaderas quedaban a menos de un palmo de mi nariz. Yo, que las vi tan próximas, me sentí tentado de darles un recio empujón. Conque sin perder una pizca de tiempo en reflexiones aprensivas, mandé al muchacho de bruces al agua, con caña y ropa. Al punto emprendí la huida, remando sin arte, pero con tantos bríos que pronto logré embocar una angostura rocosa donde la laguna restituía sus aguas al río. Sonaban cada vez más lejanas, borrosas en sus ecos dispersos, las protestas del muchacho:

—¡Cago en el agua benditaaa...!

Esa noche la pasé dormido en el suelo de la lancha, dejándome llevar por la corriente. Amanecí en la llanura, a las puertas de una población que no quise atravesar a la luz del día por temor a un mal encuentro con los hombres. Había por allá un campo de remolachas, zarzamoras y media docena de nogales. Mal que bien maté el hambre. Por la tarde tuve una defecación sin sangre ni dolor; pero infestada de gusanos, así que no me pude alegrar. Hasta que no hubo anochecido no proseguí el viaje. La luz escasa de la luna fue mi guía. Navegué en tinieblas por espacio de tres jornadas. Durante las horas de sol, puesta la lancha a buen recaudo, erraba por las inmediaciones en busca de alimentos y descansaba. Al rayar la mañana del cuarto día, reconocí de lejos la iglesia de Fótebre con su famosa torre torcida. A este punto me embargó una fuerte emoción y durante largo rato estuve gozando de mis lágrimas. Rememoré después el mapa de la escuela. Supe de este modo que le debía la vida al río Tamra, el cual, pasando Fótebre, confluye con el Intri a la altura de la ciénaga de Midua. Allí, en un tramo de remolinos, me entró agua en la lancha, perdí un remo y estuve en un tris de zozobrar. Con eso y todo, no quise detenerme ni entonces ni cuando se hizo de día, de suerte que aún no había comenzado la tarde cuando avisté la cúpula de la catedral de la Santa Justicia. Poco antes de llegar a las primeras casas de Antíbula, abandoné la lancha en una espesura de la orilla y el resto del camino lo recorrí a pie.

Entré en la hospedería dando voces.

—¡Abuelo Cuiña, abuelo Cuiña!

El abuelo Cuiña leía *La Hoja de la Patria* en el cuarto del lavadero, sentado en la palangana. Nada más verme frunció el entrecejo y, como si tuviera un barrunto de lo que había sucedido, me preguntó muy seriamente:

—¿Y la Minta?

—Se la llevaron los guerrilleros de Brendades.

—¿Se la llevaron?

—Mataron a todos, abuelo Cuiña, y a ella se la llevaron.

—Eso es lo que tú te crees, profesor. Anda, ve a echar dos paladas de carbón al horno, que hoy es día de cocer pan.

38

Los italianos abandonaron la hospedería una mañana de noviembre, precedidos por el escándalo de las niñas robadas en la ciudad de Aftino. Con idea de preservar la concordia existente hasta entonces entre Italia y Antíbula, el gobierno del general Vistavino trató de zanjar el asunto por la vía del silencio, al par que acordaba compensaciones pecuniarias bajo mano para las víctimas. Como se sabe, la Iglesia, por boca del nuncio apostólico, el llorado cardenal Dionisto de Ptol, se negó a transigir con el tapujo, exigiendo desde todos los púlpitos de la nación aclaraciones y culpables. Las consecuencias no se hicieron esperar. Pistoleros enmascarados asesinaron al cardenal el 18 de noviembre, a la luz del día, cuando entraba a repartir bendiciones en la Casa de Misericordia de la calle del Lobo. Está probado que a raíz del crimen, Mussolini, a petición del papa Pío XI, dispuso el inmediato regreso a Italia de más de cuatrocientos fascistas afincados en Antíbula. El resto (alrededor de ochenta, según los cálculos del célebre historiador Jan de Muta), se congregó en la capital, donde recibió alojamiento en dependencias anejas al Ministerio de Obras Públicas, Comercio e Industria, con lo cual la hospedería del abuelo Cuiña se quedó vacía de la noche a la mañana. Cierto que continuaba viviendo con nosotros Runn de Gualel; pero, recluido en su habitación, era como si no existiese o como si existiese poco. A veces se nos olvidaba subirle la comida, retirarle el bacín o renovarle el agua de la tina. Él ni se quejaba ni daba muestras de percatarse de cuanto sucedía a más de un metro de distancia de su piano.

El abuelo Cuiña abrigaba el convencimiento de que los italianos habían sido obligados a dejar la hospedería por culpa de mi madre. Barruntaba «una orden desde arriba». A todas horas andaba a vueltas con la cantinela, bien cuando hablaba a solas por la casa, lo que hacía de continuo, a menudo a voz en cuello, bien cuando me veía venir y se interponía en mi camino para desahogar en mí su desazón en un tono colérico que, al correr de los días, había de irse apagando bajo el peso creciente de la pena.

—La mala pécora se ha hecho guerrillera. ¡Pues no tengo yo buen olfato ni nada! Nos ha llenado de mierda el apellido. Tantos años de lealtad a la patria para esto. Te juro, profesor, que no paro de rezar para que le metan dos tiros en la cabeza.

Suponía que la marcha de los italianos formaba parte de una serie de represalias acordadas contra él por algún funcionario superior de la guardia de seguridad, por el gobierno o por el propio Balzadón Vistavino en persona. Lo mismo afirmaba respecto al destrozo que aquéllos causaron en el mobiliario la víspera de irse, durante una juerga ruidosa que prolongaron hasta poco antes de la aurora. La calle amaneció sembrada de añicos de vasos y botellas, de lámparas arrancadas de cuajo, de mesillas, edredones y un sinnúmero de enseres arrojados en el transcurso de la noche por las ventanas de la hospedería. También la falta de unas sábanas la relacionaba ahora el abuelo Cuiña con el castigo a que se creía sometido. Hasta entonces había imputado el hurto a la pareja de aldeanas que le había mandado el mes anterior la señora Ecba para servirle. Las dos mujeres y un mozo recadero que vino con ellas regresaron a su pueblo tan pronto como se supo que mi madre no habría de llegar jamás a las Aspias de Uchu.

En otra ocasión, el abuelo Cuiña observó a través de la celosía que en la acera de enfrente se hallaba parado un guardia de seguridad. Al punto, con ademanes ostensivos de alarma, me mandó venir para que comprobase con mis propios ojos que nuestra casa era objeto de vigilancia. Yo me acerqué, obediente, a mirar por uno de los intersticios. Vi a un hombre cincuentón vestido de uniforme, el cual, tras encender un cigarrillo, prosiguió con calma su ronda por la calle abajo. A mí no me pareció que hubiera en ello motivo ninguno para recelar; pero el abuelo Cuiña estaba tan fuera de sí que consideré preferible no llevarle la contraria.

—No hay derecho. ¡Vigilar a Braes Cuiña! ¡Al mayor patriota, al creyente más fervoroso de toda Antíbula!

El miedo lo inquietaba sin cesar. A veces se retiraba apresuradamente a su habitación y volvía después de un rato con el ceño caviloso y la mirada enrojecida. Con frecuencia bastaba una minucia para que perdiese los estribos. No era raro que de pronto, sin causa aparente ninguna, la emprendiese a puntapiés contra los azulejos del horno, los costales de harina o contra cualquier mueble o cachivache que se hallara cerca. Tenía la manía de retirar cada dos por tres el retrato de Mussolini que colgaba en la pared del vestíbulo. Mascullando improperios, lo dejaba de costumbre tirado boca abajo sobre la tierra del patio. Al poco tiempo lo restituía a su lugar, como si aún confiara en el regreso de los huéspedes italianos y su camioneta semanal de víveres que tanto echaba en falta ahora.

Un arrebato de furia lo indujo a cometer una bajeza imperdonable. Llevaba varios días rumiando el propósito, que no se recataba de mencionar en mi presencia, como persuadido de que contaba con mi aprobación. Y fue que una tarde de aquel noviembre de 1928 presentó una denuncia contra su propia hija en el cuartel de la Vieja, en la inteligencia, por lo visto, de congraciarse con quienes daba por hecho que lo acechaban y perseguían. Como consecuencia de la delación recibí la visita de dos guardias de seguridad, que tras encerrarse conmigo en el cuarto del lavadero, me estrecharon durante horas a preguntas. Uno de ellos me sacudió una bofetada en el curso del interrogatorio, nunca he sabido por qué. El otro, para consolarme, me obsequió en el momento de irse con media tableta de chocolate. Volvieron a los dos o tres días. Me resigné entonces a salpicar mi relato con falsedades sin cuento, en consonancia con lo que a ellos les apetecía que yo refiriese. Pensé, por otro lado, que mi madre estaba lejos, fuera del peligro a que en circunstancias diferentes habrían podido exponerla mis palabras. Me acogí a esa disculpa para reputarla de mujer colectivista.

—¿A que es verdad —me soltó de sopetón uno de los guardias, clavándome una mirada intimidante que desdecía de su cordial sonrisa— que tu mamá empuñaba un arma allá en el monte?

El instinto me advirtió que me traía cuenta asentir.

—¿Sabes por casualidad —terció el otro— qué clase de arma llevaba tu mamá?

Reflexioné unos instantes, tratando de imaginarme a mi madre armada. Lo cierto es que no atinaba a representarla en mis pensamientos sino con el paño de limpiar los vidrios o con una escoba en las manos. Quizá porque de todos los útiles domésticos el cuchillo es el que mejor se presta para inferir una herida sangrienta, afirmé sin titubeos que el mismo Tuergo de Brendades le había provisto de uno largo y afilado.

—¿Un cuchillo? Bueno, eso sería al principio. Seguro que más tarde, cuando los rebeldes comprendieron que tu mamá era de la misma calaña que ellos, le confiaron un arma de fuego.

—Sí, un arma de fuego.

—¿Grande o pequeña?

—Grande.

Su ruin acción distó mucho de procurar al abuelo Cuiña la tranquilidad que anhelaba. Como la hospedería apenas le diese trabajo, se pasaba las horas vagando por los pisos, siempre con la carabina a punto. Ni siquiera la desaferraba por la noche, cuando se echaba a dormir. Continuamente comprobaba el estado de las fallebas. Al entrar en las habitaciones, miraba antes de nada si había espías escondidos dentro de los armarios o debajo de las camas. Ni que decir tiene que mantenía la puerta de la calle cerrada con llave a todas horas. Incluso añadió varias campanillas a la que colgaba desde antiguo en el dintel. Detrás de la celosía construyó una paredilla de ladrillos destinada a parapeto. Le pregunté si me permitía ayudarle. Me respondió que no, que aquella obra requería mano hábil.

A finales de mes determinó, con la idea de tenerme cerca en caso de peligro, que yo desalojase el camaranchón, mi verdadero hogar y refugio, mi concha de caracol, mi sitio predilecto en el universo, y me mudase con todas mis pertenencias a la habitación contigua a la suya, la que había ocupado mi madre desde niña en la planta baja. Me vinieron ganas de oponerme; pero me faltó valor, de modo que, aunque dolido y mustio, hube de allanarme al cambio. Se lo cobré volviéndome rencoroso. Rehuía en lo posible su presencia y, a menos que resultara inevitable, me abstenía de dirigirle la palabra. A menudo, mientras comíamos en silencio, sentados los dos a la mesa de la cocina, se me quedaba mirando con fijeza y luego, como queriendo infundirme ánimo, se destapaba de manos a boca con alguna que otra muestra de afectuosa hombría.

—No te preocupes, profesor. Tú y yo solos nos bastamos para salir adelante.

Sus arrebatos de sentimentalismo, tan esporádicos como vehementes, me causaban vivo desagrado. Desde el comienzo me negué a pagárselos con ternura. Podía suceder que, en respaldo de sus buenas intenciones, me apremiase a tomar una segunda ración de alimento o me incitara a compartir con él el jarrillo de vino. Sus ofrecimientos topaban siempre con mi rechazo, que yo exteriorizaba a la manera suave de un niño modoso, pero no por ello menos inflexible. El abuelo Cuiña se apresuraba a repetirlos, aduciendo que lo usual entre varones era comer y beber en abundancia. De paso ponderaba la fortuna que en aquellos tiempos difíciles suponía para los dos llenar nuestras respectivas panzas a diario. A este punto solía dibujar un panorama social siniestro, con niños desharrapados que se morían de hambre, de enfermedades horribles y de frío. Achacaba la miseria reinante al castigo de Dios tanto como a los sabotajes de los revolucionarios. Lejos de persuadirme a un cambio de actitud o de arrancarme una palabra o un gesto de agradecimiento, yo me encastillaba con disimulo en mi terquedad, haciéndome el tonto si era preciso, y le replicaba con laconismo bobalicón que no sentía hambre ni sed.

—Allá tú —renegaba las más de las veces.

En otras ocasiones, sin embargo, no aceptaba así como así que contrariase su voluntad, sino que excitado por un calambre de ira recurría a los exabruptos, las amenazas y la imposición. Tras ponerme el puño delante de la cara, me espetaba, lívido de enojo, lindezas de este jaez:

—¡Hijo de galga sarnosa! Ahora mismo te zampas un filete. ¿Qué digo uno? Todos los que quedan en la bandeja, para que aprendas a no calentarle las criadillas a tu abuelo.

Sometido a su poder, yo me desquitaba masticando los alimentos con lentitud deliberada, o bien los embutía en la boca de modo que tarde o temprano me sobreviniesen las arcadas. Al abuelo Cuiña se le subía la sangre a la cabeza; pero se me hace a mí que por no malquistarse con el único interlocutor y compañero que tenía en su soledad, o por cualquier otra causa que ignoro, refrenaba mal que bien sus impulsos agresivos, contentándose con arrearle una manotada al borde de la mesa y saliendo acto continuo de la cocina rezonga que te rezonga. Cierto día, sin embargo, en que su acceso de cólera excedió las medidas habituales, me forzó a beber vino tinto de Uchu hasta embriagarme. Para colmo me atraganté con el vómito y a pique estuve de perder el sentido. El abuelo Cuiña, arrepentido, me llevó en brazos al cuarto del lavadero, me limpió la cara con un paño húmedo y luego me ayudó a acostarme. Dispuesto a velar mi sueño, se sentó a mi lado, en una silla, y por primera vez en la vida le oí pedir perdón.

El incidente señaló un cambio en nuestra relación que yo percibí desde el primer instante. Para empezar, el abuelo Cuiña se tornó más complaciente conmigo, aunque no llegara a despojarse por completo de su naturaleza iracunda. Ahora la diferencia estribaba en que, alcanzado cierto grado de furor, conseguía dominarse, de suerte que hasta el cercano fin de sus días nunca más volvió a sentarme la mano. Si alguna vez en ese tiempo sintió la necesidad de desfogar de forma violenta su malhumor, prefirió hacerlo mediante la rumia a media voz de agravios, la gesticulación o el portazo intempestivo.

A menudo tenía momentos de desánimo en que, roído por la nostalgia, me buscaba por la casa para entablar conversación conmigo. Me atestaba entonces los oídos con sus recuerdos y melancolías. Yo, mientras tanto, ni abría la boca ni dejaba traslucir la impresión que me causaban sus soliloquios lastimeros.

—Me pregunto —decía él para terminar— si has comprendido una sola de mis palabras.

Aunque no hallaba modo de que el relato desembocase en un diálogo, persistió en su afición a hacerme confidencias. Supe así, entre otras cosas, que lo mortificaba la proximidad de la vejez y que desde muchos años atrás le atravesaba el corazón no haber tenido un hijo.

—Menos mal —repetía— que estás tú para continuar la estirpe.

Lo cierto es que a pesar de sus muestras ocasionales de benevolencia, yo no le perdonaba al abuelo Cuiña que me hubiese mandado desalojar el camaranchón. Me irritaba, además, que hablase mal de mi madre. Como no me atreviese a contradecirle, satisfacía mis ansias de desquite poniendo de cuando en cuando en ejecución cierta diablura que me proporcionaba maligno placer. Y era que algunas noches permanecía despierto hasta muy tarde, con la oreja pegada a la pared, en espera de que una primera andanada de ronquidos me confirmase que el abuelo Cuiña dormía. Entonces yo saltaba por la ventana a la calle, me acercaba con el mayor sigilo posible a la suya y arreaba unos cuantos golpes recios con el puño a la madera del postigo antes de volverme a toda prisa a la cama. Hecho una furia, el abuelo Cuiña se asomaba a la calle, llenando el silencio de la noche con sus gritos y palabrotas, mientras al otro lado de la pared yo me retorcía de gusto bajo las sábanas. Él sufría mucho con esta burla que alimentaba su certidumbre de vivir rodeado de acechadores.

—Y a ti, profesor —me preguntó un día—, ¿también te dieron anoche golpes en la ventana?

—Sí, abuelo Cuiña. Tres veces. Pon, pon, pon.

—¿No viste a nadie?

—A un hombre vi, muy alto, que se marchó corriendo.

—¿Recuerdas cómo tenía la cara?

—No recuerdo.

—¿Era viejo, joven? ¿Cómo era, cómo era?

—Llevaba una gorra de plato, abuelo Cuiña. Otra cosa no pude distinguir en la oscuridad.

—¡Una gorra! Ya me lo temía. ¡Sufro el acoso injusto de la ley!

Para salir de dudas tomó costumbre de permanecer apostado tras la celosía hasta horas avanzadas de la noche, apuntando la carabina hacia la acera lindante con la hospedería. Allí escondido aguardaba la llegada de quienes se complacían en perturbar alevosamente su reposo. Sin embargo, tanto desvelo por su parte no condujo a ningún resultado, pues por razones que, según afirmaba, no alcanzaba a comprender, los golpes en el postigo de su ventana siempre se producían cuando él acababa de conciliar el sueño. A tal extremo llegaba su inquietud que, a comienzos de diciembre, determinó instalarse en una habitación del primer piso. La medida obró un efecto inmediato. Nadie volvió a molestarlo por las noches.

El 14 de diciembre (con tres días de retraso, por tanto) escuchamos en la radio que se había producido un tiroteo por el camino de Baigravia, a las puertas de la ciudad, entre una patrulla de guardias de seguridad con misiones de vigilancia en el puente de Caiptu y un número indeterminado de colectivistas. Ni se hablaba de emboscadas, ni de la caída del puente en manos de los insurrectos, ni se hacía mención alguna de los seis uniformados que perdieron la vida durante la refriega. La noticia, redactada al estilo ampuloso de la prensa gubernamental de la época, apenas permitía presumir lo que en verdad había acontecido. Al abuelo Cuiña lo escamó que el locutor se explayase por espacio de veinte minutos en pormenores triviales, enderezados en su mayor parte a fomentar la tranquilidad de los oyentes. Fortalecía su sospecha la circunstancia de que la noticia hubiese antecedido en el orden de comunicados a un importante principio de acuerdo con la Bladia, relativo al secular conflicto sobre las aguas jurisdiccionales que enfrentaba y parece que seguirá enfrentando por los siglos de los siglos a ambos países.

—Profesor, me da el olor de que en este asunto hay huevo podrido.

Por la tarde conectamos de nuevo el aparato para escuchar la versión de los hechos que el dictador en persona tenía decidido transmitir a la población. En contra de lo anunciado, resultó que a la hora prevista no habló su Excelencia el Jefe del Estado, sino un miembro de su gabinete, el cual se limitó a leer una nota oficial en la que por vez primera se reconocía que «la defensa de la patria había comportado el sacrificio de algunas vidas», sin especificar cuántas. El abuelo Cuiña meneaba de continuo la cabeza en señal de disgusto. Se le demudó el rostro cuando el portavoz del gobierno dejó caer que «la situación, una vez recobrado heroicamente el puente de Caiptu, estaba bajo dominio de la fuerza pública».

—¡Cómo que recobrado! ¿Quiere esto decir que lo habían perdido?

Y aunque por aquel entonces el abuelo Cuiña carecía de fuentes de información fidedignas y no ponía el pie en la calle, sino que me mandaba siempre a mí a efectuar las compras y a llevar y traer recados, adivinó en un santiamén lo que legiones de sesudos historiadores tardaron largo tiempo en comprender y demostrar: que aquella escaramuza del 11 de diciembre de 1928, de apenas un cuarto de hora de duración, no pretendía la conquista temporal de uno de los ocho puentes de Antíbula (cuyo valor estratégico era, por lo demás, de segundo orden), sino pura y simplemente promover una algarada que propiciase la infiltración de una avanzadilla de insurrectos en la ciudad.

—¿De qué le sirve a la nuez su cáscara cuando ya tiene el gusano dentro? ¡Ay profesor, menuda la que nos espera!

De aquella hecha dejó de creer a pie juntillas en las noticias difundidas por las emisoras y periódicos afectos a la dictadura, únicos órganos de información a los que tanto él como la mayoría de los ciudadanos antibuleses tenían acceso por entonces. Me acuerdo de que cotejaba las distintas ediciones de *La Hoja de la Patria* resuelto a rastrear, entre las sutiles discrepancias, las medias tintas y las contradicciones, retazos de la verdad que barruntaba. Con frecuencia se servía de mí para llevar a cabo alguna clase de comprobación. Y así, me ordenaba ir a tal o cual punto de la ciudad con el encargo de que me cerciorase de si se apreciaban en el lugar movimientos de tropas, o si quedaban rastros de un tumulto reciente, o si había barricadas. Yo me marchaba de la hospedería con un libro oculto bajo la ropa. En lugar de dirigirme al sitio indicado, pasaba dos o tres horas leyendo apaciblemente en la playa o en algún banco del paso de Verca con los guantes puestos, y al fin volvía a casa a llevarle al abuelo Cuiña un informe más o menos verosímil que aderezaba por el camino.

Un domingo en que estaba leyendo frente a la desembocadura del Intri se acercó a mí por la espalda una niña de no más de siete u ocho años. Tenía las mejillas sonrosadas a causa del frío, los ojos negros y una frente ancha y ahuevada, recubierta de un brillo amarillento, secuela tal vez de alguna enfermedad. Llevaba un abrigo de paño duro, atado con hilachas y un único botón superviviente de tiempos mejores. Yo estaba abstraído en la lectura y de repente la pequeña me pinchó varias veces en el hombro con un dedo para que me volviese. Me mostró en la mano abierta un puñado de ciruelas pasas. Supe a continuación que se las había dado un hombre, según dijo, a cambio de entregarme un morral de arpillera que, no bien lo vi, me produjo escalofríos, pues era idéntico a los que usaban en el campo los hombres de Brendades. Con uno similar me habían tapado la cabeza la noche que me apartaron de la partida.

—¿De quién tienes esto? —le pregunté, alarmado, a la niña.

Por toda respuesta señaló hacia la esquina del paseo de Verca con la calle de la Santa Malija, donde en aquellos momentos no se veía a nadie. Intenté por todos los medios sonsacarle alguna información, pero fue inútil. Incluso le prometí un pedazo de cecina («más grande que mi brazo», le dije por confitarla), si me guiaba hasta la persona que le había pedido entregarme el morral.

Espoleada por el hambre, arrancó a enhebrar embustes con un desparpajo tan cándido como torpe. Cuando, después de señalar una villa rodeada de palmeras al otro lado del río, me replicó que no podía acompañarme hasta allí porque su madre la aguardaba en casa, le atajé espetándole:

—Tú eres una niña de la calle.

Compadecido de su gesto mustio, le regalé una moneda de las que todavía me quedaban escondidas en el camaranchón. Ella la agarró con avidez y, sin darme las gracias, echó a correr por el paseo adelante, en dirección al puesto del barquillero.

Solo en el banco, me aseguré de que no había en las proximidades gente suelta con pinta de estar al husmo. No me fiaba ni de los árboles, conque tomé la precaución de acogerme detrás de una roca de la orilla, donde, con la sorpresa que se deja imaginar, saqué del morral el *Compendio histórico-crítico de filosofía antibulesa* de Jan de Bárdamo. Largo rato anduve hojeándolo con la esperanza de que mi madre o una persona cercana a ella me hubiese dejado un mensaje entre las páginas. A punto de desistir, hallé la nota escrita con lapicero en el reverso de una de las tapas forradas de percalina. Decía así:

> IJO, SOI FUSILERA AORA
> Y LUEGO RONPES EL LIBRO
> TU MADRE
> QUE NO TEOLBIDA

Confieso que arranqué las hojas no sin ciertos titubeos. Después las fui rasgando una por una y, cuando hube formado con todas ellas un montón, las arrojé a lo alto para que el viento las esparciera sobre el agua. Al principio me había tentado desobedecer a mi madre por escrúpulo de destrozar el libro, tanto más cuanto que en aquella época no tenía yo posibilidad de abastecerme de lecturas nuevas; pero al final, recapacitando con sosiego, comprendí que podría acarrearme graves riesgos desoír el consejo de mi madre, además de que no se me figuraba la de Bárdamo una obra por la que mereciese la pena exponer la vida.

39

Un mes antes el abuelo Cuiña había obtenido dispensa temporal de asistencia a los oficios religiosos alegando no sé qué problemas de salud. Evitaba de esta forma aventurarse por las calles, donde suponía que lo esperaba algún sayón de la guardia de seguridad dispuesto a vengar en él la espantada de mi madre. El reverendo padre Arfuno Bolimilo le había proporcionado una cartilla de confesión y comunión, y todos los miércoles, a primera hora de la tarde, pasaba por la hospedería para firmársela. Traía las hostias en un estuche de plata repujada. Con ellas daba de comulgar a los feligreses de su distrito parroquial a los que, por causa de enfermedad o por cualquier otro impedimento justificado, no les era posible cumplir fuera de casa los ritos preceptivos. Consumado en breve tiempo el trámite eucarístico, casi siempre en el comedor, el cura aceptaba de buena gana un refrigerio y una copa de vino, a veces dos, antes de irse.

El miércoles, 19 de diciembre, el padre Arfuno llegó a la hospedería más tarde que de costumbre, ya con el cielo oscuro. Desde la cocina le oí aporrear la puerta como nunca solía hacerlo. Al pronto pensé que quizá, mortificado por uno de sus ataques de gota, lo urgía acostarse un rato. Corrí a abrirle. El cura entró con tal precipitación en el vestíbulo que a punto estuvo de llevarme por delante.

—Busca a tu abuelo —me ordenó con el resuello alterado.

Una viva inquietud se traslucía en su rostro mofletudo. Mayor perplejidad me suscitó su indumentaria. En lugar del sombrero de teja calaba un bombín de color café con leche y gasa gris, a juego con un guardapolvo no menos profano, de gruesa botonadura, con el que se cubría o, por mejor decir, se tapaba la sotana. Un acólito lo había seguido a distancia, luego supimos que con encargo de avisar al sacristán en el supuesto de que al padre Arfuno le acaeciera alguna desgracia por la calle.

Hacía lo menos seis o siete horas que sonaban detonaciones a lo lejos. La duración y frecuencia de los disparos sugerían que algo bastante más grave que un alboroto callejero estaba ocurriendo en Antíbula. Al comenzar la tarde, avistamos desde las ventanas del camaranchón una densa columna de humo que se elevaba por la zona céntrica de la ciudad. La radio gubernamental, suspendidas las intervenciones de los locutores, sólo emitía música sacra. Por deseo del abuelo Cuiña permanecí largo tiempo pegado al aparato, sintonizando ondas radiofónicas de la Bladia con la esperanza de captar en alguna de las que secundaban la causa colectivista un espacio informativo en idioma antibulés. De sobra sabíamos que nos arriesgábamos a un castigo severo; pero, así y todo, no se nos ocurría otra posibilidad de averiguar lo que pasaba. La suerte, en cualquier caso, no acompañó a mi empeño.

Fue el reverendo padre Arfuno Bolimilo quien, de anochecida, nos puso en autos sobre los trágicos acontecimientos de la jornada. La voz se le quebraba a cada instante mientras relataba que al filo del mediodía se había formado un tumulto de perreros en el azoguejo de Blaitul. Los responsables del orden público habían interpretado ingenuamente que se trataba de una de tantas trifulcas entre mercaderes, relacionadas con la oscilación de los precios; de ahí que destacaran al lugar una simple patrulla de guardias de seguridad, apenas una docena de hombres sin otra misión que la ordinaria de atemperar los ánimos y velar por la integridad de los bienes comunales. En el azoguejo, pobrecillos, los esperaba una muchedumbre armada y lista para el combate.

—Según he oído —prosiguió el padre Arfuno haciendo esfuerzos ostensibles por dominar su excitación—, ni siquiera les han dado tiempo de apearse del furgón. Todo estaba al parecer preparado. Y como no había obstáculo para su instinto sanguinario, han corrido en tropel a apoderarse de Santa Cenarrita. Iban por las calles disparando a trompa y talega, como quien explota cohetes en un festejo, ¡hala, venga, dale!, y algunos, para más inri, imitaban de chunga los ladridos de los perros. Bueno, pues eso no es nada en comparación con los crímenes que han perpetrado dentro de Santa Cenarrita. Porque has de saber, Braes, que los

máuseres de la canalla no sólo apuntan al gobierno. Esos sinver-
güenzas se la tienen jurada a la religión. Te lo aseguro. Católico
que topan, católico que tumban. ¡Y con cuánta bajeza se refoci-
lan en el dolor que infieren! En Santa Cenarrita han subido a la
torre y han hecho repicar la Cadenciosa a garrotazos antes de des-
truirla y de pegar fuego a la iglesia, al parecer con una docena de
fieles dentro. A estas horas, de Luelo Varedén, el párroco, bueni-
sima persona y gran amigo mío, no queda rastro. Yo me temo lo
peor, yo ya lo lloro. ¡Con decirte, Braes, que a las dos de la tarde
estaban las losas del pórtico sembradas de ojos! Jancio venerable,
¿qué pecados habremos cometido para que Dios nos devuelva a los
tiempos del segundo Toeto? Antíbula es ahora mismo una olla de
desmanes. Se conoce que las campanadas en Santa Cenarrita eran
la señal acordada para que cientos de ateos salvajes salieran de sus
refugios. El ejército aún sigue apostado al pie de la cordillera,
¡qué ingenuidad!, sin saber que un número largo de enemigos se
le ha colado entre las piernas. Vivíamos tan tranquilos creyendo
que los guerrilleros andaban lejos, igual que las cabras por los riscos, y, sin embargo, llevaban tiempo entrando de uno en uno en
la ciudad, escondidos en los carros de los perreros, en las lanchas
de los pescadores, en los bajos de los ferrocarriles... ¡Que Dios
nos pille confesados!

El abuelo Cuiña escuchó el relato del cura sin mover un
músculo de la cara. Tenía un aire rígido y ausente, como si estuviera bajo los efectos de un sueño hipnótico.

—Otra vez la sangre —murmuró de pronto, como hablando
para sí.

—Esto es la guerra, Braes. Una guerra entre compatriotas, entre
hermanos como quien dice, la mayor desdicha que les puede
suceder a los hombres. Yo, por si acaso, le he pedido al sacristán
que retire las placas de los reclinatorios. También la tuya, Braes.
Hay que tomar precauciones.

De un bolsillo del guardapolvo sacó a continuación el estuche
donde llevaba las hostias cuando iba a administrar sacramentos a
domicilio. Ofreciéndole una al abuelo Cuiña, le preguntó si había pecado desde la última vez que se habían visto.

Por espacio de un segundo, el abuelo Cuiña me clavó una
mirada de desconcierto, como a la espera de que yo le susurrase
la respuesta.

—No creo —balbució.

—Pues venga, comulga, que tengo prisa.

Y diciendo Corpus Christi, el padre Arfuno se apresuró a introducir una oblea en la boca del abuelo Cuiña, enseguida otra en la mía sin preguntarme si estaba yo en aquel instante a buenas o malas con Dios. Seguido de su acólito, se dirigió a la puerta de la calle. En el umbral predijo que ese año seguramente no llegaría vivo a la Navidad, se fue después camino de su fatal destino y ya nunca más lo vi.

A boca de noche cayeron, en cuestión de un cuarto de hora, alrededor de diez granadas de obús sobre las casas del barrio. Ni sabíamos quién las lanzaba ni de dónde. Al abuelo Cuiña no le parecía creíble que una horda de mercachifles que había empezado el día comerciando con perros dispusiera al anochecer, por las buenas, de armas de grueso calibre. Decía que un fusil o una carabina de repetición, convenientemente cubiertos con una manta, podían ocultarse en cualquier escondrijo del azoguejo, no así una pieza de artillería que, además, requería gente experta que la sirviese. Y hacía cábalas: o los nuestros, como él los llamaba, se habían puesto a soltar cañonazos a la ventura o alguna sección del ejército se había unido a los insurgentes. Los estudiosos de la historia se encargarían de demostrar años después que esta última hipótesis era la acertada.

Uno de los proyectiles explotó en el edificio contiguo al nuestro. Oímos con toda nitidez el silbido que se acercaba y, de pronto, catacrás, el fragor del impacto, seguido de una coda tintineante de vidrios rotos. Corrimos a la ventana más próxima. Una violenta polvareda llenaba la calle. Al rato, cuando se hubo asentado, vimos al resplandor del fuego una gran cantidad de cascotes y maderos esparcidos por la calzada. Una esquina del tejado y parte de la fachada se habían hundido. Abajo había un barullo de gritos, siluetas que hacían ademanes vehementes y una mujer en paños menores que sollozaba mesándose los cabellos.

—¿Qué ha sido ese ruido? —me preguntó entre toses Runn de Gualel, asomando la cabeza por la puerta de su habitación.

—Una granada ha estallado en la casa de los vecinos.

Descalzo y en ropa de dormir, se acercó a la ventana. Lo que vio a continuación no lo inmutó.

—¿Estamos en guerra o qué, muchacho? —dijo a la manera de

quien constata un hecho trivial y, sin esperar una respuesta por mi parte, se dio la vuelta y regresó a su habitación.

En esto, tres hombres de la vecindad se llegaron a todo correr a la hospedería. Golpeaban la puerta a puñadas, voceando que les diéramos agua para apagar el incendio. El abuelo Cuiña, al principio, se desentendió de las súplicas de auxilio; pero cuando le anunciaron que las llamas amenazaban con extenderse a su casa, se plegó, aunque de mala gana, a poner a disposición de aquellos hombres la cisterna del cuarto del lavadero, que habíamos llenado él y yo apenas dos días antes.

A mí me picaba la curiosidad por contemplar de cerca el estrago. Ansiaba al mismo tiempo impregnarme de aquel olor a quemado que subía hasta mi ventana del tercer piso y me causaba por momentos una especie de ebriedad, de exaltación placentera con la que, sin embargo, no conseguía saciarme, ya que a cada paso una ráfaga fría de viento dispersaba bruscamente los efluvios o me los traía débiles y mitigados. Le pedí al abuelo Cuiña permiso para bajar a la calle. No me lo concedió.

—Eres un ingenuo, profesor. ¿No te das cuenta de que hay muchos rencorosos en el barrio que esperan una ocasión para causarnos daño? Serían capaces de empujarte al fuego. Tú te quedas aquí conmigo por si tenemos que salvar la hospedería.

Más tarde, mientras cenábamos, cambió de idea. Acababa de radiarse la famosa alocución de Vistavino en la que exhortaba a los hijos leales de la patria a tomar las armas contra las fuerzas del mal amparadas por el bolchevismo internacional y el vil enemigo bladita, etcétera. (El texto íntegro lo reprodujo Jan de Muta en un capítulo de su *Bosquejo histórico de la Dictadura*, Antíbula, 1940.) Al abuelo Cuiña lo inquietó sobremanera el tono patético del dictador. Se le antojaba impropio de un hombre que fuese dueño de la situación y estuviera seguro de su victoria. Ignorábamos por completo que para entonces el general Obruda ya había decidido la entrada de la guarnición de Sóeo en el bando rebelde. Ningún obstáculo de consideración entorpecía ahora el avance de los guerrilleros de Cuntobre por la llanura. La radio callaba. A la hora habitual de las noticias fue emitida una conversación con el poeta Molibio, que peroraba de literatura con parsimonia gutural y pedantesca. Al abuelo Cuiña lo escamaba no poco aquel silencio informativo de las autoridades. Una mala

425

corazonada lo roía sin cesar. Decía, refunfuñando, que le daban ganas de echarse la carabina al hombro e irse a la primera línea de combate a hacer sus propias indagaciones. Y agregaba, no sé si con el fin de darse ánimos o porque estaba convencido de su buena sombra:

—Jamás perdí una guerra. No veo por qué habría de perder ésta.

Con palabras un tanto melosas me rogó que me acercase hasta el cuartel de la Vieja, situado por aquella época en un edificio vetusto que hacía esquina a la calle de Oiterelte, y al abrigo de la noche averiguase si continuaba en poder de la guardia de seguridad.

Calculo que serían las nueve y media. En la distancia no paraban de retumbar los cañones y la fusilería.

—Abuelo Cuiña —repliqué con suavidad—, si salgo me matarán.

—No temas, profesor. La guerra es un asunto demasiado grave como para que nadie pierda tiempo y cartuchos tirando contra los niños. Claro que tampoco hace falta que camines por el centro de la calle. No te apartes de lo oscuro, ve en silencio y si te parece que no puedes pasar, pues te vuelves y santas pascuas.

Había en sus palabras una a modo de resonancia afectuosa, reforzada por los gestos. A su juicio, nuestras vidas dependían enteramente de que los guardias de seguridad adscritos al cuartel de la Vieja no desamparasen la entrada del barrio.

—Profesor, créeme, si la fuerza pública se rinde o abandona el puesto, más nos valdrá a ti y a mí conciliarnos a toda prisa la misericordia de Dios.

Así hablando, se inclinó para abrocharme el abrigo. Yo me quedé tieso de asombro. Sus inusuales muestras de delicadeza para conmigo no terminaron ahí. Justo él, a quien tantas veces había oído aborrecer de los niños madreados («que no saben», según decía, «limpiarse las velas solos»), me ajustó la gorra a la cabeza y me rozó cariñosamente la mejilla con los nudillos. Insistió, además, en que me pusiera sus manoplas, aunque me estaban grandes. Le parecía que me protegerían del frío mejor que mis viejos y raídos guantes de punto, confeccionados algunos años atrás por la señora Flapia. Sólo le faltó besarme, y aun creo que no le andaba lejos la tentación.

Antes que yo saliera a la calle apagó la lámpara del vestíbulo. Fuera racheaba el viento frío. Apenas hube iniciado la marcha, me alcanzó por la espalda la voz susurrante del abuelo Cuiña, que por la rendija de la puerta me recomendaba prudencia. Lo último que escuché supongo que se lo dijo a sí mismo:

—Ahí va un Cuiña de pura cepa.

Apagadas las farolas del barrio, me servía de guía en la oscuridad la luz tenue de algunas ventanas. Observé, al pasar ante un portal iluminado, que caían copos aislados de nieve, diminutos y volanderos. (No es cierto, en contra de lo que afirma Jobo de Nizora en su novela *Sangre de ayer*, que ventiscase en Antíbula al principio de la revolución del Guau-guau.) Sin la presencia de peatones ni los ruidos ordinarios del tráfico, las calles semejaban galerías de una cueva en la que reinara una quietud opresiva. Sonaban tiros a cada paso, asordinados por la distancia, y en los breves intervalos de silencio me tomaba una sensación de desamparo ante el peligro como la que había experimentado por los montes de Uchu un mes atrás, cuando fui apartado sin miramientos de la partida de Brendades.

En la calle del Rey Godelio, a la altura del cine, se perfilaba en las tinieblas un tranvía, al parecer abandonado. Tenía las puertas abiertas y no se veía a nadie en su interior. Poco antes de llegar a la iglesia parroquial, en la plazoleta que hay a sus espaldas, divisé obra de media docena de furgones con los faros apagados. Numerosos guardias de seguridad se arremolinaban a su alrededor en actitud de espera silenciosa. No quise pasar adelante, sino que volví a la hospedería de inmediato y le referí al abuelo Cuiña que había encontrado el barrio en calma. Nos acostamos. Yo, a pesar de las impresiones fuertes que me había deparado la jornada, me dormí enseguida. Tuve un sueño gozoso, en el cual veía a mi madre abrirse paso a tiros entre los guardias de seguridad apostados detrás de la iglesia. Venía sola a sacarme de la cama y llevarme con los colectivistas, cuya victoria deseaba yo ahora de manera ferviente.

Y amaneció aquel tempestuoso y sangriento 20 de diciembre de 1928, fecha de gloria para unos y de tragedia para otros. A las siete de la mañana nos despertamos sobresaltados. Sonaban cañonazos cerca de casa. El ruido de las explosiones era tan potente que estremecía los marcos de las ventanas. El abuelo Cuiña y yo teníamos que hablarnos a gritos. Desde las ventanas del camaranchón columbramos, a través de la cortina de nieve que agitaba el torbellino, masas enormes de humo al otro lado del Intri, en una zona próxima a los ministerios. El Palacio Real seguía intacto. En el huerto de Jabora, gente con uniforme y fusil se movía detrás de la tapia. Asomaba la cabeza, disparaba y se escondía.

—Se disputan el puente —dijo el abuelo Cuiña—. Como lo ganen los rebeldes, se lanzarán a conquistar el del Santo Jancio y entonces, profesor, lo pasaremos mal. A menos que...

En un tono amable, casi servil, me rogó que me vistiera ropa de abrigo y, como la víspera, fuese sin la menor pérdida de tiempo a comprobar si los leales todavían eran dueños del cuartel de la Vieja. Yo así lo hice, sólo que esta vez no pude ir más allá de la esquina de nuestra calle. El cielo estaba oscuro; pero la nieve copiosa caída durante la noche desprendía una especie de brillo fluorescente que permitía distinguir sin dificultad los objetos dentro de un área de treinta o cuarenta metros. El viento gélido me echaba para atrás. Por Rey Godelio bajaban a toda prisa los furgones de la fuerza pública. Tras ellos venía corriendo una treintena de guardias de seguridad, mezclada con gente a caballo. Desde la entrada de un zaguán, donde hallé refugio, los vi pasar en desbandada. Silbaba por encima de sus cabezas la metralla. Algunos proferían maldiciones. Uno, cerca de mí, preguntó visiblemente alarmado:

—¿Dónde está Sorto? ¿Ha visto alguien a Sorto? —pero, en la precipitación de la retirada, sus compañeros no se tomaron la molestia de contestarle.

Los últimos corrían de espaldas, disparando, sin apuntar, hacia la parte alta de la calle. Apenas los hube perdido de vista, pasó en la misma dirección que ellos un lebrel fugitivo con una mano humana entre los dientes.

A mi regreso a la hospedería, le conté al abuelo Cuiña que los guardias de seguridad no se habían movido del cuartel.

—Muy bien, profesor —dijo—. Lo celebraremos con un buen desayuno.

Desayuno del que, por supuesto, no pudimos disfrutar, pues sin habernos aún sentado a la mesa comenzaron los revolucionarios a golpear de forma salvaje la puerta de la hospedería, dando voces de que abriéramos o nos matarían. Al punto se levantó el abuelo Cuiña de la mesa y con la carabina en la mano echó a correr escaleras arriba. Yo lo seguí empavorecido.

—Vuelve y esconde los retratos —me ordenó antes llegar al descansillo del primer piso.

Bajé no más de tres peldaños. A los insurrectos, según vi, les faltaba poco para derribar la puerta a patadas. Conque reanudé la carrera hacia arriba y di alcance al abuelo en el tercer piso, donde Runn de Gualel, confinado en su habitación, interpretaba sin saberlo la última composición musical de su vida. A tiempo de entrar en el camaranchón oímos gritos dentro de la casa, así como dos o tres tiros y estrépito de puertas pateadas.

El abuelo Cuiña, la cara tensa de terror, abrió con mano temblorosa la claraboya. Una ventada le lanzó una nube de nieve sobre la cabeza. Hizo un intento de encaramarse al tejado; pero sus brazos, perdido el vigor de la juventud, no fueron capaces de aguantar el peso de su cuerpo. Arrojando luego la carabina a la calle, corrió a meterse en el viejo guardarropa que se hallaba adosado a la pared, junto a la puerta.

—Por el amor de Dios —me dijo con mucho apuro desde dentro—, cuéntales que he salido por el tejado.

El corazón me latía con fuerza descompasada. Lleno de angustia, le supliqué que me dejara esconderme con él.

—Tienes poca edad, no te harán daño —replicó.

Apenas un minuto más tarde irrumpieron en el camaranchón tres insurrectos barbudos, fornidos, con los ceños hoscos, las manos enrojecidas y los máuseres asestados.

—Aquí hay un niño —dijo uno.

—Será el chavalillo de la Minta.

A continuación, el que había hablado en primer lugar enristró hacia mí para preguntarme con buenas maneras si por casualidad sabía dónde estaba el dueño de la casa.

No vacilé un instante en señalar con el dedo el guardarropa.